麦克尤恩作品 | Ian McEwan

Lessons

钢琴课

[英]伊恩·麦克尤恩————著

周小进————译

上海译文出版社

献给我的姐姐马琦·霍普金斯
献给我的哥哥吉姆·沃特和大卫·夏普①

① 伊恩·麦克尤恩的母亲罗丝前夫名为欧内斯特·沃特,两人生有一子一女,即献词中的吉姆·沃特和马琦·霍普金斯。欧内斯特参加二战期间,罗丝与大卫·麦克尤恩相爱,生有一子,随即送人领养,即献词中的大卫·夏普。六年后,已经结婚的罗丝和大卫·麦克尤恩生下伊恩。2002年左右,大卫·夏普发现自己与著名作家伊恩·麦克尤恩是同父同母的兄弟。大卫·夏普出版有回忆录《完全放弃》(*Complete Surrender*, 2008),伊恩·麦克尤恩作序。

首先，我们感知。
然后，我们沉沦。

詹姆斯·乔伊斯，《芬尼根的守灵夜》

第一部

1

这是失眠时的记忆，不是梦。又是钢琴课——医务室附近的那个房间，空荡荡的：铺着橙色地砖的地板、一扇高窗、一架新立式钢琴。他十一岁，练习简化版的巴赫《平均律钢琴曲》第一前奏曲，别人也许知道是这首曲子，可他并不知道。他不去想曲子是不是有名。上面没写时间地点。他只是觉得不可思议，竟然有人花功夫去写这玩意儿。曲子就是个摆在他面前的东西，学校的功课，或者说那是一片幽暗之地，像冬天的松树林，只属于他，是他冷寂而忧伤的私人迷宫，永远也不会放他出去。

老师坐在长凳上，挨着他。圆脸，头昂着，散发着香水味儿，表情严厉。她的美，藏在那严厉之下。她从不皱眉、从不微笑。有些男孩说她疯了，但他不信。

他在老地方犯了错误，那里他一直弹错，于是她靠过来给他示范。她的胳膊抵在他肩膀上，坚实而温暖；她那双手，那涂了油彩的指甲，就在他大腿上方。他感到一阵可怕的颤栗，再也无法专注。

"听好。这个音要舒缓柔和，像轻波荡漾。"

可是，她弹的时候，他可没听到什么轻波荡漾。那香水味儿压倒了他的一切感官，他什么也听不见。那是一种熟透了的、发腻的味道,像一个坚硬的物体,一块平滑的卵石,挤入了他的大脑。三年后,他得知那是玫瑰水。

"再试一次。"她提高了声调,以示警告。她有音乐天赋,他没有。他知道她的心思在别的地方,他表现平庸,让她感到乏味——不过是个脏兮兮的寄宿学校男生而已。他的手指朝那不成曲调的琴键上按去。还没弹到那儿,他就能从谱上看到出错的地方,还没发生就已经在发生了,那错误正朝他奔来,像母亲那样张开双臂,准备将他从地上抄起来,总是那同一个错误,奔过来将他抱住,却不会给他吻。果然就发生了。他的拇指自有主张。

两人一起,听着那弹错的音慢慢消失在嘶嘶作响的寂静之中。

"对不起。"他喃喃道。

她不快的表现,是从鼻孔里快速呼出气来,他以前听过其他人鼻孔里吸气表示不悦,她的刚好相反。她的手指伸到了他大腿内侧,就在灰色短裤的边上,然后用力地掐了一下。当天晚上,那儿会出现一块细小的淤青。她的手在他短裤里面向上移动,感觉凉凉的,一直到他裤脚的皮筋和皮肤接触的地方。他匆忙离开凳子,站起身来,脸红了。

"坐下。从头再来!"

她的严厉,抹去了刚才发生的事情。已经过去了,他都开始怀疑是不是记错了。他迟疑着,大人们做事,有时候令人不知所措。他们知道什么,从不告诉你。不让你知道究竟是在什么地方干了蠢事。无论发生了什么,肯定都是他的错,何况他本性温驯。于是他又坐下来,抬头看着乐谱上飘着的那一排神情抑郁的高音谱号。他又从头开始，这回更加不稳定了。不会有什么轻波荡漾了，这片树林里不会有的。一转眼，那个出错的地方又快到了。灾难将至，他心里知道，所以更加确信无疑：那根愚蠢的大拇指本该一动不动，这时却按了下去。他停了下来。那不和谐的声音继续响着，好像大声说着他的名字。她用食指的指关节和大拇指捏住他的下巴，把他的脸转过来。连她的呼吸都是香的。她眼睛仍旧盯着他，手却伸出去，从钢琴盖上拿过那把十二英寸的尺子。他不会坐那儿等着挨打，但是从凳子上溜开的时候，他眼睛没注意看，被她打中了膝盖，是尺子的边缘，不是横面。他感到一阵刺痛，向后退了一步。

"让你干什么就干什么，你给我坐下。"

腿上灼热，但他不会拿手去摸，现在还不会。他看了她最后一眼，看她的美，看那紧身高领、珍珠纽扣的衬衫，看那正经、严肃的凝视之下，那丰满的胸部在衣服上形成的扇形斜纹。

然后他拔腿就跑，跑过岁月的廊柱，直到时光来到他十三岁的某个深夜。几个月来，她一直出现在他睡前的白日梦中。但是，这次情况不同，这次的感受凶猛强烈，胃部有冰冷的下沉感，他猜这就是人们所说的极乐吧。一切都是新的，无论好坏，而且一切都是他的。跨过某个临界点，永不回头，还有什么比这更令人激动呢？迟了，回不去了，谁在乎呢？惊诧之余，他第一次射在手上。平复后，他在黑暗中坐起来，下了床，走进宿舍的卫生间，"茅厕"，去查看手掌上那团灰色的小球，那是一只孩子的手。

这时候，他的记忆模糊成梦。他越靠越近，越靠越近，穿过一个亮晶晶的宇宙,眼前出现了新的景观,仿佛置身山顶俯瞰遥远的海洋,就像诗歌中胖乎乎的科尔特斯[①]看到的那样,有一次全班留校把那首诗抄了二十五遍。海里全是蠕动的生物,比蝌蚪还小,密密匝匝、难以计数,一直排到弧形的地平线。再靠近一些,他发现了其中一个,看着他从拥挤的人群中游过,与兄弟姐妹们推推搡搡,穿过平滑的粉红色通道,其他人精疲力竭,他却一路领先。最后,他独自来到一个圆盘跟前,那圆盘恢弘壮丽,像太阳一样,按顺时针方向缓缓旋转着,平静、充满智慧,漠然地等待着。如果不是他,就会是别人。他穿过血红色的厚厚帘幕,进了圆盘,先从远处传来一声嚎叫,接着是一张哭泣着的婴儿的脸庞,如同红日乍现。

他已成年,自认为是诗人,带着头天晚上的醉意和五天没刮的胡子,刚从浅睡中醒来,跟跟跄跄从卧室走进哭闹不休的孩子所在的房间。他把孩子从婴儿床上抱起来,贴身抱着。

然后,他下了楼,孩子用毯子盖着,贴在胸前睡着了。一把摇椅,旁边一张矮桌,还有一本书,他买的,写的是世界上的各种麻烦,他知道自己永远也不会去读。他有自己的麻烦。他面对着法式窗户,俯瞰一座窄窄的伦敦花园,一片雾气蒙蒙的湿草坪,尽头有一棵孤零零、光秃秃的苹果树。树的左边有一个翻过来的绿色手推车,夏天什么时候丢在那里忘了,一直没动过。更近一点的地方,有一张金属圆桌,他一直想重新刷一遍漆。寒冷

[①] 或指埃尔南多·科尔特斯(1485—1547),西班牙殖民者,推翻了美洲的阿兹特克王国。诗歌或指英国诗人约翰·济慈(1795—1821)的《初读查普曼译荷马有感》。

的晚春，看不出来这棵树已经死了，今年树上是不会长出新叶的。去年七月开始，连续三个星期炎热干旱，政府禁止使用草坪喷管，本来他还是可以救活这棵树的，但那时候他太忙，没空把整桶整桶的水提到花园那头。

他眼睛慢慢闭上，身体向后倾。他不是在睡觉，而是又一次开始回忆。他听到了正确弹奏出来的前奏曲。很久没出现过这一幕了，他十一岁，和三十名同学一起，朝一间旧棚屋走去。他们年纪小，并不懂自己有多惨；天气太冷，所以也没人说话。大家都不情不愿，像芭蕾伴舞团一样挪动着，默默地走下草地上一段斜坡，在外面的湿雾中排起队，乖乖等着上课。

屋内，正中央，有一个焦炭炉。暖和以后，他们便喧闹起来。这儿是可以的，别地方可不行，因为他们的拉丁文老师是个矮小、和善的苏格兰人，根本管不住课堂。黑板上有一行拉丁文，是老师的笔迹：Exspectata dies aderat。下方是男孩笨拙的字体："那等待已久的日子到了。"老师告诉他们，在那个更加严肃的时代，人们曾在这间棚屋里为海上战争做准备，学习与布设地雷相关的数学知识。那就是他们的小学。现在呢，还是在这里，一个以霸凌弱小闻名的大块头男孩，脸上露着坏笑，大摇大摆地走上前去，弯下身子，不屑地撅起屁股，送过去让温和的苏格兰老师用胶鞋底无力地抽打。有人为他喝起彩来，因为其他人都不敢这么放肆。

教室里越来越吵闹，有人开始隔着桌子扔什么白色的东西，这时他想起来，今天是星期一，等待已久却又令人生畏的日子到了——又到了。他手腕上戴着那块厚实的手表，是父亲给的。"别丢了。"再过三十二分钟，钢琴课就开始了。他尽力不去想老师，因为他没有练习。树林里太黑太可怕了，还要到他拇指盲目落下的那个地方。如果想起母亲，他就会心软。她在很远的地方，帮不上忙，于是他把她搁置一旁。谁也无法阻止星期一的到来。上星期的淤青已渐渐褪去，记得钢琴老师的气味，又算什么呢？和闻那气味，还是不一样的。更像是一幅没有颜色的画，或者某个地方，或者对某个地方的感觉，或者在两者之间。恐惧之外，还有另一种东西：激动，他也必须搁置一旁。

对坐在摇椅上的、睡眠不足的罗兰·贝恩斯来说，这个慢慢醒来的城市，不过是个遥远而急促的声音，时间一分一秒过去，这个声音也越来越响。冲锋时段。人们被从梦中、从床上赶起来，像风一样从大街小巷匆匆而过。他呢，除了给儿子当床之外，没别的事情可干。他的胸口能感受到孩子的心跳，将近他自己心跳速度的两倍。他们心脏的搏动有时合拍，有时不合拍，但是有一天它们会一直不合拍。他们再也不会像现在这样亲密。他不会再像现在这么了解他，然后越来越生疏。别人会比他更了解劳伦斯：他在哪儿，在做什么、说什么，他和朋友们越来越亲近，然后还有某位爱人。有时候哭，一个人。他的父亲呢，偶尔来看看，诚挚的拥抱，聊聊最近工作和家庭上的事情，谈点儿政治，然后再见。在此之前，他了解他的一切，随时随地都知道他在哪里。他是婴儿的床，也是他的神。漫长的放手过程，无论你喜不喜欢，也许正是当父母的关键所在，后面的事情就没法说了。

那个十一岁的男孩，他已经放手很多年了。他的大腿内侧有个秘密的椭圆形印记。那天晚上关灯之后,他检查过,在厕所里脱下睡裤,弯腰仔细查看。这是她的拇指和食指留下的印记,她的专属符号,留下印记的那个真实时刻的书面记录。像拍照一样。印记的边缘,白色的皮肤渐渐由绿变蓝,他用手指摸了一圈,不疼。正中间几乎是黑色的,他用力按了一下。不疼。

*

他妻子不见了,警察来来往往,房子封了。接下来几个星期,他一直在想,他突然变成孤家寡人的那个夜晚,究竟是着了什么魔。疲惫和压力将他推向事情的源头,推向第一性原理,也就是那无穷无尽的过去。情况也许会更糟,幸好他并不知道未来会发生什么——多次前往一个疲惫焦虑的办事部门,和上百个人一起,坐在固定在地板上的塑料长凳上,等着叫号,多次接受面谈,说明自己的情况,而劳伦斯·H.贝恩斯则在他怀里扭来扭去、喃喃不休。最后,他终于获得了一点儿国家补助,单亲父母津贴,给鳏夫的些许心意①,虽然她并没有死。等劳伦斯一岁,会给他安排一个托儿所,他父亲则能在电话服务中心或类似的地方获得一个席位。救助倾听专业教授。完全合理。怎么能让别人辛苦劳作保障他的生活,而他自己却在六节诗上消磨整个下午的时光呢?没什么矛盾。就这么安排的,协议他是接受的——也是憎恶的。

他当前处境艰难,几乎和多年前医务室旁那个小房间里发生

---

① 英谚有"寡妇的些许心意"(widower's mite)之说,指穷人的微薄奉献,见《圣经·马可福音》第12章第41—44节。

的事情一样,但无论当时还是现在,他都咬牙前行,表面看来好像没事儿一样。可能摧毁他的,是他的内心,是犯了错误的内疚感。如果当初他只是个受人误导的孩子,所以才会有那种感受,那么现在为什么要去放纵这种内疚感呢?责怪她,不要责怪自己。他慢慢已经把她的明信片和便条背了下来。根据惯例,这样的便条都放在餐桌上。她的便条放在他枕头上,像酒店里的黑巧克力。不要去找我。我没事儿。这不是你的错。我爱你,但这样做是为了大家好。我以前过的生活都是错的。希望你能努力原谅我。床上,她睡觉的那一边,放着家里的钥匙。

这是什么样的爱?生孩子能叫错误的生活吗?通常他在喝了很多酒之后,才会专心去想他所憎恶的最后那句没有写完的话。希望你能努力原谅我,她就该再加一句,就像我已经原谅我自己。抛弃者自怜自艾,被抛弃者、留守者头脑清晰,心中不平。每杯威士忌下去,这种感受就更加坚实。下一杯威士忌在暗暗招手。他越来越恨她,每一个念头都是一次反复,都是她爱己弃人这个主题的变奏。经过一个小时刑事侦查般的思考,他知道临界点就快到了,那是整个晚上大脑活动的中轴。就快到了,再倒一杯。他的思绪慢了下来,然后突然停下,毫无原因,就像诗歌里的那列火车,那首诗全班都必须背诵,否则要受到惩罚。一个炎热的日子,格洛斯特郡铁路小站,沉寂中,一声咳嗽[①]。接着,他的大脑中会再次出现那个清晰的念头,明澈响亮,如同附近鸟儿的歌声。他终于醉了、释放了,又爱上了她,想要她回来。她

[①] 当指英国诗人爱德华·托马斯(1878—1917)的诗歌《艾德尔斯特洛普》。

那遥远的天使之美，她那双脆弱的小手，还有她的嗓音，小时候在德国长大，口音几乎没改过，有点儿粗哑，好像刚刚大叫大喊了一阵子。但她从不叫喊。她爱他，那么错的肯定是他，她在便条中说不是他的错，真是体贴。他不知道自己的哪个部分犯了错误、该受指控，那就肯定是他整个人。

他带着迷迷糊糊的悔意，仿佛置身于甜蜜而悲伤的云端，若有所思地爬上楼，看看孩子，然后就睡着了，有时候衣服都不脱，横躺在床上，又在干涸的深夜醒来，疲乏而警觉，怒火中烧、口干舌燥，在黑暗中一一盘点自己的优点，清算别人在哪些事情上对不住他。他挣的钱几乎和她一样多，在抚养劳伦斯上也贡献了自己的一半，包括晚上起床。他爱妻子，对她忠诚，从来不觉得自己是什么天才诗人，必须按照特殊的规则生活。那么他就是个傻瓜，是个笨蛋，所以她才会丢下他，可能是去找哪个真正的男人去了。不，不，他很好，他很好，所以他恨她。这是为了大家好。于是，他又一次兜了整整一个圈子。现在他是没法睡觉的，最多只能仰面躺着，闭上眼睛，留意着劳伦斯的动静，沉溺于回忆、欲望和幻想之中，甚至还会想出几行诗歌来，勉强过得去，但他却不愿意记下来。一个小时，两个小时，接着是第三个小时，直到天亮。很快他要回想一遍：警察是怎么来的，怎么怀疑他，如何把房子封起来阻挡有毒的雾气，是不是还要再封一遍。一天晚上，这个无用的过程将他带到了钢琴课上。他不小心闯进了那个有回声的房间，只好在一旁观看。

在拉丁文和法文课上，他学到了时态。过去、现在、将来，时态一直在那儿，以前他没意识到语言会切分时间。现在他知道了。钢琴老师是用现在进行时来掌控不久的未来。"现在,你直挺挺地坐好,下巴抬起来。现在,你把肘部放好,角度要正确。手指准备好,略微弯曲。现在你放松手腕。现在你眼睛直视乐谱。"

他也知道什么叫正确的角度。时态、角度、如何拼写进行时。这就是现实世界,父亲送他到这儿来,让他与母亲相隔两千英里,就是为了学习这些。这就是成人要关心的东西,成千上万、数不胜数,一件一件都会成为他的事情。拉丁文课结束,他气喘吁吁地赶过来,没有迟到。钢琴老师质问他这个星期练习的情况。他撒了谎。于是她靠近了一点儿。香水味儿将他包围。上周她在他腿上掐出来的印记已经消退,究竟发生了什么,他的记忆已经不太清晰了。但是,如果她还想弄疼他,他会毫不犹豫从房间里跑出去,一刻也不停留。他说上个星期练了三小时,撒谎时他胸中有股力量,有种兴奋感在窃窃私语。实际上,他根本没练,连三分钟都没有。以前他从没骗过女人。他对父亲撒过谎,他怕父亲,不撒谎会有麻烦,但他跟母亲总是讲真话。

老师小声清了清嗓子,这说明她相信了。不过,也可能不是这个意思。

她轻声说:"很好。开始吧。"

那本大而薄的书打开了,放在正中央,里面是供初学者练习的简单曲子。他第一次注意到,那条折缝里还有三枚订书钉,将书页固定在一起。那三枚订书钉总不用弹吧——这个傻念头让他差点儿笑了出来。环形的高音谱号立着,神情严肃;低音谱号则蜷缩着,像他生物书上兔子的胚胎。黑色的音符,还有醒目的白色音符，你按键的时间要长一些，这本卷了角、脏兮兮的跨页小书，是专门属于他的惩罚。现在，在他看来，里面的东西一点儿也不亲切，甚至都谈不上友善。

他开始了，第一个音的音高是第二个的两倍。他小心翼翼地弹第三个、第四个，速度慢慢快了起来。开始是小心，随后感觉像是偷窃。课下没有练习，倒让他无所顾忌。他弹奏一个个音符，双手并用，却不理会用铅笔标注的指法。他不用去回想任何东西，只要按照正确的顺序按下琴键。那个经常出错的地方突如其来，但他左手的大拇指忘了按键，等他想起来已经来不及了，他早已过关，到了另外一边，正在树林上方的平地上大步向前，这儿光线明亮，空间开阔，过了好一阵子，他隐隐然察觉到了一首旋律，悬在他稳步迈进的音符上方，像个笑话。

听从指令，每秒两下，也许三下，占据了他所有的注意力。他忘了自己，甚至忘了她。时间和空间都溶解了。钢琴消失了，一起消失的还有存在本身。最后，他仿佛从梦中惊醒，发现自己双手正弹着一段轻松自如的开放和弦。但他并没有遵循乐谱上短音符号的提示，将双手拿开。那和弦在这空荡荡的小屋中回荡良久，渐至于无。

他没有停下来，虽然他感觉到她把手放在他头上，直到她使劲往下按，将他的脸转到她面前。从她的表情上，他无法判断接下来会发生什么。

她轻声说道："你……"

这时候，他才将双手从琴键上拿下来。

"你这个小……"

通过某个复杂的动作，她矮下身来、歪过脑袋，这样她的脸划了个弧线，突然到了他面前，同时她的嘴巴吻了过来，结结实实落在他的嘴唇上，柔软而持久。他没有抗拒，也没有迎合。事情发生了，他就让它发生，在持续的过程中，他什么感觉也没有。后来，他独自一人，一遍又一遍激活、再现、温习这一时刻，才意识到这是多么重要。在此过程中，她的唇贴着他的唇，他就麻木地等着这一刻过去。后来，有什么东西突然干扰了一下，就结束了。一个路过的人影，或者某个移动的东西，从高窗上一闪而过。两人眼角的余光都看到或察觉到了。那是一张脸吗，转头侧目表示批评？但是，透过那扇小小的方形窗户，他们只看到了一片形状不规则的云和几块浅蓝色的冬日天空。他知道，从外面看，窗户是很高的，连个子最高的成年人都够不着。是只鸟，很可能是老马厩的鸽舍里飞来了一只鸽子。但老师和学生已内疚地分开，他虽然不懂，也知道现在一个共同的秘密已将两人联系在一起。空窗户粗鲁地招来了外面的人类世界。他也知道，这时候如果用手擦嘴，去减轻嘴唇上又干又湿、针扎一般的感觉，那肯定是很不礼貌的。

她把脸转回来，凝视着他的眼睛，声音平和而镇定，表明她对外部世界的窥探毫不在意。这次她说话声音柔和，用的是将来时态，她用这种时态让现在显得合理。此刻就是这样。只是他以前没听她说过这么多话。

"罗兰，过两个星期，有半天的假。是个周五。我要你仔细听好。你会骑上你的自行车，到我住的村子来。厄沃顿。从霍尔布鲁克过来，过了酒吧就是，在右手边，有一扇绿色的门。你将按时来吃午饭。明白吗?"

他点点头,实际上什么也不明白。他本来能在学校吃午饭,却要骑自行车,穿过狭窄的胡同和田间的小路,横跨整个半岛,到她家去吃午饭,这让他感到疑惑。一切都让他感到疑惑。与此同时,尽管他感到疑惑不解,或者说正是因为他感到疑惑不解,他才渴望一个人待着,把这个吻好好思考、感受一番。

"我会给你寄张卡片,提醒你。从现在开始,你跟克莱尔先生上课。不跟我上了。我会跟他说,你进步非常大。好了,小伙子,我们来弹大调音阶和小调音阶,升两个半音。"

*

问在哪里比问为什么容易。她去了哪里?四个小时后,他才向警方报告阿丽莎的便条及其失踪情况。他的朋友们认为两个小时都太久了。现在就给他们打电话!他抗拒着,他坚守着。倒也不仅是因为他宁愿相信她随时可能回来。他也不希望陌生人读她留下的便条,不希望她的失踪得到官方确认。让他意外的是,他打完电话第二天才有人来。那是当地的一位治安警察,看样子十分匆忙。他记录了几个细节,扫了一眼阿丽莎的便条,说会向上面汇报。接下来一个星期没有任何动静,在此期间,她的四张明信片到了。一天清晨,一位探员不宣而至,将那辆小小的巡逻车违章停在房子外面。刚刚下过大雨,他的鞋子在门廊地板上留下一道痕迹,他对此浑然不觉。探案督察道格拉斯·布朗有着褐色的眼睛,两颊的肉垂挂下来,显得面色和善,像一条体形巨大的狗。他在餐桌对面弓着身子坐下来,与罗兰面对面。督察一双手硕大无比，指关节上覆盖着厚厚的黑毛，手边放着他自己的笔记本、那四张明信片以及放在枕头上的那张便条。他穿着一件厚外套，并没有脱下来，更显得他身躯粗大、形如巨犬。两人四周都是各种各样的杂物，有脏盘子和杯子、垃圾邮件、账单、一个几乎全空的奶瓶、劳伦斯的围嘴以及他早餐时洒落的食物。罗兰的一些男性朋友称之为"黏糊糊的年纪"。劳伦斯坐在他的高脚椅上，异乎寻常地沉默，只是惊诧地盯着这个体形巨大的人，以及他异常宽厚的肩膀。见面过程中，布朗没有对婴儿的存在表示过任何认可。罗兰为了儿子感到略微有些生气。这不重要。警官柔和的褐色眼睛只看着父亲，而罗兰则有义务回答一些常规问题。婚姻没出问题——说这话时，他的声音不自觉地大了一些。两人共同账户上的钱没有转出去。现在还在放假，所以她工作的学校还不知道她已经走了。她拿了一只黑色小手提箱。外套是绿色的。这儿有些照片、她的出生日期、她父母的名字以及他们在德国的地址。她可能戴了顶贝雷帽。

督察对最近的明信片感兴趣，是从慕尼黑寄来的。罗兰认为她在慕尼黑没有熟人。柏林有，汉诺威和汉堡也有。她来自信奉路德教的北方。布朗抬了抬眉毛，罗兰便告诉他，慕尼黑在南方。也许他应该解释的是路德这个名字。但督察低头看了看笔记本，又问了个问题。没有，罗兰回答，她以前从没做过这种事情。没有，他没有她护照详情页的副本。没有，她最近没有抑郁。她父母住在宁堡附近，一个小镇，也在德国北部。他给他们打过电话，谈另外一件事情，显然她不在那儿。他没跟他们说什么。她母亲一直有怨恨情绪，听到唯一的孩子发生这种事情，她会爆炸的。遗弃。她好大的胆子！母女俩经常吵架。不过，最终还是要告诉他的岳父母以及他自己的父母。阿丽莎的前三张明信片，分别寄自多佛、巴黎和斯特拉斯堡，都在四天之内。慕尼黑的第四张明信片是两天后寄来的。此后就什么也没有了。

探案督察布朗又查看了一下明信片。每张都一样。一切都好。不要担心。替我亲吻劳伦斯。祝好。阿丽莎。文字一成不变，要么是疯了，要么是有敌意，结尾那个毫无爱意的"祝好"也一样。求助或者侮辱。同样的蓝色毡头笔，没有日期，除了多佛那张以外，其他邮戳都无法识别，同样一成不变的桥上风景，塞纳河上、莱茵河上、伊萨尔河。壮阔的大河。她在朝东边漂，离家越来越远。头天晚上，即将入睡之际，罗兰将她招至眼前，是米莱①笔下溺水的奥菲莉娅，在伊萨尔河平滑洁净的河面上起伏，漂过普普林森林，赤裸的泳者四肢摊开躺在绿草如茵的岸边，像搁浅在沙滩上的海豹。她仰面躺着，头朝前，顺流而下，悄无声息地漂过慕尼黑，经过英国公园，到了与多瑙河交汇处，然后又无声无息地穿过维也纳、布达佩斯和贝尔格莱德，穿过十个国家和它们的野蛮历史，沿着罗马帝国的边境，来到黑海高远的白色天空和无边无垠的三角洲沼泽地，他和她曾在那儿做爱，在莱泰亚一座旧磨坊的后面，还在伊萨克恰附近看到过一群吵吵闹闹的鹈鹕。不过是两年前的事情。紫色的鹭、闪亮的鹮，还有一只灰雁。之前，他从没在意过鸟。那天晚上，睡觉之前，他和她一起漂走了，漂到了某个放纵寻乐之地，某个源头。最近，要

---

① 约翰·米莱（1829—1896），英国画家，《奥菲莉娅》为其代表作，刻画的是莎士比亚戏剧《哈姆雷特》中奥菲莉娅溺水的场景。

长时间停留在当下,需要额外努力集中精神。过去往往是记忆和胡思乱想之间的通道。他把原因归为疲惫、宿醉和思绪混乱。

道格拉斯·布朗一边低头去看笔记本,一边宽慰地说道:"我老婆受不了的时候,把我从家里赶出去了。"

罗兰正打算说话,却听劳伦斯叫喊了一声,要求把他包括进来。罗兰起身把他从高脚椅上解下来,放在自己怀里。婴儿从新的角度面对这个陌生的巨人,于是又一次止住了声音。他使劲地盯着,张着嘴巴,流着口水。谁也不知道七个月大的婴儿脑子里会想到什么。一片模糊的虚无之地,一片灰色的冬日天空,各种外界的印象——声音、画面、触摸——像烟火一样迸发,弧线形的、圆锥形的,颜色艳丽,瞬间被遗忘,被新的印象替代,然后又被遗忘。也许像一汪深潭,一切都跌落其中,消失不见了,但它们仍在潭中,永远在场、无法更改,深渊中的重重暗影,其引力永远存在,哪怕是八十年后,在弥留之际,在临终的忏悔里,在对失去之爱的最后呼喊中。

阿丽莎走后,他留意观察孩子,看他有没有悲痛或受伤的迹象,果然处处都有。婴儿应该会想念妈妈,可是怎么想念呢,如果不是在记忆中的话?有时候,劳伦斯很长时间没声音。震惊,麻木,潜意识下区开始形成瘢痕组织,如果有这个部位、这种机能的话?昨天晚上,他叫喊得太厉害。愤怒了,因为他得不到的东西,尽管他已经忘了究竟是什么东西得不到。不是乳房。在他母亲的坚持下,他从小就是用奶瓶喂养的。这也是早就计划好的,感觉特别差的时候,他会这样想。

探案督察问完了笔记本上的问题。"你知道,如果找到阿丽莎,没有她的允许,我们不能告诉你她的地址。"

"你可以告诉我她还活着。"

他点点头,思考了一会儿。"失踪的妻子如果死了,一般是丈夫杀的。"

"哦,那让我们希望她还活着吧。"

布朗挺直了身子,往后靠了靠,假装出吃惊的样子。他终于露出了笑容。他看上去挺友好。"一般情况是这样的。嗯。丈夫干掉妻子,处理掉尸体,比如扔进新森林公园,选个偏僻的地方,挖个浅坑埋了,报告妻子失踪,然后呢?"

"然后呢?"

"然后问题来了。他突然意识到,妻子很可爱。他们之前是相爱的。他想念妻子,开始相信自己编的故事。是她抛弃家人走了。或者是某个神经病杀了她。他伤心、抑郁,然后满腔怒火。他不是杀人犯,他没有撒谎,现在他可不这么看。妻子不在了,他开始真真切切地感受到了这一点。在我们外人眼里,看起来是真的。显得真诚。难破啊,这种案子。"

劳伦斯脑袋歪到一边,靠在父亲胸前,开始打起盹来。罗兰现在还不想督察离开。他一离开,那就该收拾厨房了。整理卧室,处理脏衣服,清理客厅里那道肮脏的痕迹。列一个购物清单。可他只想睡觉。

他说:"我还在想念她的阶段。"

"早期嘛,先生。"

这话说完,两个人都无声地笑了。好像这是件好玩的事情,而两人是老朋友。罗兰对那张垮下来的脸颇有好感,那柔和、羞怯的表情，那无尽的沧桑。督察冲动之下，突然说出了心里话，又赢得了罗兰的尊重。

沉默了一会儿，罗兰说："她为什么把你赶出去？"

"工作太卖力，酒喝得太多，每天晚上回家都很迟。忽略了她，忽略了孩子们，三个可爱的男孩，外面还有个女的，别人跟她说了。"

"就不要你了呗。"

"我当时就是这么想的。我几乎都有两个家了，有些人是这样的，你听说过吧。旧的不知道新的，新的妒忌旧的，你在两者之间跑来跑去，跟屁股着了火一样。"

"现在你和新的在一起。"

布朗扭过头去，挠了挠脖子，鼻孔里发出了重重的叹息声。自造的地狱是个有趣的建构。都要造一个，这辈子谁也逃不了，至少一个。有些人一辈子没别的。自我施加的痛苦是性格的延伸，这话不过是冗词赘语。但罗兰经常思考。你制造一架刑具，然后自己爬上去了。完美贴合，有一系列痛苦可供选择：某些工作、某种口味的饮料、毒品、犯下罪行并且以聪明的方式让警方抓住自己。教规严厉的宗教也是个选择。一整套政治体制也可能成为自寻痛苦的选项——他以前在东柏林待过一段时间。还有婚姻，专为两个人设计的刑具，床大天地宽，选项众多，都是亲密交感型精神病的各种变体。每个人都能举出一些例子。罗兰的刑具设计精巧。很久以前的某个晚上，远在阿丽莎离开之前，他向好朋友达芙妮坦白，说自己几个月来情绪低落，达芙妮说得明白："罗兰，晚上的课程你都很优秀。所有功课！可是你尝试的其他事情呢，你都要当全世界最好的。钢琴、网球、新闻写作，现在又是诗歌。这还只是我碰巧知道了的。一旦发现自己不是最好的，你就记下来，恨你自己。谈恋爱也一样。你要的太多，那就继续去找啊。否则她会受不了你追求完美，早晚把你赶出去。"

督察沉默期间，罗兰重新表述了一下他的问题。"那么，新女人还是旧女人，你到底要什么？"

劳伦斯在睡梦中无声无息地大便了。气味也不是那么糟糕。人到中年的一个发现——你很快就能忍受你爱的人的大便。通行规则。

布朗认真地思考着这个问题。他的目光在房间中漫不经心地游移。他看到了几个乱糟糟的书架、一堆堆的杂志，还有一个柜子，顶上有一只破烂的风筝。这时，他肘部撑在桌上，低着脑袋，一边盯着松木桌面的纹理，一边用双手按摩后颈。过了很久，他终于直起了身子。

"我到底要什么？我要一份你的笔迹样本。随便什么。购物清单就行。"

一股恶心感在罗兰胸中升起、消退。"你认为那些东西是我写的？"

一个晚上昏昏沉沉，早上不吃早餐是个错误。没有涂着黄油和蜂蜜的面包片，抵抗低血糖。忙着照顾劳伦斯去了。后来因为倒咖啡时双手发抖，咖啡的量是平时的三倍。

"给牛奶工写的便条也行。"

布朗从外套口袋里拿出一个皮盒子一样的东西，上面有背带。接着，他又是叹气，又是嘟囔，气呼呼地从盒子里取出一台相机，这项任务可不容易，他那肥胖的手指还要去拧一枚很小的银色螺丝。这是一台旧莱卡相机，三十五毫米，机身是银白色和黑色，上面有凹痕。他取下镜头盖，眼睛一直看着罗兰，还嘟着嘴微微一笑。

他站起身，将四张明信片和那张便条小心摆成一排，认真得像个老学究。他一一拍照，正反两面，然后将相机收好放回口袋，说道："太好了，这种新的快速胶卷。哪儿都用得着。感兴趣吗？"

"以前喜欢过。"接着，罗兰又补了一句，语气中带着责备："当孩子的时候。"

布朗从另一个口袋里拿出一沓塑料袋子。他捏住明信片的一个角，将四张分别装入四个透明的小信封里，然后捏一下，将袋口封住。他把留在枕边的便条放在第五个信封里。这不是你的错。他坐下来，把袋子叠成一摞，又用一双大手把边角整理得方方正正。

"如果你不介意，我要把这些带走。"

罗兰的心跳得飞快，以至于他又开始觉得来了精神。"我介意。"

"指纹。非常重要。会还给你的。"

"有人说在警察局会丢东西。"

布朗笑了笑。"我们在房子里看一看吧。这样啊，我们需要你的笔迹，她的一件衣物，有她指纹的什么东西就行，嗯，还有什么呢？还有她的笔迹样本。"

"你已经有了。"

"要以前的。"

罗兰抱着劳伦斯站起来。"让你介入这桩私人事件,也许是个错误。"

督察已经带头朝楼梯走去。"也许是吧。"

他们走到狭小的楼梯平台上,罗兰说:"我要先把孩子安顿好。"

"那我在这儿等。"

但是,五分钟后,当他把劳伦斯背在背上回来的时候,却发现布朗进了他的卧室,他们的卧室。他站在窗边罗兰工作的小桌子旁,粗壮的身躯杵在那儿,让房间都显得小了。和之前一样,婴儿惊诧地瞪大了眼睛。那台奥利维蒂牌便携打字机四周,散落着一个笔记本和三份近期诗歌的打印稿。卧室朝北,光线不足,督察正举着一页纸,对着光亮看着。

"对不起。这是私人物品。你这是侵犯隐私。"

"标题很好。"他机械地读了出来,"'格拉米斯谋杀了睡眠'①。格拉米斯。可爱的女孩名字。威尔士人。"他放下那页纸,沿着床尾和墙之间的狭小空间,朝罗兰和劳伦斯走过来。

"不是我说的,而且实际上是苏格兰人。"

"看来你睡得不好?"

罗兰没搭理这句话。卧室的家具被阿丽莎刷成了浅绿色,上面有橡树叶和橡子图案的蓝色喷画。他拉开一个抽屉让布朗看。她的套衫整整齐齐叠成三排。她用过的不同种类的香水味无声地

---

① 语出莎士比亚《麦克白》第2幕第2场。

混合在一起,充满着过去的记忆。初次见面和最后一次说话叠加在一起。她的香水味,她突如其来的出现,已经超出了他的承受范围。他向后退去,好像面前是一道强光一样。

布朗吃力地弯下腰,拿起离他最近的一件衣服。黑色羊绒衫。他侧过身去,把衣服放进一个塑料袋里。

"我的笔迹呢?"

"有了。"布朗挺直了身子,拍了拍装相机的那只鼓起的外套口袋。"你的笔记本是打开的。"

"未经我许可。"

"她睡那一边?"他眼睛望着床头。

罗兰气得说不出话。她的床头柜上有个红色的发夹,两排塑料齿咬在一起。发夹下面是一本平装书,布朗伸手捏住书的边缘,把书拿了起来。纳博科夫的《普宁》。他小心翼翼地打开封面,朝里面望。

"她做的笔记?"

"是的。"

"你读过吗?"

罗兰点点头。

"读的是这本?"

"不是。"

"很好。我们可以派取证组过来,不过在目前这个阶段,还不用这么麻烦。"

罗兰控制住情绪,努力用聊天的口吻说:"我还以为我们处在指纹即将终结的时代呢。基因才是未来。"

"流行一时的胡说八道。我这辈子都不会看到。你也看不到。"

"真的吗?"

"谁都看不到。"探员动身朝楼梯平台走去。"你要明白一点。基因不是东西。基因只是个想法。一个关于信息的想法。指纹是东西,是痕迹。"

两个男人和一个婴儿下了楼梯。到楼梯底部,布朗转过身来。装着阿丽莎的套衫的那个透明袋子在他胳膊下面夹着。"我们到犯罪现场,可不是去找抽象的想法的。我们要找真东西留下的痕迹。"

劳伦斯又一次打断了他们。他一条胳膊甩出来,发出一声响亮的叫喊,第一个音是爆破辅音,"b"或者"p",又用一根湿漉漉的手指毫无意义地朝墙上指着。罗兰一般把这喊叫当作一辈子谈话的练习。无论今后要讲什么,舌头都要做好准备。

布朗正穿过客厅。罗兰跟在后面,笑了一声,说道:"这儿不是犯罪现场吧。希望你没这个意思。"

探员打开前门,迈步出去,然后转过头来。那辆浅蓝色的莫里斯牌迷你型汽车就斜着停在他身后的路缘上。清晨低低的阳光,照亮了那张脸上垂下的忧伤的褶皱。他的训诫时刻并没有什么说服力。

"以前我一个警长说过,有人的地方,就有犯罪现场。"

"听起来完全是胡说八道。"

但布朗已经转身走了,好像根本没听见。父子二人看着他沿着那条短短的、长满野草的小路,到了那扇从没关过的破烂的花园门前。到人行道上之后,他花了半分钟,身体微微弓着,在衣服口袋里摸钥匙。最后,他总算找到了钥匙,打开了车门。只见他身体灵巧地一弓一扭,动作一气呵成,便背对着车一屁股坐了进去,砰的一声关上了车门。

*

1986年春天一个凉爽的日子。罗兰的一天就这么开始了,沉甸甸地摆在他面前。那么多家务,还多了一件毫无意义的事情:成了嫌疑犯,让他感觉自己污渍斑斑、没有清洗。如果他真是嫌疑犯的话。几乎心怀内疚。谋杀妻子这件事情粘在他身上,就像早餐粘在劳伦斯脸上结成了硬块一样。可怜的家伙。探长慢慢将车驶入车流时,他们俩都在看着。前门旁有一棵细小的树苗,绑在一根竹棍上。那是棵刺槐。园艺中心的人说,这树在车流的尾气中也能茁壮成长。在罗兰看来,从这门口开始,一切似乎都是随机强加在他身上的,好像他从某个被人遗忘的地方空降到这环境之中,过上了别人走后丢给他的生活,一切都不是他自己选择的。他从没想买也买不起的房子。怀里这个他从没指望会爱也不需要去爱的孩子。随机的车流缓缓从门前经过,这大门是他的了,可他永远也不会去修。那棵脆弱的刺槐树,他不会想到去买,对种树的那份乐观劲儿,他再也感觉不到了。根据经验,他知道要走出这种与环境疏离的状态,最好的方法是完成一件简单的任务。他要到厨房去,给儿子洗脸,要轻轻地洗。

然而,等他用脚把门踢上,他又有了新的主意。这时他脑子里只有这一个念头,他抱着劳伦斯走上楼,来到卧室,来到桌前，查看他打开的笔记本。他不记得最近的条目了。十五个月在文学期刊上发表了九首诗歌——他的笔记本是他态度认真的标志。小巧，有暗淡的灰色书写线、深蓝色的硬皮封面、绿色的书脊。他不会允许笔记本成为流水账，记录婴儿成长的细枝末节，或者他自己情绪的起起落落，或者对公共事件的被动思考。那太平庸了。他的材料是更高级的东西。追踪某个美妙想法的草蛇灰线，幸运地抵达某个隘口、某个火一般的点，纯洁的光突然在此聚焦，照亮了诗歌的第一行，随后诗行的秘密钥匙，也都在这第一行之中。这种情况以前出现过，但你心里要它出现、渴望它再次出现，都无济于事。不可或缺的幻觉，是人类最好的诗歌，他触手可及。头脑清醒不管用。什么都不管用。他只能坐着、等着。有时候他会放弃，在笔记本的某一页写满自己无力的思考，或者其他作家的段落。这是他最不愿意看到的情况。他抄过蒙田论幸福的一段话。他对幸福不感兴趣。之前还摘抄过伊丽莎白·毕肖普的一封书信。看起来很忙碌，有点儿帮助，但他又没法糊弄自己。谢默斯·希尼曾经说过，作家的责任是坐到桌前。白天只要婴儿一睡觉，罗兰就坐到桌前，等着，经常把脑袋搁在桌子上，自己也睡着了。

笔记本和布朗走时一样，是打开的，就放在打字机右边。布朗拍照的时候，应该是不需要移动的。推拉窗里射进来的光线清冷而均匀。左边某一页的顶上写着几行字：他的少年岁月变了形，生命进程偏离了方向。记忆、伤害、时间。显然是首诗。他拿起笔记本的时候，婴儿立即扑了过去。罗兰把笔记本拿开，让他够不着，此举激起了一连串抗议的尖叫。打字机后面有一个墙手球①,已经积了灰。他从没打过墙手球,但有段时间他每天捏球,以锻炼受伤的手腕的力量。他们走进卫生间,给婴儿洗脸,也把墙手球洗一洗。这个东西可以给劳伦斯咬。果然有用。他们俩并排仰面躺在床上。这个幼小的男孩,身长不过父亲的三分之一,拿着墙手球吸着、啃着。这段文字和罗兰记忆中不一样了,因为现在他是通过警察的眼睛来阅读的。没有改进。

我将事情终结时,她没有反抗。她知道自己做了什么。谋杀的阴影笼罩着全世界。她躺在那儿,埋了,但在某个无眠之夜,她从黑暗中跃起。贴身坐在钢琴凳上。香水、衬衫、红指甲。逼真鲜活,同往常一样,如同她头发中的墓土。啊,那些音阶!可怕的鬼。她不肯走开。只是时间不对,我这时候需要平静。她不能活过来。

他读了两遍。责怪两个女人是有悖常理的,可他就是责怪她们:米里亚姆·康奈尔小姐,钢琴老师,她跨越时空的距离,用新奇的方式干涉他的事情;阿丽莎·贝恩斯,闺名艾伯哈特,他亲爱的妻子,无论身在何处,都能牢牢控制住他的脑袋。除非她重新现身,否则他摆脱不了道格拉斯·布朗。警察之所以形成这样的心态,罗兰也有责任,所以他也责怪自己。读第二遍时,他想,这笔迹与明信片和便条上的字体显然不同。不能说一无是处。不过的确不怎么样。

---

① 一种在三面或四面围有墙的场地上用戴手套的手或球拍对墙击球的球戏。

他侧过身，看着儿子。他有所发现，虽然发现得太迟——总体上看，劳伦斯带来的慰藉多于繁琐。墙手球已经失去了魅力，从他两手之间滚落，挨着一块毯子停了下来，上面还有亮晶晶的口水。此刻他正凝视着上方。那灰蓝色的眼睛中跳动着专注之火。中世纪的艺术家将幻景表为从大脑中射出的一束光。罗兰跟着那束光，去看那斑驳的吊顶板，那应该是可以阻火的，上面有个不规则的洞，是上一任主人在卧室里悬挂吊灯留下的。对宽十英尺、长十二英尺的矮小房间来说，那是个对未来充满信心的姿态。这时候他看见了，现在就在他们头顶上，有一只长腿蜘蛛，头朝下正向房间一个角落里爬。那么小的脑袋，那么大的志向。这时候蜘蛛停了下来，细如毛发的腿支撑着身体在原地摇晃，好像随着某种隐形的旋律摆来摆去。有权威人士能解释它这是在干什么吗？周围没有捕食者令它不知所措，没有其他蜘蛛引诱它、恐吓它，没有任何东西阻碍它。可它还是停下来等着，在原地跳着舞。等蜘蛛继续赶路时，劳伦斯的注意力已经转到了别的地方。他转过特大号的脑袋，看见了父亲，四肢便开始动将起来，双手挥舞，双腿抽搐一般一曲一伸。这是很投入的事情。不过，他这也是在交流，甚至在质疑。他眼睛一直盯着罗兰，同时再次将双腿踢出去，然后微露笑意，似乎有所期待地等着。我干得怎么样？他希望自己的优秀表现受到表扬。七个月大的孩子要知道炫耀，那他多少应该意识到别人的大脑和他自己的差不多，知道欣赏别人大概是什么感觉，知道赢得别人的尊重多么愉悦、多么开心。不可能？可这就是事实啊。太复杂了，想不明白。

罗兰闭上眼睛，听凭一种缓慢旋转的感觉自行其是。噢，现在睡觉吧，如果婴儿也睡的话，如果现在他们俩能在床上一起入睡，哪怕五分钟也好。可是，父亲闭上眼睛，对劳伦斯来说，意味着宇宙坍缩成一片冷寂的黑暗，他成了最后一个幸存的人类，在空寂的海滩上瑟瑟发抖、无人理睬。他深吸一口气，发出一声嚎叫，这是充满遗弃和绝望的哭喊，震人耳鼓、催人泪下。对口不能言的无助人类来说，突然之间切换极端情感，能获得很大权力。一种粗糙的暴政形式。真实世界中的暴君常被人比作婴儿。劳伦斯的悲喜之间，仅如薄纱之隔？连这都算不上。他的悲喜紧紧缠裹在一起。等罗兰精神起来，怀里抱着孩子站在楼梯口，满足感又回来了。劳伦斯紧贴着父亲的耳垂。两人下楼时，他笨拙地一下一下捅着他父亲的耳蜗。

还没到十点。这一天会很长。已经够长了。厅里爱德华时代的劣质地砖上，有一道鞋底污渍的水印，让他又想起布朗这个人。是啊，是啊，情况不妙。不过，可以从这儿开始。灭迹。他用一只手拿来拖把，在一个桶里装满水，清理这条污渍，将脏东西涂抹开去。大多污渍都是这么清理的，分散开来，就会稀薄得根本看不见。疲惫将一切变成隐喻。常规的家务，让他憎恶、拒斥外面大世界的要求和诱惑。两个星期前有一次例外。国际局势侵入了他的过去。美国战斗机在利比亚的黎波里发动突袭，毁掉了他以前上过的那所小学，却没有击毙卡扎菲上校。现在，读到里根、撒切尔或她的部长们做演讲的报道，会让罗兰觉得置身事外，因为注意力不集中而感到内疚。但是，这时候该低下头来，一心一意去完成自己设定的任务。少想多做自有其价值。改善这种疲惫的状态，处理最基本的事情：婴儿、房子、购物。他四天没见过报纸了。厨房里的收音机整天都开在低音档,有时候传来低沉而紧迫的嗓音,充满男子气,要引诱他回去。他拿着桶和拖把从旁边经过,尽量不去理会。为你播报,收音机喃喃说道。十七座监狱发生暴动。你在世界上闯荡的时候,曾经就关心这种事情……爆炸……瑞典官方称有放射性,事态进展大白于天下……他急忙走开。继续走,不要打盹,不要闭上眼睛。

清理好客厅之后,他开始弄厨房,劳伦斯坐在椅子上,拿着一根剥了皮的香蕉边吃边玩。水槽和餐桌的清洁工作大致完成了。他抱着劳伦斯上了楼。两间卧室里,他维持的秩序勉强算过得去,但随时会滑入混乱无序之中。世界似乎也好不了多少。这里,楼梯口上毕竟还有一堆东西,等着放入洗衣机。这种事情阿丽莎并不比他强。其实——不,不,今天他不去想她。

后来,劳伦斯吸干了一瓶牛奶,睡了。罗兰来到隔壁自己的卧室。他没有睡觉,而是想着修改那首关于失眠的诗歌。《格拉米斯》。这首诗也以简单化的方式——必须简单化,因为他知道得不多——表现了"北爱尔兰冲突"。1984年,他在贝尔法斯特和德里待过一段时间,同行的是一位伦敦的爱尔兰朋友,名叫西蒙,因为开连锁健身房发了财,充满着理想主义。西蒙想开几家网球学校,招收各个宗教派别家庭的孩子。罗兰担任首席教练。他们去找场地和当地的合作者。两个天真的傻瓜。他们被人跟踪了,或者说以为被人跟踪了。在诺克劳克里姆村酒吧里,有个坐轮椅的人——他们认为他可能受过子弹穿膝之刑——建议他们"小心一点儿"。西蒙操着英国化的北爱尔兰口音,到哪儿都不受待见。没人对儿童网球感兴趣。英国士兵不相信他们的故事,把他们拦在路上，那六个小时过得十分枯燥。整整一个星期，罗兰都没怎么睡觉。雨下个不停，天气又冷，食物难以下咽，酒店床单是潮湿的，大家都一支接一支地抽烟，脸色像鬼一样。他在一场噩梦中游荡，要反复提醒自己这种恐惧的状态不是妄想症。实际上就是。谁也没碰过他们，连个威胁的人也没有。

他担心这首诗过多地受到了希尼《惩罚》一诗的影响。一个在泥煤沼里保存了数千年的女人，让诗人想起了她"背叛同胞"的爱尔兰姐妹们，她们是受害者，因为通敌而被涂上柏油示众，而诗人在一旁看着，既感到愤怒，又觉得自己是同谋。一个外人，一个英国人，只待了一个星期，没怎么与人接触，能谈什么"北爱尔兰冲突"呢？这就是他的新想法——在诗歌中侧重表现他的无知和失眠。表现他当时多么彷徨、多么畏惧。但是，有个新的麻烦。布朗的双手曾经拿过面前这份打印稿。罗兰读了一遍标题，心里听到了探员那机械的声音，顿觉"格拉米斯谋杀了睡眠"无法忍受。没有力量，不祥的开端，滥用莎士比亚。过了二十分钟，他把诗放到一边，思考他最新的想法。他打开了笔记本。钢琴。爱，记忆，伤害。但这里也有探员的身影。当着他的面，侵犯了他的隐私。思与纸、意与手，两者之间纯洁的约定被打破了。或者说被污染了。一名闯入者，一个怀有敌意的存在，已经让他开始轻视自己的文字。他被迫通过别人的眼睛来审阅自己，努力避免可能的误读。心有旁骛，笔记本就死了。

他推开笔记本，站起身，突然想起了当前的严峻处境。这足以让他再次坐下来。认真想一想。她离开也不过一个星期。不能再柔弱了！他应该强健有力，却在此矫揉造作。某位诗歌权威曾经说过，写一首好诗，就是一场身体运动。他三十七岁，有力气、有精神，他写的东西还是他自己的。诗人可不能被警察吓住。他手肘放在桌上，双手托着下巴，用这样的话教训自己，直到劳伦斯醒过来，开始大喊大叫。这一天的工作结束了。

午后，他正在给孩子穿衣服，准备出去购物，屋后房顶檐槽上传来了鸟儿的聒噪声，这让他有了一个想法。到了楼下，他胳膊夹着劳伦斯，查看客厅电话旁一摞号码簿上的记事本。之前他都没留意，现在已经是五月份了。既然是星期六，那么就是三号。整个上午，这幢积灰的小房子内温度缓缓上升。他打开一楼的一扇窗户。他去买东西，小偷要来就来吧。他们会发现没什么可偷的。他探出身去。一只蝴蝶，一只孔雀蝶，正在砖墙上晒太阳。被他忽略多日的天空万里无云，空气中传来浓郁的隔壁邻居新修草坪的气息。劳伦斯应该不用穿外套。

推着孩子从家中出发时，罗兰心里并不轻松。但是，他个人的狭隘生活显得没那么重要了。还有其他人，还有更大的事情。他一边走，一边摆出一副云淡风轻的样子。如果你妻子丢了，要么一个人过，要么再找个妻子，要么等她回来——没有其他折中方案。智慧的关键，是不要在乎那么多。他和劳伦斯能过下去。明天他们就去好朋友家吃晚饭，走路不过十分钟。婴儿会在沙发上睡着，身边有一排靠枕保护着。达芙妮是他知心的老朋友。她和彼得都是优秀厨师。两人有三个孩子，小的和劳伦斯一样大。还会有其他朋友。他们会好奇，想知道最新的进展。道格拉斯·布朗的到访、他提问的方式、新森林公园里埋人的浅坑、令人愤怒的侵犯隐私、口袋里的小相机、他的警长说过的话——

没错,所有这一切,罗兰都会重新打造,变成一部社交讽刺剧。布朗会变成道格佩里①。他一边朝商店走,一边想象朋友们乐不可支的场景,自己也笑了。他们会称赞他的坚韧。在一些女人眼里,独自抚养孩子的男人很有魅力,甚至有些英雄色彩。在男人眼里,他看起来像个傻瓜。不过,他也有些为自己感到骄傲:此时此刻脏衣服正在洗衣机里旋转,客厅地板干干净净,孩子吃得饱饱的,心满意足。他要从两天前路过的锡桶里买些鲜花。一束红色重瓣郁金香,放在餐桌上。商店就在前面,与其说是花店,不如说是报刊亭,进去以后,他要买份报纸。他已经准备拥抱风起云涌的广阔世界。如果劳伦斯没事,他可以在公园里阅读报纸。

买报纸的时候,不可能不看到头条。《辐射云到达英国》。从厨房收音机的低沉片段中,他已经听到了爆炸的事情。他在收银机旁等着店员把花包好,心里感到疑惑:既然知道了一件事情,虽然非常模糊,可为什么同时又否认它、拒绝它、回避它,然后还能在真相揭示的那一刻体验到震惊的感觉呢?

他拉着推车倒退出商店,然后继续执行其他任务。一如既往的街道,有了一种慢动作一般的可怕模样。本来他以为可以低头假装看不见,但世界却找上了他。不是他。而是劳伦斯。一头工业猛禽、一只无情的鹰隼,在命运这台机器的操纵下,要将孩子从巢中攫走。而他父亲像白痴一样,一直扭过头去假装没看见,想到早餐盘子收好放在水槽里、婴儿床更换了床单、买好了郁金

---

① 莎士比亚戏剧《无事生非》中的一名自大而可笑的治安小吏。

香准备放在厨房，竟然还觉得沾沾自喜。更糟糕的是，他还铁了心要扭过头去。他以为自己可以免疫，因为他之前一直这样。他想象是自己的爱保护了孩子。然而，公共紧急事件一旦爆发，那是不分老幼一视同仁的。孩子也不例外。罗兰没什么特权。他和其他人一样置身其中，只能留意官方公告，听着习惯于对全体公民训话的领导们，做出难以置信的种种保证。政客认为对群众有好处的事情，对个人可能没好处，尤其是对他。可是，他就是群众。他一直是傻瓜，也将会被当作傻瓜对待。

他在一个邮筒边停了下来。那奇怪的红色和乔治五世的皇家纹章早已是另一个时代的记忆，那时候人们可笑地相信，邮政传递信息可确保绵延不绝。推车把手上挂着一只袋子，罗兰把花塞进去，打开报纸把头条重读一遍。这是一篇严肃科幻类的文章，客观冷漠地描写大灾难。辐射云早已知道自己要到哪里去。从苏维埃乌克兰到这儿，它应该穿过了其他不那么重要的国家。这是局部事件。让他震惊的是，故事他早已知道很多。在一个叫做切尔诺贝利的遥远的地方，一家核电站堆芯熔毁，发生爆炸、引发大火。这一页的下方，一种旧的常态——监狱暴动——还在慢慢发酵。隔着报纸，罗兰能看到下面劳伦斯的半个脑袋，脑袋长着绒毛，几乎还没有头发，跟着过往行人转来转去。头条上面有一行小字，比头条更加令人警觉——"健康部门官员坚持认为对公众没有危险"。一点没错。水坝不会决堤的。疾病不会传开的。总统的病不严重。无论民主还是独裁，稳定都最重要。

他的不屑是很好的保护。这促使他采取行动，会让他觉得自己不是面目呆滞的普通大众中的一员。他的孩子会活下来。他是个有知识的人，知道该怎么做。最近的药店还不到一百码的距离。他在处方柜台前排了十分钟的队。劳伦斯焦躁不安，扭来扭去，弓着背去顶推车的安全带。只有消息灵通的人才知道，碘化钾能保护脆弱的甲状腺不受辐射伤害。儿童特别有风险。药剂师是位友善的女士，她笑了笑，淡定地耸耸肩膀，好像某一天下了大雨一样。都卖光了。昨晚就没了。

"大家都在发疯地抢呢，宝贝儿。"

周围另外两家药店也是同样的话，不过语气没那么友善。一位穿白外套的老头脾气很大：没看到门上的通知吗？沿着街下去，罗兰买了六瓶一点五升的水，另外还专门买了一只结实的袋子。水库会被辐射污染，自来水不能用。在一家五金店里，他又买了很多包塑料防尘罩和好几卷胶带。

在公园里，劳伦斯手里攥着这一天的第二根香蕉，睡着了。罗兰翻阅着报纸，脑子里留下了五花八门的印象。这看不见的辐射云在六十英里之外。从明斯克飞到希思罗机场的英国学生接受到的辐射量是正常剂量的五十倍。明斯克离事故现场还有二百英里。波兰政府建议不要喝牛奶或吃牛奶制品。最先检测到辐射泄露的是七百英里之外的瑞典人。苏联当局并没有为国民提供关于遭到污染的食物或水的建议。我国绝不会发生这种事。可实际上已经发生了。温德斯凯尔发生过泄露，只是没有公开。俄罗斯驻斯德哥尔摩大使馆第三秘书受命前往瑞典当局，询问如何处理石墨引发的火灾。瑞典人不知道，让俄国人去找英国人。其他的公众都不知道。法国和德国说对公众没有危害。但不要喝牛奶。

中间插页有一张详尽的核电站剖面图，表明事故的发生过程。一份报纸能在这么短的时间内掌握这么多信息,让他很佩服。其余的就是专家们很早以前对这种反应堆设计提出的警告。这页的最下方是英国类似核反应堆的概览。社论建议说,现在该转向风能了。一位专栏作者质问戈尔巴乔夫的开放政策怎么了。那一直就是场骗局。在读者来信那一页,有人写道,无论东西方,只要有核电,就必然有官方的谎言。

一条宽阔的柏油路穿过公园,路对面一条同样的长凳上坐着一位女士,在阅读一份更为通俗的报纸。罗兰看到了标题:《熔毁!》。整个故事,逐渐累积的各种细节,开始让他感到恶心。像吃了太多蛋糕。辐射病。两名妇女从一旁走过,每人推着一辆可以摇晃婴儿的那种老式童车。他听见其中一位用了"紧急状态"这个词。有一种普遍的眩晕感,因为只有一个话题。全国人同一阵线,在焦虑中团结一心。理性的第一反应是跑。如果有钱,他会到某个安全的地方租个房子。可是,哪儿安全呢?或者买张飞机票到美国去,到匹兹堡,他那儿有朋友;或者到喀拉拉邦,他和劳伦斯可以过简单朴素的生活。探案督察道格拉斯·布朗会怎么看呢?罗兰心想,自己只需要和达芙妮谈一谈就好了。

他这份报纸最后一页的天气预报说,会有东北风。更多辐射云要来了。他第一项任务是把这袋瓶装水扛回家,动手把窗户封起来。他必须继续把世界挡在外面。走路二十分钟。就在罗兰从口袋里掏出大门钥匙的时候,劳伦斯醒了。和所有婴儿一样,他毫无理由地突然大哭起来。要点是把他抱起来,越快越好。这是又热又笨的工作:解开安全带,把满脸通红、哇哇乱叫的孩子抱起来,然后将推车、水、花、防尘罩一一搬到家里。一进门,他就看到了阿丽莎的明信片，第五张，有字的那一面朝上，放在地板上。这回文字更多。但他没把明信片捡起来，而是抱着劳伦斯、拿着店里买来的东西，朝厨房走去。

2

1959年夏末，他跟随父母从北非来到伦敦。据说当时有热浪——不过八十九华氏度——而且"闷热"，这个词罗兰以前不知道。他对此颇为不屑，在他引以为傲的家乡，半晌午的光是一片刺眼的白，热浪从地上弹起来砸在你脸上，蝉是寂静无声的。他本可以跟亲戚们说。然而，他却只跟自己说了。在里士满，他同母异父的姐姐苏珊那两个房间周围的街道是整洁有序的，有种坚固持久的模样。铺路石和路沿石硕大沉重，抬不起来也偷不走。光滑的黑色道路，没有粪便和沙子。没有狗、骆驼、驴子，没有叫喊声，没有汽车喇叭按半分钟一直不停，没有堆满了西瓜的手推车，没有枝上挂满椰枣的棕榈树，也没有在粗布下慢慢融化的冰块。街上没有食物的气味，没有滋啦作响，没有叮叮咣咣，没有油和橡胶烧焦后的臭味，从废旧轮胎翻新店的遮阳棚下传来。没有宣礼师在高高的塔楼上喊人去做礼拜。这儿干净的马路表面略微呈弧形，好像一根巨大的黑色管道，绝大部埋在地下。为了排干雨水，他父亲解释说，这有道理。罗兰注意到，排水沟上面铺着鹅卵石,没有垃圾堆积,下面有粗大的铁水管。几码距离的普通街道,要花那么多功夫去修,还没人注意到。他试图向母亲罗莎琳德解释那个"黑色管道"的想法,但母亲听不明白。"管道"①是铁路啊,她说。地下的那部分还没到里士满呢。在他所说的看得见的那部分黑色管道上,车辆有序来往,不会给人着急的感觉。谁也不急着超过别人。

"回家"后的第一天,他和父亲罗伯特·贝恩斯上尉半下午的时候去逛英国人的商店。阳光是金黄色的,像蜜一样浓稠。主要的颜色是深红色和绿色——那著名的巴士,会让人吓一跳的邮筒,上方矗立着高高的马栗树和梧桐树,下方更低处则是围篱、草坪、植草路肩和人行道缝隙中的野草。他母亲说,红色和绿色不应该被看到。这两种相互冲突的颜色让人焦虑,他的肩膀会绷紧,走路的时候人向前倾。后天,他和父母要从伦敦出发,到七十英里之外去看他的新学校。离新学期开学还有几天。其他男孩子们不会在学校。他很高兴,因为一想到他们,他的胃就开始收缩。"男孩"这个词,全体男孩,让他们有种权威,有种蛮横的力量。父亲称他们为"小伙子"的时候,他们在他心目中就变得更高、更细一些,强壮有力却不负责任。在距离学校——他的学校——六英里的小镇上,他和父母会前往一家服装店,给他买校服。这也会让他的胃收缩。学校的颜色是黄色和蓝色。清单上有连衫工作服、橡胶靴、两种不同的领带、两种不同的外套。他没告诉父母,他不知道这些衣服是怎么回事。他不想让别人失

---

① 英文"tube"指"管道",也可指"地铁"。

望。谁能告诉他，连衫工作服是用来干什么的？橡胶靴是什么？运动夹克是什么？"哈里斯粗花呢打皮补丁"又是什么意思？这些衣服什么时候该穿、什么时候不该穿？

他以前从没穿过夹克。在的黎波里，冬天他有时候穿套头毛衣，他母亲织的，前胸有麻花扭绳图案。他们乘坐那架双螺旋桨飞机途经马耳他和罗马来到伦敦的前两天，父亲给他演示了如何打领带。他在客厅里向父母展示了好几遍，证明自己学会了。这并不容易。当他和其他男孩——高个子的小伙子们——站到一起，几百人列好队，面对着巨大的镜子，就像他在一张凡尔赛宫图片里看到的那样，他怀疑自己还能不能记得如何打领带。他会孤单，会被人嘲笑、陷入麻烦。

他们出了门，给父亲买香烟，也为了逃开苏珊、她丈夫和他们的小女儿居住的那两个小房间。他母亲已经把露营床收了起来，正在用吸尘器清洁没有灰尘的地毯。刚出了两颗磨牙的小女儿哭个不停。这时候"男人们"自然不能在一旁碍手碍脚。两人肩并肩走了十五分钟。他们的街道和主干道交会的地方，有一排巨大的马栗树，形成一条林荫道，通向第一家商店。他习惯了高高的桉树，干巴巴、灰蒙蒙的树叶簌簌作响，树皮一片片脱落，似乎缺水过度，永远在死亡的边缘挣扎。他喜爱高高的棕榈树，斜斜地插入深蓝色的天空。但伦敦的树枝繁叶茂，像女王一样冠冕堂皇，像邮筒一样坚韧持久。这里有一种更深刻的焦虑。相比之下，小伙子们、连衫工作服等等，都算不得什么。马栗树的一片片树叶，像地中海的地平线和的黎波里小学黑板上的文字一样，里面藏着一个秘密，他几乎连自己都不能说。他的视线是模糊的。一年前，他使劲眯着眼睛，还能看得比较清楚。现在不行了。他出问题了，进一步发展下去会怎么样，他连想都不敢想。失明。这是一种病，也是一种失败。他不能告诉父母，害怕他们对他失望。人人都能看清楚，就他不能。这就是他感到羞耻的秘密。他要带着这个问题去上寄宿学校，他要独自去面对。

每一棵马栗树都是一座绿色的峭壁，看不出颜色的差别。等他们走近第一棵，树叶开始出现，每一片都有五个尖角，温润饱满地舒展着。停下脚步仔细端详，可能会暴露他的秘密。观察树叶这种事情，他父亲不会赞同。

他们到了一家报亭，上尉除了香烟，还主动给儿子买了一块巧克力。战争之前，罗兰的父亲在苏格兰乔治堡的军营里当过多年的步兵，工资很低，总是吃不饱，所以他很喜欢有能力的时候就给儿子买点好吃的。但他也很严厉，不听他的话是有危险的。两者混在一起效力强大。罗兰对他又怕又爱。罗兰的母亲也是这样。

罗兰年龄还小，巧克力、太妃糖、甜饼干和花生碎混在一起，足以掌控他的感官，让他对周围的环境浑然不觉。等他回过神来，两人正走进另一家商店。男人的啤酒，女人的雪利酒，他的柠檬汁。当天下午晚些时候，电视上会神奇地出现格拉斯哥埃布洛克斯足球场进行的比赛。明天会有伦敦守护神剧院上演的综艺表演。利比亚没有电视，都没人谈没有电视这件事情。到处都是混乱嘈杂的喧闹之声，从伦敦播出的无线电节目，传到海外军人家中，声音起起落落、时大时小。在罗兰和他父母看来，电视可不仅是个新鲜玩意儿。那是个奇迹。看电视就是庆祝。必须有喝的。

这时父子二人离开酒类专卖店，抱着沉甸甸的结实的纸袋子，顺着原路往回走。他们刚过报亭，再走约五分钟就是林荫道，这时他们突然听到砰一声巨响，像是步枪刺耳的咔哒声，像罗兰在"十一公里"靶场经常听到的点303步枪的声音。罗兰转过头来看到的景象，他一生都不会忘掉。在生命的结尾，在他消退的意识中那些渐渐淡去的人形和低语之中，仍然有这景象出现。一个男人，戴着白色头盔，穿着黑色夹克和蓝色裤子，以低低的弧线从空中飞过。他脑袋是朝前的，所以看起来好像这是他自己的选择，要完成一次勇敢的挑战。他四肢摊开着了地，脸朝下摔在路上，身体在柏油路上滑行，发出刺耳的摩擦声。他落地的时候，头盔滚了出去。保守估计，他在地上滑了三十英尺，也许有四十。他后方有一辆小车，前脸瘪了进去，挡风玻璃碎了。那人是从车顶上飞过去的。摩托车被撞得面目全非，底朝天落在路边的排水沟里。车上有个女人在哭。

往来车辆停下来，整个城市一下子安静了。罗兰跟在父亲身后跑过马路。二十三岁的贝恩斯中士是高地轻装步兵团的年轻士兵，到过敦刻尔克的海滩，见过死亡，见过被弹片劈开却仍然活着的人。他知道不能移动摩托车手。他凑过去，一只耳朵贴在那人的嘴巴上，检查他的呼吸，又用手伸进被血浸透的头发，放到太阳穴上检查他的脉搏。罗兰仔细看着。上尉将那人侧过来，又分开他的双腿，让身体更加稳定。他脱下外套，叠好，塞在那人的脑袋下面。他们朝那辆车走去。这时候已经聚起了很多人。贝恩斯上尉不是孤军奋战——除了年纪最小的，所有男人都打过仗，所以都知道该怎么做，罗兰心里想。汽车的前门开着，三个男人正探身朝里看。大家都同意不要去动这个女人。她年纪轻，有卷曲的金黄色头发，穿一件有彩色波尔卡圆点图案的缎子上衣，上面有一条条的血迹。她前额上有一条深深的伤口。她已经不再叫了，只是一遍遍重复道："我看不见。我看不见。"车里传来一个男人低沉的声音："别担心，宝贝。是血流进了眼睛里。"但她还是不停地喊。罗兰恍恍惚惚地转身走开了。

随后的场景是，现场有两辆救护车。女人已经安静了，在路边坐着，肩膀上披着一条毯子。一名医护人员正用纱布包扎她额头上的伤口。失去知觉的摩托车手躺在救护车旁的担架上。救护车里是奶白色的，亮着黄色的灯。有红色的毯子，两张单人床，中间有些空间，像儿童的卧室一样。他父亲和另外两位男士上去要帮忙抬担架，但实际上用不着。人们在同情地窃窃私语，女人一边被人扶着上担架，一边哭了起来。人们把她身上的毯子塞紧，抬着她进了另一辆救护车。罗兰现在看到，在此过程中，两辆救护车的蓝色顶灯一直在闪着。一直在英勇地闪着。

那几分钟令人害怕。在他十一年的生命之中，从未见过这样的事情。像不连贯的梦。在记忆中，不同场景会混在一起，顺序被打乱。也许他们是先跑到汽车那儿，然后再跑去看地上的男人，因为没人照顾他。中间还有一段空白，好像睡着了一样，救护车就是这个时候到的。救护车的警报应该在响，可他却没有听见。现场有一辆警车，但他却没看到警车什么时候来的。也许是人群中某位女性晕倒了，所以坐在路边披着毯子休息。也许医护人员帮她止血的时候，车里的女人一直在那儿没动地方。救护车里的黄光可能是阳光的反射。对于一片马栗树叶这样的细节，记忆是很难去检视的。男人从空中飞过——这确定无疑。还有他如何落到地上，脸朝下向前冲，白色的头盔滚到了路边的草上。但是，留在罗兰大脑中并改变他的，是救护车关上后门驶入静止的车流时所发生的事情。他哭了出来。他挪到一旁，这样父亲就看不到。罗兰为那个男人和那个女人感到难过，但问题不在这里。他流泪是为了高兴，为了突如其来的一股暖意，因为他明白了什么，尽管当时还不能用如下方式表达：人们多么好心、多么有爱啊！这个世界里，只要有悲伤和痛苦，就有救护车从天而降、迅速赶来，这样的世界多么善良啊！永远在那儿，一整套系统，就在日常生活的表面之下，警觉地等待着，带着它准备好的知识和技能随时前来救助，而这只是一个小部分，还有一个更大的慈善网络等着他去发现。救护车渐去渐远，隐约还能听到警笛声，这时在他看来，一切都很好，一切都体面、友善、公正。之前他还没有明白，他即将永远离开家，在接下来的七年里，四分之三的生命将在学校中度过，在家里他将永远是位访客。他还没有明白，学校毕业就是成年。但是，他察觉到了一种新的生活即将开始，现在他明白了，这个世界公平而充满同情。它会善良而公正地拥抱他、容纳他，没有什么坏事，真正意义上的坏事，会发生在他或者任何人的身上，至少不会很久。

人群渐渐散去，大家都将回到日常生活。这时罗兰注意到，三名警察站在一辆巡逻车旁。贝恩斯上尉的胳膊上从指尖到手肘都是干了的血，像铁锈一样的颜色。他把衣袖放下来，和罗兰去拿回排水沟里那件叠起来的夹克。衣服的灰色丝绸衬里上沾着血迹。他们拿着袋子回到了马路的另一边,然后停下脚步,等他把夹克穿好。他解释说,他不能让警察看到血迹。他不想法庭传唤他去作证。他和罗兰的母亲下周还要赶飞机呢。这句话提醒罗兰,他不会和他们一起去了。刚才的顿悟时刻立即结束了,取而代之的是以前的各种焦虑。他们默默地回到了他姐姐的公寓。随后,姐姐的丈夫基思加入进来,他是乐队成员,在部队里是长号手。等小婴儿终于睡着,他们拉上帘子,开始喝啤酒、雪利酒或柠檬汁,看电视上转播足球比赛。

两天后,罗兰和父母从利物浦街坐火车前往伊普斯维奇。在昏昏欲睡的维多利亚时代的车站外面,他们根据校长秘书信中的指示,等202路公交车。四十五分钟后,车来了,是一辆空无一人的双层巴士,车身是颇有异域风情的褐红色和奶黄色。他们坐在上层,这样上尉就可以抽烟。因为天热,有扇窗户开着通风,罗兰便靠窗坐下。他们沿着一条又长又直的主干道行驶,两边是拥挤的排屋,用深红色的砖砌成。在一座船坞附近,他们拐上一条滨河小路。宽阔的奥威尔河映入眼帘,河水处于高位期,呈清澈的蓝色。他侧面对着父母,于是他使劲眯起眼睛,想看得更清楚一些。河上游另一边有一座电站。这条孤寂的小路蜿蜒穿过一片沼泽地,大大小小的泥坑里发出咸味儿和甜腻的腐烂气息,在夏末温热的地面升腾而起,充满了整个巴士。对面的河岸上有树林和草地。他看到一艘驳船,高高的桅杆上挂着帆,颜色和上尉衣袖上的血迹一样。罗兰指着船让母亲看,但等她转过脸来,已经看不见了。这是全新的风景,他被迷住了。有几分钟,他都忘记了此行的目的。巴士经过一个古老的塔楼,爬上一座小山,河便从视野中消失了。

巴士售票员走到上层,用唱歌一样的当地方言告诉他们,下一站就到了。他们迈步下车,来到一片凉爽的浓荫之下。头顶有一棵枝繁叶茂的大树,树干在马路对面一条木凳旁边。这虽然不是马栗树,却让罗兰想起了自己的秘密,忘记了坐巴士观光的乐趣。父亲从夹克口袋里掏出秘书的来信,查看上面的指示。他们穿过门房边两扇铸铁大门,沿着车道走。没人说话。罗兰牵住母亲的手。她捏了一下。他认为她有些焦虑,试图找点有趣、温暖的事情说一说。可他想不出别的,唯一能想到却又不能提及的,此刻正在他们面前,虽然看不见,却就在那树后。即将到来的离别。他有责任多保护她一会儿,让她免受分离之苦。他们经过一座诺曼式教堂,随后车道略略下沉,有一幢刷成粉红色的小建筑,里面传来猪的声音和气味。车道升起,一幢恢弘的灰色石头建筑映入眼帘,就在三百码开外那一片宽阔的绿色草坪之上,有石柱、弧形的翼廊和高耸的烟囱。有一天罗兰会读到,伯纳斯府是英国帕拉迪奥式建筑的典范。与其相距较远的地方有一片马厩,半隐在高大的橡树之中,还有一座水塔。

他们停下脚步看着。上尉朝那府邸指了指,多此一举地说了句:"就是那儿。"

他们知道他的意思。或者说罗莎琳德清楚地知道,而她儿子只是隐约明白。

*

英国很少有人知道利比亚。很少有人知道那儿的英国陆军分遣队,那是二战期间大范围、大规模沙漠战役的遗留。在国际政治中,利比亚是一潭死水。整整六年,贝恩斯一家在历史不起眼的缝隙中生活着。就罗莎琳德来说,这倒是不错的生活。有个海滩叫做小卡普里①,几家人下班、放学后,下午会在此聚会。军官在一头,士兵在远处另一头。贝恩斯上尉的朋友都是和他自己差不多的男人,都参加过战争,是一级一级升上来的。桑德赫斯特军官学校毕业生和他们的家人,则属于另外一个世界。罗兰和罗莎琳德的朋友,全都是上尉朋友们的孩子和妻子。以下是他们的参照点:这个海滩;罗兰就读的位于城市南部阿奇奇亚兵营——有一天会成为美军摧毁的目标——的小学;罗莎琳德上班的市中心基督教青年会;上尉上班的格尔吉营地坦克及轻型装甲维修车间;他们买东西的三军合作社商店。和大多家庭不同的是,他们还在的黎波里露天集市购买蔬菜和肉。罗莎琳德想念家乡,不停地给她永远不会见到的婴儿们编织衣物,几乎每个星期都要包装生日礼物,每天给亲戚写信,信的最后一句话往往是"我要快点去赶邮差了"。

没有初中,罗兰到十一岁,就必须送回英国。贝恩斯上尉觉得,儿子和母亲太亲密了,有点女孩子气。他帮她做家务,上尉去参加演习的时候,他就睡母亲床上,出门还牵着她的手,虽然他都九岁了。如果她能做选择的话,她会回到英国,过普通人的生活,让儿子上当地的学校,早出晚归。军方在减员,提前退休条件不错。但是,早在他列出一堆反对理由之前,他大度而严

---

① 意大利有岛名卡普里(Capri),以风景美丽著称。

厉、善良而霸道的父亲已经对变化心生警觉。他还有其他动机，要把罗兰弄走。二十年后的一天晚上，（退役）少校贝恩斯喝着啤酒，对儿子说，孩子总是会妨碍婚姻。给罗兰找个英国的公立寄宿学校，"从各方面来讲"对大家都好。

罗莎琳德·贝恩斯，闺名莫莉——军人家属、时代大潮中长大的孩子——虽然无力做主，却并不因此生气、发怒，也不会闷闷不乐。她和罗伯特十四岁就离开了学校。他去格拉斯哥当屠夫学徒，她则在法汉姆附近一户中产人家当女佣。把家里收拾得整洁有序，一直是她的热情所在。罗伯特和罗莎琳德希望罗兰能获得他们自己未曾获得的教育。她对自己是这么说的。和他住在一起、让他上一所早出晚归的学校的念头，她应该已经尽忠职守地打消了。她是个矮小、紧张的女人，容易焦虑，非常漂亮，大家都这么觉得。胆子小，害怕罗伯特喝酒，而罗伯特每天都喝。和密友交心长谈时，她才是最好、最放松的。那时候她会讲故事，经常大笑，声音不大但清脆悦耳，贝恩斯上尉本人倒很少听到。

罗兰就是她的一位密友。放假的时候，如果他们不一起做家务，她就讲她小时候在阿什村的故事，在驻军小镇奥尔德肖特附近。她和她的兄弟姐妹们以前是用小树枝刷牙的。她的雇主给了她人生中第一支牙刷。和那一代很多人一样，她二十多岁牙齿就全没了。报上的漫画中经常看到，人们躺在床上，床头柜的水杯里放着他们的假牙。家里一共五个孩子，她是老大，小时候经常要照顾弟弟妹妹们。她和妹妹乔伊最亲，乔伊现在还住在阿什村附近。罗莎琳德照顾弟弟妹妹们的时候，他们的母亲在哪里呢？她每次的回答都是一样的，那是孩提时代的观点，长大成人后仍然没有修正：你外婆会坐巴士去奥尔德肖特，花一天看橱窗里的商品。罗莎琳德的母亲强烈反对化妆。十几岁的时候，偶尔晚上出去，罗莎琳德会与朋友西比尔碰头，两人躲在一个特殊的地方，就是村子边缘一条公路的涵洞里，悄悄涂粉抹口红。她对罗兰说，二十岁的时候，她已经与第一任丈夫杰克结了婚，第一个孩子亨利都快出生了，她还以为孩子会从屁股里出来。接生员纠正了她的看法。罗兰也和母亲一起大笑。他并不知道婴儿从哪里出来，只知道不能问。

某个可怕的时刻，战争降临在罗莎琳德头上。她是一位名叫波普的货车司机的跟车员。他们在奥尔德肖特附近运送物资。一枚炸弹落在路上，冲击波将货车掀到了沟里。两人都没受伤。战争结束后，她还和波普在一起。那时候，杰克·泰特已经在执行任务中牺牲，而她已经是两个孩子的母亲了。亨利和他奶奶住在一起。苏珊在伦敦一家专门收容牺牲军人女儿的机构。战争期间，女人能找到很多工作。1945年，她定期去奥尔德肖特郊区一处陆军仓库，渐渐注意到了警卫室里一名英俊的中士。他说话有苏格兰口音，身材笔挺，胡子修得整整齐齐。见过很多次面以后，他邀请她跳舞。她怕他，拒绝了好几次，最后屈服了。两年后的一月份，他们结了婚。第二年，罗兰出生了。

谈起她的第一任丈夫，她声音总是很低。没人告诉罗兰，但他渐渐明白，不能在父亲面前提起这个人。他的名字听起来有点儿英雄气派：杰克·泰特。诺曼底登陆前四个月，他在荷兰腹部受了伤，后来不治身亡。战前，他东游西荡。只要他不在家，罗莎琳德和她两个孩子就只能"靠大家接济"，说明他们极其贫困。

有时候村里的警察会把杰克·泰特送回家。他上哪儿啦？对于罗兰的这个问题，罗莎琳德的答案总是一样的：他在墙根下睡觉。

罗兰同母异父的哥哥姐姐——亨利和苏珊——是遥远的、浪漫化的人物，都是在英国拥有自己生活的成年人，有各自的工作、婚姻和孩子。业余时间，亨利弹吉他，在乐队里唱歌。苏珊和他们住在一起，一直到罗兰六岁。在他眼里，她很漂亮，他爱她。但是，他们是杰克·泰特的孩子，身上带着某种禁忌，所以显得模糊不清。为什么要在1941年把他们送走，让他们在父亲去世前好多年，都和严厉、冷酷的奶奶——杰克的母亲——生活在一起呢？亨利的青春期都是在那儿度过的，直到他服兵役。苏珊后来被送到伦敦那个冷酷的地方，那是十九世纪专门为了训练女佣而建立的。她生了病，喉咙长了脓疮，最后被送回家了。

为什么苏珊和亨利没跟母亲长大呢？他没问这些问题，想也没想过。那是笼罩在家庭关系上的疑云的组成部分。而那疑云则是已被人接受的生活常态。他半个童年是在利比亚度过的，期间没有人鼓励他给哥哥和姐姐写信。他们从不给他写信。他偷偷听说苏珊和乐手基思的婚姻有问题——这本身就是非常模糊的概念。她要到的黎波里住一段时间。到伊德里斯皇家空军机场接她的前一天，罗莎琳德把罗兰喊到一边，严厉地谈话。每句话她都说两遍，好像他做了什么错事一样。他不能告诉任何人，他和姐姐的父亲不是同一个人，绝对不能，永远不能。如果有人问，他要说他的父亲就是苏珊的父亲。明白了没有？他点点头，什么也没明白。这件严肃的、大人的事情，属于家庭疑云。不去谈论，看起来合情合理。

一开始，罗兰和母亲刚到的黎波里与上尉团聚时，他们住在三楼的一套公寓里，有两间卧室和一个小阳台。国王的王宫就在附近。酷热的天气、的黎波里市中心的异域文化、每天的海滩之行，都让人感到激动。但是，家里什么地方出了问题，很快七岁的罗兰就出了问题。噩梦，不住地尖叫，梦游时常常要从卧室的窗户跳下去。黄昏时分，有时候父母会把他一个人留在公寓里。他就坐在一把扶手椅上，抱着膝盖，害怕地听着每一个动静，等着父母回来。

然后他发现自己到了附近一间公寓，下午常和一位和善的女士待在一起——她有意大利血统，还有她的女儿琼恩，和他年龄差不多，后来成了他最好的朋友。琼恩的母亲是位心理治疗师，应该是她提出了务实的解决方案。贝恩斯一家搬到了一幢一层楼的白色别墅里，位于的黎波里最西边的一处农场。这里生长着花生、石榴、橄榄和葡萄。如果他跳出卧室窗户，也不过是从两英尺不到的高处摔下来。送他一只名叫"大壮"的小狗当礼物，可能也是治疗师出的主意。琼恩和她母亲回到了意大利，有一阵子罗兰伤心欲绝。农场让他恢复了活力。一英里外，橄榄林结束、灌木沙漠开始的地方，就是上尉工作的格尔吉军营。罗兰有时候一个人朝那儿走，到学校一位朋友的家里去，那是一条窄窄的沙路，两侧都是高大的仙人掌围篱。

家庭疑云的另一个部分，是他母亲的忧伤。他已经把这当成既定事实了。她压低声音说话，一副焦虑的样子，做什么事中间会突然停下来，眼睛看着一旁，进入白日梦或回忆之中。这一切都隐藏着她的忧伤。她还会突如其来地生他的气，但她总会轻声细语予以补偿。她的忧伤让他们俩更加紧密。每过三四个月，贝恩斯上尉都要带着他的队伍到沙漠中演习，每次都是好几个星期。在俄国人的支持下，埃及人可能从东边进攻利比亚，所以他们要提前做好准备。上尉的维修车间所维护的百夫长坦克需要进行防卫操练。对此类备战行动略知一二的罗兰，晚上就会到母亲床上，去接受安慰，同时他只要在那儿，也是给予母亲安慰。他保护着她，虽然同时他也需要她。

但他也需要他父亲。贝恩斯上尉上了年纪以后，小心谨慎和军事化的秩序感成了束手束脚的执念。但四十多岁的时候，他还是有冒险的喜好。流动阿拉伯乐手来到他家，他走出门去，和他们一起站在沙地上，拿过他们的祖克拉——风笛，和大家一起演奏起来。阿拉伯人的嘴巴碰过的东西，他部队里的战友们是不会碰的。和九岁的儿子单独开车出去，可能也是他给儿子灌输男性特质和技能的一个计划。他们开车来到一个部队训练场，罗兰学习了双手交替在绳网上攀爬。在"十一公里"步枪靶场，他卧在父亲身边，顺着点303步枪——父亲教他说，这叫Mk1-4——的瞄准器，望着远处沙堤上的靶子。罗兰扣动扳机，上尉则用自己的肩膀卸去步枪的后坐力。那枪声、那致命的危险，都令人兴奋。他安排罗兰跟着一名中士坐上坦克，在训练场那陡峭的沙丘间来回奔驰。他教儿子学会摩斯密码，还带回来两台按键器和一百码的电报线。他开车带他去阿奇奇亚那巨大的阅兵场，让他能进行远距离的轮滑。贝恩斯上尉用男人的眼光看待游泳。他教儿子如何跳水，如何在水下憋气半分钟，如何"爬"泳——正确的名称是蛙泳，但那是女孩子们的说法。在海边，他们发明了一个游戏,取名为"纪录"。上尉站在齐胸深的海水里,慢慢数着数,同时罗兰则站在父亲沾了百利发乳而滑溜异常的肩膀上,没有别的支撑。他们坐飞机到伦敦前不久,这个游戏才结束。当时的纪录是三十二。

罗兰提到他想抓一只蝎子,于是他和上尉便动身前往黎波里西边的灌木沙漠。在这样的旅行当中,他父亲会说:"八分之三?"罗兰就大声喊道:"零点三七五!"或者上尉说:"二十英里?"罗兰就会在大脑中进行计算——除以五乘以八——然后给出相应的公里数。父亲在为他的小升初考试做准备,他认为这类问题一定会考的。实际上都没考。

"西德的首都?"

"波恩。"

"总理的名字?"

"麦克米伦先生!"

他们在通向突尼斯的那条空阔的大路边停了下来。那是一片巨大的石头沙漠,长满了小仙人掌和灌木丛,两人在里面走了十分钟。父亲翻开的第一块石头下面,果然有一只红色的大蝎子,罗兰并不感到惊讶。蝎子的尾巴和毒刺都立了起来。它一直在等着他们。上尉鲁莽地用大拇指把蝎子推进一只果酱瓶子里。整整一个星期,罗兰都给蝎子喂鹿角虫,但蝎子却总往后退。罗莎琳德说,这东西放在家里,她没法睡觉。罗伯特把它拿到维修车间,拿回来的时候,蝎子在甲醛里漂着,被封在瓶子里了。很多年里,罗兰一直想象着蝎子的鬼魂朝他奔来,要找他报仇。它的复仇计划是,在罗兰晚上刷牙时蜇他的光脚。他必须做出向下看的动作，口里喃喃地说"对不起"，这样才能阻止它。

八岁的时候，影响他一生的重大危险提前到来了。他父亲是其中的关键，不过是作为一个遥远的英雄式人物。不同寻常的是，罗莎琳德并不在场。这是国际局势第一次侵入他小小的世界。他对国际事件的理解几乎是零。在下一所学校，他将学习到，希腊诸神在天上争吵，会给地下的凡人带来严重后果。

整个中东地区，阿拉伯民族主义正成为一支日渐强大的政治力量，他们的直接敌人就是以前或现在进行过殖民活动的欧洲列强。新近建立的犹太国家以色列也是对他们的刺激，巴勒斯坦人知道那片土地是他们的。七月末，埃及总统纳赛尔将英国运营的苏伊士运河收归国有，民族主义者们便将他奉为英雄。据推测，邻国利比亚的反英情绪会高涨。英法与以色列联手进攻埃及，以重获运河控制权，的黎波里发生了支持纳赛尔的示威活动。人们还举起了反对伊德里斯国王的标语，认为他过于看重欧洲和美国的利益。伦敦和华盛顿决定将所有英国人和美国人转移到安全场所，等待后续撤离。

这一切罗兰知道多少呢？只知道他父亲告诉他的：阿拉伯人生气了。没时间问为什么。所有儿童及其母亲必须立即前往最近的军营寻求保护。碰巧的是，苏伊士运河危机爆发时，罗莎琳德刚好在英国看苏珊。"家里"出了问题，罗兰什么也不知道。同样，他也不知道谁在自己上学期间到那幢白色房子里为他收拾了一包衣服。当然不是上尉，他是负责疏散的军官，根本没空。

那天，到阿奇奇亚军营内的小学来接他的巴士，没有停在穿过石榴园、通向别墅的那条小路旁。巴士继续行驶一英里，到了格尔吉。门卫室旁架了机关枪，四周围着沙袋掩体，路旁停着轻型坦克。武装士兵挥挥手，敬了个礼，巴士驶入了营地。

能容纳二十人的大帐篷都是一样的，但军官和士兵的孩子是自动分开的。太太们联合起来，共同打理着临时的厨房、餐厅和洗衣房。接下来一个星期，并没有发生什么戏剧性的事情。并没有武装到牙齿的愤怒的阿拉伯人前来攻打基地，屠杀英国儿童及其母亲。营地很小，任何人都不得离开，罗兰从没这么开心过。营地成了他和另外两个朋友的世界。他们熟悉了引擎油落在滚烫的细沙上发出的气味。他们探索着各个车辆维修车间，和坦克指挥官们聊天，在没有草的标准足球场上踢足球。他们爬上塔架，和负责机关枪的士兵们在一起。可能是纪律松弛了，也可能是进攻的威胁已经解除。值勤的军官和士兵——全都是年轻人——都很友善。一名中尉骑着排量 500 cc 的摩托车带着罗兰在基地兜了一圈。有时候罗兰自己闲逛，一个人也很开心。军队里的妈妈们监管饮食，安排十八个孩子轮流在一个大锡皮浴缸里洗澡，让他们按时睡觉，一个个又开心、又能干。罗兰得到了额外的关照，因为他母亲不在。不过，这时候他可不需要母亲的关注。

意见和需求都交给贝恩斯上尉和他的手下处理。有时候他会亲临家属帐篷解决个问题，腰间挂着一把手枪。他没时间和儿子说话。这挺好。罗兰年纪小，还不清楚那几天他为什么那么高兴。常规生活被打破，危险迫近的兴奋加上夸张的安全感，和伙伴们玩上几个小时也无人监管；当然，有些事情则临时免除了：在阿奇奇亚学校里眯着眼睛盯着黑板，母亲令人焦虑的关注和忧伤，父亲钢铁一般的权威。上尉不再像平时那样，早晨上学前使劲往罗兰的头发上抹百利发乳，用梳子的尖柄将头发整整齐齐地分开；母亲也不会因为他的鞋子磨坏了而大惊小怪。最重要的是，他摆脱了那些没有说出来的家庭问题，它们像地心引力一样作用在他身上，神秘莫测而又无处不在。

一天深夜，家属们离开了营地，在包括装甲运兵车在内的重兵保护之下，前往伊德里斯皇家空军机场。罗兰自豪地看到父亲在指挥着，和往常一样腰上挂着枪，给士兵们下命令，将母亲和孩子安全地送到那架前往伦敦的双引擎螺旋桨飞机跟前。不过，没有机会和他道别。

这段插曲，这难以置信的自由的味道，持续了八天。这段经历帮他撑过了寄宿学校，铸成了他二十多岁时躁动不安却又漫无目的的雄心壮志，强化了他对常规工作的排斥。这成了一个障碍——无论他做什么，总觉得别的地方有更多自由，有某种无拘无束的生活正向他招手，如果他做出不可更改的承诺，那种生活就再也无法企及了。他就这样失去了很多机会，经常陷入长时间的百无聊赖的状态。他等着现实像帘幕一样拉开，一只手伸出来，领着他迈入重新获得的天堂。人生的目标、友谊和社群带给他的快乐、未知世界的兴奋，在那儿都确定无疑。年纪大了以后，这些期待渐渐消退，他才开始明白，之前他是不清楚的，所以无法抗拒它们的吸引。他并不知道，在现实的世界里，他究竟在等待什么。从不现实的层面上说，那就是把那八天再过一遍，回到1956年的秋天，回到格尔吉营地皇家电气和机械工程兵的那十间被封闭的装甲维修车间。

回到英国后，罗兰和罗莎琳德在一名建筑工的家里住了六个月，就在罗莎琳德长大的阿什村。罗兰在当地一所学校上学，就是他母亲二十年代初上的那所学校，亨利和苏珊也曾在此就读。到第二年复活节，罗莎琳德和罗兰回到了利比亚，住在海滨一片新开发的别墅区里。也许分开这段时间对他父母有帮助，生活更轻松了，他母亲不那么紧张，上尉也开始喜欢和儿子一起去冒险。

1959年7月，他们选好了一所学校，参观安排在九月份，就在开学前几天。罗兰得知自己将要上钢琴课。上尉本人会吹口琴，能熟练地进行即兴伴奏。他偏爱第一次世界大战的歌曲：《蒂珀雷里路漫漫》《送我回亲爱的老英格兰》《把烦恼打包装进工具袋》。还有些苏格兰歌曲，老哈利·劳德的歌他唱得好。《临别最后干一杯》《不要挠痒了，乔克》以及《我属于格拉斯哥》。他一生最愉快的事情，就是和部队里的伙伴们一边喝着啤酒，一边伴奏或跟唱，还让朋友们都一起来。他最大的遗憾就是没学钢琴，一直没机会。他错过的，罗兰必须得到。他常常对儿子说，会弹钢琴的那个家伙总是受人欢迎。弹一首大家喜欢的老歌，人人都会聚过来一起唱。

钢琴课的事情和舍监做了安排，对方写信说一切准备就绪，给罗兰上课的是康奈尔小姐，刚从皇家音乐学院毕业。学校非常重视音乐，他希望罗兰能参加下学期的歌剧《魔笛》。

全家离开利比亚前往英国前的几个星期，上尉又做了个大胆的举动。他让部队里一辆三吨的卡车送来很多巨大的板条箱。一名下士和一名二等兵把箱子抬到房子后面的小花园里。父子二人将箱子钉到一起，在花园里造了个"基地"。罗兰会爬进那迷宫一般的箱子中，把日用品——伍斯特沙司、洗衣粉、盐、醋——随机混在一起，加上蜀葵、天竺葵和椰枣树叶，做化学实验。如他所愿，没有发生爆炸。

*

就是那儿了。他们都明白，虽然方式不同。板球场那一头的那幢帕拉迪奥式乡间府邸，正是他们三口之家的终结。它位于一个被战争遗忘的偏远前哨，因而它的日常节奏，它的情感和冲突的暗流，显得更为强烈。关于终结，大家都没什么好说的，于是他们默默地走着。最后，罗兰松开了母亲的手。他父亲指了指，他们顺从地望过去。草地上，一辆拖拉机带着挂车，正在运送球柱。四个人用绳子拉着H形球门，将其吊装到位。之前他们被树挡住了。板球场上没有三柱门，计分板也是空的。夏末。这时车道划了个长长的弧线，绕过马厩和水塔。他们瞥见了主楼后面有一排栏杆，后面是长满蕨类植物的斜坡，斜坡尽头是树林，树林后面是河滩，再往后，他们又看到了那条蓝色的大河，河水滔滔，笔直地朝着远处的河湾流去。流向哈里奇，上尉说。

一切都不是你想象的样子。罗兰不知道这话是他自己说的，还是以前别人告诉他的。他完全领会了其中令人震惊的道理。这宏大、这开阔、这壮丽雄伟和满眼翠绿，在吉奥吉姆波波利那幢小房子里，在阿奇奇亚学校教室那模糊的黑板前，在小卡普里温柔的海风和慵懒的热浪中，他怎么可能想到眼前这一切呢？惊讶敬畏之际，他都不觉得紧张了。他在父母之间，朝那宏伟的府邸走去，仿佛走向梦境。他们从边门进了楼。里面很凉快，几乎有点冷飕飕的。门厅前的一个狭窄空间里,有一个电话亭和一个灭火器。楼梯陡峭而庄重。这些细节令人安心。随后,他们来到一个更大的接待空间,天花板高得都有回声,有三扇锃亮的黑门,都是关着的。一家人忐忑地站在中央。贝恩斯上尉正准备再次拿出那封有指令的书信,这时学校秘书突然出现在他们面前。相互介绍完毕——她的名字是曼宁太太——参观开始。她问了罗兰几个轻松的问题,他礼貌地回答了,接着她宣布他将是全年级年龄最小的。之后的话他就没怎么听,她也没有再对他说话——松了口气。她的话是对上尉讲的。他问了一些问题,罗兰和母亲在后面跟着,好像他们俩都是前来就读的学生一样。但他们俩没有看对方。罗兰的确多次听见向导提到"男孩子们"。午饭后,如果不打橄榄球,男孩子们就穿上连衫工作服。这听起来可不妙。她说了好几遍,男孩子们不在的时候,多么奇怪、安静、整洁。但实际上她想念他们。他以前的焦虑感又回来了。那些男孩子会知道他不知道的事情,他们互相熟悉,他们会更高、更壮、年龄更大。他们会不喜欢他。

他们由边门走出大厅,从一棵猴迷树下经过。曼宁太太指了指一尊狄安娜的塑像,她是狩猎女神,身边有一只动物,似乎是瞪羚。他希望仔细看看,但他们没有走近,而是站在一段台阶的顶部,俯瞰着一扇大门,她详细地解释说,那门上有铸铁字母图案。罗兰凝视着那宽阔的河流,思绪渐渐飘散。如果在家里,现在他们应该在为去海滩做准备。在热浪下会散发出独特气味的橡胶脚蹼和面罩、游泳裤、毛巾。脚蹼和面罩里应该还有昨天留下的沙子。他的朋友们会等着他。晚上,他母亲会把粉色的炉甘石液点在他晒伤起皮的肩膀和鼻子上。

这时,他们来到一幢低矮的现代建筑前面。进去,上楼,他们查看宿舍。这里有迄今为止最强有力的证据,证明男孩子们的存在。一排排的金属双层床,灰色的毯子,消毒剂的气味,还有斑驳的橱柜,曼宁太太称之为"高脚柜",盥洗室里有一排排矮洗手盆,上方有小镜子。和凡尔赛宫没有任何相似之处。

后来,在学校办公室里喝茶,吃一块蛋糕。罗兰的钢琴课提前支付了学费。上尉签了一些文件,告别,沿着车道往回走,在那棵大树下稍等了一会儿,坐巴士到伊普斯维奇市中心,最后到了那家服装店,店内四壁用橡木板贴墙,室内空气都被吸光了,让人觉得憋闷。挑完清单上的东西,花了很长时间。贝恩斯上尉去了酒吧。罗兰穿上一件笔挺的哈里斯粗花呢夹克,肘部加缝了皮质补丁,衣领上有皮质镶边。他的第一件夹克。他的第二件是件蓝色运动上衣。连衫工作服叠好放在一个纸盒子里。店员说,没必要试穿。只有一件东西他喜欢,那是条黄绿色的弹力腰带,用钩子钩紧,像蛇一样。他们在伊普斯维奇乘火车到伦敦,回到他姐姐位于里士满的住处,周围一袋袋全是他的东西。期间父母以不同的方式问他,喜不喜欢学校,喜不喜欢某个特点。对于伯纳斯,他谈不上喜不喜欢。学校就在那儿,谁也挡不住,那就是他的未来。他说他喜欢学校,他们脸上如释重负的样子,让他感到高兴。

他十一岁生日后的第五天,父母送他到滑铁卢火车站附近的一条街道,长途巴士在街上等着。其中一辆车是专门留给新生的。那是一次尴尬的告别。父亲拍着他的后背,母亲想拥抱他但又犹豫了，最后勉强抱了他一下，他担心其他男孩会有看法，便扭捏地接受了。几分钟后，他目睹了很多人拥抱告别，大声叮嘱，哭哭啼啼，但这时候再回去又太迟了。上车后的十五分钟非常难熬，父母站在路边冲他笑着，轻轻挥着手，仰着头隔着窗户冲他说着听不见的鼓励的话，而隔壁座位上一个男孩却一直想跟他讲话。等巴士最后终于动起来，他父母走开了。父亲的胳膊抱着母亲颤抖的肩头。

罗兰的邻座伸出一只手，说："我叫基思·皮特曼，我要当一名美容牙医。"

罗兰以前和很多成年人礼貌地握过手，大多是他父亲军队里的同事，但从没跟同龄人履行过这种仪式。他握住基思的手，说："我叫罗兰·贝恩斯。"

他已经注意到，这位态度友好的男孩比他大不了多少。

一开始的冲击，不是与两千英里之外的父母分离。最初的打击是时间的性质发生了变化。反正这迟早都会发生的。进入成年人的时间、履行成年人的义务，这必须发生。此前，他自行成长，周围的事情不过是一团几乎看不见的迷雾，他对其后果毫不关心，浑浑噩噩地度过每小时、每天、每星期，最糟糕的时候，磕磕绊绊也过去了。过生日和圣诞节才是真正的时间标识。时间就是你收到的东西。在家里，父母监督时间的流逝；在学校，一切都发生在一间教室里，偶尔改变一下常规，也是由老师事先安排好的，他们看护着你，甚至还拉着你的手。

在这儿，转变是残酷的。新来的小男孩们必须快速学会按钟表时间生活，成为它的奴仆、预测它的要求，失败了则必须付出代价：被某个脾气不好的老师批评，课后留校，最后还有"吃鞋底"的威胁。按时起床铺床、按时吃早餐，然后集合，然后上第一堂课；提前五节课就收拾好需要的东西，如何查阅你的时间表，或者查阅可能有你名字的某些公告；每隔四十五分钟就准时从一间教室赶到另一间教室，第五节课后直接吃午饭，同样不能迟到；哪些日子有运动课，什么时候晾衣服、收衣服，什么时候送去洗；如果下午没有运动课，那么晚些时候什么时间上课，星期六上午什么时间上课；什么时候开始写作业，背诵或书写的固定任务什么时候必须完成；按时洗澡，熄灯前十五分钟按时上床；哪些日子是衣物清洗日，什么时候开始排队把脏衣服交给女舍监——有些日子洗袜子和短裤，有些日子洗衬衫、裤子和毛巾；什么时候把上层被单放到下层，把新的被单放到上层；什么时候排队检查是否有虱子，是否需要剪指甲或理发，什么时候发零花钱，什么时候糖果食品店开门。

财物和时间无情地串通起来。它们会从孩子们的指尖消失。每天早晨，你可能会丢掉很多东西，或者忘记携带：时间表本身、某本教材、昨天晚上的作业、其他作业本、印刷出来的问卷和地图、一支不漏水的钢笔、一瓶墨水、铅笔、尺子、量角器、圆规、滑尺。你如果把所有这些东西都放进一个盒子里，可能盒子也会丢掉，那麻烦就更大了。体育课是一件独立的、令人生畏的事情。每个星期两次，你必须拿着你的运动装备从一个教室跑到另一个教室。运动教练埃文斯先生是威尔士人，举止野蛮，会严厉处罚上课迟到或运动不达标的孩子，带着心理和身体上的恶意。就在第一个星期，罗兰在橄榄球场上盘腿而坐的姿势不对，老师的大拇指指甲都深深地挖进了他耳朵里。他感到越来越疼，在草地上爬来爬去寻找正确的位置。在利比亚，只有利比亚人才坐在地上，而地上是有石头的，滚烫而坚硬。在体育场，运动老师的体育场，身材胖的、体能弱的、动作笨的，都可能成为受害者。第一次接触之后，罗兰就避免引起他的注意。

以前，时间无边无际，他可以朝任何方向自由行动。突然之间，时间变成了一条狭窄的单行道，他和新朋友们在这条道上赶路，从一节课到下一节课，从这个星期到下个星期，直到最后这变成毋庸置疑的现实。之前让他害怕的那些男孩子，和他一样困惑，而且友好。他喜欢伦敦方言的温暖。他们挤在一起，有些晚上哭，有些尿床，但大多数都没心没肺地快乐着。没有人受到嘲弄。熄灯以后，他们讲鬼故事，或者解释他们关于世界的各种理论，或者吹嘘他们的父亲，后来他发现，有些人的父亲是不存在的。罗兰听着自己的声音，在黑暗中试图讲述苏伊士危机撤离的事情，但讲得不成功。不过，关于交通事故的故事，却大受欢迎。一个男人被撞飞在半空中，必死无疑，一个女人眼睛看不见，身上流着血，警报、警察、父亲沾满了血的胳膊。另一个晚上，在大家一致要求下，罗兰又讲了一遍。他获得了地位，这在他以前的生活中是从没有过的。他觉得他正在变成另外一个人，他的父母可能会认不出来。

午饭后，每周有三个下午，罗兰的年级组穿上连衫工作服——简单套一下——然后被放出去，无人监管，到树林里和河滩上去玩。在气候干燥的利比亚，他读过、梦过的詹宁斯系列小说①中的很多场景，现在终于实现了。好像他们事先都得到过《男孩专刊》的指导一样。他们建造营地，爬树，制作弓箭，还挖了一条没有支撑的危险地道，在别人的怂恿下趴着钻了过去。四点钟，他们回到班级。拿自来水笔的手上可能还沾着河口的黑泥或青草的污渍。如果两节数学课或历史课连上，那么要在九十分钟内保持清醒，可很不容易。但如果是星期五，最后一节课是英语，他们会异常兴奋，因为老师会用高亢的鼻音，大声朗读一段《原野奇侠》中的牛仔故事②。这本书读了大半个学期。

罗兰花了好几个星期才明白，大多老师既不凶狠，也没有恶意，只是穿着黑袍子，显得可怕而已。大多时候，他们都很和善，有些甚至还知道他叫什么，不过只是姓氏。很多老师都受到战争服役经历的影响。那次世界大战虽然结束于十四年前——比他一辈子还要多出将近四分之一——但如今仍然存在，是一个阴影，也是一束光，是品格与意义的源泉，和利比亚沙漠边缘的吉奥吉姆波波利小别墅以及格尔吉军营中一样。他曾被允许扣动扳机的李-恩菲尔德点303式步枪，属于第七装甲师，别称"沙漠老鼠"，枪下肯定击毙过德国人和意大利人。在这儿，在萨福克郡乡间，府邸和周围的土地1939年都被征用过，先是陆军，接着是海军。他们留下的纪念物就是那一排活动营房，位于河滩和学校之间那片斜坡林的边上。现在，活动营房用来上拉丁语课和数学课。从树林里穿过，走一小段路，便是混凝土铺的伯纳斯

---

① 英国作家安东尼·巴克里奇（1912—2004）创作的系列校园小说，主人公名为詹宁斯。
② 《原野奇侠》(Shane)是美国作家杰克·谢弗（1907—1991）的小说，发表于1949年。

"滩路"，沿这条路可以把船只扛到或运到河里。附近有一个木头的码头，是陆军工程人员在战争期间建的。1944年8月6日，就是在这里，一支由一千名士兵组成的增援部队乘坐四十艘登陆艇，沿着奥威尔河长途跋涉，前往诺曼底海滩，为欧洲的解放战斗。战争活在医务室外砖墙上印刷的那永不磨灭的文字上："消杀中心"。战争活在大多数教室中，课堂秩序不是强加的，而是退役军人默认的，他们自己就曾听命于一项伟大的事业。服从是必须的。大家不必操心了。

罗兰可怕的秘密两周内就被人发现了。新来的男孩子们分批进入医务室，衣服脱得只剩下内裤，挤在等候室里，等着被点名。他站到令人生畏的哈蒙德护士跟前。大家都说她"绝不跟你废话"。她没有打招呼，直接让他站到秤上去。然后就测量他，关节、骨头、耳朵，连尚未长好的睾丸都检查了，看有没有异常。最后，护士让他戴上一只眼罩，扶着他的肩膀让他转过身，站到一条线后面，看着墙上一块板，板上有一排排越来越小的字母。在几乎赤身裸体的情况下，他就要被发现了。他的心怦怦直跳。眯缝着眼睛没什么作用，右眼也比左眼差不多，他猜的全都是错的。第二排以下，他就看不清楚了。哈蒙德护士并不感到意外，她做了个记录，然后叫了下一个男孩的名字。

他去伊普斯维奇看了眼科医生。十天后，有人让他离开教室，去领了一个硬邦邦的褐色信封。那是个温暖的秋日上午，天空万里无云。他在一棵高大的橡树前停下脚步，要在回到班级之前试验一下。他先看看周围，确定没有人，然后从信封里拿出盒子，使劲掰开扣得很紧的盖子，拿出那个陌生的设备。眼镜在他手里好像是活的一样,不许别人来碰。他打开眼镜腿,把眼镜举到面前,抬眼向上看。一个新世界。他高兴地喊了出来。橡树那巨大的轮廓跳动了一下,好像透过了《爱丽丝漫游奇境》里的镜子一样。突然之间,树上郁郁葱葱的成千上万片树叶,每一片都化为一个华丽的单独个体,颜色不同、形状各异,在微风中闪动,每片树叶的颜色都有着微妙的差异,红、橙、金黄、浅黄、残剩的绿,映衬着深蓝色的天空。和周围几十棵树一样,这棵橡树本身已经成了彩虹,好像一个深邃的巨人,知道自己的存在。它在自我展示,在为他表演,在为自己的存在而感到喜悦。

回到课堂,他羞怯地把眼镜戴上,看看有没有人讽刺他、笑话他,但没人注意到。圣诞节放假回家,地中海的地平线成了一枚锐利的刀锋,可他父母也不过随口淡淡地评价了几句。他注意到周围几十个人都戴着眼镜。两年来的担心,根本没有必要,是他自己全搞错了。更加清晰的不仅是周围的物理世界。他还第一次看到了自己。他是一个活生生的人——不仅如此,还是一个独特的人。

不是他一个人这么想。一个月后,他回到学校,被派出去跑腿,给秘书办公室送封信。曼宁太太不在那儿。他朝她办公桌走去,发现自己的名字倒着出现在一份打开的文件上。他绕过桌角去看。在一个标有"智商"字样的方框里,他看到了"137"这个数字,这对他没有意义。方框下方,他看到"罗兰是个亲密的男孩……"外面的走廊里响起了脚步声,他赶紧离开,回到了班级。亲密?他想,这个词的意思他知道,可是,你总要和什么人亲密吧。下午有空的时候,他去图书馆找字典。打开字典,他感到一阵恶心。他即将读到成年人的裁决,宣判他是个什么人,或者什么东西。"交往或关系密切。""非常熟悉。"他瞪大眼睛看着这条解释,心中的疑虑得到了确认。他这是和谁熟悉呢?他忘记了某个人,还是以后才会遇到的某个人?他没有找到答案,但对于这个藏着他自我之谜的词语,他一直有种特殊的感受。

第二个星期,他去了医务室旁边的音乐区上第一堂钢琴课。之前十天,他的生活中都是不熟悉的事件。这不过是其中之一,所以当他晃着腿坐在等候室时,他没什么特别的感觉。这是件新鲜事儿,但一切都是新鲜的。没有钢琴的声音。只有人声低语。一名年龄更大的男孩从练习室里出来,关上门,走了。寂静了片刻,随即更远的某个房间里传来了音阶的声音。什么地方有名工人吹起了口哨。

门终于开了,一只戴着手镯的手,还有半截手臂,招呼他进去。小房间里充斥着康奈尔小姐的气味。她坐在双人琴凳上,背对着钢琴,他站到她面前,她上下打量着他。她穿黑色裙子,奶白色的上衣领口一直扣到脖子上。她嘴唇涂成深红色,像一张绷紧的弓。他觉得她神情严厉,这才开始感到紧张。

她说:"让我看看你的手。"

他照办了,手心朝下伸了出去。她伸出一只手来,触摸并检查他的手指和指甲。与大多同龄人不同的是,他的指甲又短又干净。他父亲军事作风的影响。

"翻过来。"

看到他的手掌,她身体略微向后挪了挪。她盯着他的眼睛看了几秒钟,然后才开口说话。他也盯着她的眼睛,不是因为他胆子大,而是因为他心里害怕,不敢看别的地方。

她说:"这双手很恶心。去洗一洗。动作快点。"

他不知道洗手间在哪里,有一扇门上没有标记,他推门进去,碰巧就是洗手间。肥皂上有裂口,又脏又湿。她让其他男孩子来过。没有毛巾,于是他把手在短裤的前面擦干了。自来水让他想小便,这又耽误了时间。他没有理由地觉得她在监督着,于是又洗了一遍手,同样又把手在短裤上擦干了。

他回来后,她说:"你去哪儿啦?"

他没回答。给她看洗干净的手。

她指了指他的裤子。她的指甲涂成了和嘴唇一样的颜色。"你把自己弄湿了,罗兰。你还是个婴儿吗?"

"不是,老师。"

"那我们开始。过来。"

他也坐到凳子上,她给他看哪个是中央 C,让他把右手的大拇指放在上面。她在他面前的乐谱上指给他看,告诉他这个音符是怎么书写的。这是个四分音符。这一节里有四个,他将要弹奏这四个音符,每个的力度要一样。他还在因为她那个耻辱的问题以及她直接称呼他的名字而感到心烦意乱。自从和父母告别以来,他就没听谁直接喊他名字。在这儿他叫贝恩斯。早上他打开一双新袜子的时候,一粒包裹好的糖果掉了出来,是他喜欢的太妃糖,他母亲有意放在那儿让他发现的。现在,糖就在他口袋里。想家的情绪突然袭来,他赶紧一边克制,一边把那个音弹了四遍。第三下比前两下更响,第四下几乎听不见。

"重来。"

自我克制的秘诀是不去想父母以前对他的好，尤其是他母亲。但他能感觉到口袋里的糖果。

"我想你刚才说了，你不是婴儿。"她把手伸到钢琴盖上，从盒子里抽出一张纸巾，塞进他手里。他担心她可能又喊他罗兰，或者说些安慰的话，或者摸摸他的肩膀。

等他擤好了鼻涕，她接过纸巾，丢在身边一个废纸篓里。这本来足以让他崩溃，但她转过身来，又说道："想妈咪了，是吧？"

她的讽刺让他解脱了。"没有，老师。"

"那好。我们继续。"

最后，她给了他一个有谱线的作业本。他的作业就是学习并写出二分音符、四分音符、八分音符和十六分音符。下个星期，他要为她打出拍子，她会告诉他怎么做。这时候，他站在她面前，和刚开始上课时一样。她坐着，他站着，但她还是高一些。她轻轻地打出一串十六分音符的时候，那香水味更浓了。她结束之后，他以为可以走了，转身打算离开。但是，她用一根手指示意，让他等着。

"过来。"

他朝她走了一步。

"看看你这个样子。袜子都耷拉在膝盖上。"她从板凳上向前探出身子，帮他把袜子拉起来。"去找你的舍监，这个膝盖要垫个膝垫。"

"好的，老师。"

"还有你的衬衫。"她把他拉到身边，松开那条像蛇一样的皮带，解开短裤的扣子，将衬衫前后都塞进去。她拉直他的领带，他只好低头去看，两人的脸靠得很近。他觉得她的呼吸中也有香水味。她的动作干净利落，不会让他想家，包括最后那个动作，就是用手指把挡住眼睛的头发拨开。

"这就好多了。现在你该怎么说？"

他努力搜寻答案。

"你该说谢谢你，康奈尔小姐。"

"谢谢你，康奈尔小姐。"

于是，事情就这样开始了——带着恐惧，他没有选择，只能承认；但也带着另一种因素，他不能去想。上第二节课的时候，他出现在她面前，双手干净，或者说比以前干净，但衣服还和以前一样乱，尽管和其他男孩相比，他的穿着也不见得差。他忘记了膝垫的事情。这次她上课前就帮他收拾干净了。她解开他的短裤，把衬衫拉直，这时她的手背碰到了他的裆部。但这是无意的。他完成了作业本上的功课，打拍子也符合音符的时间长短。他做了充分的准备，不是因为勤奋或者想讨好她，而是因为怕她。

她的课，他不敢缺课或迟到，她让他出去洗手，他也不敢违拗，虽然他的手已经很干净了。他从没想过问其他上钢琴课的男孩，她是怎么对待他们的。他的康奈尔小姐属于一个私人的世界，与朋友和学校是分开的。她从来不像妈妈那样对他，也没有疼爱，而是保持距离，有时候态度轻蔑。一开始，她树立了对他外表的权威，尤其是当她解开他短裤纽扣的时候，从而确立了她的绝对权力或完全掌控，无论是心理上还是身体上。不过，除了开头两次之外,她没有再用不同寻常的方式触碰他。日子一个星期一个星期过去,她使他依附于她,而他毫无办法。这是学校,她是老师,人家让他干什么,他就得干什么。她可以羞辱他,让他哭。一项练习他多次犯错,差点儿就要承认自己没法做到,她却说他是个没用的小女孩。她家里有件带流苏的粉色小裙子,是她侄女的,下次上课就带来,把他的衣服没收了,然后让他穿裙子上课。

整整一个星期,他都生活在对粉裙子的恐惧之中。晚上,他无法入睡。他考虑逃学,但那就必须面对父亲,他又没别的地方可以逃。他没有钱坐火车和巴士到姐姐家去。他没有勇气跳进奥威尔河里淹死。那可怕的课终于来了,但没看到粉裙子存在的证据,也没人提起。她以后也没有这样威胁过他。也许康奈尔老师根本就没侄女。

八个月过去了,他能弹简单化的前奏曲。拧大腿、用尺子打、手放在他大腿上以及后来的亲吻等一系列事件之后,他开始在另一幢楼里跟音乐部的主管老师克莱尔先生上课。他为人和善、业务精通,是学校演出的《魔笛》的导演和指挥。罗兰帮忙画背景板、切换布景。康奈尔小姐承诺的卡片没有按时到达,他跟自己说,因为这个原因,他才没有利用半天假期骑自行车到她家去吃午饭,尽管他并没有忘记她的清晰指令,知道怎么能找到她的小屋。把她丢在身后,他仍然感到松了口气。两天后她的卡片到了,上面只有一个词——"记住",这时他觉得可以不理会她了。

他错了。米里亚姆·康奈尔越来越频繁地出现在令人激动的白日梦中。其他一切黯然失色，只有这些幻想逼真生动，但却没有结论，没有释放的慰藉。他说话还是童音，目光还像孩子那样柔和，平滑而年轻的身体还没有准备好。一开始，她只是一众角色中的一个——其他的都是大姑娘，态度友好，赤身裸体令人愉悦，她们的脸则来自他对母亲服装目录册上的照片的记忆。但是，到他十三岁的时候，康奈尔小姐已经把其他角色全赶出去了。在他的梦幻剧场里，她独自站在台上，以漠然的目光监督着他的第一次高潮。那是凌晨三点。他下了床，穿过宿舍来到卫生间，查看她在他的掌心留下了什么。

他以为自己选择了她，但很快他就发现，没有她就没有释放。是她选择了他。在无声的剧情中，她在练习室里把他拉到身边。作为前奏，那个亲吻往往被想象重新加工过，更深、更饥渴。她会把他的裤子一直脱下来。然后他们就换了个地方，两人都赤裸着。她教他怎么做。他没有选择。他也不想要选择。她冷静、坚决，甚至有些鄙夷。然后，在恰当的时刻，她会深深地看他一眼，那眼神里有喜爱，甚至有赞赏。

她是种子，他的心理甚至他的生物机能，是那种子长出的精细粮食。没有她就没有高潮。她是他生活中不可或缺的幽灵。

一天，英语老师克莱顿先生走进班级，说道："我要跟你们这些男孩子谈谈手淫的事。"

他们尴尬得好像僵住了。听老师说出这个词，真是一种折磨。

"我只跟你们说一句话，"为了效果，克莱顿先生暂停了一下，"好好享受。"

罗兰很享受。一个漫长、无聊的星期天，他在六个小时内召唤了她六次,以为从此米里亚姆·康奈尔的鬼魂可以安息了。纯粹是放纵,他知道她会回来的。他摆脱了她半天,可接着又需要她了。他只好承认,她已经嵌入了某个幻想和渴望的特殊地带,他就要她在那儿待着,关在他的大脑中,像关在环形围栏内的被驯服的独角兽——美术老师给班级看过这幅著名挂毯的图片。独角兽永远不能松开锁链,不能离开它狭小的围栏。课间换教室的时候,他有时会远远地看到她,但他总会想办法避免遇到。围着半岛长途骑行时,他也会小心避开她那个村子。就算她生了重病,要死了,让人带信来求他,他也不会去看她的。她太危险了。就算整个世界马上要终结,他也不会去找她。

3

整个欧洲笼罩着自我欺骗的阴霾。西德一家电视台自说自话,称该辐射云不会污染西方,只会污染苏维埃帝国,好像是要复仇一样。东德一位政府发言人说美国阴谋破坏人民的发电站。法国政府似乎相信,辐射云西南边缘的轮廓与法德边境线重合,而它是无权越过法德边境线的。英国当局宣称,对公众不会构成危险,尽管他们已动手关闭四千家农场,禁止销售四百五十万头羊,扣押数吨奶酪,将海量的牛奶倒入下水道。莫斯科不愿意承认错误,仍然让婴幼儿喝有辐射的牛奶。但很快自己的利益就占了上风。没别的选择。紧急情况必须直接面对,而这是不可能秘密进行的。

罗兰加入了放弃理性的大军。晚上趁劳伦斯在睡觉,他开始用塑料布蒙住窗户,把房子封起来。但是辐射云避开了伦敦。威尔士牧场、英格兰西北部、苏格兰高地,都检测到了铯 137,但他仍不停手。这是一项耗费时间的工作,因为必须擦干窗框上的灰尘,否则胶布粘不住。人字梯不稳,又太矮了。他踮着脚站在摇摇晃晃的梯子的最上面,用一块湿漉漉的脏抹布擦拭窗框的顶端。有一次,他差点仰面摔了下去,幸好情急之下抓住了窗帘杆。他知道这个计划是神经错乱。达芙妮这么说的,还试图说服他放弃。别人家没有封门窗。天气暖和,通风不畅是不健康的,也没必要。没有辐射尘。这就是疯了。他知道。他周围的环境疯了,所以他想怎么干就怎么干。现在停下来,等于承认之前一直错了。而且,从他父亲那儿继承的对秩序的尊重,要求他凡事开了头,就必须结束。在目前的状态下,今天让罗兰满屋子跑,把昨天的塑料布撕下来扔进垃圾桶,他一定会抑郁的。最后,不相信官方发出的通告,会让人更加强大。如果他们说辐射云去了西北,那最后肯定要落在东南。如果他们在隔离那么多健康的绵羊,那要保持警觉。他会成为孤独的斗士。他吃罐头食品,关注着盖子上的时间戳。四月末之后的一律不吃。劳伦斯也加入进来,开始尝试吃固体食物。他的牛奶就是切尔诺贝利事件发生之前的矿泉水。两人会一起活下来的。

假装发了疯,这不是什么好的状态。表面看来他很正常:照顾婴儿,和婴儿玩耍,买更多的瓶装水回家,急吼吼地完成家务，和朋友们打电话聊天。另外一次他给达芙妮打电话——阿丽莎失踪后的头几个星期，他就靠着她——结果接电话的是彼得。罗兰详细讲述了他的看法，认为切尔诺贝利灾难标志着核武器终结的开始。假设北约为了阻止俄罗斯坦克推进，向乌克兰发射一枚战术武器，看看受害的就是我们所有人，从都柏林到乌拉尔山脉，从芬兰到伦巴第，全都要中毒。空气回流。核弹药库在军事上没有作用。罗兰提高了嗓门，这是他不正常的另一个迹象。彼得·蒙特当时在国家电网工作，懂得电力分布，他想了一会儿，然后说没有作用并不会妨碍打仗。

几年前，彼得曾带领罗兰去参观他的工作场所，即全国控制中心。周围像个军事基地，有高度警戒的围墙和电子控制的双重路障，还有两位面无表情的保安，仔细在名单上查找罗兰的名字。控制中心的核心区域，像是对美国国家航空航天局休斯敦控制间的拙劣模仿：操作台前一语不发的技术人员，一大堆仪表盘和控制器，一个巨大的屏幕高高地挂在墙上。这里的核心工作是保持供需平衡。

参观很无聊。罗兰对电力的管理没什么兴趣，只能尽量集中精力。对于未来电脑能管理一切，他可没彼得那么兴奋。唯一值得记忆的事情发生在晚上早些时候。控制室墙上的监控电视全部开始播放流行的肥皂剧《加冕街》。有人用带着英国腔的法语对着电话大声讲话。广告休息时间即将到来时，广播里一个声音从十开始倒计时，接下来几百万人将从沙发上起身，插上他们的电水壶烧水泡茶。倒计时到"零"。两只手将一只沉重的黑色手柄使劲扳下去。数百万瓦特的电力沿着英吉利海峡下方的电缆以光速飞驰而来，那是从法国人那儿购买的，他们搞不懂的是：《加冕街》是什么东西？搞个电水壶有什么意义？当然，他们扳下去的，肯定不是手柄这么粗糙的设备。但这个故事罗兰讲了很多遍，他已经慢慢相信了自己的说法。

下午的参观像学校组织的旅行。最后，他们来到一个由日光灯照亮的食堂。彼得、几名同事和罗兰坐在一张塑料贴面的餐桌旁，餐桌刚刚使劲擦过，还是湿漉漉的。大家的谈话转到了将电力分配出售给私人公司上。一定会发生的，这是大家的共识。赚大钱的机会。但这也不是罗兰感兴趣的话题。他摆出全神贯注的样子，实际上想的是一次前往伊普斯维奇哈里斯培根厂的学校旅行，那时他十一岁，是在他没去米里亚姆·康奈尔小姐家吃午饭后不久。

此行的目的，是看看他们为"小农夫俱乐部"喂养的猪后来怎么样了。凌晨五点半的痛苦啊。两大桶泔水——蛋奶沙司一样的东西上面漂着碎肉屑，要和朋友汉斯·索里什一起，从学校厨房一路抬到猪圈。然后要在一口巨大的铁锅下生起火来，把泔水倒进去加热，这对那个年龄的孩子来说可不容易，何况是在湿冷的秋天的凌晨。加热过程中，猪闻到气味，疯狂地躁动起来。两个男孩拖着两桶热乎乎的烂东西爬进猪圈，猪围在他们四周，撞着他们的腿。最难的部分是，把泔水倒进食槽的时候不要被猪撞倒。

参观完伊普斯维奇培根厂后，他和其他人一起，坐在一个塑料贴面的餐桌旁，和现在一样。还是个孩子的罗兰仍然处在震惊之中，既不吃也不喝。纸杯里的橘子汁闻起来像猪内脏。他刚看到了屠杀和鲜血，好像做了一场噩梦。一群尖叫着的受害者被人从一辆封闭的卡车上赶下来，惊慌失措地沿着一条水泥坡道跑过去，坡道那头站着一群人，穿着橡胶围裙，长筒胶靴踩在几英寸深的血里，手里拿着电击枪。闪亮的刀划开喉咙，赤裸的肉体被脚踝处绑着的铁链吊起来，送进巨大的门中，门打开喷出一股炙热的白色火焰，然后尸体在沸腾的水中旋转，由带有铁齿的滚筒擦洗，刺耳的电动刀片，脑袋叠成一堆，眼睛睁着、嘴巴张着，亮晶晶的内脏从倾斜的大桶中滑下去，顺着陡峭的锡槽，落入轰鸣着的制作狗粮的粉碎机中。

电力生意更加干净。但两者都留下了印痕。罗兰乘坐巴士离开培根厂后，整整三年没吃猪肉。那是1959年在校读书期间，不吃猪肉就不方便了。舍监给他父母写信埋怨。上尉从没听说过不吃猪肉的事情，但他不喜欢信里的牢骚气，于是支持儿子。必须给他提供其他形式的营养。

无论什么时候，罗兰只要像现在一样拿起电水壶，他就会想到两只或真实或想象的手，以供需平衡的名义拉下一个手柄，像魔法一样简单。城市中的日常生活，从茶到培根鸡蛋到救护车，都是由隐藏的系统维持的，知识、传统、网络、努力、利益。

其中也包括送来阿丽莎第五张明信片的邮政服务。明信片放在餐桌的郁金香旁边，有图片的那一面朝上。现在是晚上十一点。他已经封好了最后一扇窗户，通向花园的后门也装了一道临时的隔屏。收音机在喃喃地播放着新闻——农民们抗议对他们的羊群实行限制措施。罗兰喝着茶，因为他已经不喝酒了。这是临时随意做的决定，一定程度上受到了探案督察布朗的来电的激发。一种解放。为了庆祝，他将一瓶半威士忌倒进了厨房的水槽。

探员告诉他，阿丽莎消失当天，她的名字出现在下午五点一刻从多佛到加来的轮渡的步行旅客名单上。当晚，她住在加来的椴树酒店，离火车站不远。那个地方她和罗兰一起去过几次，有个灰蒙蒙的狭窄的院子，里面有两棵椴树争夺阳光，他们俩曾坐在那儿喝东西。他们喜欢这种价格低廉的不起眼的地方，地板咯吱作响，家具摇摇晃晃，淋浴时有时无，一道古老的塑料帘子因为肥皂沫的作用而变得硬邦邦的。楼下餐厅，固定的菜单，一律三十四法郎。不同时期的记忆叠在一起。一名高个子服务员，双颊深陷，银色的头发与颧骨线齐平，捧着一个银色的汤盘挨桌询问。他端菜的样子严肃庄重。土豆和韭葱。接下来是烤鱼，一枚光滑的煮土豆，配半个柠檬，一个白色的碗装着绿色的色拉，没有标签的瓶里装着一升红酒。奶酪或水果。那是他们结婚前的那一年。他们在楼上一张吱吱作响的窄床上做爱。没有他，阿丽莎没有权利一个人去那儿。在投入的怀旧时刻，他感到被人遗弃了。他把酒店当作了她的情人，对它感到嫉妒。然而，她也许不是一个人去的。

法国酒店要登记、核实所有客人，这套偏执的集中管理系统来自拿破仑时期，但现在仍在使用。布朗告诉他，接下来两个晚上，她待在巴黎，住在第六区塞纳路的路易斯安那酒店。他们也很熟悉。又是廉价的背叛。离开巴黎后，阿丽莎在斯特拉斯堡的车站酒店住了一晚。那不知道是个什么酒店，她随便住吧。到了慕尼黑呢，没消息。西德对访客没法国那么感兴趣。

布朗的声音听起来很遥远。背景有喃喃的说话声和打字机的声音，还不时有只猫喵喵叫。

"你妻子在欧洲逛。她的自由意志。我们没有理由相信她有危险。到目前为止，我们就只能做这么多了。"

罗兰没理由提及她最近的消息。这是他自己的事，一开始就该是他自己的事。他想逼迫对方道歉。"你不认为明信片是我伪造的吧。你不认为我谋杀了她吧。"

"就目前情况看，我不这么认为。"

"我要为这一切向你表示感谢，督察。你会把拿走的东西送回来吗？"

"有人会顺便送过去的。"

"还有你拍的我笔记本的照片。"

"知道了。"

"还有底片。"

那声音不耐烦了。"我们会尽力而为的，贝恩斯先生。"布朗挂了电话。

罗兰一双脏手捧着那杯温热的茶。墙上的钟显示十一点零五分。太迟了，不能给达芙妮打电话讨论阿丽莎最新的明信片。劳伦斯会在一个小时内醒过来。现在最好洗澡。但他没动。他拿过明信片，又一次盯着那颜色增强的图片，那是一个草坪斜坡，背景是保加利亚的阿尔卑斯山。野花，吃草的绵羊。离她的出生地不远。凑巧的是，晚间新闻上，一名威尔士山区牧民抱怨说，他和他妻子这样的人，与他们的绵羊和小羊羔之间有亲密联系，可城里人根本就不明白。但是，他们照料的牲口，当然包括小羊羔，都在朝着某个类似于伊普斯维奇工厂的地方奔去。柔情正义。将你送入湮灭的，是爱你的那些人。坚称她仍然爱你的那个人。亲爱的罗兰，离开你俩＝肉体痛苦。我说真的。深深的伤口。但我知道，mthrhd①会毁了我。我们还说要第二个！现在痛，好过以后的长期痛苦／混乱／怨恨。我唯一的方向＋我前面的道路，很清楚。今天，穆瑙的好心人让我在 chldhd bdrm②待了一小时。不久上北方找父母。请不要往那儿打电话。对不起我的爱。——阿

在受苦比赛中，她一心要奋勇争先。读了好几遍，那些缩写仍然让他不舒服。明信片下面锯齿状的边缘处还有一英寸多的空白地方。有足够的空间把"motherhood"这个单词拼写出来。在穆瑙这个小集镇，从她屋顶斜坡下那间狭小的童年卧室中，她的目光曾透过老虎窗，越过橙色的屋顶，凝望着施塔弗尔湖的方向，心中思索着她三十八年的人生，以及人生中突如其来的断裂，让她摆脱了寻常生活的负担、劳伦斯神奇而遗憾的生命存在以及丈夫并不优秀这一寻常事实。可是，她的"道路"？那不是她常用的词。她并不相信命由天定，沿着某条道路走就是这个意思吧。她并不信教，连一点儿宗教情怀都没有。她是个条理清晰的德国语言文学老师，至少以前是，对莱布尼茨、洪堡兄弟、歌德都有很高的评价。他还记得一年前她在流感康复期间，坐在床上全神贯注地阅读一本德语的《伏尔泰传》。她本性上是位善良

---

① "motherhood"（当母亲）的缩写。
② "childhood bedroom"（儿时卧室）的缩写。

的怀疑论者。他排除了新纪元运动①中的各种派别。没有哪个宗教导师能容忍她温和的调侃。她小时候抱着睡觉的那个破旧的泰迪熊,现在正靠在楼上劳伦斯的小床上,如果她在小时候的卧室里站了一个小时,那么她所谓的道路只能是通向过去的。

而且,如果她要北上去见父母,那么罗兰的观点就更得到了确认。他们关系紧张。经常发生争吵。分开半年,他们一见面都能让对方生气。虽然他们亲密,也许正是因为他们亲密。上一次他们去利伯璐是1985年4月,那时候她已有四个月的身孕。他们去把这个令人高兴的消息告诉父母。吃完晚饭后,厨房里发生了争吵,时间短但声音大。简和她唯一的孩子正在一起清洗碗碟。表面上的起因是把干净的盘子叠在柜子里。在隔壁房间里,海因里希和罗兰在喝白兰地。在这个家里,男人被排除在一切家务之外。两人说德语的声音越来越大,最后爆发了,变成了英语,也就是母亲的母语,罗兰的岳父看了他一眼,耸了耸肩,那意思是"你能有什么办法",又做了个鬼脸。

真正的原因吃早饭的时候才说出来。四个月啦?简为什么是最后才知道的,她们伦敦的朋友们早就知道啦?阿丽莎怎么敢不邀请父母就结婚?用这种方式对待爱过她、照顾过她的人,对吗?

阿丽莎本来可以告诉她母亲,肚子里的孩子是在楼上的卧室里怀上的。但她没说,而是立即勃然大怒。有什么区别吗?她母亲为什么就不能为这么好的女婿、为即将到来的外孙感到高兴

---

① 二十世纪七八十年代西方一种社会运动和宗教潮流。

呢?她和罗兰跑这么远的路,当面来说这个消息,她为什么就看不到呢?她星期一上午还要回到教室上课。阿丽莎用颇为可观的头韵气势,说出了这段路程的细节。碰巧其中相当一部分是罗兰以前的寄宿学校的路线。从伦敦出发,到哈里奇,到荷兰角,到汉诺威,再到这儿①!又累,又费钱。她原以为会受到热情的欢迎。看来她想错了!罗兰的德语不错,能听懂她们的话,但又没好到能说出恰当的、让大家冷静的话。这个任务留给了海因里希,只听他像往常一样突然说道:"Genug!"够了!阿丽莎离开餐桌,到花园里去冷静一会儿。第二天吃早饭的时候,谁也没说话。

如果现在她就在那儿,在那幢整洁的砖木结构的房子里,站在占地半英亩的花园的中央,那么她应该有某个具体的目的。如果她告诉父母她抛弃了孩子和丈夫,那么接下来的争吵必将是史无前例的。

*

简·法尔莫1920年生于海沃兹希思镇,父母都是教现代语言的中学老师。在文法学校里,她的法语和德语成绩优异。毕业后,她接受了秘书工作的训练——上大学的事儿"从来没想过"。她成了每分钟能打九十个单词的女孩。战争开始时,她在信息部的打字中心工作,住在霍尔本,和一位同学一起住在一间面积很小、没有暖气的公寓里。这位公寓室友六十年代成了科陶德艺术学院的高级员工,在室友影响下,简开始阅读当代诗歌和小说。

---

① 哈里奇(Harwich)、荷兰角(Hook of Holland)、汉诺威(Hanover)、这儿(here)几个词均以"h"开头,故上文说"头韵"。

两人一起去参加诗歌朗诵会，还发起了一个图书讨论俱乐部，持续了将近两年。简创作了短篇小说和诗歌，但战争期间维持下去的那些小杂志都不接受。她继续在不同部门做各种档案和打字工作，与和她一样有文学抱负的男人谈情说爱。但那些人都没能出人头地。

1943年，西里尔·康诺利的《地平线》杂志招聘一位兼职打字员，她报名了。她每个星期工作四小时。后来，她告诉女婿，她被安排到一个不起眼的角落里坐着，打的都是最枯燥的信函。她不漂亮，没什么社会关系，也不像办公室里来来往往的很多女孩那样擅长社交。康诺利几乎都没注意过她，这在情理之中，不过偶尔她也能见到一些文学界的大神。她看到过——或者说以为自己看到过——乔治·奥威尔、奥尔德斯·赫胥黎，还有个女人，很可能是弗吉尼亚·伍尔夫。但是，罗兰知道，伍尔夫已经去世两年了，而赫胥黎住在加利福尼亚。有一个风度迷人、出身显赫的人物，和简年龄差不多，对她态度友好，甚至还送了简几件她不再需要的连衣裙。她就是克拉丽莎·斯宾塞-丘吉尔，温斯顿·丘吉尔的侄女。后来她嫁给了安东尼·伊顿，那时他还不是英国首相。1956年，她说过一句著名的话，说有时候苏伊士运河好像流经她家客厅一样。克拉丽莎奔向她人生的下一站去了。简还记得，索尼娅·布朗内尔态度颇为友善，她后来嫁给了奥威尔。她拿了两本书让简写评论，但最终并没有发表。

在《地平线》杂志社，简是个边缘人物，每个星期只来两个下午，从劳工部下班后过来。但是，杂志社慢慢产生了影响。到战争结束时，她的文学抱负已经生根。她要到欧洲旅行，并"向他们汇报"。有一次，她无意中听到史蒂芬·斯彭德谈起德国一个勇敢的反纳粹学生团体，名叫"白玫瑰"，在慕尼黑大学里开展活动。那是个非暴力的知识分子运动，秘密散发传单，列举和谴责纳粹当局的罪行，包括大规模杀害犹太人。1943年1月，小组的主要成员被盖世太保抓捕，经"人民法庭"审判后被砍头。1946年春天，简终于获得了康诺利五分钟的时间。她提出要到慕尼黑去寻找该运动的幸存者，听取他们的故事。他们肯定代表了德国最优秀的品格，也代表了德国未来的精神。

1939年底《地平线》创刊时，编辑对战争的看法是唯美主义的。与一时冲动相比，保持距离，继续维持文明世界最优秀的文学和批评传统，能体现更高的藐视姿态。随着战事的推进，康诺利开始相信认真介入现实的重要性，相信报道的重要性，最好来自前线，无论前线当时在什么地方。他对简态度和善、鼓励有加，认可她的想法，并提出从杂志账户上拨款二十英镑支付她的费用。这是大方的姿态。他心里还有另一个计划。慕尼黑的事情结束后，他要她"穿过阿尔卑斯山"，到伦巴第去一下，报道当地的食物和酒。英国人的饮食本来就很糟糕，现在因为战争变得更差了。这时候也该考虑一下南欧阳光灿烂的美食传统了。甚至在战争结束之前，他就去过一趟巴黎，待在刚开的英国大使馆，享受那儿的美食。现在他想了解一下农家烹饪，了解布雷西亚烤串、炖牛膝、波伦塔玉米粥配烤鸟肉，还有布雷西亚的各种美酒。他从零钱盒里拿出二十英镑的纸币。即将改变简·法尔莫的命运、开启阿丽莎的生命的资助项目，在短短几分钟内完成了，随即西里尔·康诺利匆匆离开，到萨沃伊酒店和南希·丘纳德吃午饭去了。

二十六岁的简·法尔莫于1946年9月初离开英国，随身带着一百二十五英镑，其中一半换成了美元，很机警地藏在身体和行李的各个地方。康诺利签署了一封有单位抬头的信，宣称她是《地平线》杂志的"欧洲特别通讯员"。1984年夏天，罗兰第一次访问利伯瑙时，曾和简一起坐在花园里。当天早些时候，他们俩曾谈论过文学，她把一个旧纸箱放在桌子上。简给罗兰看了那张发黄的有抬头的信纸，上面有编辑的签名。康诺利和布朗内尔算是特别帮忙。他们可能是同情这位被某些人称作"农妇简"①的办公室女孩。布朗内尔通过马尔科姆·马格里奇一位前军情六处的朋友，弄到了三个人的名字以及他们在慕尼黑可能的住址，他们可能了解一些"白玫瑰"的情况。通过康诺利的关系，简还拿到了几封给英国陆军军官的介绍信，途经法国时如果遇到麻烦，他们可能帮得上忙。还有一次随性发起的募捐。对任何抵抗运动都热心支持的丘纳德捐了三十英镑。亚瑟·凯斯特勒捐了五英镑，托人带给了她。《地平线》的几位作家捐了十先令的纸币。大多人则在办公室设立的"白玫瑰"箱中投入了半克朗或两先令的硬币。简从一位叔叔那里继承了五十英镑。索尼娅给了五英镑，她怀疑是奥威尔给的。

在利伯瑙花园里的那个夏夜，简给罗兰看了康诺利的信，然后从盒子里拿出了她的七个日记本。她从伦敦出发，经过巴黎和斯图加特，到达慕尼黑。这是她人生中最激动人心的章节，她要

---

① 简的姓氏"法尔莫"（Farmer）和"农民"（farmer）是同一个词。

尽力表现她的解脱感。她不再是听话的女儿、卑微的员工，不是办公室角落里某个社会和知识上的下等人，也还没成为某人尽职的妻子。她人生中第一次做了个严肃的选择，开启了一项使命、一段冒险。她没有任何保护人。她要靠自己的聪明才智，而且她要当一名作家。

三周后，她在法国，竟然凭借三寸不烂之舌，获得邀请进入了苏瓦松附近一个军官食堂，连她自己也感到意外。她说服了一位不太情愿的威尔士中士，允许她搭乘他的卡车，走完了前往德国边境的最后三十英里。她挡住了各色士兵和平民的骚扰。和她有过短期情爱关系的一位美国中尉开着吉普车把她从斯图加特送到慕尼黑。在学校里，她的德语和法语就不错，现在都进步了。"我成了我自己！"她对罗兰说，"后来，又丢失了我自己。"

日记本是个秘密。海因里希并不知道。但罗兰如果愿意，可以给阿丽莎看。简让他一个人留在花园里，自己进屋准备晚餐去了。第一册第一页，工整的手写体：1946年9月4日，她买了已经恢复运行的"金箭"火车班列的三等座，从伦敦到多佛，再从加来到巴黎。穿越刚刚解放、幅员辽阔的皮卡第省时，她有没有观察通行的乘客，或者隔着车窗凝视外面，她并没有记录。她是从巴黎开始记的："有时肮脏龌龊，有时魅力无限。完好无损，令人惊讶。店铺是空的。"为了提升新闻写作的技巧，她描写了位于拉丁区的小旅店以及旅店老板，一家面包店门外发生的斗殴，一家街头烟草店里当地人冷淡地接待第一批来到法国的几名美国游客。在一家酒吧里，她目睹了一场争论，一方是一名法语很好的英国海军军官，另一方"好像是个法国知识分子"。

总结一下他们的立场。军官，略带醉意："别跟我说法国在战争中站在哪一边。你们这帮人在叙利亚、伊拉克和北非都杀过我们的军人。你们的战舰都不肯从米尔斯克比尔港开到朴茨茅斯，到我们这儿来，所以我们被迫才发起攻击。现在我们知道了，你们巴黎这儿的宪兵把三千法国儿童押到巴黎东站，让他们坐车去送死。他们碰巧还是犹太人。"银色头发的知识分子，同样略带醉意："不用这么大声，先生。有人会因为这种情绪杀了你的。你歪曲了事实。那些战舰本来肯定会忠于法国的。后来，德国人想抢我们土伦港的战舰，我们自己就先把它们沉掉了。我的小舅子是被盖世太保折磨致死的。在我家乡附近的一个村里，他们把人杀得一个不剩。'自由法国'和你们并肩战斗，勇猛顽强。解放的时候，几千名法国公民死在你们战舰的炮弹下。'抵抗运动'才是法国的真正精神。"听到这话，酒吧里每个人都喊"法兰西万岁！"，我就一直写，假装什么都没听见。

她允许罗兰晚上留着日记本。晚饭后他继续阅读，晚上迟些时候，他和阿丽莎并排躺在床上，阿丽莎开始读第一册，这时候他正在读和英国军官们在苏瓦松度过的一个"非常欢乐的"夜晚，地点是"一幢很好的房子，有公园、有湖泊"。她的文字自信而准确，让罗兰印象深刻。不仅如此，有些描述精彩而大胆。与美国中尉伯纳德·希夫的情爱关系，描写了一页半纸，让人感到意外。简·法尔莫从没遇到过如此大度的情人，"对女人的快乐关心备至"，与之前她遇到过的英国人形成对比，他们只知道"进去出来"。他知道岳父岳母与他们只隔着一堵薄墙，于是压低声音读了简和希夫口交的描述。阿丽莎也压低声音说："这一段她肯定是忘记了。要是知道我会读到这一段，她会死掉的。"

两天后，两人都把慕尼黑日记读完了。午饭前，他们在利伯瑙走了一圈，沿着大奥厄河两岸走到城堡。阿丽莎躁动不安，读了日记后她感到兴奋，但也感到困惑，甚至生气。她母亲为什么从不提起这些日记本呢？为什么给罗兰，而不是她呢？简应该出版这些日记。但她不敢。海因里希绝不会答应。尽管有其他幸存者，但在这个家里，"白玫瑰"是属于他的。一些学者、史学家和记者来采访过他。他不是核心人物，也从没假装是。有人请他给一部电影提建议。看到结果后，他很失望。他们没抓住实际情况。"舒尔兄妹，汉斯和苏菲，他们不是那样的，他们看起来不是那个样子。"他还是这样说了，尽管他承认他不怎么认识他们。报纸文章、学术论文、图书慢慢出现，但他也不高兴。"他们不在场，他们不可能知道。那恐惧感！现在，这成了历史，不再是真的了。现在就是文字了。他们不明白，我们当时多么年轻。他们不可能明白我们那时候纯粹的感情。如今的记者都不信神。他们不想知道，那时候我们的宗教信仰多么坚定。"

一切记录中都找不到能让他满意的东西。这不是准确不准确的问题。让他痛苦的是，活生生的一段经历，现在成了一个念头，成了陌生人大脑中一个模糊的概念。什么都不符合他的记忆。就算他妻子的日记能将一切还原，也会给他构成威胁，因为错误地将他置于故事之中——这是阿丽莎的看法，罗兰表示同意。她父亲是个立场坚定的人，观念保守。简这个独立自主的女人，在法国和德国闲逛，和陌生人发生关系！哪怕是私人出版，也是不可想象的。简也绝不会违背他的意愿。她进行了妥协后的抗争，那就是允许女儿和罗兰悄悄复印一份带回伦敦去。也算是出版吧。离开前一天，他们去了宁恩堡一家打印店，花了整整一个下午，等着复印件从那台出了故障的机器里慢慢出来。他们把五百九十页的材料藏在一个购物袋里。他们拿着袋子沿河往回走的时候，阿丽莎对罗兰谈起了她父亲。他是个善良的七十岁老头，思想保守，观点根深蒂固。他对"白玫瑰"运动的记忆以及他的看法都已经固化。他不愿意把事情搞得更加复杂。至于口交——想到他虔诚、正直、按时上教堂的父亲，认识了大约四十年前那位精力充沛的中尉，阿丽莎开始大笑不止，最后只好靠到一棵树上才能站直身子。

罗兰一边想着他们漫步穿过利伯瑙村的时光，一边从餐桌上拿起她的明信片，准备上楼去洗澡。对，1984年那个夏天，她读完母亲的日记之后，就处在一种情绪波动的奇怪状态之中。他们曾细致地讨论过日记，然后这个话题就慢慢淡忘了。那年冬天，他们搬到了克拉珀姆的房子，孩子马上要出生了，达芙妮和彼得的第三个孩子也快生了，两家人都很激动，经常在一起——日常生活如潮水般吞没了一切。复印件用报纸裹着，塞在卧室一个抽屉里，几乎被遗忘了。

他在楼梯脚下停了一会儿。劳伦斯还没声音。到了卧室里，他把衣服丢进装脏衣服的篮子。有来自切尔诺贝利尘埃的辐射。

他几乎真的相信了。他站到淋浴头下面，要把自己清洁一下，淋浴头是临时安装的，摇摇晃晃地挂在没贴瓷砖的墙上。记忆只有半条命，却活得长久。他们从利伯瑙中心赶回去吃晚饭的时候，他心里想，也许日记会让阿丽莎改变对母亲的看法，更加钦佩她，少跟她争吵。事实恰恰相反。最后那天，她们俩根本无法相处。像一对争吵不休却又早已错过离婚年龄的老夫妻。六十四岁的简把女儿当成竞争者，需要加以控制。两人刚回家，阿丽莎就在厨房里为晚饭时间的事情和母亲吵了起来。餐桌上，两人因为基督教民主联盟和赫尔穆特·科尔提出的育儿补贴法案发生了正面争论。直到海因里希握紧拳头砸桌子，两人才肯罢休。后来在花园里，两人又争了起来，为的是小时候全家到荷兰渔村欣德洛彭度假期间发生的一系列事件。晚上两人上床睡觉时，罗兰又问了阿丽莎之前问过几次的那个问题：她们俩是怎么回事？

"我们就是这样。我想马上回家。"

晚上，他醒来的时候，发现她在哭。这很不寻常。她不愿意告诉他为了什么。她靠在他胳膊上睡着了，他则睁大眼睛躺着，心里想着年轻的简·法尔莫初到慕尼黑时的意外经历。

*

希夫中尉警告过她。她追踪了战争的进程，却错过了这个城市遭受的七十多次大规模空袭的纪录。在中央火车站废墟旁的一个交叉路口，她从吉普车里爬了出来。慕尼黑已经满目疮痍。她觉得这是"她个人的责任"。荒谬的感受，罗兰心里想。看起来和柏林一样糟糕，她写道。"比伦敦遭受的闪电空袭糟糕得多。

她"久久地"与伯纳德·希夫吻别,没有假装以后会继续保持联系。他是位来自明尼苏达州的已婚男子,有三个孩子,还给她看过一家人开心的照片。他开车走了,她拿起行李箱,另一只手上拿着一份二十年代的旅行手册出发了。她在一个阴凉的地方停下来,查看手册里的折叠地图。她看不到街上的标识,无法判断自己在什么地方。四周一片荒凉,天气又反常地暖和。稀疏的车流——大多是美国士兵的车辆——扬起漫天沙尘,悬浮在无风的空气之中。她站立之处,周围的建筑都是没有屋顶的。窗户是"巨大的洞,几乎看不出是方形的"。战争结束已经十六个月,收集起来的碎石堆成了"一座座排列整齐的小山"。她惊讶地看到一辆旧电车滑过,上面竟然坐满了人。街上有不少人,于是她丢开地图,让自己在学校学习的德语发挥用处。听到她的口音,路过的人并没有敌意。但他们也不算特别友好。有几次别人指错了路,或者是她自己听错了,一小时后她终于找到了一个地方,是吉瑟拉大街上一家寄宿旅馆,在大学旁边,离英国公园很近。

和之前在法国一路上一样,这儿竟然也还有旅馆,还有人帮忙换床单,用能找到的食材给客人做吃的,让她觉得不可思议。毕竟全民战争结束不久。其他地方食物比较少。路边被焚烧过的坦克已经屡见不鲜了。战争残留的痕迹无处不在。在一个法国村庄,一架被烧黑的战斗机机翼就横在人行道上。没人愿意去挪开它,她也没发现这是为什么。路上和没有倒塌的火车站里,挤满了无家可归的人:犹太幸存者、士兵、战俘、从苏联控制区逃出来的难民。成千上万的人被塞进特别的营地。到处都是"流浪、肮脏、饥饿、悲伤、愤恨"。

这座城市三分之二都成了废墟。但是，也有一些炸弹没有光顾的小角落，似乎一切安好、生活正常。她的小房间位于三楼，灰蒙蒙的，闻起来一股潮气，但床上却有条光滑饱满的羽绒被，对英国人来说，那可是个充满异域风情的物件。她站在窗前，目光盯着她心目中河流所在的方向，"简直都能说服自己，外面不曾发生过什么疯狂的事情"。根据她的判断，这家寄宿旅馆已经被美国军官和文职人员接管了。离开房间下楼梯的时候，她能听到打字的声音从其他关着门的房间里传出来。楼梯间里还有从房间里飘出来的浓浓的香烟味。

第二天上午，她走过短短一截路，来到路德维希大街上的大学主楼。她被人指到一楼，走过一条到处都是学生的长柱廊。又是让人感到意外的正常生活。她在行政办公室外面停了下来，复习一下刚刚准备好的德语词汇。一个窗户很高的长方形房间里，有十几位秘书或档案文员。看不出哪张桌子是接待访客的，所以她用教材式的德语高声对整个房间的人说话。大家都转过头来看着她。

"Entschuldigung. Guten Morgen!"[①] 她要为伦敦一家著名杂志写一篇关于"白玫瑰"的文章。有没有哪位能指点一下，她可以去找谁？人们的态度可能并不友善，这一点她有心理准备。关键人物一共六位：舒尔兄妹汉斯和苏菲、三位关系密切的学生、一位教授，全部被判了死刑，送上了断头台。后来还有其他人被杀。执行死刑的消息传来，两千名学生聚集起来，高喊口号表示

---

① 德语："打扰了。上午好！"

支持。叛徒。共产主义人渣。现在呢？除了尴尬的沉默之外，说其他的也许还不是时候，太丢人了。其实不然，大家友好地低声交谈起来。几名打字员从桌边站起身，笑着朝她走过来。

三年前，有人提到"白玫瑰"，这些员工可能觉得必须吐口唾沫。但在新的制度下，慕尼黑大学希望与"白玫瑰"小组成员建立认同，以他们的勇气和道德信仰为荣。德国其他学术机构都没有这样的烈士。舒尔兄妹、阿列克斯·舒默尔、维利·格拉夫、克里斯托夫·普罗布斯特、库尔特·胡贝尔教授，都是属于慕尼黑的。面对强大而残暴的国家权力，他们的抵抗纯粹是思想性的。"那些孩子那么年轻，那么勇敢。"宣布拥有这些人物，将他们视为回归大学真正使命的象征——谁愿意去劝说一所大学，包括其最下层的文员，不去这样做呢？自由思想！简写道："这曾是马克斯·韦伯和托马斯·曼的大学——现在又恢复了昔日的地位。"

第一个走到她跟前的是位身材发胖的女士，六十多岁，眼镜放大了她的眼睛，让她看起来像"一只和蔼的青蛙"。她扶住简的手肘，让她转身面对着一个档案柜。她从柜子里拿出薄薄的一沓油印纸。

"Hier ist alles, was Sie wissen müssen." 你要知道的都在这儿。

最初的"白玫瑰"传单一共六期，每期不过两页，有原件被人从瑞士或瑞典带到了伦敦。英国皇家空军进行了大量复制，往德国境内空投了几百万份。简竟然不知道这件事，觉得自己很傻。本来她以为这些传单是罕见文件，早就被盖世太保收集起来销毁了。马格里奇或者他的联络人应该知道。很可能《地平线》办公室里的人都知道,所以才会以为她也知道。

慕尼黑大学办公室的其他人在写名字和地址。有一些温和的不同意见。她听见不时有人插话:"她不住那里啦","他撒谎,他并没有参与"。姐姐英格·舒尔的名字浮现出来。她应该住在老家乌尔姆。有人说,不对,她在慕尼黑。有传言说她正在写一份实录。她曾被关入集中营,目前还在康复。她可能不愿意谈。又有人说她愿意。这些交谈中没有愤怒。根据简的说法,当时的情绪是兴奋和自豪。

她在办公室待了一个小时。她担心某位高级职员、某位主管会突然进来,把大家责备一顿,那就是她的错了。但实际上主管已经在房间里了。他是"一个头发蓬乱的家伙,穿一件大了两个码的黑色外套"。就是他为她解释了传单的顺序——前四期是1942年夏天和秋天写的,在慕尼黑及周边城镇秘密发放。最后两期写于第二年初,汉斯·舒尔、普罗布斯特和格拉夫刚从俄国前线担任陆军医护兵回来。最后一期写完后一两天,盖世太保就抓捕了这个小组。他告诉简,她会注意到传单五和六之间的区别的。

她表达了谢意,与大家告别,承诺以后会寄一份她的文章来。到了路德维希大街上,她已经按捺不住了。她在一个拐角处停下来,拿出用订书机订好的纸张,阅读第一期的标题:《"白玫瑰"传单》。她的德语不错,不需要查字典就能看完第一个句子:"文明国家最耻辱之事,莫过于不加抵抗地容许国家被屈从于堕落本能且不计后果的小集团所'统治'。"

她花了半页纸，记录她阅读这些文字后的感受。罗兰想，她写下这篇日记的时候，应该已经读完了六期传单。

> 文明国家最耻辱之事……好像我阅读的，是古代某位可敬之人的拉丁文作品的译本……这开篇的宣言如此宏大，作者不过是个二十四五岁的人，还是个学生，对思想自由饱含激情，真切地感受到某种宝贵的艺术、哲学、宗教传统正面临覆灭的危险。我感到一阵震颤，一种令人眩晕的喜悦……就像坠入爱河……汉斯·舒尔、他妹妹苏菲以及他们的朋友们，在全国几乎是孤军奋战，用他们细微的声音对抗专制，不是以政治的名义，而是为了文明本身。现在，他们都牺牲了。牺牲三年了，而我在路德维希大街一个角落里哀悼他们。我多么想认识他们，多么希望他们此刻和我在一起。我走回旅店，内心充满着悲伤，就像我所爱之人离开了人世。

她把传单重新读了一遍，又做了笔记，这才离开旅馆房间。把第三帝国称为"精神监狱……由罪犯和醉汉掌控的、机械化的国家机器"，又说"希特勒每个字都是谎言……他的嘴巴就是臭气熏天的地狱之门"——写下这样的文字，是多么的危险，需要多大的勇气啊！使用的还是那么学术的词汇。歌德、席勒、亚里士多德、老子。她觉得好像"我在接受一次教育"。她完全明白了，与这样的作者亲密结交，必定能拓展和丰富我们对自由的热爱。她发现自己"生气，甚至心生怨恨"，因为她父母没有多想，就因为她是个女孩，所以被剥夺了她哥哥能够享受到的大学教育。他还在部队里，是皇家炮兵的上尉。他在战争中表现优异。在那个能看见部分英国公园的小房间里，她从床上坐起身来，心里下定了决心，等她回国，等她把文章交上去，她就要上大学。哲学或文学。最好都学。那将会是她自己的小小行动……什么样的行动呢？抗争的行动，致敬的行动。了解了"白玫瑰"，她必须这么做。她把传单里的词句摘抄出来。政府"最卑劣的罪行……远远突破一切人类底线的罪行……永远记住，公民若甘愿忍受某政权，则该当受其统治……我们当下的国家，是邪恶的独裁"。还有引用亚里士多德的话："暴君永远希望挑起战争"。第一期传单结尾引用了歌德《埃庇米尼得斯的觉醒》中两节崇高的诗歌，接下来便是那句让她充满悲悯的简单诉求和希望："恳请诸位复制本册并广为传发。"

"……自入侵波兰后，该国已有三十万犹太人以最野蛮的方式惨遭屠戮"。汉斯·舒尔和他的朋友们热切渴望唤醒人们，让他们采取行动，"面对如此可怕的罪行、使整个人类蒙羞的罪行……"不能无动于衷，"德国人愚蠢的麻木鼓励了这些法西斯罪犯"。除非他们采取行动，否则谁也无法免除责任，因为每个人都是"有罪的、有罪的、有罪的"。第四期传单最后一句话："我们不会沉默。我们是你们丢失的良知。'白玫瑰'不会抛下你们！"但是，希望还是有的，因为还不算太迟："现在我们知道了他们的真正面目，那么消灭这些魔鬼，就应该是首要的、唯一的任务，是每个德国人的神圣使命"。面对无孔不入的邪恶国家政权，唯一可能的选择是"被动抵抗"。在工厂、实验室、大学里,在艺术的所有门类中,悄悄进行破坏。"不要响应公开捐赠的号召……不要捐献金属、纺织品及类似物品。"

最后两期传单的调子拨高了。标题分别成了《抵抗运动传单》和《抵抗运动的战友们!》。第五期宣称,美国在重新部署,战争将进入最后阶段。是德国人民与国家社会主义划清界限的时候了。但希特勒却在"将德国领入深渊。希特勒不可能赢得战争,他只会延长战事……惩罚越来越近。""对,"简认真地在日记本中写道,"只是太早了一点儿。"

"白玫瑰"抵抗运动似乎没有未来的政治方案。后来,在写于1943年1月最后也是最短的那期传单中,简又读到:"只有通过欧洲各国最广泛的合作,才能为重建做好准备……明日的德国将会是一个联邦国家。"

苏菲·舒尔在大学里发放第六期传单时被捕,地点正是简当天到访过的同一幢楼。一名门卫看到她把传单从大门入口的天井中倒进去。他举报了,一切就此终结。那时候,德国军队已经被赶出斯大林格勒。那儿的屠杀规模是无法想象的。这被合理地认为是战争的转折点。"由于这位一战一等兵的精妙筹划,三十三万德国人被毫无意义、不计后果地送上了毁灭和死亡之路。元首,我们谢谢你。"最后这期传单的最后几段,对德国青年发出了近乎绝望的呼吁,号召他们起来,捍卫"思想和精神信念……思想自由……道德良知"。德国青年必须"消灭压迫者……建立一个有信仰的新欧洲……斯大林格勒的死者在恳求我们行动"。最后是那句掷地有声的话:"我们的人民已经欣喜地重新发现自由和荣誉,他们已经做好准备,随时反抗国家社会主义者对欧洲的奴役。"至此,传单在激动和希望中戛然而止。逮捕之后,事情发生得很快,先是判决早已提前确定的虚假审判,接着便是第一批遇害者被执行死刑。三颗善良而勇敢的年轻头颅被砍了下来。苏菲·舒尔最小,年仅二十一岁。

简在床上躺了半个小时,她感到既疲惫又兴奋。接下来,她写道,是"一通不加约束的自我批评"。现在,她觉得自己这一生多么渺小、多么没有意义。一路走来,每周重复着同样的工作,如今留在身后的,不过是一堆毫无头绪的日子。整个战争期间,她都在浑浑噩噩地输入行政信函。一生最大胆的事情,不过是十四岁时躲进学校操场外那丛杜鹃花里,偷偷抽根香烟。她从伦敦空袭中活下来,靠的是运气,她自己毫无建树。她和其他人一起熬过来的。她从没站起来勇敢面对什么人,或者为了某个理念、某个原则而将自己置于险地。现在呢?她没有回答自己的问题。"饥饿征服了我。我一天没吃东西。"旅馆晚上没有食物。她在大学区闲逛,想找个便宜的地方吃点东西。"我感觉不一样,差不多变成了另一个人。我开启了新的生命历程。"最后她找到了一个地方,卖"过期面包加恶心的香肠。但幸好有芥末"。

"现在呢?"这个问题目前最直接的答案,是梳理"白玫瑰"联络人清单,写好文章,然后动身去伦巴第。在慕尼黑的废墟中,她的存在在她自己看来似乎"神采奕奕"。她把自己当作了小组的荣誉成员。她要继续他们的工作,努力建设一个他们曾梦想过的新欧洲。哪怕做点小小的贡献也可以,正如她一时轻狂在日记中写道,"通过描写炖牛膝的艺术",也可以提升英国美食。

四分之一个世纪之后,她的国家终于加入了欧洲联盟,让她激动地想起了年轻时的某个时刻。现在,在这个地方,接下来十天里,她一直在非常认真地再现"白玫瑰"的故事。

她的第一个错误是以为军情六处的联络人必然能提供独家消息。她拿着旅行手册在城里走了不少路,但三个地方都毫无收获。第一个地方是世纪初建的公寓楼,但已经成了废墟。第二个地方位于施瓦宾一条窄窄的街道上,一幢小房子里住着一家意大利人,说他们什么也不知道。第三个地方也在施瓦宾,房子倒是完好的,但看起来已经很久没人住了。在战争以及战后的混乱之中,没人在同一个地方久待。大学里提供的线索要好一些,尽管也有很多毫无结果。她第一次成功,是与艾尔瑟·盖贝尔的一位朋友谈了一个小时,盖贝尔曾是名政治犯,她的职责是登记盖世太保逮捕的人。最后那几天,她和苏菲·舒尔曾在一起,甚至有四天晚上两人住在同一间牢房。斯蒂芬妮·鲁德的话虽然和真相隔了两层,但简相信这位活泼而聪明的女人。盖贝尔计划写下自己的经历,可能还会收录到英格·舒尔正在写的书里面。斯蒂芬妮确信,舒尔会很高兴让盖贝尔和简谈谈。

苏菲·舒尔曾对艾尔瑟说过,她一直都知道,如果发传单或者在慕尼黑各处墙壁上写下"自由!"二字时被抓住,她肯定会死。审讯进行了整整一晚上,但她回到牢房时镇定自若。他们给了她机会,让她说她在国家社会主义的问题上犯了错误,但她拒绝了。犯了错误的是抓捕她的人。然而,当她听说克里斯托夫·普罗布斯特被捕时,她的防线崩塌了。他是三个孩子的父亲。后来她又重新振作起来,宗教信仰以及对事业的信念支撑了她。她相信盟军很快就会进攻，战争会在几个星期内结束。她自始至终都相信国家社会主义是邪恶的，相信如果她哥哥要死，那她也必须死。在"人民法庭"审判期间，她很平静。宣判之后，她被开车送往史塔德汉监狱，她哥哥和普罗布斯特也在那儿。舒尔兄妹在行刑之前，匆匆见过他们的父母。

简在这次访谈以及其他访谈中听到的一切，后来都将成为传奇。"白玫瑰"进入了课堂，进入了蹩脚的诗歌、廉价的伤感和神化作品、戏剧性的电影、严肃的儿童书籍，进入了无数学术文献和数不清的博士论文。战后的德国需要这个故事，作为新联邦国家的创始叙事。这成了一个光华闪闪的故事，被人们反复述说，被官方反复强调，以至于后来几年里出现了讽刺甚至更糟糕的声音。汉斯·舒尔不是当过希特勒青年团的组长吗？众人钦慕的音乐专家胡贝尔教授不是个反犹主义者吗？第二期传单里那句奇怪的话："无论我们在犹太问题上持什么样的立场"，难道不是受了他的影响吗？德国左翼里有些人指责胡贝尔是个传统的保守派，和纳粹一样是个"反布尔什维克分子"。还有些人觉得这些年轻而天真的基督教徒没起到什么作用。只有美国和苏联强大的军事力量才能打败纳粹。

但是，简相信，当前国家仍是一片废墟，一半的人口食不果腹，每个德国人都刚从所有人或几乎所有人共同打造的噩梦中醒来，这时候阅读孤军奋战的抵抗者的故事，会激励、启发人民，会成为救赎的开端。而她恰好在适当的时间、适当的地方，准备撰写和发表第一篇全面报道。

一周内，她访谈了十几个人，大家对调查对象的了解有多有少。她运气好,与碰巧到访慕尼黑的法尔克·哈纳克[①]谈了半小时。他曾是魏玛国家剧院的院长,和散落各地、缺乏组织的各种德国抵抗势力保持着广泛的联系。他曾安排汉斯·舒尔和一个柏林异见小组见面。计划见面的时间刚好是舒尔受刑那天。简从不同渠道获得了关于慕尼黑大学一次著名的官方活动的描述。包括伤残老兵在内的学生们被召集起来,听国家社会党高级党棍、大区长官保罗·吉斯勒讲话。舒尔兄妹奉行消极抵抗原则,因此没有参与。在这场粗俗下流的演讲中,吉斯勒教导女学生们为了祖国去怀孕。那是她们作为爱国者的责任。至于那些"不够漂亮、找不到伴"的女生,他承诺将她们分配给副官们。学生们发出嘘声、跺脚、吹口哨,声音越来越响,将他说话的声音都淹没了,然后他们开始离场——这是对该党的集体抗议,此前闻所未闻。"白玫瑰"终究不完全是孤军奋战。简还见了卡特莉娜·舒德科夫,后来还曾与吉瑟拉·谢特林短暂见面,她是汉斯·舒尔的女朋友,是简能接触到的离小组核心成员最近的人了。卡特莉娜给简看了舒尔兄妹、格拉夫和普罗布斯特的照片。舒德科夫和谢特林都曾因为异见活动而在监狱中服刑。

这时候,关于"白玫瑰"运动六名核心成员,包括胡贝尔教授在内,简搜集的背景资料都已经非常充分。进行最后两场访谈的前一天晚上,她写下了她的《地平线》文章的第一段。第二天早上,她动身再次前往施瓦宾,这次是要见慕尼黑大学一位年纪较大的法律学生,名叫海因里希·艾伯哈特。他热衷于在慕尼黑

---

① 法尔克·哈纳克(1913—1991),著名德国导演、作家。

周围画"打倒希特勒"和"自由"等字样的涂鸦,还曾到斯图加特等城镇发放第四、第五和第六期传单。早些时候,在法国服役期间,他一只脚被大口径子弹击中,因而获得了非战斗身份,能够长时间学习休假。他与小组中的很多人见过面,但并不是最密切的成员。他认识一位年轻律师,名叫里奥·桑伯格,曾目睹舒尔兄妹和普罗布斯特的审判,颇感震惊和羞辱。简觉得这个人值得一见。

她十点钟准时到达。海因里希的房间在一楼,面积大、装修好、光线明亮,与一般学生宿舍不同,还有一扇玻璃门通向一个小花园。他打招呼的时候,简心中一惊,觉得他似曾相识。简直就像她所有的调查工作都是为这一刻做准备一样。换句话说,那多少也扭曲、蒙蔽了她的判断。这个高个子年轻男人握了握她的手,朝一把椅子做了个手势。他说话轻柔,走路有点跛。他就是舒尔、普罗布斯特、舒默尔和格拉夫加在一起的化身。和他们照片中那样,他一只手也拿着烟斗,不过当时还没点着。在他身上,她看到了汉斯的精力和帅气、克里斯托夫坦荡而诚恳的目光、阿列克斯的精致、维利的恬淡深沉以及同样向后梳的浓密黑发。海因里希就是"白玫瑰"——简当时就形成了这样的印象。就在那心潮澎湃的时刻,她也知道自己处在一种很可能受了蒙蔽的奇怪状态,但那没什么关系。她欣喜若狂。她在椅子上坐好,从包里拿出日记本,双手有些颤抖。他表扬她德语讲得好,语气很严肃,她想那其实是善意的取笑吧。他起身走到房间那边,给她倒了一小杯难喝的咖啡,这时她看到他的桌子上有一堆打开的法律书,还有一张放在相框里的照片,应该是他父母。没看出女朋友的痕迹。她小心翼翼端起咖啡，尽量不因为手抖而让杯子碰撞碟子。他礼貌地问她从英国来的旅途如何、巴黎怎么样、伦敦怎么样、食物配给如何，她一一做了回答。她急切地想要留下好印象。

寒暄过后，简将谈话引到审判上来。海因里希从他的朋友桑伯格那儿听到了什么呢？这时他们谈的是抵抗运动，海因里希对谈论"白玫瑰"接触过的其他组织更感兴趣。他本人来自汉堡，那个城市有敌视希特勒的光荣传统。汉斯·舒尔曾接触过该市一个激进组织，他们对法国抵抗者所采取的破坏活动感兴趣，曾试图获取硝化甘油。还有弗莱堡和波恩的分部。斯图加特则是另外单独的组织。当然还有柏林小组，那是直接受到"白玫瑰"影响的。他的声音低沉平稳，她喜欢他的嗓音。但是，谈论全国上下其他反国家社会党的组织，让她不耐烦起来。这会让故事更加复杂。区区五千字，她无论如何塞不进去所有零星而无效的异见运动，尤其是斯大林格勒战败、莱茵兰各城市受到猛烈空袭后冒出来的那些组织。她只要"白玫瑰"。她已经离不开这个话题了。海因里希为什么要领着她谈别的呢？她坚持提问，他这才开始告诉她从朋友及其他来源获得的所有信息。

他声音变低了，多少有些沉闷。简身体前倾，认真听着。她的日记本里记下了监狱里和法庭上各种各样的传闻，有些是三手消息，而且字迹细长、突兀，与平常不同。她的手可能因为强烈的情感而颤抖。所有人都为受审者的镇定和正气所折服，包括监狱的看守，甚至也包括盖世太保的审讯官罗伯特·莫尔。苏菲·舒尔接受了即将到来的死亡，令莫尔非常惊讶。他们建议汉斯、苏菲和克里斯托夫给家人和朋友写诀别信，但书信最终并没有送出去，而是被当局归入了档案。法庭审判的最后时刻，舒尔兄妹的父母来了。母亲晕了过去，但随后便苏醒了。法官福莱斯勒的凶残远近闻名。在他眼里，这三个人在审判之前就已经死了。宣布判决时，苏菲拒绝按照程序做陈述。汉斯努力为克里斯托夫说情，他有三个孩子，其中一个刚刚出生。但福莱斯勒打断了他的话。

行刑前，罪犯被转移到慕尼黑最边缘的史塔德汉监狱。看守们通融了一下，允许舒尔兄妹见见父母。普罗布斯特的妻子还在医院里，她分娩时受了感染，身体虚弱。苏菲看起来很漂亮。母亲带来了一种甜点，她吃了这难得的美食，汉斯没吃。苏菲先被带走，她没说一句话。轮到汉斯了，就在他把脑袋放在断头台上的那一刻，他喊了一句关于自由的话——具体是什么，说法不一。

海因里希停了下来。他可能注意到简的眼睛已经湿润了。为了安慰她，他讲了一则传闻：福莱斯勒法官在一次空袭中被炸死了。

随后一个小小的善良之举，改变了两个人的生命轨迹。海因里希身子朝桌子这边探过来，把一只手放在简的手背上。几秒钟后，她做出了回应。她把手翻过来，与他的手五指交叉握在一起。两人都握得紧紧的。接下来的事情没有描述，但简在日记里说，她离开海因里希的房间，大约是晚上九点。十一个小时之后。第二天上午，她给库尔特·胡贝尔的一位同事写了个便条，为自己没能到场完成最后一次访谈而道歉。

简不是专业记者。调查过程中，她已经离研究对象太近，现在则完全沉溺其中不能自拔。使她沉迷的是海因里希还是"白玫瑰",已经不重要了。在潮水一般的强烈情感中,她也不可能分得清楚。两者她都需要。那促使他伸手抚慰的眼泪,也是为他流的,因为在她的想象中,那走上断头台的,完全有可能就是海因里希。同样的美丽和智慧,同样的善良和勇敢,铡刀一闪就戛然而止了。

一周内,她就从旅馆里搬出来,住进了海因里希位于施瓦宾的房子。这时候是秋天,有时候晚上很冷,但他的房子比她所知道的伦敦的任何地方都要暖和。她的生活变化得多快啊!以前她都不知道自己还会如此冲动。他们日夜相守,寸步不离。海因里希放下了法律考试。简没时间写作。她并没有感到不安,因为两人在城市中游逛时,她仍旧在追寻"白玫瑰"的路上。海因里希把汉斯·舒尔的房间指给她看,还有那幢属于卡尔·穆特的房子,小组成员和朋友们经常在那儿见面。海因里希也是在这里第一次见到维利·格拉夫和舒尔兄妹的。

他们一起去了史塔德汉监狱以及附近的佩拉赫公墓,但他们没找到受难者的墓地。也许他们找错了地方。也许大区长官吉斯勒领导下的地方当局不希望出现烈士崇拜。

简搬进海因里希家后不久,一天晚上,他给她展示了他最宝贵的财产。东西放在一堆书下面,夹在两层纸板中间,外面包着有很多破洞的窗帘布。整个战争期间,他一直藏着。这就是第一版的《蓝骑士年鉴》,出版于1912年,相当于一战前活跃于慕尼黑及周边地区的那群表现主义艺术家的宣言书。国家社会主义者谴责他们"堕落",他们的画有的被抢走卖掉了,有的被销毁了,有的被藏起来了。海因里希说，康定斯基、马尔克、穆特、韦里夫金、马克等等，还有很多其他人，很快又会回到画廊的墙上，那时候这本书会值很多钱。这是一位热爱现代派艺术的、有钱的叔叔送给他的二十岁生日礼物，后来他的藏品几乎全部丢失了。从那以后，"蓝骑士"就成了简和海因里希共同的消遣项目。从玫瑰到骑士，从白色到蓝色，从战争到和平：一场场激烈的运动前后相随、令人欣喜。海因里希有本画册，里面有二十年代末期以来的绘画，虽然插图几乎全是黑白的，但是简也开始和海因里希一样，喜欢上了书中所描述的"非表征色"。

十月中旬一个异常温暖的日子，他们骑着一辆借来的旧摩托车，出城向南六十公里，来到了穆瑙这个小镇。这是一次致敬之旅。1911年，瓦西里·康定斯基和加布里埃尔·穆特这对情侣来到这里，立即被迷住了。他们租了个房子，那地方后来成了"蓝骑士"小组的活动中心。他们宣称小镇和周围的乡村极大地激发了他们的艺术创作。简和海因里希在小镇狭窄的街道上漫步，他们也被迷住了。也许他们是通过加布里埃尔·穆特的眼睛，看着周围树木和草地上的明媚秋色。他们听说她在穆瑙仍然有座房子。后来他们得知，她也和海因里希一样，为了逃避国家社会主义政府的破坏，藏了很多"蓝骑士"的作品，当然数量比海因里希要大得多，其中还有几张康定斯基的画。到穆瑙来居住的想法，就这样扎了根。1947年1月简怀了孕，当月两人悄悄结了婚，于是那个令人激动的想法变成了现实。他们在穆瑙租了房子，那年春天就搬了进去。

等他们在那幢三层农舍中打开行李时，简知道自己不可能写出那篇关于"白玫瑰"的文章了，并且已经接受了这一事实。她坠入了爱河，怀上了孩子，肚子都能看出来了，新的生活已经开始。海因里希在一家从事农业产权转让的乡村律师事务所找到了办公室工作。她则全心全意为孩子准备一个家。她心怀歉疚，数易其稿，最后给《地平线》办公室写了一封说明情况的信。康诺利对她一直很好，所以她不忍心直接告诉他。她把信写给了索尼娅·布朗内尔，解释说慕尼黑处境艰难、食不果腹，没法找到关于"白玫瑰"的有用信息。她其实已经嫁给了"白玫瑰"，但这话她没法说。她又说，由于健康原因，她不能到伦巴第去。所有给她的钱，她以后会慢慢归还的。信寄出之后，她感觉好了点儿。那年晚些时候，得知英格·舒尔的书已经出版，简感到一阵心痛。她本来可以成为第一个发表文章的人。但她知道，无论她写出什么样的文章，舒尔的书都要好得多，都会更亲密、更公允，情感更充沛。尽管如此，她一辈子都为此感到遗憾。海因里希慢慢收缩、慢慢定型，回到了他本来的面目——他不是舒尔、普罗布斯特或格拉夫，也从不假装是。他成了一名小镇律师，定期上教堂，对问题持务实而坚定的看法，还是在当地比较活跃的一名基督教民主联盟成员。

简的命运则定格在家里。不久，穆瑙的所有农民邻居们都承认，她的德语、她那好听的巴伐利亚口音，几近完美。她没有像哥哥那样去上大学，没有成为有作品发表的作家，没有"穿过阿尔卑斯山"，将那炖牛膝的终极秘诀传递给不懂口腹之欲的英国人。直到1955年她和海因里希搬到北方，她才开始承认，她这一生终究也不过是安稳的生活和枯燥的婚姻。送《蓝骑士年鉴》给海因里希的那位叔叔在遗嘱中给他留了一幢房子,位于利伯瑠,靠近宁恩堡。简倒宁愿留在穆瑠,但海因里希觉得不交房租的诱惑无法抗拒。搬过去之后,他们就再也没挪过地方。由于医学上的考虑,简没有再要孩子,具体原因没有解释。海因里希于1951年在慕尼黑拿到了法律学位,最后成了宁恩堡一家律师事务所的高级合伙人。简自己都没注意到,她已经慢慢变得传统了,习惯于顺从丈夫的想法。同样,他也没察觉到自己颐指气使的样子,不知不觉地期望简在家里伺候他。在有些场合,了解简的人会在她身上察觉到一丝尖刻,甚至乖戾。多年以后吃晚饭时,她给女婿描述当年未完成的意大利北部农庄之行。她自嘲地宣布说:"我本来能成为伊丽莎白·大卫①呢!"

可那是遥远未来的事情。她最后一册日记本的最后一页,记录着1947年那个美好夏日里的幸福。带着满心的喜悦,她装修新居,安排房间,在厨房门边种植盆栽药草,在花园更远处开垦出蔬菜地和插花地,周末去施塔弗尔湖静谧的湖水中游泳,身边是她年轻英俊的丈夫海因里希·艾伯哈特,德国数百万之众,反抗过纳粹暴政的不过数百,她丈夫就是其中一个。

有时候,夫妻俩在街上能远远看到七十岁的加布里埃尔·穆特。只有一次,两人紧张地商量一番之后,才走上去同她说话。她一个人站在一家肉店门外。他们感谢了她的艺术创作,不仅给他们带来了巨大的快乐,还引领他们来到了这美丽的穆瑠。她没怎么说话就转身走了,但他们把她那和善的笑容当作一种祝福。

---

① 英国著名美食作家。

在那阳光灿烂的季节里，简并不像后来那么担心那些半途而废的计划。这个国家刚刚经过战争灾难，满目疮痍、一贫如洗，而她却感到"自己的快乐远非他人所能企及"，以后的日子自然会更加快乐。日记在这种高昂饱满的情绪中结束了。当年十月，阿丽莎出生了。

*

黑暗中一声凄厉的哭喊，将他从思绪中惊醒。那不是婴儿醒来需要安慰时发出的那种常见的声音。他知道在当前的状态下，他可能会产生情感投射，但这猫一般的嚎叫在他听来像是绝望的声音。那会是什么呢，从婴儿的酣睡中爆发出来，成为独一无二、令人惊骇的实体存在？对世界一无所知，也没什么东西能帮助他了解世界。在那尖细的、越来越小的声音之中，是绝对的孤独。人的喊叫声。他第一时间站起身来，大脑中的想法消失了，好像他也刚从虚空中醒过来一样。他只裹着一条毛巾，从保温器上拿出一瓶牛奶。等他把劳伦斯抱在怀里，他的哭喊已经变成了啜泣。一开始他还大口喘着气，所以不敢让他喝。最后，他终于急切地喝了起来。等罗兰给他换好尿布，把他放回到被子里，孩子几乎都睡着了。

躺在婴儿床旁边的扶手椅里，让人感到舒适。夜间喂食可能对双方都有益处——看着儿子睡觉，仰着脸，举着胳膊，双手都够不到头顶的位置，罗兰感到欣慰。肥硕的大脑，保护大脑的颅骨会是个越来越大的累赘。那么重，以至于劳伦斯头六个月都无法坐起来。此后，他会想出其他办法，继续当累赘。目前，那顶部隆起、几乎全秃的脑袋似乎在告诉父亲，这婴儿是个天才。既当天才又能找到幸福，可能吗？爱因斯坦干得不错啊，拉小提琴、划船、享受名声、在广义相对论中获得纯粹的快乐。然而，他的离婚一地鸡毛，为了孩子争夺不休；他的情感经历令人抑郁；他偏执地以为大卫·希尔伯特会抢走他的风头；他与他的量子以及他一手提携的那些聪明的年轻人，永远不能和平相处。那么，傻一点、平凡一点就更好？这话谁也不信。蠢人有蠢人的不幸之路。至于知足常乐的平庸生活呢，罗兰就是很好的反例。在学校里，他在全班考试名次中常常排在后三分之一，学期末的报告上写着"尚可"或"有进步空间"。十五岁的时候，他可能也会突然开窍，但实际上那时候他已经属于米里亚姆·康奈尔了。他的智力活动仅限于钢琴，而且还不能变成学业成绩。从那以后，没获得有用的技能，没取得成功，连说运气不好似乎都不够格。在伦敦南部的这个角落里，在这幢被他密封得严严实实以至于他和劳伦斯几乎都无法呼吸的、狭窄脏脏的房子里，他靠国家补助金活着，只觉得自己可怜，一点儿也不幸福。一边是整个大陆被辐射云笼罩，一边是他的妻子消失了，哪个更糟糕？至于那必不可少的一时情爱之欢，早已离他远去，还不如他十六岁过生日的时候。

醒来时，表上的时间是两点半。睡了两个小时，他现在瑟瑟发抖。毛巾已经滑到了膝盖上。劳伦斯没变姿势——双手向上举着，摆出稳妥的投降姿态。罗兰回到自己的房间，又冲了个澡。然后他又回到了床上，清爽、平静、几乎一丝不挂，凌晨三点精力充沛却无所用之。他无法将责任归于酒精，也没有看书的心情。他要跟自己好好谈谈。规划一下你的生活！你不能一直这么混下去。假设她不会再回来了。正确。然后怎么样？然后……只要他一到这个点，照顾婴儿的日常琐碎和疲惫就像雾一样罩住了他的未来。不可能有什么可行的计划，不可能有提升，他唯一能做的就是紧贴地面，活下去，让劳伦斯活下去，照顾他、陪他玩，拿国家的补贴，剩下的就是做家务、做饭、购物。单身母亲狭小逼仄的常规生活，就是他的命运。

可他大脑里还有一首诗，来自他离开一家商店时无意中听到的一句话：他这是自作自受。标题不错。也许他真是自作自受。那么，这就是个人的事了，他希望通过文字描述来杀掉心魔。可是，他需要钱的时候，诗歌有什么用呢？两个星期前，以前一起玩爵士的老朋友奥利弗·摩根打电话来说有个商业计划，简直就像是嘲讽他的文学抱负。根据摩根自己的描述，他代表着撒切尔式自主创业的新精神。他不再吹萨克斯了，而是创立公司，将公司经营得欣欣向荣，他自己是这么说的，然后卖掉。据朋友们所知，他从没赚过钱。最好的时候也不过不亏不赚。新的创业计划是贺卡业务。他对罗兰说，市场上全是垃圾，全是煽情的图片和文字。媚俗。研究表明，购买者多是"C"和"D"这两个经济群体[1]。身体发福、烟不离手的家伙，摩根说。没接受过什么教育，没有品位，没有现金。有个群体被忽视了，就是受过教育的年轻专业人士，虽然是少数，但数量可观，还要加上五十多岁的"教授那种人"。制作精美的印度异域风情或者欧洲文艺复兴

---

[1] 或指英国1950年代开始使用的一套社会阶层分级系统（NRS social grades），其中"C"是中下层管理人员、专业人员和技术工，"D"主要是半技术工或非技术工。

艺术，可能成为很有优势的东西。柔滑细腻的厚纸。里面呢，摩根要的是高端时尚的生日诗歌。淡定地看待衰老，幽默地看待出生、婚姻和死亡。带点色情也没问题。用广泛的文化指涉去取悦卡片的购买者和接受者。罗兰是最佳人选——居家、手头有空、懂诗歌。一开始六个月，主要以股票的形式支付报酬，所以没什么好消息向领取救济金的人宣布。

罗兰缺乏睡眠，脾气不好，直接挂了电话。过了二十分钟，他又打电话过去道歉，于是两个人的友谊恢复如初。但是，罗兰一直有被侮辱的感觉。摩根不明白，他是个严肃的诗人，有半打诗歌发表在有文化品位的高级刊物上。那都是大学里的刊物，印数小得可怜。但下一个也许是《格兰街》[①]呢。四英尺外的桌子上就放着他最新的修改稿。他在等回复。

洗完澡，他身上暖乎乎的，在那紫橙二色的印度棉床单上伸展四肢躺着，台灯将一束窄窄的灯光投在他身上，把狭窄而拥挤的卧室排除在视野之外。近年来，政府甚至教会了它的反对者，想象自己发了财不是什么丢人的事情。他努力想象自己过上了奢华的生活。住着比这个大四倍的房子，有个爱他的、不会逃跑的妻子，有了文学声誉，两三个快乐的孩子，还有一位清洁女工，像彼得和达芙妮家那样，每周"窜"来两次。

"窜"，这个词是他岳母从康诺利那里学来的，可以用来表示所有未曾兑现的旅行。比如，他窜到利伯瑙，劝说阿丽莎回来。他伸手从床头柜上拿过她的明信片，又看了一遍。1908 年，加

---

① 1981 年创立的美国季刊，战后最有影响力的文学杂志之一，2004 年停刊。

布里埃尔·穆特为她的"蓝骑士"同僚阿列克谢·冯·雅夫林斯基和玛丽安·冯·韦里夫金作过一幅画，画上两人惬意地在草地上躺着，那可能和明信片上是同一片陡峭的草坡。奇怪的是，没有画脸。看不见绵羊。画可能被她藏在穆瑙的房子里，和很多康定斯基的画一起。经受住了纳粹的多次搜索。如果被发现，她可能要被送进集中营。换作罗兰，会有她那样的勇气吗？那是另一个话题。他把这个念头赶走，将明信片翻过来再读一遍上面的文字。"母亲"这个词里的元音全部省略了，但他已经不在意。她的意思明白无误。当母亲会毁了她，她必须逃走，去"寻找自我"。这是达芙妮的猜测。当母亲也可能毁了他。写卡片的时候，她正前往利伯瑙。请不要往那儿打电话。除非她待几天就走，否则她现在应该和父母在一起。她免去了他打电话的负担。接电话的总是简，而不是海因里希。如果打电话，他就必须说实话，或者在不知道她已经掌握哪些信息的情况下对她撒谎。

他什么也没跟自己的父母说。他父亲延续了与英国陆军的联系，接受了退役军官职业安排，在德国管理一家轻型车辆修理厂。那额外的十年结束之后，罗伯特和罗莎琳德在奥尔德肖特附近一幢现代化的小房子中安顿下来，那儿离她的出生地不远，1945年他们第一次在警卫室见面，也在附近，当时罗莎琳德是卡车司机跟车员。回"家"后不到两个月，发生了一起公路事故。当地有一座小山梁叫做"公猪背"，沿着山脚有一条繁忙的四车道公路，贝恩斯少校右转上这条公路的时候，眼睛看错了方向，挤进了一辆快速行驶的小汽车的车道，小汽车快速转向，两车发生了侧面碰撞。没人受伤，但罗伯特和罗莎琳德受到了惊吓——几个星期都没回过神来。尤其是罗莎琳德，她变得健忘，焦虑，睡不着觉。她手上和脚上都长满了疹子，嘴巴起了溃疡。显然这时候不能跟他们说阿丽莎的事。

年近不惑，他已经到了人生新的关节点，父母都开始走下坡路了。在此之前，他们自主生活、自行其是。现在，他们生活中一些碎片开始慢慢脱离，或者突然飞走，像少校汽车碎裂的后视镜一样。接下来，更大的部分开始脱落，需要孩子们拾起来，或者从半空中抓住。这是个缓慢的过程。十年之后，朋友们坐在餐桌周围，他还会谈起来。迄今为止，罗兰大度而勤奋的姐姐苏珊做了大部分工作。事故的理赔工作是他处理的。之前，他还处理过按揭贷款的申请、新房子前面糟糕的排水系统、一台不熟悉的收音机的调试，还有什么东西打不开、什么东西启动不了等等——都是些小事情。在阿丽莎的建议下，他给他们买了个开瓶器，可以用来打开罐头和瓶子的盖子。他拿过一罐腌制的紫甘蓝，做了示范。在新房子的厨房里，他的父母站在他身旁看着。那是个重要的时刻。他们的控制力在减弱。八十年代，战争那代人已经开始走下坡路。最后的幸存者离世，可能要到四十年后，也许更久。到2020年也许还有百岁老人能回忆起整个战争期间的作战情况。作为高地轻装步兵团的步兵，贝恩斯中士在敦刻尔克大撤退时，在通向海滩的各条拥挤的道路上，见过士兵和平民惨遭屠杀。一挺德军机枪在扫射时，有三粒子弹打在他腿上。一位名叫罗兰的法国农民照顾着他，把他送到了敦刻尔克海滩。罗伯特回到英国后，坐了很久的火车到了利物浦，在阿尔德黑医院住了几个月。在上一场世界大战中，他的父亲在同一个兵团服役，脚部受伤后也在这家医院的同一个病区治疗。罗伯特的兄弟于1941年在挪威牺牲。诺曼底登陆前四个月，罗莎琳德的第一任丈夫死于奈梅亨市外。腹部中弹。之前她已经失去了兄弟，他是日本人的战俘，埋在缅甸。

罗兰这代人在英国长大成人，常常为他们无需面对的那些危险而感到不可思议。国家提供免费的牛奶，装在三分之一品脱的瓶子里，保障年轻的罗兰骨头里有充足的钙。国家还让他免费学了一些拉丁语和物理，甚至还有德语。没人会因为现代主义或非表征色而去坐牢。他这一代人比后面那代人也更幸运。他们这帮家伙懒洋洋地在历史的围裙里躺着，蜷缩在时间的小小褶皱里，吃掉了所有的奶油。罗兰有历史的眷顾，有一切机会。然而，现在他却走到了这一步，破产了，慈祥的国家却变成了悍妇。破产了，只能靠残剩的那点国家福利——乳清——活下去。

不过，卧室里暖乎乎的，他刚刚睡了两个小时，四肢舒舒服服贴在棉布床单上，大脑又异常活跃，于是一种反叛的情绪开始慢慢起来了。他可以自由。或者假装自由。现在他可以下楼，打破自己的新规则，倒上一杯酒，从某个厨房抽屉的深处找出小塑料瓶装的大麻，那是别人六个月前留下的，可能还在那儿。卷一根，在死寂的夜晚到花园里站着，像二十多岁的时候那样，跳出寻常的生命存在，提醒自己不过是个微不足道的有机体，附着在一块巨大的石头上，以每小时一千英里的速度向东旋转，同时又在遥远而冷漠的群星之间急速划过无垠的虚空。举起酒杯，向这一事实致敬。意识不过是纯粹的巧合。这一点曾令他震颤。现在也许还会。是啊，他还可以这样做。七十年代他就这么做过，和老朋友乔·科平格一起,他是位地质学家,后来改行做了心理治疗师。落基山脉、阿尔卑斯山脉、拉尔扎克喀斯特高原、斯洛文尼亚境内山脉。他曾带着半违法的书籍和唱片在查理检查站进入东柏林,如今看来,那似乎也是自由。他现在可以到花园里去,向他过去的种种自由致敬,然后举起酒杯。但是,他没有动。四点钟来点酒精和大麻?劳伦斯六点前会醒,到时候他的一天就必须开始。不,问题不在这儿。就算这婴儿不存在,他仍然不会动。是什么拦住了他呢?现在有了个额外因素。他害怕。不是浩渺的虚空。他的害怕更近。让他想起他曾要推开的东西。勇气。一个陈旧的概念。他有吗?

根据简的总结,英格·舒尔在"白玫瑰"回忆录中说,舒尔先生和舒尔太太获准前往史塔德汉监狱,在行刑前和孩子们做短暂告别。战时物资匮乏,他们带来的小美食很可能是一块没味道的巧克力替代品。汉斯拒绝了。苏菲高兴地接受了。她对父母说,她没吃午饭,肚子正饿。罗兰对此表示怀疑。她想的可能是,在自己被带走之前,吃下他们带来的东西,会给他们一些安慰。换作他会有这样的勇气吗,在被砍头之前,为了安慰父母而嚼下一块仿造巧克力?

他从床上爬起来。重新读一读简对英格·舒尔回忆录的总结,应该会有意思。在最后那几分钟里,克里斯托夫·普罗布斯特站在舒尔一家人旁边吗?他妻子四周前分娩,后来身体不适,无法离开医院。那么没有亲密的家人与他告别吗?罗兰拉开阿丽莎放毛衣的最下面那个抽屉。一堆堆整整齐齐地叠着,她那香水的芬芳气息又一次带着爱意扑面而来。当时,那六百多页的复印件，是用一份过期的《法兰克福汇报》包着的。所以他没用几秒钟就发现复印件不见了。好吧。本来就是她的。之前他已经发现，她带走了多次遭到退稿的两部小说手稿。她的行李应该很重。

他回到床上。根据他的记忆，汉斯·舒尔和苏菲·舒尔是被轮流带出去见父母的。汉斯待了几分钟，然后轮到苏菲。他们隔着一道栅栏和父母讲话。以下纪录或许是家人希望她给世人留下的记忆，但很可能就是真的。英格·舒尔写道：根据父母的描述，她妹妹走进去时泰然自若、美丽大方，皮肤是玫瑰色的，嘴唇是自然而饱满的红色。罗兰还记得，随后三位受指控者获得许可，单独待了几分钟。他们凑得很近。克里斯托夫·普罗布斯特没能见到妻子和孩子，还有他永远不会见到的新生婴儿，但他至少有两位朋友可以拥抱。苏菲是第一个被带上断头台的。一群被邪恶而疯狂的梦想占据了大脑的人，建造了这个舞台，上演了这幕悲剧。他们的野蛮已经成了压倒一切的范式。如果面对这样的情形，他罗兰能有苏菲和汉斯的勇气吗？他想是没有的。现在没有。阿丽莎的离去让他变得懦弱，而切尔诺贝利的灾难又让他心中畏惧。

他闭上眼睛。在国家北部和西部的广袤土地上，在松软的石灰岩变成花岗岩的地方，在高地和草原上，在每一株小草的每一片叶尖上，在植物的细胞里，一直到量子的微观层面，有毒同位素的微尘已经各就各位，开始运行。不自然的奇怪物质。他想象着在乌克兰境内，成千上万的农场家畜和宠物狗在推土机挖出的深坑中腐烂，或者被扔到巨大的高堆上，被污染的牛奶顺着下水道流入河里。现在他们说，没出生的孩子可能死于畸形，无所畏惧的乌克兰人和俄罗斯人在与这新奇的大火搏斗中凄惨地死去，苏联的国家机器本能地撒谎。他不具备必要的条件，既没有很大的胆子，也没有年轻人的欢快，所以不会下楼，在死寂的夜晚独自站到夜空之下，冲着星星举起酒杯。在这人为事件失控的时刻，他是不会去的。希腊诸神是一个高高在上的精英群体，争吵不休，性情乖戾，喜爱惩罚世人。希腊人发明这样的神是对的。如果他肯相信这种太像人类的神，那么，他们才是最可怕的。

4

阿丽莎消失后的第三周，罗兰决心整理一下厨房边上围着餐桌的那几个满满当当的书架。书很难收拾。想扔掉不容易。它们会反抗。他在旁边放了一个纸箱，用来装给义卖店的免费书籍。但是，过了一个小时，箱子里只有两本过期的平装旅游手册。有些书里夹着小纸片或信件，必须先读完，然后又把书放回到架子上。另外有些书则有暖心的赠言。很多书都非常熟悉，无法做到只处理而不打开尝尝——看看第一页，或者随便哪一页。有几本是现代的初版，一定要打开欣赏一番。他不收集——那些要么是礼物，要么是碰巧买的。

劳伦斯半上午的时候会睡一会儿，他趁机收拾了一部分。吃完晚饭后，罗兰继续整理。在刚刚露出来的一堆书中，第二本是伯纳斯市政厅图书馆的书。里面还有伦敦市政委员会的标记和图书管理员的签章，日期是1963年6月2日。这本书从那以后都没打开过，经历了各种各样的搬家过程，在这儿还藏了一年。约瑟夫·康拉德的《青春及另外两个故事》。廉价版本，J.M.登特父子公司出版，1933年重印本，售价七先令六便士。书页是毛边的。原来的软护封还在，有奶黄色、深绿色和红色的木刻效果，图案是棕榈树和一艘鼓帆急行的帆船，背景是岩石突起的陆地和遥远的山峦。这让人想起东方的热带地区，即故事中的年轻人心动的地方。拥有这本书让罗兰感到兴奋。它一直悄悄地陪伴着他。十四岁的时候，他几乎什么都不想读，却很爱看《青春》。现在，这个故事他一点儿也不记得了。

他双手捧着那本翻开了第一页的书，像祈祷一样，慢慢将身体挪到最近的餐椅上，然后坐在那儿一个小时没有动弹。在此过程中，一张叠好的纸从书页间落了下来，他随手把它放到了一边。故事的叙述者和另外四人围桌而坐，光亮的红木桌面上，有一瓶红葡萄酒和他们的酒杯的倒影。书中没有提及他们所处的环境。可能是船上的起居室，也可能是伦敦某个俱乐部的私人包间。桌面平整光滑，像平静的水面。五个人来自不同行业，但都"与大海有密切关联"。他们年轻时都做过海上贸易。讲故事的是马洛，即康拉德的另一个自我，这是他第一次出场。接下来他将继续讲述书中的第二个故事，《黑暗的心》，这一点后来尽人皆知。

《青春》这个故事很特别，正如康拉德在"作者附言"中说，那是"记忆之壮举"。马洛讲述了一次海上航行的经历，那时他二十岁，是"朱迪亚"号这艘旧船上的二副，要将一船煤从英国北部港口运到曼谷。这是个遭遇多次延迟和意外的故事。离开泰晤士河后，船只在雅茅斯附近遭遇逆风，花了十六天的时间才抵达泰恩河。等货物装好，"朱迪亚"号又意外被一艘蒸汽船撞上。几天后，蜥蜴半岛外的海面上起了风暴。写海上风暴，没人能超过康拉德。船上积了水，船员们连续干了几个小时，水无法排尽，最后被迫返回法尔茅斯，在此等待修理。这一等就是很长时间，几个月过去了，一点儿动静也没有。船只和船员成了当地人取笑的对象。年轻的马洛获得假期，去了趟伦敦，回来时带着一整套拜伦全集。最后，船只终于修理好，他们又出发了。这艘旧船以每小时三英里的速度向热带地区缓缓驶去。到了印度洋，船上装的煤开始发热闷烧。连续几天，烟雾和有毒的气体笼罩着船只。他们与火搏斗了几天之后，船上发生了剧烈的爆炸，船长和船员丢下即将沉没的船只，乘坐三艘小船逃走了。马洛和另外两名能干的水手乘坐最小的那艘小船。实际上，这是他第一次指挥一艘船只。他们朝北划了好几个小时，最后在爪哇岛一个村头港口登陆了。

那锃亮的桌面上肯定放着不止一瓶波尔多葡萄酒。讲述过程中，马洛经常停下来，说："把酒瓶递过来。"故事及其标题的要点是，任何时候，哪怕灾难临头，年轻人马洛或者说康拉德自己，都处在一种兴奋的状态之中。热带地区、传说中的东方，就在他面前，无论多么危险，无论体力上多么难熬、生活多么乏味，这一切都是冒险。让他坚持下来的，就是青春这个魔鬼。好奇、有韧性，不计后果地追逐新鲜的经历。故事中反复吟唱的旋律就是："啊！青春！"

最后的话不是对马洛讲的，而是对介绍马洛的叙述者讲的。马洛讲完故事后，叙述者说："我们隔着光亮的桌面冲他点头。那桌面如同一汪褐色的静水，倒映着我们布满皱纹的沧桑面孔，我们写满辛劳、欺骗、成功和爱情的面孔，还有我们疲惫的眼睛……永远焦虑地期盼着从生命中得到点什么东西，然而就在我们期盼之时，那东西早已离我们而去。"

罗兰把最后那半页纸读了两遍，心中感到担忧。马洛之前说，那次航行发生在二十二年前，当时他二十岁。也就是说，跟朋友们讲故事的时候，他们的面孔布满皱纹、写满辛劳，他们的眼睛充满疲惫的时候，他是四十二岁。已经老啦？罗兰三十七岁。时光——以及伴随着时光的遗憾、消失的青春、放弃的期盼——已悄然滑过。他翻到"作者附言"。没错，《青春》这篇故事是"经验的纪录，但那经验，其中的事实、内心的体验和外部的色彩，都开始于我本人，结束于我本人"。

他，罗兰，有什么结束于他本人的东西呢？想到这儿，他一只手碰到了桌上那张从书里滑落的方形纸片。那是张古老的剪报，折叠的痕迹周围都已经破裂了，是从《泰晤士报》上剪下来的，日期是1961年6月2日星期五，标题是《没有限制条件的社区学校》。阅读之前，他感到日期令人困惑。书上的图书馆签章是两年后的1963年，早在他离开学校之前。剪报肯定是别人放进书里的，他之前没有注意到。

这是篇关于他学校十周年庆典的文章，充满善意、略显枯燥。文中说:"很多人并不公允地将学校称为穷人的'伊顿公学'。"实际上,这是所寄宿文法学校,由伦敦市政委员会管理,没有"很多私立公学那些令人窒息的传统",也没有"教化学校那些问题男孩"。学校"坐落于沿河斜坡之上,风景美丽",通过十一岁以上统测的男孩均可读,"男孩群体来自各种社会背景,有外交官的孩子,也有陆军二等兵的孩子……很多能上大学……根据家庭背景合理、灵活收费……大多数家长无需缴费"。活动丰富,能掌握航行技能,有一个"小农夫俱乐部",有歌剧排演,"氛围友好"。最显著的特点是,"男孩子们看起来轻松自在"。

这些都是真的,或者说不算假。马洛二十岁的时候,已经在海上待了六年。他曾在惊涛骇浪中爬上帆船的后桅、收起船帆、在大风中冲着年龄大他一倍的水手大声下达命令。相比之下,罗兰的五年是在寄宿学校与轻松自在的男孩子们一起度过的。他坐过帆船或者在船上当船员,蹲在帆桁下方,拉着一根系在三角帆一角上的绳子,听一位名叫杨的大男孩冲着他喊叫了两个小时。那时候,大家觉得驾船出海应该就是这样子了。在马洛看来,在河上这样逛来逛去只能算作"生活中的乐子"。他的海上生存则是"生活本身"。罗兰曾在奥威尔河上翻过船,从远处看那条河碧波粼粼、令人欣喜,从近处看不过是个露天的排水沟。《泰晤士报》那篇文章的本质也是这样——远眺的风景。那么,近看呢?什么"内心的体验"?他不太确定,而这个问题一直在他心头萦绕。

如果他没有戒酒,这时候就该倒杯威士忌,想想往昔岁月。马洛讲述自己的故事时,人生之路已经过了半程。罗兰也差不多了。到三十五六岁，你可以开始问你是什么样的人了。成年之后躁动不安的第一轮长跑已经结束。同样，用出身当作借口的日子，也该结束了。父母条件有限？缺爱？溺爱？够了，不要再找借口了。你有认识了十几年的朋友。从他们的眼睛里，你能看出自己的影子。你可能，或者说应该，谈过恋爱，也分手过。你应该也充分利用过独处的时光。你知道公共生活是怎么回事，也明白自己在其中的位置。你的各种责任会压在你身上，定义你的存在。为人父母应该会给你带来新的领悟。那个满脸皱纹的人就站在前方，他不是马洛。他是四十岁的你。你应该已经从身体上发现了生命衰败的最早迹象。没什么时间可以浪费了。现在，你远离世界、独自一人，可以创造一个自我，去面对自己的审判。而且你仍然有可能大错特错。那你可能又需要等待二十年——就算二十年后，也还可能一败涂地。

那么，一个十四岁的中学男孩，生活的时代、文化和拥挤的环境都不鼓励自我认知，甚至完全不知道有这回事，他能有什么希望呢？在十人同住的宿舍里，表达出复杂恼人的情感——对自我的怀疑、温柔的希冀、性爱的焦虑——是很罕见的。至于性渴望，则淹没在吹嘘和奚落之中，以及有时令人捧腹大笑、有时完全不知所云的笑话。无论如何，都该跟着笑。在这紧张的社交背后，也知道一个宏大的新世界将在他们面前展开。青春期之前，它的存在是隐藏的，从不给他们添麻烦。现在，第一次性接触就矗立在他们面前，像一座山脉，美丽、危险、不可抗拒。但是，仍然在远方。熄灯之后，他们在黑暗中聊天、谈笑，空气中弥漫着一种放纵的焦躁，一种对未知事物的荒唐的渴望。未来必定能实现，这一点他们深信不疑，但他们现在就想要。对身处乡间寄宿学校的男孩子们来说，机会不多。他们的所有信息来自难以置信的奇闻异事和笑话，怎么会知道"那事儿"究竟是什么、到底该怎么办呢？一天晚上，在大家昏昏欲睡之际，一个男孩在黑暗中说道："要是'那事儿'还没干过就死了怎么办？"宿舍里一片寂静，大家思考着这种可能性。随后罗兰说："总有下辈子。"所有人都大笑起来。

一天晚上，他和朋友们受到了特别邀请，前往一些大男孩的宿舍。那时候他们刚来不久，大概十一岁左右。大男孩们也就大一岁，看起来却像一个更高级、更智慧的群体，身体更加强壮，多少有些让人害怕。他们说这是个秘密事件，所以罗兰和其他一年级的学生不知道接下来会发生什么。两个男孩并肩站在两排上下铺之间的过道上。周围聚集着一大堆人，都穿着睡衣，上铺还有很多人。满屋子都是生洋葱一样的汗味儿。这时候已经熄灯很久了。记忆中，宿舍里洒满了一轮满月的光亮。实际情况可能不是这样。也许是手电筒。两名男孩脱下睡裤。此前，罗兰没见过阴毛和成熟的阴茎，也没见过阴茎勃起的样子。有人喊了一声，两人立即开始自慰，握紧的拳头疯狂地来回抽动，快得都看不清楚。众人欢呼叫喊，在一旁加油。吵闹声如同运动员即将冲过重要比赛的终点。有嬉闹，也有敬畏。在场的大多数男孩子并没有完全性成熟，还没资格参加这样的比赛。

两分钟不到，比赛结束了。赢的人先达到高潮，也许射得更远，但这一结果立即遭到了反对。两位参赛者似乎是同时抵达终点的。油毡板地面上那两团牛奶般的液体看起来距离相等。但是，当时如果只有月光，那液体能看到吗？两位参赛者似乎对胜利不感兴趣了。其中一位开始讲一个下流笑话，罗兰听不懂。说话声和笑声终于招来了高年级的督监生，让大家回到各自的床位上去了。

罗兰感到惊叹、可怕还是好笑呢？这个问题不可能有答案，没有康拉德所描述的那种"内心的体验"史。时至今日，年轻时候的心理，每日感受的变化，已经无从得知了。他从不思考自己的心理状态。一件事立即被下一件事覆盖。教室、游戏、钢琴课、家庭作业、不同的朋友、嬉闹、排队、熄灯。他在学校里的内心生活，和一条被永远拴在当下的狗差不多。

然而，有一个重要的例外，到三十多岁，罗兰还记得所有细节。内心体验存储在男孩思想深处的海槽之中。当宿舍夜谈慢慢沉寂，大家开始进入梦乡，他便退入那个特别的地方。那位钢琴老师不再教他，因此并不知道她过着两种生活。一个是那个女人，那个真实的人，名叫康奈尔老师。在医务室、马厩或音乐室附近，他偶尔会看到她。她一个人，准备上课或者刚刚下课，从那辆红色小车上下来，或者朝小车走去。他从不从她身边经过，这一点他特别注意。万一她让他等一等，问他"怎么样"，他们就要说说话，他会憎恶那种谈话的。如果她从身边走过，不想跟他说话，那就更糟了。最糟糕的当然是她已经认不出他是谁了。

还有另一种生活，他每晚白日梦里的那个女人，做他要她做的事情，那就是剥夺他的自由意志，她让他干什么，他就干什么。

儿童时期留下来的，大多只是外部的色彩。九月一个温暖的下午，他在学校才待两个星期，便和一帮男孩骑着自行车穿过半岛，到斯陶尔河里游泳，这条河与奥威尔河一样宽阔汹涌，但更加干净。他跟着大一点的男孩子们沿着一条田间小道往下走，来到一处满是干泥巴和小石子的河滩。他比其他人游得更远，炫耀他在的黎波里那些年里学会的有力动作。但浪潮改了方向，将他从岸边推到了冰冷的深水区。他腿上肌肉收缩，随即开始痉挛。他已经无法游泳了，甚至都浮不起来。他叫喊着，挥着手，一个名字真的叫石头的大男孩朝他游来，把他拖到了河滩上。恐惧、羞耻、感激、活着的喜悦——都没留下痕迹。他们要骑自行车回到学校，按时投入常规生活的潮流——四点钟上课，然后喝下午茶，然后写作业。

不时有场危机，某个犯错误的黑暗时刻，让大家一起陷入集体内疚之中。一般跟偷窃有关。某位同学的晶体管收音机，某位同学的板球拍。有一次，一位女士的内衣挂在员工住宿区外面的晾衣绳上不见了。全校学生都被喊到集合厅里。校长是个和善、体面却笨手笨脚的人，大学里的橄榄球健将，大家都知道他用乔治这个名字称呼他老婆。他会走上台，告诉三百五十个男生，如果偷东西的人不自首，大家都必须安静地坐着，哪怕错过吃饭时间。这招就没起过作用，尤其是偷内衣那一次。大一点的男孩子们都知道在集合的时候带本书，或者带一副袖珍棋。

将全校聚集在一起的，不仅仅是这种偷东西的时刻。每年春天，全校都要到莱肯西斯美国空军基地参加开放日活动。基地有一队巨大的B52战机，携带有核弹，以遏制或摧毁苏联。罗兰和朋友们一起坐学校巴士去。他们要排半个小时的队，轮流在一架喷气式战斗机的驾驶舱里坐上三十秒钟。轰炸机在远处轰隆隆飞过。他们的零花钱不够,无法享受烤肋排、牛排、薯条,还有装在花盆那么大的蜡纸杯里的可乐。但他们可以在旁边看着。

那天晚上,召集全校学生集合。校长开始指控。基地的司令官打来电话,请他关注如下情况。有些男孩穿着他们学校的夹克,上面有他们学校的纹章和校训:"Nisi Dominus Vanum"——"没有主,一切都是徒劳"。他们走下巴士的时候,基地有人看见他们戴着黑底白字的 CND 徽章。校长宣布,如此行为,是对他人友好招待的侮辱,是对我们美国主人的粗鲁无礼。负责的男孩子们必须主动站出来。否则,全校都要静默而坐。

最小的男孩坐在大厅最前排,刚好在讲台下方,脑袋和校长厚重的鞋子平齐。对他们来说,CND 这个首字母缩写没有任何意义。反正"核裁军运动"(CND)代表的是丢人的事情,考虑到现场的紧张气氛,说不定还是桩邪恶的勾当。然而,意外的事情发生了,大厅后面一阵骚动,五六名年龄大的男孩站了起来。其他人都在座位上转脸去看。大厅里开始嘈杂起来,因为大家慢慢叫出了他们的名字——学校很小,每个人都能认出来。他们排成一排,走上台去,紧靠在一起,面对校长站着。校长站着不动,咬着牙关,鄙夷地瞪着他们。台下响起了窃窃私语声,因为所有人都注意到,他们衣领上就戴着那被禁止的徽章!其中一位,十五人制橄榄球赛上的六年级英雄,开始朗读一份事先准备好的声明。所有人都安静下来。核弹是对全体人类、对地球生命的威胁,是对道德可恨的践踏、对资源可悲的浪费。他大步从一旁走过,准备下台,这时校长拦住了他。他要他们马上到他书房里见他。

这几个人都是大块头,如果他们到了校长书房,拒绝接受藤杖的惩罚,那么这个晚上的伦理挑战就算完美了。然而,六十年代的挑战精神要到达奥威尔河泥泞的河岸,还要三年之后。在1962年4月,当时值得尊敬的做法,不过是挨打的时候摆出一副无所谓的样子,一声不吭。

学校鼓励年纪小的男孩每星期给家里写一封信。回信的总是罗兰的母亲。他的信件如果保留下来,倒是可以从中了解他1959年的心理状态。但罗莎琳德是位讲究整洁的妻子,她的习惯是一封信回复之后,就把原信撕掉。也许没什么损失,因为给家里汇报,他都不知道该写什么。他的生活、他的日常活动和生活环境,都与父母有很大差别,萨福克郡的乡村与北非有天壤之别,他根本不知道从哪里开始、用什么参照物,才能表达他新生活的特点,表达那嘈杂、那喧嚣、嬉闹和身体上的不适,表达永远无法一个人独处的体验,以及必须在规定的时间带着规定的东西出现在规定的地方的感受。在他的记忆中,他写的句子大概是"我们13比7打败了怀门德姆队。昨天我们吃了鸡蛋和薯片,味道不错"。他母亲的信更没什么内容。她的问题比他更大。她又一个孩子被送到学校去了,而她并没有抗争。她希望他喜欢学校组织的旅行。她希望他的球队下次还赢得比赛。她很高兴他那儿没有下雨。

多年以后,罗兰听到一位朋友四岁的女儿对父亲宣布道:"我不快乐。"简单、真诚、显而易见而又必不可少。罗兰小时候从没讲过这种话。青春期之前他都没有关注过自己的想法。成年以后，他有时候对朋友们说，到寄宿学校之后，他慢慢陷入了轻微的抑郁，一直持续到十六岁，又说他晚上想家是不哭的，只是不说话。可是，真是这样吗？其实他完全也可以说，他从没这么自由、这么开心过。十一岁的时候，他在乡间乱跑，好像他是那里的主人一样。他和好朋友汉斯·索里什一起，在学校南面一英里的地方发现了一处禁地，那是一片茂密的小树林。他们不理会"禁止进入"的牌子，从门上翻了过去。在长满松树的山谷深处，他们看到下方有一个大湖。阳光落在一片湖面上，微风轻拂，一条鱼跳出了水面。可能是条鲑鱼。这是种诱惑。他们钻过低矮的灌木，到了湖边，在那儿建了一个不太坚固的营地。两位探险者无视湖边的小路，坚信自己是最早发现的，并且说好不告诉任何人。他们后来又去过很多次。

其他地方能这么自由吗？在利比亚不行。后来回想时他才明白，他属于当地的白人精英阶层，周围的人对他们越来越憎恶。白人的男孩和女孩不能在没有大人陪伴的情况下到乡间乱逛。他们每天去的那片海滩，利比亚人是不能去的。他们不知道，他们坐校车经过的一幢建筑，正是臭名昭著的阿布沙立姆监狱。几年之后，伊德里斯国王将在军事政变中被推翻，取而代之的是独裁者卡扎菲上校。他会下令处决阿布沙立姆数千名持不同政见的利比亚人。

马洛站到造物主的立场上，回顾二十年前的经历，他很了解自己——那内心的体验，那外部的色彩。对三十五六岁的罗兰呢，伯纳斯府的那个男孩就是个陌生人。某些事件安全地存储在记忆中，但心理状态却像气候温和的日子里飘下的雪花，没等落地就已经消失了。只有钢琴教师以及他对她的所有感受留了下来。有一次,他和朋友们正在朝教室里走,他远远看到了她,在一百码之外。她穿一件鲜绿色的外套,正站在他曾测试新眼镜的那棵树下。她似乎注意到了他,举起了一条手臂。也许她在冲草坪另一边的其他人挥手。他把头偏向同学那边,假装认真听同学说话。内心的这一时刻被捕获到了,并且永远留存下来:他们转了个弯,离米里亚姆·康奈尔越来越远,这时他才意识到自己的心怦怦跳得厉害。

*

和大多学校一样,他的学校也是由一个特权等级制度维持的,学生的权利分得很细,逐年缓慢获取。这个制度让年纪大的男孩保守地捍卫着现有秩序,小心翼翼地守护着他们以超常的耐心慢慢争取到的权利。他们自己辛辛苦苦才争取到年长男孩的特权,为什么要把新的权益赠送给年纪小的呢?那是个艰苦而漫长的过程。年纪最小的一年级、两年级学生,几乎和乞丐一样,一无所有。三年级的同学可以穿长裤,系竖条纹的领带,而不是横条纹的。四年级的有专属公共活动室。到了五年级,就不必穿灰色衬衫,换成了白色的免烫衬衫,他们在淋浴间里洗一洗,然后直接挂在塑料晾衣架上。他们还有高级的蓝色领带。每升一个年级,熄灯时间就迟十五分钟。刚入学的时候,三十个男孩住一个宿舍。五年后,一间宿舍里就只住六个人。六年级的学生可以自己挑选运动夹克和外套,尽管色彩过于艳丽的衣服仍然是禁止的。他们每周还有一块四磅的切达干酪,由十二名学生共享,另外还有几条面包、一个烤面包机和一些速溶咖啡，供他们餐余享用。他们上床睡觉的时间不受限制。这等级制度的最顶端是督监生。他们可以踩草坪抄近道，又可以大声批评级别低的同学践踏草坪。

同任何社会秩序一样，除了革命派之外，所有人都觉得学校秩序就是现实的规则。1962年9月开学的时候，罗兰是不质疑这一点的。当时，他和宿舍其他十位同学占据了四年级的公共活动室。经过三年的努力，他们终于在等级的梯子上向上爬了一大步。和朋友们一样，罗兰开始变成了本地人。他养成了令学校出名的那种轻松自在的样子，加上一点儿四年级该有的那种不太明显的粗野。他说话原来带着母亲汉普郡乡下的口音，现在变了。有点儿伦敦腔，有一点点英国广播公司的味道，还有很难定义的第三种腔调。也许是专业技术派的腔调吧。自以为是。多年以后和爵士乐手们在一起的时候，他才意识到。不优雅，对于说话优雅的人不以为然，但也不鄙视。

他的学校成绩一直处于中等或中等偏下。有几位老师开始觉得，他可能比看起来更加聪明。需要拉一把。三年来，他每周跟克莱尔老师上两小时的课，现在成了颇有前途的钢琴演奏者。他在慢慢考级。勉强通过七级之后，老师告诉他，对于一个十四岁的孩子来说，他"简直算早熟"。有两次，学校最好的钢琴演奏者尼尔·诺克感冒了，罗兰便去为礼拜天的赞美诗伴奏。在同龄人中，他的位置也在中等偏上摇摆。他在体育和学业上表现一般，所以地位上不去。但他有时候会说些机智聪明的话，让大家众口相传。而且他脸上的粉刺比大多数人少。

四年级的公共活动室里有一张桌子、十一把木头椅子、一些储物柜和一个告示牌。还有一项他们没想到的特殊待遇，每天午饭后都会出现在他们的房间里：一份报纸，有时候是《每日快报》，有时候是《每日电讯报》。从教工活动室里淘汰下来的。有一次走进房间的时候，罗兰看到一位朋友坐在那儿，一条腿架在另一条腿上，双手拿着一份打开的大幅报纸，他这才意识到他们终于长成大人了。政治很枯燥，反正他们喜欢这样说。大家都去看社会新闻，所以都更喜欢《每日快报》。一个女人用吹风机的时候把自己烧着了。一名农夫开枪打死了一个手里拿着刀的疯子，结果被判刑坐牢了，让大家都很生气。议会大厦附近发现了一家妓院。动物园的一名管理员被蟒蛇活活吞了下去。成人的生活。

那个时候，公共生活中的道德标准很高，因此也很虚伪。总体基调是大家急于表达愤慨。各种丑闻成了他们性教育故事集的一部分。一年后就会发生普罗富莫事件[①]。连《每日电讯报》在新闻里都要配上微笑女郎的照片，留着蓬松的头发，睫毛又黑又粗，跟牢房的铁条差不多。

十月末，四年级公共活动室里的政治开始变得有意思了。反常的是，午饭后两份报纸同时到了。两份都被人反复阅读过，角都卷着，新闻纸因为多次翻阅都变软了，而且两份头版上都有同一张照片。男孩子们都参加过莱肯西斯空军基地的开放日，抚摸过导弹冰冷的钢铁鼻子，就像信徒抚摸圣物一样。对他们来说，

[①] 1963年，英国战争大臣普罗富莫因婚外情受到调查并在下议院撒谎，致保守党政府下台。

这个故事极具吸引力。虽然没有与性相关的内容，却有意想不到的快乐。间谍、侦察机、隐藏的摄像机、欺骗、炸弹、地球上两个最有力量的人虎视眈眈、可能爆发的战争。照片可能就是从某位情报主管办公室里一个有三重锁的保险柜里偷来的。照片里有低矮的山丘、平整的田地，以及有白色车道和空地的森林。狭窄的矩形方框里印着帮助读者理解的说明文字："二十个长筒储蓄罐"，"导弹运输车"，"五台导弹发射架"，"十二枚疑似防空导弹"。美国人利用飞行高度难以想象的U2侦察机，以及令人激动的高空摄像能力，向世界展示了部署在古巴的俄国核弹，离佛罗里达海岸不过九十英里。无法忍受，每个人都这么想。简直就是拿枪抵着西方的脑门子。必须在那些发射场投入使用之前将其炸掉，然后出兵占领那个岛。

俄国人可能采取什么行动？对于事态的新进展，四年级公共活动室里的男孩子们显出真诚的、大人一般的担忧，"热核弹头"这样的词语像日落时分铺天盖地的雷雨云一样，让他们想起某种令人激动、不计后果的巨变，那将是终极自由的到来，学校、日常安排、规章制度甚至还有父母——所有的一切——都将灰飞烟灭，全世界都会被抹得干干净净。他们知道，自己会幸存下来，于是讨论着背包、水壶、折叠刀和地图。一场永无止境的冒险近在眼前。那时候，罗兰已经是摄影俱乐部的成员，知道怎么显影和冲洗照片。他曾在暗房里待好几个小时，尝试一张沿河对岸风景照的不同版本，照片里有橡树和蕨类植物，六英寸乘四英寸，效果不错，就是照片中间有一条恼人的黄线穿过，怎么也弄不掉。第二天出现了新的U2侦察机照片，他仔细地查看着，大家则郑重地听他说。这张图片有新的标签:"直立式发射装置"、"营区"。有人给他递过一个放大镜。他贴得更近了。他说,他发现了美国中央情报局的分析师们没有看到的一处隧道入口,大家都相信他。他们轮流过来看,也都看到了。至于接下来该采取什么措施,措施采取之后会出现什么情况,其他人都有各自的重要观点。

上课还像往常一样继续。没有老师提及这场危机,男孩子们也不觉得意外。学校和真实的世界,这是两个不同的时空。看起来严厉但私下里和善的校长詹姆斯·赫恩,在晚间通告中并没有说世界可能会很快终结。多少有些被大家利用的女舍监莫尔迪太太,在男孩子们把袜子、内衣和毛巾递过去的时候,也没有提到古巴导弹危机,而她还是个很容易因为复杂的日常事务受到威胁就生气的人。罗兰在下一封写回家的书信中,也没有提到当前局势。倒不是因为他不想提醒母亲注意,她肯定已经从上尉那里知道了局势的危险。肯尼迪总统已经宣布在古巴周围进行"封锁";运载核弹头的俄罗斯舰船只会遇上美国战舰编队。赫鲁晓夫如果不下令俄罗斯船只返航,它们就会被击沉,第三次世界大战就可能开始。这样的话放在罗兰的信里能有什么意义呢?他在信中描述的可是"小农夫俱乐部"在房子后面的湿地上栽种冷杉树苗。两人的书信在路上相逢,母亲的信和儿子的文字一样寻常。男孩子们不能看电视——只有六年级的学生某些日子里才有这个特权。没有人听严肃的电台新闻,也没有人知道这事。卢森堡电台上有一些简短的通报,但从根本上讲,古巴导弹的事情,就是他们那两份报纸上的一出大戏。

男孩子的兴奋劲儿开始消退。学校官方的沉默让罗兰紧张。他独自一人的时候受此影响最大。远离众人的喧嚣、闷闷不乐地在橡树和欧洲蕨间散步，也没什么用处。他在狩猎女神狄安娜的塑像脚下坐了一个小时，朝河那边望着。他可能永远也见不到父母或姐姐苏珊了。也不能进一步认识哥哥亨利。一天晚上熄灯之后，男孩子们和往常一样，开始讨论古巴危机。门开了，一名督监生进来了。他是楼长。但他没有让大家安静，而是加入了讨论。大家开始问他问题，他则严肃作答，好像他刚刚从白宫的危机处理中心回来一样。他宣称有内部消息，大家相信他说的每一句话，他的参与让大家感到荣幸。他已经是成人世界中的正式成员了，现在他成了大家与那个世界之间的桥梁。三年前，他还和大家一样。大家看不见他，只能听到他低沉而确定的声音，从门的方向传来，那是学校里养成的略带伦敦腔的声音，加上来自书本或科学知识的自信。他跟大家说了一件可怕的事情，本来他们自己也该想到的。他说，如果发生全面核战，俄罗斯在英国的一个重要目标就是莱肯西斯空军基地，离学校不过五十英里。也就是说，学校会瞬间毁灭，萨福克郡会成为沙漠，全郡所有人都会蒸发——对，他用的就是这个词。"蒸发"。几名男孩在床上重复着这个词。

他走了，宿舍里的男孩们继续夜谈。有人说他见过一张广岛炸弹爆炸后的照片。一个女人只剩下一个辐射留下的影子，印在墙上。她被蒸发了。大家开始犯困，谈话慢了下来，有一搭没一搭地持续到深夜。罗兰一直醒着。想到那个词，他睡不着。看来是死定了。这是有道理的。生物老师科尔纳先生不久前对全班说，人的身体百分之九十三是水。白光一闪，就全部蒸发了，剩下的百分之七像香烟的烟雾一样在空中盘旋，在风中散去。或者说被爆炸气浪引发的飓风卷走。不可能和最好的朋友一起去北方，背着装满生存食品的背包，像丹尼尔·笛福笔下的市民那样逃离伦敦、躲避瘟疫。罗兰本来就不相信生存冒险。但那些故事能让他不总去想真正会发生的事情。

他从没想过自己的死亡。他肯定，平常的那些描述——黑暗、寒冷、寂静、腐坏——都不中肯。这些都是可以感知、可以理解的。死亡在黑暗之外，甚至也在虚无之外。和他所有的朋友一样，他对来世不以为然。他们坐在那儿，完成周日晚上必须参加的宗教仪式，但他们看不起那些言辞急切的来访牧师，看不起他们诱哄、祈求那位并不存在的上帝。永远不做回应，不闭眼低头，不说"阿门"，不唱赞美诗，对他们来说这是荣誉问题，虽然他们站在那儿，出于残剩的一点礼貌感，也会随手将赞美诗集翻开。十四岁的年纪，他们刚刚开始好斗反叛的精彩篇章。行事粗野或自觉粗野，会给人自由感。讽刺、戏仿、嘲弄是他们的常规，对权威人物的声音或套话进行荒诞的演绎。他们一针见血，对朋友虽然忠诚，但是同样不留情面。所有这一切，他们所有人，很快就要蒸发了。全世界都在看着，他知道俄罗斯人不可能退缩。双方都说自己代表和平，但出于荣耀和尊严，他们还是会打起来。一次小小的交火，双方各击沉对方一艘船，接下来就是大火蔓延、不可收拾。学校的孩子都知道，第一次世界大战就是这样开始的。他们写过关于这个话题的作文。每个国家都说不想打仗，结果却争先恐后、全部参战了，其凶悍程度，这个世界到现在还在讨论、还没搞清楚。这次呢，不会有人活下来去慢慢搞清楚了。

那么，第一次性接触呢？那美丽、危险、不可抗拒的山脉呢？也跟着灰飞烟灭了。躺在那儿等待入睡的时候，他想起来朋友的那个问题："要是'那事儿'还没干过就死了怎么办？""那事儿"。

第二天，星期六，10月27日，是下半学期的开始。星期六不上课、不训练，仅此而已。星期一继续上学。有些伦敦孩子的父母会到校探望。一名六年级的男孩有一份《卫报》，让罗兰看了。在加勒比海上，美国人放过了一艘俄罗斯油船，允许其前往古巴。他们认为船上只有油。甲板上明目张胆地绑着导弹的那些俄罗斯船只已经慢下来或停下来了。但是，据报道，这片水域里有俄罗斯的潜艇，新拍的侦察照片表明，古巴导弹基地的工作仍在继续。导弹已经可以发射了。美军在佛罗里达增加了兵力，部署在基韦斯特岛。看来他们的计划可能是入侵古巴，摧毁那些导弹基地。报纸引用了一位法国政治家的话，说世界在核战争的边缘"摇摇欲坠"。很快，事情可能就无法挽回，再也不能回头了。

厨房里做了煎鸡蛋，为了庆祝这所谓的假期。煎鸡蛋浮在油上，有些男孩讨厌蛋，或者讨厌油，于是罗兰吃了四个。早饭过后，他找到了助理男舍监，男孩子们尊敬这个男人，因为他们认为他有十几个女朋友，随身带着枪，还进行着秘密任务。他开一辆凯旋先驱牌敞篷车，皮肤里冒着烟草味儿，名字叫邦德，保罗·邦德。这些都是真的。他和妻子以及三个孩子住在附近的针厂村。罗兰获得了许可，可以去骑自行车。邦德先生新来不久，对规则没什么耐心。他忘了规定一个返校时间，也没有在记事本上记录罗兰离校。

他的自行车位于学校厨房后面一条垫高的路面上，是一辆生锈的旧赛车，有二十一挡，前胎慢慢漏气，但他懒得去修。给车胎打气的时候，他感到一阵恶心。他弯下腰把牛仔裤脚塞进袜子里，觉得嘴巴里有硫黄的味道。其中有个鸡蛋坏了。也许四个全是坏的。天气几乎都可以说暖和了，天空没有云，开阔清朗，能看到导弹从东边飞来。他快速下坡，朝教堂的方向骑去，一面屏住呼吸，以免闻到猪圈里热乎乎的泔水味。他左转出了学校大门，朝肖特利村骑去。过了切尔蒙迪斯顿村之后，他开始留意那条近路，那是他右手边一条田间小路，从平坦的田地间穿过，经过克劳奇宅，沿着沃伦路，到达小鸭池和厄沃顿府。学校每个孩子都知道，安妮·博林小时候来过这里，过得很开心，未来的国王亨利到这儿来追求过她。在国王下令将她在伦敦塔斩首之前，她要求将心脏安葬在厄沃顿教堂。现在，她的心脏应该装在一个心形的小盒子里，埋在风琴下方。

到了厄沃顿府，罗兰停下来，将自行车靠着那古老的门房，穿过马路，来来回回走着。她的房子走几分钟就到了。他还没准备好。到的时候不能大汗淋漓、气喘吁吁，这一点很重要。他花了那么久想着厄沃顿、避开厄沃顿，以至于他觉得自己的童年也是在这里度过的。他瞪大眼睛看着小鸭池，心想为什么池塘里没有鸭子呢。这时，他身后传来一个声音。

"喂。你。"

一个男人穿着黄色斑纹花呢夹克，戴着猎鹿帽，站在门房边上，双腿叉开，上臂抱在胸前。

"怎么啦？"

"这辆自行车是你的吗？"

他点点头。

"你怎么敢把车靠在这幢伟大的建筑上。"

"对不起，先生。"这话脱口而出，他都来不及收住。学校养成的习惯。于是，穿过马路回来的时候，他放慢了脚步，增加了一点气势，脸上摆出木无表情的样子。他十四岁了，可不是随便吓唬的。那人也很年轻，身材细长、面色白皙，两眼向外鼓着。罗兰在他面前停下脚步。

"你刚才说什么？"

"你的自行车。"

"那又怎么样？"

那人微笑着。"没问题。你做得很可能没问题。"

罗兰解除了警觉，正打算让开，把自行车推到草坪上，可那人一只手拍拍他的肩膀，另一只手指着远处，说道："右边一直下去有幢小屋子，你看到了吗？"

"看到了。"

"英格兰最后一个死于瘟疫的人就住在那里。1919年。怎么样，不错吧？"

"这我可不知道。"罗兰说。他怀疑这人有精神病。"不过，我得走啦。"

"好极啦。"

几分钟后，他已经到了教堂旁边，然后又穿过了村里稀稀落落的房子，很快便到了她那幢小屋外面。他知道这是她家，草坪上停着那辆红色的汽车。有一扇白色的矮栅门，里面一条略微弯曲的砖路，通到房子的正门。他把自行车靠在汽车上，把裤腿从袜子里拽出来，开始犹豫了。他感觉有人盯着，尽管楼下两扇窗户里并没有动静。和周围房子不同，这幢房子没有网眼窗帘。他倒希望她走出来。欢迎他，负责所有的谈话。过了一分钟，他推开栅门，慢慢朝她家正门走去。砖路两侧有种被遗忘的夏季留下的衰败模样。她还没把那些垂死的植物挖出来。他意外地看到，边上还有旧塑料花盆，以及被踩入枯叶的糖纸。她似乎一直是个整洁有序的人，但他对她一无所知。他这么做是错的，趁她还没看到他，现在赶紧回头。不，他下定决心，要把自己绑缚在命运之上。他一只手已经抬起了那沉重的门环，手一松，门环落了下去。重复一遍。他听见楼上快速而沉闷的咚咚声，她飞快下了楼。门闩落下的声音。她快速将门推开，门突然开得很大，他立即就胆怯了，都不敢看她的眼睛。他最先看到的是她的光脚，脚指甲涂成了紫色。

"是你。"她平静地说，并没有犹豫或惊讶。他抬起头，两人交换了个眼神，在那慌乱的时刻，他以为自己是不是敲错了门。没错，她认出了他。但她看起来不一样。头发是披下来的，几乎到肩膀，身上穿着浅绿色T恤衫，外面套一件宽松的毛衣，下身穿着牛仔裤，露出一大截脚踝。她周六的穿着。他提前准备了要说的话，开场白，但这时候已经忘了。

"差不多迟到了三年。午饭都凉了。"

他回答得很快。"我被留校了很长时间。"

她笑了笑，他脸红了，情不自禁为自己机智的回答感到骄傲。那句话不知道怎么冒出来的。

"那进来吧。"

他从她身旁经过，走进拥挤的门廊，面前有一截很陡的楼梯，左右两边都有门。

"左边。"

他先看到的是钢琴，一架小三角钢琴，虽然挤在角落里，但仍然占据了房间里很大一块地方。两把椅子上堆满了乐谱，两个小沙发面对面放着，中间一张矮桌，上面也堆满了书。地板上放着当天的几份报纸。远处有一扇门通向一间很小的厨房，厨房外面是围着矮墙的花园。

"坐下。"她说，好像在对狗说话。当然是开玩笑的。她坐到对面，认真地看着他，隐约觉得他的到来有些可笑。她看到了什么呢？

后来很多年，他经常想这个问题。一个十四岁的男孩，中等身高，身材瘦削但看起来挺结实，头发是深褐色的，在当时来看偏长，隐约受到了约翰·梅奥尔[①]和埃里克·克莱普顿[②]的影响。有一次在姐姐家小住，罗兰的表兄巴里曾带他到吉尔福德汽车站的瑞奇迪克俱乐部听滚石乐队唱歌。从那以后，罗兰的衣着打扮就确定下来了，因为布莱恩·琼斯穿的黑色牛仔裤给他留下了深刻印象。米里亚姆还注意到了哪些变化呢？声音刚变过来。

---

① 约翰·梅奥尔（1933— ），英国蓝调和摇滚歌手，职业生涯长达六十多年。
② 埃里克·克莱普顿（1945— ），英国音乐人、歌手、作曲家，有史以来最伟大的电吉他手之一。

长长的、严肃的脸；嘴唇饱满，有时候会颤动，好像他在克制某些念头一样，褐中带绿的眼睛，戴着国民保健署（NHS）配发的眼镜，他已经把眼镜的塑料框撬掉了，比约翰·列侬想到这个做法可要早得多。穿一件棕榈树主题的夏威夷衬衫，外面套一件肘部缝有护垫的灰色哈里斯牌花呢夹克。下身穿着灰色法兰绒烟管裤，伯纳斯学校不允许穿黑色紧身牛仔裤，这是最接近的替代品。他的尖头鞋有点中世纪的样子。他身上散发着柠檬味香水的气息。那天，他脸上没有粉刺。他身上有种难以名状的不健康的东西。某种细长的、像蛇一样的东西。

他伸开双手，不安地靠坐在沙发上，她却坐得直直的，这时候身体更是向前倾了过来。她的声音甜美而宽容。也许是可怜他吧。"好啦，罗兰。跟我说说你的情况。"

这是个大人们常问的问题，又无聊又麻烦。之前她只叫过他一次"罗兰"。他礼貌地坐直了身子，摆出和她一样的姿势，脑子里除了克莱尔先生的钢琴课之外，什么也想不起来。他解释说，他每个星期有了额外一个半小时的空余时间。他告诉她，最近他在学习——

她打断了他的话，与此同时把右脚抬起来，塞在左腿膝盖下方。她的背挺得比他任何时候都要直。"我听说你过了七级。"

"是。"

"莫林·克莱尔说你的视奏很好。"

"我不知道。"

"那么你跑这么远的路，是要跟我弹个二重奏吗？"

他的脸又红了，不过这次是因为他觉得她这话另有所指。同时，他感到似乎要开始勃起，于是他把一只手放到前面，以免被看出来。不过，她已经站了起来，正朝钢琴走去。

"我刚好还有这个呢。莫扎特。"

她已经在钢琴前坐下，而他还坐在沙发上，尴尬得不知所措。他马上就要出错丢人了。然后被赶出去。

"准备好了吗？"

"我不是特别想弹。"

"就第一乐章。对你没坏处。"

他这回是无处可逃了。他慢慢站起身来，从她身后挤过去，坐在凳子左边。经过时，他能感觉到她脑后散发的温度。坐下来的过程中，他发现了壁炉上方那台滴答作响的钟，声音大得和节拍器一样。有钟的声音做背景，二重奏要跟上节拍，会是个挑战。而他的心会在钟声和琴声之中突突乱跳。她把乐谱摆好。D大调。一首莫扎特四手联弹的曲子。有一次，他和尼尔·诺克弹过其中一部分，大概六个月前吧。突然，她又改变了主意。

"我们换吧。你的部分就更好玩。"

她站起身，往旁边跨了一步，他顺着凳子滑到右边。她再次坐下来，用那同样的和善声音说，"我们不要太快。"她整个身体微微一倾，双手抬到琴键上方，再落下来，便将两人带进了曲子，在罗兰看来，这个速度令人绝望。像平板雪橇滑下结冰的山峦。那宏大的开场宣言，他就比她慢了点儿，以至于那台施坦威钢琴听起来像酒吧间里的派对琴。他一时紧张，差点没控制住笑了出来，鼻孔里哼了一声。他赶上她的节奏，因为太急，又快了一点儿。他简直就像挂在悬崖的边缘。表达、力度已经谈不上了——他所能做的，不过就是跟着面前一路斜下去的音符，按照顺序把它们弹出来。有些时候，听起来几乎可以说很不错。有一段节奏分明的渐强音乐，时间较长，两人你来我往，似乎在将一个小人在两人之间推来推去。她喊了一声"好哇"。他们俩在这个小房间里搞出了多大动静啊。到了乐章结尾的时候，她又翻过那页乐谱。"现在停不下来了。"

他应付得还可以，小心地弹着那欢快的旋律，她则弹奏那轻柔的阿尔贝蒂低音，带着他向前走。他们俩进入了一个更高的音域，这时她身体朝右倾斜，挤到了他身上。接着他放松了一点儿，因为她有一段弹得很勉强，那是顽皮的莫扎特私下里搞的把戏。可是，这一乐章似乎持续了好几个小时，表示重复的那些黑点都成了惩罚，成了第二次入狱服刑。对他专注力的考验变得无法忍受。他的眼睛开始疼。终于，乐章在最后一个和弦中落下帷幕，末尾那个音他弹长了四分之一。

她立即起身。不用弹那一段极快的部分了，这让他如释重负，差点都要哭出来。但她并没有说话，他感觉刚才可能让她失望了。她就站在他身后。她双手放在他肩上，弯下身子，在他耳边低声说："你不会有事儿的。"

他不确定这话是什么意思。她走过房间，进了厨房。看着她白色的光脚，听着那双脚在石板上摩擦的声音，让他觉得难以自制。几分钟后，她回来了，手里拿着两杯橙汁，那是真正用橙子挤压出来的，是一种新的味道。这时候，他已经不安地站到了矮桌边，不知道自己是不是马上就该走了。真那样，他不会介意。他们默默地喝着。随后，她放下杯子，做了一件让他几乎晕倒的事情。他不得不靠在沙发的扶手上稳住自己。她走到前门，跪下来，将沉重的门闩插入石头地面。然后，她走回来，拉住他的手。

"来吧。"

她领着他来到楼梯前，停了下来，认真地看着他。她的眼睛很亮。

"你害怕吗？"

"不。"他撒谎道。他的声音浑浊，需要清一下嗓子，但他不敢，担心那会让他显得脆弱、愚蠢或者不健康。担心那会将他从这梦中惊醒。楼梯很窄。她走在前面，带他上去，他则拉着她的手。一上楼梯有个卫生间，和楼下一样，左右各有一扇门。她拉着他到了右边。这房间让他兴奋。乱七八糟。床没铺。地板上一个装脏衣服的篮子旁边，有一小堆她各种颜色的内裤。看到这个让他有所触动。他敲门的时候，她肯定在整理下个礼拜要洗的衣服，人们在星期六上午都这么做。

"把你的鞋子和袜子脱掉。"

他在她面前跪下来，照她说的做了。他不喜欢尖头鞋的鞋面上有一道很深的褶皱，鞋尖处又鼓了起来。他把鞋子塞到椅子下面。

她的声音非常理性。"罗兰，你割过包皮吗？"

"嗯。不对，没割过。"

"不管怎么样，你到卫生间去，好好洗一洗。"

这听起来有道理，因为这句话，他的勃起慢慢消退了。卫生间很小，铺着粉色地毯，有一个窄窄的浴缸，一个正面是玻璃、略微有点斜的淋浴房，一个铝合金架子，上面放着几条白色的厚毛巾,和他家里用的那种一样。在洗脸盆上方的架子上,他看到她的弧形香水瓶子,还有那香水的名字:玫瑰水。他意识到,这不是她第一次让他去洗洗干净了,因此准备工作做得很彻底。以任何方式让她不高兴,都是他最害怕的事情。穿衣的时候,他隔着山墙下方一扇很小的铅条玻璃窗朝外望了一眼。越过一片广阔的田野,他看到了接近低潮水位的斯陶尔河,银色的河水中开始显露出泥滩,像妖怪弓起的背,还有海草和一群群盘旋的海鸟。一艘双桅帆船在航道中央,正顺着回退的潮水出海。这幢小农舍里无论发生什么事,世界仍将继续运转。不,世界真不转呢。也许这个小时内不会吧。

等他回来,她已经收拾好了房间,被子掀开了一角。"你以后每次都要这样做。"

这话暗示还有以后,又让他兴奋起来。她做个手势,让他坐到床上,在她身边。然后,她一只手放到他膝盖上。

"你担心过避孕吗?"

他没回答。他没想过这事,对其细节也一无所知。

她说:"我可能是肖特利半岛上第一个吃避孕药的女人。"

这也不在他的理解范围内。他唯一可依靠的是事实,而那一刻事实再明显不过。他转过脸,面对着她说:"我真的很喜欢和你在一起。"这话一出口,听起来就很孩子气。不过,她笑了,把他的脸拉过来,两人开始接吻。吻的时间不长,也不深。他跟着她的节奏。先是嘴唇,然后舌尖快速地碰了碰,然后又是嘴唇。她在床上往枕头上一靠,说:"给我把衣服脱掉。我要看看你。"

他站起来，把夏威夷衬衫从头上拉下来。然后，他单腿站立开始脱裤子，脚下的老橡木地板咯吱作响。为了让他显得时髦一些，母亲把他的裤子做得上宽下窄，所以脚后跟上非常紧。他自认为身材不错，暴露在米里亚姆·康奈尔跟前，也不觉得丢人。

但是，她厉声说道："全脱了。"

于是他又拉下短裤，一抬脚，便全脱了。

"好多了。漂亮，罗兰。看看你自己。"

她说得对。以前，他从没有过这样的期盼时刻。她让他害怕，但他还是信任她，做好了一切听命于她的准备。他大脑里与她共度的那些时光，以及更早时候那些令人生畏的钢琴课，都是即将发生的事情的预演。这一切都是同一节课。她将让他做好面对死亡的准备，开开心心蒸发掉。他期待地看着她。他看到了什么呢？

那记忆他永远不会忘记。按照当时的标准，那张床可以算作双人床，宽接近五英尺。有两组枕头，每组两个。她抱着腿，靠坐在其中一组枕头上。他脱衣服的时候，她已经脱掉了毛衣和牛仔裤。她的内衣和她的 T 恤衫一样，也是绿色的。棉的，不是丝绸。那件 T 恤衫是个身材高大的男人的尺码，也许他应该担心遇到了对手。他状态兴奋，觉得连那起毛棉布的褶皱都丰满诱人。她的眼睛也是绿色的。他曾认为那眼里有种残酷。现在，那颜色暗示着挑衅。她想干什么，就可以干什么。她的光腿上还有夏天日光浴留下的痕迹。那张圆脸上以前像戴着面具，现在有种柔和、坦诚的模样。光线从小小的卧室窗户里照进来，落在她轮廓有力的颧骨上。周六的上午，没有涂口红。上课时盘起来的头发非常纤细，脑袋一动，便有几缕飘扬起来。她正看着他，还是那副既耐心又嘲讽的模样。他身上有某种东西让她觉得好笑。她脱掉T恤衫，松手让衣服落在地板上。

"该你学习怎么脱掉女孩子的文胸了。"

他跪到床上，挨着她。他手指颤抖，但结果倒并不难，把钩子从孔里拉出来就行了。她推开被单和毯子，眼睛锁住他的目光，好像是要阻止他一直盯着她的胸部一样。

"我们进去吧，"她说，"过来。"

她仰面躺着，伸开一条胳膊。她要他躺到那上面，或者说那里面。她用另一只手拉起被子，侧过身来，把他拉到怀里。他感到不安。这更像是母亲和孩子的拥抱。他知道自己应该位于更加强势的位置。他强烈地感觉到不该让自己被当作孩子。但是，有多强烈呢？被人这样拥抱着，是一种突如其来、未曾想到的快乐。没有选择的余地。她把他的脸拉到她的胸脯上，他的眼前便没有了别的东西，嘴巴含住了她的乳头。她身子一颤，嘴里喃喃道："噢，上帝。"他抬起头来呼吸空气。两人脸对着脸，亲吻。她将他的手指引到她双腿之间，让他感觉，然后把自己的手拿开。她低声说："不，要轻，慢点儿"，然后闭上了眼睛。

突然，她一把推开被子，翻到他身上，坐了起来——这就完成了，圆满了。就这么简单。像魔术师拉动一截软绳，中间的那个结一下子神奇地消失了。在奇妙的感受之中，他身体后仰，伸手去抓她的手，话也说不来。也许只过了几分钟。好像他看到了某个隐藏的空间，那里有个把手，有个搭扣，他一释放，虚幻的日常立即剥落，他便看到了一直都在那儿的东西。他们的角色、老师、学生、学校自以为是的秩序、时间表、自行车、汽车、衣服甚至词语——统统都是分散注意力的东西,好让人们不要做这件事。人们知道有这件事,却循规蹈矩,应付着日常事务,这真让人捧腹大笑,或者让人感到悲哀。连校长肯定都知道,他有一个儿子、一个女儿。甚至还有女王。每个成年人都知道。真会作假。真是虚伪。

后来,她睁开眼睛,眼神迷离地向下看着他,说道:"还少了点东西。"

他的声音从房子墙壁外面隐隐传来,"啊?"

"你没喊我的名字。"

"米里亚姆。"

"喊三遍。"

他照办了。

暂停。她晃了晃身子,然后说道:"对我说点什么。带上我的名字。"

他毫不犹豫。那是封情书,而且他说的是真话。"亲爱的米里亚姆,我爱米里亚姆。我爱你米里亚姆。"在他重又说一遍的时候,她弓起背,喊出了声,那是一声美丽的、渐渐变弱的叫喊。他也到了时候,紧随其后,仅一步之差,还不到一个四分音符。

他比她晚十分钟下楼。他头脑清醒、步伐轻快,很陡的楼梯一次下两个台阶。钟表还没有调回①,太阳仍旧很高。时间还不

---

① 1962年英国实行夏时制,10月28日当将钟表回调一小时。

到一点半。这时候如果骑上自行车,将会多么高兴啊,换一条路回学校,从哈克斯特德村走,飞驰,近距离经过有秘密湖泊的那片松树林。一个人,享受这谁也无法夺走的珍宝,回味、筛选、重构。了解了解他这个获得新生的人。他还可以骑得更远一些,走田间小路到弗雷斯顿。想想都觉得美。首先呢,要告个别。等他到客厅,她正弯腰捡地板上的报纸。他年纪不算小,能感觉到气氛的变化。她动作干脆利落。头发紧紧地梳到脑后。她直起身,看着他,立即明白了。

她说:"噢,不,你不会。"

"什么?"

她走过来。"你绝对不会。"

他开口说:"我不明白你的意思。"但她的声音却更大。"达到了目的,现在要走了。是不是啊?"

"不。说实话。我想留下来。"

"你在跟我说实话吗?"

"是的!"

"是的,小姐。"

他看着她,她是在嘲笑他吗?无法判断。

"是的,小姐。"

"好。削过土豆吗?"

他点点头,不敢说没有。

她带他进了厨房。水槽旁边一个锡碗里有五个很大的脏土豆。她给他一个削皮器和一个洗菜篮。"你洗手了吗?"

他试图显出生气的样子。"洗了。"

"洗了,小姐。"

"我以为你要我喊你米里亚姆。"

她看了他一眼,眼神中流露出夸张的同情,然后继续说道:"削完洗干净之后,切成四块,放到锅里。"

她换上一双木屐一样的鞋子,去了后面的花园,他则开始干活。他觉得被困住了,不知所措,同时他又觉得他欠她一笔很大的债。当然,离开会是个错误,是可怕的无礼行为。但就算离开是正确的,他也不知道如何面对她。她一直让他感到害怕。他并没有忘记她残忍起来的样子。现在事情更加复杂、更加糟糕了,是他让事情变得更加糟糕的。他怀疑自己触碰了宇宙间某条基本法则:那样的极乐一定会减少他的自由。这就是代价。

削第一个土豆很慢。像木雕一样,而他在木雕方面一直是个废物。削到第四个的时候,他觉得已经掌握了诀窍。要点就是不要去管细节。他把五个土豆都切成四份,洗干净了,放进盛了水的锅里。他走到装了一半玻璃的厨房门边,看看她在后院干什么。日光是金色的。她正将一张铸铁桌子拖过草坪,要放进工具棚里。停一会儿,一次拖几英寸。她的动作显得疯狂,甚至愤怒。他脑子里出现了一个可怕的念头:她可能有点什么毛病。她看见了他,招手让他出来。

等他走到近前,她说:"别只看着。这东西重得要命。"

两人一起把桌子拖进了棚子。接着,她往他手里塞了个耙子,让他打扫枯叶,放到花园末端的有机堆肥上。他耙着隔壁院子的山毛榉上落下来的树叶,她在花园边上忙着修剪枝桠。一个小时过去了。他将最后的落叶放到堆肥上。透过开阔地带,他能望见一片河面,是个小河湾的一部分,被阳光染成了橘黄色。他可以跨过低矮的篱笆,走进田野,绕到小农舍的前面,拿回自行车,离开。永远不再回来。如果世界即将终结,那这也没什么。他可以那么做。但事情很简单——他不能。没有离开的能力,和渴望离开的冲动,两者都让他惊讶。留下来帮忙、吃晚饭,是个礼貌问题。他饿了,他在厨房里看到的那条羊腿,应该比学校任何东西都要美味。这起了点作用,或者说让事情变得简单了,因为几分钟后,米里亚姆又让他去前院里耙枯叶。他没有选择,转身准备照办,她抓住他衬衫的领子,把他拉了回来,在他脸颊上吻了一下。

她进屋准备晚餐,他则推着手推车,拿着耙子,沿着一条侧面的通道,到前院里干活。这儿更难清理。院子边缘都是带刺的玫瑰丛,树叶堆积在那后面,或者卡在两丛玫瑰之间。耙头太宽了。他只好趴在地上,用手把树叶掏出来。他把空塑料花盆、糖纸等吹进花丛的垃圾收集起来。大门前面就停着她那辆汽车,他的自行车靠在上面。他尽量不去看。也许饥饿让他变得恼火。饥饿,以及这桩难干的手工活。

最后他终于干完了,把耙子和手推车送回工具棚,然后回到屋内。米里亚姆正在朝羊腿上浇酱汁。

"没好呢。"她说,接着她看到了他的模样。"看看你这个样子。你裤子脏啦。"她拉住他的手。"都划破了。你这可怜的宝贝。把鞋子脱了吧。去冲一下。"

他听凭她把自己带上楼。他的手背真的被玫瑰花刺划得血淋淋的。他觉得自己被照顾了,还有一点点像个英雄。在她的卧室里，他当着她的面脱下了衣服。

她语调温暖。"看看你。又大了。"她把他拉到跟前，抚摸他，两人亲吻着。

淋浴的体验不好。水很小，龙头旋钮毫发之差，水就会从冰冷变成滚烫。等他腰间围着毛巾回到卧室，衣服却不见了。他听见她上了楼。

他还没问，她就说："在洗衣机里。你不能浑身是泥回到学校。"她塞给他一件灰色毛衣、一条她自己穿的米色宽松长裤。"别担心。我自己的短裤是不会借给你的。"

她的衣服挺合身，就是裤子的臀部显得有点女孩子气。有个奇怪的小圆环，应该套住他的脚后跟。他就让它在后面耷拉着。跟着她下楼的时候，他想起两人都光着脚，心里高兴起来。在他们这顿很迟的午餐上，她喝了一杯白葡萄酒，她说喜欢室温酒。他不懂喝白葡萄酒的规矩，但也懂行似的点点头。她给他倒了点自制的柠檬汁。一开始，他们默默地吃着，他感到紧张，因为他开始明白她的情绪变化很快。而且他没有了衣服，这也让人焦虑。洗衣机在转动，发出低低的呻吟声。然而，很快他就不在乎了，因为他吃完了一盘烤羊肉，那是粉红色的，有的地方还带着血丝，他以前没见过。另外还有七大块烤土豆，加上不少涂了黄油的花菜。她问他还要不要，于是他又吃了一盘肉，接着是第三盘，烤土豆一共吃了十五块，大部分花菜也是他吃的。船形肉汁盘里还有一半肉汁，他倒愿意拿过来全部喝掉，因为不喝就肯定倒掉了。但他知道要注意礼貌。

最后，她提起了那个话题，那个唯一的、真正的问题。那是他到这儿来的起因,所以他自动认为应该避而不谈。

"你大概没读过报纸吧。"

"读过,"他快速回答,"我知道发生了什么事情。"

"那你怎么看呢?"

他认真思考着。他吃得太饱,而且刚刚成为一个新的人,准确地说是一个新的男人,所以那一刻他实际上并不在乎。但他还是说:"我们可能明天都会死掉。也许今晚。"

她推开盘子,双手抱在胸前。"是吗?你看起来不害怕啊。"

他此刻的漠不关心是个沉重的压力。他强迫自己去回忆,前一天、前一个晚上,他是怎么想的。"我很害怕。"随后,新近的成熟突然让他灵光一闪,他反问了一个问题,一个孩子是无论如何不会想到这一点的。"那么你怎么看呢?"

"我看肯尼迪和整个美国都像被宠坏的孩子一样。愚蠢而鲁莽。俄罗斯人则是骗子和恶棍。你很害怕就对了。"

罗兰吃了一惊。他从没听人说过美国人的不好。罗兰读过的所有文章,都把总统说成神一样的人物。"但是,是俄罗斯人把导弹放在——"

"对,对。美国人的导弹就放在苏联和土耳其的边境上。他们总是说,战略平衡是保证世界安全的唯一方法。他们俩都应该后退。相反,我们现在却在海上玩这些愚蠢的游戏。男孩子的游戏!"

她情绪激动,让他感到惊讶。她双颊通红。他心跳加快。他从没觉得自己像现在这么成熟。"那么接下来会发生什么呢?"

"要么,哪个急于开枪的蠢货在海上犯个错误,一切灰飞烟灭,就像你害怕的那样。要么他们采取十天前就该采取的措施,像靠谱的政治家那样,而不是把我们都逼得无路可走。"

"那么你认为可能发生战争?"

"是的,有可能。"

他瞪大眼睛看着她。他的立场——他们今晚可能全部死掉——很大程度上只是个说法。他的朋友以及六年级的学生在学校里都是这么说的。人人都这么说,让人感到宽慰。但现在听她这么说,却让人震惊。她看起来很有智慧。报纸上也说着相同的话,但那没那么重要。那只是故事,类似于娱乐。他开始感到瑟瑟发抖。

她一只手放到他手腕上,把他的手翻过来,十指交叉握住。"听好,罗兰。可能性非常、非常小。他们虽然愚蠢,但两边的代价都太大了。你明白吗?"

"明白。"

"你知道我想要什么吗?"她等着他回答。

"什么?"

"我要带你一起上楼。"她又低声补了一句,"让你感到安全。"

于是他们站起来,手却没松开。这一天,她第三次拉他上了楼。在下午渐渐变弱的光线中,一切又发生了一遍,而他又一次感到困惑:当天早些时候,他竟然那么急着逃走,急着回去,成为骑自行车的孩子。事后,他躺在她胳膊上,脸对着她的胸部,感到越来越浓的困意让他窒息。她在悄声说话,他半睡半醒地听着。

"我一直知道你会来的……我很耐心,但我知道……虽然你不知道。你在听吗?很好。因为现在你既然来了,你就该知道。我等了很长时间。你不能跟任何人说起这件事。不要告诉你最好的朋友,不要去吹嘘,无论你多么想那么做。清楚了吗?"

"嗯,"他说,"清楚了。"

等他醒来,天已经黑了,她不在身边。他鼻子和耳朵能感受到卧室空气中的寒意。他在这张舒适的床上躺着。他听见楼下正门被打开又关上,然后是熟悉的滴答声,他无法分辨具体位置。他在断断续续的白日梦中躺了半小时。如果世界不结束,那么这学期会结束,还有五十四天。他会到德国去和父母一起过圣诞假期,那会是舒适而无聊的日子。他喜欢的是,在脑子里想想这段旅程的各个阶段:坐火车从伊普斯维奇到曼宁特里,斯陶尔河到那儿形成潮汐,再换车到哈里奇,坐晚上的船到荷兰角,在码头区穿过铁路线,爬上前往汉诺威的火车。在每个阶段,他都要检查一下学校外套里面的口袋,看看护照还在不在。

他快速穿上她借给他的衣服,下了楼。首先看到的是,他的自行车靠在钢琴上。她在厨房里,碗碟快洗好了。

她冲他喊:"待在这里更安全。我对保罗·邦德说了。你不知道吧,我教他女儿。你今晚在这里过夜没关系。"她朝他走过来,吻了吻他的额头。

她穿着一件细灯芯绒的蓝色连衣裙,前胸一排纽扣,是更深的蓝色。他喜欢她熟悉的香水味。他似乎第一次真正明白她是多么漂亮。

"我对他说,我们在排练一首二重奏。我们的确在排练。"

他将自行车推过厨房，靠在花园里的工具棚旁边。头顶满天繁星，伴着初冬的寒意。他刚才耙过的草坪上已经起了霜。他踏着嘎吱作响的草坪，从厨房的灯光中走开，去看那头顶的银河，像一条脏兮兮的分岔的路。就算爆发第三次世界大战，对宇宙来说也没什么不同。

米里亚姆站在厨房门口喊他。"罗兰，你会冻死的。进来。"

他立即朝她走了过去。晚上，他们又弹了莫扎特，这次他更有表现力，紧跟着强弱符号弹奏。在慢乐章中，他试图模仿她平滑、流畅的连奏手法。到极快板时，他呼啸而过、琴声轰鸣，房子似乎都震动起来。没什么关系。他俩都大笑起来。最后，她拥抱了他。

第二天上午，他醒得很迟。等他下楼，吃午饭的时间都过了。米里亚姆在做鸡蛋。星期天的《观察家报》散落在扶手椅和地板上。没什么变化，危机仍在继续。头条写得清楚——《肯尼迪：古巴导弹拆除之前不会达成协议》。她给了他一杯橙汁，让他一起弹另一首莫扎特二重奏，这次是F大调。他全部是视奏的。结束之后，她说："你弹附点音符像个爵士乐手。"这是批评，但他当作表扬。

最后，他们终于坐下来吃饭了，他打开她的收音机听新闻，事情有了新进展。危机解除了。他们听着那低沉、浑厚、充满权威感的声音播报危机解除的消息。两国领导人之间有过重要的书信往来。俄罗斯舰船正在返航。赫鲁晓夫将下令拆除古巴的导弹。普遍的看法是，肯尼迪拯救了世界。首相哈罗德·麦克米伦已经打电话表示了祝贺。

又是一个晴朗无云的日子。太阳早已过了昼夜平分点,下午时分阳光斜斜地从厨房门上方的玻璃中照进小小的客厅,洒落在他们的桌子上。罗兰暗暗渴望逃走,沿着他大脑中那条路飞奔而去。他一边吃着煎鸡蛋,一边与这种欲望作斗争。完全不可能。她已经告诉过他,她去熨衣服的时候,他要去洗碗。她有权利告诉他该干什么,这是她挣来的。但她从一开始就有这个权利。

"真让人松了口气,"她不停地说,"难道你不高兴吗?你看起来不像很高兴啊。"

"我高兴,真的。太了不起了。真让人松了口气。"

但她知道他的心思。在那层礼貌的伪装下面,在某个连他自己都不清楚的地方,他有种上当受骗的感觉。世界会一如既往,他不会蒸发。本来他什么也不用做。

*

音乐部主管克莱尔先生给《勇敢妈妈》写了原创的曲子,正在忙着排练。他告诉罗兰,以后要跟康奈尔老师上课。

"她了解你的进展,视奏等等。她会很高兴见到你的。你额外那九十分钟,她也会教你。费用由学校支付。我手头忙不过来。希望你能理解。好孩子。"

这是谁的主意,一目了然,尽管她没有向罗兰提起。她通知他,他将在诺维奇的一场音乐会上表演一首舒伯特幻想曲和一首莫扎特二重奏。一周后,他看到了海报。上面说 12 月 18 日举行学校圣诞音乐会。"勃兰登堡第五协奏曲"下面写着"莫扎特","莫扎特"下面则写着他和米里亚姆的名字。双钢琴奏鸣曲,D

大调，K448。

"我要是先告诉你，你会拒绝的。我是老师，你是我的学生，这些音乐会就是我要你努力的方向。好了，够了。过来。"

那时他们在床上。时间是早晨六点。有时候他早晨五点偷偷溜出宿舍，像疯子一样踩着车，在黑暗中沿着泥路飞奔。他把路上的时间降到了十五分钟，后来又降到了十四分钟。她的前门会留一条缝，射出一道令人激动的黄光。天亮后，他会快速赶回去，趁人不备悄悄混入七点半吃早饭的人流之中。年轻的马洛在惊涛骇浪中有他的后桅，罗兰则有他的自行车。下午有空，或者周末不打比赛，他都会到厄沃顿去。他把作业装进手提袋，挂在车把上带到她家，但实际上他在她家很少碰作业。星期天他经常和她一起吃午饭。他告诉舍监他要去哪儿——上钢琴课、彩排，这就是他们体面的勋章。他离开的时候，她要对他回来的日期和钟点做严格限定。她把他抓得紧紧的。他常常颇不情愿地从学校出发，十一月已过，十二月到来，树叶已被风全部吹落，据说那风直接来自西伯利亚，一路上没有任何山峦阻挡。他和朋友们待的时间少了，暗房里冲洗照片的活动取消了。他在年级里的名声是一位投入因而无聊的钢琴手。他不在场，谁也不觉得奇怪。他会迟交作业。关于《蝇王》的论文，本来他打算写到指定长度的两倍，结果却匆匆忙忙、敷衍了事，字写得很大，行距很宽，却仍然不到三页纸。给人启迪的英语教师克莱顿先生用红笔给了"C-"的成绩。他只说了一句话："书你看了吗？"

宿舍里有中央暖气，有需要完成的作业，要逼着自己离开并不容易。要钻入冰冷刺骨的雨中并不容易。乡间小屋里只有一个烧煤的壁炉，加上两个很小的电取暖器。为了让他路上保暖，她给他买了一件滑雪外套和一顶羊毛的帽子。帽子顶上有个绒球，被他用裁纸刀割掉了。但是，问题不仅仅是她的掌控。他自己就是问题。他还没骑出学校大门来到肖特利路上，就已经处于半勃起状态。但并不是每次到访都会做爱，他只好接受这一点，不敢表现出失望。他想，半数情况下，他还是幸运的。屋前屋后那些事情，她做起来兴致勃勃，会要他帮忙。她可能会坚持上完一节时间很久的钢琴课。下课之后，就差不多该让他回学校了。有时候她说，他能来陪着她，没去其他地方，就足以让她开心了。不过，如果她真的带他上楼，那快乐的体验可真是奇妙无比。学校里，宿舍熄灯以后，他听着朋友们撒谎吹牛，知道他们永远不会拥有他现在的经历。他恋爱了，一个美丽的女人爱着他，在教他如何去爱，如何抚摸她，如何慢慢累积。她对他不吝夸奖之词。他是"用舌头视奏的天才"。他发现，自己不喜欢将阴茎放在她嘴里的感觉。那会让他紧张，他也不知道怎么回事。她说，她是可以接受的。睡觉的时候，她搂着他，像搂着孩子一样。她经常把他当孩子对待，纠正他的举止，建议他去洗手，提醒他接下来该怎么做。

一开始他表示过反对，她说："可是，罗兰啊。你本来就是孩子啊。不要生气。过来，吻我。"

于是，他走过去，吻她。这就是问题所在——他无法拒绝她，她的脸、她的声音、她的身体、她的模样。听命于她，就是他为此付出的代价。而且，她手段也比他高明，她会突然之间转变情绪，把他吓得够呛。不同意，尤其是不顺从，会立即惹恼她。那令人忘掉一切的温柔就没有了。

一个星期天的上午,他来了,两人弹了一个小时的二重奏,虽然没有两台钢琴,他们仍然尽量为音乐会彩排。结束之后,她到厨房给自己冲咖啡——她不许他喝咖啡——等她回来,他从手提袋里拿出点东西给她看。他刚花两个先令买的,是塞隆尼斯·孟克的《午夜时分》。她在他身边坐下,扫了一眼封面,喃喃说道:"这是垃圾。拿走。"

这是件冒险的事情,但他必须捍卫自己喜欢的东西。他声音不大,说道:"不,是很好的东西。"

她从他手里一把抓过谱子,放在谱架上,开始弹奏起来。她想把曲子弹坏,实际上也做到了。这首曲子完全按照写的样子弹奏出来,显得单薄、幼稚,像首儿歌。她停了下来。"够了吗?"

"但不应该是这样弹的。"

这话说得很危险。她站起身,拿着咖啡穿过客厅,走进厨房,去了外面的花园。她走路的时候,他则给她弹奏这首曲子。这是疯狂的举动,但他急于向她展示,他已经揣摩出了孟克假装笨拙的切分音应该如何弹奏。现在他明白了,之前不让她知道这个秘密是多么明智。他计划和两名大一点儿的男孩成立一个爵士乐三人组合。鼓手和贝斯手都很优秀。

他看着她一直走到花园的最远处,双手捂在咖啡杯上,目光越过田地望向远方。然后,她转过身,步伐坚定地往回走。他停止弹奏,等着。毫无疑问,他做过了头。

到了钢琴边,她说道:"你该走了。"

半小时前,她还暗示过上楼的事儿。他开始抗议,她的声音压过了他。"你走。拿上你的包。"她站在门边。这时候,她用手把门拉开。事情发展到这一步,他要表示一下自己也有生气的时候,反正不可能更糟糕。他收起乐谱,拿起包,抓过滑雪外套,一言不发地从她身边走过,看都没看她。自行车前轮气不足,但他不愿意在她看得见的地方打气。他沿路推着自行车。两人没有安排他下次来的时间。

整整一个星期,他都处在悔恨、彷徨、渴望的煎熬之中。他不敢径直前往小屋,不请自来可能会遭到坚决的拒绝。他尝试写了封道歉信,但措辞言不由衷,信没有发出去。他仍旧认为,她关于《午夜时分》的判断是错误的。他们难道就不能达成一致,各自保留不同的品味吗?他唯一的希望是,她让他回去。但他并不知道该怎么做,因为他都没想好该为什么道歉。他的罪行不过是跟她说不应该那么弹。说过的话收不回来。而且这话说得没错。爵士乐写在谱上不过一半,最多算个粗略的引导。你是不能像弹珀塞尔的恰空舞曲那样弹爵士乐的。

他在主楼下面那个小电话亭附近游荡。手里攥着打本地电话的几枚硬币。两人如果交谈,也许会坏事儿,再也没有机会了。可他还是走了进去,塞进硬币,差点拨了号,却又按了一下"B"按钮,把硬币退出来,离开了。他在周围的活动空地上一直向前走,越过界沟,沿着一条小路穿过那片倒伏在地的铁红色欧洲蕨,来到他和伙伴们曾穿着连衫工作服玩耍的前滩。他来到一处长满青草的小岬角之上,俯瞰着离河岸线最近的那些泥坑。在一棵光秃秃的橡树下,他打开了绝望的闸口,放纵地大哭起来。周围没有人,所以他无所顾忌,先是唠唠叨叨说个不停,接着又深吸了一口气,懊恼地大声喊叫起来。这灾难都是他自找的。塞隆尼斯·孟克的事情,他完全可以一声不吭。没有必要去挑战她。一幢雄伟的大厦倒塌了,一座宫殿——连同其中的感官愉悦、音乐、家——全成了废墟。问题不是性爱。而是他从不曾为之流泪的思乡之情。

可是呢。可是,那个星期他重写了关于《蝇王》的论文,两天后收到了尼尔·克莱顿的评分。A+。罗兰目前为止最好的成绩。"好啦,重获新生。《文明及其不满》用得很好。但是,用弗洛伊德可不能过度。他并不可靠。记住,抛开隐喻不说,戈尔丁可是当过中学老师的,成天和可怕的小男孩打交道。"

爵士三人组进行了第一次练习。鼓手和贝斯手性格内向孤僻,听从一个年纪小他们两岁的男孩的指挥,倒没什么不高兴。初次尝试一塌糊涂。贝斯手只能看懂贝斯指法谱,鼓的声音太大了。罗兰建议下次用鼓刷。他自己摸索着简单的三弦蓝调。事后,他们相互鼓励,说这个开头很不错。他在冷风中与夏季双人赛的搭档打了一场网球,还差点儿赢了。他又开始和朋友们玩儿了。他们靠着餐厅外面的暖气片闲聊——根据传统,暖气片周围是四年级学生专属的地盘。大家并无恶意地笑话罗兰,说他是个钢琴呆子,甚至没吃早饭就起来排练。他告诉了他们真相。他和一位年纪更大的女人发生了激情之恋。他们都笑起来。然而,就在他讲出这个实话实说却无人当真的笑话之时,他仍然感到了一阵绝望的刺痛。还有,这个星期,他在关于摩擦系数的物理测验中获得了第四名;课上要求不用字典,翻译乔治·杜哈曼的《哈佛书吏》中的五个段落,他取得了不错的成绩。这个星期,他按时提交了所有作业。

星期六,一个特别矮小、特别整洁、鼻子尖尖像小老鼠一样的男孩走到他跟前,手里拿着一张叠好的纸片。是她的学生,罗兰猜。便条上只说,星期天上午十点。现在,恐惧和希望替代了绝望。当天下午,他和诺维奇队打比赛。他在大教堂阴影下那条潮湿的沟里来回奔跑,整整八十分钟,他没有想她。诺维奇以其丰盛的赛后茶点闻名。接下来二十分钟,她也不曾进入他的脑海,因为他和队员、对手们坐在一起,吃掉了十几块三明治。坐校车回来,路上要很长时间。他神情抑郁地坐在前排座位上,不理会其他人充满脏话的常规闲聊。他最近刚听说"没下巴的奇葩"这个词,显然是骂人的。此刻,当汽车在黑暗中返回萨福克时,他看着车窗玻璃上自己的倒影,开始怀疑自己好像没有明显的下巴。他用食指从下嘴唇一路摸到喉结,确认那是一条直线。她是多么好心啊,竟然从没提到过这件事。他用手指反复抚摸、探测,试图在颠簸的车窗玻璃上勾勒出轮廓。不可能。他前途渺茫。就此离开也许更好。他无法想象她打开门那一刻会发生什么。他们肯定要谈孟克。他做好了放弃一切的准备。她如果知道了爵士三人组的事情,并且要他放弃,他也会照办的。

快回到学校时,他做好了决定,要给她送个礼物,等于把什么话都说了,而他自己却不用去寻找合适的词语。他在艺术课上做过一个罐子,他的其他罐子放进炉子后都坍塌了,只有这个留了下来。他在上面画了绿色和蓝色的圆环装饰。宿舍下面有块地,是他的朋友迈克尔·博迪照料的,博迪才华出众,把植物养成了精美的水彩画。哪怕少了一个微不足道的小样本，他都会留意到。但是，一份礼物能降低罗兰残损外观带来的影响吗？

汽车在主楼前停下，他第一个下了车。他借来一个手镜照了照，又在宿舍盥洗室里的大镜子前看了看，一分钟不到，下巴就恢复了。紧急的个人问题如此轻松地得到解决，在他生命中是绝无仅有的。他必须承认，他的状态比较奇怪。

第二天吃完早饭，他推着自行车来到博迪的花圃边，挑了一株最不起眼、没有开花的植物，还不到四英寸高。同样的植物还有很多。他捧了几把泥土，植物就在罐里放稳妥了。他把罐子放进手提袋，周围用废纸团塞好。过了切尔蒙迪斯顿后，他从主干道右转，上了那条乡间小路，这时他意识到，如果这次被她拒绝，那就是他最后一次走这条路了。他慢下来，努力看看路上的景观，一成不变的平坦田野，平滑的灰色天空下一排电报杆，那画面仿佛来自记忆，来自多年以后，那时候他已经老了，几乎什么也不记得了。

他从车把上取下袋子，把自行车丢在她家前面的草坪上，这时候她已经开了门。他从她的表情上看不到什么迹象，能够帮助他猜测她的心情。两人还没打招呼，他就拿出礼物，放在她手里。她瞪大眼睛看了几秒。

"可是，罗兰啊。这是什么意思？"

这是个真问题。于是他说："是个礼物。"

"你的脑袋被割下来放在里面吗？我是不是应该为你伤心、思念成疾？"

他一脸茫然。"不是啊。"

"你不知道济慈那首诗,《罗勒花盆》? 伊莎贝拉?"

他摇摇头。

她把他拉进屋。"你最好进来,好好上堂课。"

就这样,没别的波折。他们自然而然又继续了。她领着他来到客厅,屋里生着火,桌上摆好了早餐——他总能吃下第二份早餐。她解释了那首诗歌,跟他讲了弗兰克·布里奇为该诗做的曲子。她说,她什么地方有个钢琴版,很有趣的一首曲子,以后可以一起看看。说话的时候,她用手指将他的头发从眼前拨开,像一位慈爱的母亲。但同时她还抚摸了他的嘴唇,一只手伸到他腰间,玩弄弹力腰带上那个蛇形的搭扣,不过她并没有把搭扣解开。他们吃着麦片和煮鸡蛋,谈论古巴拆除导弹,以及报上关于在英吉利海峡建造隧道直通法国的各种故事。上楼后,两人躺在床上,她要他讲这一周做了什么。他跟她说了橄榄球赛、比分相当的网球赛、物理和法语测试,以及克莱顿老师对他那篇戈尔丁论文的评价。做爱的时候,她那么温柔,以至于关键时候他无法自制、彻底释放,发出的那一声叫喊,与之前他在河滩上发出的绝望的喊声并无不同。

事后,他闭着眼睛躺在她怀里。她说:"我有重要的话对你说。你在听吗?"

他点点头。

"我爱你。我非常爱你。你属于我,不属于任何其他人。你是我的,你要一直是我的。你明白吗? 罗兰?"

"我明白。"

下楼后,她描述了一下,说要开车去奥尔德堡,听本杰明·布里顿做关于弦乐四重奏的演讲。罗兰说,这个名字对他毫无意义。她把他拉到身边,吻了一下他的鼻子,说:"我们在你身上还要做不少工作呢。"

就该这样,以后也应该是这样。遥远的好战之神——赫鲁晓夫和肯尼迪——为他安排好了这样的局面。他不敢提及他和米里亚姆之间的矛盾,害怕破坏两人之间达成的和解。她那么甜蜜地抱着他,何必去做自我毁灭的蠢事呢?那她会再次流放他。但是,问题还在那儿。为什么要让他走?为什么要为了《午夜时分》,或者为了整个爵士乐的理念,而去自寻痛苦,剥夺两人在对方身上获得的快乐呢?他胆子太小,太关心自己的利益,所以不敢直接面对她。重要的是,他已经被原谅了。她要他回来,她爱他。之前她难过、生气,现在好了。这对她就够了,所以对他也够了。他年纪还小,并不懂得什么是占有,不明白对爵士乐的兴趣可能会让他逃脱她的影响范围。她二十五岁,也很年轻,但他才十四,怎么能知道这一点呢?她的聪明,她对音乐文学的知识与热爱,他安全地位于她掌控中时她所表现出来的活力与魅力——这一切掩盖了她的绝望。

整个十一月以及十二月大多时候,他都在和她一起准备音乐会和钢琴八级考试。考试很难,每个人都说他参加这样的考试年纪太小,可是后来他还是以优异的成绩通过了。现在,他演奏莫扎特和舒伯特二重奏中属于他的那部分,有技巧、有灵气、有魄力,她称之为"三有"。十二月中旬,他们在诺维奇会议厅举行音乐会。观众很多,罗兰觉得他们表情严厉,显得特别老。但是,当两位钢琴手从凳子上起身、站在斯坦威大钢琴前时,大家先后对他们演奏的莫扎特和舒伯特报以热烈的掌声,让他激动不已。米里亚姆让他练习过如何向观众鞠躬致意。他无论如何也无法猜到,仅仅鼓掌就能让他产生头晕目眩的愉悦感。两天后,她给他看了当地的《东部日报》上的评论文章。

> 这一时刻真正值得铭记,甚至具有历史意义。康奈尔小姐心胸豁达、目光长远,让她的学生担任主奏。在古典音乐中,早熟的年轻钢琴手并不罕见,但十四岁的罗兰·贝恩斯超世绝伦,前途不可限量,如果我是第一个这么说的,那我会感到自豪。莫扎特令人振奋的 K381,他和他的老师演绎得令人目眩神迷。不过,《幻想曲》是经典之作,难度要大得多。那是舒伯特最后的作品之一,对任何年龄的任何选手都是很大的挑战。年轻的罗兰的演奏,不仅技巧娴熟,而且情绪之掌控、理解之深刻,几乎让人难以置信。我预测,十年之内,罗兰·贝恩斯将会成为古典音乐圈中鼎鼎大名的人物。他风华正茂。观众知道他的才华,喜爱他的才华,起身向他致敬。整个集市广场应该都能听到观众的掌声。

五天后的学校圣诞节音乐会上,他上台前慌乱了一阵子。一条眼镜腿松了,眼镜戴不牢。米里亚姆很平静地用胶布把眼镜腿粘好。两人弹得比以前更好。后来,克莱尔先生说,他们的表演之美让他震惊,弹奏慢板时他都差点哭了出来。最后,在观众的欢呼声中,老师和学生从各自的立式钢琴前站起身,手拉着手，鞠躬致意，那个老鼠一样的小男孩从舞台一侧走了出来，给米里亚姆献上一朵红玫瑰，给罗兰献上一大块牛奶巧克力。啊！青春！

第二部

5

柏林和大名鼎鼎的阿丽莎·艾伯哈特如何进入了他的生活？在自我膨胀的安逸时刻，罗兰偶尔会想，哪些大大小小的事件改变、决定了他的存在呢？个人的、全球的，微不足道的、惊天动地的——他的存在并非例外，一切命运都是这样构成的。公共事件侵入个人生活，最典型的例子莫过于战争。如果希特勒没有入侵波兰，那么二等兵贝恩斯所在的苏格兰师就不会取消在埃及的执勤计划，转而前往法国北部，前往敦刻尔克，他腿部不会严重受伤，就不会被认定为"不适合参战"，不会被派往奥尔德肖特，并于1945年在那儿遇到罗莎琳德，罗兰也就不会存在。如果年轻的简·法尔莫听从指令，窜过阿尔卑斯山，帮助西里尔·康诺利提升英国的战后饮食，那阿丽莎也就不会存在。寻常而又奇妙。三十年代初期，如果二等兵贝恩斯没有学口琴，后来也许不会那么热衷于让儿子学习钢琴，提升其个人的受欢迎程度。当然，如果赫鲁晓夫没把导弹运到古巴，肯尼迪没有下令对古巴进行海上封锁，那个星期六上午罗兰就不会骑着自行车前往厄沃顿，到米里亚姆·康奈尔的乡间小屋，那么独角兽就会一直待在围栏内，罗兰就能通过学业考，到大学去学习文学和语言。那他就不会东游西荡十多年，将米里亚姆·康奈尔从大脑中驱赶出去，快三十岁的时候开始狂热地自学；他就不会于1977年到南肯辛顿的歌德学院跟阿丽莎·艾伯哈特上德语口语课。那么，劳伦斯也就不会存在。

第一次上课，罗兰迟到了，口语交流已经开始。小组中另外还有五人，二女三男。他们坐着折叠椅，面对她围成马蹄形。看到他坐下，她微微点点头。他上学期间学过一些德语，所以报的是中等偏下水平的班。老师的英语很完美，几乎没有任何口音。她的教学风格认真、严格，略带些焦躁。她要求每个人轮流发言。她长得小巧结实、精力充沛，肤色异常的白，眼睛没有化妆，但显得特别黑。她有个有趣的习惯，想问题的时候，眼睛会向右上方看。罗兰认为，她的模样中有桀骜不驯的危险因素。他立即觉得自己和另外三个男人之间形成了竞争关系。谈话的主题是孩子们度假。现在，她的目光落在他身上，似乎饱含期待。他之前听得并不认真，但他知道应该说点什么，比如"该我了"。

他说："Ich bin dran."①

"Sehr gut. Aber"②，她低头看了一眼名单，"罗兰，要用新玩具。"

这部分他刚才没听。他犹豫了一会儿。听到她那句"很好"，他的心愉快地跳了一下。他是来学习的，但他想炫耀一下自己的水平。要让她印象深刻，让她看看他的水平比别人高。他小心翼翼地继续说了下去。

---

① 德语："轮到我了。"
② 德语："很好。不过"。

"Ich bin... an die Reihe mit dem neue Spielzeug."[①]

她耐心地纠正，发音夸张，好让傻子都能听懂。Ich bin an *der* Reihe mit dem *neuen* Spielzeug.

"啊。当然。"

"Genau."[②]

"Genau."

她继续上课。玩具无聊，天气晴朗，孩子们饿了，他们喜欢水果。他们还喜欢游泳，尤其是下雨的时候。等她再次请罗兰发言时，他一句话里犯了三个基本的错误。她干净利落地予以纠正，然后就下课了。

两周后，在第三次课的结尾，有人用结结巴巴的德语请她介绍一下自己。罗兰仔细听着。为了让他们听懂，她说得很慢。她二十九岁，出生在巴伐利亚，母亲是英国人，父亲是德国人。不过，她是在北方长大的，离汉诺威不远。她刚在伦敦的国王学院获得了硕士学位。她喜欢远足、电影和烹饪——还有别的什么，他没听到。她将于第二年春天结婚。未婚夫是一名小号手。全班都低声表示赞同，除了罗兰。接着，一个女人让老师告诉大家她最大的志向。他们刚刚在练习这个词。Der Ehrgeiz[③]。艾伯哈特小姐毫不犹豫地告诉大家，她的志向是成为这一代最伟大的小说家。她说这话时，他脸上露出讽刺的微笑。

她即将结婚，事情就简单了。他只要专心欣赏，其他什么都

---

① 德语："该我……用新玩具了。""die"和"neue"是语法形式的错误。
② 德语："对。"
③ 德语："志向"。

不用做。而且，过去半年来，他对戴安娜很满意，她是位医学生，刚开始到圣托马斯医院实习，家人来自格林纳达。一个负面的因素是，她每星期要工作六十个小时，有时候还不止。但她快乐、机智、会弹吉他、会唱歌，想当眼外科专家——而且还说爱他。某些时候，他对她也有这样的感觉。但她又进了一步。她是愿意嫁给他的。她的父母都是老师，也同意他们的婚事。他们对他表示欢迎，答应他将来有机会带他去看看他们离开的那座美丽岛屿。他们住在椭圆球场附近，邀请他去他们家享用格林纳达大餐。戴安娜的弟弟妹妹们对婚事也很热衷，一直挂在嘴上讲。罗兰微笑着、点着头，开始不可避免地往后撤。这又是一个"如果"、"那么"的故事。如果纳塞尔上校没有将苏伊士运河收归国有，如果英国精英们不是沉浸在帝国梦之中，一心要收回这通向远东的捷径，那么罗兰就不会到一座军营中狂欢一个星期。他随心所欲、放纵旅行的日子已经过去了，但出于冒险不再、自由难得的念头，他仍然能纵情享受当下，毕竟生命中大多数快乐都是从当下获得的。这是一种心理习惯。他真正的生命，那无拘无束的生命，是在别的地方。二十岁前后的十来年中，他将米里亚姆赶出记忆，一心爱上了摇滚乐。有段时间，他偶尔去给"彼得·蒙特团"乐队当键盘手。他一边在英国做着体力活或杂活儿，一边不时和朋友们去旅行，带着迷幻药和致幻剂，仔细规划到崇山峻岭间冒险：落基山脉、喀斯喀特山脉、达尔马提亚海岸、坎大哈南部沙漠、阿尔卑斯山、特拉蒙塔纳山脉、大苏尔山。到风景如画的地方浪费青春，在天堂的大门口快乐地游荡，看着全世界的各种颜色像火焰一样喷发，到夕阳西下、必须回家的时候,总会恋恋不舍,好像被人从伊甸园里赶了出来,不得不再次回到第二天的日常。

尽管多次了无牵挂地在壮阔的山岭间游荡,他仍然不自由。他有位朋友叫内奥米,在一家书店上班,曾带他去诗歌协会听罗伯特·洛厄尔朗诵。罗兰要结束两人的关系,她听到后先是大吃一惊,随即心怀怨恨。她冷冷地把真相摆在他面前。他什么地方受过伤,出了问题。"你永远不会告诉我是什么,但这一点我很清楚。你永远不会满足。"

他在真实世界中所做的事情——一系列的自由职业、朋友、娱乐活动、自学,他认为都是消遣,是轻松的乐子。他避开拿固定薪水的工作,就是为了腾出空来。他必须保持自由的状态——为了尘埃落定、不再自由。唯一的幸福、目标,唯一可能的天堂,是性。一个无望的梦,引诱着他从一段关系走向另一段关系。既然那梦曾真切地来过,那它就能再来,必须再来。他知道,生命如果丰富多元,就算了不起了,责任是无法逃避的,只在令人忘乎所以的极乐中生活,只为令人忘乎所以的极乐生活,实际上是不可能的。罗兰不得不告诉自己这一点,这本身就说明他已经彻底迷失了。然而,他虽然知道这是真的,却又期待事实将其推翻。他无法制止自己。这就是低音音符,是基调,是失望那单调而低沉的嗡鸣。戴安娜让他失望,还有内奥米,还有其他人。他的痛苦就在于,他知道自己有多么奇怪。也许甚至是疯了,就像罗伯特·洛厄尔那样庄严而疯癫,他的诗已令他痴迷。后来当了父亲,那爱和劳作的双螺旋,应该已经拯救了他。在实际的世界里,他已经得救了。未来多年,他作为父亲的职责一览无余。现在应该没有希望了。可他却无法压制希望的念头。他曾经有过的,以后一定会再有。

记忆芜杂斑驳,形成了他经常召至眼前的半真半假的幻景:在萨福克冬日的巷子里飞驰,在乡间小路的水坑间穿梭,在路口拐弯处紧急刹车、侧滑而过,松手让自行车倒在草坪上,七步跨过花园里那条小路,用他独特的方式敲门——四分音符、三连奏、四分音符、四分音符——她一直没给他钥匙。她身体的轮廓清晰地显现在狭小客厅中射出来的黄色灯光中,乡间小屋温暖的气息扑面而来。总是在仲冬季节,总是在周末。他们没有拥抱。她在前面,走上狭窄陡峭的楼梯,拉着他进入忘我之境,是他的,也是她的。然后再次进入,吃完晚饭,再次进入。

他在学校里一切正常,打橄榄球、跑越野赛、和朋友们胡闹、学新的曲子。但是,遇到某些任务——背诵、课上听讲、写下论文的第一行,尤其是阅读指定的图书——他就会走神,回想上一次的细节,幻想下一次的场景。一个段落还没读一半,勃起的肿胀和痛苦就会分散他的注意力。他遇到一个不熟悉的法语或德语单词,伸手去拿字典。五分钟后,他手里还拿着字典,根本就没翻开。等到一周学习的日子结束,*Les Trois Aveugles*[①] 或 *Aus dem Leben eines Taugenichts*[②]——意思很应景,《一无是处者的回忆录》——才读了十几页,或者才读完《失乐园》的前两卷。记十个德语新名词,可能要花他一晚上。一般情况下,他也不在意。他受到了老师们的警告。他的支持者、英语老师尼尔·克莱

---

① 法语:"《三个盲人》"。
② 德语。

顿一个学期找了他三次,提醒他他是个聪明的学生,考试马上就到了,他至少要通过五年级的考核,否则六年级都不用读了。

罗兰当时后悔过吗?是否希望从没上过钢琴课、从没听说过厄沃顿?这个问题根本没出现。这是他灿烂的崭新生活。他为此高兴,他受到了额外眷顾,感到很骄傲。他的朋友们只能做梦、打趣,而他已经把他们抛在身后,跨过了地平线,到了看不见的天边,然后又跨过了天边之外的地平线。他相信自己进入了某种超凡脱俗的状态,其他人恐怕永远也不会达到。学校功课嘛,他不妨回头再去处理。他相信自己在恋爱之中。他给米里亚姆送些小礼物——从集合厅的某次插花中挑选的一些花,从糖果店里买来的她喜欢的巧克力。他身上某种一往无前、贪得无厌的动物性的东西被激活了。如果有人告诉他,从病理学上讲他已经纵欲成瘾,就像有些人吸毒上瘾一样,他会高高兴兴地承认。如果他成了瘾君子,那他必然是大人。

多年以后,他可以谈论自己十几岁及初成年时的经历。他在挪威一个偏僻的海湾远足,和乔·科平格一起,他在一家净水慈善机构工作。两人肩并肩,沿着一道高高的山脊走着,每人手里拿着一个酒杯,这是他们很久以前确立下来的一项令人愉快的传统。

"以前你做临床工作的时候,要是我来找你,你会给我什么建议?"

"大概是,你想整日整夜做爱?我们不都想嘛。不可能发生的。这是我们为街头秩序付出的代价。这一点弗洛伊德知道。所以呢,醒醒吧!"

一点没错，两人大笑起来。但是，罗兰十几岁就已经读过《文明及其不满》。没什么帮助。

过去的伤，如果有的话，在他身上并没有直接的表现。他不会在街上尾随女人，不会冒失地提出要求，更不会在地铁上对女人动手动脚——可怕的是，这在七十年代是很普遍的。他不会在派对上欲望发作。他在每一段关系上都很忠诚，这在当时是不多见的。他的梦想是为彼此痴狂的一夫一妻制，双方忠贞不贰，共同追求性欲和情感的升华。在幻想之中，其背景、其梦境，多少有些借用来的老套模样——巴黎、马德里或罗马的某家酒店。绝不是寒冬腊月萨福克河口的一幢乡间小屋。盛夏，外面是慵懒的车流，百叶窗半开着，耀眼的白色光柱落在地砖上。同样在地板上的，还有所有的被单。事后大汗淋漓，冲个凉水澡，喊楼下的服务生送来冰水、零食和美酒。作为插曲，到河边散步，到餐馆吃饭，同时有别人来换床单、打扫房间、换上新鲜的花、在咖啡机里装满新鲜的咖啡豆。然后继续。这一切谁来买单呢？没有工作要做？没关系。如果是度过一个长长的周末，这样的白日梦非常传统。但神奇或者说愚蠢的是，他要永远这样。没有出路，也不想要出路。锁起来，赶进去，合二为一，陷入极乐之中。他们永远不知疲倦，修道一般的生活一成不变，永远是八月，永远是人烟稀少的城市，他们一无所有——除了对方。

每段关系开始的时候，似乎都有点这种生活的影子。修道院沉重的大门打开了半英寸。但是，不久以后，他的态度、他的渴望，就变得令人厌烦。她之前也许在别的男人身上见过，并无奇特之处，不过是要两人在一起的时间多一些，超出了她的接受程度。魔鬼不会离他而去,最后事情的发展只有两种可能。除非两人同时要求离开。要么她感到惊讶、恼怒,可能还觉得窒息,于是慢慢疏远;要么他率先开始另一段关系,再一次遭受失望,遭受他试图隐藏却日渐沉重的内疚感。

阿丽莎·艾伯哈特在歌德学院的课上了十二次。结束之后,他打算继续报名,但她却走了。没说再见,没同全班告别,没同他告别。他再次见到她,是四年以后。

*

他还报名参加了成教学院的课程,是达芙妮鼓励他去的,她认为他应该做一个五年教育规划。她帮他做了计划。英语文学、哲学、当代历史和法语语法。刚开始在歌德学院上课的时候,他已经在伦敦市中心一家二流酒店的茶点厅弹了六个月的钢琴——经理助理称之为"咀嚼乐",都是以前流行的曲子,小心地演绎出来,不能打扰喝着格雷伯爵红茶、吃着无皮三明治的食客们安静聊天。时间安排得不错——他有空去完成读书清单。两个九十分钟的场次,半下午,以及晚上早些时候,每周七天。他挣的钱够了。七十年代中期,虽然政局混乱,也许正是因为政局混乱吧,伦敦的生活成本很低。而且,如果他慵懒地弹奏《迷雾》,就会有人走上来,在钢琴上放一张一英镑的纸币。有位美国太太就是这么做的,还对他说,他长得像克林特·伊斯特伍德。

他已经当过摄影师。不久,他要离开宾馆,去担任一家勇敢的无宗教派别连锁网球学校的首席教练,至少他是这么想的。然而,在北爱尔兰兜了一圈毫无结果,伦敦的其他项目也无疾而终。最后，他只好在摄政公园的公共网球场上当教练。学生大多是成年新手。一部分人的拍子碰不到球，非常恼火，他们虽是少数，但数量可观。要让球连续两次从球网上方经过，是个并不容易达到的目标。有几位八十多岁了，来学点新东西。每星期面授二十小时。很难熬的工作，整天都要态度友好地鼓励他们。

两年后，他离开了球场。根据笔记本上的记录，他已经读了三百三十八本书，并且都做了笔记。就是上大学，他也不会读这么多书。早些时候，他曾对达芙妮说，这是从柏拉图经由大卫·休谟抵达马克斯·韦伯。当时她为他做了晚饭，庆祝他完成了关于约翰·洛克的"雄文"。那是个令人难忘的夜晚。彼得去参加同学聚会了，回来喝得醉醺醺的，指责罗兰要把达芙妮抢走。倒也不全是空穴来风。

现在，罗兰有新的方法描述他的读书进度。从罗伯特·赫里克经由乔治·克雷布抵达伊丽莎白·毕肖普。从孙中山崛起到柏林空运。是时候把运动鞋和运动服收起来了。他能够阅读九十分钟而不会陷入精神恍惚之中。成熟了。他算是过得去了，伪装都已就绪。时间施展了魔力。他已经做好当知识分子的准备，至少能当记者。然而，事情并不容易。没人听过他的名字，没人愿意请他。最后，通过一名网球学生的儿子的关系，他被伦敦演出资讯周刊《休闲导刊》派去评论一部小戏——血腥、赤裸、吵吵闹闹。那不过是个豆腐块，一百二十个单词，幽默而虚假的表扬，不过给他挣来了更多评论的机会。然而，两个月后，他已经厌倦了乘坐空无一人的夜班巴士，从莫登和庞德斯恩德回家。他为一份激进的左翼周报写了一篇简短的反对党领袖人物介绍。她的办公室发来一封礼貌的信函，婉拒了采访请求，信上有她的个人签名。他的文章充满怀疑，但最后的结论说，如果玛格丽特·撒切尔成为首相——他开始认为这不可避免——或许会推动女性赋权事业的发展，至少是有这种可能的。不管怎么说，他总算给人留下了一点儿印象。下一版上，愤怒的来信占了整整一页。总体的看法是，她是女人，但不是姐妹。

1970 年以来，他一直是工党成员。随着时间的推移，经过一系列特殊的偶然事件，这慢慢变成了一种尴尬的联系。那年六月，即 1979 年，他开始和米莱伊·拉沃交往，她是一名法国记者，住在卡姆登，父亲是外交官，刚刚派驻柏林。米莱伊打算去看望父亲，一同住在父亲新公寓里的，还有她的继母以及同父异母的妹妹。她提议罗兰也跟着去。他犹豫了。常见的裂痕还没有出现，可他们毕竟才认识两个月。看他犹豫，她倒乐了。

"我并不是带你正式见面，如果你是这样想的话。我们又不住那儿——公寓太小了。Un p'tit diner，c'est tout！[①] 我东边有朋友。你说过想提高德语。Oui ou non？"[②]

"Ja."[③]

他们租了自行车，两天之内，先围着柏林墙转了一圈，后又沿着将西柏林与东德其他地区隔离开来的外围栅栏骑行。对西德年轻人来说，住在西柏林可以免服兵役。反传统的人——未来的诗人、画家、作家、导演、音乐家，乃至整个反文化群体——都

---

① 法语："吃个便饭而已！"
② 法语："好不好？"
③ 法语："好的。"

蜂拥而至。城市显得空荡荡的，一潭死水。远离中心的地方，有挑高天花板的廉价公寓出租。受到普遍鄙视的美国人保证了西区的安全和自由，挡住了苏联的扩张野心。令很多左倾艺术家感到尴尬的柏林墙，已渐渐为人忽略。二十年来，它已成为生活的一部分，可以无视。米莱伊在自由大学读过一年研究生，还有各种各样的朋友留在城里。她领着罗兰到处跑。夜晚嘈杂而有趣，法语、德语、英语混在一起——还有即兴的客厅音乐会，偶尔甚至还有诗歌朗诵。

一天下午，他们离开位于腓特烈大街的宾馆，到查理检查站排队。米莱伊有外交官家属特别通行证，但并没有什么不同。花了九十分钟才通过检查站。她给卫兵看她要带进去的那袋咖啡，卫兵耸了耸肩膀。他们乘坐出租车，经过安静而破败的街道，来到潘科一个八层高的公寓楼区。米莱伊的朋友弗洛里安·海泽和露丝·海泽住在七楼。小公寓里挤满了人，坐在两张拼在一起的塑料贴面餐桌周围，等着他们。两位西方人进来时，大家欢呼起来。空气中充斥着灰蒙蒙的烟雾。五六个孩子在房间里跑进跑出。几人起身给客人让座。弗洛里安站到窗前向下望，看看他们有没有被人跟踪。米莱伊拿出哥伦比亚咖啡豆，众人又爆发出一阵欢呼。露丝绕着桌子一一介绍。斯蒂芬妮、海因里希、克莉丝汀、菲利普……罗兰的德语比法语还差。看来以后并不容易。等他被介绍给来自邓迪的戴夫，他松了口气。

谈话继续。大家要求戴夫总结一下他祖国的形势。菲利普现场翻译。

"我刚说过。在英国，我们已经到了爆发点。大规模失业、通货膨胀、种族歧视，刚刚上台一届公然反对社会主义的政府——"

有人说："Gute Idee."① 大家低声笑了。

戴夫继续说："英国的人们组织起来了。他们行动了。他们在看着你呢。"

弗洛里安用英语说："谢谢。不是看着我。"

"说真的。我知道你们有你们的问题。但客观地说，这是全世界唯一真正可行的社会主义国家。"

大家沉默了。

戴夫又说："想想吧。日常生活可能会让你们对自己的成就视而不见。"

东柏林人都在四十以下，出于礼貌，他们都没有说出自己的想法。后来罗兰得知，三个月前，楼里有位邻居参与了一次组织得很糟糕的逃亡行动，结果被子弹击中了腿部。现在，她在监狱的医院里。

他们的女主人露丝化解了尴尬。她用带着浓重口音的英语说："他们是这么说的，相信德国人吧，他们能建造唯一可行的社会主义国家。"菲利普翻译了她的话。

有人叹气。这笑话已经没什么意思了，但能把大家的注意力从戴夫的赞美上引开。或许并没有？有人拿出两份油印的纸张，那也许是一种谴责。纸张是偷偷带进来的，印的是爱德华·哥拜克一首诗歌的德语译文，他是位斯洛文尼亚作家，曾受到共产党

---

① 德语："好主意。"

当局的迫害。诗歌的第一部分提到了登月，第二部分是对扬·帕拉赫的回忆。帕拉赫是一名学生，1969年在瓦茨拉夫广场自焚，以抗议苏联入侵捷克斯洛伐克。"一枚名叫帕拉赫的燃烧着的火箭，测量了历史，从下到上。连黑色眼镜都读出了，那烟雾中的信息。"诗歌被朗读、翻译出来时，罗兰看着戴夫。那是个正直之人，面部线条有力、表情急切。最后，他低声说道："黑色眼镜？"

罗兰为他感到难为情，立即说道："特工戴的。"

"明白了。"

罗兰觉得他未必真明白，后来就一直避开他。

米莱伊和露丝进行深度交流时，弗洛里安把罗兰领进卧室，关键的时刻到来了。孩子们用床单搭建了一个营地。弗洛里安把他们赶出去，从床底下拿出一个破破烂烂的手提箱，打开来，开始炫耀他搜集的唱片。迪伦、地下丝绒、滚石、感恩而死、杰弗逊飞船。罗兰看了一遍。这一沓和他自己的区别不大。他问，如果当局发现，会怎么样？

"一开始，也许不会怎么样。他们会把唱片拿走、卖掉。但是，可能会进入我的档案。他们会留意我。说不定以后会用来对付我。但我们放的声音很低。"接着，他语气悲伤地说道："他还是个重获新生的基督徒吗？"

"迪伦？嗯，这个阶段还没过呢。"

弗洛里安跪在地上，把手提箱放好。"我还有另一个盒子，都有，除了最新的。和马克·诺佛勒合作的那个。"

"《慢车来了》。"

"对。地下丝绒的我也都有，就差第三个专辑。"

弗洛里安站起身，拍打手上的灰尘，罗兰想也没想，就开口说道："给我列个清单。"

年轻的德国人眼睛牢牢地盯着他。"你还要回来？"

"我想是的。"

两个月后，他在阿德勒咖啡馆喝完咖啡，便站到了查理检查站的队伍之中，等待进入东柏林。他的手提包里放着两张等待检查的黑胶唱片。《慢车来了》和地下丝绒的第三张专辑，都做了伪装。唱片套是真的，二手的——巴尔沙伊指挥的肖斯塔科维奇——但新专辑上的标签没法用蒸汽擦掉。结果，罗兰只是把字体搞模糊了，显得非常陈旧。他包里还有一本平装的《动物农场》，英语版，但封面是假的，换成了狄更斯的《艰难时世》。他本不用如此谨慎。他问过其他人。两位多次往返柏林的记者分别向他保证，带图书和唱片进去非常容易。最糟糕的情况是，它们会被没收，或者让他回去，下次来的时候不要带这些东西。他们说，最好不要携带德文书。他的假唱片套其实没有必要。

队伍缓缓移动，他本该很放松。但是，他的眼睛在跟着心脏一起跳动。离开伦敦前的那个晚上，米莱伊到了他的住所，两人吵了一架。现在，他开始觉得她也许是对的。他前面只有四个人了。但他可不会离开队伍。

当时，罗兰给两人做了晚餐。吃饭前，他让她看他的违禁品。

"奥威尔？疯了！他们如果放你过去，那肯定是因为他们要跟踪你。"

"我会步行。我会一直留意。"

"你有他们的地址吗?"

"我记住了。"

她拉出一张唱片。他在那黑胶上抹过灰尘,但她不觉得有什么用处。

"每面七个轨道!你觉得肖斯塔科维奇的交响乐听起来是这样的吗?"

"够了。我们吃饭。"

"你打算怎么说呢?德意志民主共和国需要听听肖斯塔科维奇?"

"米莱伊,我问过那些人,他们带着书进去过几十次。"

"我也在那儿住过。他们也许会逮捕你。"

"我不在乎。"

他脾气不好,但她掌控着更高级的高卢怒火。她的英语要是不那么准确就好了。现在,就在他迈步走到一名卫兵跟前的时候,他似乎听到了她的声音。

"你这是将我的朋友们置于险地。"

"胡说。"

"他们可能丢掉工作。"

"坐下来。我做了肉汤。"

"你就是为了自我感觉高尚。这样你就可以跟全世界说,你采取了行动。"她已经站起身,正要离开房间,离开他家。她满面通红、情绪激动。"Quelle connerie!"①

---

① 法语:"什么屁话!"

卫兵接过打开的护照。他年龄和罗兰差不多,弗洛里安和露丝也是这个年纪,三十上下。他的军装紧绷绷的,看起来很廉价,那不过是伪装,如同他那副公事公办的模样。一台低成本现代歌剧中的合唱团成员。罗兰等待着、观察着。那张脸又白又长,一边的颧骨上有颗痣,嘴唇又细又薄。这个人和他自己之间,隔着深渊、隔着高墙,让罗兰觉得不可思议。换个制度,他可能成为网球球友、邻居、远房亲戚。两人之间隔着巨大的无形网络——其源头纵横交错,大多记不得了——隔着虚构和信仰,隔着军事失败、武装占领和历史偶然。护照递了回来。卫兵朝手提包的方向点点头。罗兰把包打开。现在事情正在发生,他倒什么感觉也没有。各种可能性似乎都无所谓好坏了。在霍恩申豪森的史塔西监狱被剥夺睡眠。有传闻说,那儿有中国式的水刑。大家都知道那儿有个环形的黑色牢房,墙上包裹着橡胶,里面一团漆黑,为了让犯人失去方向感。我不在乎。卫兵拿起两张唱片,放了回去,拿起《艰难时世》和几双装在盒子里的袜子,丢了回去,拿出一瓶瓦尔波利切拉葡萄酒,又轻轻放回原处。然后,他做了个手势,让他过去。罗兰把包收拾好,出于尊严,克制住了向他道谢的冲动。随即,他又后悔了,不过已经迟了。

看来,如果米莱伊说得对,那他就被人跟踪了。他不相信,但他无法摆脱她的话。她的声音紧跟在他身后,走过宁静的小巷,经过一次次自导自演、并不高明的折返。有一刻他觉得已经把自己绕晕了,失去了方向;不过,他偶尔总能瞥见左侧那没有任何标记的灰色高墙。最后,他钻上了菩提树下大街,找了辆出租车去了潘科。

弗洛里安和露丝没想到他会来,这就更加让人开心了。邻居们都来了,每人拿点吃的,拼凑成一顿晚餐。他们喝着他带来的酒,以及很多他们自己的酒,反复听地下丝绒乐队的那张专辑,无所畏惧地把声音调到最大。"太不一样了,这一张,"弗洛里安不停地说,"那么亲密!"深夜,大家还要听一遍莫琳·塔克唱《几小时后》。"太美了,她都唱不下去了。"有人说。最后,大家都醉了,就跟着一起唱《淡蓝色的眼》——如果我能让世界纯净……这时候他们已经记住了歌词。他们相互搂着肩膀,跟着副歌大声唱"留恋……你淡蓝色的眼",把整首歌变成了《欢乐颂》。

1980 至 1981 年间的十五个月内,他一共去了九次。米莱伊说错了,一点也不危险。与扬·胡思教育基金会在捷克斯洛伐克的工作相比,他的任务可没那么严肃、勇敢。他不过是给新朋友们买点东西。第二次去的时候,他胆子大了,带上了唱片套,里面放的是肖斯塔科维奇的交响乐。弗洛里安很希望给他新近获得的迪伦和地下丝绒的专辑配上唱片套。后来就只有书——常见的图书清单。没有德文译本。《中午的黑暗》《俘虏心》《庶出的标志》,以及买了多次的《1984》。[①] 他常常住几个晚上,睡在那个黑色塑料沙发上。他和孩子们交上了朋友,五岁的汉娜和她七岁的姐姐夏洛特。姐妹俩嘻嘻哈哈地纠正他的德语错误。两个都是喜欢玩小秘密的女孩。他喜欢她们用一只手罩住他的耳朵,悄悄地吼出 ein erstaunliches Geheimnis:一个惊人的秘密。他们三人

---

① 此处提到的分别是英国作家库斯勒、波兰作家米洛斯、美国作家纳博科夫和英国作家奥威尔的作品。

并排坐在沙发上,相互学习语言。他从伦敦给她们带了令人激动、不会说教的图画书。

她们的母亲在一家体育馆里教数学。弗洛里安是农业规划部的一个底层办事员。他无法获得晋升,因为大学二年级时,他这位医学生参与了一部非常吵闹的荒诞派戏剧。下午,孩子们的Oma[①]玛丽亚接她们放学,在公寓里照顾她们,直到父亲或母亲下班回家。有几次,玛丽亚要去医院,罗兰就去学校接她们,在家里陪她们玩儿。其他时间,他就在城里游荡,参观博物馆,买菜做晚饭,或者一个人待在公寓里,阅读或重读他带来的书籍。露丝告诉他,他们认识的一位女性在做非法的公益事业:她快速将英文书翻译成德语,让大家私下里传播。她用的是速记符号。其他人帮忙打字。有台打字机被藏在某个地方,不在任何人家的公寓里。在交给下一个人之前,弗洛里安曾给罗兰看过一眼奥威尔的 *Farm der Tiere*[②],是用复写纸抄写的,上面有很多模糊的污渍。

这是罗兰的另一个世界,与伦敦的生活相隔万里,如同遥远的星球。他发现露丝和弗洛里安的生活难以描述。经济拮据,总体上颇受限制,与其说心存恐惧,不如说小心谨慎,但家庭生活温馨,对朋友忠诚而热情。一旦有了孩子,露丝对罗兰说,你就和制度绑在一起了。父母走错一步,某次批评不够小心,孩子们上大学或从事体面职业的道路就堵死了。他们有位朋友是单亲妈妈,曾多次申请出境签证——大家劝都不听。结果,国家威胁她

---

① 德语:"外婆、奶奶"。
② 德语:"《动物农场》"。

说，要把她生性腼腆的十三岁的儿子带走。那些儿童看护机构可能非常野蛮，于是妈妈再也不提出申请了。正是这个原因，露丝和弗洛里安才"在规则内"生活。没错，他们有音乐、有书，但那是可以忍受的必要冒险。她说，虽然丈夫抗议，她还是小心地让他一直留短发。嬉皮士的模样——用官方的话说，"常规的反常者"——会引人注意。如果有人打报告，说弗洛里安有"反社会的生活方式"、属于某个"负面小组"或受到了"自我中心主义"的影响，麻烦就来了。他的麻烦已经不少了。他花了很久才接受无法当医生的事实。

与米莱伊的朋友们在西柏林度过的夜晚，开始显得琐碎无聊。不会有人被要求描述一下祖国的"形势"。那可不够酷。西柏林的波希米亚人士自称被制度压迫，但那制度并没有管束他们，只听凭他们自由思考、发言或写作，随便演奏他们喜欢的音乐，用任何风格创作诗歌。他们可能称之为"压迫性宽容"。在弗洛里安和露丝位于一幢破旧公寓楼七楼的聚会上，制度则是积极主动的敌人。聊天的主要话题是，评估制度现状，讨论如何在制度下存活而不会发疯或崩溃，他们的谈话急切、深刻、真诚。也有趣。国家的伪善面孔和野蛮干涉，只能用最黑色的幽默才能驯服。说其他华沙条约国情况更加糟糕，就是从玩笑中获得安慰。

每次从柏林回到伦敦，都会发生激烈的对抗。罗兰和很多朋友争吵，也和工党中的左翼争吵。这就是所谓尴尬的联系。他是位颇有身份的党员，1970年和1974年曾为威尔逊发放传单、上门游说；1979年春天，他曾开着借来的汽车，接老年人和残疾人为卡拉汉投票。现在，他刚从柏林回来，直接去参加当地的党员会议。在公开讨论环节，罗兰谈到了德意志民主共和国的恣意妄为，根据报道，整个苏联境内都存在对基本人权的侵犯。他提醒在场的人注意俄罗斯异见人士受到的心理"治疗"。嘘声四起，听众的叫喊压倒了他的声音。有人大喊："那越南呢！"有很多个怒气冲天的夜晚。他认识多年的一对夫妇到他家来吃晚饭。当时他住在布里克斯顿。出于过去的忠诚，他们保留了英国共产党党员的身份。大家就入侵捷克斯洛伐克的问题争论了两个小时（他们坚持认为，苏联军队进入，是捷克斯洛伐克工人阶级的"要求"），最后他疲倦地请他们离开。实际上，他是把他们赶了出去。他们走了，留下了一瓶尚未打开的匈牙利牛血酒，他根本不忍心喝。

不属于任何政党的朋友们也没有表示同情。然而，越南发生的暴行，怎么就让苏联共产主义更加可爱了呢？他不停地问这个问题。答案很明显：在奇怪的两极分化的冷战逻辑下，批评中国就是维护凶恶的资本主义和美帝国主义。对布达佩斯和华沙的滥权行为"抓住不放"，记住莫斯科的公判大会或乌克兰的人为饥荒，就是与政治敌对势力、与中央情报局"站在一起"，从根本上讲，就是和法西斯主义"站在一起"。

"你在滑向右翼啊，"一位朋友告诉他，"应该是年龄的原因。"

有段时间，罗兰躲进了一个小团体——"中产阶级知识分子"，这是工党内部的一个团体，支持整个东欧的民主抵抗运动。他为他们的杂志《工党聚焦》写了两篇文章，去听过历史学家E. P. 汤普逊的演讲，还加入了欧洲核裁军运动。该运动的目的，就是反对两个超级大国在欧洲部署一定数量核武器的明显企图。整个欧洲,包括东欧和西欧,将成为一场代理核战争的战场。

一天下午,罗兰接到了米莱伊的电话,一切都变了。那时候他们已不再是情侣,但两人保持着密切的友谊。她声音平和。她父亲从柏林打电话告诉她的。六个星期前,史塔西来到弗洛里安上班的地方,就在他办公桌前将他抓捕。农业部一名同事举报了他说的一句话。四天后,他们又抓了露丝。在两名小女孩惊恐的注视之下,史塔西搜查、糟蹋了他们的公寓。他们虽然拿走了所有唱片,但并没找到什么特别的东西。汉娜和夏洛特被送给外婆玛丽亚照顾。她试图打听弗洛里安和露丝被关押在哪里,但没有结果。她也不敢追问得过于急迫。然而,现在呢——说到这里,米莱伊的嗓子哽咽了,罗兰只好等着——孩子们可能已经被转移到了路德维希斯菲尔德的青年福利局。法庭裁决说,她们的父母"没有能力将孩子们抚养成负责任的公民"。汉娜和夏洛特将由国家抚养。更糟糕的是,她们可能会被分到不同的国家机构。拉沃先生说,他有些怀疑,但会进一步打听。

罗兰第二天便做了前往柏林的安排。要么马上去,要么痛苦地待在家里,什么也干不了。前往希思罗机场的路上,他去了一趟银行,请求他们批准一笔不算太多的透支款。到柏林后,他乘坐公交车,穿过了查理检查站。这次,查看他旅行包的卫兵成了他朋友的迫害者。他恨他。他按响了熟悉的潘科公寓的门铃,一位化着浓妆、抱着孩子的年轻女人开了门。她态度友好,但她说不知道海泽这个名字。在她身后,他能看到露西和弗洛里安的家具。他们的生活被剥夺了,他们的财产被重新分配了。

玛丽亚的住处不过步行十分钟的距离,那是个六层楼的战前小区。没人开门。他从公共楼道往下走,遇到了一位邻居上楼。她告诉他,玛丽亚在医院里,但她不知道是哪家医院。

他不愿意离开小区,不愿意放弃这家人。没有选择。东柏林独特的寂静和黑暗令人窒息,此刻正包裹着他周围的公寓楼。他上了一辆前往市中心的公共汽车,又一时冲动在普伦茨劳贝格下了车。他感到浑身燥热,衣领周围都是湿的,他并不在意自己会出什么事,所以才会大步流星走了二十分钟,到了诺曼街的国家安全部。门口的武装卫兵禁止他进去,这应该不会让他觉得意外。

回到西边之后,他在街上吃了东西——香肠、土豆和腌黄瓜,装在一个纸板托盘上。没必要去找拉沃先生打听消息。米莱伊说过,她父亲这个星期在巴黎。犹豫了一会儿之后,罗兰住进了最便宜的房间,就是他经常住的腓特烈大街上那家宾馆。那是个天花板很高的杂物间,有一扇飘窗。当天晚上,他的睡眠时间不到一个小时。想起生性甜美、独一无二的汉娜和夏洛特,他大声地呻吟着,她们如此脆弱、困惑、孤立,被迫离开她们充满爱意的温暖世界,丢给一个无法理喻的政权。想起她们的父母,他又呻吟起来,他们被关在各自的牢房中,深陷绝望的痛苦,为孩子也为对方感到忧心忡忡。他憎恶自己。他带来的唱片和书籍应该帮了国家的忙。那都是他的自爱之举,还自以为高尚。米莱伊说得对。他真该听她的。试图摆脱自己的心魔。还有今天毫无意义的奔波——根本就是跑错了地方。难道他以为,那令人生畏的国家安全部部长埃里希·梅尔克会将他迎进办公室,给监狱和孤儿院打电话，让全家团聚，就为了某位贝恩斯先生，为了这位来自西方、满腔怒火、试图消除内心愧疚的无名之辈？

但是，第二天上午他还是回到了诺曼街。这次，另一批卫兵将他赶走，还给了个简短的解释。他没有书信，没有预约，还不是公民。他绕过广场的拐角，避开那幢大楼。他需要思考。之前他还有最后一个不着边际的计划——到路德维希斯菲尔德的青年福利局去。但是，上午他在酒店得知，那不是柏林的一个区，他之前想错了，而是南边几英里的一个独立城镇。到那儿需要签证。他已经没有办法了。他步行回到查理检查站，在阿德勒咖啡馆吃了个三明治，然后坐公共汽车去了机场。

回家后，他开始写信。他不能让自己沉下去。他已经忘了睡觉是怎么回事。早晨，他坐在床沿上，衣服穿了一半，懵懵懂懂，大脑里什么也不思考。或者说在试图思考。他没去见米莱伊。她肯定觉得是他的责任，虽然她并没有指责他。他写信说明这家人的情况，给国际大赦组织，给外交部部长，给英国驻柏林大使，给国际红十字会。他甚至给梅尔克写过一封私人信件，乞求他对这家人发发慈悲。他撒了谎，说弗洛里安和露丝经常宣称他们爱国爱党。他在一篇文章中描述了海泽家的苦难，并将文章投给了《新政治家》杂志。被杂志拒稿了，投其他地方也被拒稿了。最后，《每日电讯报》刊登了压缩版。他归还了工党党员证，避免和以前争吵的朋友们见面，甚至都无法面对《工党聚焦》的人。一天晚上，他坐到电视机前，试图麻木自己。运气不好的是，电视开始播放一部英国广播公司的纪录片，一心要展示德意志民主共和国的生活质量已经超过了英国。没提及那二十万名政治犯——这是大赦国际的估计。

一个月后,米莱伊打电话告知最新消息。她父亲在德意志民主共和国司法部里有个熟人,传出了一些消息。不过是些只言片语,她警告说。弗洛里安的罪行是为遭禁的刊物写过文章。他过去参加过荒诞派戏剧表演,这也对他不利。露丝的罪行是读过丈夫写的文章却没有举报。可能的好消息是,文章并没有政治性,也没有对党提出批评。文章写的是安迪·沃霍尔和纽约的音乐界。但是,关于两名小女孩,目前没有官方消息。

那么,弗洛里安被抓,不是因为有某些唱片或书籍。罗兰松了口气,但他在电话中没有表现出来。两周后,米莱伊又打来电话,兴冲冲地报告了好消息。只判了两个月的刑期,两人已经出来,并且已经与汉娜和夏洛特团聚了!她们没被送往福利机构。外婆住院期间,一位阿姨把她们带到了附近的鲁德斯多夫加以照料。这毕竟不是捷克斯洛伐克或波兰,米莱伊的父亲对她说。威胁异见分子要把他们的孩子带走,是德意志民主共和国的常见做法,但近来从未付诸实施。电话里,米莱伊开始哭。罗兰哽咽着,说不出话来。等两人都平静下来,她把余下的信息告诉了他。海泽夫妇被禁止在柏林及其附近居住。他们被派到了东北部的施伍特镇,靠近波兰边境,远离堕落的西方。

"吃苦特?"

她把那个单词拼给他听。

露丝不得从事教学。她当清洁工了。弗洛里安在一家造纸厂上班。他们被要求每月向当地的党领导汇报一次,报告自己的情况。但是……但是,米莱伊和罗兰不停地告诉对方,他们总算出来了。两年前,一辆载满法国游客的汽车冲进了河里,所以拉沃先生去过那个镇。那地方是个垃圾堆。有一个巨大的炼油中心,处理通过管道从俄罗斯输送来的石油,还有很多纸浆厂和工厂,空气糟糕,住的是低劣的预制公寓房——即所谓板房。但是……但是他们会和女儿们在一起。他们能爱她们、保护她们。汉娜和夏洛特以后上不了大学。那没那么重要。海泽一家人在一起。当地的史塔西和邻居中的告密者会盯着他们。但他们在一起。

能讲的话,米莱伊和罗兰都快讲完了,最后他们不得不承认如下事实——这家人仍然是国家的囚犯。这不是好事。但远没有想象的那么糟糕。后来,他查阅了他那部四卷本的百科全书。没这个条目。他在地图上找到了那个镇,久久地盯着,直到那个小黑点开始跳动。罗兰想,在这二十五分钟的谈话中,两人通过一个家庭的经历,测量了德意志民主共和国的道德范围。从大灾难到无边的荒凉。施伍特。

情绪的变化导致了一个小小的决定,而这个决定将改变他的生活、开启新的历程。第二天上午,他在布里克斯顿的"工作室"里喝咖啡——"工作室"是卧室兼起居室的新说法。为了让心情好一些,他将思绪集中在两个女孩身上。逃离了地狱。目前,她们会感到安全。她们的新家更小,周围的环境更差,但这一点她们没有父母那么担心。如果官方许可,她们的外婆可以来探望。也许他还能给她们寄些彩色图画书。夏洛特和汉娜姐妹俩又在一起了。伤痕会慢慢愈合。他抬起头,碰巧看到面前的桌上放着那本演出指南杂志:《休闲导刊》,打开的地方刚好是一场音乐会的半页广告。鲍勃·迪伦在伯爵宫。之前他见过,没多想。他有别的心思。现在他认为，去，是向海泽父母致敬。一个表示团结一心的象征行为。好像他是带着弗洛里安和露丝一起去一样。而且，1969年怀特岛演出以后，他就没看过迪伦的现场表演。

他花了一上午，到莱斯特广场一家旅行社排队，幸运地得到了两张退票。一年前开始售票的时候，朋友们告诉他，有人在邦德街卡普尔琴行外的人行道上睡了一晚。星期天早上，一个救世军乐队路过，把他们从睡袋里叫醒了。

他邀请老朋友米克·西尔弗同去，他是摇滚乐记者、摄像师，迪伦的忠实追随者。1981年6月末的那个晚上，他们坐在离舞台远得不能再远的地方。在米克的建议下，他们带了双筒望远镜。音乐会开始前，罗兰注意到自己前面有两长排耶稣军的人。又是军队。他可不是来听耶稣的事迹的，可是情况不妙，因为迪伦的开场曲是《你得侍奉什么人》。你得侍奉谁吗？我得侍奉谁吗？罗兰心里一直疑惑。信奉耶稣的那些脑袋随着节奏点着。等下一首《因为我信仰你》开始，情况更糟了。接着，突然之间，情况好了起来。迪伦唱了那些老歌，欢快、悲愤，有些用的是受伤者带着讽刺的鼻音。《一粒滚石》《玛吉的农场》。旧的旋律非常漂亮的地方，他突然抓住，然后又扔掉，直到只剩下和弦进行。他没有为任何人站在原地不动。军队的脑袋不再点了。米克也一动不动，眼睛闭着，全神贯注。《命运的小捉弄》开始了，直接击中了罗兰的内心，让他陷入了纷乱的思绪之中——他又想起了海泽一家，这次想到的是弗洛里安，远离了文学和音乐圈子，远离了床下那堆无害的唱片，远离了逃跑的梦想，远离了他心目中那个浪漫的纽约——在一生不变的体力劳作中统统埋葬。命运的小捉弄：生在德意志民主共和国。要是弗洛里安能被传送到这里该多好，哪怕只有一个小时。

长时间的掌声，第三次要求返场。等到第四次返场的希望渐渐落空，罗兰和米克跟在一长串快乐的观众后面，慢慢挪出大厅。外面，人群渐渐稀疏，两人以接近平日的速度朝地铁走去。米克在回忆1978年6月的音乐会，比较比尔·克罗斯和弗雷德·塔克特的吉他风格。突然，他们面前出现了一个人。在那一刹那间，他们打量了他一下。二十出头，明亮的粉红色脸庞，细长，短皮夹克。也许他是要钱。他将脑袋后仰，好像要发表声明一样，然后用额头狠狠砸在米克的脸上。那是个迅猛而无声的动作。米克跟跟跄跄往后倒，罗兰抓住了他的胳膊。男人朝左边扫了一眼，可能是查看一下，刚才的行为已被朋友们看在眼里。然后他跑进了人群之中。罗兰扶着米克，两人在地上坐下，米克抚摸着面部。人们在周围聚集起来。

"你刚才晕了吗？"

回答含含糊糊。"一下下。"

"我们去看急诊。"

"不。"

他们听到一个女人的声音。"我看到了。可怜的人。真是件可怕的事情。"

这声音他很熟悉，略显犹豫的德国音调。混乱之中，他想到了露丝，按他的命令被传送过来了。他抬起头，在五六张关切地看着米克的脸庞中，发现了那张脸。他想了一会儿。歌德学院那位教口语的德语老师。他想不起来名字。毕竟,过去四年了。但她记得他的名字。

"贝恩斯先生!"

关切的路人慢慢走开。米克是个强壮的家伙,而且坚忍顽强。几分钟后,他站了起来,语气平和地说道:"这我可真用不着。"他确定鼻梁骨没断。罗兰要他说出首相的名字,他脱口而出:"斯宾塞·帕西瓦尔。"

被暗杀的那一位。这么说,米克没事儿。罗兰介绍他认识那位德国女人,后者非常体贴地说出了自己的名字。大家朝地铁走去的时候,她介绍了她那位瑞典朋友卡尔。阿丽莎说,她在荷兰公园学校当教学助理。孩子们非常棒。只是那个地方"每天都有一次暴乱"。

"德国没有这样的东西。连高兴的暴乱也没有。"

"你的小说怎么样啦?"

她很高兴。"越写越长。不过会写完的!"

卡尔身高超过六英尺,金黄色的马尾,栗色的健康皮肤,是斯德哥尔摩一位帆船教练。罗兰告诉阿丽莎,他是业余记者。他没说自己有新的人生规划,在考虑当一名诗人。面对这样的朋友,网球教练听起来也许更好。到了地铁站,他们发现大家要去不同的站台。他和阿丽莎按照常规,在售票厅交换了地址和电话。意外的是,告别时她吻了他两边脸颊。他们看着那一对人走开,米克说,罗兰对瑞典人的胜算不大。

这话很有见地。后来几个星期,她偶尔出现在他的大脑中。那圆圆的白色脸蛋,硕大的眼睛,这次看起来似乎是紫黑色,紧致的身体，看起来难以抑制其狂野的焦躁。或者顽皮。吹小号的未婚夫换成了水手。毫无疑问，之前还有其他人。罗兰想起当初他多么痴迷。现在，在伯爵宫偶遇慢慢淡出记忆之前，她只是偶尔从他心头划过，然后他就把她彻底忘了。

*

两年过去了，福克兰群岛战争打响了，赢了。在某个地方，在大多数人都不知道的情况下，因特网的基础已经奠定。撒切尔夫人和她的政党在议会中赢得多数，占了一百四十四席。罗兰三十五岁了。他在《威斯康星评论》上发表了一首诗歌，平时为航空杂志写文章，挣的钱足够生活。作为阶段性一夫一妻制的耐心捍卫者，他的生活仍在继续。私下里，他仍然执着于某种他永远也无法拥有的生活。

最后，那种生活的某个版本呈现在面前，没对他提出任何要求，不需要计划，不需要努力。幸福女神挥了挥手，修道院的大门立即打开。一个星期六接近中午的时候，他布里克斯顿住处的门铃响了——那是九月初，天气炎热。录音机里大声播放着 J. 吉尔斯乐队的磁带。他刚刚花了一个小时，收拾了他位于二楼的这个大房间加卫生间。他光脚下了楼，她就在那儿，在一块火热的阳光之下，面带微笑。紧身牛仔裤，白色 T 恤衫，拖鞋。一只手里提着个帆布购物袋。

这次只花了几秒钟。"阿丽莎！"

"我刚好经过，还有你的地址，所以……"

他把门拉开，她走了上去，他给她倒了咖啡。她刚在布里克斯顿市场上买菜。

"不是很像德国人的作风啊。"

"实际上,我盯着一桶猪脚看了很久。非常像德国人。差点就买了。"

他们应付了半个小时,谈论工作和周遭的环境。他们比较了各自的房租。他还记得问一下她的小说进展。还在写。还是越写越长。两天前,《邓迪评论》接受了他第二首诗歌。这个消息他没有透露,但他现在还觉得心情愉快。

趁着谈话的间隙,他说:"说真的。你为什么大老远从肯蒂什镇跑来?"

"去年我遇上你——"

"前年。"

"没错……我当时以为你对我有兴趣。"

两人四目相对,她脑袋微微一仰,露出了一丁点儿笑意。接招吧。

"你和你的水手在一起……"

"对。没有……那是个伤心的事儿。"

"对不起。那是什么时候——"

"三个月前。不说啦,反正现在我在这儿啦。"她笑了起来。"我对你有兴趣。"

他目光再次与她相遇,听凭沉默落地。他清了清嗓子。"听你这么说,呃,让人特别高兴。"

"你激动吗?"

"嗯。"

"我也是。不过,首先呢……"她伸手从袋子里拿出一瓶酒。

他起身拿酒杯,并递给她一个开瓶器。"你什么都准备好了。"

"当然。而且我还要在这儿做餐饭呢。事后。"

事后。如此简单的一个词,听起来却如此意味深长。

"万一我不在家呢?"

"那我就回家,一个人吃饭。"

"谢天谢地,我在家。"

"Gott sei dank.①"说着,她冲他举起了酒杯。

于是,两人就这么开始了,他家、她家,日复一日,吵闹的黎明,重复和继续的狂热,贪婪、痴迷、疲惫。这是爱吗?一开始他们根本不这么想。这种愚蠢的痴迷程度,不可能持久的,两人都这么想,后来也都承认了。在没结束之前,他们都不知满足。那为什么要浪费呢,反正热度不久就会开始消退,或者突然爆发争吵,像龙卷风一样,将一切吹散?有时候他们转过身去,看一眼对方、碰一下对方,都几乎感到恶心,迫切地想独自一个人,到外面什么地方待着。那可能持续几个小时。当然,还有一些无聊、麻烦的因素,不能算入他们的幻境——工作、对他人的责任、琐碎的事务。然而,很快一切都会被抛到脑后。

一天下午,他回到布里克斯顿,收拾了一个行李箱,准备永远搬到肯蒂什镇。她有两个房间,他只有一个。他难以置信地看着自己。这是真的了,是梦境的一个组成部分——收拾袜子、衬

---

① 德语:"谢天谢地。"

衫、洗漱包，还有几本他不太可能阅读的书。沉迷放纵之举。他珍惜这种别无选择的感觉。他把一切都抛下了。甜蜜。他把房子锁好，拿着箱子跑了半英里，到了地铁站。这是发了疯。连"维多利亚线"几个字都显得别具风情。这是不可能持久的。

每次回到自己的住处交篇文章或拿点东西，整个房子乃至房子里的每一件东西，都在指责他抛弃了它们。他可以接受。连负罪感都令他兴奋。他修理过的那把二手竖背靠椅，他买来的装在相框里的三十年代格拉斯哥街头儿童照片，从托特纳姆法院路扛回来的录音机——这曾是他的生活。独立、完整。痴迷成瘾，偷走了他的生活。他毫无办法。他所熟悉的，不是习以为常，而是冲动的刺激。

几星期变成了一个月，又变成了几个月，仍旧在继续。他们不见朋友，在廉价的餐馆吃饭，偶尔动一动，给她位于玛格丽特夫人路上的一层楼公寓来个大扫除。他们慢慢拼出了对方的一些背景。他第一次听说了她成长的村子利伯瑙，听说了"白玫瑰"组织以及她父亲在其中的角色。她对海泽一家的故事很感兴趣——他仍然没有他们的消息。米莱伊也没有。让他感到意外的是，阿丽莎对德意志东部的情况知之甚少，似乎也不愿意多了解。她认为海泽家格外不幸，并没有代表性。他在柏林的时候，听说过类似的观点：与德意志联邦共和国不同，德意志民主共和国已将纳粹分子从公共生活中清除，为公民提供了很好的生活保障，对社会公正和环境清洁抱有坚定的理想。不像西方。

他们的谈话，甚至包括这次谈话，都不过是小插曲，而不是主情节。两人之间的感情联系仍然脆弱，但这正是让人兴奋的地方。当陌生人令人激动，哪怕时间久了以后，只能假装当陌生人。然而，那因为变形而无法打开的框格窗外面的世界，仍然要挤进来，拒不允许他们继续在床上浪费时光。（他不喜欢那张床，橘色的松木床头板，床垫又硬又薄）学校暑假结束了，她工作日必须早起，要在八点一刻前到达哈弗斯托克学校。他们的周末无比快乐。他也有职责，临时升了职，替代一位生了病的同事——为法国航空公司和英国航空公司出差，前往多米尼加、里昂和特隆赫姆，写些旅行软文。他们的别后重聚也无比快乐。然而，他们开始抬头透气了。他们相互介绍了一些朋友，去看了电影，谈话也更加深入。她说，他的德语进步了。他们在诺森伯兰海边的一家酒店里住过，虽然两人都没怎么出门。终于，回到伦敦以后，两人吵了一架，谈不上龙卷风，但也非常激烈。一次吵架，把以前回避的都补上了。罗兰惊诧于自己的愤怒程度，也惊诧于她的强烈反弹。她争吵时寸步不让。好像命中注定，他们的争吵是关于德意志民主共和国的。他努力跟她解释史塔西是什么情况，党如何渗透了私人生活，不能自由旅行、不能读某本书、不能听某种音乐，都意味着什么，胆敢批评党的人如何受到威胁，孩子有被带走的风险，还会被剥夺职业选择。她提醒他西德法律中的"职业禁止令"，批评政府的激进派以及恐怖分子不能进入公共部门，包括当老师。她谈到了美国的种族主义、美国对法西斯独裁者的支持、北约组织的巨大军火库，以及整个西方的失业、贫穷、河流污染。他说她是在偷换话题。她说他根本没听她说的话。他说问题是人权。她说贫穷就是践踏人权。两人几乎都在喊叫。盛怒之下，他跑到自己的房子里待了一下午。当天晚上，两人和好了，非常快乐。

八个月过去了，他们开始向事实低头，承认两人相爱了。不久以后，他们到多瑙河三角洲散步度假，在户外做爱——一个下午出门后做了三次——先在一个谷仓后面，接着在芦苇丛中藏着的一个码头上，最后在一片橡树林中。一年前的那个上午，阿丽莎来到布里克斯顿，用罗兰的话说，"把我点上火，然后做了顿饭"。为了纪念此行一周年，他们乘坐夜车，从尤斯顿到了威廉堡，然后租了辆汽车向北。他们在因弗湖村外找了家不舒服的旅店，孤零零地立在一条道路的尽头，背后便是雄壮的苏尔文山，风景如画。他们躲在冷飕飕的房间里，时值九月，外面雨横风急。他们躺在粉红色的烛芯绣花床单上，他给她朗读诗人诺曼·麦克凯格对当地风景的歌颂，对他们几乎能看见的那座山的歌颂。疾风骤雨一直持续到傍晚时分。这时候当然应该脱下衣服躲进被窝里。就是在这里，在极乐之中，他们决定结婚。他的古老经文又翻开了美丽的新篇章——与她捆绑在一起，绝不回头，这承诺令人兴奋，简直像疼痛感一样。最后，他穿好衣服，下楼找旅馆老板。老板沉默寡言，态度并不友好。他找老板要一瓶香槟和一桶冰块，结果只拿到了一升常温的瓶装白葡萄酒，这也没关系。常温也够低了。他们擦洗了两个刷牙的杯子，坐在窗边看着风暴慢慢消退。这时候快晚上九点了，却和正午一样亮。他们拿着酒瓶和杯子，顺着一条小道来到一处小溪边，爬到溪流中间一块岩石上坐着，又一次相互祝酒。

他们认为，两人肯定一开始就爱上了对方，只是没意识到这一点。他们之前两年不曾见面，偶遇后见面也很少，她竟然拿着一袋食物突然出现，该是多么聪明啊！他没有多问一个问题，当下就对她表示欢迎，该是多么心有灵犀啊！初次相识的做爱就那么自然那么快乐，说明他们两人多么般配，未来多么美好啊！

他们爱情的公开过程，早些时候就已经开始了。夏天，阿丽莎带罗兰去了利伯璐，简给他看了她的日记。秋天，罗兰又带着阿丽莎前往奥尔德肖特，到附近那幢半独立的现代化房子里看望了他的父母。罗莎琳德去做她那复杂的烤肉去了，少校已经喝下了三品脱啤酒，开始专门为德国客人讲述他的敦刻尔克故事。都是老套的故事，多少有些好笑。阿丽莎脸上带着凝固的微笑听着，不知道这是不是在为祖先的罪行而指责她。罗兰试图跟父亲说说"白玫瑰"以及海因里希·艾伯哈特在其中的角色。但多少有些耳背的少校此刻心情大好，根本不愿意听别人说话，尤其是新的内容。他想说话，他想让每个人都喝醉。他多次催促阿丽莎干了她的第二杯白葡萄酒，然后再倒上一杯。她礼貌地耸耸肩膀，表示拒绝。罗莎琳德不时皱起眉头、叹口气，从绣花沙发上起身，去检查食物的进度，肉、酱汁、约克郡布丁、烤土豆加三种蔬菜、加热盘子、加热酱汁壶、切肉、摆盘。罗兰观察着一起生活时就影响着他的那些古老的紧张局面。直到现在，他仍然受其影响，十几岁时已无法忍受的那种窒息感，现在又复活了。现在就走进花园，看看夜晚的天空，叫一辆出租车到车站，离开。他跟着母亲来到厨房。她对食物的担心，不过是她内心恐惧的表象。在他们婚讯的鼓励下，少校早已超出了每晚饮酒的常规分量。罗莎琳德忠贞不贰，不会说什么。情况可能会变得难堪。就算不那么糟糕，至少也要处理。说不定会出现尴尬场面——而且屋里还有个即将成为家人的陌生人。罗兰的姐姐认为，二十五年前，他上寄宿学校的时候，他们的母亲就该结束婚姻。"你在学校里不开心，"苏珊曾对他说，"但你安全。在的黎波里，他打她，可她就是不肯离开他。"

现在，他问母亲要不要帮忙，她立即说道："回去陪你父亲。"

餐桌上放着最好的盘子，杯子里点缀着修长的绿色植物。餐桌位于客厅的一端，正对着厨房的上菜窗口。罗兰永远无法忘记的，便是母亲晚年这个形象——她在厨房里弯下腰，把菜从里面递出来，焦虑的面庞刚好在上菜窗口里。阿丽莎承担了媳妇的角色，从她手里把菜接过来，在桌上摆好。少校站起身，干掉他的第四品脱啤酒，并打开白葡萄酒。晚餐在近乎寂静中开始了。只有勺子碰到盘子的叮咚声，低低的道谢声，倒酒的咕咕声。罗兰开启了一个安全的话题。他问母亲房子后面她那个小花园怎么样。春天，她买了新玫瑰。长得怎么样？她开口准备回答，但声音被他父亲盖住了。他对阿丽莎说，花园里的草坪由他负责。之前他需要一台新的割草机。罗兰看见母亲脸上露出了无助的表情。贝恩斯少校看到了一条二手机器广告。地址只隔了几条街。是个女人，丈夫是某通信团的中士，已经去世了。割草机太重，她用不了。她要十五英镑。她领着他去了放割草机的花园工具棚。

这时候少校讲故事的对象变成了他儿子。只有男人才能理解的内容。"她在外面等着。于是我就跪下来，儿子啊，摸到了供油泵上的螺丝，拧了几下。然后我试着启动机器。当然是没法启

209

动的。她在旁边看着。我又试了几次。检查了一下，再试。我对她说，要花很多功夫。给她五英镑。她说，噢，我想是因为很久没用了吧。所以嘛，你看看，儿子啊。拿回家啦，几乎是新的。好得很。就五英镑！"

大家都沉默了。罗兰都没法朝阿丽莎的方向看。他放下刀叉，从怀里摘下餐巾，擦了擦潮湿的双手。"我们来把这事说清楚。"

"什么意思？"他父亲生硬地说。

罗兰提高了声音。"我要把这事搞明白。你骗了人。你哄骗了这个死了丈夫的女人。如果有什么不一样的话，她还是现役军人的遗孀。而你还为自己感到骄傲，你——"

他感到手臂被人轻轻碰了一下。罗莎琳德轻声说："拜托。"

他明白。接下来会争吵，等他和阿丽莎离开，她就要面对后果。

"没关系的，儿子，"少校用他专门用来说笑话的声音说道，"如今就是这样的。人人为自己。是这个道理吧，姑娘？"他正在努力往她杯子里多加几滴酒，让杯口的弯月面超过杯沿。她没说话。

饭后，少校拿出口琴，为阿丽莎表演他的歌曲。《我属于格拉斯哥》。《再见，黑鸟》。将罗兰送到钢琴课上的那些歌曲。没人愿意跟着唱。罗莎琳德去了厨房洗碗。阿丽莎也跟了进去。口琴又放回到了盒子里。沉甸甸的寂静，在父子间落下。少校在大口喝着餐后啤酒的间隙，不时重复道："没关系的，儿子。"他想大家把这事儿全忘了。

第二天,在回伦敦的火车上,罗兰沉默不语。

阿丽莎拉着他的手。"你恨他吗?"

这是唯一的问题。他说:"我不知道。我真的不知道。"

过了一会儿,大家又沉默了一阵子,她又补充道:"别恨他。那会让你不开心的。"

*

新的一年的一月份,即1985年,他们在奥尼河边散步,小路上覆盖着八英寸厚的积雪,若隐若现。冬日低垂的阳光仍然照耀着沿岸的赤杨树,此刻正斜斜倚入天际。四下里静谧无声,一片清亮的冷。摆放密集而规整的垃圾桶上、篱笆上、附近房子的檐口排水槽上,都挂着冰柱。这是利伯瑙最受人欢迎的漫步路线。他们在路上遇到了平底雪橇,铺着羊毛垫子的王座上,坐着神情严肃的刚会走路的孩子;还躲过了一场雪球大战的现场,扎着辫子的小女孩三五成群,高声尖叫着。中午时分,积雪松了一些,现在是下午三点,雪面又开始冻硬了,在脚下嘎吱作响。他们在谈论父母——是的,又在谈论父母。还能谈点什么呢?第一次全天待在这儿,阿丽莎就和母亲拌嘴,随后又用英语大声争吵,而罗兰就在一旁看着,和十一月阿丽莎到访、少校自曝隐私的那个夜晚一样。

"她嫉妒我。伦敦打仗,她碰上了,后来又是结婚,又是带孩子。我呢,碰上了德国的经济奇迹,上了两个大学,还有避孕药、六十年代。你听见她的话了。在学校教书可算不得什么。你不在的时候,她还说婚姻会毁了我。"

"那我希望,把我们俩一起毁了。"

他们停下脚步,她吻了他。"你脑子里有不想做爱的时候吗?"

"我记得很清楚嘛。就在九岁生日前,我摔下了——"

"Genug!"①

不过,整洁的艾伯哈特家的欢迎仪式特别热情。他们的旅行箱还没放下来,手里就捧上了两杯气泡葡萄酒。这时,罗兰已经对西里尔·康诺利的《地平线》杂志有所了解,因此与简轻松愉快地谈了一个小时四十年代的文学界。他提前做了准备,读了伊丽莎白·鲍恩②、登顿·韦尔奇和吉思·道格拉斯的作品。他说他非常崇拜她的日记,去年夏天读了两遍,但她似乎并不想谈这个话题。到目前为止,他大多时候都和海因里希待在一起,努力跟上他的节奏,一边喝着啤酒,一边喝着小杯的杜松子酒。两个女人走出了听觉范围之外,围着郊区的房舍做剑拔弩张的短途散步,回来的时候脸红红的,都不说话。虽然喝到了第三杯杜松子酒,还是很难让阿丽莎的父亲开口谈"白玫瑰"的事情。两周前,他曾面对摄像机,即兴讲了整整九十分钟。大家渴望战争期间德国"好人"的救赎证词。大家都争着在他们去世前找到他们。

考虑到客人的情况,他讲得很慢。"我觉得尴尬,罗兰。我只在运动的边缘。我接触得迟。不,不。实际上更加糟糕。我感到羞耻。有其他人的,你明白吧。工厂里的英雄。武器、卡车、

---

① 德语:"够了!"
② 伊丽莎白·鲍恩(1899—1973),英国作家。

坦克。小小的破坏行为。炮弹不爆炸，活塞环裂开，螺丝拧不上。小事情。可能让你被拷打、被枪毙的小事情。成百上千的英雄，成千上万。我们不知道他们的名字。没有记录。没有历史。我努力跟电视台的人讲，可是没用啊，他们不听。他们只想听'白玫瑰'的事情。"

海因里希的习惯和信仰与罗兰相去甚远，但他对这位老人心存暖意。他永远系着领带，在最柔软的椅子上都能坐得腰杆笔直。他是基督教民主联盟的活跃成员、当地教堂的俗人司仪，一辈子服务法律，对周围乡村农场主的生活产生了影响。他强烈赞同罗纳德·里根，相信德国需要一位像撒切尔夫人那样的人物。然而，他又觉得摇滚乐对他冠以堂皇之名的所谓"幸福大业"有所助益。他不在意留长头发的男人和嬉皮士，只要他们不伤害他人就行。他认为不应该去打扰同性恋人士，要让他们按照自己的意愿平静地生活。

他心肠好，罗兰想。所以，当海因里希谈到建构反纳粹破坏史以获得民族救赎时，他未来的女婿没有说出真实的想法：哪怕几十个"白玫瑰"运动，一百万破坏者，几十亿不合格的螺丝，都无法救赎第三帝国的工业化野蛮行径，无法救赎几千万知道真相却扭头走开的公民。罗兰认为，唯一的救赎计划，就是公布所发生的一切及其原因。那可能需要一百年。但是，这些话他没说出来。他甚至不想说。他是海因里希的客人，连续三天晚上都坐在炉火旁喝得春意盎然，而外面某个冷飕飕的地方，他未来的妻子正跟她母亲开战。

这时，在河岸边，阿丽莎说："关于你父亲的割草机，我后来想了很多。"

这不是转换话题。她母亲，他父亲，她父亲，他母亲。他们都三十多了，这样的谈话不应该早就走出来了吗？恰恰相反。他们刚刚成熟，有新的见解。

她说："在某种潜意识的角度上，他说那个对自己不利的故事，是因为他希望获得你的原谅。"

他们停下脚步。他双手扶住她的肩膀，凝视着她的眼睛——最深的黑色，映衬着周围的明亮。"你是个宽怀大度的人。我有另一个想法。我生命的前十年，在新加坡，派驻海外的间隙在英国，后来在的黎波里，我在不同国家上过半打小学、有过半打的家，东西都是军队里发的，沙发、窗帘、刀具、地毯。然后就是寄宿学校，那也不是家。后来，我早早离开了学校，做过各种各样的工作，飘来飘去。我是没有根的。我们家里没有信仰、没有原则，没有受到重视的观点。因为我父亲没有。军队的训练和军方的命令，只有规则没有道德。现在我明白了。罗莎琳德害怕他，所以也没有，或者说没有表现出来。我姐姐苏珊讨厌他，她恨她的继父。我哥哥亨利也一样。他们不愿意谈，从没表现出来。这一切应该都影响了我。"

他们离开小路，让一个牵着几条狗的女人通过。他们穿过草地，来到一片灌木林，但周围有篱笆，找不到从树丛中过去的路。他们又往回朝小路走去。

阿丽莎说："我们必须原谅父亲们，否则我们会疯的。但首先我们要记住他们做过的事情。"说这话时，她站住了。"我们没走多远。这周围的村庄以前有犹太家庭，现在没了。他们的鬼魂在街上。我们生活在他们当中,假装他们不存在。人人都宁愿去想一台新的电视机。"

他们要走四公里的路,才能回到艾伯哈特家的房子。罗兰感到了强烈的爱和信任,于是开始讲他以为永远不会告诉任何人的事情。就在两人踩着积雪、双脚发麻之时,他开始描述与米里亚姆·康奈尔在一起的日子。他多么疯狂、多么痴迷,那时候他如何认为那就是一辈子。他花了将近一个小时描述两人的关系,如果算得上是关系的话,以及学校、乡间小屋和那两条河。结束得多么奇怪啊。他竟然从没想过她的行为是堕落、可鄙的。甚至后来很多年都没想过。他没有任何东西可用来评判她,没有价值的天平。没有适当的标准。等他讲完,他们沉默了好一阵子。

他们在艾伯哈特家花园那道矮木门外停下了脚步。罗兰说:"今晚尽量不要和她吵。她怎么想并不重要。反正你都会自己做决定。"

她握住他的手。"原谅别人的父母真的很容易。"

她没戴手套的温暖的手是个安慰。积雪覆盖的旷阔草地平滑、纯净,在傍晚的日光下显出橘黄色。他们接吻、亲抚,可他们不愿意进屋。他们渴望做爱,但在客房里并不容易。过了一会儿,她疑惑地说:"十四岁……你现在还要,没完没了地要。"

他等待着。

"这个钢琴老师……"阿丽莎停顿了一下,然后宣布道,"这个女人改造了你的大脑。"

正是因为这话令人惊诧,一点儿也不好笑,两人才一边穿过花园,一边开始大笑起来。他们没走那条小路,而是在新鲜的积雪上绕了过去。两人在前厅跺下靴子上的积雪时，还在笑个不停。接着，两人迈步走进了温暖、芳香、光亮的门廊。

*

几个月后，就在两人结婚后不久，罗兰和阿丽莎迈出了公开关系的最后一步：他们在克拉珀姆老城区买了一幢二层楼的爱德华时代的破旧房子，那是达芙妮帮他们找的。一年前，她和彼得在附近买了房子。搬进去后不久，阿丽莎告诉了罗兰那个惊人的消息。没有理由感到意外。他们往回算日子。在利伯瑙的五天里，他们只做了一次爱。房子里面和四周都非常安静，那张床怎么动都会吱吱作响，海因里希的咳嗽声透过隔断墙传过来，错落起伏、清晰无比——连罗兰都觉得无法忍受。所以，肯定就是那天晚上，他们在河边散步之后。1985年9月，在伦敦的圣托马斯医院，阿丽莎生下了劳伦斯·海因里希·贝恩斯。

6

探案督察布朗发现道歉很难。表面看来，这位警察是来归还罗兰的东西的——阿丽莎的明信片、他笔记本的照片、底片、她的毛衣。三年后，经过无数电话、愤怒的书信、采取法律手段的无用威胁，布朗终于来了，手里却空空如也。东西仍然在警察局，据罗兰想象，应该在某个失物仓库内的一个文件篮里。这位双手空空的警察没有给予解释，只是绕着弯子七扯八拉。罗兰想，他这是铁了心，要表现得像个典型的愚蠢警察了。

"你要是在队伍里待了我这么长时间的话——"

"我的东西——"

"——你会发现，要说动得慢，谁也比不上——"

"我的东西在哪儿？"他又问道。比以前任何时候都富的罗兰，处在战斗的情绪之下。他并不在乎他和督察所在的厨房还是老样子。书架同样拥挤，那个没有飞过的风筝，裹着一层白灰，放在最上层的架子上，餐桌上铺满了桀骜不驯的日常生活垃圾。他有资本。他的草绿色正装棉衬衫是刚刚才拆开的。他还在考虑要不要买辆汽车。他的条件很好，而且他占着道理。他的财产就应该归还。他和道格拉斯·布朗都比康拉德的马洛年纪大。他们是同时代的人，是平等的。他跟布朗说话的时候，可不是在跟国家说话。

他们和以前一样，隔着桌子面对面坐着。这次，督察穿了制服。他说，他要去参加一位同事的葬礼。他的帽子放在膝盖上。还是那副猎犬的模样。指关节上长满毛发的那双大手握在身前，泄漏了他难以启齿的歉意。他似乎没变老，也没有升职。

他又开始搪塞起来。"都绝对安全。"

"但是在哪里呢？"

"那些年轻人啊——"

"天哪！"

"——实际上还是孩子。刚刚进来，急吼吼的，想出点风头，太急躁啦。"

"如果你不打算告诉我,那你还是走吧。"

布朗把握着的双手打开。无辜,没什么好隐藏的。"你该知道。我可是在帮你说话,为了你的事儿。"

"我没什么事儿。"

警察笑了起来。"啊。我恐怕有事儿。"

"你就告诉我,东西在哪里。我自己去拿。"

"那好吧。在某个桌子上,或者抽屉里,在检察长办公室。"

罗兰笑得抽了口气,那可是真的。"我有嫌疑?"

"某个年轻的土耳其人——"

"可你们追踪到了轮渡上,还有一系列酒店。"

"可能是你的同伙,拿着她的护照到处跑。"

"哎呀,看在老天的分上!"

布朗不再显得那么愚蠢了,罗兰有些震惊,因此更不信任他了,尤其是当他身子前倾、压低声音的时候。

"我没跟他们一起。我站在你这边。你没有她任何消息,有三年了吧,是吗?"

"她去父母家的时候。大吵了一场,根据他们的说法。可是,我的同伙是谁啊?为什么要同伙呢?这就是胡说。"

"我就是这么说的。类似的话。某个刚来的小家伙在一堆东西下面发现了文件。本来就不应该放在检察长办公室。兴奋了,拿给他老板看,老板也在找机会往上爬。然后——"

"兴奋?"罗兰极其愤怒,所以说这个词的时候都带了点儿假声。

"问题是你的笔记本。"他从外套口袋里掏出一个记事本。这个动作激活了他的短波对讲机，只听噼啪声之后，传来了一个遥远的女性的声音。调派人手到出问题的地方去。布朗把对讲机关了。

"让他们都兴奋起来的，是这个东西。我来看看……"他翻了几页，清了清嗓子，开始读起来。他的声调干巴巴的，警察喜欢这样。就像读一份清单。"嗯，我将事情终结时，她没有反抗……嗯……谋杀的阴影笼罩着全世界……埋了……我看看啊，嗯，她头发中的墓土……她不肯走开……我这时候需要平静……啊，对啦，还有这最后一句……她不能活过来。"

不值一驳。白痴读了你的笔记，就会发生这样的事情。罗兰双手托着下巴，瞪大眼睛盯着桌子，盯着那张倒过来的报纸。布朗到来之前，他一直在读报纸。普通民众，全家出动，从匈牙利边境撕开的铁丝网中走过，如同红海一样分开，经过奥地利前往维也纳。波兰、东德、捷克斯洛伐克的反苏联游行。数百万人一心要拓展精神空间。可是，在这儿，房间正越变越小。

布朗说道："他们让我回来找你。不是我的主意。他们想知道一些事情，就这么简单。"

"是吗？"

"呃，这坟墓的地点。"

"啊，行了吧。"

"好的。"

"那跟我妻子无关。"

"你埋葬了的其他某位女士。"督察略带笑意。

"这不是什么好笑的事儿。那是很久前的一段关系。我认为那段关系死了,埋葬了。但又忘不了,回过头来缠着我。就这样。"

布朗在书写。"多久以前?"

"六二到六四年。"

"名字?"

"我不记得。"

"和她没联系了。"

"没。"

督察继续写,罗兰等着。想到她的名字,不说出来,说出具体的年份,提及确定的数字——这些有了效果。他没有感到难过,只是觉得想法有点模糊。我将一切结束时。这简单的半句话,里面包含着太多内容。再过二十五分钟,他将走路去幼儿园接劳伦斯。解放了,回到一天的日常。他开始觉得,自己对警察的反应过了头,把自己的情绪调动起来了。没必要。这是出闹剧。他的无辜,便是他周围的堡垒围墙。街头层面维护秩序的执法人员,很久以前就作为莎士比亚笔下的道格佩里被刻进了文化之中。这次到访将会成为一个精美的故事,罗兰会加工它、讲述它,像他以前一样。在西德的某个地方,在汉堡、杜塞尔多夫、慕尼黑和西柏林之间,阿丽莎正在没心没肺地追求着她的新生活。有她遗骸的坟墓并不存在。为什么要跟自己讲这个呢?

布朗"啪"地合上了记事本。"我看这样吧。"他似乎要提出一个解决方法,"我们上楼快速看一眼。"

罗兰耸耸肩膀,站起身。在楼梯脚下,他做了个手势,让督察先走。

两人一起站在二楼小小的楼梯平台上,这时罗兰说:"你还和那位女士在一起?"

"没。回到妻子和孩子身边了。比以前都好。"

"很高兴听你这么说。"

布朗朝劳伦斯的房间望去,看看那张单人床和床上有托马斯小火车图案的羽绒被。罗兰心中疑惑,这个答案为什么突然让他情绪低落了呢?不是嫉妒。更多的东西,艰辛,个人生活的操劳,让小船维持在既定航线上。为了什么呢?

他们走进主卧室。布朗朝窗前的桌子点点头。"你有个那东西啊。"

"文字处理机。"

"要花不少功夫才能习惯。"

罗兰说:"有时候我想把它砸到墙上。"

"介意吗?"布朗一边问,一边拉开一个有橡树叶和橡子图案的抽屉,最上面那个,然后看了一眼阿丽莎的内衣。

"那就是啦,"罗兰说,"我同伙的贴身衣物。"

布朗关上抽屉。"觉得她会回来?"

"不会。"

他们下了楼,督察准备离开。

"我想警官跟你说了一些吧。我们收到了德国人反馈的信息。他们花了十八个月。和她父亲谈过。什么也没有。没任何痕迹。如果她在黑尔姆施泰特入境到柏林去,那她用的是别的护照。银行、税务、房租——什么也没有。"

"是一股反文化大潮，"罗兰说，"容易消失。"

这么说，阿丽莎到访的事情，简没有告诉海因里希。他打开前门。司机为了避开交通拥堵，都从这条街上绕。靠着尾气而欣欣向荣的槐树，高度超过了二十英尺。在嘈杂声中，他提高了声音。"你准备跟他们说什么？"

布朗在小心翼翼地戴帽子，正进行着细微的调整，一遍一遍重复。"你娶了个渴望自由的老婆，跑了。"

他走了几步，然后停下来，回头看了看。到了户外，他已经将身体挺得笔直，站在那儿好像在立正——那套制服，尤其是带有格子条纹的大檐警帽，有种异域王国的模样。就是要穿得趾高气扬。

他喊道："他们不一定相信我。"

*

去幼儿园的路上，罗兰又想了一遍。这不只是银幕上的庸俗情节，好警察坏警察的俗套。布朗没有理由在检察院保护他。那一刻，他很想跟谁谈谈。某个严肃认真的人。要说出笔记本条目中的故事，他就必须把米里亚姆·康奈尔牵扯进来。全部说出来。朋友当中，只有达芙妮可以，但他还没打算跟她讲那段历史。他再也不会跟任何人讲了。而且，她会给出务实的建议，他可不想听。

他们手拉手回家了。罗兰拿着一个小火车主题的午餐盒，里面有一个苹果核。放学的路上，有时候劳伦斯不讲话。今天，他给了一段认真的陈述。他和朋友阿曼达玩了。他们轮流用水壶浇水。杰拉尔德休息的时候哭了。一条很大的黑白相间的斑点狗进来了,劳伦斯拍了拍它。他不像毕沙罗那样害怕。有个义工喊错了他的名字,叫他列尼,大家都笑。最后,沉默了一会儿,劳伦斯说:"爸爸,你今天干了什么?"

罗兰仍然是当父母的新手,仍然是宠溺孩子的父亲。儿子存在这一事实,常让他觉得神奇,他竟然能跑、能想、能说话,发音一板一眼,语气充满感情,皮肤和头发超出美容行业的一切幻想。两个细胞的结合中,蹦出了一个新的智力生命,每天都更加复杂,每天都充满惊喜。他眼睛清澈,有浓密的睫毛。那无条件的爱、幽默感、拥抱、信任、眼泪、情绪发作、凌晨五点惊醒——这一切仍然让他感到惊讶。两人等着过马路时,男孩紧紧地抓着父亲的食指。

罗兰说:"我写了四首诗。"他的确想出了四首诗,并把它们写了下来。

"那很多。"

"你觉得多吗?"

"我觉得多。"

"我把你送到学校之后,回到家里,泡了杯咖啡——"

"恶心!"他新学的词。

"美味!然后我写了一首诗,然后又写了一首——"

"然后又一首,然后还有一首。你为什么停了呢?"

"我没有想法了。"

对一个小孩来说,这是个模糊的概念。而且也不完全是真的。他中间停下来,去看报纸了,后来又被布朗的到访打断了。

劳伦斯从来不会没想法。他的想法像条源源不断的小河。他甚至都不知道它们叫想法。罗兰猜想他的想法是自我的扩展，自动流淌或漫溢。

两人来到报亭前，劳伦斯慢了下来。"来个棒棒糖？"

"要说请？"

"请。"

他宠儿子，就像自己以前被宠一样。不是每天发生。这额外的美食外形像个火箭，彩虹色。吸吮棒棒糖需要全力以赴，回家之前劳伦斯都没说话。两人来到门口时，他手掌、手腕、脸上全是紫色、红色和黄色。他把光秃秃的棒子伸给父亲看。

"这个也许有用。"

"是的。可用来干什么呢？"

"数蚂蚁。"

"太棒了。"

如果没有朋友过来玩，那一天的日常就很简单，一成不变。他们一起吃茶点，劳伦斯每天可以看电视，四十分钟，罗兰则回到办公桌旁。他们一起做晚饭——有劳伦斯体贴的帮忙，晚饭做得很慢。吃完晚饭后，他们就玩。劳伦斯是需要早睡的那种孩子。七点到七点半之间，他会失去理智。他的一天很长。如果拖得太迟，他就会吵闹、情绪大起大落、乱发脾气。更糟糕的是，偶尔他会陷入自我封闭的难过之中，一种无望的渴求，好像他在哀悼死者一样。无论哪种情况，常规的牙齿清洁、睡前故事、一天结束前的闲聊，都会被打断。罗兰从多次错误中学习到，掌握时间点是关键。

至少对成年朗读者来说，讲故事可能是个挑战。插图还可以，有的甚至可以说精美。劳伦斯花不少时间瞪着眼睛看图片。但那些文字——意料之中的押韵，缺乏新意的小寓言，几乎毫不掩饰他们想上数数课的动机。语言上没有精彩之处，不愿意也没能力去展现遨游天际的想象力。一小撮作家似乎已经垄断了五岁以下儿童的市场。有些发了大财。他认为，其中很多书，要不了十分钟就写完了。一天晚上，他读了《猫头鹰和小猫咪》[①]。那简直就像屏幕中的人走了出来一样。劳伦斯立即要求再读一遍。然后又读一遍。他是对的。这就是纯粹的废话诗。一次美丽的、难以名状的冒险。没有屈尊教诲的影子，没有无情的数数或枯燥的重复。他每晚都读，差不多持续了一年。他喜欢把三节诗歌结尾重复的话叫喊出来。你这个猫咪多漂亮，／漂亮，／漂亮！／你这个猫咪多漂亮！告诉他每节诗歌的第三行还有个行内的押韵，他觉得很神奇。他们两人都感到奇怪，"啰嗦婆勺子"是什么东西。"嘣嘣树"又是什么？罗兰从当地超市买了木梨冻，回来一片一片地吃。[②] 整首诗劳伦斯都能背下来。

吃完香蕉三明治后，劳伦斯坐在地板上，仰头看着电视，听着。一位年轻的女士正用一板一眼的耐心声调，描述建筑工地塔吊操作员一天的生活。"现在是早晨七点。吉姆背包里装着茶点和三明治，正在朝梯子上爬，越来越高，离他的空中小屋越来越

[①] 《猫头鹰和小猫咪》是英国作家爱德华·里尔（1812—1888）的著名儿歌，音律琅琅上口、内容荒诞可笑，其中的"runcible（spoon）"是他生造的单词，并无意义；下文的"bong（tree）"或亦是生造词。
[②] 该诗中有"他们吃肉馅儿，还有木梨片儿"的诗行。

近。"罗兰在门口看着。镜头的角度让人头晕。他为摄像师捏把汗,他跟在吉姆后面爬,一百英尺高的之字形铁梯,一大早还结着冰。劳伦斯无动于衷。在他看来,纪录片和动画片一样真实,而动画片里的人物滚下悬崖,头着地落下,仍然平安无事。

楼上的卧室里,罗兰在那张让他富裕起来的桌子前坐下。相对富裕而已。对诗人来说算富裕。但他已经不是诗人了,他是个偷东西的编选作者,偶尔生产一些非常浅白的诗歌。"庆歌"卡片公司的奥利弗·摩根爬上了创业的梯子,已经成了新商业文化的年轻英雄,让他的朋友们惊诧不已。一家贺卡公司已提出收购,但目前为止摩根还站在顶端不下来,巡视着他的下一个动作,听凭公司慢慢壮大。和那位令人头晕目眩的摄像师一样,罗兰紧跟在雇主身后爬上梯子,几个月不停地生产充满智慧的打油诗——生日、周年纪念日、新婚夫妇、荣休人员、康复的瘾君子或酗酒者、住院的病人、出院的新生儿。他第一个创造性动作,就是给摩根的公司取了名字。一开始,他的报酬只是句承诺,公司百分之一的股份,每张卡片百分之零点五的版税。卡片的售价大约是两英镑。三年后,卡片用的全是厚重的奶油色纸张和品位高雅的艺术图案。在摩根所谓的"英语区",一共卖了两百万张。

二十六个月后,报酬一次寄来了,二万四千英镑。罗兰这样的中左派选民应该感到有些不舒服,因为撒切尔夫人把最高税率降到了百分之四十。工党执政时是百分之八十三。更尴尬的是尊严问题。他作为诗人的情操是彻底毁了。《格兰街》杂志退回了他修改后的稿件,没有一句评价,此后他就什么也没写。清单上又增加了一个失败的事业。达芙妮为他感到伤心欲绝。他只能告诉她，他已经不再是国家的负担了。然而，活着的轻松，他无法告诉任何人。有钱！为什么以前没人告诉他，这是件与身体有关的事情呢？他都能从腿脚上感受到。尤其是脖子和肩膀。按揭付完了，儿子穿着光鲜的衣服，两人还到一个不为人所知的希腊岛屿上玩了两个星期，坐三小时快艇才能到达，在湛蓝的平静海面上飞驰。

一个人能生产多少打油诗，是有限度的。奥利弗同意，罗兰可以到全世界超过版权期的文学作品中寻找片段，以正确的方式庆祝生命中的诸多转折时刻。他的分成仍然有效。他犯过错误。其中一个是，将叶芝的"侍女的第二支歌"（他的杆、他撞击的头 / 像虫子一样软），放进了八十岁老人的生日卡片。遗产的代理律师给摩根写信，指出该诗仍然受版权保护，直到 2010 年。那是个科幻小说的日期。而且叶芝这位巨匠已经去世那么久了。两万五千张卡片化成了纸浆。

桌子旁边的地板上，有一堆堆的选集，译自伊朗、阿拉伯、印度、非洲和日本诗歌。楼下还有更多。桌子上有一张便条，来自一位心地善良、有成就、有魅力的女人：卡罗尔，阿丽莎走后他的第五位情人。"在这种条件下，我想就这么结束了。你觉得呢？没有负面的情感。恰恰相反，很喜欢，卡罗尔。"她说得对，条件有很多限制。她也是单亲妈妈，有一对两岁的双胞胎女儿。她家离这儿六英里，在河的北面，塔夫内尔公园，在拥挤的城市里算很远了。他们一共交往了九个月——她说得对，已经结束了——大约在中间什么时候，有过两人都把房子卖掉然后搬到一起的念头。发展到了那一步。但是，现在回想起来，随之而来的干扰、努力、投入，都受不了。这一点达成一致，后面自然就慢慢淡了。还有一个阻止他的因素，他无法向她坦白：阿丽莎可能回来。他并不是在等她。但是，万一她真的冒出来了，他希望自己还有选择的余地。换句话说，他在等。

他能听到楼下的电视播放着卡通片叮叮咣咣的管弦乐。再过二十五分钟，他就下楼，煎些鱼条。他给卡罗尔写了个便条，同样友好而简短，做了和她相同的决定。把便条放进信封的那一刻，他有些犹豫。这封简短的回信寄出去，或许一个幸福的存在也就没了。不是一个，是多个存在。有几个星期，他一直有这样的念头——劳伦斯会有个好妈妈，他喜欢卡罗尔。那喜欢很快就会变成爱。还有对那两个爱玩儿的双胞胎姐妹的爱，现在劳伦斯永远不会认识她们了。他自己呢？会有个他信任的、爱他的伴侣，风趣、善良、美丽、受过良好教育，是位能力极强的电视制作人。她心爱的丈夫死于飞机失事，她顽强地要将家庭和事业都照顾好。他没那个勇气。她也是。她可能察觉到了他身上一丝失败的气息。做过多种事业，妻子抛弃他也许有适当的理由。封好信封之前，罗兰又读了一遍她的便条。很喜欢。这一次，他觉得察觉到了那平静请求背后的伤感。你觉得呢？她还是可以说服的。他写好地址，贴了邮票，封好信封。如果这是个错误，那他永远也不会知道其荒谬的程度。明天寄吧。或者不寄。

根据罗兰读了一部分的某本书，根据朋友们的说法，重要的是不能给劳伦斯关闭他母亲这个话题。他常常想起她，有时候连续想好几天，有时候几个星期也不想。他喜欢翻她的照片。以前他的问题是可以应付的，虽然从大人的角度看，都不容易回答。

"妈妈现在在干吗?"

"今天这么热。她肯定在游泳。"

一年前,他的语言能力刚能说出完整的句子,这样的回答能满足他。但是,最近他开始追问。在游泳池还是在海里?如果是游泳池,那肯定是他知道的那个,因为别的他不知道。她现在就在那里。我们去看看。如果在海里,他们可以坐火车。他问的那些更加普遍的问题,让他父亲紧张。

"她去哪儿啦?"

"一次很长的旅行。"

"她什么时候回来?"

"很长时间都不会回来。"

"她为什么不给我送生日礼物?"

"我已经跟你说过啦,宝贝。她让我给你买只仓鼠,我这就买了嘛。"

那年十月底的一天,劳伦斯凌晨四点跑到他床上,问道:"她走,是因为我调皮吗?"

罗兰懵懵懂懂,但情绪上却清醒异常。听到这话,他都要哭了。他自己需要指导。当时他说的是:"她爱你,她从来不觉得你调皮。"孩子睡了。罗兰躺在那儿,醒着。幼儿园一半的孩子都由单亲父母抚养,这一点有所帮助。劳伦斯自己就曾用客观的口吻说过,他没有妈妈,洛琳没有爸爸,毕沙罗也没有,哈泽姆也没有。但是,他很快就会看穿那些托词,会提出更多问题。既然阿丽莎跟罗兰说过仓鼠的事情,那她怎么不能和劳伦斯说话呢?让孩子觉得阿丽莎还活着,也许是一种无心的残忍。可是,如果罗兰很早就说她已死于飞机失事,万一她又冒出来了呢——那该怎么办?

一天晚上,他约了达芙妮。这很容易。蒙特家三个孩子,最小的杰罗德是个长着雀斑、性格热情的小男孩,是劳伦斯最好的朋友,两人都受到阿曼达的喜欢。他们上同一个幼儿园,在对方家里过夜,还一起到塞文山一家大农场里度过假,农场是彼得·蒙特找到的,离海远,所以便宜。

罗兰和劳伦斯六点就到了,这样孩子们在睡觉前可以玩一会儿。一位帮忙照顾孩子的挪威居家学生带四个孩子吃晚饭。彼得出去了,要晚点回来。达芙妮说,他有个"好玩的"提议,要说给罗兰听听。她带着他来到小小的前厅,根据某种老式的规矩,房子的这个角落不许孩子们来,也不许放玩具、做游戏。罗兰开始理解这种安排的目的。

蒙特家房子大不了多少,但每次来,他都能注意到进步,变得更加舒适,甚至更加富裕。一人高的冰箱,修好的橡木地板,休闲沙发,更好的录像机,上面放着更大的电视机,一度流行的抛光后打蜡的门被刷成了乳白色。一幅凡妮莎·贝尔的画挂在壁炉上方。达芙妮在当地政府的住房建设部门工作了很多年。出售公共住房和公寓是当时通行的做法,即所谓"购买的权利",但达芙妮对此极其憎恶。多年来她一直努力阻止这一进程,但毫无结果,于是她辞职了,组建了一家住房协会,工资是原来的两倍,做她喜欢的工作,给经济拮据的人寻找体面的住处。彼得也辞职了。他在中央电力局工作了十二年,准备和一些人合作,组建一家私人电力公司。有美国和荷兰的资本参与。那年《电力法》已经通过。彼得参与了法案的起草、经济计算、监管机构、消费者保护、股东分成。和罗兰一样，达芙妮不喜欢撒切尔政府，有时候甚至憎恶，但和他一样，她在该政府的政策下活得不错。他们经常讨论其中的矛盾，但永远解决不了。他们投票支持了工党和它的高税率，不过他们这边输了。他们对得起良心。彼得的立场更加一致。他从一开始就支持撒切尔夫人。

达芙妮倒了两杯雷司令白葡萄酒，阿丽莎离开后几个月，她是罗兰的主要靠山，劳伦斯经历各种可怕的婴幼儿早期疾病过程中，她给予了罗兰指导。她还曾对他的思想产生过重要影响——现在仍然如此。她是个大块头，不是胖，而是骨架大，又高又壮，金黄色的长头发从中间分开，梳成六十年代的发型。粉红的肤色让她看起来像个乡村妇女，但实际上她是城市的孩子，多个城市的孩子。她父亲是医生，母亲是老师，她是家里唯一的孩子。在罗兰所有朋友中，她的家庭背景最为稳定。她继承了父母对公共事业的热忱。她精力充沛、不知疲倦，安排事情、活动，组织孩子、朋友，都是一把好手。她对人的记忆持久而深刻。在学者和政客交叉的那个领域，她有广泛的人脉。她介绍丈夫认识了史蒂芬·利特尔恰尔德，电力供应领域里的新星。如果你在布基纳法索乡下丢了护照，你会把电报发给她。就算她不认识外交部部长，肯定认识某个帮得上忙的人。她和阿丽莎很熟，却没收到阿丽莎任何消息，让她很诧异。

他有时候怀疑，她是不是假装的，实际上她知道更多关于阿丽莎失踪的消息。她擅长提出令人尴尬的建议。上个月，她对他说，是时候"走出来了"。他有"庆歌"的钱。需要新衣服的不仅仅是劳伦斯。罗兰仍旧过得像个学生,她说,一个抑郁的学生。无论阿丽莎回不回来,都要开心起来。向前看。她曾建议他和卡罗尔成个家。如果有必要,就和她结婚。她到达芙妮家吃过饭,达芙妮喜欢她。她们谈论过电视的管理,如何让电视服务于公共利益,而不仅仅是提供商机。达芙妮把卡罗尔介绍给了一些代表广播未来的朋友,他们正努力在夏洛特街开一家制作公司。创业精神已经渗透了中左派。

罗兰和达芙妮过了一遍他们的常规话题——波兰团结工会的最新消息。东德人获得许可,可经由捷克斯洛伐克进入西德。罗兰回忆了他七十年代末在柏林的日子。工党领先保守党九个点,财政大臣已经辞职,重新取了个花哨名字的自由民主党已宣布成立。"吉尔德福德四嫌犯"[1]被释放,其中一人做了一场不错的演讲。罗兰讲了警察到访的事情。他已经没有心情把这当作笑话了,而且他对那个笔记本条目含糊其辞。

她喃喃地说了句:"换作我,倒不会去担心检察长。"

两人随口闲聊。她说周末带孩子们去了齐尔特恩山,去看一位朋友和她的团队把十几只大型猛禽赤鸢放进新的自然环境中。

他们停了一会儿。她倒了第二杯酒。还没到七点。屋子里什么地方传来了孩子的哭声。罗兰正要起身,达芙妮拦住了他。

"如果是重要的事情,他们知道我们在哪儿。"

于是他跟她说了劳伦斯凌晨四点问的那个伤心的问题。他母亲离开,是因为他调皮吗?"我这是假装她还在。看她的照片的

---

[1] 1974年10月,英国吉尔德福德发生恐怖袭击,四人被逮捕、判刑。1989年10月,四人无罪释放。此为英国现代史上著名的冤假错案。

时候，他会对她讲话。我在用谎言保护他。看看他现在，才四岁，他的问题就很难回答了。"

"他看起来挺开心的。"

这不是个问题，但罗兰点了点头。他是来寻求建议的，但现在他不怎么想听建议。劳伦斯不是问题。他才是问题。他知道，给别人提出有智慧的建议是件愉快的事情。但接受建议可能令人窒息，特别是当你已经离开原地的时候。离开原地，究竟去了哪儿呢？回去了，二十七年后，回到了核心。阿丽莎的消失，让过去洞开，一览无余。就像树木砍伐之后视野开阔了一样。在这种罕见的时刻，他能看到源头，看到一个强烈聚焦下的光点，他所有的麻烦、所有亲近的人，都来自那儿。第一天晚上让他无法摆脱的钢琴老师，常常出现在他脑海里。现在该找到米里亚姆·康奈尔，并当面质问她吗？这是个突如其来的重要念头，但表面上他没表现出任何异常。

达芙妮在盯着房间的一个角落：彼得久未弹奏的吉他放在架子上。他曾是"彼得·蒙特团"的主唱。在非技术工作和旅行的间隙——他迷失的十年——罗兰给乐队弹奏哈蒙德管风琴和电钢琴，比利·普雷斯顿那种风格。他是一名鼓手介绍进来的，鼓手就是上学时短暂的爵士三人组中的成员。罗兰就是这样认识彼得的，通过彼得又认识了达芙妮。乐队从没出过唱片，但有一帮大学听众，表演的是快节奏的摇滚，颇受格雷格·奥尔曼和杜安·奥尔曼的影响。接着，1976年的朋克摇滚摧毁了他们的音乐生涯。彼得剪了头发，在伯顿商城买了件外套，到电力委员会的展销店里卖炉灶和冰箱去了。他上升得快，在各省积累了经验，然后被调往总部，事业开始飞黄腾达。

最后她说："如果他一直逼问，我觉得你应该告诉他实际情况。"

"实际情况是什么？"

"是个谜。一个你可以分享的谜。有一天，他还小的时候，她离开了。你不知道为什么。你和他一样感到困惑。你也希望听到她的消息。他能适应。关键是，他不能责备自己。"

"我认为他已经相信她会回来的。"

"也许他是对的。"

罗兰看着她。她知道什么吗？但是，她淡蓝色的眼睛不闪不避，直接盯着他；他认为她没有隐瞒。

她耸耸肩。"也许不对。你可以告诉他。这事儿你们俩要一起面对。肩并肩。你就是不知道。"

这是个吵闹的社交之夜，让孩子们上床，轮流给他们读书。罗兰和达芙妮一起做饭，又在餐桌上喝了更多的酒。很像在高高的塞文山上那家法式农场度过的夜晚，只是晚上没那么暖和。外面，浓厚的秋雾突然降下。达芙妮把中央暖气调高了一度。热气腾腾的小厨房里，慢慢有了派对的氛围。为了怀旧，他们听着巴勒姆鳄鱼乐队的第一首专辑。整个英国，还有谁的卡津琴弹得比罗宾·麦克基德好？到《小丽莎·简》这首歌时，他们调高了音量，这时候彼得回来了，带回一瓶香槟，也带回了他的消息，就是达芙妮早些时候暗示的"好玩的"提议。计划中的电力公司来了一位美国支持者。他要团队聚一下。他有私人飞机，不久要到欧洲来——还不确定具体地点。可能是马尔默、日内瓦或其他什么地方。大概是下个星期。他会派飞机把彼得和他的团队送到他所在的地方。重点来了——飞机上还有个空座位。罗兰可以跟着去，开会期间自己玩自己的，晚上一起用晚餐。罗兰可以在这儿待三个晚上。达芙妮在家，居家学生特丽尔可以照顾两位上幼儿园的小朋友。杰罗德会很高兴。简单！会对你有好处，达芙妮和彼得坚持说。快答应！

他答应了。

晚餐时，他们辩论起了米哈伊尔·戈尔巴乔夫。他是个天真的傻瓜，竟然相信他的"开放"和"改革"能在最低可控范围内将这古老腐朽的专制体制民主化，同时又保持对党的控制。这是彼得的观点。或者，根据罗兰和达芙妮的看法，他是个天才和圣人，比他的同僚们更早明白，他的国家的整个实验，其以暴力维持的帝国，其残暴和撒谎的本性，统统是个荒诞可笑的失败，必须予以终结。香槟让他们都兴奋起来。他们激烈地辩论着。就在罗兰和达芙妮一起反驳她丈夫时，他心里想，这应该是最接近两人发生恋情的事情了。不同寻常的是，结束前的白兰地让他们更加快乐友好。他们将鳄鱼乐队的《公交车道上的生活》调到最高音量，一起收拾厨房。那是威尔士、苏格兰和英格兰版本的卡津乐，而卡津本身也是一种混杂艺术，其创造者是远离家乡的法国人，他们向南推进了两千英里，进入了路易斯安那腹地。世界丰富多样，令人欣喜。彼得提醒罗兰，玩乐队的日子里，他们也有首曲子，有点卡津乐的元素。罗兰认为其中的柴迪科元素更加明显。最后他们同意两者都有。有什么关系呢？低声谈论南非种族隔离政策的结束、南美洲各地纷纷民主化、中国开放，现在苏联的大船已经开始漏水。在大家要离开厨房之际，罗兰下了个宏大的结论，认为十一年后的新千年，人类的成熟和幸福将跨上新的台阶。大家举杯，以这样的调子结束非常合适。

之前已经说好，他要带劳伦斯回家。罗兰把他从杰拉德房间的床上抱起来，用毯子包住抱到楼下，孩子一直睡着。三人在蒙特家小小的前院里道了别，雾气染上了橙色街灯的颜色，在他们的肩头盘旋。沿着无人的街道走一小段路就能到家。劳伦斯只有四十磅，在他怀里轻若无物。三天的休息，私人飞机的荒诞与浪漫，想起丢下劳伦斯还有点儿内疚感，这一切都让他兴奋起来，他轻松地迈开大步，街道两侧挤满了汽车和朴素的爱德华时代的排屋。这一刻，他不为米里亚姆·康奈尔烦心。他会去处理那一切的。现在呢，逃！他享受着双腿充满弹性的力量、肺里吸入冬日城市空气的味道。这不就是他以前大多时候的感觉，或者想要的感觉，十五、二十年前，他十几岁、二十几岁的时候，双腿轻快，急切地迈向下一步？无论康拉德的马洛说什么，罗兰的青春还没有从他身上消退。

*

头一年，八月末的时候，罗兰带着劳伦斯去了德国。部分是因为家庭责任，因为简在电话里施加的压力。她和海因里希还没见过他们唯一的外孙，而且劳伦斯也应该尽可能多地得到家人的关爱。罗兰是个容易说服的人。他想听听关于1986年阿丽莎到访的一手信息，母女间的争吵，她最后一次出现的情况。他不是在找她，他告诉自己。他只是想知道。

一股高压气旋已落在欧洲上空。伦敦已经酷热难当——趁着夏末快速去度个假，倒是好时候。简提出支付机票费用。旅行的每个阶段都让小男孩高兴。他快三岁了，从盖特威克出发的航班上有自己的座位，靠窗户的座位。他喜欢从汉诺威到宁堡的火车，全程六十五分钟，一直盯着窗外看。到利伯瑙的出租车也让他觉得有趣，特别是发出响亮的咔嗒声的计程表，还有出租车司机，虽然天气很热，却穿着厚皮夹克，围着劳伦斯忙前忙后。在和司机的常规闲聊中，罗兰发现自己的德语已经差不多忘光了。他努力去想名词和名词的性，不记得定冠词的宾格，只好嘟嘟囔囔、蒙混过关。动词的前缀掉了，落在错误的地方。他曾以为熟练掌握的单词顺序，现在似乎全是烦人的规则——时间后面跟方式后面再跟地点。每句话说出来之前，他都要先想一遍。要在闲聊中这样做，可不容易。在到达村庄之前，他就已经知道，像阿丽莎一样，德语已经属于某个被抛弃的过去。

不苟言笑的市民海因里希·艾伯哈特原来是位理想的外公。罗兰和劳伦斯穿过高高的篱笆墙上那扇木头大门，走上那片已被太阳烤成黄褐色的宽阔草地。此时，海因里希正站在那儿，手里拿着水管，给他刚刚买来的恐龙主题的塑料玩水池加水。劳伦斯径直朝他跑过去，要求把衣服脱掉。他的外公没有打招呼，只是喃喃说了句"好……"，便跪下来开始脱那双魔术贴运动鞋。然后他往后一站，双手抱在胸前，看着小男孩爬进那几英寸深的温水里，开始蹦跳、扑腾，有意做给大家看。后来海因里希说，他喜欢赤身露体，这就是德国血统的证据。

关系越来越好。到了屋里，简试图去拥抱劳伦斯，还给了他一杯凉爽的苹果汁。劳伦斯和海因里希开始玩他们一直玩了五天的游戏。他坐在老人怀里,教他说英语。作为交换,海因里希则教外孙说德语。小男孩已经学会了指着东西说:"Opa, Was ist das?"① 海因里希就使劲地看,假装思考,然后用低沉、清晰的声音缓慢地说:"Ein Stuhl."② 劳伦斯会重复这两个单词,然后把脸凑到海因里希的脸旁,用英语说道:"一把椅子。"海因里希也跟着说一遍。他假装自己一点儿不懂英语,那差不多也是实情。

劳伦斯和外婆交朋友要慢一些。在她面前,他感到害羞,他挣脱了她表示欢迎的拥抱,还拒绝对她的果汁表示感谢。她对他说话,他就躲到罗兰的身后。他可能对这个女人心存疑虑,那张脸隐约让他想起家中照片上的那个人。她通情达理,体贴地克制住了热情。半小时后,他们坐在花园一棵柳树的树荫下。他小心翼翼地走上前,把一只手放在她膝盖上。她根据他开启的游戏精神,先指指海因里希,然后指指自己,缓慢地说,"Das ist Opa. Ich bin Oma."③

他明白了。他仍然光着身子,站到他们跟前指着,用罗兰听来近乎完美的德语说,"Ich bin Lawrence. Das ist Opa, das ist Oma."④ 大家立即鼓掌大笑起来,这让他兴奋起来,顿时来了精神,跑到草坪上又蹦又跳。他在玩水池里蹦,开始叫喊、踢水,他父亲知道,这是要大家关注他,争取更多的表扬和更大的

---

① 德语:"外公,这是什么?"
② 德语:"一把椅子。"
③ 德语:"这是外公,我是外婆。"
④ 德语:"我是劳伦斯,这是外公,那是外婆。"

成功。

简说:"真是个漂亮的孩子。"

这句无辜的话,让他们想起了破裂、残缺的那个部分。大家默默地坐在那儿看着劳伦斯,最后海因里希重重地哼了一声,从柳条椅上站起来,说他要去拿些啤酒。后来,晚饭之后,劳伦斯同意Oma带他上楼洗澡、读睡前故事。海因里希在他用作办公室的那个小房间里。罗兰拿着一杯金汤力鸡尾酒坐在花园里。太阳落山了,但钉在柳树干上的温度计显示二十六摄氏度。他一直觉得整洁的房子和花园令人感到压抑。和他父母的地方差不多。打理得过于执着,太多东西放在太多的固定位置。此刻,两处房子的整洁有序以及房间内的亮光,对他似乎是种解脱。利伯瑙的外祖父母,和阿什村的祖父母一样,都愿意帮忙带劳伦斯。罗兰往椅子上一靠。他光着脚。这块复杂的巨大陆地处在过热之中。蟋蟀的声音、脚后跟踩在温暖干枯的草上的感觉、热气腾腾的泥土的气息,都让他高兴。厚重的大玻璃杯给双手带来冰爽的感觉。放下杯子时,冰块撞击的声音亲切悦耳。他闭上眼睛,沉湎于慵懒的幻想中。他和儿子要搬到这里,就像移民到西班牙南部的酷热之中,住到房子旁边车库上层的工作室里,他会努力学习德语,到当地一所学校教英语,在温暖的家庭氛围中过有规律的生活,等劳伦斯大一点,就和他一起到奥厄河沿岸钓鱼,河里到处都是红背鲈鱼,他们要坐船顺着威悉河南下,抛下英格兰,他个人的那个英格兰,自由自在,一切都被照顾得好好的……代替阿丽莎的位置,当一个德国人,一个好德国人。

等他醒来,天已经黑了。简坐在他对面,面带微笑。她身前的桌子上，放着两盏烛灯。

"你太累了。"

"肯定是杜松子酒的原因。还有天热。"

他走进屋，去拿两大杯水。

等他回来，她告诉他，海因里希去一个委员会开会了。要筹款修缮教堂屋顶。于是，她和罗兰将进行谈话。五天之内，他们一共谈了三次，这是第一次。记忆中，他们的几次谈话是不可分割的。作为序曲，他们静静地坐了一分钟，喝着水，好像只在呼吸一样。夜晚空气平和舒畅，仍然是暖的。蟋蟀暂停了喧闹，接着又开始了。远处传来一声声尖锐的叫声。河边哀伤的蛙鸣。简和罗兰互相看了一眼，又扭头看着旁边。烛灯的微弱灯光几乎显不出他们的脸。过去，她曾鼓励他说德语。她纠正他的错误，却不会让他觉得愚蠢。过了几分钟，他说："Erzahl mir, was passiert ist."告诉我发生了什么事。就在说这话的时候，他心里都在怀疑。究竟是 mich 呢，还是 mir？

她听懂了，并立即开始讲述。"当然，我们以为她和你一起在伦敦，所以那天下午她从电话亭打来电话，我们吓了一跳。不是别的地方，而是穆瑙。她说要来看我们，就一个晚上。我问她有没有带孩子。她说没带，我就知道出事情了。也许我当时该给你打电话。但我没打，就等着她来。两天后，她到了。拿着一个很小的行李箱，一切都变了。头发剪得很短，像男孩子一样，还染了颜色。几乎是橘红色！黑色牛仔裤，镶着银钉的黑色靴子，很小的黑色皮夹克。就在她下出租车的那一刻，我就知道事情看起来很麻烦。她一直喜欢穿裙子。她还戴了个小帽子，像列宁戴的那种,帽檐向上仰着。荒唐!而且是灰色的!我还以为是块烙饼。但那不是,等我们进了屋,我能看出来,她已经疲惫不堪。她的眼睛,那虹膜都成了小亮点。那是不是和毒品有关系呢?"

"我不知道。"罗兰说。他的心跳加快了。他不想有什么坏事发生在她身上。尽管那是两年前。

"那是下午三点。我提出给她做个三明治。她只要一杯水。我说,她父亲过几个小时就回来,他特别想见到她。那话说得蠢。可他确实担心得要死。她说,她只想和我谈谈。我们上楼,到了那间空余的卧室里。她关上门。防止我们被人打扰,她说。我坐在椅子上,她坐在床沿上,面对着我。我非常紧张,她看在眼里,倒平静了下来。接着,她就把情况告诉了我。她去了我们的老房子,穆瑙的那个小农舍。那里的人同意让她看看她的卧室。他们让她一个人待一会儿。她告诉我,她坐在地上,开始哭,尽量不发出声音。她不想那对夫妻上来看她是不是有问题。她是有问题。这话她跟我讲过几次,一遍一遍讲。'我有问题,妈妈。那时候就有问题,现在也有问题。一直都有问题'。

"我坐在那儿,都僵住了。强烈的指责马上就要冲我来了。我做不了什么,只能等着。然后她就说了。那种句子你马上就能识别出来,是提前准备好、润色过的,经过了无数个失眠之夜、无数个小时心理咨询的打磨。她在做心理咨询吗?"

"没有。

"她说:'妈妈,我是在阴影中长大的,在你冰冷的失望中。我整个童年都围着你的失败感转。你的愤懑。你没成为作家。

噢，那是多么可怕啊。你没成为作家。得到什么了呢？当了妈妈。你不恨当妈妈。你能忍受。但你却接受不了那种二流的生活。你以为一个孩子不会注意到？你肯定没想过还要个孩子，是不是啊？你嫁的那个人，结果却不是你想的样子。又是一次失望，而你无法原谅他。你应该过得更好，结果却没有。这让你脾气坏、心眼小，怀疑所有人的成功。'

"她安静了一会儿，我就坐那儿等着。她的眼睛湿了。然后她说，她整个童年，还有十几岁的时候，从没见我开心过，真正的开心。按照她的说法，我从没放手。我从没拥抱过一家人在一起的生活。我做不到，因为我认为生活欺骗了我。她是这么说的。*Betrogen*[①]。我永远不可能放手，开开心心地享受和女儿一起的生活。因为她爱我，因为她很亲密，所以她也不许自己开心。那会是第二次背叛。于是，她追随我、复制我、成了我。她同样也发现生活让人不开心。写了两本书都找不到出版社。同样也没能成为作家。同样……"

简停住了，用一根食指揉了揉前额。"我不知道该不该告诉你。"

"说吧。"

"那好。她同样在婚姻中欺骗了自己。她以为你是个波希米亚才子。你的钢琴弹奏引诱了她。她以为你是个自由的灵魂。就像我以为海因里希是抵抗运动的英雄、以后会一直是英雄一样。你误导了她。'他是个空想家，妈妈，他无法安安心心做任何事。

[①] 德语："欺骗"。

过去有些问题,他甚至都不愿意去想。他不会有任何成就。我也不会。我们俩在一起,都会沉下去。然后有了小孩子,我们会沉得更快。我们俩永远都不会有什么成就。婴儿是第二选择,这是你教我的。连第二都算不上。可我们甚至还在讨论再生一个,因为独生子是世界上最悲伤的事儿。不是吗,妈妈?'

"说到这里,她站起身,所以我也站起身。她说:'我来就是要告诉你这些。尽量把这当作一个好消息吧。我可不会沉下去。我要离开他。还有孩子。别,你什么也别说。你以为我心里不痛吗?但我现在必须这么做,否则就做不了了。我也要离开你。我不能步你的后尘。'

"这时候她几乎是冲我喊叫了。'我不要沉下去!我要拯救我自己。而且,在这个过程中,我说不定还能拯救你!'

"当时我说了句蠢话。随便说点别的,都可能对她更有用。想当个好心的妈妈吧,我想。我的话脱口而出,想收回都来不及。大概是这样的,我说的话,或者说刚开了个头的话:'亲爱的,你知不知道,很多母亲在婴儿出生的头几个月都会非常抑郁。'

"她举起双手,你知道,那是投降,或者是要让我闭嘴。她平静得可怕。她说:'别说了。拜托,你别说了。'她朝我走来。我以为她都可能会揍我。她用很低的声音说:'你什么也没明白。'

"她从我身边挤过去,往门口走。我想说对不起。那话也错了。可她已经出了房间,正快速走下楼梯。我跟在后面,但我走楼梯慢,等我下了楼,她已经到了门外,正穿过草坪。我透过窗户看到了她。她拿着箱子。我跑出去跟在后面喊,但她一把在身后关上了大门,应该没听见。我跑到外面马路边上,已经看不到她朝哪边走了。我一遍一遍喊她的名字。没用。"

他们又在沉默中坐了一会儿。罗兰努力不去想她的侮辱。空想家。不会有任何成就。他让其他细节涌进大脑。染成橘红色的短头发。这他可以想象。他正打算问问岳母德国警方的消息,却听到劳伦斯在哭。他的房间俯瞰着花园,房间的窗户是开的。罗兰慢慢朝屋里走去。如果劳伦斯醒来,发现自己在一个陌生的房间里,哭闹起来,那么这个晚上就毁了。不过,等罗兰到床边,孩子已经睡着了。他坐了几分钟。等他回到简旁边,已经把想问的问题忘记了。

她有自己的问题。"如果不愿意,你就不要说。不过,她说的对吗,说你过去有问题?"

"没什么特别的问题。常见的牢骚。谁的父母都不完美。"他希望谈点别的,于是他说,"你的日记里有记录。你当时心情沮丧。她说的有道理吗?"

"有一些依据。也许还不止一些。是我的错,我的确错过了一些东西。但阿丽莎什么都有了。从我们这代经历过战争的人的角度去看吧。她是很幸运的。历史对她很友善。政府也是。很好的学校,免费的舞蹈和音乐课。一切越来越好,每年都有进步。与以前相比,到处都很宽容。而且我们都宠着她。"她停顿了一下,好像要澄清一下,又补充道:"你们这一代。"

"她说她说不定还能拯救你,你觉得那是什么意思?"

说话前,她看了他好一会儿。一张美丽的面孔,因为上了年纪而变得颇具威严。在低低的烛光中,那自信的目光、笔挺的鼻子、突出的颧骨,让人觉得这是位强大有力的女性,掌控着某个重要国家的某项伟大事业。

她说:"Ich habe nicht die geringste Ahnung." 我根本没有概念。

*

他在贵宾休息室里来来回回地走着,心里想着那场谈话——花园里三个晚上的谈话。他有理由反思,手头也有时间。私人飞机的浪漫,已经一点一滴地消退了。从伦敦到布里斯托尔机场走了四个小时,因为高速公路上发生了事故。他们坐在豪华客车上,安慰自己说飞机一定会等的。没等。接待他们的是一位面带焦虑的年轻女士,穿着铅笔裙和笔挺的白衬衫。她收集了他们的护照,告诉他们,前往马尔默的航班又被推迟了两小时。专门的休息室位于一幢临时建筑里,周围有铁丝网围着,在机场一个远端的角落,旁边是一个长期停车场。这地方没有别人,只有罗兰、彼得·蒙特以及他的同事们。有一个茶壶和一些纸杯,以及袋装茶叶和一瓶牛奶。没有咖啡,没有吃的。航站楼内有咖啡厅,但在跑道另一边,有两英里远。有四张低矮的塑料桌,四周都围着金属椅子。彼得和他的电力朋友们满意地聚在一起,完善他们的商业计划。罗兰坐在另一张桌旁。他的阅读材料是出门前随手从书架上拿的,是《贝姨》的英文译本。他能听到隔壁桌上的说话声——彼得一个人在滔滔不绝。他养成了说话声音盖过别人的习惯,如果觉得要被人打断,他就会不自觉地提高声音。现在,他掌控着整个小组的日程,虽然他们应该是平等的商业伙伴。这让人想起乐队的日子，那时候彼得二十二岁，是名不错的首席吉他手，他总喜欢对所有人呼来喝去，包括旅行演出助理、场地管理人员和其他乐队成员。

九十分钟后，那位女士回来了。他们没能发现她刚才究竟退到哪儿去了。他们的飞机更换了航线，到里昂去接它的主人詹姆斯·塔兰特三世去了。两小时过去了。传来了最新的消息：塔兰特先生已与他的飞机团聚，他没去马尔默，而是去了柏林。飞机将在柏林加油，然后回来接他们。已经在最困难的情况下为他们找到了酒店，到时酒店的主人将会恭候他们大驾。下午晚些时候又一条并不意外的消息。柏林的特格尔机场航班暴增，难以应对。他们的私人飞机将于明天上午九点钟来接他们。车子已在路上，要送他们去布里斯托尔的格兰德大酒店。

这可以理解。人人都想去柏林。有私人飞机的，都已经去了。能拿到机票的，也都去了。全世界每家新闻机构都派去了记者、本地新闻助理和摄像团队。各国外交部都派去了外交官。空中挤满了拥有优先权的军机。他已经读了一百页《贝姨》，再也读不下去了。他想要看新闻。休息室里没有报纸，也没有电视和电台。关于电力的会议早就散场了。一小时后，客车来了。找座位的时候，罗兰听见有人说："本来我可以告诉孙子们，柏林墙倒塌后两天，我在柏林。现在只能说第三天了。"

他们在酒店登记处吵吵闹闹。想起马上就有吃的喝的，彼得那帮人心情激动。见面之后，他们想到几年后大家都会腰缠万贯，于是更加有了精神。罗兰找个借口，去了自己的房间。他想在劳伦斯睡觉前跟他说说话。接电话的是那位居家学生。蒙特家的孩子和他儿子正在吃晚饭。和劳伦斯打电话,一般都是采访问答的方式。

"今天在幼儿园怎么样?"

"蜘蛛不咬人。"

"当然,它们不咬人。你和贾伊玩儿了吗?"

"我们在吃冰激凌。"

从这答非所问来看,罗兰判断他的儿子心情很好,没有想他。从声音判断,电话似乎掉到了地上。有人大笑,一个大孩子在唱歌。劳伦斯叫道:"我爸爸能吃宝剑。"然后电话机被放到了原位,断了。

他一边吃着酒店送上来的晚餐,一边看电视里关于柏林的报道以及评论员的分析。查理检查站是众人注目的象征地点。在华盛顿,里根总统得意洋洋。撒切尔夫人刚刚在联合国做完关于气候变化的宏大演讲,看起来有些谨慎。有一位评论员说,他认为一个统一、复兴的德国让她心中不安。

第二天,成功登机,奢华程度有限。他们的飞机在贵宾休息室旁等着。上了飞机后,座位虽然又小又挤,却是最柔软的真皮。因为供给的延迟和耽搁,飞机上没有吃的。到了特格尔机场,一辆客车在飞机舱梯旁等着。他们上了车,一位安保人员扫了一眼他们的护照。其他人都默默不语,还带着昨晚在布里斯托尔酒吧的宿醉,罗兰注意到,他们的箱子都鼓鼓囊囊,足以让他们换衬衫、鞋子和外套。他只带着一个小背包——内衣、一件不同的毛衣、两件厚衬衫。他穿着夏天的徒步鞋和牛仔裤。如果酒店特别豪华,都不一定允许他进去。达芙妮说得对,他生活得像个学生。

他们在拥挤的车流中朝市中心开去,这时他决定暂时不到酒店登记。彼得等人要和塔兰特一起吃午饭,然后有一下午的陈述。罗兰要求在波茨坦街下车,然后从那儿跟着人群往东走。将近九年过去了。多好的运气啊,到了这儿,而不是马尔默。虽然气氛高涨,一切似乎都是新的,他还是立即有了轻松熟悉的感觉。另一边有源源不断的东柏林人走来。一队队拿着标语围巾的小伙子、年长的夫妇、带着孩子的一家人、坐在推车里的婴儿。罗兰猜,他们从查理检查站那儿迷了路,正拿着西德政府发放的一百德国马克"欢迎费",朝库达姆大街那些亮丽的商店走去。路上有人朝他们喊"Willkommen!"[①],还有人给他们拥抱。头天晚上的电视报道大肆宣传如何轻松辨别"东方人":廉价的衣服、不合身的劳动布外套。但罗兰没看到。他们的共同特点是神情迷茫、小心翼翼。他们怀疑这种情况不会持久。他们不久可能会被召回东边,要秋后算账。他们无法想象,官方对私人生活的掌控,竟然会如此突然地消失。

罗兰走着,心里告诉自己,他目光在人群中搜索,是为了海泽一家,不是在寻找阿丽莎。此前德国分裂对他的意义,大于对阿丽莎的意义。就算她真的来了,从成千上万人中看到她的概率微乎其微。何况他不希望看到她。波茨坦街向东划出一道柔和的弧线,便与柏林墙正面相对。前方有一大片空阔的荒地,间或有些桦树和灯柱,荒地上聚集了一大堆人。罗兰路过了一群面露笑

---

① 德语:"欢迎!"

意的西柏林警察,绿色外套的纽扣孔里插满了花。他从一处可登高望远的高台边经过,来访的要人常被带到这里,目光可越过无人区眺望东德。现在,高台上挤满了群众和摄像人员,好像随时都会倒塌一样。他继续朝人群中挤去,这时突然响起了欢呼声。冷峻的灰色天空下,一架轮廓分明的吊车开始从墙上吊出一块宽度不到一米的L形墙体。它在空中悬停了一会儿,一边是白色的,一边是色彩明亮的涂鸦,接着那墙体慢慢旋转起来,仿佛要展示一下两个世界的疯狂合谋。随后,在众人的掌声中,那墙体被放入无人区,那儿已经直直地放置了很多拆下来的墙体——一堆堆矗立的石块,如同巨石阵一样,纪念着一个消失的文化。

罗兰进入人群深处,很快就被裹挟着往前走。他忍不住查看周围的面孔,人已经被带到了柏林墙那个三十英尺的缺口处。年纪最轻、身体最好的,已经爬上了墙,或者被人拉了上去,此刻都双腿分开坐在弧形的水泥墙顶上。一眼望去墙上全是人腿,足有两百米长。有一个人隐约像是巴斯特·基顿,大着胆子在墙上站了起来,勉强保持着平衡,俯瞰着那道缺口。他转身对着东面,举起双臂做出了和平的姿势。那边远处如果有人,也不太可能看得到他。

之前罗兰曾想象自己站在一旁,看着快乐的东柏林人跨到西边。实际上,他在喜气洋洋的人群裹挟之下,向东来到了无人区那长满野草的沙地。最后,他干脆随波逐流,跟着队伍走。这割裂的城市、割裂的世界,有一部分历史是他的。七十年代末,他往返穿梭时,绝不会想象到这样的场景,意义如此重大,象征如此深远——然而却掌握在好心群众的手里。他们——他——塑造了这一时刻。站在这里，踩着这军事化的禁区，就像站在月球上一样不同寻常。这一点人人都能感觉到。对于群众善变的情绪，罗兰一直持怀疑态度，但现在他似乎消融在这普遍的快乐之中。第二次世界大战严酷的解决方案终结了。一个和平的德国将会统一起来。俄罗斯帝国不必流血就会瓦解。一个新的欧洲必然会出现。俄罗斯会紧随匈牙利、波兰等国，成为民主国家。甚至可能成为引领者。有一天，开车从加莱直到白令海峡而无需出示护照，并非绝无可能的幻想。冷战的核威胁结束了。大裁军即将开始。历史书的最后章节，将是兴高采烈的善良人民庆祝欧洲文明转折点的到来。新世纪会有根本的不同，会从根本上变得更好、更智慧。上星期他对达芙妮和彼得说过的话，终究还是对的。

他随着人群越走越深，来到那个显而易见却又容易忘却的事实面前——大部分柏林墙是两道平行的围墙，中间隔着死亡地带。他们是通过一条宽阔的廊道跨过去的，左右两侧都有铁丝网围栏。这块地方的地雷和陷阱都被清理了。透过围栏，他能看见东德的边境士兵，"德国人民警察"，三五成群地站着，大多数都是青少年的模样。几天前，他们收到的命令是，任何人若试图进入这个范围，就现场击毙。现在，他们都露出了羞怯的样子。他注意到，他们的左轮手枪都别在后背下方。人民警察后方五十米处，有成群的兔子在吃草。它们的黄金时代即将结束。不久后的某一天，开发商就会闯进它们的领地。

西边的扩音器里传来安全警告，让大家尽可能散开。好心的人群立即照办了。罗兰又在搜寻。弗洛里安和露丝有可能带着孩子们来到这里吗？他知道，这么快离开施伍特是不可能的。但他想要他们在这里。他们应该在这里。人群穿过那无人踏足的土地，和土地上去年夏天的草地、野草和野花，有五分钟，他站在另一侧，和人群保持着距离，只看着那一张张面孔，忘记了自己置身何处。

来到禁地的兴奋感开始消退。兴奋地从围墙缺口一拥而入的人们，在无人区惊诧地站了二十分钟，拍了快照，开始慢慢回到西边。罗兰跟着他们走。你要不一直移动，就会感到冷。和其他人一样，他经历了置身重大历史转折点的异样兴奋，现在希望到旧时边境上的某个地方，以新的方式重新体验一遍。这个晚上的剩下时间，他都在焦躁地乱逛，寻找这一伟大事件的新证据或新表现。他跟着不知疲倦的人群移动，总有人群从对面过来，去看他们刚刚看过的场景。然而，他却无法停下脚步，去留意人群中有没有阿丽莎。

他从柏林墙缺口处回来的时候，人们开始鼓掌欢呼。新来的一批人把他和他周围的人当作了东柏林人，正跨越边境进入自由世界。一位佝偻着身躯的老人把一盒口香糖塞进他手里。没必要试图还给他。今天，历史意识高度敏感。1945年，一名美国或英国士兵可能从坦克的炮塔或三吨的重型卡车里，向这个人扔出了同样的美食。一队刚刚到达的摄影小组拦住了罗兰。在嘈杂声中，一位拿着麦克风的记者带着抑扬顿挫的威尔士口音问他会不会说英语。他点点头。

"这是个奇妙的日子。你感觉怎么样？"

"我感觉很奇妙。"

"你刚刚穿过了无人区，就是臭名昭著的死亡地带。你是从哪儿来的呢？"

"伦敦。"

"天哪！停，停！"记者开心地笑着，"对不起，兄弟。别往心里去。"

他们握了握手，罗兰转到北边，沿着柏林墙的左边走。和数以千计的人一样，他想去看看勃兰登堡门那儿在发生什么。他到的时候，天色已暗。这里的人更多，而且这里的柏林墙完好无损，仍旧遮挡着这历史名门的下半截。墙上站着一排人民警察，电视台摄影组的灯光将他们照得清清楚楚。显得有点可笑，罗兰想。好像一场戏即将开演。他们的指挥官在大门一侧的地面上，一边紧张地抽着烟，一边大步走来走去。人群在朝墙逼近，看起来好像要从士兵手里夺下柏林墙。有人朝他们扔了一个啤酒罐，只听有人大喊"Keine Gewalt！"禁止暴力！罗兰跟着众人往前挤。士兵们和他们的指挥官一样紧张。他们只有三十人，几千群众能轻易将他们打败。接着，人群中发出嘘声和缓慢的鼓掌声。有几分钟，罗兰所在的这群人根本看不见发生了什么。突然人群一阵涌动，挤在一起的身体如波浪般摇摆，他被冲到一侧，这才看清楚情况。一排西柏林的警察已经站到柏林墙的前面，面对着人群，保护着人民警察。上级指挥者肯定十分焦虑。小事件可能升级。多年来，人们一直担心，柏林墙上某次偶然的冲突也许会引发第三次世界大战。共产主义当局可能试图恢复之前的状态，一如中国所发生的情况。想起四月份希尔斯堡球场[①]的灾难，罗

[①] 1989年4月15日，该球场曾发生坍塌事故，致97人死亡、766人受伤。

兰感到不安。几十人被无助的身体压踏致死。一个人绊倒,都可能引发灾祸。他必须出去。

他转过身,开始朝后面移动,然后朝边上挪。这并不容易。一直被人群挤着,不自觉地往东边走。在这拥挤之中,他的背包总是碰到别人,但没有足够的空间把背包解下来。他推推搡搡,嘴里嘟囔着"Entschuldigung"①,花了半个小时才挤出人群。他发现自己离刚才的入口很近,在南边,所以应该沿着来时的方向往回走。他想小便,那一路上都有树。

他回到波茨坦街周围,发现天虽然黑了,人群却没有散去。有人爬上了桦树,在阴影中挂着,像巨大的蝙蝠一样。他为什么又到这儿了呢?因为他在找她,不仅是随便扫一眼路过的人,而是积极地搜寻。他已经说服自己,她不可能不在这里。他靠在瞭望高台的一根支柱上,听凭人群从身旁挤过。摄影组的灯光给了他足够的照明。他感到愚蠢、犹豫,就算她出现,他也根本不知道自己想要什么、会说什么。他该喊出她的名字,碰碰她的胳膊吗?那感觉不像是爱。他也没有相互指责的心思。他就是想看到她。没有意义。她待在某个地方的家里,在电视上看着这一幕。然而,不行,他摆脱不了她。

过了半小时,他认为自己已经看过了人类面孔的每一种版本、一个有限主题的每一种变奏。眼睛、鼻子、嘴巴、头发、肤色。可是,它们仍旧源源不断,每个细小的变化都带来巨大的差异。他知道自己在找什么吗?短头发长长了,仍旧染了颜色?那

---

① 德语:"对不起"。

没有关系。她一出现,他就能认出来。

最后,他放弃了,继续向前走。不久,他便到了柏林墙边,沿着尼德基尔希纳街走。一处用白漆刷的涂鸦写道:Sie kamen, sie sahen, sie haben ein bisschen eingekauft——他们来了,他们看见了,他们买了点东西。在历史时刻的柏林,恺撒当然会被人想起来。经过盖世太保总部遗迹时,罗兰放慢了脚步。地面以上的所有建筑已被摧毁。他停下来低头看。一排铺着白瓷砖的地下囚室在昏暗中闪着亮光。在这里,犹太人、共产主义者、社会民主派、同性恋以及无数其他人,在痛苦和恐惧中度过了他们生命的最后时刻。过去,现代的过去,是沉重的负担,是沉甸甸的沙砾和被遗忘的悲伤。然而,他的负担却相差甚远。根本就没有分量。偶然的幸运不可估量:他于1948年生在平静的汉普郡,而不是1928年的乌克兰或波兰,没有人被人于1941年从礼拜堂的台阶上拖下来、送到这里。相比之下,他的白瓷砖囚室——钢琴课、早熟的性爱、错过的教育、丢失的妻子——简直就是豪华套房。他常常觉得自己这辈子是个失败,如果真是这样,那也是有负于历史慷慨馈赠的失败。

到达查理检查站时,他的心理状态好了一些。一波波反向的庆祝潮流和毫无意义的搜寻,让他更加平静、客观。他能够停止扫描人的面孔。这里发生的一切都出现在电视上——欢呼雀跃的人群向路人打着招呼,卫星牌汽车上坐着兴高采烈的乘客,朝车窗外喷气泡葡萄酒,人们耐心排队等待领取"欢迎费"。他也曾在此排队,在无聊中度过了无数个小时。另外他还看到,摄制组试图抓住这灿烂的时刻,可镜头里经常出现其他的摄制组成员,让他们颇为沮丧。

他为眼前的景象感动,也加入了欢呼之中,但他只待了十五分钟。阿德勒咖啡馆就在附近,他渴了,还觉得冷。

在柏林的日子里,他经常来这儿。这地方有旧东欧风格,空间开阔,屋顶很高,有种古老的自信气派。服务生是真正的服务生,从小耳濡目染,而不是想当演员的人和大学毕业生。今晚,咖啡馆人满为患,椅子上堆满了冬天的外套和围巾,没别的地方放。室内喧闹嘈杂,人们都在急切地交谈着,兴奋的气息让温暖的空气变得潮湿。他的眼镜上立即蒙上了水汽。他没东西擦,于是站在门边,等着镜片上的水汽消退。众人都在高声说话,他隐约感到被排除在外,但这种感觉并非令人不快,倒让他有了前去参加一个人都不认识的那种派对的心态。但是,这里的情况却不是这样。他的镜片暖起来,又能看清楚了,这时他看到了她,大概在三十英尺开外,坐在一张小圆桌旁边。桌上放着两杯咖啡。她在和一个与她年纪差不多的男人谈话。罗兰慢慢走上去。她扭头看着同伴,认真地听他说话。罗兰就在几秒距离外,而她还没有看到他。

7

他知道那是幻觉:阿德勒咖啡馆人头攒动却声息皆无。他从桌子间挤过。大家都继续聊天，没人注意到他。虽是幻觉，却生动真切，那是一种自恋，或者是与自恋紧密相连的偏执。眼前的相逢或对抗，将是个重大时刻，但那不过是对他而言，当然他希望对阿丽莎而言也许同样重要。等他在她的桌前停下脚步，餐厅里的喧嚣吵闹似乎一下子又涌了回来，好像音量调满的收音机突然打开。一个世界性的历史时刻是需要大声的。他们没注意到他，有几秒钟他观察着阿丽莎和她的朋友，做出了自己的结论。然而，罗兰仍然不知道自己想要什么。要求解释、满足好奇、提出控诉，还是袒露自己的伤口？都不是。甚至也不是提出合理的、正式的分手？他的需求很模糊。更像是没有打破的旧习惯，习惯于要她，那是一种渴望，包含性爱，但不仅仅是性爱。有点孩子气的成分，单纯而强烈。很可能是爱。在她看到他之前的几秒钟内，他觉得两人之间没有什么根本性的改变。他有权利来这儿。毕竟她是他妻子，虽然他已经放弃了让她回来的希望。他走上前来是正确的，尽管他并不知道自己要什么。什么都不要，也是他的权利。

她看起来不错——和以前一样，比以前更好。没看到三年前让她母亲大吃一惊的镶钉皮靴和染成橘红色的短头发。阿丽莎一只手轻轻托着下巴和一侧的脸颊，面对着她的朋友，全神贯注。她穿着一件宽松的厚毛衣，手肘处有垂下来的装饰，下身穿着紧身牛仔裤和暗红色的时尚徒步鞋。头发不长不短，看起来造型昂贵。她有钱了。好吧，他也有钱。但他穿得像个搭便车徒步旅行的学生，背包也很般配。在她和同伴之间，在两人的咖啡杯之间，有一本封面朝下扣着的书，一本很厚的平装本书籍。与她同桌的男人身材修长，头发染成黄色，左耳垂上挂着一枚小小的金色和平标识耳坠。他先抬头看。然后，他停下谈话，一只手轻轻放在阿丽莎的手腕上。但是，罗兰注意到，他的手没有停留。情人的内疚感。她没有动，只是眼睛朝侧上方一瞥，这时候她才缓缓转过脑袋，让头和目光在一条线上，目光则紧紧盯着罗兰的眼睛。她快速呼出一口气，接着呼吸似乎停止了，罗兰特别注意到，这时候她的肩膀似乎塌了下去。这给他留下的印象是，她感到失望。竟然是罗兰·贝恩斯，在她最不需要的时候出现了。他微微点头，打了个招呼，觉得自己的表情是平淡中略带暖意。但在她的表情中，他看不到一丝一毫的笑意。她嘟囔了一句，看她的嘴唇，说的是"Das ist mein Mann"①。

她的朋友表现更好。他立即站起身，伸出一只手。"吕迪格。"

"罗兰。"

吕迪格拉开一把椅子，罗兰坐了下来。

"今天找服务生不容易。我去给你要点什么？"

他的神态温和而礼貌。罗兰要了大杯的咖啡。显然，这已无法躲避，可是呢，此刻就坐在妻子对面，仍然让他觉得不可思议。吕迪格动身走过房间，罗兰有些懊恼：他要独自和她在一起了。要说的话太多，脑子里什么也想不起来。她的目光看着他身后，没有看他的眼睛。她突然间变得那么熟悉，让他一时不知所措。不同的情感纷至沓来——愤怒、悲伤、爱怜，然后又是愤

---

① 德语："这是我的男人"。

怒。他必须压制住情感，但能不能做到，他没有把握。

他很了解她。她不会让自己成为第一个说话的人。等他终于开口，声音在自己的耳朵中显得微弱不堪："局势发展难以置信。"冷战的结束，是他们闲聊的话题。

"是的。我尽快就赶来了。"

他正打算问"从哪儿赶来"，但她压根儿没换气，紧接着又说："劳伦斯怎么样？"

他没有留意这个轻描淡写的问题背后的悲伤，听到的只是一句琐碎的家常话。他内心突然涌起强烈的情感，让他自己吓了一跳。他心里一直藏着这样的情感，只是他几乎不知道。他往椅子上一靠，增加了两人之间的距离。他下定决心，要让自己的声音听起来平和冷静，没有受过伤害的痕迹，但他的嗓音却嘶哑了。

"你为什么要关心劳伦斯？"

他们直愣愣地看着——盯着——对方。他们知道的太多了。看见眼泪慢慢在她的眼睛里蓄满，先是左眼，然后是右眼，最后顺着脸颊流下来，他竟然单纯地感到意外。那么多的眼泪。她叫了一声，用双手捂住了脸，这时服务生用盘子托着三杯咖啡走了过来，那是位老人，因为脊柱侧弯，所以总低着脑袋，仿佛在忏悔一般。紧跟在他身后的吕迪格帮他放好咖啡，付了钱，然后仍旧站着对两人说："很抱歉。我是不是应该离开？"

仅仅过去五分钟，罗兰和阿丽莎都已经不知所措了。这一次，他可不愿意单独待着。有人在场，哪怕是她的情人，也能让他们俩有所节制。

在喧闹声中，他提高了嗓门，说道："Bitte bleib." 请留下来。

吕迪格坐下来。两个男人不说话,各自喝着咖啡。阿丽莎慢慢平复。罗兰带着恶心的感觉,等着他的情敌用一条胳膊搂住她的肩膀,或者在她耳边柔声安慰。但是,吕迪格只是瞪大眼睛看着前方,双手捧着咖啡杯取暖。阿丽莎突然站起身,说她要去一下洗手间。和男朋友单独相处,也很尴尬。罗兰后悔来了阿德勒咖啡馆。他感到无能、愚蠢、荒谬。吕迪格靠在椅子上,似乎很轻松,或者说至少很有耐心。喝完了咖啡,他从口袋里拿出一本平装小书,开始读起来。罗兰瞥了一眼封面。海涅。诗歌选。那句诗突然不请自来,好像是别人说出来的一样。那是句老套的诗,德国所有小学生都很熟悉,就像华兹华斯的《水仙花》,或者拉金的"妈妈和爸爸"[1]。他不在乎。那些单词脱口而出。"Ich weiss nicht, was solles bedeuten..." 我不知道什么缘故……

吕迪格抬起头来,微微一笑。"Dass ich so traurig bin..." 我竟会如此悲伤。

罗兰开口去背诵第三句,"Ein Märchen[2]..." 但他立即感到喉咙里像卡住了某个讨厌的东西,无法继续背下去,十分尴尬。真是荒唐。他可不想让另外这个男人看到。悲伤和恼怒、自我怜悯、疲惫,决不能让他知道。简·法尔莫给他看过这首诗。也许是怀念家庭美满的那些日子吧。

---

[1] 威廉·华兹华斯(1770—1850),英国诗人,《水仙花》其中一句"我独自游荡,像一片孤云"("I Wandered Lonely As a Cloud");菲利普·拉金(1922—1985),英国诗人,"妈妈和爸爸"指其名诗《其诗如下》("This Be the Verse")。
[2] 德语:"很久以前"。此为海涅名诗《罗蕾莱》,第三句为"很久以前有个童话"。

吕迪格身子向前倾。"看来你喜欢海涅。"

罗兰深吸一口气,总算能说话了。"只知道一点点。"

"罗兰,我要跟你说个事儿。咱们讲清楚。"

"啊?"

"我怕你想多了。我不是阿丽莎的亲密朋友。不是情人,或者随便你用什么说法。我是她的……呃……scheisse[①]……Verleger?"

"出版商?"

"我是说 Lektor,编辑。慕尼黑的卢克莱修出版社。"看到罗兰一脸茫然,他又补充道:"她的消息没告诉你?我看应该没有。那好吧。"他一只手做了个表示无望的简单动作。

"怎么样?"

"那就该让她告诉你。她来啦。"

他们看着她走过来。罗兰熟悉她这样走路的样子。她会干净利落,想马上离开。他也想。他厌倦了庆祝的喧闹,四周都是他人的气息、身体和外套,还有新的人流源源不断地进来。他也害怕又出现对抗。两分钟就够了。

她一到就说:"我想离开这里。"

吕迪格立即站起来。他们走到一旁很快交谈了几句。在独处的几秒钟内,罗兰想象自己到了某个凉爽却没有树的地方,苏格兰的尤伊斯特岛或穆克岛,岩石兀立的海岸,湛蓝的大海。独自一人。他拿起了背包。吕迪格和阿丽莎匆匆拥抱,离开的时候,

---

① 德语:"该死"。

他朝罗兰这边挥了挥手,以随意的方式道了别。

她转过脸,说道:"我有话要对你说。但不能在这里说。"

他跟在她后面出去了。人群从打开的检查站朝他们涌来。很多人手里拿着"欢迎费",迫不及待地过来观光。几十名、几百名孩子,处在极度兴奋之中,蹦蹦跳跳跨过人行道。阿丽莎沿着人潮的反方向,朝科赫街走,进入他们现在必须称之为"老东区"的区域。罗兰在她身后几步远的地方跟着。走路的时候,两人都不敢尝试任何闲聊。他们沿着一条似乎没有名字的更窄的街道走下去。就在刚开始下起小雨的时候,她停了下来。在这儿,在一棵光秃秃的梧桐树下,他们将进行这场谈话。这时,她看到街道对面有个胡同。

他们顺着胡同走了一会儿。胡同还不到十英尺宽,前半截铺着稀疏的鹅卵石,接着就全是泥巴了,原来有鹅卵石的地方夏天里长出了野草,现在已全部枯死。头顶上一扇窗户里投下一方黄色的灯光,他们就站在那灯光边缘,几乎就在那光亮之中。周围总算安静了。她向后靠在墙上。他面对着她,也往墙上一靠——等着。两人都没戴帽子,但都没理会冰冷的雨。他知道,做演讲不符合她的作风。过了一会儿,他轻声说:"好啦,你有话要对我说。"

话已说出口,虽然他宁愿不听她说,她肯定会给他来一通指责,滔滔不绝。而他才是受伤的一方。但他没有抱怨的心情,也不想说什么。他处在麻木之中,这倒也有好处。不真实的漠然状态。以后也许会后悔。但是,无论在这儿说什么话,都不会改变任何事情。她会继续追求她一心从事的事业。他会回家。他的生活将会和往常一样。劳伦斯还算开心,他早就已经习惯了单亲家庭。世界即将变得更好。他记得自己在无人区时的那个乐观时刻,这时又回想了一遍。那不过是三个小时之前。大家已经开始期待苏联的卫星转向西方,排着队等待欧洲共同市场,等着北约。但是,还需要北约干什么呢?他看得清楚——俄罗斯成了开明的民主国家,像春天的花儿一样绽放。通过谈判,核武器的数量会一直减少,渐趋于零。然后,闲置的资金和良好的意愿汹涌而至,解决掉每一个社会问题,像新鲜的潮水将尘土冲刷干净。人们的生活焕然一新,学校、医院、城市都恢复了生命力。南美洲的专制暴政依次溶解,亚马孙雨林得到拯救和珍视——砍掉贫穷吧,不要砍树。几百万人迎来了该载歌载舞、表演欢庆的时刻。撒切尔夫人已经在联合国清楚表明——政治上的右翼势力终于明白了什么是气候变化,并相信应该采取行动,而且时间还来得及。这一点,所有人都会同意,劳伦斯、劳伦斯的孩子、孩子的孩子,都将安然无恙。罗兰清楚地看到,柏林曾在七十年代支撑了他,现在又给了他新的眼光,去看待私人生活中那些微不足道的悲伤和耻辱。现在他看到了她,阿丽莎已经缩小到了真实大小,不过是一个努力活明白的普通人,和他自己一样脆弱。现在他可以离开,坐地铁到乌兰德街,找到自己的宾馆,到酒吧里举起酒杯,祝愿彼得和他的电力伙伴们前途光明。他们也许已经达成协议。可是,他觉得欠阿丽莎什么。她又欠他什么呢?

她沉默不语,靠着胡同里那堵布满了斑驳竖纹的水泥墙。细雨继续下着。她把大手提袋从肩上拿下来,放在两脚之间。

"好了,阿丽莎。说吧,不然我走了。"

"好。"她从袋里掏出一根香烟,点着,使劲吸了一口。这倒是新鲜事儿。"三年来,我一直想象着对你说这话。总是很容易,张口就来。可是现在……好吧。劳伦斯大概三个月的时候,我有一次重要的发现。在很了解我的人看来,也许非常明显。但对我自己来说,却是新的启示。下午我们带着孩子去巴特西公园散步。回来以后,他睡着了。你想做爱。我不想。我们俩就有点儿争吵。你还记得吗?"

他摇摇头,然后才发现自己是真的不记得了。不过听起来像是真的。

"我上了楼,躺在床上,太累了,根本睡不着。这时候我突然想到,我在过我母亲的生活,一步不差地重复她的道路。有一些文学上的抱负,然后恋爱了,然后结婚了,然后生了孩子,旧时的梦想破碎了,或者遗忘了,未来能一眼看到底。还有怨恨。她的怨恨,我会继承下来,这让我感到惊恐。我能感觉到她的生活跟在我身后,死死抓住我,要把我和她一起拖下去。这些想法挥之不去。我一直想着她的日记。她的故事,如何差一点儿就当了作家,如何又失败了,她的失败又如何陪伴了我的成长。接下来几个星期内,我意识到,我要离开。就在我们俩谈论要第二个孩子的时候,我都在制订离开的计划。我同时成了两个人。我这辈子总得创造点什么,而不仅仅是造个孩子。她无法做到的、不愿做到的,我一定要做到。尽管我那么爱劳伦斯。还有你。一开始,我想我应该把事情都解释清楚。但你肯定不会答应,你会说服我放弃。我感到无比内疚,要说服不会很难……"

她的声音慢慢弱了下去,她在盯着两脚之间的地面。她这是指责他没有说服她留下来吗？他再一次努力摆脱混乱、整理思绪。啊哈，自我发现这个巨大的消费者市场，它最致命的敌人就是婴儿自私的哭泣之声，还有共谋的丈夫，以及他那些荒谬的要求。他也曾浇灭自己的梦想，在新生儿身上花费了无数个黑夜和白天。然而，他们来到这个潮湿的胡同里，不是要来一场婚后吵架。他的镇静，或者说表面上的镇静，仍然勉强能够维持。他说："继续。"

"我已经失去你了。我能看出来。没必要去麻烦。"

她倒真了解他。他说："我听着呢。"

她停了一会儿，说道："也许我错了。我想，一定要彻底，一定要快。那很残酷，我很抱歉。真的很抱歉……已经够糟糕了，你每天要做爱的问题。可是，婴儿呢……他的需求，他正在毁了我。你们两个……我什么也不是。我什么也没有。没有想法，没有性格，没有希望，除了睡觉。我正在下沉。我必须走出去。离开的那天早晨……走到地铁的，那是……我不打算去描述了。你是个好父亲，劳伦斯还很小，我知道他会没事的。你也会没事的，迟早会没事的。我那时候有事，但我已经做了选择，做了我该做的事。这个。"

她又把手伸到手提袋里，拿出他在咖啡馆看到过的那本书。她向前走了几步，把书递给他。

"这是英语校样。会和这儿同时出版。过六个星期。"

他把书放进背包，动身要走。"谢谢。"

"你没别的话说了吗？"

他点点头。

"要创造,要当艺术家、科学家,要写作、绘画,历史上对女人有多难,你能有哪怕一丁点儿的理解吗?我的故事对你没有任何意义?"

他摇摇头,迈步走开。一个气呼呼的成年人?可怜。于是他改变了主意,又回到她跟前。"我来说说你的故事。你想要谈恋爱,你想要结婚,你想要孩子,全部都如你所愿。然后你说你要别的东西。"

雨又下了起来,大了。他转身要走,她抓住了他的袖子。"在你走之前,跟我说说劳伦斯的情况。拜托了。随便什么。"

"和你刚才说的一样。他没事儿。"

"你这是在惩罚我。"

"那来看看他。随时都行。他肯定会高兴的。和我们一起住,或者住到达芙妮和彼得那儿。我是说真的。"突然之间,他想牵她的手。但他没有,而是把这话又说了一遍:"阿丽莎,我说的是真的。"

"你知道那是不可能的。"

他看着她,等着。

她说:"我刚刚开始另外……一本书。如果我看到他,那就全完了。"

他一辈子都没经历过如此强烈而对立的各种混杂在一起的情感,其中一种是伤心,因为他怀疑他们此后再也不会见面了。另一种是愤怒。耸耸肩膀去表达如此混乱的情感,一点儿也不合适,但除此之外,他也做不出别的。他停了片刻,看看自己还能不能给点儿别的,或者她还有没有别的话要说。但是,两人都沉默着，没什么了，于是他迈步走进了雨中。

*

他没有任何心情去面对封闭的地铁和里面拥挤的人群，于是他穿过检查站往回走，朝蒂尔加藤的方向绕了个大弯子，然后向西回到了宾馆。酒吧里没人，现在才十点钟。看门人确认，他的英国朋友们都出去了。激动的人群，都在东边更远的地方。他在酒吧里的一条高凳上坐了一个小时，一边慢慢喝着啤酒，一边在脑海中回想这漫长的一天，这开始于布里斯托尔机场边缘一幢临时建筑中的一天。他感觉很好，看到了柏林墙的缺口以及挤过柏林墙的人群，他感到高兴，甚至自豪。他告诉自己，他见到了阿丽莎，所以现在感觉更好了。好像他身上一种长期的疾病治愈了，只有治愈之后，他才知道或了解这种病。像一种背景噪声突然停了下来。他相信自己已不在爱河之中。她说过的事情之中，记忆最为鲜明的是，劳伦斯的需求和他自己的需求，使她感觉她要沉下去了。是啊，他的欲望……但是。但是当时她的欲望也强烈而急迫，而且她也有别的需求，他可是努力去满足的。她两本英文书，他都帮过忙，第二本书的两份稿子都是他打的字，提了一千条建议，大多她都采纳了，还参与了第一本书的重写过程。他曾尽力去面对她奇异的文风、那些没有动词的短促句子、书中女主人公含混不清的动机。他们曾共同面对劳伦斯的不二需求所带来的压力。三人都没有这样的经历，三人都有需求。但是，现在该放下大脑中这愤怒的声音了。都结束了。他在酒吧里决定，他已经安葬了一个纠缠着他的鬼魂。她已经解释了她消失的原因。批评她的那些朋友们,包括达芙妮在内,会愿意听听。现在他自由了。他甚至可以开始学着从旁观者的角度来欣赏她对写作的执着。想到这里,他能感觉到那怨恨的情绪又回来了。他毕竟还没放下。

他来到楼上的房间,这是个套房,比他以前住过的都要奢华。塔兰特先生多么好心啊。罗兰坐在床的边缘,吃光了所有免费赠送的巧克力、猕猴桃、灯笼果、盐焗坚果,喝了一升汽水。然后,他洗了个时间很长的澡,穿了一件干净的T恤衫,躺在床上。犹豫了一会儿之后,他拿出她那本书,双手感受到了书的分量。书很重。他端详着平装封面上的标题:《旅程》——有点枯燥,他心里想——还有她的名字用大写字母拼出来的新鲜感:阿丽莎·J. 艾伯哈特。他扫了一眼结尾。七百二十五页。献辞呢?他想象过这本书会献给自己吗?是献给她的父母的。很好。他翻过这一页。书是她自己翻译的。他又翻过一页,阅读第一段。他停下来,又读了一遍,长长地"哼"了一声。他读了五页,停下来,回过头把这五页又读一遍——又长长地"哼"了一声。他又从头开始,一直读到一节结束,六十五页。一个半小时过去了。他松开手,书掉下去。他躺在那儿不动,眼睛盯着天花板。她离开他,就是为了这个。重新开始。好像第一次看这个世界。当下他对自己的判断是有信心的。他的身体在发生变化。一种全身被针刺的颤栗感,好像马上要起飞一样。就是现在这时候,读完了一章,他已经能看出问题——他自己的问题。

背景是1940年,伦敦正遭遇空袭,即闪电战。开头几段描写一枚重五百磅的炸弹穿透了东城区一幢排屋的屋顶。一家人没及时躲入掩体，遇难了。在消防员、救护人员、邻居、警察和旁观者之中，有一位名叫凯瑟琳的年轻女性，目睹了灾难之后的场景。然后她转身离开，朝自己的住处走去。她在政府某部的打字中心工作。同时，她还在一家文学杂志的办公室每周工作几小时。那儿的人都不怎么注意她。她看着、听着形形色色的作家穿过办公室。其中很多都承受着盛名的负累。他们要么自称天才，要么是公认的天才。她有自己的笔记本，内心中也有自己的抱负。她所居住的伦敦布满灰尘、光线昏暗，而且让人害怕。食物粗陋，她位于贝思纳尔绿地的小房间很冷。她想念父母和弟弟。她和一个男人有过短期的关系，但怀疑他是个罪犯。他们之间的性爱描述得很细致，有种奇特的快乐。

对读者来说，这样的开篇应该很阴郁，但其实并没有，这就是他的问题所在。他从每一行里都能感觉到问题所在，他曾经思考过、感受过的一切，在慢慢破碎。语言漂亮、明晰，有艺术性，语气从开篇几行起就充满着权威和智慧。目光精准、冷酷却又充满同情。一些直截了当的场景描写，同时体现了人类的无助和勇敢，让人有近乎喜剧的感觉。有些段落采用凯瑟琳的有限视角，以凸显宏大的历史意识——命运、灾难、希望、踌躇。夏季的大型空战，阻止了敌人的入侵。然而，就在凯瑟琳从部里匆忙赶回家做点简单的晚餐时，敌人入侵的可能性依然在傍晚的暗影中徘徊。这是伊丽莎白·鲍恩笔下刻画过的世界，但这里的文笔更加细致，对其光怪陆离的表层有更强烈的意识。如果说这文字的深处隐藏着他人的影响，有某个领路的精灵，那就是纳博科夫。就有这么优秀。他无法将这些内容和阿丽莎之前用英语写作的两部小说联系起来。那时候自我中心的断裂方法已被抛弃，改成了现实主义风格，个人、社会、历史的现实主义。

他一直读到了凌晨四点，到了第一百八十七页某一章的结尾。她发现了新的东西。之前的前奏中，似乎某种宏大的东西即将到来。现在，他确信那一定会来的。从多个意义上讲，这部小说都了不起。开篇写的也许是她母亲日记中的故事。但阿丽莎远远超出了那个故事。1946年，凯瑟琳在盟军占领的法国遇到了一名美军中尉，她需要他的帮助，和他一起睡了两个晚上。随后的思考，与其说是女主人公的，不如说是叙述者的，讨论了妥协和道德的必然性，是一篇风格宏大的精彩片段。这样的旁白还有很多——德语、英语、法语、阿拉伯语等语言如何影响视角，文化如何影响语言。还有一个精彩片段，那是发生在斯特拉斯堡附近湖畔的一个喜剧场景。罗兰违背了自己的意愿，竟然笑了出来，等他翻过去再看一遍，他又笑了出来。后来，她遇到了一位曾被涂上柏油、插上羽毛游街的年轻法国女人。接下来是一段长篇旁白，谈的是惩罚的性质。她和一位曾为"自由法国"而战的阿尔及利亚穆斯林发生过关系。他们的爱情在因误会而产生的喜剧中结束。在慕尼黑的惩戒所里，她和一位等待纽伦堡审判的前盖世太保高级官员进行了一次长谈。那人对她无话不说。他也没什么顾忌，因为他错误地以为自己一定会被绞死。这引发了一段关于残酷的本质及想象力的思考。对废墟中的慕尼黑的描述，有一种如梦似幻的感觉。与其材料来源不同的是，凯瑟琳似乎打算穿越阿尔卑斯山到伦巴第去，那将是段危险的旅程。她会失去一位可靠的新朋友。早在第五章，书中就暗示凯瑟琳未来会碰上

"白玫瑰"运动。罗兰在凯瑟琳身上看到了简·法尔莫,也看到了阿丽莎。迄今为止,她一路上遇到的那些男人身上,都没有他自己的影子。他松了口气,但出于虚荣心,他还是留意着这种可能性。

他从床上起身,到卫生间去刷牙。然后,他站到窗边,俯瞰着一条空寂无人的小路。十一月的黎明还迟迟未到。这时,让他意外的是,有一家人沿着人行道慢慢走了过来,父母带着三个孩子,肯定是从东德来的。梦一般的步伐。如果她抛弃儿子和丈夫,结果只写了一部平庸的小说,那事情要容易得多。那他就可以尽情地释放鄙夷。可是,这本书……他想起了他们在克拉珀姆老城区那幢可怜的小房子,上二下三,潮湿、漏水,到处都是书、报纸,无用的家居物品无望地等着被修理或被送回家,可能有用但永远不会用上的衣服和鞋子,丢失或丢弃的设备留下来的电源线、灯泡、电池、也许还能听的晶体管收音机——可谁有那额外的几分钟时间去核实呢?什么都不能丢。两个大人,一个婴儿,夜晚的睡眠断断续续,粪便和牛奶,一堆堆要洗的衣物,卧室里一张共享的小桌子可以工作,要么就是厨房里的餐桌,堆满了移不动的垃圾。直说吧。这样的地方,《旅程》能写出来、会写出来吗?那精美的文字,那些献给凯瑟琳崇拜的乔治·艾略特在天之灵的精彩旁白,女主人公那精微幽妙的意识,那盘旋空中的警觉的眼睛,那永远宽容大度的叙事,自觉地组织着庞大芜杂的材料,好像在读者面前播放慢镜头一样?不,不可能写出来,没有人能在那样的房子里构思如此宏大而又如此精巧的作品。除非房子里就她一个人。或者,换一个视角,也可以说肯定能写出来——作为成人的她做出决定，待在任何地方，处于任何环境，都有义务把书写出来，哪怕是刚当了母亲。他知道奥登的名言[①]。为了她的美妙文字，他必须原谅她。这和不原谅她一样令人难以忍受。她带走了她的爱，难道不是自私自利、冷漠无情吗？可现在呢，在这部装订成册的审校本中，她却赋予了有创造性的无限暖意。人性美德的典范！多大的欺骗啊。只有小说里才允许。

危险的是，事情说白了就是：他已经爱上了她的小说，而且因为她写了这部小说而爱她。楼下酒吧里那些稳妥的思考，全部推翻了。他并没有安葬什么鬼魂，他还要给她写信。忘记我们俩之间发生的一切吧。这很可能是，不，这就是一部经典之作。他必须跟她说，在别人之前。可他却说不了。他没有找她要地址——脆弱的借口！真正拦住他的，是他那荒唐的自尊。

*

二月中旬一个星期六，凌晨五点不到，劳伦斯拿着两个毛绒玩具来到了父亲床上。他迫不及待地等着这一天开始，于是在冰冷的卧室里直直地坐着，开始背诵脑子里想到的所有东西，有些是说出来的，有些是唱诵出来的——最近发生的事情、故事片段、儿歌，还有一大串名字，他忙碌生活中认识的所有人，包括朋友、老师、祖父母和外祖父母、罗兰的朋友、某些毛绒玩具、达芙妮、邻居家的狗、爸爸和妈妈。罗兰并不觉得有趣，他只是

[①] 或指奥登（1907—1973）名言"我们必须相爱或者死亡"，出自其诗《1939年9月1日》。

躺那儿听着、等着，希望劳伦斯的精力慢慢消退。要求他安静下来，完全没有必要。过了半小时，小男孩静了下来，当天不用上学，所以两人睡到了七点半以后。吃早饭时，劳伦斯坐在罗兰膝盖上，玩这个星期他很着迷的一套建筑玩具：塑料螺栓、螺母和垫片。他把螺母拧上螺栓，直到垫片卡到位，发出清脆的咔嗒声。然后他把螺母拧下来，翻过来，又顺着螺栓拧下去，直到垫片卡到位，发出不同的咔嗒声。让他着迷的是，有两种不同的方法，都是正确的。罗兰正在撕开一封来自母校的信。秘书回复了他一个月前提出的问题。字体干净整洁。文字处理机。几乎他认识的每个人都有一台，但他和朋友们都满腹牢骚，抱怨打印"界面"，抱怨还必须学习指令代码。罗兰发现，人们敦促那些懒人去买文字处理机。能节省时间，他们说。然后他们又抱怨文件丢了、时间浪费了、情绪变坏了。也许拒不购买也是有道理的。他想，什么时候要把那台老式手提打字机找出来。装在盒子里，应该在某一堆书下面。

学校秘书查阅了档案，很遗憾她帮不上什么忙。康奈尔老师1965年离开了学校，那是二十五年前。信件是通过厄沃顿转的。学校会计一辈子都住在那个村里，他认为康奈尔老师已经搬到了爱尔兰，但具体日期不清楚。她没有给邻居们留地址。结尾的时候，秘书问罗兰，知不知道学校到七月份就要永久关闭了。

他们的星期六和以往一样。仪式性地收拾房子，劳伦斯很乐意象征性地帮忙。到克拉珀姆公地上骑滑板车，到温德米尔酒馆和一帮孩子与劳伦斯差不多大的朋友们吃午饭。下午，到布里克斯顿儿童木偶剧场看戏，到劳伦斯当前最好的朋友艾哈迈德家喝下午茶,然后回家。晚饭、洗澡、来一局令人激动的"捉对儿"扑克牌游戏、读睡前故事、睡觉。

当天晚上,为了"庆歌"卡片公司,他抄了几首庆祝美酒和爱情的、翻译过来的阿拉伯诗歌。根据奥利弗·摩根最近闪烁其词的态度,他怀疑这生意快结束了,很快就要改行。那很好。他正感到厌烦呢。他把学校来的信又读了一遍。白天他脑子里一直想着这事儿。看到信纸上方那熟悉的纹章图案:一个侧面的狼头,下面是拉丁文铭文,他腹部感到一阵痉挛,让他自己都吃了一惊。伯纳斯府。他五年的生命。走了那么多日常流程,失去了那么多,不和朋友们交往,逃离她。看到她的名字打印出来,像书本里的文字一样,看到厄沃顿这个名字,让他莫名地激动。搬到爱尔兰,不带他。他从卧室里的桌子旁边站起身,瞥了一眼劳伦斯,然后下了楼,躺到一把扶手椅里。是的,他感觉到了古老渴望的回荡。那种绝望。他二十六年没见过她了,那感觉又悄悄爬了上来,一种丧亲之后的空虚感。他放纵了这种感觉。为什么不呢?又没什么坏处。他的愤怒也是这样。她丢下了他。爱尔兰哪里、为什么、做什么、和谁一起?也许和另一个中学生吧。

1964年暑假,他和姐姐以及她的第一任丈夫住在一起,在法恩伯勒附近。罗兰需要工作——在德国不容易找工作,他父亲现在派驻在那儿,已经成了少校。他下了班,待在自己的卧室里,双手颤抖着打开那个褐色信封,里面有他中等教育"普通"水平测试结果。他坐在床上,瞪大眼睛盯着那个清单,试图将某个字母变得不一样。十一门课,他连一门都没过。那张印着文字的薄纸,每门功课旁边都写着"不通过",本身就是个实体的冲击。连英语都没过。人人都说，只有白痴英语才会挂科。连音乐都没过。他根本就懒得去学习相关的曲子。那就没有六年级了，没有英语、法语和德语的"高级"水平测试，没有大学。他一直以为，凭着自己的聪明才智，总能通过"普通"水平测试中的一半科目。"不通过"乘以十一，用机器印刷出来，像电报一样，专门送过来告诉他十一遍：他不通过、不诚实、不聪明。他快十六岁了。早熟的性经验，显然没有让考官们对他另眼相看。

那个夏天，他一直在一家景观园艺公司里当劳动力。报酬是成人工资的一半。他讨厌这工作。老板，就是他们称为"工头"的那个人，让他感到害怕。现在呢，也许这就是他的生活了。这样的考试结果，学校不可能让他上六年级。大多数男孩都能通过九到十门功课。他被淘汰了。

幸好，他父母都是十四岁就离开了学校，所以不会明白这灾难的严重程度。他父亲在年龄上撒了谎，十七岁就参军入伍了。他非常相信人应该从底层干起。罗莎琳德离开学校后，立即去给人当女佣。大家庭中，也没人指望十六岁以后还在学校里读书。没有先例。所以耻辱都是他自己的。他甚至都不能告诉姐姐。如果说了，苏珊应该会保持乐观，给他安慰，并给他提很多实用的建议。如果要对同龄人诉说，他就只能找一个比他成绩更糟糕的。但那不可能。他知道该怎么做，而且让他急不可耐，因为他知道她会说什么。电话亭在半英里之外。和往常一样，他要求对方付费。她一接电话，他就把情况告诉了她。

米里亚姆直接说："他们不会要你了。"

"是的。"

"那现在怎么办？"

"我不知道。"

"你没有计划？"

"没。"

"那你最好过来跟我住。"

他感到双腿发软，无力地靠在电话亭一侧。他的心脏跳得厉害，都开始疼了。如果有人敲敲电话亭的玻璃门，让他"高级"水平测试十一门全部通过，他恐怕也要拒绝。

"我得找份工作。"

"你不用找工作。来就行了。我会照顾你。你会没事的。"

他沉默了，好像在思考。但她早已知道他的答案。

第二天，他回去挖排水沟，另外还有两位年纪更大的工人，都四十多了。他们在一块长满野草的地里干活，头顶就是法恩伯勒机场的空中通道。喷气式战斗机和笨重的运输机整天在头顶尖叫、轰鸣。太近了。一开始，飞机过来的时候，他本能地躲闪。要看飞机，不可能不停下手里的活。但这很快就成为可能了，因为飞机飞走后，工头赫伦先生冲他们大喊大叫。他用和战斗机一样大的声音提醒他们，给他们发工资，可不是让他们来当飞机侦察员的。

上个月，所有报纸上都刊载了由美国航天器传回来的月球照片。比用望远镜看到的图像要好一千倍。陨石坑及其阴影的清晰图像让他激动不已。其中涉及的每一位工作人员，肯定都有他这辈子也无法获得的资质。在越南北部投放炸弹的那些飞行员也一样。连披头士乐队的一些成员也去上了艺术学院，虽然乐队在整个美国仍旧非常流行。米克·贾格尔①上了伦敦经济学院。整个周末,罗兰都幻想着世界末日的种种恶兆,尽管他知道这是自欺欺人。现实简单明了、不可抗拒。他没有别的选择。他已经坠入一生在爱欲中寻乐的深渊。

星期一下班后,他发现又来了一封信,手写的,邮戳上标着伊普斯维奇。好消息。英语老师克莱顿先生写信说,他去找了校长。一开始毫无进展。然后,物理老师布拉姆里先生也加入进来。接着,克莱尔先生又对五音不全的校长说,贝恩斯是"一百万人中才出一个"的钢琴手,又给他看了诺维奇的剪报。于是,校长勉强认可了这个例外。大家同意,贝恩斯是个聪明的学生,考试结果遮蔽了他的潜力。他总算得到了九月份就读六年级的许可。"你可一定要努力学习,"克莱顿先生写道,"要是不努力,你就真是个傻瓜了。彼得·布拉姆里、莫林·克莱尔和我为了帮你说话,可是冒了风险的。绝对不要让我们失望。我已经给你父母写了信,告诉他们我们等着你来上学。不要担心。我想你还没有告诉他们考试结果。"

罗兰拿着信上了楼,脱下靴子,躺到床上。两年前,短短十分钟之内,他给物理老师留下了深刻印象。后来就没什么突出表现。当时,他课后去找老师,提了一个真实的问题。如果他在一个十二英尺的尺子一端系一根绳子,轻轻拉动,力气不能太大,不能超过尺子和放尺子的桌面之间的摩擦力,那么,尺子系绳子的那端和另外较远的那端之间,必然发生了什么。某种张力或拉

---

① 米克·贾格尔(1943—),英国歌手,滚石乐队创始成员之一。

力在前后两端之间传递。如果他增加一点拉力，尺子就会开始移动，整个尺子，从头到尾一起移动。所以，肯定有某种信息即时地在沿着尺子传递。可是，布拉姆里先生却在课堂上说，没有东西比光的速度更快。

他一心想着这个问题有多聪明，没记住物理老师给出的解释。两年后，罗兰真希望他当时没有开口。他又做了什么，给克莱顿老师留下了好印象呢？肯定是那篇关于《蝇王》的文章。就在他躺在床上盯着一块聚苯乙烯天花板的时候，罗兰承认，他真的欺骗了自己。他的考试结果一塌糊涂，说明未来将是一个巨大的冒险。没有了每天的常规活动，那该多好，来一次疯狂的外出，彻底解放，苏伊士运河时期的格尔吉营地。现在，在没得到自己许可的情况下，这冒险被取消了，加在他身上的是期望、责任和枯燥的学业所带来的重负。他一直在想给父母一个简单的解释。本来他打算跟他们说，他就是不想再上学了。他想要开始他的生活。他父亲肯定会理解，而他母亲在这种事情上没有发言权。现在，他们收到了老师的个人信件，肯定会为他留在学校而感到自豪，自然而然便会坚持。

他在电话里把这个消息告诉了米里亚姆，她对每个人都很生气。他知道她会生气。同时她还很有诱惑力。

"那个克莱顿是个白痴。我知道他。总是多管闲事。不关他的事。"

"我知道。"

"你大了，可以自己做决定了。"

"我还是会去看你的。会像以前一样。"

"我要你一直在这里。"

"好。"

"我要你离开学校。我要你待在我床上。"

他靠到电话亭的门上以免摔倒。他的头有点晕。在这狭小的空间里,呼吸都有些困难了。

"整个晚上,你明白吗?还有早上。每天早上一起醒过来。你能想象吗?"

"能。"他的声音很低,她没听到。他重复了那个字,那具有决定意义的甜美的允诺。允诺那整个夜晚,允诺一起醒来的早晨。

"那你准备离开学校。"

"好的。我会的……可是,我不行。这样吧,我考虑一下。"

"你过一个小时再给我打电话。"

这样的内容在多次通话中重复。听她说话的时候,他做好了服从的准备。他快十六了,可以自由选择。她说得对。他必须和她在一起。整个晚上,每个晚上。其他的都微不足道。等离开电话亭,他又回到了真实的世界,面对真实的人,他们在为他做什么,需要他做什么。他给英语老师写了一封感谢信,并且已经向父母确认,要留在学校里准备"高级"水准考试,学习英语、法语和德语。又要待两年。但是,米里亚姆也是真实的世界,而且她是唯一真正跟他谈话的人。

有一次谈话中,他问:"可你出去上课,我整天在家里干什么呢?"问这个问题是需要勇气的。

她毫不迟疑。"你将穿着睡衣,待在家里等我。我会把你的衣服锁到工具棚里。"

他们两人都大笑起来。他知道这是开玩笑。实际上，她是希望他回到学校的。不过，他整天穿着睡衣、生活只有一个目的的念头，还是强烈地吸引着他。最后，他们达成了妥协。他会在开学之前到她那儿，然后……

她在电话中语音轻柔。"我亲爱的，我们到时候看。"

罗兰没有去直接面对赫伦先生，而是一走了之，牺牲了一个星期的工资。他攒了六十英镑，都是一英镑的纸币，厚厚的一沓放在扣好纽扣的屁股口袋里。他跟在搬运工身后，看着自己的行李箱放进警卫车厢，然后上了从利物浦街火车站到伊普斯维奇的火车。她在站台上等他。打招呼时，他们几乎没碰对方，也没怎么说话。那可以留到后面。他们默默地把行李箱拖过人行桥。罗兰把儿童票递给门口的检票员看，对方不相信他没到十六岁，这让罗兰很高兴。他有所准备，拿出了护照。

米里亚姆说："看见没。他不是骗子。你应该道歉。"

那人年纪不是那么大，但个子矮小、身形枯槁。他低声对她说："只是履行我的职责，小姐。"

她把手搭在他胳膊上，温和地说："我知道。我知道。"两人穿过阴郁的车站大厅时，突然都笑了出来。她的车就停在站外，一半压在人行道上，一半在"禁止停车"的标识牌下面，这让他很佩服。为了接他。一种令人高兴的自由感突然袭来，就砸在他胸口。他当然不会再回到学校。那是多么鲁莽的傻事啊。他们好不容易才将行李箱塞进汽车的后座。后门关不上。她从手提包里拿出一些绳子递给他。他将行李箱的把手和车门绑在一起，打了个平结系住。他不仅感到了自由,还觉得自己很有能力。他坐到她身旁,两人开始长时间地接吻,毫不理会几十位从车站出口走来的乘客,这时他的自由感和力量感更加强烈了。在车里接吻!他一时头晕目眩,感觉自己在电影里,这地方成了巴黎,而不是伊普斯维奇。他应该学会抽烟,虽然他排斥烟草味儿——这让他觉得丢人。他们有五个星期没有见面了。就算在他最为投入的幻想之中,他也忘记了很多。她的温暖,她的感觉,现在触碰他后脖颈的手,然后是她的舌头。高潮是一段长长的冰上滑道,而此时此刻,就在她的车里,他已经在滑道上起步了。这在特吕弗[①]的电影中可从没发生过。他明智而轻柔地挪开身子。她一伸手,迅速启动了引擎,挂好挡,汽车从路沿石上蹦下来,汇入了车流。她这尽在掌握的模样,可比他强多了。他必须学会镇定自若。

十分钟后,他们上了船坞附近那条窄路,沿着前滩往前开,有几分钟他既兴奋又害怕,感到心烦意乱。这是条熟悉的路线,第一次和父母坐202路公交车来时的路线,那也是个温暖的日子,和今天一样。现在,那河流和天空构成的巨大蓝色空间,让他觉得自己很渺小,将他拉回了懵懂的童年。风景中的一切都预示着此行的目的地和他不久的将来。伯纳斯府。另一边河岸上的橡树是学校的树。电报杆和低垂的电报线、路边草坪罕见的淡绿色、携带着前滩泥味盐味腐烂味的温暖空气,统统都一样。学校的气味儿。一切都属于学校,他也属于学校。

[①] 弗朗索瓦·特吕弗(1932—1984),法国导演。

"你变安静了。"她说。他们正经过弗雷斯顿路口那个混凝土水塔。又是学校的东西。

"开学前的感觉。"

她把一只手放在他膝盖上。"这事儿,我们到时候看。"

他们抬着行李箱走上花园小路,进了屋子,将箱子放在客厅地板上。他的名字印在行李箱的盖子上,宣布着他的骄傲回归。

她站到他身边,轻轻吻着他,一边拉开他牛仔裤的拉链、玩弄着,一边说:"不能一直放那儿,是不是啊?"

"是的。"

"我们把它直接放到工具棚里。"

他笑了起来。

她转过身去,抓住一只把手。

"把你那边抬起来。"

他们抬着箱子穿过厨房,来到花园。他们把箱子放下来,等她打开工具棚门上的挂锁。等待的时候,他觉得自己好像在几百英尺的浑浊的水下,光和声音都被夺走,欲望像数吨的重物一样压在身上。她让他做什么,他就会做什么。他们把割草机推到一旁,将箱子抬进去,放在铁锹、锄头和耙子之中。她关上门,把锁在搭扣上锁好,然后又开始吻他,用手拽他的衬衫。"这些反正都要脱掉。上楼。"

他们紧贴着对方站在小草坪的中央,凝视着对方的眼睛。一棵小树将斑驳的影子投在他们身上。她的眼睛好像要凸出来,里面有小小的色块,他以前没注意到,黄色、橙色、蓝色的小点,围绕在瞳孔周围。那一瞬间,他有个不忠的念头:也许她真的疯了,像有些男孩说的那样。她完全疯了,却瞒着他,不让他知道。这个念头让他害怕,但想到她脑子坏了,无法自控,而他却要跟着她走,一起前往某个地狱般的极乐之地,他又感到兴奋。这就是他的冒险,他的旅程。大部分人会害怕得无法继续。其他人只要无聊而可靠的伴侣。他一只手放到她裙子下面,手指在她身上轻轻移动,像她教他的那样。这时,她用单调的声音喃喃地说出了一个很长的句子,大部分他都没听清楚,只听到"拥有"这个词重复了很多遍。他要是让她整个儿再说一遍,肯定会觉得自己是个傻瓜。

他们走进屋内。罗兰牵着她的手,领着她上楼。卧室整洁有序,散发着完美的夏日气息。半下午的阳光从开着的窗户里照进来。窗外的斯陶尔河正处在涨水期。床罩整整齐齐地掀起来,露出下面洗过、熨过的床单。她站在褪色的黄色地毯上,他就在原地脱下她的衣服,引着她躺到床上,分开她的双腿,在充满敬意的沉默中,用舌头为她表演了他们在私人笑话中所说的"序曲一号"。然后他走进卫生间去洗澡。那个地板倾斜的粉红色小房间也完全暴露在阳光之下。他一边脱衬衫,一边看着镜子里的自己。给赫伦先生挖了几个星期的沟,对他的躯干有帮助。他认为,自己看起来棒极了。从一侧射进来的强光更凸显了这种效果。这需要铭刻到记忆中,他想,他感觉有多好,他每一个行动都有一种独特的美妙韵律,好像他在随着交响乐的声音而动一样。《出埃及记》的主题曲[①]。对即将发生的事情,有如此辉煌

---

① 《出埃及记》是美国导演奥托·普雷明格(1905—1986)的史诗级电影,其主题曲由奥地利裔美国作曲家欧内斯特·戈尔德(1921—1999)创作,广受好评。

灿烂的期待。他抬起一条胳膊，让二头肌紧张起来，然后转过身，在镜子里看一眼他的后背肌肉。太棒了。她在卧室里不耐烦地喊他的名字。

他们做了大概有一个小时，但具体时间很难确定。后来，她躺在他胳膊上，喃喃地说："我爱你……"

他眼睛快闭上了，只嘟囔着表示赞同。他的声音很有男人味儿，这让他高兴。他们休息了二十分钟。醒来的时候，他听见她在为他放洗澡水。他在浴缸里躺了很久，欣赏着浓稠的晚霞改变了他身体的白色，将他升级为蜜色皮肤的超人族，他们的智力是永远不能用考试结果来衡量的。

他赤裸着走进卧室，发现自己的衣服和鞋子都不见了。她铺好了床。他那边的枕头旁，放着一套叠好的黄色棉布睡衣。他把睡衣摊开。袖口和衣领上有淡蓝色的绲边。她可不是开玩笑。她很聪明——而且很疯狂。他穿上睡衣。宽松而舒适，只是勃起的位置明显，荒唐得很。为了分神，他走到窗前眺望河水，那河面在夕阳下如同融化的金水。

她正在楼下做虾仁色拉。见他下来，她放下刀，往后退了一步，欣赏着他。"太棒了。我还给你买了另外两套。蓝色和白色。"

"噢，天哪，"他说，"你这是说真的啊。"他走过去吻她。她拉起裙子。里面没穿内裤。一切都计划好了。他们就靠着不结实的厨房操作台干。"干"这个禁忌词实际上是正确的，开始的时候他心里想，而不是"做爱"。他们不说话，也没有温存。两人精力充沛，好像要在某个看不见的人面前炫耀一样。家用的杯子、碟子、茶匙在不锈钢水槽里叮当作响、令人发笑,他们尽量不去听。没什么关系——几分钟就结束了。

现在,他感觉像神一样。她让他打开一瓶酒。他以前没开过酒,但他知道怎么做。她拿下两只杯子。他把第一杯倒满,这时她拦住了他。

"孩子,不能满到边。一半。永远不要超过三分之二。"

她把第一个杯子里的酒,倒了一部分到第二个杯子里,然后递给他。"敬你的新生活。"她说。他们碰了碰杯。

晚饭前,他们弹了一首二重奏,那是他们熟悉的莫扎特的曲子。他几个星期没练习。住的地方没有钢琴。但他摸索着弹完了,直接飞过去了。他毕竟是个神,会飞的神。他们在外面一张摇摇晃晃的木头桌子上吃饭。她给他杯子里续了酒,他跟她说暑假的情况。和父母一起在陆军营地的已婚军官区住了两个星期,营地又大又沉闷,在法灵博斯特尔小镇附近。上尉现在已经是少校,掌管着一个坦克维修厂。他还主持针对违法乱纪的士兵的军事法庭。他母亲对罗兰无微不至,把早餐送到他床上,每天晚上都做烤肉。他父亲晚饭时喝很多酒,一开始高高兴兴,后来就要发脾气。

白天无事可做——"除了想你。"罗兰说。这是把事情说得太轻描淡写了。他本该阅读学校的指定书目——《曼斯菲尔德庄园》《伪币制造者》《威尼斯之死》——但他无法静下心来。他脑子离不开米里亚姆。在漫长的七月下午,眼睛看到标题、手里感受到书的分量,他立即就想睡觉,他也确实睡了。有些晚上,他和母亲一起去陆军电影公司开的电影院。他们看了马龙·白兰度的《叛舰喋血记》。啊,如果在那儿多好,在那个世纪,和米里亚姆一起,远离最近的学校,哪怕是在那艘多事的船上。看完电影,他和母亲挽着胳膊,像伙伴一样,往家里走,她谈到了他的父亲,又说罗兰像"他眼睛里的瞳孔"一样宝贵。另一个晚上,她说少校喝完酒后,有时候会打她。罗兰已经从苏珊那儿听说了,但他没告诉母亲。他一直都无法想象。罗莎琳德柔弱,还不到五英尺三,可五十不到的少校仍然和以前一样强壮。他一拳就能要了她的命。罗兰上寄宿学校那天,苏珊曾劝说罗莎琳德离婚。那天他坐在炎热的公共汽车上在前滩上前进,和父母一起坐在双层巴士的上层,对此事一无所知。但是,那天的记忆已经变了。

他喝到第三杯了,正在无所顾忌地讲话。他已经不在意睡衣的事儿了。薄薄的棉布很适合八月末温暖的夜晚。他在跟米里亚姆讲他在德国期间看到的事情,他已经讲了三遍,大同小异。晚餐结束。他帮母亲把盘子和碟子拿到厨房里。他父亲走了进来,重重地在罗莎琳德背上拍了一下,表扬她晚饭做得好。接着,又拍了一下。那是真的打了,说是表达欢喜,其实根本无法掩盖。

"罗伯特,希望你不要这样做。"这样说,她就很勇敢了。

"哎呀,罗莎。只是表扬你的厨艺嘛。难道不是吗,儿子?"

接着他又做了一遍,一只手重重地拍打在她肩膀上,以至于她的膝盖都弯了下去。

这不是喜爱,但假装喜爱的样子勉强还在,这是简单粗暴的挑衅,却让人根本不知道该说什么。

"我已经跟你说了很多次了。你知道这样拍疼的。"

这时候他脾气就上来了。"我的好心，得到的就他妈的是这样的回报吗？"

在这样的情绪下，他能灵巧地将抑郁和愤怒糅合在一起。这段交流，加快了他从葡萄酒向啤酒加烈酒的转换。罗莎琳德待在厨房里，收拾好之后，她直接去睡觉了。罗兰和父亲一起在客厅里坐着，父亲意识到了空气中的尴尬，说道："没事儿，儿子。没事儿。"他想换个地方，要罗兰跟着一起换个地方，也总是这么说的。

那天晚上，两人在整理床铺时，米里亚姆给了罗兰一个洗漱袋，里面有牙刷和剃须刀。

"我要你在床上的时候不穿衣服。睡衣是白天穿的。"

互相搂着睡觉，和她说的一样，的确是奇妙的感受。起床前他们做了爱。当天上午，她要开车去奥尔德堡，在一家钢琴暑期学校上一天课。她准备出门开车时告诉他，他的工作，就是为她回家做好准备。在迈出大门的那一刻，她又补了一句："工具棚的钥匙在我身上，所以别把这地方掀翻啊。"

今天，他穿的是白色。他在钢琴前坐了一会儿，试图根据爵士乐的标准即兴弹奏。那是她讨厌的音乐。然后他开始自由发挥，几分钟后，他搞出了一段旋律，他自己挺喜欢。他找到一张稿纸，胡乱记了下来，上午的大部分时间，他都在尝试不同的和弦，最后他感到满意了，才把新版本写了下来。他开始有了关于自己的新发现。或者是关于性的新发现？与米里亚姆做爱之后，他的思维就会向外扩张，从她身上转向世界，转向各种宏大计划，他自己在计划中则更加大胆。他的思路是冷静清晰的。接着，慢慢地，过一两个小时，他思维的聚焦逐渐缩小，又回到她身上，变成甜美的接受，随后很快变成自私的饥渴。他只想要她。其他一切都没有意义。节奏就是这样的，向内，向外，像呼吸一样。

于是，在吃早饭的时候，以及她离开之后，他清楚地知道，他们俩在玩一个性游戏，他的东西被她锁起来了，而且他喜欢她这样做。这是件有趣的傻事。羞耻，如果他认识的人发现的话。一周以后他要返回学校，已经无法避免了。箭在弦上，机器已由别人启动。橄榄球季就要开始，他还指望他们让他当后备队的队长，甚至还能进入首发阵容。现在才华横溢的尼尔·诺克已经离开，罗兰就是全校最好的钢琴手，周日晚上的大会肯定要靠他给唱诗班伴奏。开学第一天，他要去见克莱顿老师，进行一次预备谈话。物理老师也要见他。在工具棚里，在他的行李箱中，放着他应该阅读的书籍。不仅有那些没有碰过的小说，还有德莱顿的《一切为了爱情》、拉辛的《费德尔》和歌德的《诗选》。他留意到壁炉边上有根铁拨火棍。把搭扣从工具棚的门上撬下来，应该很容易。还有，他正在写的曲子很有趣，有种甜美而抑郁的味道。需要歌词。说不定披头士会唱这首歌呢。他就发财了。

他走出去。又是一个暖和的日子。如果他在热带地区生活过，那就应该穿成这个样子。想起了一首 D. H. 劳伦斯诗歌的片段，让他心里踏实了一点。三年级的时候，老师要求他们写关于这首诗的作文。而我，在热浪中穿着睡衣。他来到工具棚前，看看搭扣下面有没有地方可以撬开。没他想的那么简单。铁搭扣陷在坚实的硬木之中。他正在找，却听见一墙之隔的邻居、话很多的马丁太太打开了后门。几乎可以肯定,她是要出来晾衣服;绝对可以肯定,她急于和罗兰聊天。她几个星期没见到他了。他穿着睡衣,手里拿根拨火棍,这是要干吗?他快速跑回屋里。这时候他的思维过程开始反转,该呼气了,米里亚姆、她的身体、她疯狂的占有,涌入他的大脑,不过还没那么强烈,目前还没有。

楼上,他能把马丁太太看得清清楚楚。她在那棵维多利亚李子树的树荫下放好帆布椅。一旁的草地上放着两本杂志。他转过脸去。床,笔挺平滑的床单,一头放着他的第三套睡衣,以备他需要,是蓝色的,有绿色的绲边。他不能到前面去。不时有人经过。他被关在房子里了,米里亚姆在三十五英里之外,隔着六七个小时,可现在她就在他眼前,她的声音、她的脸、她的一切。不是她的东西,统统在消退。那潮水,他的潮水,正要奔泻而出。他没法进入工具棚,可那有什么关系?反正那些书他又不会读。没法集中注意力。睡衣是他唯一的衣物,如果能这么说的话。他的钱在被锁起来的牛仔裤里。包含老师、橄榄球、披头士和所有欧洲文学在内的那个世界,他已经无法接触,他也不在乎。那个世界里的一切,他也做不了什么。他要的正在朝他走来,可是太慢了。他只得等。

他回到钢琴旁。他那首复杂的小曲子已经萎缩了。枯燥无趣、缺乏新意、令人难堪。没法去改,因为他整个裆部都疼——几乎令人愉悦——而且他不停地打哈欠。他甚至没法坐好,弹完《二部创意曲》中最简单的部分。他放弃了,转而走进厨房去看冰箱。他要真饿了,倒也能打发不少时间。但他还是逼自己吃点东西。尝试着煎鸡蛋，搞得乱七八糟。清理的事儿，等会儿再说吧。他在客厅里查看着她的书架。作曲家的传记，音乐理论，威尼斯、佛罗伦萨、陶尔米纳、伊斯坦布尔等地的旅游手册，厚重的十九世纪小说，还有很多诗人，太多的诗人了。他正打算拿本书下来，随便什么书，可随后又懒得去翻了。世界上到处都是毫无意义的努力。何况他该读的是德莱顿。

他想，米里亚姆的房子可能是全国少数没有电视的地方。他倒是找到了一个粉红色的小晶体管收音机，正面银色绶带图案上写着"派迪欧"的字样。这时候听卢森堡电台太早了，而且伯纳斯酷一点的同学都不听这个电台。只播放赞助表演的大唱片公司发行的歌曲。真正有思想的人，该听卡罗琳电台，是从一艘船上广播的，停泊的地方离这儿不远，就在奥威尔河、斯陶尔河和北海交汇处之外。船停泊的地方，刚好在三英里海域线[1]外面，主持人都是造反派、叛徒，当局慌了——这个国家的一部分年轻人组织起来了，而且就在他们的控制范围之外。电台这期节目都是赫理斯合唱团的，他听了一会儿，果然起到了分神的作用。他躺在沙发上，收音机紧贴着耳朵，因为电池快没了。流行音乐中的密集三部和声，让他很感兴趣。如果有精力，他也许能给他们写点什么。他现在就可以到钢琴那儿去。但他没有动，后来收音机里开始播放克里夫·理查德[2]。学校里头脑正常的孩子，都无法

---

[1] 传统上认为距海岸线三英里内的海域为一个国家的领海，1982年《联合国海洋法公约》后，此惯例已废弃。
[2] 克里夫·理查德（1940—　），英国歌手，其专辑《动起来》(Move It) 被认为是第一首现代摇滚。

忍受他《动起来》之后的任何歌曲。他"啪"地关了收音机,慢慢进入了浅睡之中。

炎热的下午迷迷糊糊地过去。等他上楼,马丁太太还在看她第一本杂志。她身边多了个矮桌,桌上有一壶茶。回到厨房,他吃了一块半磅的切达干酪。他懒得去搞面包。要追踪一只嗡嗡叫的苍蝇。最后,他用干酪包装纸将苍蝇按死在窗户上。他回到钢琴旁,试图即兴弹奏,但很快因为自己的局限而烦躁起来。他的古典音乐训练成了负担。他躺到沙发上,心里想,只要一两分钟,就能给自己一个高潮——他想到的词是"捐赠"——然后就不用总想着了。可他要等米里亚姆,他不想释放。也许他不会被发现?想到这里,他走上楼,在卫生间镜子里盯着自己看。他是谁?后备队的队长?穿着睡衣关在家里的可怜的低能儿?他不知道。

十五岁少年的无聊精致微妙,堪比葡萄牙工匠的金丝饰品,或者卡里基尼蜘蛛的螺旋形球网。花功夫、讲技巧、无活力,像简·奥斯丁笔下那些女人的刺绣,她们不能做别的事情,于是认为那就是工作。他缓慢小心地清理了煎鸡蛋周围的污渍。厨房墙上的钟也和他一起停止了存在。他躺在沙发上,面对自己的生命时光不知所措,除了渴望她,没别的事可做。到了六点半,他听见了她汽车的声音,看见她沿着花园小道走上来。忙了一天,她一阵风一样进了屋,轻轻抱住他,深深地吻他,他身后的时光顿时崩塌,成了一个遗忘的小点渐去渐远。上楼的时候,她问他今天有没有不高兴,他对她说:"没有,没有,我很好。非常好。"

三天过去了,像第一天那么多个小时一样,一种聪明的折磨，不留下任何伤痕。在深深的兴奋状态下，他早上与她吻别，然后用一天去重新发现等待的甜蜜痛苦。热浪消退，冷风从东边吹来，然后是连绵的雨。她已把他的睡衣洗好、熨好。一天，她去了贝里圣埃德蒙兹，参加一位老朋友的合唱曲的首演。另外两天，她在暑期学校。晚上，她一回来他们就做爱，然后才做晚饭吃晚饭。

他生日前三天，安排了庆祝晚餐。她解释说，他十六岁当天，她要工作到很晚。她回来得比平常早。两人欢聚之后，他躺在浴缸里，她则在厨房里忙着。他必须待在楼上，等她喊他下楼。他穿上刚熨烫过的睡衣，又是那套白色的，坐在床边等着她的召唤。他思路清晰，令人愉悦。学校马上要开学了。他计划晚上到六年级的图书室，利用开学第一个星期把指定书目读完。他读书快，还会做笔记。克莱顿先生教过他们，如何"挖出一本书的内脏"。罗兰认为，唯一需要的就是集中精力。

她在楼梯上柔声喊他的名字，好像在问一个问题，他便立即下了楼。桌上铺着桌布，放着两根点亮的蜡烛，一个冰桶里放着香槟，还有他最喜欢的烤羊肉。他们坐下来，碰了碰杯。她穿着一件红色的低领裙子，似乎一时兴起，头上还戴了一朵红玫瑰，那是她花园里夏天剩下的最后一批玫瑰。她比以往什么时候都更加漂亮。他没告诉她，他以前没喝过香槟。像柠檬汁，就是味道更重一些。她把礼物递给他，是一个厚厚的褐色信封，用白色绸带系着。她又一次举起杯子，他也拿过杯子。

"在你打开之前，要记住，你将永远属于我。"

他点点头，喝了一大口酒。

"小口喝。不是气泡水。"

那是一沓纸,用别针夹着。最上面是两张去爱丁堡的火车票,快车,头等座。后天。他疑惑不解地看着她。

她低声说:"继续。"

第二张纸是一封信,确认她已经成功预订了皇家大道酒店的套房。生日前的那个晚上,他们要住那里。

"太棒了。"他喃喃地说。下一页让他困惑。他读得太快了,看到的是某种官方表格,都已经填好了。最上方有个蓝色的纹章图案。他看到了自己的名字,全部大写,还有她的。然后是某个登记处的地址。

"结婚?"这事儿荒诞得难以置信,以至于他开始笑起来。

"亲爱的,是不是很让人激动啊。"她给他杯子里续酒,认真地看着他,脸上挂着甜美的微笑。她的眼睛又大又亮。

荒诞感消退。现在是恐惧,有种天旋地转的感觉。接下来他需要力量,可他不确定自己有没有。也不确定自己想不想要。但他需要力量。一小时前,他们一直在做爱。刚才他躺在浴缸里,还吹着他的披头士歌曲,自以为能够完善这首歌,在大脑里似乎听到了更好的旋律。米里亚姆之外的天地,"被挖出内脏的"图书的世界。但是,现在他又到了边境上,正慢慢飘回她的世界。毕竟,现在是晚上七点半,他还穿着睡衣。他又看看那张表格。一辈子只做爱,其他什么也不做。这极不容易,不过对他来说,还剩下一些越来越小的清晰光源,一种更开阔的现实感。当她的丈夫,进入……他父母的状态!疯狂。他要马上抵制,以免说服自己相信,疯狂也是一种大胆的冒险。也许是吧。这很不容易,但那位后备队的队长最终还是开了口。话说得吞吞吐吐，但说话的是队长。

"可是，我们还没有……我们都还没有谈过呢。"

她仍然微笑着。"你要谈什么呢？"

"这是不是我们俩都想要的。"

她摇着头。她的自信让他害怕。也许他错了。"罗兰，我们没有那样的安排。"

她等着他说话，见他没说，她又说道："我知道什么对你最好。我已经决定了。"

他能感到自己在退缩。他不想显得忘恩负义，也不想破坏这一场合。有可能为了礼貌，而把自己的生活扔掉吗？他必须马上就说出来，要快。"我不想要。"

"什么？"

"太快了。"

"为了什么呢？"

"过几天我十六。"

"所以我们才去苏格兰啊。是合法的。"

"我不想要。我不能。"

她把椅子推开，绕到桌子这边，站在一旁俯身对着他。她的胸部离他的脸很近。"我想，让你做什么，你就会做什么。"

这声音，他第一次上钢琴课就知道了。但这可能是他们玩的一个游戏。哪怕他微微一点头，他们立即就会上楼，他现在多么渴望上楼啊，尽管他知道那可能会毁了他。一旦他们上了床，说什么他都会同意。事后，等头脑清醒，他就会后悔，到那时候就太迟了。他必须坚持。关键是不能待在她下方。她离得这么近,他没法思考,这一点她很清楚。站起身而不碰到她,是很尴尬的。他走到房间另一边,这样,他在上面躺了几天的沙发,就隔在两人中间,也许能保护他呢。

她认真地注视着他。"罗兰,你认为我们这一切都是什么呢?"

"我们爱着对方。"

"那么爱是什么意思?爱接下来是什么?"

他仍然相信,任何时候她提个问题,他就有义务回答。

他说:"接下来什么也没有。"他有了个聪明的想法,从什么地方看来的,隐约还记得。"爱是 Ding an sich,物自体。"

她凄然一笑,摇了摇头,一边纠正他:"不,不是的,亲爱的。爱是承诺,对双方的承诺,对未来的承诺,一辈子的承诺。这才是爱。"

"那倒不一定。"这话很无力,但要收回来,已经来不及了。

她朝他走来,脸上隐约带着笑意。他没有地方可退了。她一边走近,一边说道:"过来。我们不应该争论。我想要吻你。"

他朝前迈出一步,两人开始接吻。同时,她隔着薄薄的白色棉布抚摸他。本来,她的手一碰,就会感觉到他立即硬起来。可他跑开了,从她身边粗暴地挤过去,站到了餐桌旁。烤羊肉没人动,快冷了。

她用手指着他。"你看看你。这是什么意思?"

"意思是,我爱你,但我不想结婚。"这个回答他自己很满意。

他们都沉默了。她的表情没有变,但根据经验,他知道接下来要发生什么事情,他最好提前做好准备。和以前一样,她总会出人意料。她从一把扶手椅上拿起她背到奥尔德堡的那个书包,弯着腰在乐谱里乱翻。等她直起身子,他看到她满脸通红。让他惊骇的是,他还看到她眼里有泪水。但是,她的声音却平稳而清晰。

"那好吧。太遗憾了。你在这儿拥有过的,你下半辈子将会一直去寻找。这是预言,不是诅咒。因为我没有希望它发生在你身上。爱不过是偶然和好运。你十一岁的时候,碰巧遇到了对的人。你太小了,还不知道,但我知道。我本来还想等一等,但你来了,为什么来,原因很明显。我应该让你走开,但我想要你,和你想要我一样。我们俩的事,我都计划好了。肯定会让你激动的。现在既然你退出,那就只能抱歉了。出去吧。拿上你的东西离开,永远不要回来。"

她把花园工具棚的钥匙扔在他脚下。等他开始抗议,她提高了嗓门,声音比以往都大,但还算不上喊叫。"你听见我说的话了吗?出去!"

如果她指责他,只要她声音里还有怒意,他就不会有欲望,这一点很有用。他捡起钥匙,出于朦胧的体面或感激,又从桌子上拿起生日礼物,包括信封和那些纸张。他没朝她那边看,便转身走过厨房。外面勉强还有些光亮,雨还在下个不停。他光着脚走过水汪汪的草坪,来到工具棚门前。他需要双手才能拧动钥匙。行李箱没有锁,之前穿过的衣服放在最上面。他在工具棚门口匆忙穿好衣服。现金,他那宝贵的一沓纸,还在屁股口袋里。

他把睡衣揉成一团，扔到了外面的草坪上。分手留念。睡衣明天早上肯定全湿透了。她要避开马丁太太的目光，把睡衣拿到屋里去，那时候她肯定会感到遗憾。他把信封放进箱子，关好，然后抬起箱子的一头，把箱子拖过草坪，从房子的侧面绕到前面的草坪，然后出了大门。在英国道路服务处托运的时候，他知道行李箱的重量大约是五十磅，他能扛起来，不过箱子太大，扛得别扭。他沿着这条路朝酒吧走去。路的边上有草坪，箱子在上面能轻松滑动。酒吧的停车场旁有个电话亭，可他没有零钱，只有一英镑的纸币。他走进大堂，点了半品脱的苦啤酒。香烟的烟雾、其他人的肺里呼出来的废气，在潮湿的空气中令人窒息，所以他很高兴从酒吧里出来。

霍尔布鲁克村只有一位出租车司机。和司机通过话之后，他带着行李箱到路边等着。雨还在下，但他不在乎——他在室内待得太久了。他不时顺着那条路朝小屋那边望。他开始感到一丝后悔。如果她出来找他，又能说服他，他也许会跟她回家，碰碰运气。但是，看来天气不好，大家晚上都待在家里。过了十分钟，出租车到了。

他让司机送他到伊普斯维奇火车站。他帮司机把箱子扛到后座上，其实他没有计划，不知道该上哪儿。不过，等他们下了山坡，经过弗雷斯顿的水塔，沿着黑暗的前滩前进时，他就有了主意。把换洗衣服和书装进一个手提袋里，把箱子放到行李寄存处，住进车站宾馆。看起来破旧而便宜。他就在里面待着，读完指定的书，开学第一天胸有成竹去上六年级。可是，等他站在人行道上，看着出租车开走，这个计划就破灭了。一列来自伦敦的火车刚刚进站,人们从他身旁挤过,主干道上车特别多,什么地方还在播放刺耳的流行音乐。他从这熙来攘往的人群中获得了力量。他又回到了现实世界。他需要怎么做,一清二楚。上次她把他赶出去,几天之后就让他回去了。一张仓促写出的便条,一个没有解释的召唤,让一个长得像老鼠一样的小男孩送来,他的真名其实叫做迈克尔·米克①。第二天,罗兰就骑上他的自行车,疯狂地踩到她的小屋,送上门去与她吃午饭。同样的事情会再次发生,她会来索取他。而他永远无法拒绝她。要摆脱,只有一条路。

他必须快速行动,以免自己改变主意。一位年龄与他相仿的好心男孩,帮他把行李箱抬到了售票室。他的要求很自豪——一张成人全价票,单程。一名搬运工用推车把他的行李送到警卫车厢。罗兰给了他两先令六便士的小费。很可能太多了,但这是他的新生活,由他自己掌控的生活。趁火车出发前,他买了一份报纸。去伦敦的途中,他读到福斯公路桥正在准备举行盛大的通车仪式,就在爱丁堡,那个他刚刚逃离的城市。他进城太迟,来不及赶下一趟车。他在利物浦街火车站附近找了家旅店,比伊普斯维奇那家更加脏乱。这是他第一次登记入住酒店。那种感觉让他确信他做了正确的事情。第二天上午,在坐出租车穿越城市前往滑铁卢车站之前,他给姐姐打了电话。

她在法恩伯勒车站的站台上接他。她的车和米里亚姆的车是同一个型号,所以他知道怎么把行李塞进去。他改变计划,她并

---

① 英文名"米克"(Meek)有"腼腆、温顺"的意思。

不觉得意外。用罗兰的话说——同她和他们的兄弟亨利一样，同他们的父母和父母的父母一样，他会从政府要求的最低教育程度中获益。他受够了教室和课表。她把车停在他以前工作的地方外面，他步行四分之一英里，到了赫伦先生正在监督挖沟的地方。他靴子和外套上有泥巴，脸上有汗，显然缺乏人手。工头似乎缩小了。罗兰无所畏惧。他要求支付欠他的工资，还提出继续在此工作，是提出，而不是请求。等对方表示同意，罗兰开出了条件。与那些烟不离手的四十岁的家伙相比，他干得更快、更卖力。必须支付他全额成人工资，否则他就到别的地方去。赫伦先生转身走开时，耸了耸肩膀，表示同意。

  罗兰和苏珊从车上卸下行李，抬到他楼上的卧室。然后他们喝了杯茶，说好每周支付四英镑，作为他的生活费。周末，天气又好了起来，他帮姐姐收拾花园。她点燃一堆篝火，罗兰回到屋子里拿出他的书。加缪、歌德、拉辛、奥斯丁、托马斯·曼等等。他一本一本扔进火焰之中。如果《一切为了爱情》烧得真的比其他书快，那倒会让人感到满意。但所有的书烧起来都烈火熊熊，没什么区别。他写信把自己的决定告诉了父母，向他们保证他现在挣的钱不少。接下来那个星期，学校寄来了忧心忡忡的书信，是克莱顿先生和布拉姆里先生写的。一天后，克莱尔先生的信到了，敦促他回去，继续"跟着康奈尔老师上极其重要的钢琴课。你有惊人的才华。罗兰，你的才华可以在此得到培育——而且免费！"，他都没理会。他已经在忙着加班，挣一点五倍的工资，而且他在奥尔德肖特一家酒吧里遇到了一位长相可爱、性格甜美的意大利女孩，名叫弗朗西斯卡。

8

1995年年中,罗兰经济拮据,虽然还谈不上贫穷。阿丽莎把儿童福利金转了过来,之前创作《旅程》期间,她是靠这个维持生计的。经过活动家们的奋力争取,政府每周发放七点二五英镑的补贴,无论贫富,所有母亲均可领取。现在,这笔钱从她的伦敦银行,转到她的德国银行,然后又转到他的伦敦银行。她每月增加体面的二百五十英镑,算作劳伦斯的抚养费。她让吕迪格带话说,如果罗兰想要,她还可以多寄一些。他不想要。吃喝都够了,衣服和学校的学生外出活动费也勉强够了。房屋维修、出国度假、汽车、临时的礼物、钢琴调音,都只能不考虑。银行透支额已逼近四千英镑。他没法到社会福利部门去办理复杂的退税手续,和其他乞求者一样,无精打采地坐在用螺栓固定在地板上的铁板凳上。两年来他和劳伦斯过得挺好,其他的就按照最新的低税率缴税。全家的日子靠罗兰拼凑早年从事过的各种行当。他写一点稿子,每周教七个小时的网球,在梅菲尔区一家高级小餐馆里弹奏午餐音乐。他和劳伦斯赖以生活的收入,刚刚超过全国平均线,怎么能说他穷呢?因为贫穷不是个绝对值,他在什么地方读到过,贫穷是个相对概念,而他的朋友们大多都是大学毕业生,在科学、电视和出版行业里都做得很好。有一对夫妻热诚地相信未来必将是数字化的,他们在菲茨罗维亚区开了一家因特网休闲吧,日子过得红红火火。

他喜欢最近流行的一个词语,还用它来自我安慰。社会资本。他很快要结婚了,还能抱怨什么呢?还有个可爱有趣的孩子,有朋友、音乐、书籍和健康,儿子没有天花和小儿麻痹症的风险,也没有萨拉热窝周边山区隐藏的狙击手的威胁。但是,他倒宁愿在社会资本上再加上资本,如果说他的生活安全,那也太安全了。这些日子,他很少离开伦敦。他这代人,看看别人都在干什么。他没有离家去宣传萨拉热窝围城及其残暴行径,不像胆大的苏珊·桑塔格,她径直跑到了萨拉热窝城里,在国家剧院导演了《等待戈多》。

他和达芙妮决定把两家合并起来。四个孩子都很高兴。彼得在伯恩茅斯,和他那位新朋友住在一幢墙面脱落的海边公寓楼里。他不介意罗兰和他丢下的女人住到一起。罗兰怀疑彼得有时候打过达芙妮,但她不愿意谈这件事。后来他才知道,彼得和达芙妮因为年轻时反抗传统,其实并没有真正结婚。无论以前发生过什么,分手的怨恨现在已经差不多消退了。这颗子弹,罗兰和阿丽莎倒算是躲过去了。他已经签署了由阿丽莎出钱聘请的德国和英国律师提供的文件。现在,和达芙妮一起,计划很清晰。找一幢有花园的更大的房子,让劳伦斯和他最好的朋友杰罗德,还有格丽塔和南希这两个女孩,可以开开心心、自由玩耍。罗兰指望着达芙妮天才般的组织能力。他们一直是相互吐露心事的密友,现在是爱人。一开始关系非常好,后来有点波折,现在又好了。至少还可以吧。他终于明白,格尔吉营地的沙包壁垒之外没有什么解放，最好的性高潮之后，没有更好的在等着他。

再过三年多一点儿，他将迎来五十岁生日。他的网球客户大多是三十多岁的人，打得像模像样，一心只想"过瘾"。在球场待久了之后，他发现屁股周围隐隐作痛，右手的手肘会抽痛，像被电了一样。他检查了心脏——心律有些不齐，但不算糟糕。在医生的建议下，他听凭一个摄像设备在他的结肠里走了一圈，寻找息肉。过程令人难堪，但其中一种药，芬太尼，让他尝到了旧日的味道。人生第一次严肃地考虑自己的健康，身体状况必然会下降，这让他更加确信，是时候安排一种不同的生活了。太迟了，没法去管萨拉热窝了。他脑子里想到的未来，是可靠、安全、友好、有序的，经过多次耽搁和拒斥，他终于要走向那样的未来了。

距离他们兴奋地做出上述计划，已经过去了几个月。但是，达芙妮每周工作五十小时，还要养三个孩子。她的居家学生们来来往往、更换频繁。公共住房存量已经大幅减少。伦敦对经济出租房的需求暴增，让她中等规模的住房协会不堪重负。罗兰一天的时间全部分散了，而且三点半之前还要准时出现在学校大门口。六个月内，他们看了七个地方，要么脏，要么贵，要么又脏又贵。目前，他们住在克拉珀姆的两幢小房子里。

"庆歌"卡片公司并没有倒闭，而是被卖给了一家更大的主流公司，收购的价格罗兰不得而知。欠他的钱就快到了，四年来，含糊其辞的奥利弗·摩根一直对他说。正在处理一些法律和财务问题。他不要担心——他的份额一直在增值呢。罗兰那些循环利用的生日祝福和吊唁诗歌，正由一家据说比贺曼还大的公司在各地销售。很久以前，学校指定阅读乔治·杜阿梅尔的小说 Le notaire du Havre①，他只读了几页，但足以知道个大概。一个生活艰难的人家等着继承一大笔遗产。财富总是马上就到。但希望逐渐破灭，慢慢毁了那些穷人。那笔钱一直没到。也许到了。他没读下去，不知道结果。那是个该让人警醒的故事。

他能够连续几个星期都不想这个问题。他太忙了，而且他觉得自己比勒阿弗尔那家人更有弹性。然而，半夜醒来，他在失眠中沉思之时，偶尔会去追问原因。那他就会听到最近一次谈话中摩根那令人宽慰的声音。罗兰，耐心一点。相信我。他在黑暗中仰面躺着，脑海里上演着各种戏剧——编剧和导演都是别人。他无法负责去伦敦东区雇用打手，把奥利弗·摩根从车里拉出来，带到伊普斯维奇一家废弃的培根厂。不久，他和疯狂卡片公司的其他高管一起，被赤身露体地吊起来，头下脚上，脚脖子被传送带上的链子绑着，送到一个巨型鼓风炉的大铁门前。他们一到，那大铁门便滑开，里面蹿起熊熊大火，白色的火焰有二十英尺高。被绑住的人在铁链上扭动，像猪一样尖声求饶。巧的是，好像奥利弗是第一个要进去的。该罗兰介入了，停下传送带。他凑到奥利弗倒置的耳边说话。这是有条件的。多么轻松多么迅速，钱已经到了他手里。但是，这时候被子太热了，心脏怦怦乱跳，他根本没法睡觉。

就在一开始的那些日子里，在两位老朋友变成情人的时候，达芙妮解释了她的家庭秩序观。现代家庭的中心不再是客厅、休

---

① 法语，《勒阿弗尔的公证人》，杜阿梅尔 1933 年的作品。

息室或男性家长的书房,而是厨房,而厨房的心脏则是餐桌。孩子们正是在这里学习基本礼貌,包括交谈的隐含规则,以及如何与人相处。也是在这里,他们从有规律的饮食中吸收了影响其一生的重要节奏和礼仪,并在帮忙收拾的过程中潜移默化地履行人生最初的简单责任。在这里,我们拆阅邮件;在这里,主人准备晚餐,而朋友们则围坐在桌旁,边喝边聊。可他的餐桌呢,她指出,朋友们只能挤在餐桌一头,因为另一边堆满了乱七八糟的东西,跟小山一样,几乎占据了所有空间。那下面其实是一张很好的旧杉木桌。清理一下,会给整个房子带来立竿见影的效果。花了他一个周末。小山里面的大部分东西,他都扔进了垃圾桶,其他的分别放在房子各个地方。她错了,这对其他房间并没有效果,不过厨房却有了根本的改善。作为刚刚改正过来的新手,罗兰尽量不堆积东西。结果餐桌变得跟壁炉差不多。连劳伦斯都注意到了。

1995年全年,各种朋友在这张餐桌周围聚集。如果挤一挤,桌子能坐下十个人。达芙妮如果不是很迟下班,九点半之前会赶过来。她的女儿们住罗兰那个空余的房间,杰罗德和劳伦斯挤一起。罗兰烹饪技巧有限,也无意学习。只有一道菜:羊排、烤土豆、蔬菜色拉。要喂饱十个人,他需要四十块羊排。这对他的透支没什么影响。酒由客人们准备。他们形成了一个人员流动、成分复杂的小组。很多在公共部门上班——教师、公务员,还有一名全科医生。乔·科平格和索菲亚一起来,就是他马上要娶的那位医生。还有一名大提琴制作师、一位独立书店的老板、一名建筑商和一名职业桥牌选手。平均年龄在四十五岁上下。大多都有孩子，没有富人，不过其他人挣的都比罗兰多。多数背着沉重的按揭，很多结过两次婚，家庭关系复杂，周末安排混乱。几乎所有人都接受过公立学校的教育。民族和种族构成比较多样化。两位中学老师是第三代加勒比移民。桥牌选手有日本血统。偶尔有美国人、法国人和德国人来一下。有两位，即罗兰的前女友米莱伊和卡罗尔，是带着丈夫来的，其中一人来自巴西。有些人是罗兰通过打网球认识的。这儿的聚会与其他人家举行的其他聚会交叉，他们的食物更加复杂。无论哪次聚会，几乎一半人都是相互认识的。

他们都还算年轻，能把衰老这个话题当作笑话。令人感到矛盾的是，他们发现自己比高级警察、家庭医生、孩子的班主任年纪更大——现在呢，连反对党的领袖都比他们小。一个相关的新话题是照顾年长的父母。他们都是成年的孩子，在目前这个生命阶段，他们的父母已开始弯腰驼背、瘦小枯干。活动能力降低，思维能力时有时无，像短波频道的电台，小病痛如同涓涓溪流，慢慢汇成深河——这个话题包罗万象，倒也不乏滑稽可笑之处。对于因为误解而导致的喜剧场景，他们还能付之一笑，比如某位表达不清的父亲或母亲，来到一个繁忙的大家庭里居住，房子太小，孩子们太闹，每周的时间安排太复杂，或者大家不在家的时候，老人把一家人的晚餐全喂了猫。

谈话还包括将父母从家里搬到养老机构的过程，以及其间的内疚和伤感。一位朋友说，她讨厌她母亲，几乎和她母亲讨厌她的程度相当。但是，当她不得不"把我母亲弄走"时，那心情还是让她自己吓了一跳。这是个有关死亡的话题，因此永远谈不完。他们展望着并不遥远的五十岁生日，心里明白其实谈论的是他们自己未来的衰老。有些已经在考虑膝盖和白内障手术，或者开始忘记某个熟悉的名字。对老人和善友好，有充足的自私的理由。

除了这些，气氛还是很乐观的，尽管二十五年以后很难回想起来。政治上讲，大多持中间略偏左的立场。这里没有革命派。大家的想法都差不多。柏林墙倒塌当晚的预测，大多已成现实。德国统一了，苏联消失了。其东欧帝国中，八个已经加入欧盟，还有几个即将加入。军费开支减少了，不过核武器还在。学术界的共识是，民主国家从不入侵其他国家——大家经常援引这一观点。经过数个世纪的战争、破坏和酷刑，欧洲终于迎来了永久的和平。先是七十年代的西班牙和葡萄牙，现在是其他国家，纷纷由专制变为开放，繁荣指日可待。白宫里有了一位民主党。比尔·克林顿正在实施温和的福利改革和儿童健康保险。他的政府看来能实现预算盈余——连任很有希望。

近期的改选结果显示，美国总统的英国同僚、新任工党领袖托尼·布莱尔将胜出，把麻烦缠身的保守党首相约翰·梅杰领导的缺乏活力、争吵不休的政府赶下台。餐桌周围的客人当中，有些与各种研究政策的工党团体有关联。保守党已执政十六年。工党必须拿出能再度当选的方针。在罗兰的餐桌周围，在其他人家中，他们以不同方式分析、支持"第三条道路"。平等永远无法达到，且与自由互不相容，因此要代之以社会公正——即机会的平等。以前的工党目标——核心产业国家化——已被抛弃，没人当回事了。英格兰银行要独立，要去政治化。"严厉打击犯罪,严厉打击犯罪之根源"——任何选民,无论左右,都没法跟这样的口号争辩。教育和健康将成为核心议题。人权要写入英国法律。最低工资。为所有四岁儿童提供免费的托幼机构。合理规范的资本主义所带来的创造性能量,将为这些项目提供驱动力和资金。固定任期的议会。北爱尔兰实现和平。成立威尔士国民议会。终身学习。基于因特网的全国学习系统。在乡村随意漫游的权利①。签署《欧洲社会宪章》。《信息自由法》。这一切在不远的将来都可实现。夜晚漫长,情绪高涨。凌晨两点,一位朋友起身离开时说,"不仅理性。而且感觉那么干净。"

  有时候也会出现意见不一致的情况。一部分人受到社会学家安东尼·吉登斯的影响,坚持认为商业、市场永远不可能推进社会公正,除非对金融业进行净化,迫使其担负社会责任。一些人认为那是乌托邦。另一些人认为那是小题大做。一天晚上,开始的时候,为了离烤羊排近一些,罗兰坐在桌子一头,但他并未参与谈话。头天晚上他没怎么睡觉,购物、打扫卫生、做饭也很累人。现在坐下来,在一旁看着大家你来我往的交谈,让人感到欣慰。当天早些时候,他读了一首济慈的诗歌:《心灵女神颂》,前岳母很早就催他读。他虽然疲惫,那首诗却让他内心感到平静。

  餐桌讨论的话题集中到一件事情上——设立任务目标。每个人都赞同。一个政策小组刚刚完成了一份报告。如果工党上台,要通过设定明确清晰的政策结果,让公共部门更加高效、更加人性化。对失败的担心,能激发更好的表现。完成任务目标,则

---

① 个人可在乡野随意漫游,无论公地私地,欧洲多国均有此传统,但英国2000年才有相关法律保障这一权利。

能提振士气。公众的关切能得到满足。应当定为目标且要增加的,包括:阑尾切除和乳房筛查,实习机会,少数族裔人群到访国家公园的频次,家境困难的孩子就读大学的比例,七岁、十岁和十四岁人口的识字率,已破案件数量,受审和判刑的强奸犯数量,重新就业者人数等等。应当定为目标且要减少的,包括:无家可归者、自杀者、精神分裂症患者数量,空气污染,突发事件和紧急状况的等待时间,独居老人,婴儿死亡率和儿童贫困率,学校班级规模,街头打劫,交通事故等等。清晰的努力方向。成功和失败都将以透明的名义,向公众公开,交由公众评判。

罗兰走了神——感觉是向上走——进入一种超然事外的满足状态。他低头看着餐桌。都是善良而认真的人。聪明、努力,致力于社会公正。如果享有特殊待遇,他们一定会与他人共享。在当时的心情之下,他觉得世界上都是这样的人。一切都好。他记得自己在劳伦斯那么大的时候,看着两辆救护车把车祸中的伤者带走,差点儿无法忍住高兴的眼泪,因为他发现:人们心地多么善良啊,事情组织得多么好、多么有体面啊。父亲表现英勇。这个发现很清晰,当时如此,现在也如此。一切问题都是可以解决的。哪怕是杀气腾腾的巴尔干半岛,哪怕是北爱尔兰。罗兰的思绪飘得更远了。他处在不真实的、多愁善感的状态之中。用他的话说,容易动情。好像有人在他的酒里偷偷放了精神药物。现在,随着周围的声音渐渐提高,他的思绪更加遥远,进入了一种特殊的状态——就算努力解释,也是无望的——连存在本身都让他感到喜悦。多好的运气啊,能活着,能思考体会,虽然这种资产绝不会进入社会资本档案中的评分栏目。他想到了《心灵女神颂》中一句诗："思索的大脑，如同缀满鲜花的花架"。这是所有人的特权，也是罗兰继承的财产——没有现金，却有一个思索的大脑。一个容易动情的大脑。繁杂精致，如同玫瑰盛开的花架。

这时候，他从那特殊状态中走出来，往杯子里倒满酒，加入了大家的谈话，不幸的是，谈话的劲头已经过去了。玫瑰上缠了荆棘。大家正在首相约翰·梅杰的痛苦中没心没肺地找乐子，这个体面人夹在两股势力之间，受尽了委屈。一边是议会里那帮右翼的怪物，一心想实现让英国脱离欧洲的疯狂计划；另一边是来自党内各个派系、各个部门的那帮小错不断的家伙，到处丢人现眼、惹人耻笑，而他们的首相——用媒体的话来说——刚刚强迫全国接受了贞洁家庭道德观的冰冷祝福。

*

几个月后，九月的一个星期六下午，他十岁生日后的第三天，劳伦斯坐在同一张清理干净的餐桌上，摆放报纸、剪刀、浆糊以及他要求作为生日礼物的那本对开剪贴簿。达芙妮在上班。她的孩子们去了伯恩茅斯，在父亲那儿，与二十四岁的安吉拉第一次见面。罗兰坐在劳伦斯对面。近来，他们单独相处的时间少了。在某些情绪状态下，罗兰如果仔细看儿子的脸，看到的只是阿丽莎，并感到旧时的爱的骚动，或者说是关于爱的飘渺的记忆。他几乎能回忆起爱她的感觉。那苍白的脸色，大而黑的眼睛，笔挺的鼻梁，还有开口说话前眼睛瞟向一边的习惯。其余的，都属于劳伦斯自己，在利伯瑠那个偷偷摸摸的夜晚父母双方所做贡献的基础上发育而成。他的脑袋特别大,似乎脆弱的肩膀不堪承受——表示非常同意时,好像他不是在点头,而是那颗脑袋难以平衡、摇摇欲坠。嘴唇是经典的丘比特之弓的形状。达芙妮说,有一天亲吻那个男孩的人,会快乐得死掉。再说那颗脑袋,里面早已装满了各种想法,很多都没有说出来。所以,当劳伦斯从一旁轻轻走上来,拉住罗兰的手,吐露一个经过了长期思索、反复权衡的心思时,罗兰感到欣慰而高兴。

五年前,他和劳伦斯去过朋友们的乡村小屋。朋友的女儿雪莉五岁,和劳伦斯同年。还有其他孩子。大家鼓励两个最小的孩子一起玩,大人们反复说,他们两人太般配了。在骑小马的短途旅行中,他们被安排坐在一起,车夫让他们轮流握着缰绳。晚上,他们用同一个浴缸,又睡在同一个房间。凌晨三点刚过,有人在罗兰的肩膀上轻轻一拍,将他唤醒。劳伦斯就站在一旁,身体的侧影映在被月光照亮的墙上。

"宝贝儿,你睡不着?"

"嗯。"

"怎么啦?"

那严肃的脑袋向前一倾,对着地板说道,"我觉得雪莉这个女孩不适合我。"

"那没有关系啊。你不是一定非得娶她。"

沉默了一会儿。"噢……那好。"

等罗兰把他抱回到床上,他已经睡着了。

第二天晚上,大人小孩都站在花园里,看月亮从橡树和梣树后面升起。当月亮羞怯地从最高的枝桠后面探出脑袋,一心想要交谈的劳伦斯拉住主人的胳膊，发布了那个后来成为家庭传说的庄重宣言。

"知道吗，我们国家也有一个月亮。"

几个月来每日期待的十岁生日，对劳伦斯有重要意义。年龄终于到了两位数，但还不仅如此。几乎有点像成年。厨房里到处是男孩子的礼物。达芙妮和家人送的，旱冰鞋和街头冰球杆。还有他自己要求的成人初学者数学入门、两卷本成人百科全书和那本剪贴簿。前一段时间，劳伦斯又问了很多关于他母亲的问题，于是罗兰给他看了一个文件夹，里面是这么多年来吕迪格寄来的媒体剪报。也许不应该给他看。但男孩有强烈的自豪感。他盯着她的那些照片看了很久。她的名声让他钦佩。

"她和……绿洲乐队一样出名吗？"

"不。写书的没那么出名。但还是很出名，而且更加重要。"

"是你这么想的吧。"

"是的。但你说得对，很多人会不同意。"

他思考着，那沉重的脑袋从一边晃到另一边。"我想，你说得对。更加重要。"随后又是那个熟悉的问题。"她为什么不来看我？"

"你可以写信给她。我不知道她住在哪儿，但我认识一个知道的人。"

"我想 Oma 知道她住哪儿。"

"也许。"

他利用放学后晚上的时间断断续续给她写信，用那大大的圆花体笔迹写了整整十页。他描述了学校、朋友、房子、卧室以及他最近到萨福克海边度假的情况。最后,他说他爱她,然后又加了一条亲密的个人秘密,说他也爱数学。罗兰知道,简不会把这封信转出去。他在信封上写上"persönlich"①,加上几句说明的话,寄给了吕迪格。两个月过去了——杳无音信。罗兰不觉得意外。自从在柏林见面之后,他给她写了三次信,鼓励她与劳伦斯联系,但都没有收到回复。吕迪格到伦敦时,他们谈过。他们在他酒店的酒吧里见了面,在格林公园附近。出版商表示同情和理解,但他知道,试图介入作者的私人生活,那代价就不仅仅是他的职业生涯了。"她不愿意谈论这事儿。"

但劳伦斯毫不气馁。他决意编纂"阿丽莎·艾伯哈特之书"——剪贴簿上用金色蜡笔写着这样的标题。他解释说,文章要按照时间顺序排列,先英语后德语。剪刀、浆糊瓶、记号笔、一块湿布,并排放在桌上。他翻着文件夹,找到了一篇《旅程》的英文书评。那是个通栏,他绕着四周把文章剪下来,贴到剪贴簿的第一页上。干净整洁。

他说外婆可能知道,也是对的。第一部小说出版后,阿丽莎和母亲就和解了。简收到指示,不能向罗兰透露女儿的住址。他因此感到生气,有一次他去的时候,等劳伦斯睡着了,他们吵了起来。他说,她对外孙负有义务,必须让他和母亲建立联系。简说罗兰不理解事情的复杂。家庭、文学的复杂。他真的阅读了《旅程》吗?他不屑回答。她觉得他太嫉妒阿丽莎的成功,所以不去碰那本了不起的书。真是小鸡肚肠。那次争吵以后,他们的

---

① 德语:"私人的"。

关系就慢慢淡下来,最后不再说话、写信。她没有邀请他参加海因里希的葬礼,这也说得过去。存心报复的女婿肯定会带着劳伦斯前来,让阿丽莎难堪。

他和达芙妮讨论过这件事。她的观点一如既往。"就算她是莎士比亚第二,我也不管。她就该给儿子写信。"前天晚上又说:"她需要有人在她屁股上狠狠来一脚。"一个女人清场,给另一个挪地方?不,远不止如此。但是,这样的激烈言辞之中有种平衡。最近,他提到彼得就说"傻逼",这个词从嘴里说出来还是很舒服的。

从比喻的意义上,阿丽莎需要有人踢上一脚,达芙妮也许是对的,但于事无补,罗兰一直这样对她说。他对前妻的怨恨藏在思想的地下室里,与对她作品的崇拜之情缠斗厮打。更重要的事情是劳伦斯。他认为母亲还活着,而且活得很精彩,就在熟悉的德国,一个不远的地方,但她却不想认识他。他的认识已经发展到了这样的地步,该怎么办呢?也许不应该让他看关于她的媒体报道。加起来有六英寸高。吕迪格寄来关于艾伯哈特的最新剪报,罗兰就读一遍,然后放进文件夹。他也对她的声名颇感兴趣。

劳伦斯身体前倾,拿着剪刀认真剪着,这时罗兰从一堆文件中拿出一页。过了五年,报纸的页边已经泛黄,那是一位受人敬重的评论家写的长篇评论,发表在 FAZ,即 *Frankfurter Allgemeine Zeitung*① 上,《旅程》在德国、奥地利和瑞士广受欢迎,正是此文定下了基调。吕迪格在剪报上附了一份翻译。罗兰

---

① 德语:《法兰克福汇报》"。

跳过很长的情节概述，再次阅读结尾的几个段落。

战后出生——因战而生——的一代人中，终于出现了一位振聋发聩的领军人物。贫乏干涸的实验主义，唯我主义的存在失范，乃至我们整个依附于金主的文学环境，都没能污染她。她横空出世，进入我们的视野。这位作家明白她对读者的责任，却能完全掌控最精美的文学语言和最大胆的想象力。只有标题没能体现她出色的独创能力。

阿丽莎·艾伯哈特并不害怕我们近期的历史，也不畏惧历史本身。她的叙事扣人心弦，人物丰满深刻，讲述了爱以及令人惋惜的爱的终结，其深刻而丰富的道德思索，有时候似乎在向《魔山》致敬，甚至能媲美蒙田的魔法。她的内容似乎无所不包，从遭受轰炸的慕尼黑的残垣断壁，到米兰战时的下层罪犯，再到战后黑森一个无名小镇经济奇迹中的精神沙漠。

艾伯哈特的小说有着托尔斯泰般的视野，又像纳博科夫一样沉浸于句子的完美音律，没有说教，却给我们下了一个平静有力的女性主义结论。她的女主人公甚至在失败之时，也能给我们启发，让我们感到欣喜。这是一部伟大的杰作——这一点显而易见，其他的也就无需多言了。

Ein Meisterwerk[①]，媲美纳博科夫，克莱斯特文学奖、荷尔德

[①] 德语："经典作品、杰作"。

林文学奖得主,而罗兰却是第一位,他的判断是对的,包括对标题的评价。那封信他应该写出来。如果写了,也许她现在就在准备和儿子一起过圣诞节了。而她的儿子此时正举着"阿丽莎·艾伯哈特之书",脸上挂着骄傲的笑容,让他爸爸看第一页。

"太棒了。排得很好。下一个是什么?"

"德语的什么东西。"

"这是最早的之一。你看看。"

劳伦斯开始剪《法兰克福汇报》那一篇。他对阅读翻译过来的文章不感兴趣。他只是想排列文章,将他母亲之谜驯服在自己的剪贴簿里。这时候罗兰在看一篇用英语写的杂志文章。有她一张全页的彩色照片,她穿着夏天的白裙子,腰间系根带子,像四十年代的时尚,墨镜向上推到额头上。剪着时尚的短发,梳到耳朵后面,额前没有刘海。她靠在一个石头栏杆上。宽阔的背景里有针叶树和远处的一线小河。那笑容有些勉强。一天接受十次采访。开始讨厌自己的声音和多次重复的观点。她从不到伦敦发布新书。报纸图书栏目上的整页报道,省了她这个麻烦。这一份是六个月前的,是一段加长的图片说明文字,文笔热烈急促。

和前面那位了不起的多丽丝·莱辛一样,魅力十足的阿丽莎·艾伯哈特做出了很多女人只有梦里才敢想的那种可怕的跨越。她抛下婴儿和丈夫,迅速逃到巴伐利亚森林之中(见上图),靠着树叶和浆果活下来(开个玩笑!),并写下了她第一部著名的小说:《旅程》。图书界已宣布她为天才,而她从不回头看。她最新的作品《奔跑的伤者》是我们本期的每月图书。小心啊，多丽丝！

罗兰决定，这一篇不能让儿子看到。那个著名的故事，也就到此为止了。阿丽莎从不具体说明，从不提及被她抛弃的家人的名字，从不谈论那个可怕的跨越及其决绝的程度。英国媒体花点功夫就能轻松找到罗兰。运气真好，没人对被丢下的感兴趣。迄今为止，已出版三部小说和一部短篇小说集。读她的作品，他总要留意某个人物身上有没有自己的影子。如果找到，他已经做好了发火的心理准备。她的女主人公可能喜欢的那种男人，两人一起躲在家里，寻欢作乐几个月。钢琴手、网球手、诗人。哪怕是个失败的诗人，或者在性方面要求过高的男人，焦躁不安却难成大事的男人，没有固定工作，一个头脑清晰的女人可能会厌倦的男人。一个被女性人物抛弃的丈夫和父亲。但在众多的例子中，他只找到了卡尔那个身材高大、扎着马尾辫的瑞典水手，有两个不同的版本。

短短五年很快过去，德国及世界各地出版的书籍、获得的奖项渐渐增多。罗兰曾帮忙打字但被伦敦各出版商退稿的那几部小说中，有一部她重新改写并复活了。她出版了一部相互关联的短篇小说集，由十个爱情故事构成。她以敏锐甚至荒诞的笔触，描写了聪明的女主人公们的矛盾需求。那里面也许有他的影子。在关于伦敦的那部小说中，她的女主人公曾在歌德学院工作一段时间。但她爱上的那个学生不是他。他甚至都不在她的班上。另一个人物住在布里克斯顿市场附近，但不是罗兰以前那个公寓。艾伯哈特模式是目中无人的现实主义，面对的是大家都感同身受的那个熟悉的共同世界。无论是物质还是情感，什么她都能生动地描写出来。然而，尽管他们在一起的日子如胶似漆——玛格丽特夫人路上的幽会，情感浓烈的利伯瑙之行，河边的漫步，多瑙河三角洲的户外激情，两人住的小房子，还有最重要的，他们的孩子——但没有只字片语，连伪装或改动的都没有。他们的共同经验从她的想象世界中被彻底推平，包括她自己的失踪。他被抹去了。劳伦斯也是——她的小说里没有孩子。1986年的分手是彻彻底底的。他做好了发火的心理准备。现在，怒火来了，却来自另一个方向。

他读着文件夹里的东西，寻找阿丽莎情人们的痕迹，但她从不谈论私生活。"下一个问题"，她总是这样平静地回应，哪怕有人直接问她生活在德国什么地方。一份杂志里有一张她未经摆拍的照片：她和一些人在餐桌周围，其乐融融的样子。旁边的人看起来都不像她的情人。德国媒体不像英国媒体那样咬住私生活不放。但是，她不外出，因此也不属于任何文学圈子，没有为大家所知的情史，没有什么最喜欢的餐厅，不参加铺着红毯的开幕式，也快四十八岁了，对八卦栏目来说，她并不是最好的材料。少数英国记者前往慕尼黑，在她出版商的办公室里与她见面。大多都是书呆子气的记者，对她彬彬有礼，甚至毕恭毕敬。

随着岁月的累积，他们的共同时光慢慢缩小，至少在日历上看是这样。不过区区三年，1983至1986年，但情感上的时间跨度更大，劳伦斯就是其具体体现。还有，1977年歌德学院的时候，以及四年后迪伦演唱会上的邂逅，米克·西尔弗就是那次被人用脑袋撞了一下。后来是柏林、阿德勒咖啡馆、雨中的小巷子。那个跨度还在延长,因为他给她写信说劳伦斯的事情,但没有收到回复;然后继续延长,因为他在静静欣赏着她的新书,并再次发现其中找不到自己的影子。每次看到她的照片,一缕细线便重新连接了遥远的过去。十八年了,那张脸好像没什么变化,还是用缓慢、简单的德语向全班宣布她的文学梦想的那个女人。

十年前被摩托车撞死的一位反对王室的朋友曾说过,皇家某些年轻成员频频出现在媒体上,一直在侵犯他的隐私。

"别阅读关于他们的东西嘛,"罗兰当时回答,"我从来不读,他们从不烦我。"

现在,他明白了他的意思。阿丽莎一直烦着他。每本书出来,他就必须阅读。他必须筛选吕迪格寄来的媒体报道。她不会放过他,一直写得那么好,却在小说中对他不理不睬。这么多年过去了,他并不是真的在意。但是,严肃杂志上充满着艺术感的那张脸,如果能从他面前消失,倒也有所帮助。不过,就算那张脸从杂志上消失,它也会留下来,在儿子的眼睛中,在朝旁边一瞥的那个习惯中,也在他那令人疲惫的认真当中。最重要的是,那认真劲儿是劳伦斯和他母亲都有的特点。

*

两年后,克拉珀姆两户人家仍然没有合并。婚姻的话题并没有停止。只是慢慢淡下去了。他们都忙,不同邮区的房价上涨不均衡,有两个相距不过一英里的地方,风险多少要小一些。每隔一个周末,达芙妮的孩子们要去见父亲。这就引起了不平衡,因为达芙妮特别珍视每个月四天的独处时间。那也没问题。罗兰很久就习惯并喜欢与劳伦斯单独相处。两家人在对方的房子里过夜。父母互相照顾对方的孩子。有时候有些混乱，但他和达芙妮的四个孩子处得很好，这样生活好过做个重大决定，然后又去反悔，把所有人送进地狱——那种情况他们根本不愿意去想。有些恋爱关系舒适而甜蜜地腐烂。缓慢地，像冰箱里的水果。眼下也许就是这样的关系，罗兰想，不过他并不确定。性关系越来越少，但仍旧浓烈。他们谈话轻松，如果可能也非常深入。政治将他们连在一起，大选将至，大家都有些激动。于是，这六个人，用"新工党"的经济学家们的话说，这六位"利益相关方"，就在这样的安排中生活着，如同生活在舒适的雾里，太久或者太有趣了，轻易不会散开。惯性本身也是一种力。

1997年春天，罗兰家里有人去世。以前，年龄大一些的孩子在成长道路上都会遇到家人去世。但是，在经济繁荣的西方，经过两次世界大战的大规模屠杀，活着但没见过死亡，就成了受到保护的一代人的特权，也是他们的脆弱之处。这代人在性、物质等很多东西上大声索取、迫切渴望，面对死亡却神经紧张。罗兰觉得应该禁止十一岁的劳伦斯和他一起去。于是他独自一人，第一次去近距离接触尸体。

他乘坐火车，到得早。为了平息思绪，他从火车站走了一条绕弯的路穿过市区。奥尔德肖特看起来好像头天晚上被醉汉们狠狠揍了一顿。士兵或平民。在市中心的市场附近，人行道上、排水沟里，到处散落着碎玻璃瓶，以及被雨水稀释后的溅飞的血液或番茄酱。就是在这附近，他的哥哥、十八岁的亨利，曾于1954年撞上了他们的母亲，而她却没能认出他。罗莎琳德为什么在1941年将亨利和苏珊送走？这个古老的谜团永远也无法解开了。她坚持说，她当时太困难了，养不活他们，但谁也不相信。那时候她也不是比战前更穷。这个问题太老了，他们已经不再去想。

罗兰从沃尔沃斯超市附近出来。三岁时，他曾惊愕地看着旋转门里面那个暗红色的巨大怪物——一台"我说出你的体重"机。他曾在那附近和母亲走散，因为他心不在焉地跟在别人的裙子后面走。白底上有彩色的圆点——和罗莎琳德的裙子一样。等那张不熟悉的面孔低头看着他，他惊骇得不知所措。和母亲重聚后，他哭了。记忆中，悲伤的丙酮味道，就是堆在附近柜台上的自选搭配糖果。梨子糖。

他从沃尔沃斯超市旁穿过马路，经过两个并排的大型独立电影院。他曾坐在其中一个电影院中，连续看了两场猫王的《蓝色夏威夷》。他十三岁。应该是伯纳斯放假期间。父母刚离开的黎波里，正在等待下一个驻地。先是新加坡，然后是利比亚，不久后就会是德国——他们流亡的生活，罗莎琳德埋葬了思乡之情的生活。好像他们在逃离什么东西。在英国联合影院里的那个漫长下午，罗兰不忍心离开猫王的夏日海滩和帅哥靓女，回到外面枯燥的世界。他父亲突然来找他，却只能在外面的大厅里等着，这让他怒不可遏。最后，他和一名引座员一起进了电影院，引座员的手电筒照到了前排的罗兰。父子二人在雨中默默地走着，回到苏珊居住的地方。

此刻，罗兰重走了当年他们的部分路线，穿过一个无人的停车场，前面是一片破败的城区，那曾是已婚士兵及家人驻扎的地方，住的是维多利亚晚期的两层排屋，拥挤、潮湿、没有暖气。苏珊曾和她第一任丈夫住在那里，还有他们的两个孩子，那时候还是婴儿。罗兰曾偶尔待在斯科特·蒙克里夫广场。那地方曾被议会称作贫民窟。一圈冰冷的房子，墙面上沾满了煤灰，中间是一个长满杂草的土堆，女人们围着土堆晾晒衣物。排屋在六十年代被推倒了，那时候人们讨厌所有维多利亚时代的东西。但军营建造得很牢固。当时要整修一下就更好了，因为现在廉价的替代建筑也要被拆除了。

他朝市中心的方向往回绕，然后上了一座小山，朝他出生的剑桥军事医院走去。那是幢漂亮的维多利亚时代建筑，有一座当地人人皆知的钟楼，上面的铃铛是克里米亚战争中的战利品。两年前关闭了，他听说以后要建成豪华公寓。窗户上灰蒙蒙的，满是污渍，和所有的废弃建筑一样。在里面某个地方，隔着一层时间的薄墙，他被人头下脚上地拉出来，赤身露体，身上沾满血迹，根据当时的惯例，有人在他屁股上清脆地揍了一下，对他来到这个世界表示欢迎。他绕了一个大弯，来到奥尔德肖特足球俱乐部后面，外面那个花钟的指针仍然在走动。他穿过马路，放慢脚步，布罗姆利与卡特家的店就在那一大排商店之中。他的父亲在等他。这次没有静静的怒火，也没有引座员的电筒。他径直走了过去，到一百码开外，又掉过头走了回来。他犹豫了一会儿，然后拉响了门铃。

上午听到消息时，他还在上班，在波特曼广场的球场上打网球。他的对手兼客户三十岁，在滑雪事故中摔断了一条腿，正在进行恢复训练。他是个瘦小结实的县级选手，正手球迅捷有力。

罗兰已经输了一盘,这一盘已经落后三局,却在努力让这看上去像是有意为之的教学手段。通过胜利鼓励学员。他的任务是让双方的对打持久而有趣,但要完成这个任务,现在比以前必须跑得更多。当他新买的小诺基亚手机在凳子上响起来,他举起一只手表示歉意,并庆幸自己来了电话。一听到姐姐的声音,那平淡的声调,他就知道了。接下来一个小时,他处在一种无动于衷的茫然之中——对难以取胜的比赛来说,这倒也有用。他拿下了这盘,听凭自己在第三盘中被对手打败。

劳伦斯对爷爷的爱非常简单。少校是个满脸皱纹的怪物,会发出好笑却又可怕的咆哮,会吹口琴,会在一组小风笛上发出滑稽的呜咽声。小男孩长大后,这怪物慷慨地给他一英镑的硬币,并且保证奥尔德肖特附近这幢整洁的现代小房子里永远塞满了柠檬汁和巧克力。后来怪物更加奇怪了,因为他身边放了个氧气罐,罐子上有根管子,连到他鼻子上,还发出低低的嘶嘶声。从很小开始,劳伦斯就对一个奇怪的小塑像感兴趣,是少校从德国带回来的。那是个格里姆林怪[①],弓着腰站在窗台上,倚着一根棍子,头是凸的,身体扭曲,有一个长长的鹰钩鼻子。劳伦斯一到,少校就郑重其事地把怪物送给了他。作为一个五岁的孩子,他还是很小心的。他慢慢发现,这个怪物不会伤害他,于是他开始喜欢它。可怕的东西可以控制,甚至可以爱。这个格里姆林怪也许就是他爷爷的替代物。

---

① 格里姆林怪(Gremlin),二十世纪人们虚构的一种小怪物,造型各异,用以解释飞机等无故失灵。最初形成于英国空军,后因儿童文学家罗尔德·达尔(Roald Dahl)的同名小说而流行。

当天晚上,两家人在罗兰家里吃饭。他结束了下午的网球课,回到家中,孩子们在厨房的餐桌上写作业,达芙妮在做饭。两个女孩,格丽塔和南希,坐在一头,杰罗德和劳伦斯坐在另一头。罗兰在课间打电话给达芙妮说了这个消息。现在,他要找个合适的机会告诉劳伦斯。失去外公海因里希,对他来说,是困惑的、抽象的。如果能去利伯瑙参加葬礼,也许有所帮助。但爷爷罗伯特却是另外一回事。

给达芙妮打了电话之后,他又给罗莎琳德打了电话,那就更加困难了。她的声音很远,他只好让她把电话放近一些。少校倒在她身上,把她挤在厨房的台面上不能动弹。他嘴里在冒血。她挣扎着从他身体的重压下挪开,他的脑袋向前一撞,重重地砸在台子上。"是我杀死了他。"她不停地低声说。为了让她安心,他摆出了精通医学的架势。"把那个想法丢开吧。如果嘴里冒血,说明他已经没了。"

"你再说一遍,"她说,"我想再听一遍。"

他在安静的孩子们中坐下来。看着孩子们如此认真地低着脑袋写作业,他有些感动。十五分钟之后,四个人又会开始大声吵闹。他双腿抽搐,膝盖和右胳膊酸疼。达芙妮给他递来一杯茶。离开的时候,她一只手拍了拍他的肩膀。她在厨房里做牧羊人馅饼的声音,让他感到安慰。餐桌上干干净净,仍然没有杂物。此时此刻,这就是家庭宁静的温馨吧,整洁、安全、有爱。一些朋友鼓励他和达芙妮结婚时,提到过这一点。他经常能体会这一点,比如现在——主动送来的茶,厨房晶体管收音机里传来的喃喃不休的电台新闻(一项化学武器禁令将很快生效),写着作业的孩子们，他们刚刚洗过的头发的气息。他可以彻底放手，沉在这温馨之中。在痛苦中沉溺？近来有些更强烈的迹象，证明他和达芙妮之间有问题。不，是单方面的，他一个人的问题，那个老问题。他控制不住自己。她曾严厉地说过，他能控制，也必须控制。

他瞥了一眼劳伦斯的作业。又是数学。他生日时要的那本书起了作用。他已经开始懂了微分方程，dy 比 dx，这就把他父亲甩在后面了。格丽塔问了个罗兰也想问的问题：这些计算有什么用？他思索了一会儿，回答说："它们说的是事物怎么变化，以及你怎么进入变化。"

"什么变化？"

"有速度，然后你好像……折叠起来，那就有了加速度。"他无法进一步解释，但他能够解那些方程。他的理解是直接的，几乎是感性的。老师认为，他应该参加为有天赋的十二岁以下孩子举办的数学暑期学校。罗兰认为假期很重要，对此表示怀疑。学习够了！当然还有钱的问题。他不想去问阿丽莎。达芙妮主动提出付钱。这件事还没有决定。

洗澡的时候，他决定在晚饭时的友好家庭氛围中告诉劳伦斯这个消息。十八个月前，杰罗德、格丽塔和南希失去了祖母。他们能理解。而且达芙妮对劳伦斯非常温柔。他，罗兰，怎么能拒绝将两人的生命融为一体呢？那件事，现在去想太困难了。他穿好衣服，下了楼。孩子们吃完饭，他立即说，他有个非常伤心的消息。说消息的时候，他直接面对着儿子。那个大脑袋静止不动，那双眼睛紧盯着罗兰，让作为送信人的罗兰觉得，这是在指责他。

劳伦斯低声问道:"发生什么事啦?"

"苏珊姑姑告诉我的。他们刚刚吃完晚饭。奶奶在收拾盘子。爷爷跟在她后面,拿着个碗——"

"那个橘色的碗?"

"是的。就在进入厨房的时候,他倒在了地上。你知道,他的肺不太好,所以心脏要特别用力,把氧气送到身体各个地方。所以他的老心脏就用坏了。"突然之间,罗兰无法相信自己的声音。他更改了的这个版本,剥离了一部分悲伤。听起来有些造作,似乎不是陈述痛苦死亡的事实,而是讲一个故事,讲"心脏"这个另有深意的单词。

劳伦斯凝视的目光仍然在他身上,等着他继续讲,但罗兰已无法说话。南希把手放在劳伦斯的胳膊上。她和格丽塔正打算说点安慰的话。她们比她们坐着不动的弟弟更善于表达,也比这对父子更善于表达。但达芙妮伸出食指摇了摇,让她们别说话。整个餐桌都安静下来,都等着罗兰继续。

劳伦斯可能看到了他父亲眼中的亮光。是男孩即将安慰成年男人。他用温柔的鼓励的口吻说道:"他们晚饭吃的是什么?"

"鸡、土豆……"他还打算说豆子。刚才那个急转直下的问题让他想笑。他大声地清了清嗓子,站起身来,走到房间一边的窗户旁,盯着外面的街头,一边让自己镇定下来。幸好,女孩子们是压制不了的。她们已经离开座位,发出柔和的声音。她们的拥抱和同情是有用的掩盖。连杰罗德也加入进来。

"劳伦斯,这可真是运气不好啊。"

这话让女孩子们笑了，接着达芙妮和劳伦斯也笑了。大家都笑起来。一下子轻松了。罗兰喉头的肌肉放松下来，这时候那种情绪又来了，下午来的时候，他就没能将其驱散。后来，他背着网球装备，乘坐北线回克拉珀姆，在拥挤的人群中，那种情绪又回来了。当他穿过老城、沿着雷克托利路步行回家时，又有了那个不合时宜的可怕念头。解放。他站在比平时更辽阔的天空下。你不再是你父亲的儿子。现在，你是唯一的父亲。你和坟墓之间的通衢大道上，没有别人了。不要假装了——高兴是合适的，悲伤也是。他是面对死亡的新手，但也知道对最初的情感应该保持怀疑。毫无疑问，那是某种合理错乱的证据，会慢慢消退的。他背对着房间，望着缓慢的车流，盘算着各种可能性。你埋葬父母，或者他们埋葬你，并以你永远达不到的程度，为你的死感到伤心欲绝。没有什么痛苦，能超过失去孩子。这样看，你和你的父亲都是幸运的。

*

一位瘦削的十几岁女孩穿着紧身的黑色套装，打开了殡葬人家的门，正式地点点头，请他进去。她似乎受人指示不得说话，或者有什么毛病。她指了指一间红色小等候室里的一把椅子，他表示感谢，但他的声音听起来太欢乐了。她用双手做了个抚慰的动作，然后消失在红色丝绒门帘后面。等候室里没有杂志，颇具品位。墙上有一幅镶边的照片，上面有条河流，但河面窄、水流急，应该不是冥河。更像是东达特河，十几岁的时候，他曾在那儿非法钓鱼，用虫子做钓饵抓了一条大鳟鱼——后来他知道，这种方法会让正经的鳟鱼垂钓者勃然大怒。他清理了鱼的内脏,放在篝火上烤,然后与他在奥尔德肖特克里米亚酒吧认识的意大利姑娘弗朗西斯卡一起吃了。他们借了个帐篷,就露天睡在达特姆尔高原上。他觉得两人的周末过得不错,毕竟他不必待在学校里为考大学而学习。但是,回来以后,她写信说再也不想见到他了。那是个他无法解答的谜。

他意识到头顶天花板的某个洞里传来了低低的声音,低语般的合成器上奏出连续的和弦,背景是遥远的海浪声。过了一分钟,和弦几乎没有什么改变。"新纪元"[①]哀乐。他所在的地方,原本是这幢小房子的起居室,这是一排爱德华时代的廉价排屋,小房子位于一家自行车店和一家药店之间。松木咖啡桌几乎要碰到他的膝盖,上面有很多小鼓包,还有一个手工修复后留下的深黑色斑块,里面有根黑色毛发,可能是刷子上的,也可能是头皮上的。所有的椅子都不般配。临时凑合的等候室让他感到。布罗姆利与卡特资金不多,但是尽了力。他们面对的难题,和宏大陵墓的设计者们一样,比如荣军院的拿破仑陵,罗兰和阿丽莎曾在那儿排队参观。逝者先在这儿暂停,然后离开——而且不会再回来。用打磨过的红色石英岩,还是体面的临时布置,又能有什么区别?

他感到焦虑,好像父亲的死亡尚未发生。一个悬而未决的结果,像薛定谔的猫。只有儿子亲临现场见证尸体,才能让波函数坍缩,将父亲杀死。他想起和母亲一起坐在一个类似的房间

---

① 西方七十年代初兴起的一场宗教和社会运动。

里，等着被叫进医生手术室。那时候他八岁，有呼吸方面的毛病，"鼻窦"、"扁桃体肿大"等词语黏附在他身上，就像他教名上加了后缀一样。罗莎琳德也不知道那是什么东西，还把两者混着用。坐在耳鼻喉外科医生面前时，两人之间展开了生死较量。罗兰听着母亲夸大他的症状，心里害怕得要命。他虽然羞怯，却逼着自己插嘴，让医生相信没什么大问题。一点呼吸困难，对他算不了什么。一个很深的方形槽旁边的矮架上，放着邪恶可怖的白盘子，盘口是深蓝色的，里面很快就会装上从他身体里拽出来的某个坏了的器官。他听他们说，那叫做肾形盘。他愿意说任何话，否认任何事情，只要医生不到存放针、手术刀和铁钳子的靠墙柜子里拿东西。没有人向他解释，他可能经受的程序将在未来发生，在别的地方，而且用了麻醉药。

今天的程序将不会有那样的轻松时刻。至于母亲呢，他将第二天和她一起来。帘子拉开，女孩的父亲走上前来，伸出一只手。罗兰握住那只手，听着布罗姆利先生愉快地表达着慰问。他和女儿的相似之处令人发笑。两人都有坚毅的下巴和塌而小的鼻子。女儿的白皮肤有种复古朋克的魅力，他的白皮肤却像得了什么皮肤病。他需要多到户外去。

罗兰跟着他走过一条窄窄的过道，来到房子后面的一个大房间里。这里静谧的"新纪元"音乐声音更大。气味像百货商店的化妆品柜台。尸体放在罗莎琳德花了很多时间挑选的棺材里。黑色外套、白色衬衫、黑色领带，黑色的鞋子，露出一点儿灰色的袜子。有褶皱和饰边的绸缎内衬，给人一种跨性别穿着的感觉。少校肯定不会喜欢。但是，犯了一个尴尬的错误。这不是他。少了点东西，那道小小的牙刷胡子，是他战争期间留的，那时候他因为在敦刻尔克受伤已不再适合参战，成了军士长，正在布兰德福德和奥尔德肖特的阅兵场上训练新兵。嘴巴是一个巨大的微笑的缝隙，像邮箱的口子，整张脸都是围绕着嘴巴成形的。额头上挤出一道沉思的皱纹，他从来不曾有过。罗兰转过脸，疑惑地看着布罗姆利先生。

殡葬人平静地提前解答了他的疑惑。"这是你的父亲。罗伯特·贝恩斯少校。去世的那一刻，他的嘴巴很可能张得很大。当然肌肉是无法再收缩回去的。"

"我明白了。"

"我很抱歉。现在，你也许要单独待一会儿吧。"

"麻烦你把那声音关掉好吗？"

布罗姆利先生露出同情的微笑，给他拉过一把椅子，便离开了。合成器的声音消失了，变成了车辆的嗡鸣。罗兰没有坐下。他伸出一只手去摸父亲的胸部。薄薄的棉衬衫下面，冰冷的红木。尸体毕竟也没什么令人惊讶或害怕的。不过是寻常的缺失。他还能期待什么呢？相信灵魂，相信已经逃逸的某个东西，是多么容易、多么令人心动啊。他盯着棺材里面，看着那紧闭的双眼，不是在少校陌生的脸上寻找什么终极真理，而是要寻找自己的某种感受，某种体面的悲伤感。可他什么感觉也没有，没有悲伤感，没有自由感，没有愤怒的指责，甚至没有麻木感。他唯一的念头是离开。就像尴尬的医院探访，大家已经无话可谈。制约他的是，布罗姆利先生会怎么看一个在父亲遗骸旁都待不到几分钟的人。可他就是那个人。从十几部依稀记得的电影中获得提示，然后在棺材前弯下腰做最后一吻的那种人。只是他的吻却是第一个。额头比胸部更冷。他直起腰，嘴唇上留下了一股香水味。他用手背擦掉，转身离开了。

四天后的葬礼枯燥乏味，靠着一个喜剧性的错误救了场。头一天是大选，"新工党"获得压倒性胜利的日子。一百七十九席的多数——远超预期。右翼的长期执政被打破。约翰·梅杰的政府已经失去活力、内部分裂，被各种无关痛痒的丑闻拖累。布莱尔和他的部长们年轻，有无数的新想法和无限的信心。他们会摆脱旧左派的束缚，对商业持友好态度。他们会注意普通选民的关切——班级规模、医院和犯罪，尤其是年轻人中的犯罪。支持者和活动家骄傲地佩戴着他们的"承诺卡"——完成五项施政目标的承诺。这也是文化上的转变。当内阁成员，同时又是公开的同性恋，不会再成为绯闻和耻辱，这一点已经确定下来。托尼·布莱尔已经觐见了女王，正在唐宁街以首相身份发表第一次演讲。浓密的头发、健康的牙齿、矫健的步伐——人们像欢迎摇滚明星一样欢迎他。白厅大道上挤满了挥舞旗帜的人群，人人兴高采烈。

罗兰要为下午五点的葬礼做最后的各种准备，有点心不在焉地留意着伦敦的事件进展。他在母亲的家里，给布罗姆利先生打了几个电话，与一位自称擅长"家庭场合"的伦敦风笛手讨论穿着问题。苏珊认为三明治、啤酒和茶点不够。又订了猪肉卷、蛋糕、巧克力棒、薯片、柠檬汁和苹果酒。中间有空的时候，罗兰就瞟一眼客厅里的电视报道。工党成员的老思维习惯，让他对挥舞国旗的人怀有戒心。那从来不会有什么好。他可以尝试在保守党政府的消亡和父亲的去世之间建立某种联系。但那比较牵强。少校内心中是格拉斯哥的工人阶级。十几岁时沿着克莱德河的船厂找工作的故事，他讲过很多遍。一大早，一名工头会隔着大门向人群喊话。六个一天的工作。聚集的人们就会自己竞争起来，把报酬压下去。工作就给报价最低的人们。这留下了深深的印记。与军官食堂里的人们不同，罗伯特·贝恩斯对工会总有好感。强硬左派曾试图掌控工党，他对此嗤之以鼻。当选才是关键。"先获得权力。然后，如果有必要，到时候再转左！"

罗兰和母亲一起，把三明治放到盘子上，用干净的茶巾盖住。身后电视机音量不足的音箱里传来人群低低的欢呼声。对罗莎琳德来说，忙前忙后是一种慰藉。她进入了一种更加急切的常态。她通过胆怯的敦促来发布指令。但是，她已经上了年纪，身体也萎缩了，她无法入睡，眼睛下方的皮肤上有深深的皱纹，像个核桃。葬礼上的客人都是她这边的亲戚，还有几位邻居，出于对她的尊重前来参加。他们很少同少校说话，他永远记不住他们的名字。苏格兰没人来。罗兰看着完全不对自己口味的酱料，人生中第一次发现一个简单的事实。他的父亲没有朋友。军队里的同事，中士及军官餐厅里的酒友——因为环境而结交。他们的交往不会持续很多年。此刻他的认识才开始清晰起来。割草机的故事只是一个小的方面。他是个孤立的人；观点强烈、态度强横，还有点耳背，因此交不到朋友，也不能在当地酒吧里与别人谈笑风生；对不同的观点缺乏耐心；智商很高，但因为没有接受正规教育而无用武之地；除了每天读报外，没有别的兴趣；他遵守军队秩序，严格管理时间，上了年纪以后更加如此，但其背后却隐藏着深深的厌倦；喝酒让一切变得可以忍受，至少他自己可以忍受。

罗兰去得少，但每次他都热情欢迎。总愿意陪着坐到夜深，喝啤酒、谈政治、讲故事。要不是他重复过那么多遍，罗兰现在也不会记得。随着少校年龄增长，对罗兰的欢迎也更加热烈。他从十四岁开始就是个重度吸烟者，七十岁之前第一次尝到了脆弱和疾病的滋味。很快，他就只能依赖椅子旁边那个高高的氧气罐。他知道时日无多，他的肺快不行了，但他仍然想坚持活下去，继续开开心心、毫不抱怨地活下去。记得他们一起在沙漠里冒险抓蝎子、开点303步枪、学习游泳和潜水、攀爬绳网、一边听他慢慢数数一边在那宽阔滑溜的肩膀上平衡身体。如今这些记忆如何安放？那位让儿子引以为豪的强悍上尉，腰间挂着手枪，曾在格尔吉营地油腻的沙地上来回踱步。如今儿子的自豪如何安放？威悉河岸一起钓鱼的那么多时光如何安放？他会耐心地将小男孩的鱼线从灌木上慢慢解开，一个下午重复多次。他曾在一座德国古堡内那个墙上镶有嵌板的军官食堂里教他打桌球。总是热心带小男孩出去吃牛排薯片、为他修理玩具、帮他建造营地。如今，家里还有谁随时引吭高歌、随时吹奏口琴？要找聚会唱歌的人，你只能离开英格兰，前往苏格兰、威尔士或爱尔兰了。罗伯特·贝恩斯用他荒谬的风笛和咆哮的声音吸引了他的孙子。他还曾帮过一位受伤的摩托车手，搞得胳膊上全是血。

他曾半夜起床，凌晨三点以后开车四十英里，到公路上去接搭便车旅行归来的十八岁的罗兰。打招呼的时候，还是高高兴兴的。总是急切地把五英镑的纸币塞进少年的手里。给他上了第一堂驾驶课，提醒他说，坐在方向盘后面，就是拥有了一个四分之三吨重的钢铁武器。也许罗伯特还教会了罗兰如何当父亲。如果真是那样，那么有些事情还得纠正。小时候如此猛烈、如此可怕、如此充满占有欲地爱着他的那个男人，却打过罗莎琳德、洋洋自得地骗过一名寡妇、常常醉醺醺地控制着所有家庭场合、不管不顾地重复自己的想法、做过什么不可告人的事情招致了苏珊的仇恨。无论父亲是什么，罗兰都无法置身事外。所以他倒宁愿能放下、能忘却。这些线，永远不可能完全解开。

罗兰和姐姐的计划是，请一位苏格兰风笛手穿上格子裙、佩上毛皮袋，从奥尔德肖特火葬场的树林中缓缓走出，一边演奏《你永远不再回来吗》，一直走到送葬人群前方，这时他继续演奏，棺材则开始缓缓滑入炉子。风笛手说，他只吹奏《奇异恩典》。

在死者的要求下，仪式很简单，没有圣歌和悼词。一切进展顺利，殡葬人推荐的世俗司仪做了个庄重的发言。发言结束后，她望着苏珊，苏珊便用胳膊捅捅罗兰。他走出去示意风笛手开始他的哀乐。之前他们说好了，他在停车场远端一些雷兰柏树旁边等着，距离约一百码。可是，这时候大雾已不合时宜地降下，罗兰看不到那个人。他开始朝那个方向走去，可就在这时，风笛声响了起来，于是罗兰又回去了。众人听着《奇异恩典》遥遥传来、清晰可闻，随后又慢慢消退。风笛手正朝着另一幢建筑昂然而去。风笛声已经听不见了。罗兰又出去看，但雾更浓了，根本没那人的影子。他回来向大家道歉。他说，风笛手现在可能正在为前面奥尔德肖特露天浴场的游泳者们提供娱乐。少校如果在,肯定会赞同。人人都笑了起来,甚至包括罗莎琳德。接着司仪介入了,她举起一只手让大家安静,建议大家默哀一分钟。默哀结束后,少校双脚向前,朝一个绿色的门帘开始了他最后一段旅程。

*

失去结婚五十年的丈夫后两个星期,罗莎琳德来到了伦敦。达芙妮和孩子们来的晚上,罗兰感到满足,因为他母亲能看到他这个吵闹、欢快的家庭。格丽塔和南希立即喜欢上了她。三人常常围作一团。罗兰和母亲开始长谈,这在两人的生命中都是头一次。少校哪怕在最和善的时候,也会心存嫉妒。过去是他的保留地。他定下条件和范围。有一次罗兰问,他和罗莎琳德是什么时候遇到、怎么遇到的,他就发了火。他问母亲同一个问题,她的回答像往常一样躲躲闪闪。还是那个标准的说法。战后。1945年。

罗莎琳德似乎没有丧亲之痛。她温柔地照顾了丈夫,直到最后一刻。作为顺从的军人妻子,她在他的王国里生活了半个世纪。现在,晚饭前喝杯雪利酒之后,她经常开怀大笑,显得有活力、很健谈。罗兰以前从没见过她这种样子。孩子们上床睡觉后,她对罗兰和达芙妮说,她是1941年遇到罗伯特·贝恩斯中士的。

"你是说1945年吧。"罗兰说。

"不,1941年。"这与平常说的版本不同,但她似乎没有察觉。老波普的卡车去的陆军仓库,不在奥尔德肖特,而在南汉普顿港附近。门口的中士是个"野蛮人",对文书手续吹毛求疵,而且"态度非常差"。可是,他请她参加在中士食堂举行的舞会。那很难。她害怕他,而且她是个已婚女人,有两个孩子。她拒绝了。一个月后,他再次邀请。这一次,她动摇了。她母亲拿出一件旧裙子,两人一起改了改。舞跳得尴尬,也没人说话,但此后罗莎琳德和罗伯特开始"一起玩",但"仅此而已,杰克在前线当兵,我绝不会做那样的事情"。杰克的母亲,罗兰称为"泰特奶奶",听说了这件事,认为两人有私情,于是勃然大怒。她给儿子写信,说了他妻子在干什么。他刚刚参加了南非战役,当时驻扎在马耳他。

"收到信之后,杰克擅自离开部队,回到了英格兰。"

"没有文件,从马耳他回来? 1943 年? 不可能。"

"也许他获得了私人亲情假。我不知道。回家后,他对我说,我要见一见和你在一起的那个男人。于是他们就见面了,在威尔士王子酒吧喝了啤酒,就在煤气厂对面。"

罗兰记得那个炼焦厂。以前母亲们会带孩子去,站在院子里,呼吸烟气以治疗感冒和咳嗽。

罗莎琳德停了停,然后直接对达芙妮说话。另一个女人会理解。"杰克糊弄了我那么多年。现在轮到他了。"

那就是私情了,但罗兰什么也没说。罗莎琳德说,两人的见面"很顺利"。这话让人很难相信。作为步兵的杰克参加了诺曼底登陆——1944 年 6 月——几个月后,他进入奈梅亨附近一片树林,被德军包围,腹部中了弹。敌人把他丢在那儿等死。他那个排的人发现了他,把他带回英国,送到了利物浦的阿尔德黑医院。

"我到了病房,他跟我说的第一句话是,罗莎啊,我让你过得很糟糕。"

罗莎琳德的通行证只容许她待两天。她回去后第十天,他去世了。八岁的亨利已经和泰特奶奶住在一起。苏珊被送到了伦敦一个机构,原来是为了收容在海上遇难的优秀水手的女儿。四十年代,那家机构管理严格。她过得很痛苦,后来喉咙上长了个脓疮、需要手术,才获准回家。孩子们都不在身边,罗莎琳德说:"那时候我在思考我的生活。"

一个古老的谜团解开了。没必要问泰特奶奶为什么恨罗莎琳德。"她死于癌症,死的时候疼得乱叫。"

罗莎琳德停顿了一下。她的思绪在记忆中飘远了。眼睛周围像核桃一样的皮肤是深褐色,接近黑色,眼睛陷了下去,看东西的时候露出老人的茫然。随后她说的话,揭示了她不为他所知的一面。那是来自一个更加严酷的时代的信息。遣词造句的方法也不熟悉。

"上帝收债,不光是收钱。"

听到对过去的修改版,罗兰没有表示诧异,也没有用以前的说法来挑战母亲。他要她继续讲述她的历史。住在克拉珀姆期间,她谈论杰克,多于罗伯特。战前,他一消失就是几个星期或几个月,总是村里的警察把他送回来。杰克离开期间,罗莎琳德就无依无靠,"靠大家接济"——靠微薄的国家补贴过活。显然杰克不是去墙根下睡觉,或者说不是一个人睡。尽管如此,现在他成了罗莎琳德记忆中的浪漫人物,不安分、不忠诚,却极其有趣。他不再是禁止讨论的话题。与她第二任丈夫不同，他渴望的是冒险，不是纪律和秩序。他在南非、意大利、法国、比利时、荷兰都打过仗，最后为国捐躯。现在，他的形象亮了起来，而她也能拥有他了。

趁着丈夫在前线打仗，与其妻子发生性关系，可能会导致罗伯特·贝恩斯被赶出部队、蒙上羞辱。在阿什村这样的小地方，罗莎琳德会成为耻辱和憎恶的对象。她从父母的小农舍搬到奥尔德肖特，也许就是因为这个原因。另一个晚上，罗兰问她，她含糊其辞、思路不清，于是又开始讲战争结束时遇到罗伯特的那个老故事。他没有催促她。后来，他后悔了。现在他明白为什么杰克·泰特是个禁止讨论的话题，那是少校完美无瑕的军队档案中的秘密污点；也明白了为什么有机会回到英国，回到奥尔德肖特附近，他却选择海外服役。附近还有很多人记得，罗莎琳德·莫莉背叛了丈夫，和罗伯特·贝恩斯中士在一起。

母亲到访期间，有天晚上罗兰突然睡不着，于是他重新建构了父母的故事，不是耻辱和隐瞒，而是一种宏大的激情。两个年轻人，英俊的中士和年轻漂亮的母亲，违反当时一切体面，难以抑制地相爱了。他们并非有意，却伤害了两个孩子。军人之死的阴影下发生的故事，托马斯·哈代可能讲述的那种。后来，在那个不眠之夜，这个故事又显得沉闷而悲伤，罗兰卧室的黑暗中，展开了一幅蒙太奇画卷：香烟的烟雾缭绕，水泥地上一摊摊啤酒，钱永远不够用，生命被战争毁掉，或者被军队制度、阶级以及女人生活的狭隘空间牢牢束缚。

他借了达芙妮的车，送母亲回家。两人缓缓驱车穿过伦敦南部，一开始她很高兴。她终于谈起了罗伯特，有心情去原谅他、表扬他。他非常聪明，喜欢找乐子，他们有过很多欢笑的时刻，特别是年轻的时候。他努力工作才取得了那样的成绩，对她真的很忠心，她也从不缺什么。接着，她又回忆起她第一次见他的情景。她和波普把卡车停在卫兵室外的栏杆前，贝恩斯中士走出来，身材笔挺、咄咄逼人，要求看他们的证明文件和货物清单。他把罗莎琳德吓得要死。

罗兰说："那是哪一年？"

"哦，战后，儿子。应该是1947年吧。"

他点点头，将那台老甲壳虫汽车挂上挡，跟着旺兹沃思区的车流再次缓缓前行。她思路不清了。平常的说法是1945年。她和罗伯特于1947年1月4日结婚。这段日子，他不时感到担心，现在更加焦虑了。他太热了。他把窗户摇下来一英寸，然后将话题转到日常的东西上来——交通状况、天气、孩子。她也跟着谈起来，说她很喜欢格丽塔和南希。她觉得杰罗德有点太内向了。她陪劳伦斯的时间，和陪两个女孩子的时间一样多。

"儿子，你打算什么时候结婚啊？"

他有意热切地回答："我正在非常严肃地考虑。"

"你总是这么说。对你很好。"

"我想你说得对。"

他关闭了这个话题。他知道在别人眼里，这多么合理。达芙妮热情、聪明、善良，生活安排得井井有条，仍然漂亮，而他看起来邋里邋遢。劳伦斯是赞同的。她的孩子们都非常出色。但他也知道是什么让自己裹足不前。他无法说服自己。那不是讲道理的问题。归根到底,就是他现在无法去想的那些事。

他在母亲家外面停了车,她弓起身子,开始无声地哭了起来。他一只手放在她肩膀上,喃喃地说着无用的安慰话。她略微平复,靠到椅子上,瞪大眼睛直直地看着前方。安全带还系在她身上。他小心翼翼地解开,但并不是催促她下车。

她好像自言自语地说道:"结婚五十一年。"

他本不该花那么长时间,就能算出来。不对,1947年结婚,应该是五十年。无论怎么样,就算五十年的婚姻,无论好坏,也足以让人流泪。她更加平复了,嘴里重复着那个数字,她的数字,语气里带着惊讶。如果劳伦斯在,可能会说,能被十七整除。他喜欢指出这样的问题。

"我的婚姻没坚持到两年。你的应该算非常成功。"

她没回应。他们停在一条社区单行道上,周围有十幢半独立的房子,二十年前建的,亮红色的砖房,前面有开放的草坪,像美国风格,不过很小。他不知道怎么能把她一个人留在这里。他想到了父亲的扶手椅,在窗边一成不变地宣告着他的离场。

"我进去和你喝杯茶。"

这个马上行动的计划,帮助她下了车。进屋之后,她在自己主宰的领地上,慢慢打起了精神。她要他在喂鸟器里加些坚果,修理屋后的草坪,把电视机挪得离墙更近一些。给他写了一份购物清单之后,她又高兴了起来。那把空椅子不是威胁。等他从村里回来,他母亲正在准备奶油茶,在花瓶里摆放院子里采摘的粉色和白色飞燕草,花瓶旁边是一只她用速溶粉临时做出来的柠檬蛋糕。他把买来的东西从袋子里拿出来,这时他看到冰箱最上面一层放着一块肥皂，就在一片奶酪旁边。他把肥皂放回厨房水槽边的肥皂盒里。喝茶的时候，她兴致盎然。在这儿独自住一段时间，她也许会开心。不久，她要去和苏珊以及她丈夫迈克尔一起住。这幢房子要卖掉。他提醒她这一安排，她说："我两年没见苏珊了。她现在不跟我说话了。"

"你上周见她的。"

她抬起头，一脸惊讶，然后努力做出自圆其说的调整。"哦，那个苏珊啊。"

"你想的是哪个苏珊？"

她耸耸肩膀。两人开心地闲聊着。喝完茶，她领他去屋后那个小花园，给他看花团锦簇的花圃，还有平台上方的珀涅罗珀月季。送他往车边走的时候，她还是高高兴兴的，又以母亲的身份，关心他有没有带够回家的钱。他跟她说有，她把手里准备好的一英镑硬币塞进他的手心，怎么也不肯拿回去。

开了十英里后，他想找个地方停下来。他心不在焉，刚才走错了路口，现在正沿着错误的方向在一条小路上行驶。前路漫漫，英格兰南部似乎是个无穷无尽的郊区，散落着一排排的店铺。这片土地上，曾有肥沃的土壤和充沛的雨水，滋养着有高大橡树、榉树和野樱桃的山林，如今却充斥着车胎、咖啡、婴儿服装、宠物店、汉堡和排气管改装。偶尔几棵幸存下来的树木，孤独地矗立在住宅区、环岛或汽车修理厂前院边缘的荨麻和垃圾之间。交通及交通设施是最主要的风景。每辆小货车里都有一个十几岁的疯子，每辆卡车都喷出蓝色的臭气。每辆小汽车都比他的更好。他来到弗里特镇。过桥的时候，他看到一条运河。太好了。那里肯定有条纤路。

贝辛斯托克运河很美,他要把之前的话全部收回。现代世界尚未迷失。他迈步离开小镇,心里想着母亲来访期间的一连串事件,不是偶尔忘记事情,而是认知能力的明显缺失,以及临时的幻觉。她现在不跟我说话了。之前住在伦敦时,她有过一次把肥皂放进冰箱的情况。后来,又放过一把菜刀。他的母亲已经没有了思索的大脑。缀满鲜花的花架,正朝着现实那边倾斜。他怀疑她能不能一个人住,哪怕只有几个星期。他拿出手机。这仍然是个新鲜的东西,在一段废弃的运河边一棵垂柳下面,就能用这个小小的设备给姐姐打电话。听完他的讲述,她对他说,她也下了同样的结论,正打算给他打电话谈谈检查的事。

他说:"如果是神经性退化,他们也没办法。"

"检查能告诉我们接下来会发生什么。"

打完电话,他继续走路。运河就是一系列浅湖,一级一级排列。聪明的发明。他绝对想不出来。建筑世界里的任何东西,他都想不出来。一个月前的一个星期天下午,他曾带劳伦斯到乡间散步。他们在齐尔特恩丘陵,亨利镇北面几英里的地方,沿着一个农场附近的一条小路走。劳伦斯离开小路,去看一台废弃的农场机器。他把一片浓密的荨麻踩倒。

"爸爸。过来看。"

一个生锈的小齿轮,他要罗兰数齿轮有多少个齿。十四个。然后劳伦斯又要他数与小齿轮咬在一起的大齿轮。二十五。

"看到没?这两个数字是互质的。它们是互质数!"

"什么意思?"

"能被两个数同时整除的，只有'1'。这样，齿轮的齿的磨损就是一样的。"

"为什么会这样呢？"

可他听不懂孩子的解释。在生活管理上，他是个傻子。在数学上，他是个白痴。他的智商肯定只剩下一半了，因为这样的时刻已有多次，他知道自己的理解力达到了上限。像天花板、山上的迷雾，他不可能超越。十一岁的儿子站在更高的地方，那个开阔的空间，他父亲永远也不会了解。

他一边走路，一边想：除了抚养孩子，他生命中的一切都无迹可寻，现在仍然如此，他也不知道如何改变。就算有钱，也不能救他。毫无建树。三十多年前他开始创作并准备寄给披头士乐队的那首曲子怎么样？什么也没有。后来他又创造了什么呢？什么也没有，除了挥了一百万次球拍、弹了一千遍《爬过每一座山》。现在阅读自己那些郑重其事的诗歌，让他脸红。他的父亲瞬间倒下。他的母亲已经开始大脑退化。扫描一下就能确认，他知道。两人的命运都对他有所暗示。在他们的命运中，他看到了自身存在的限度。父母在他这个年龄是什么样子，他还记得。从那以后，他们没有任何变化，除了身体衰退和疾病。

在不是自己选择的生活中，在一系列对外部事件的反应中，要随波逐流多么容易啊！他从未做过任何一个重要决定。除了离开学校。不，那也不过是对外部的反应。他觉得自己应该算通过自学获得了教育，但那是出于尴尬或羞耻胡乱进行的。而阿丽莎呢——他能看到其精彩之处。一周中间某个有风有阳光的早晨，她干净利落地转变了自己的存在，拿着一个小行李箱，丢下家里的钥匙，走出大门，心里充斥着远大的志向，并做好了为之受苦的准备，也做好了让他人为之受苦的准备。以歌德的魏玛为背景的新小说，已经出了校样，吕迪格不久会给他寄过来。根据出版社的宣传，小说中的一个关键时刻是诗人和拿破仑的会面。宣传词是："权力、理性和反复无常的人心"。

这时候，他掉过头，沿着运河朝弗里特镇走。他想起了母亲的问题。因为人人都说好，所以和达芙妮结婚，那不会是他过去的中断，而是延续。不和她结婚也一样。没有第三条道路。

两小时后，他回到家中，感觉到了异样。劳伦斯去了达芙妮那儿，但问题不在这里。他走进厨房。比平常更干净。走到楼上的卧室，他的怀疑加重了。同样整洁。在获得切实证据前的那一刻，他已经明白了。这不是第一次有女人永远离开这间卧室。他打开达芙妮放衣服的柜子。空了。他一转身，发现了桌子上她的便条。他坐到床上阅读便条。几乎都没必要读。如果由他来写给她，差不多也是这样。他也会写得很简短：显然他们不会再继续发展。鉴于工作、家庭、接送孩子等的压力，她已经无法再继续生活在两个地方。她很抱歉没有公开，但她一直在和彼得联系。既然罗兰不愿意承诺，她和彼得打算再试一试，不仅是为了孩子，也是为了他们自己的心安。她希望罗兰继续当她的好朋友。劳伦斯一定要继续来玩，他想住随时都能住。她同样抱歉，父亲刚举行葬礼，他就要读到这封信，可彼得昨天突然出现了，事先没打招呼。她不想罗兰从劳伦斯那儿先听到消息。信的末尾是"爱你的"。

下楼的时候，他想，是她的理性做出了离开他的决定。没什么不对，没什么好反驳的。包括她私下里和彼得的谈话。如果她说了，他肯定会怀疑她是想吓唬他，从而让他接受婚姻。没有权利感到委屈。然而，和一个曾经对她使用暴力的人生活在一起，又有多理性呢？

罗兰已经来到厨房餐桌旁。那饱经沧桑的老松木桌面，上面空无一物。以后恐怕不会这样了。他从冰箱里拿出一瓶啤酒。他可不会陷入以酒浇愁的老套。他要坐着、思考。新政府要全国人民像南欧人一样饮酒。从科利尤尔到蒙特卡洛，人人都若有所思地小啜。外面，天还是亮的，还很暖和，但他宁愿在这里待着。看来，事情很简单。老生活，他和劳伦斯一起住在这幢小房子里，和以前一样。他的朋友、他们的朋友，偶尔来吃晚饭。也许有达芙妮，也许没有。他可以试图说服自己，他无所行动，决定等于是他做的，而不是她。为了什么而坚守——但那件事他不愿意去想。

他站起身，开始围着桌子踱步。很快，他要给劳伦斯打个电话。他要走过去，把劳伦斯接回来，但他还没有做好面对达芙妮的准备。他来到钢琴边，停了下来。一侧的地板上有四堆厚厚的乐谱，大多是旧日通行的流行曲子，整理好了，酒店里弹琴用的。其中一堆上面有几份乐谱，都归在"月亮"这个类别下面，应该是很久以前一时兴起整理的：《带我飞向月球》《月河》《月舞》……一分钟后，他更快地寻找起来，翻过《多美好的世界》《昨日》《秋叶》，还把一堆乐谱碰倒在地板上。接下来是他以前的爵士专辑：杰利·罗尔·莫顿、艾罗尔·加纳、孟克、贾瑞特。他继续寻找。一时兴起变成了执念。到第三堆大约四分之三的地方，他拽出了一本舒曼的专辑。完全是随机的。舒伯特、勃拉姆斯，随便谁、随便什么东西，都行。他坐下来，在谱架上打开那本边角卷曲的八级乐谱。到处都是一个十五岁的少年用铅笔写的指法。现在他根本不在乎。手指弹到哪里，音乐就跟到哪里。他皱着眉头、身体前倾，一边试弹开头几个小节，一边试图让十几岁的那个自己给点指示。难得离奇。不成曲子。据说舒曼超出他的时代一百年。毫无疑问，听起来没有调子。像他以前遇到的皮埃尔·布莱兹的一首短作品。他又从头开始。花了十五分钟，他才从那二十秒的音乐中摸索出了一点儿头绪。他恼怒起来，又尝试了一次。接着，突然之间，他停了下来，站起身，走出了房间。离开她的那一天，在伊普斯维奇火车站登上前往伦敦的火车、永不回头的那一刻，他就已经将这类音乐赶出了他的生活。

第三部

9

劳伦斯乘坐的火车从巴黎出发，中午到达滑铁卢站。罗兰走到外面花园门口，希望看到儿子背着巨大的背包沿街走来。这是他第一次独自到国外旅行三周，他想注视着他，就像当初他自己被人注视一样。把他当作一个与自己完全不同的人，不是儿子，而是用别人看他的目光看他：一个刚成年的年轻人，迈着矫健的步伐，目光内敛，似乎另有心事。罗兰站在洋槐树下等着，想起了自己早年的多次长途旅行——到意大利北部和希腊，通过德国公路网搭便车一路向南，在科林斯卖血换取食物，在雅典一家餐馆的厨房里洗盘子，睡在屋顶的雨棚下面。从来不是真正的无忧无虑。他给伯纳斯的朋友们写卡片，趾高气扬地宣告自己的快乐。他们关在大学里，而他自由自在。不过，这一点他自己从未完全相信。在下午的闲暇时光，他没有去探索城市，而是躺在屋顶的行军床上，强迫自己阅读《克拉丽莎》，然后是《金碗》。两本他都讨厌，与城市的燥热和喧嚣格格不入，但他又害怕落伍。很快，他将不再在乎，而是抛下书籍，一边做各种枯燥的杂活一边旅行——那是他迷失的十年。劳伦斯没有那样的牵挂和困难。他有一张火车通票，还在一所预科学院里拥有一席之地。

几分钟后，罗兰回到屋内，继续准备午餐。等他做好，已经过了一点半。他查看了手机,又确保家里的电话机放好了。他给劳伦斯买了个手机路上用。如果手机丢了,滑铁卢车站也有公用电话。上楼,坐到桌前,他看到了电子邮件。"在山姆店下车。今晚迟点回。劳。"劳伦斯知道,他父亲很少看短信。罗兰尽量不去在意那个丢失的撇号①。以及被人放了鸽子后希望落空的心情。这是父母的成人礼。晚饭没有具体的安排。他相信自己为劳伦斯的独立感到自豪,又草率地以为儿子会急着回家见父亲,结果发现自己错了。在劳伦斯那个年纪,罗兰从没急着回家见父亲。他经常突然改变计划,让父母失望。现在轮到他自己了。不要大惊小怪,给自己留点颜面,于是他写道:"欢迎回家!回头见。"这时他发现,电子邮件的地址是山姆店的。很可能是他的笔记本电脑。

罗兰一个人吃了饭,昨天的报纸叠着,靠在茶壶上。安然丑闻。乔治·布什深度卷入,表面看起来却像是公司腐败的斗士。以及战争的制造者。劳伦斯该打个电话。可是,不要抱怨。这是转变的开始,放手的开始,尽管罗兰没听谁谈过这事,谈父母的这种困惑。你以为你的孩子依赖你。结果,他越走越远的时候,你发现你也依赖着他。一直是个相互的过程。

安然内部人士在公司垮掉之前卖了股票。布什卖了股票。提到了卡尔·罗夫。还有唐纳德·拉姆斯菲尔德。

以后还会有这样被忽视的时刻,而罗兰要假装没看到。自己感到内疚,或者让别人感到内疚,对他都没好处。同样,他也不

---

① 山姆店当拼写为"Sam's",劳伦斯写的是"Sams"。

348

能冒险引发冲突。劳伦斯的状态可能比较脆弱。罗兰需要听他带回来的故事。那些负面的感受,他只能放在心里。

一点刚过,他醒了过来,听见了儿子上楼的声音。他脚步沉重、深浅不一。到达平台之前,有一段停顿。罗兰仰面躺着,一边听,一边等待合适的时机起床。长时间的小便,卫生间门开着;接着是洗脸盆里的水的声音,很久;寂静,然后水龙头再次打开。可能是喝水。那个旧马桶需要使劲按才能冲水。但他按得也太用力了。简直是暴力。把手肯定断了,因为有什么金属的东西砸在地板砖上。罗兰等着劳伦斯进入自己的房间,又过了几分钟,才穿上睡袍,过去看他。头顶的灯亮着。他在床上,侧身躺着,没脱衣服。床头柜旁的地板上,放着他的背包,还有一个塑料桶。

"你没事吧?"

"感觉糟糕透顶。"

"喝多了。"

"还嗑了药。"

"喝点水。"

他大声喘了口气,可能是恼火。"爸爸,最好别管我。就想这样躺着。"

"好吧。"

"直到房间不再旋转。"

"我把你鞋子脱掉。"

"不用。"

他还是脱了。高帮运动鞋,脱下来不容易。"天哪。你的脚真臭。"

"臭的还有……"但男孩的话没力气说完。罗兰给他盖了床毯子,拍拍他的肩膀,然后离开了。

睡前,他读了三十页《情感教育》。年轻的弗雷德里克·莫罗深深爱上了一位年纪更大的已婚女士。夜晚社交场合结束之际,她告别时碰了碰他的手。不久之后,他穿过新桥徒步回家,中途他停下脚步,在迷狂的状态之下,"他感到灵魂在颤栗,仿佛被带到了一个更高的境界。"罗兰把这句话又读了一遍。她的手触碰了一下。在此阶段,两人之间不可能有过性爱。她很可能对他的感受一无所知。根据罗兰所读平装本的介绍,福楼拜本人十四岁时,曾爱上一位二十六岁的女士,也结了婚。她一直在他生命之中,断断续续,持续了将近半个世纪。至于他们的爱实际上有没有圆满,学界观点各异。罗兰关了灯,虽然睡意袭来,他仍旧瞪大眼睛盯着黑暗,努力回忆他自己的"更高境界"。另一间卧室里没有声音。和康奈尔女士在一起,他算是比福楼拜和他新桥上的弗雷德里克提早了一步呢,还是落后了一步?他不认为碰碰手就能将他提升到那么美好的状态。阿尔努夫人的手也碰了其他宾客,轮到弗雷德里克时,他"感到有什么东西钻进了皮肤的每个细胞"。六十年代的孩子们在肉体上急不可耐,无法体会这种令人羡慕的激动时刻。他闭上眼睛。必须有极其严格的社会规范、长期的压抑和相当的不快乐,否则无法从如此礼节性的握手中体会如此激烈的情感。在睡意溶解着他的思绪时,答案非常清晰:他落后了很多步。

第二天两人没怎么碰面。劳伦斯一直睡到下午,他下楼喝咖啡的时候，罗兰正要动身去梅菲尔，星期五下午他在酒店里弹琴。父子二人匆匆拥抱了一下，然后罗兰就出发了。他随身带着节目单，要给一位经理看——那常常只是个形式。去年纽约和华盛顿的袭击发生之后，最好早点到，留出时间通过员工入口新装的安检设备。上一份工作允许钢琴手从客人们使用的大门进出。现在，他必须和上夜班的清洁工和服务员一起排队。性格开朗的穆罕默德·阿尤布是保安队长。罗兰举起双臂让他搜查。

穆说："你今晚弹我要求的《我的路》吗？"很重的西约克郡口音。

"从没听说过。是什么样的啊？"

穆转过身，伸出双手、手心向上，用浑厚的男中音唱了个片段。身后聚集的几个人大笑着鼓掌。罗兰仍然面带笑容，下楼到地下室换正装礼服。他弹琴的茶点室铺着厚厚的地毯，墙上镶着墙板。三角琴放在高台上，台子的边缘围着蕨类植物，还有一段黄铜栏杆。多年来，他已经渐渐喜欢这个地方。空气中有薰衣草精油的香味儿。这个天花板很高的房间安静而有序，墙上挂着油画，用复古的筒灯照着，画上有赛马和受人宠爱的狗。中间有叮咚作响的喷泉，四周围着一簇簇的白色百合花。他开始弹奏，喷泉就关了。三明治和蛋糕都非常好——结束时如果有多余的，他可以优先挑选。刚来的时候，他憎恨这个地方，恨这个地方的一切。因为他感到窒息。现在，他五十多岁了，茶点室成了安慰和避难所，不受时间流逝的侵扰，他在这儿没有别的事情，也没有过去，克拉珀姆的家累积了太多东西，而这儿恰恰相反，令人感到慰藉。

他正是在这儿弹奏他的欢快音乐。他把清单给当天的值班经理玛丽·基利看。她个子矮小、整洁利落,对自己的位置有清晰的认识。第一次见面,她就告诉他,要称呼她为女士。他没说什么,但从不这样称呼。她鼻子细长,鼻尖微微上翘,鼻孔很大,让人觉得她在善意地盘问,似乎急于掌握所遇之人的一切信息。过了几年他才发现,她是懂音乐的。她曾是皇家歌剧院的第三排小提琴手,为了抚养三个孩子才放弃了。大家说她控制欲太强,但罗兰喜欢她。

开场他会弹《认识你》,他对她说,然后是各种各样的影视曲子,结尾是《红男绿女》中的《我会知道》。

"好的。"玛丽指着清单后面,"肖邦?请不要弹什么高亢的东西。"

"就是一首甜美的小夜曲。"

"四分钟后开始吧。"

房间里渐渐坐满了人,茶点放在蛋糕架上送进来,在年长者低弱的窃窃私语声中,罗兰从他无尽的曲库中信手弹奏。只要知道曲子,他能即兴创作和弦——而他知道的曲子很多。其他经理们不会注意,但如果他的和弦爵士味太浓,玛丽就会反对。他的节目单作为提示是有用的,但往往一首歌曲弹完,自然而然汇入下一首。他可以边弹边做白日梦。有时候他甚至想,也许他能一边睡觉一边弹琴。不过,有一件事第一天困扰着他,如今仍然困扰着他。他不希望他认识的任何人,来自他过去的任何人,到这儿来听他弹琴。一丝自尊感仍然挥之不去。他的朋友都不知道他曾是位有潜力的古典钢琴手,但有些知道他是位爵士钢琴手。有几位甚至记得他在"彼得·蒙特团"当过键盘手。他闭口不谈工作，除非有人问起，那他也只说是偶尔为之、非常无聊。他从不让阿丽莎、达芙妮或其他那些人来。尤其禁止劳伦斯，虽然他从未表示过对父亲工作场所的兴趣。如果他来，肯定会讨厌这个地方。因为秘密，劳伦斯更觉得这间茶点室是他的圣地。

他弹到了《我会知道》的结尾部分。和所有曲子一样，这首他弹得太多，已经没什么感觉。不过，他记得二十年前音乐剧重新上演①的情况。导演理查德·艾尔用了管弦乐加爵士和弦——就是玛丽不希望在茶点室里听到的那种风格。舞台上有好多霓虹灯，还有演员伊恩·查尔森，他后来死于艾滋病。福克兰群岛那一年。但是，谁和罗兰一起看演出的呢？劳伦斯没出生。还没认识阿丽莎。也不是医生戴安娜。不是书店上班的内奥米。他三十四岁，年富力强。当然不是米莱伊。他一边弹奏，一边想着那个人。和他交往的那个人，非常可爱，而她离开了他，没有名字，没有面容。他甚至可能爱过她，但他的心里空空荡荡，那个座位上没有人。这时候，他已经列出了一个名单，包括他知道死于艾滋病的所有人。那是种残酷的疾病，但谁也不愿意多谈。那是活着的人的耻辱，是无法治愈的绝症。人们也不谈福克兰群岛。另一种尴尬。岁月像沉重的盖子，缓缓封住了旧日的死亡。你生命中发生的几乎所有事情，你都忘了。真该记录下来。那么现在就写日记。过去已经满是空白，现在呢？这感觉和气息，这

---

① 《红男绿女》是1950年在百老汇上演的音乐剧，《我会知道》为其中配曲。后该剧多次重演，此处当指1982年伦敦的重演。

指尖此刻发出的声音——《来自伊帕内玛的女孩》——将很快绝迹。

当天，有另一位钢琴手晚餐后当班，罗兰八点前就回家了。劳伦斯在等他。他浑身擦得通红，看样子好好洗了个澡，他自己说只感觉有一点虚弱。两人一起穿过旧城，沿着商业街一直朝"标准印度餐厅"走去。劳伦斯谈着他这次旅行。巴黎、斯特拉斯堡、慕尼黑、佛罗伦萨、威尼斯。他避开了最重要的部分。通票很有用，他喜欢那些城市，翻越阿尔卑斯山很棒，一路上和学校的朋友们陆续碰头。下午他给管道工打了电话，让他来修马桶。然后，他到达芙妮家喝了茶。她确认给他提供一份住房协会里的杂活工作。六个月。杰罗德已经决定去上医学院。他报错了"高级"水平测试的类别，要说服科学老师接他。格丽塔在从泰国回来的路上，南希还是讨厌伯明翰，讨厌那座城市，也讨厌她的功课。这些罗兰都知道，但他听着，好像不知道一样。此刻他感到轻松而高兴，一边慢慢走着，一边听儿子说说他的情况，感受着人行道上散发出这个城市白天最后的温暖。很快，他就必须听慕尼黑的故事。昨晚醉酒证实了他的怀疑。他曾提醒儿子放弃那个计划。

"标准印度餐厅"里没人。他们在抵制席卷伦敦所有印度餐厅的现代化潮流。这里还坚持以前的风格：绒面墙纸、枯萎的吊兰、大相框里一张火红的日落照片。靠窗角落里是他们常坐的那张桌子，他们点了啤酒和圆面包。两人察觉到了气氛的变化，都没说话。所有的细节不会一次说出来。接下来的一个星期，他们将多次重述这个故事。罗兰说要写日记可是认真的，劳伦斯的叙述将成为他日记的第一条。

"好吧,"罗兰终于说道,"我们来听一听。"

甚至在他到达之前,"慕尼黑就狗屁不是。"他坐的火车在车站外面停了下来,两个多小时都没动。没有广播,没有解释。进站之后,又让乘客们在站台上等了半小时,然后由警察带着,到车站另外一头,和上千名乘客一起等。劳伦斯跟老师和外祖父母学过德语,明白是怎么回事。炸弹威胁,这个月第三次了,可能是基地组织的分支。但这也无法解释为什么要让大家留在车站。德国乘客们那么顺从,让他感到恼火。他们突然被允许离开,同样也没有解释。他找了家廉价旅馆,听从罗兰的推荐,下午去伦巴赫美术馆看了"蓝骑士"的绘画。他认为父亲说的不对。康定斯基出色得多,比加布里埃尔·穆特更宏大、更有趣。

第二天上午,他到办公室见了吕迪格。他的想法是,面对儿子当面索要母亲地址,出版商肯定无法拒绝。两人坐在桌子两边,闲聊了一会儿。接着,有人喊吕迪格去处理什么事情。劳伦斯在办公室里溜达。窗台上一堆书上面,有一只装满了寄出邮件的篮子。他灵机一动,去翻篮子里的信封,果然找到了一封给他母亲的信,地址是打印的。他怕抄写下来会被人发现。于是他背了下来,城市、街道、门牌号。吕迪格如约请他吃午饭。其间,劳伦斯问他母亲住在哪里。出版商摇着头。他说,这里有段很长的历史。最后她让他永远不要再干涉她的私人事务,不要试图介入,不要在她面前提及她的家人,不要把地址给别人,否则她下一本书就到别的地方出版。

旅馆的经理帮了忙。那是个村子，不是城镇，在慕尼黑南面二十公里的地方。车站附近的一条街道上，偶尔有趟公交车。经理好心打电话，问了几个时间表。就这样，第二天午饭前，劳伦斯已经走在她家所在的街道上，寻找她的房子。那个村子是个"没什么特别之处的地方"，四周都是平坦的农田，一条繁忙的道路把村子分成两半。她那条街在村子出口的地方，更像是郊区。房子是现代的，看上去有点像滑雪木屋，不过"矮矮的，丑得要命"。房子相互之间隔得远，而且没有树，让他很惊讶。不像是著名作家会住的那种地方。接着，他就已经站在她房子的外面了。她家和其他房子一样，矮矮的，有沉重的木梁和平板玻璃窗。里面显得很暗。房子上面罩着一个厚重的大屋顶，显得好像"皱着眉头"。他没做好直接上门的准备，于是又顺着原路往回走。他感到浑身颤抖，有恶心感。有个人刚从车里下来，一直瞪着他。劳伦斯拿出电话，假装在跟别人通话。

五分钟后，他又回到了那幢房子外面，还是觉得浑身颤抖。他想走开。可然后呢？回慕尼黑的公共汽车要三小时后才到。他把手伸到门铃上，立即又拿开了。他想，如果按了门铃，他的生活就会永远改变。然后，像一头扎进冷水一样，"我就逼着自己按了。"他听到了房子深处的门铃声，心里希望她不在家。楼上传来脚步声。太迟了，这时候他才看到墙上齐腰高的地方，镶嵌着一块小搪瓷牌子，上面印着哥特式的文字。*Bitte benutzen Sie den Seiteneingang.* 请走侧门。听见锁在转动，门闩抬起，随后又一个门闩抬起，他感到口干舌燥。门打开的方式和平常不同。随着空气在橡胶挡风条上发出响亮的吸附声，门被一把拉开，她就站在那儿，他的母亲，"一副怒气冲冲的样子"。

"Was wollen Sie？①"那语气非常粗鲁。小偷、崇拜者、送货男孩，她全不在乎。她要他马上走开。

"Ich bin——②"

她指着钉在墙上的那块搪瓷牌。因为恼火，她的食指以及食指上那亮红色的指甲都在颤抖。"Das Schild！Können Sie nicht lesen？"牌子！你不会读吗？

"我是劳伦斯。你儿子。"

一切都静了下来。他心里想，现在什么都有可能发生。她并没有软下来，一把将他拉过去，情不自禁地拥抱他——他脑海里想过这种可能。不会有莎士比亚式的和解时刻——在学校里，他曾被迫阅读《冬天的故事》。也许是《暴风雨》吧？

阿丽莎一只手拍在前额上，大声说道："老天爷！"

他们看着对方，相互打量着。但劳伦斯的观察模糊不清。他太紧张了，看到的和记住的都不多。他觉得她肩膀上应该围着"披巾那样的东西"，手里拿着一根烟，抽了一半。还有，尽管天气暖和，她可能穿着一件羊毛衫，下身可能是一件厚灯芯绒裙子。眼睛周围有深深的皱纹。她有种"皱巴巴的样子"。

罗兰在餐馆里说："可能正在写作。吕迪格跟我说过，写作的时候被打断，她会非常生气。"

"是啊，了不起。可那是我啊。我们点菜吧。我要点重口味的，比如咖喱肉。"

---

① 德语："你要干什么？"
② 德语："我是——"

357

从她的角度——罗兰努力想象——她看到的是一个瘦长的少年，目光犀利，大脑袋上的头发贴着头皮推得极短，让他的耳朵显得又大又可爱。

最后，阿丽莎用正常的声调说道："还是那个问题。你要干什么？"

"要看看你。"

"你怎么知道这个地址？吕迪格？"

"我在因特网上深挖的。"

"你为什么不先写信？"

那个愤怒的眼神，帮助劳伦斯说出来这句话："你从来不回信。"

"这就是你要的答案。"

他的焦虑，他的恶心感——他自己称为"紧张"——都消失了。他反正不会失去什么。他对她说："你是怎么啦？"

她正打算说话，但"我的声音盖过了她——爸爸，那感觉很好啊"。他对她说："你怎么有这么多敌意？"

可她把这个问题当真了。"我不会邀请你进来。很多年前我做了决定。现在反悔太迟了，你明白吗？你认为我粗鲁。不，我只是坚定。你听好。"她缓慢地说，"我是不会接受你的。"

他想说话，但思绪纷乱，一时找不到合适的词。大意是，你为什么不能心胸大一点，既写书又看我？别的作家也有孩子。但此时他开始觉得，也许他还不要这个弯腰驼背、满面怒容的女人进入他的生活呢。那么，要转身离开她，就没那么难了。因为她，事情对他倒更容易了。

随后，她让事情更加容易了。他已经走了几步，这时她喊道："你是在接受癌症治疗吗？"

他疑惑地停下脚步，转过身来。"不是。"

"那就留点头发。"她进了屋，试图把门摔上，但门只是发出了和之前一样沉闷的气流声。

故事结束。简单粗暴、始终如一。父子俩一边思索，一边慢慢喝着酒。罗兰说："那后来呢？"

劳伦斯慢慢走到公共汽车站，然后走过车站来到村里，到一家酒店里喝了杯啤酒。就一杯。然后他走回车站，坐在凳子上，久久地等着公共汽车。他和他母亲的会面前后不过三分钟。

两天后，他们重温当时的情形，劳伦斯告诉他，一坐到凳子上，他就开始哭。他"真掉了眼泪"，哭了好几分钟。幸好旁边没人经过。弥补他没有母亲的那些时光，他写过的那么多信，那个剪贴簿，那所有的一切——他从没哭过。然后，他安静下来，对自己说，结束了更好。她显然是个非常糟糕的人，肯定也会是个糟糕的母亲。

第二天傍晚，他们坐在花园里罗兰一直打算重新油漆的那张生了锈的金属桌子旁。花园远处是那棵早已死去而他却一直没有砍倒的苹果树。他习惯了苹果树在那儿。父子二人，两瓶啤酒、一碗盐焗坚果。劳伦斯刚才以随意的声调说，他开始觉得他恨她。为了劳伦斯，罗兰想为她辩护。以前没有怨恨，他说，现在心怀怨恨对他没好处。记得吧，他曾试图让他不要去见她。但这不是帮阿丽莎说话的时候。不读她的书，劳伦斯不可能清楚地认识他母亲，而他拒绝阅读，一直拒绝。也好。最好不要太早读她的小说。她充满激情地捍卫"丰茂而热血的理性",会给一位致力于数学的年轻人传递什么信息?他对文学和历史知之甚少,尚未坠入爱河,尚未对爱情失望,就罗兰所知,尚未有性经验。靠着《罗西与苹果酒》《老人与海》以及学校里让他读的任何东西打了点基础。不过,比起父亲十六岁的时候,他读的书还是更多。书进入人的生活,是有自己的时间的。

于是,罗兰说:"从我读过的部分看,她已经离群索居,成了一位著名的隐士。"

"在一个垃圾地方的垃圾房子里。我不相信她能有什么好。"

"你今晚有什么计划?"

他突然高兴起来。"我在巴黎出发的火车上遇到个人。"

"是吗?"

"维罗尼卡。来自蒙彼利埃。你觉得这件衬衫怎么样?"

"你昨天穿过。拿一件我的吧。"

劳伦斯站起身。"谢谢。你干什么呢?"

"在家待着。"

劳伦斯走后,他上了楼。卧室的一个抽屉里,在他自以为是的那些旧诗歌笔记本中,有一个小一些的本子,人造皮革封面,二百五十页,印了横线,某个已经被遗忘的人送的圣诞节礼物,每页都是空的。他把本子拿到楼下的餐桌上。最近,劳伦斯回家之前,他大多晚上都在外面——到朋友们家里吃晚饭,两个晚上在酒店上夜班。他大脑里充满着各种声音,像一面几分钟前敲过的锣,现在仍然余音不绝。不仅是劳伦斯的声音,而是众多谈话交织在一起,吵吵嚷嚷、争论不休,各种分析、可怕的预测、庆祝和愤怒的哀叹，乱作一团。他的生命在离他而去，如同水向外流淌。三个星期前的事件已经在消退，或者完全消失在一团迷雾中。他必须让自己抓住其中一部分，哪怕一点点，否则根本就不值得经历。他自己及他最近所见之人的所思、所感、所读、所观、所言。私人及公共生活。不是他自己的失败、抱怨和梦想。不是天气，不是终于冬去春来，不是对衰老和死亡的恐惧，或者时间的加速流逝，或者已经失去的童年的美好和伤害。只包括他见过的人和他们说过的话。他要逼自己去做，每天至少半小时。时代的精神。每年用一本新的日记本，无论有没有写完。他一年也许能写满三本。二十年，如果他运气特别好，甚至还有三十年。九十册！如此宏大却如此简单的计划。

他花了一个半小时，写下他能记得的劳伦斯的故事。写了十五分钟，他就觉得自己做得对。过一个星期，一半的细节都会丢失。比如她涂了颜色的手指颤抖着指向牌子。Das Schild! 过去已经没有办法了，但当下可以抓住，以免遗忘。现在，记录其他的声音。这更难，因为一系列观点混在一起。同样一批人。

他看到一只手紧紧抓着桌子对面的衬衫前摆，拼命摇晃。但那并没有真的发生。星期三在达芙妮和彼得家。星期四在休和伊冯家。但现在他打算把自己分散到这大半年当中。他想把观点都列举出来，谁提出的，什么背景，喝了多少酒，什么时候醉意朦胧、嗓音嘶哑地离开。但是，开始之后，他就只想记录观点，所有声音在同一个房间里，同时说话。

《卫报》那家伙是对的。他们这就是活该。第二次压倒

性的胜利。行啦,兄弟!这是了不起的背书。该好好庆祝。布克奖?一帮胆子小、混日子的平庸之辈。还要惩罚改变或失去宗教的穆斯林兄弟?完全是胡扯,人类发明的最糟糕的思想系统。他有什么好隐藏的,在《信息自由法》上磨磨蹭蹭?这是撒切尔第二。贫富差距在扩大。沃特福德北部,他们开始恨他了。你这是大错特错,实际上你这连错误都算不上——弗莱恩、亨舍尔、班维尔、休布伦、雅各布森、塞尔夫[1]——都有了不起的才华。让他们都见鬼去吧。上了某个年纪、生活舒适的白人男性。他们的时间到啦。女性又在哪里呢?你看《上帝之城》了吗?我们看了一半就走了。对,选举中的失败。可那是天才之作。开头那个镜头,鸡在路上跑的那个!伊斯兰教中有纯洁和美。在全球化的世界,被剥夺财产者从中获得了意义。哎呀,得了吧!失业率低,通货膨胀低,利率也低。最低工资,《社会宪章》。你那套比别人更左的话语,让我想吐。我告诉你,尸体落地,大楼摇晃。收学费——那是犯罪。被剥夺财产者?本·拉登就他妈的是个靠信托基金长大的孩子!我才不在乎呢,只要医疗保障免费兑现。对戴安娜,他只是尽其职责而已[2]。问题一直是鲍尔斯。那个狗屁

---

[1] 当指迈克尔·弗莱恩(1933—)、菲利普·亨舍尔(1965—)、约翰·班维尔(1945—)、科林·休布伦(1939—)、霍华德·雅各布森(1942—)、威尔·塞尔夫(1961—),均为英国作家,都进入了2002年布克奖长名单,但均未进入短名单。

[2] 1997年戴安娜王妃去世后,时任首相布莱尔曾发表演讲,盛赞戴安娜其人并称其为"人民的王妃"。下文的鲍尔斯当指当时查尔斯王子的情人卡梅拉,鲍尔斯为其夫姓。

口号①。布莱尔在医疗系统中塞满了经理人。我告诉你什么是信仰。毫无根据的相信,飞机里面的那帮家伙是有信仰的人②。达芙妮家的彼得已经到了另外一边。他和比尔·卡什③吃过午饭。联合王国分裂的第一步。我们将失去所有的苏格兰工党议员,然后就等着看英格兰民族主义吧。会把我们活活吞下去。我完全支持苏格兰独立。戴着宗教面具的法西斯主义者。那你肯定恨苏格兰人。他们失去白厅,会得到布鲁塞尔④。他给《卫报》写一个讽刺专栏。我们都醉了,谈了莎士比亚。那不是讽刺,那是谎言。我觉得布鲁塞尔没问题。他们绝对不可能入侵。他们知道萨达姆有核武器。都是表面现象,美化真相的,偏执的媒体管理。道德上破产了。你自称关心的选民们可不同意。你肯定以为他们是白痴吧。记得他的芝加哥演讲吗?所谓的正义之战?⑤来啦。现在他就跟在布什屁股后面舔着呢。行啦,贝恩斯。为苏格兰说话。横扫左翼的无用的相对主义。也许你认为伊拉克人喜欢被拷打吧。他们正在做准备,那两个家伙,要干点真正灾难性的事情。你等着吧,等社会主义工人党和非暴力的伊斯兰主义团结起来……漂亮的想法,把屠杀穆斯林女中学生的人称作自由斗士。我听高夫⑥说

---

① 当指1997年英国大选前夕工党领袖托尼·布莱尔的口号"24小时拯救NHS(国家医疗服务体系)"。
② 或指2001年美国9·11事件中利用飞机撞击大楼的基地恐怖分子。
③ 比尔·卡什(1940—),英国保守党政治家,以批判欧盟、主张英国脱欧闻名。
④ 白厅指英国政府,布鲁塞尔为欧盟主要机构所在地。
⑤ 1999年,英国首相布莱尔在美国芝加哥发表演讲时,称科索沃战争是"正义之战"。
⑥ 当指马丁·高夫(1923—2015),英国书商,以管理和推广布克奖而广为人知。

的——弗莱恩要得奖,他也绝对该得奖。那些小孩子说得对啊,我们煮了个婴儿当午饭,把骨头埋在草坪下面。治疗师、社工、法庭相信一切,因为他们愿意相信。警察挖开草坪——什么也没有。但他们还是判了她四十三年。我告诉你,如果他们进去,基地组织就会统治伊拉克。你见过五百欧元的纸币了吗?

他休息一下,做了块三明治,然后一直写到半夜。五十一页不大的纸,写得满满当当。两点半,他在膀胱的压力下醒来。这种事情以前从没发生过。他站在那儿对着马桶小便,不知道该不该因为小便无力而担心。他想起了乔伊斯,想起了一天结束时,斯蒂芬和布鲁姆[①]在晚上并排站在花园里小便。伊萨卡。罗兰也曾拥有斯蒂芬的射线,"较高而咝声较大"。现在,他只有布鲁姆的轨迹:"较长而流势较缓"。罗兰不太喜欢他的医生。他不愿意去。

随后,他站在卫生间的窗户旁,屋后加盖的小房间的屋顶是平的,抵住了卫生间的窗户,所以打不开。他俯瞰着花园。七月的夜晚微凉,天空清澈,一轮下沉的月亮冷冷地照着他和劳伦斯几小时前坐过的桌子。奇怪的是,桌子呈现为亮白色,下面的草却是黑色。两把椅子仍然保持着他们各自起身时的角度。物体顽固的忠诚,不偏不倚地待在他们随意放置的地方。他颤抖了一

[①] 英国作家詹姆斯·乔伊斯(1882—1941)名作《尤利西斯》中的人物,小说故事发生在6月16日这一天之内。下文的"伊萨卡"是荷马《奥德赛》中国王奥德修斯的王国名,亦是《尤利西斯》中的章节名。

下。好像在看不应该看的东西——他不在的时候才出现的东西，他死去之后事物的模样。回去睡觉的路上，出于习惯，他朝劳伦斯的房间望了一眼。没回来。他想到了打电话。但他不会干涉。很快，劳伦斯就十七岁了，而且他和维罗尼卡也许进展顺利。他回到床上，沉沉睡去，没有做梦。第二天上午，九点刚过几分钟，他被电话声吵醒。一开始，他觉得那声音很熟悉，像是以前接触过的什么人。他还在半睡半醒之中，很容易想到各种梦一般的可能性。打电话的是位警察，礼貌地问对方是不是罗兰·贝恩斯。他坐起身，《情感教育》掉落在地上。他的心怦怦跳，掌心潮湿的手紧紧拿着听筒，认真听着。

*

三十岁之前，罗兰负责自己的教育时，对科学的兴趣不温不火。他坚持学习，但总觉得科学缺乏人文关怀。火山、橡树叶或星云的潜在进程——都很好，但并不能吸引他。人类个体或群体是成功还是失败，他们的爱与恨，他们的决定和选择——在这块至关重要的圣地上，科学的奉献是有限的，且不乏争议。它提供的是衣着光鲜却似是而非的真理，用物理方式去描述人们已经知道的东西，呈现大脑中早已明白或人心这个平行宇宙中早已探索过的事件。例如，人与人的冲突。两千七百年前，当奥德修斯二十年后重返家园、与妻子珀涅罗珀发生争执时，文学中就早已了解并进行了讨论。又是伊萨卡。如果我们知道，他们后来和解时，珀涅罗珀的动脉里流淌着催产素等东西，那也挺有趣，但对我们理解他们的爱，还能有什么帮助呢？

可是，罗兰仍然坚持学习。他阅读给外行看的科学图书，与其说是好奇，不如说是害怕落伍，害怕成为一辈子的无知之徒。三十年里，他读过六本写给普通读者看的量子力学书籍。都用聪明而诱人的语言，保证将时间、空间、光、引力和物质这些相互关联的谜团一次性解释清楚。然而，他现在的知识，仍然和阅读第一本书之前一样。著名的物理学家理查德·费曼说，没人懂量子物理。这话倒有所帮助。

某些概念还隐约记得，但很可能被自己扭曲了。引力影响时间的流逝。还会使空间弯曲。世界上没有"东西"，只有事件。光的速度是最快的。这些都没什么意义，也帮不上什么忙。不过，还有一个小故事，一个著名的思想实验，连从没听说过量子力学的人都知道。薛定谔的猫。一只猫藏在铁箱里，要么被杀死，要么继续活着，由一个随机触发的装置决定。箱子不打开，猫的死活便无从知晓。根据薛定谔的叙述，在箱子打开前，猫既是死的，也是活的。如果出现好的结果，在揭晓的时刻，会出现波函数坍缩，活猫跳入主人的怀抱，而它的另一个版本则在主人或猫都无法进入的宇宙中继续死着。推而广之，在每一个可感知的瞬间，这个世界都在分化为无穷无尽却又无法看见的可能性。

在罗兰看来，平行宇宙理论和伊甸园中的亚当夏娃一样难以置信。两者都是震撼人心的故事，如果某件不确定的事情悬而未决，他常常召唤那只猫。大选的票数、婴儿的性别、足球赛的比分。那天上午，他躺在床上听到电话响起、警察说话的时候，那只猫就是他儿子。劳伦斯在警察局正从宿醉中慢慢醒来，同时又躺在光亮的金属台上，身上盖着布，在殡仪馆里。两种状态，同样真实、完美均衡，于是他再也无法忍受警察的礼貌——他还在请罗兰确认家庭住址。无论波函数是什么东西，它反正马上就要坍缩了，他自己就可以让它坍缩。将它从悬崖上扔出去。

"他在哪儿？你告诉我？"

"还有邮政区号，先生，如果你同意的话。"

"老天爷。你就直接说吧。"

"我无法继续，如果没有你的——"

"我在克拉珀姆。老城。"他声音很大。

"好的，先生。这就行了。我名叫查理·莫法特，是一名调查警员，在布里克斯顿警察局给你打电话。"

"别。"

"我隶属于刚退休的布朗警司的办公室。"

"什么？"

"他上次去找你有些年头了，我们看看，很久以前。1989年。关于你妻子失踪。"

罗兰从半梦半醒中走出来，正消化着儿子尚在人间这一事实，除了哼一声，也没什么好说。现在，他能听见儿子在卫生间里的声音。

"那件事已经圆满解决。"

"是的。"

"我打电话，是希望你同意见个面，关于你和布朗警司谈话中提到的另一件事。"

"什么事？"

"我希望和你面对面谈论。今天下午你可以吗？"

两点钟，他们在厨房餐桌旁面对面坐着，就像多年前探案督察布朗来访时一样。莫法特身材细长，面部光亮——实际上那脑袋和脸真像灯泡——额头宽阔，颧骨线条有力，下巴娇小可爱。他眼睛睁得很大，眉毛可以忽略不计，所以看上去永远是一脸吃惊的样子。或许很久以前，祖上有中国血统。他们闲聊了几分钟。布朗是他们唯一的共同话题。他有三个儿子，两个追随父亲也进了伦敦警察厅，在恩菲尔德附近的不同警局。

"那是难对付的区，"莫法特说，"他们能学到很多。"

最大的儿子参军了，以优异成绩从桑德赫斯特军官学校毕业。马上要派到科威特去，一个小分遣队。

"查看伊拉克边境？"罗兰说。

莫法特笑了。"大家都感到很骄傲。"

等闲聊结束，他说："我负责的是历史上的性侵案。这只是初步调查，你没有义务回答我的任何问题。我不会占用很多时间。"他打开一个文件夹，里面有布朗打印的笔记。

"一位同事浏览道格拉斯的文件找别的东西，偶然发现了一个值得关注的地方。首先，请你确认一下您的出生日期。"

罗兰照办了。他感到有些发抖，但他相信表面上看不出来。

然后莫法特读道："我将事情终结时，她没有反抗……等等……谋杀的阴影笼罩着全世界。"

"啊，对了。"

"这些话是你一个笔记本上的，道格拉斯·布朗拍过照。"

"没错。"

"有些误解，以为说的是你失踪的妻子。"

罗兰点点头。

"在澄清的过程中，你说，你指的是之前与另一个女人的关系。性关系。"

"没错。"

"这位女士多大年纪？"

"二十五六岁吧，我想。"

"你能告诉我她的名字吗。"

他大脑里浮现出米里亚姆·康奈尔的一个具体形象。她赶他出门的那个雨夜，她流着泪，手里拿着工具棚的钥匙，马上就要扔到地板上。根据理论，还存在另外一个世界，在那里，他在爱丁堡娶了她，而且仍然活着。婚后或幸福，或凄惨。不久便在怨恨中离了婚。如此等等，还有两人面对的种种其他可能。相信这个，那你就得同时相信全世界的一切宗教和信仰。在某个看不见的地方，它们全都是真的。所有的谎言也都是真的。斯蒂芬·霍金曾经说过，"听到薛定谔的猫时，我就伸手去掏枪。"但这个想法仍然萦绕着罗兰。不仅如此，还让他着迷。那么多没有走的路，仍旧好好地摆在那儿。顺着现实的面纱的某条缝隙下去，他五十多岁了，仍旧穿着睡衣，过着简单的生活。

他说："我为什么要告诉你她的名字？"

"那以后再说。这里的谋杀指的是？"

"一开始，关系开始的时候。古巴导弹危机。你可能不知道。人人都以为会发生核战争。集体谋杀。"

"1962年10月。那么，那段关系开始，你刚过十四岁。"

"是的。"罗兰察觉到某种并不愉快的感觉顺着脊椎升起，有伸懒腰、打哈欠的冲动，但他忍住了。不是无聊，也不是疲惫。莫法特观察着他，等着。罗兰看着他的眼睛，也等着。

寻找并当面质问米里亚姆的决心起起伏伏，时而坚定有力，时而毫无行动。过去十年中，大多是后者。一次认真的行动发生在1989年，在学校来信说她去了爱尔兰之后。他去了皇家音乐学院。一位接待员帮了忙。她根据一份档案确认，米里亚姆于1959年以优异成绩离开了学院。另外一天他又去了，他们介绍了一位教钢琴和乐理的年长教授。听到米里亚姆的名字，他皱起了眉头，说隐约有点印象。真的很有才华，后来没有听到过她的消息。但是，他说，他有可能把她和别人混淆了。

1992年前后，他又尝试过一次。他乘坐地铁穿过大伦敦区，前往埃平森林附近的一个全国注册钢琴教师学院。她不在档案上。直到九十年代中期，要查找关于任何人或任何事的事实都非常困难，而且那时候没人在意。你的邻居可能搬到四条街之外，坦坦荡荡过着他的日子，而你却不可能找到他的踪迹。任何询问，都必须写信或打电话，或者出门拜访，或者搜查，或者四者兼备。他1996年有了因特网，虽然大家对互联网有空前的期望，他却没找到关于她的什么消息。

系统地搜寻还面临一些日常的阻碍：抚养孩子、谋生、疲惫。然后又有了另一个因素。九十年代末，他有段时间喜爱查尔斯·狄更斯。他连续读了八部狄更斯的小说。小说赞扬人的多样性，体现了他在自己身上无法想象的包容精神，这让他爱不释手。要做一个更好、心胸更大的人，是不是太迟了呢？后来他读了两本传记。作者生平中的一个事件对他起了作用。十八岁时，狄更斯还是个暗怀文学抱负的普通法庭记者,他深深地爱上了非常美丽的玛丽亚·彼得内尔。她刚二十岁。一开始,她似乎在鼓励他,可从巴黎读完书回来之后,她拒绝了他。他没什么前途,她父亲一直都不赞同。多年后,他的盛名,超过了古往今来所有作家在世时的名声。玛丽亚给他写了信。当时,狄更斯正对他与凯瑟琳的婚姻感到厌倦。三年后,他们的婚姻即将结束。他一直渴望年轻时充满情趣的强烈情感。现在,玛丽亚·彼得内尔又让他想起了那场未及完成的伟大激情。她在他的心中挥之不去。他开始给她写信,看来似乎是情书。不久,他清晰地发现,他从未爱过其他人。年轻时没能赢得她的芳心,是他这辈子最大的失败。也许还来得及。

已成为亨利·温特夫人的玛丽亚到狄更斯位于摄政公园附近的家中喝茶,查尔斯知道这时候凯瑟琳会出去。看了一眼这位女士之后,所有的梦都消散了。她"极胖"。她谈吐幼稚,喋喋不休。以前看来古灵精怪,现在就是愚昧无知。一起喝茶成了礼貌的噩梦。后来,他想办法绝不让她进入自己的生活。但是,他还能期望什么呢?都过去了二十四年。这个故事揭示了罗兰从没完全想清楚的东西。自从他最后一次见到米里亚姆,将近四十年过去了。他害怕她可能变成了别的样子。他想要她保持原样。他可不愿意看到一位运气不佳、身材臃肿的六十五岁老太太取代她的位置。

最后,年轻的警察说:"之前你就认识她吗?"

罗兰想了想。"你想立案?"

"那不是我的决定。她是你们家的朋友吗?度假时候遇到的什么人？"

罗兰努力召唤他十四岁的自我。全校都为尖头皮鞋而疯狂。他曾乞求母亲给他买一双。她用她的新缝纫机，将他学校规定的灰色法兰绒改成了直筒裤。十月的一个星期六早晨，他来到米里亚姆家门口，那应该就是她看到的情形——他的夏威夷衬衫纽扣几乎解开到腰上，直筒裤上还沾着农场的泥巴，那双磨损的尖头皮鞋和中世纪的小丑穿的鞋子一样。他就是那个花花公子一般的男孩，双腿叉开，对双腿之间新近隆起的部位尤为敏感。站在潮流的最前沿。骑着自行车，不宣而至，要在世界末日之前品尝性的味道。对一个二十五六岁的女人来说，他代表了精心打扮的品位。

他说："我需要想一想。"

"贝恩斯先生。你是性侵的受害人。现在这是一个刑事问题。"

"你肯定有更加紧迫的案件。恐怖的案件。"

"也有历史案件。"

"为什么要我经历一遍？"

"正义。你自己内心的平静。"

"那会很糟糕。"

"我们提供专业的支持。你很可能知道，关于这类事情，我们的文化已经完全不一样。以前忽略的、不当回事的，现在不是了。好消息是，现在我们有任务目标。所以每年有很多成功的公诉案例。"

"啊，对了。任务目标。"他不会告诉莫法特，自己曾是"任务目标"的热衷者。他说的是,"这些的意义又是什么?"

"如果我们顺利,我相信会的,那么我们的资金就会增加,然后我们将更多的性侵者投入监狱。"

"甚至可能曲解证据?为了打击那些……呃……?"

莫法特微微一笑。他的牙齿白得不自然。他在牙医那儿做错了选择。应该选择自然的米白色,像罗兰两个月前那样。他仍为自己的新形象感到骄傲,一位当了牙齿保健员的前女友做的,价格打了折。他挑衅地报之以微笑。

警察在收拾材料。"媒体这么说的①。铁证如山的案子,我们都处理不过来。"他停了停,然后又说道:"男性心理里某种野蛮的东西。"

"显然。"

"但是,女性侵犯男性。你这样的案子我们只有几例。"

"这些也有任务目标吗?"

莫法特站起身,隔着桌子递过一张卡片。"你会看到,那上面我已经写了一个案件编号。如果你站出来,就能帮助别人。男人、男孩。"

罗兰把调查警员送到门口。迈步走出大门时,莫法特说:"本来一开始就该问你的。那事损害你了吗?"

罗兰快速回答:"没有,一点儿也没有。"

同之前一样,莫法特等着下文,见没有下文,他转过身,举

---

① 2000年萨拉·佩恩遇害后,儿童性侵和保护成为全国话题。《世界新闻报》曾开辟专栏,公布恋童癖者的个人信息,引起广泛影响和争议。上文罗兰"为了打击……"后省略的词,或为"恋童癖"。

起一只手以随意的方式表示告别，然后上了车。罗兰关上门，背靠在门上，顺着门廊里的扶手栏杆望着厨房。损坏。损坏在这里。缺失、破裂或松动的地板砖。磨损、有污渍的楼梯地毯下面全是干枯的垃圾。厅里的踢脚板也在腐烂。排水管道老化，供热系统有三十个年头了，窗户上的木头一块块变成粉末。他可能永远也没条件搬出这幢房子，这一点他已经开始接受。屋顶需要更换。线路安全证书上的日期是1953年4月。有些天花板隔层里包含石棉。一名建筑商，罗兰心目中好的那种，说整个地方需要"施工"。每周靠着他弹钢琴和偶尔发表媒体文章的收入，他和劳伦斯过得也还算凑合。没有多余的钱"施工"。到某一天，钱会更少。阿丽莎的律师来信，说等劳伦斯十八岁，她每月的抚养费就会停止。她会不时通过吕迪格送来支票，如果在欧洲或美国上学，她会支付学费。非常合理。

　　房子的状况是一系列后果的外部展现，真正的源头，他不愿意多想。迷失的十年开始于他在雅典睡屋顶的后期，在他把读了一半的亨利·詹姆斯扔进垃圾桶的时候。回到英国，他在乐队里弹琴，大多时候在小建筑工地上干活，同时还在罐头加工厂做事、当游泳池救生员、遛狗，还在一家冰激凌仓库上过班。酒店大堂琴手、网球教练、休闲指南杂志评论员，这些都是后来的事。还有他的旅行，有时候和朋友们一起，有时候一个人：跨越美国的公路旅行，在希腊依奥斯岛的山洞里住了一段时间，还和密西西比两位躲避越战兵役的朋友进行过一次长途公路旅行，先到喀布尔，然后经过开伯尔山口到达白沙瓦。他们在斯瓦特山谷中休整。他的钱用完了，回来以后，就在非法占据的房子里睡沙发地板，混日子。有趣的女朋友、摇滚和爵士音乐会、节日、电影——还有体力劳作，或累或无聊，或又累又无聊。七十年代，找临时工作很容易。

那时候人们谈论"系统"。他是反对"系统"的，认为古典音乐是系统的一部分。他喜欢对人说，由巴赫或德彪西造就的钢琴，是腐朽的遗留之物，是历史的废墟。他二十多岁的年华渐行渐远。他告诉自己，他有自由，过得也很快乐。偶尔因为人生没有目的而感到焦虑，但他能控制。可那焦虑日渐膨胀，最后决堤而出，再也无法遏制。他二十八岁，却过着一无是处的生活。他到城市图书馆和歌德学院注册登记。在工党的会议上，他宣称自己是"中派"。他的高等教育花了他将近十年时断时续的学习。他没有参加过正式考试。很多人二十多岁的时光，乃至整个生命，都耗费在办公室、工厂车间和酒吧里，最远也就到过南欧的海滩。所以，过自由自在的生活，随挣随花，和其他人都不一样，是值得的。这正是年轻的要义所在。一旦发现自己这样想，或者说这样的话，他就知道他需要说服的是他自己。

他仍然背靠着前门。现在莫法特已经走了，不需要假装镇定，倒也松了口气。并不是因为听到新的消息而感到震惊。他以很多方式，指控过她很多次——但只在大脑里。让他震惊的是听到国家官方人员从嘴里大声说出来。现在这是一个刑事问题。不是过去，而是现在。第二个让他震惊的，是对他的挑战。他做好采取行动的准备了吗？这件事一直舒舒服服地蜷缩在行动的门槛之下，像烈日之下一条待在浓荫下的蛇。而我，在热浪中穿着睡衣。那是他自己和他的过去之间的事情，决不能大声说出来。在他的思想中那不算秘密。那两年不过是——是什么呢?他曾听一位作家提到她的心理家具。不能重新摆放,不能出售。关于米里亚姆,他只谈过一次,只在利伯瑙雪中散步时对阿丽莎说过。她的小说中没有那次坦白的影子,没有巧妙的艺术加工,什么也没有。他宁愿从她那儿把故事收回,那就完全属于他一个人了。莫法特却要求他朝相反的方向走,把厄沃顿的日子公开给法庭,公开给法庭的工作人员、皱着眉头的法官、现场听众和媒体。正义?这是要求他复仇。找他的玛丽亚·彼得内尔复仇。四十年之后,而不是二十四年。他下了决心,要让劳伦斯帮忙。

他儿子现在每周工作四十小时,在达芙妮的住房协会,离"大象与城堡"区很近。离他新学校开学还有几个星期。他挣的比最低工资少,工作是冲咖啡、跑腿、输入简单的信函、帮忙建一个网站。那地方没有他也顺利运作了很多年。达芙妮算是他的替代母亲,这样做是帮他和罗兰的忙。这是他的第一份工作。他接受了工作日常:七点半的闹钟,坐北线往返,没有抱怨。与他父亲在那个年纪相比,他的职业道德更坚定,但和他父亲一样,他认为自己有权利寻欢作乐。他常常下了班就直接去找朋友们玩。想当演员的维罗尼卡在科文特花园当服务员。她已经是他的女朋友,劳伦斯也不再是处男。他们第一次"乱糟糟的"性关系发生在她的房间里,是伯爵宫附近与他人共享的一套公寓。他不愿意告诉父亲什么地方出了问题。第二次发生在索霍区圣安妮教堂无人的墓园里,感觉"棒极了"。罗兰无法想象,雷恩[①]建造

---

① 指克里斯托夫·雷恩(1632—1723),英国著名建筑师。

的这座著名教堂，周围竟然会没人，尤其是半夜的时候。同样，他也无法想象自己对父亲讲这些事情。他感到荣幸。罗兰心想，跨过这道重要的门槛，也许能帮助劳伦斯摆脱与他母亲的糟糕会面。他颇有耐心地听着父亲就对方同意和避孕这两个重要问题进行了布道。

"别担心。你目前还不会当爷爷。"

直到星期六半上午，罗兰才和劳伦斯说上话。他们又坐在花园的桌子旁，喝着咖啡。以前有个人，罗兰说。他想再和她取得联系。能不能请劳伦斯试着在因特网上找一找她？是前女友吗？不，是他以前的钢琴老师。他一直想知道她后来怎么样了。说不定已经去世了。他提供了一些细节，包括她的出生日期：1938年5月5日。她在赖伊镇附近长大，1956年至1959年上皇家学院，1959年至1965年在伯纳斯学校，后来也许去了爱尔兰。劳伦斯进了屋，过几分钟就回来了，手里拿着一张纸。

"太容易了。你运气好。活着，就在附近。在巴勒姆。还在教书。还有电话号码呢。"

劳伦斯把那张纸放在桌上，但罗兰没有去拿，他担心自己手抖。

整个下午，他心不在焉。他在地图册上找到了她所在的街道。巴勒姆。两站路。他强迫自己去做不动脑筋的事情：用手动割草机修剪了草坪，收拾厨房，给电工打电话。他在外面来来回回走了几分钟，然后走进屋里，打了电话。接着，他洗了个澡。

六点钟后，他在花园里喝啤酒，劳伦斯走出来告别，说他要进城去。维罗尼卡在比萨店的白班结束，他要去接她。但是，他还是一屁股坐下来,看了父亲一眼,那目光是高傲的挑衅,罗兰很熟悉。有时候让他恼火。那意思是,我有话说,别假装不知道是什么事。

"我有几分钟,所以,呃……"

"很好。去拿罐啤酒吧。"

"不用了,谢谢。听我说,有件事情……"

罗兰等着。他的心脏发生了异位搏动,就一下。完全没有害处。

"是这样的。我讨厌数学。讨厌学习。我不想再待在学校里。"他看着父亲,等他消化这话的含义。

劳伦斯在一所以数学为特长的预科学院里挣得了令人羡慕的一席之地。罗兰半分钟没说话。他明白,维罗尼卡和这事有关。

"可是,你很出色啊,在——"

"不,我只是还行。爸爸,和你比算出色。我要是去了,学院会告诉我什么叫真正的出色。"

"这你怎么知道。"罗兰感觉,不是劳伦斯,而是他自己,即将失去预科学院的学习机会——又一次失去。但他努力压制了这种感觉。父母们无法避免的替代思维。

"我甚至在中学都不是最好的。阿婷总在我前面。她甚至都不用出力。"

"你的老师说,你更有想象力。"

中国崛起。谁也阻止不了。贸易能开拓心智、开放社会。随着商业上的成功,政党会日渐式微——罗兰能确定的一个好结果。他说:"也许你需要一年的间隙。他们能把名额给你留着。"

"学院不那样做的。"

罗兰叹了口气。他必须小心,他应该停止争论。现在反驳劳伦斯会激起他的抗拒。于是他说道:"那好吧。你想干什么?"

问题问对了。劳伦斯眼睛看着一旁,然后说道:"我不知道……"他不愿意说出来。那肯定是个糟糕的计划。

"行啦。说出来呗。"

"我想过表演。"

罗兰瞪大眼睛看着他。没错。维罗尼卡。

劳伦斯低头看着自己怀里。"皇戏或中央①。也许,我不知道。也许去蒙彼利埃。"

他不应该与他争。他应该听他说完。但罗兰还是争了。眼下他先避开蒙彼利埃。"进入皇戏的孩子都有内在动力。迷恋舞台。你从来不感兴趣。学校的戏剧,你一场都没参加过。你不读剧本。你从来都不愿意和我一起去看任何——"

"是啊。那是个错误。现在我有兴趣了。"

"那么,你已经做过——"

"什么也没做。听我说,爸爸。不是戏剧。是电视。"

不提高音量,这很重要。可他还是提高了,还张开双手,用戏剧性的方式表示疑惑。"可你几乎从不看电视。"

"我会看的。"

罗兰用手掌按住额头。他比儿子还会演戏。"这就是夏日疯狂!"

---

① 指皇家戏剧艺术学院和中央圣马丁艺术与设计学院。

劳伦斯拿出手机,查看时间。他站起身,绕到桌子这边,来到罗兰椅子后面,双手抱住了他的脖子。他吻了吻父亲的头。

"我们回头见。"

"答应我一件事。你还有时间。别明天就去取消你的名额。这是一辈子的决定。大事儿。我们要好好谈一谈。"

"嗯。"

罗兰朝屋里迈了几步,突然停下脚步,转过身来。"你联系她了吗?"

"当然。谢谢你帮忙。我预定了一节课呢。"

他步行,因为他谨慎。不,紧张。他不信任地铁。只有极小一部分轻信而残酷的人,才相信纽约的劫机者在天堂里享福,应该紧随其后。然而,这里有六千万人,其中肯定也有一些。来自扛着"拉什迪必须死"的标语①的人、焚烧他的小说的人,或者来自他们的弟弟、儿子和女儿。那是第一季,发生在十三年前。第二季,双子塔。下一季很可能是个惩罚性报复和军事入侵的故事,不是沙特阿拉伯,虽然攻击者来自那里,而是其杀人成性的北方邻居。三分之二的美国公众都相信,萨达姆应为纽约的屠杀负责。出于对美国的传统忠诚,以及塞拉利昂和科索沃介入行动的成功,英国首相也非常激动。国家已经在备战。

今年早些时候,紧急应对部门进行了地铁遭遇炸弹袭击演习,结果伦敦中心全部瘫痪。地铁是脆弱而明显的地方。空间狭

---

① 萨尔曼·拉什迪(1947—),印度裔小说家,伊斯兰极端分子曾对其发出追杀令。

窄，能放大爆炸的后果；人群密集可以利用，黑暗的隧道被钢铁废墟堵上，毒气弥漫影响视力，因此救援困难。通向天堂的捷径。他经常想这个问题，想得太多了。再也不坐地铁，这是罗兰当前的想法，但他却没能说服劳伦斯。公共汽车也不能相信。所以他步行去。从老城区走到巴勒姆那一头，穿过公园，也不过两英里的路程。

他以为四十分钟的漫步过程中，可以做好准备，让自己镇定下来。他从她那儿想要什么呢？履行他大部分成人生活中一直在做的承诺。与她见面，以成人的眼光去理解他童年后期的一段往事，然后永不相见。简单。可是，他害怕见她。整整一上午，无论喝多少水，嘴巴都是干的，腹泻，不停打哈欠。他没吃午饭。而且无法专注于眼前即将发生的事情。他们卷入了全国性的困扰——同样令人害怕。大家只谈论一个话题。无法避开，连半小时都不行。战争一触即发，而推动战争的政府却是他支持过的，虽然一路上有些小失望。柏林之后，他政治上一直有一种朦朦胧胧的乐观情绪。去年，双子塔以及塔上的人化为灰烬，他就不再那么乐观了。回应措施会缺乏理性、充满暴力。他还担心其后果。在他的大脑中，那会越演越烈，引发国际失序，像一片慢慢升起的巨大黑云，其恶意程度和运行方向会被未知因素左右。结果可能不可收拾。就像与米里亚姆·康奈尔见面。

他经过风磨酒吧，十分钟后在克拉珀姆南站外面停了下来。他手肘靠在黑色栏杆上，栏杆上横七竖八，锁满了自行车。他需要集中精力。小时候的道理仍然有效：一切都不是你想象的样子。那么，他现在应该想象她，排除最糟糕的情况。一套太热了的顶层公寓，拥挤、憋闷，壁炉架上挤满了纪念品，刚刚做饭留下的浓郁的气味儿，还有她的护肤液和滑石粉。空气中还有怨恨的气息。一条烦人的小狗，或者很多只猫。什么地方有架钢琴。她看起来会很丑陋，嘴唇上涂着脏兮兮的红色唇膏，身材肥胖。会有叫嚷，甚至嘶吼，她的，他的，两人的。

他逼着自己继续走。他不是非去不可。取消的钢琴课，他可以送现金，写句潦草的话表达歉意，签上自己的假名字。但他仍然继续走。否则他无法原谅自己。想起了一个先例。他曾在奥尔德肖特漫无目的地走，拖延前往殡仪馆看他父亲的时间。然而，这具尸体却是活的，被一位急切的警员从深深的记忆之墓中发掘出来。坟墓的尘土在她头发里。不久，他就要去照料母亲。她的大脑、她的性格，都在慢慢衰退，但她仍旧紧紧抓着她的梦幻世界，她的那片无人之地，并非不开心，因为她坚信郊区的养老院是一个豪华宾馆，有时候是一艘游艇。偶尔她还相信自己是游艇的主人。这次他要做更好的准备。她要坐在她敞开的棺材旁，也许穿一身黑色的衣服，也许独自待在同一个房间，双手互握放在怀里。这段日子，他经常想起詹姆斯·乔伊斯。不久她也会成为一个幽灵……一个接一个，他们全都要变成幽灵。①

他现在要去的地方，以前曾是个笑话，伦敦谁也不愿意去，彼得·塞勒斯的喜剧旅行短片《巴勒姆，通向南方的大门》，确立了该地的恶名。现在，情况有所好转，年轻的专业人士以及他们的资金正在清洗这个地方。不过，商业街上仍然是旧日巴勒姆

---

① 译文引自上海译文出版社《都柏林人》（王逢振译）中《死者》一篇。

的模样。一家颓败的沃尔沃斯超市，常见的投注店和旧货店，一家"一镑店"。旧日的热闹也还在。人行道上，一个人挡着罗兰的路，大声喊着水果和蔬菜的价格，还试图将一个装满了西红柿的褐色纸袋子塞进他手里。

离开南方的大门之后，他穿过马路，沿着一条小路往西走。他记住了地图册上的位置。过了三个街区之后，他再次朝南走，然后右转。这些维多利亚时代的别墅三十年代初期应该被改成了合租房。现在又慢慢改成了一家一户。脚手架、建筑工的小货车、站在高高的梯子上为伦敦的旧房子重新勾缝的工人。这就是她家所在的路。那幢独立的大房子在路远端的拐角处。她在电话里让他不要早到。她的声音听起来非常陌生。还有七分钟。她家外面没有脚手架，因为施工已经结束了。前面有一块宽阔的长方形草坪，草修得很短，正中央有一棵小樱桃树，特别引人注目。也许是人工草坪。他不想被人看到在门口逗留，于是直接从门前走过，在小区里走一走。

回来的时候，前面的学生刚刚离开，是一位二十出头的女士。他放慢脚步，让她离开，然后迈上两级花岗岩台阶，来到门口。只有一个门铃，是原装的那种高门大族家的门铃，中间是陶瓷，有头发丝一样的灰色裂纹，周围是粗铜，呈同心圆状。他知道不能犹豫，便立即按了铃，尽管他突然感到犹疑，些微有些困惑。几秒钟后，门开了，她就在那儿。但她几乎立即就侧过身去，把门开得更大一些，一边转身朝屋里走，一边回头说道："孟克先生。太好了。进来吧。"习惯于每天学生来来往往，不在意面孔。门厅又宽又长，地上铺着闪亮的地砖，比他自己家的更加恢宏。面前升起一段楼梯，铺着奶白色石灰岩，呈弧形平缓而上。也许这地方是爱德华时代的。他跟在后面来到起居室，依照传统做法，起居室是两个房间拼起来的。但顶上的钢梁埋在天花板里，从外面看不见，天花板的吊顶重新做过，根据亚当风格[①]，塑成椭圆形，长度足有五十英尺。空间开阔、灯光明亮、秩序井然。他全看在眼里，立即就明白了，因为他偶尔想过把自己的房子装修成这样，当然规模要小得多。如果"庆歌"公司的钱真拿到了，他会付诸实施的。暗色的宽木地板，白色的墙，没有画，一把法国圈式扶手椅，法式高窗，正对着四分之一英亩的花园。只有放乐谱的书架。正中央一台钢琴，法吉奥里音乐会级三角琴。肯定有某个有钱人进入了她的生活。

她背对着他，把上一堂课用的乐谱放回到架子上。她仍旧苗条，比他记忆中更高。头发是白色的，在脑后扎成一条长马尾。她没有转身，只挥手让他坐到琴凳上。"请坐，孟克先生。等我一下，我把这些收起来。弹点什么吧。让我了解一下你的情况。"

这次，他觉得听出了她声音中某种熟悉的音调。记忆的烟雾和镜像。不过，他毫不怀疑这人就是她。他走到琴边，调整好凳子的高度，坐下来，这时他惊讶地发现自己心跳平稳。他想象过种种情形，但她邀请他弹琴，是他准确预见到的唯一场景。他的假名不是随机挑选的。他放好双手的位置，停顿一下，然后弹了个大和弦。在那一瞬间，他感觉到了——琴键的运动那么丝滑，琴声那么美妙、饱满，在周遭回荡良久——在没有地毯

[①] 十八世纪一种新古典主义的室内装修风格，以建筑师威廉·亚当及其儿子们而得名。

的房间里更显洪亮。他胸椎骨下方的空隙中都感觉到了,也听到了。

"你有名字吗,孟克先生?"

他记忆中不分场合的玩笑。

"西奥①。"

"那继续吧,西奥。"

他根据记忆中1947年的录音,弹奏了《午夜时分》,也许要更加甜美一些,带了点儿沉思的节奏。序曲和第一行弹完之后,她突然到了他身体左侧,站得特别近。

"你想要干什么?"

他停下来,站起身面对着她。他清楚地看着她,立即认出了那张他曾经熟悉的面孔。他认为自己明白其中的关联,明白那张脸从1964年到2002年的衰老过程。仿佛他正看着一个面具,也许是他母亲的脸和米里亚姆的脸组合而成的,而真正的米里亚姆在面具后面,假装不在场。

"我想要和你谈谈。"

"我不想要你到这儿来。"

"是啊,你当然不想。"他同情地说道。他还没准备离开。他发现,最为突出的变化,倒不是显而易见的岁月的风霜,而是她的脸变长了,不像年轻时候那么圆。将她的五官向下拉了一点点,让她有种颐指气使的模样。出身显赫的罗马贵妇。那双眼睛,连那绿色,连那睫毛,都显得熟悉。鼻子仍然有略显短促的

---

① 罗兰用的是塞隆尼斯·孟克之名,"西奥"即"塞隆尼斯"的小称。

痕迹，这一点他曾经很喜欢。但是，她薄薄的嘴唇四周，有了蛛网般的皱纹。那是一张严厉的嘴巴。一辈子冲着琴键发号施令。她也瞪大眼睛看着他，应该也在打量吧，他猜。岁月给他们上的课。都不好，但比起他，这么多年过来，她似乎更好一些。她六十多岁，他五十多岁。她的头发全都在，他没有。她腰部仍然纤细。他没有。她的额头光洁，而他的额头上有三行深纹。这么多年在网球场上，他的脸永远是三文鱼那样的粉红色。早上刮胡子的时候，他看到自己浮肿一般肥厚的鼻子，以及鼻子上粗大的毛孔，感到非常厌烦。好在他的牙齿还算过得去。她的牙齿就更好了。两人都没戴结婚戒指。她戴着一枚金手镯。他戴着一块肥大的斯沃琪牌塑料手表。结论是：她看起来——他不得不承认这个想法——更加昂贵，显然更加富有，保养得更好，与他相比，她在她的世界里更加怡然自得。但是，他并不胆怯。毕竟，这是巴勒姆啊！如果他在某些事情上更加自信，那他会说，她的奶黄色衬衫是野蚕丝，她的裙子是某个高端品牌：浪凡、思琳、穆勒，那双浅蓝色高跟鞋也是。他注意到了她的香水。不是玫瑰水。有进步。

她默默地盯了他半分钟，似乎犹豫不决，肯定在想怎么把他从房子里赶出去。突然，她转过身，走到法式高窗前站着。高跟鞋在长长的起居室里发出清脆的声音。

"好。罗兰。你想要谈什么？"伪装的耐心。她在居高临下地对他说话。他不喜欢她喊他的名字。

"我们要谈论你。"

"怎么说？"

"你很清楚。"

"接着说。"

"那时候我十四岁。"

她转过脸去,然后打开了通向花园的双开门。他以为她这是准备邀请他出去。那他会拒绝。但她又回来了,朝他迈了一步,直截了当地说:"想说什么你就说,说完出去。"

她不能泰然处之,这鼓励了他。和他一样,她也内心不安。他有几个选择,但他不经考虑就直奔主题,说出了那个半真半假的事实。"警方对你有兴趣。"

"你去找了警方?"

他摇摇头,停顿了一下。"他们知道一点情况,来找了我。"

"那?"

"他们还不知道你的名字。"

米里亚姆不为所动。"我很久以前教过你钢琴。他们对这个感兴趣吗?"

他离开琴凳,走到扶手椅边站着。坐下来对他有好处,但这不是坐的时候。他说:"哦,我明白啦。你我各执一词。"

她死死地瞪着他。他想他还记得,以前两人吵架之前,她就是这个样子。也可能是他想象的。

她怜悯地说道:"可怜的人。这个槛你还没过去,是不是?"

"你过去了吗?"

她同样也没有回答。他们继续看着对方。她显得镇定,但从她衬衫褶皱的变化上,他看出来她的呼吸变了。最后,她说:"对了,我想现在你就应该离开。"

他清了清嗓子,发出吵闹的声音。他感到害怕。右膝盖又不合时宜地抖了起来。他靠在椅子上,稳住身体。"我再待一会儿。"

"你这是擅闯民宅。请不要逼我报警。"

他的声音在自己听来虚弱无力。他强迫自己提高声音。"去吧。我还有你的案件编号呢。"

"我不在乎。你是个不幸的人,有让人讨厌的依恋情结。"

电话在钢琴边的地板上,后面连着一根很长的电话线。她朝电话走去的时候,他说道:"我还保留着我的生日礼物。"

她茫然地看着他。手里拿着听筒。

"以我们的名义在前往爱丁堡的火车上预订座位的收据,酒店给你的回信,说期待在我十六岁生日前一天欢迎我们入住套房。次日进行结婚登记的相关文件。"

他没打算这么快说出来。不过,一旦开始,他也不知道怎么停下来。

她表情没有变化,但手里的电话已经放了下来。他不知道有没有打肉毒杆菌素。他总是不擅长识别。她小心地说道:"你是来敲诈我的。"

"去你妈的。"这话不受他的控制,自行脱口而出。

她往后退了退。"那你来干什么?"

"有些事情我想知道。"

"然后你就能'继续生活'。"

"如果你现在不想说,那我会在法庭上听到。"

她站在钢琴旁,左手放在琴上,食指无声地抚摸着,或者说骚扰着,那个最低音的琴键。她语气严厉。"受人威胁。忏悔。道歉。"

"差不多吧。"

"然后用你那个特别的小录音机全部录下来。"

"我不需要录音机,也不存在录音机。"但他还是脱下夹克让她看,然后把夹克丢在椅子上。他双手抱胸,等着。她迈步走到法式高窗外面,背对着他站着。权衡她的下一步选择。但她只有两个选择。趁她看不见,罗兰弯下腰,一只手放在那只抖动的膝盖上,使劲捏着。没什么作用。肌肉中的细微颤动稳定如常,像一个小小的电动马达。把身体重量转移到另一条腿上倒有些帮助。他再一次用力捏着。

然后他突然直起身,因为她已经转身回到了屋内。"很好。我们谈谈,"她欢快地说,"到楼下厨房吧。我给你倒杯热饮。"

她这是想掌控局面。炫耀她五十英尺的厨房。把他变成一位心存羡慕的客人。她的房子,不是他的。

"我们就待这儿。"他低声说。

"那么,至少坐下来吧。"她正准备坐到琴凳上。

"我们站着说。"他渴望坐下来。他觉得随时可能失去一切,突破那一纱之隔,他就会在绝望中离开,进入另一种状态,让自我毁灭的情绪摧毁他继续下去的意志。两人之间空无一物,没有遮挡保护。他们看到对方的样子,满怀失望和沮丧地想到了自己的衰老。可能压倒他的,是过去。

"我要你从头开始描述,从你的角度,你有什么感受,你想要什么,你以为自己在做什么。我全部要听。"

她离开琴凳，朝他这边走了几步。他几乎没给她选择的余地，但她突然顺从，仍让他感到意外。不过，他还是害怕她。他不想让她继续往前走。

"好吧。十月那一天，你出现在我家——"

"等等。"他举起一只手。"从头开始。你知道，那不是开头。我说的是上课。三年前。"

她盯着地板上的一个点，看上去好像缩了一点儿。他似乎看到了她摇头，以为她会抗拒。不可能，对陌生人讲那种亲密的事情。但是，现在她的声音不一样了，不仅更轻，而且更犹豫。声区的突然变化，让他惊讶。这是一种蜕变。

"好吧。我想，这事迟早都是要发生的。如果你想听，那我就告诉你。"

她吸了口气，眼睛仍旧向下看着。他等着。最后，她终于抬起头来，再次开口说话，但却不看他的眼睛。"那是个很糟糕、很糟糕的时候。我在皇家音乐学院，我刚刚和同年级的一名学生有过严肃的关系。不仅如此。我们是相爱的，我肯定是。我们在一起生活了两年。但是，我在最后那年里怀孕了。那时候，怀孕是场灾难。我们想办法凑了钱，在复活节假期安排了流产。我那位朋友，他名叫大卫，被迫卖掉了大提琴。我们的父母都不知道。没那么顺利，有各种各样的并发症，我看的那个人不是正规的医生。我生病了，接着我们的关系就散架了。我结束了最终考试。去市政厅面试，得到了伯纳斯的工作岗位。我以为离开是最好的选择。让伤口愈合。但我讨厌那份工作。音乐部主任莫林·克莱尔对我很好，但其他的员工……大厅员工休息室里每天上午的咖啡休息时间……那时候，不结婚的女人好像是个威胁，同时也是诱惑和挑战。无论是什么，我感到孤立。村里也一样。一个年轻女人独自生活。在1959年萨福克的乡下是闻所未闻的。我想，他们认为我是个巫婆。"

"我应该为你感到难过？"

她停了一会儿，然后说道："不再用孩子的眼光看待这件事，也许对你有帮助。"

两人沉默了。罗兰想，以前孩子的眼光，正是他现在需要的。他没说什么，最后她继续说了下去。

"流产让我非常抑郁。那段关系的结束，让我崩溃。那时候我和大卫那么亲密。我想念朋友们，而且我在教书方面毫无希望，无论是一对一教钢琴，还是三十个孩子的课堂教学。后来你来上课。你安静、腼腆、柔弱，离家那么远。触动了我心里什么东西。我试图解释过去，说这是因为我没有结果的母爱。以及我的孤独。或者是因为有的小男孩就是漂亮，那是我当时发现的被隐藏的同性恋情感。我想要领养你。你那么安静，那么忧郁。但实际上不仅是那些。其实我知道，但我没法承认。另外一件事是，很快我就能看出来，你很有才华。有一次你进来。你说已经练习了你的第一首巴赫前奏曲，我以为那时候我已经很了解你，相信你在撒谎。但是，我错了。你弹得那么漂亮，那么有表现力，感觉那么好。几乎不可能的声音，而且来自一个孩子！我只好转过脸去，因为我觉得自己要哭出来了。后来，我没法控制自己，我吻了你。吻了你的嘴唇。每周你来上课，我的感情越来越强烈，唯一的方法就是对你非常严格，或者假装严格。我嘲笑你。我甚至还打了你,用手使劲拍你。"

"你用的是尺子。"

"还有另外那一次。前奏曲之前或者之后,我不记得了。我觉得很羞耻。那时候,我已经痴迷其中、不能自拔了。我摸了你。摸了之后,我都差点晕了过去。我知道,这事没那么容易结束。那不是母爱。或者,也许都是,全混在一起。"

"还有虐待狂的成分。"

"不,从来没有。是占有。我必须拥有你。那是发了疯。一个性方面不成熟的小男孩。我根本搞不懂。一个脏兮兮的小男孩,在几十个脏兮兮的学生中间。我想过递交辞呈,但我做不到。我就是没那么强大。我没法离开。不过我做了安排,让你跟莫林·克莱尔上课。可就在那么做的时候,我还是邀请你来,到农舍里吃午饭。疯狂。你没来,我状态很糟糕。但我也知道,这也是幸运。我不敢去想,如果你来了,会发生什么。我说服自己,我必须靠近你,是为了培养你的才华。那是我的职业责任。你显然会成为杰出的钢琴家,远远超过我。我最后一次见你的时候,你显然已经很出色。已经开始弹第一首肖邦叙事曲。太令人惊讶了。要当你的老师也许有些道理,但我只是哄骗自己。我要的是你。"

"把你交给莫林·克莱尔之后,我就躲开你。如果我在远处看到你……我多么渴望看看你,就是看看你。可是,看到你朝我这边走过来,我就会走开。"

在这些回忆之中,他们跨过了一道线,现在他感到自由了。他怒不可遏地提高了嗓门。"你应该离开学校。你反复说你是受

392

害人，一个伤心、可怜的女孩，被无法控制的情感牵着走。你是受害人，不是我。行了吧！你是大人。你有选择。可你选择的是留下来。"

她没说话，轻轻点点头，思考着，也许是同意。可是，她继续讲的时候，他觉得她的叙述中有种黏糊糊的、不可穿透的东西。仿佛她从没开窗通过风，从没向其他人曝光。

"你说，你要我的视角，我的感受。我谈的就是这个。我的感受。不是你的。不是你的。我生活在悬崖边上。我认为我应该去接受什么治疗，但那时候伊普斯维奇什么也没有。而且我也无法想象告诉别人我对一个小男孩发生了性痴迷。我不敢用爱那个词。那太荒唐了。还不仅是荒唐。令人恶心。你说得对，还很残酷。我无法告诉我最亲密的朋友安娜，尽管她知道我出了什么问题。太可悲、太可笑了。犯罪。但到了晚上，一个人在那幢小房子里，我就反复重温我摸你、吻你的那些可耻场景。那些记忆让我激动不已，罗兰。可是到了早上——"

"不要用我的名字。我不要你用我的名字。"

"对不起。"她看着他，等着下文。然后她说："慢慢地，慢慢地，情况开始好了一些。我有时候复发，心情抑郁，但总体上在改善。在康复。我在切尔蒙迪斯顿遇到个人，差点就发生了关系，但最后没有结果。我见你越少，就越强大。我知道，很快你就会成为青少年，成为另外一种不同的男孩。那个让我痴迷的孩子会永远消失，我就会恢复。如果不能恢复，我还可以继续等，如果有必要的话，等到你十八岁或者二十岁——到时候再看。我开始发现工作的乐趣，同事们也接受了我，我帮助莫林上演了

Der Freischütz[①]，后来还有那个糟糕的歌剧，《国王的新衣》。

"两年过去了，后来我隔着窗户看到了你，一切都崩塌了。你穿过花园门走了进来，扔下自行车，大步走到门前。你看起来好像知道自己要什么。当然，你身体上发生了变化，但望一眼对我来说就够了。我的感情还是一样的。我感到自己在下沉。"她顿了一顿，"你那天要是没来……"

他的愤怒更加冰冷。"我的错，是不是啊，不该那样出现？行了吧，康奈尔小姐。请搞清楚时间。还有细节。还有责任。三年前，你把手放在我的生殖器上。你，老师。"

她又往回一缩。

他说："那是有后果的，你明白吗？有后果！"

她沉重地坐在琴凳上。"相信我……贝恩斯先生。我接受这一点。接受每一个部分。我伤害了你。我明白。但我只能根据我的记忆来讲这个故事，根据我记忆中的感受。我沉沦到那个地步，我知道是我的责任，不是你的。你说得对。我不应该说，你要是没来。是我做的事情，导致你来了。这一点我明白。"

他不喜欢她声音中的绝望。为了让他不向警方透露她的名字，她太卖力了。这样想是不是太冷漠自私了呢？他不知道。也许任何东西都无法让他满意。他说："那你继续。"

"你进来了。就算那时候，我还是告诉自己，了解一下你的钢琴也很好。我就是这么继续下去的，一步一步，说服自己相信一些事情，其实我并不相信。好像房间里有个隐形人在看着，我

---

① 德语："《自由射手》"。德国作曲家韦伯（1786—1826）的浪漫主义歌剧。

必须维持表面的样子。所以我们一起弹了一首曲子,莫扎特的二重奏。你弹得让我惊讶。你有一种神奇的感觉。我几乎都跟不上,而在此过程中,我一直想,等弹完了,我就让你走,同时我也知道,我不会让你走的。我们上了楼。不,你说得对。让我重说一次。我带着你上了楼。后来,那你都知道。"

远处传来孩子们玩耍时的持续的尖叫声。那叫声之外,是极低的车流声。他拿起椅子上的夹克,坐了下去。他的膝盖已经不疼了。他说:"继续。"

"那是第一次,很多个第一次中的一个。在说别的之前,我先要说这句话。那是可怕的真相。但我这辈子其他时候,从没再体验过——"

"我不想听你说这辈子其他时候。"

"很强烈,我就这么说吧。我变得非常有占有欲。我知道我让你丢开了学校作业、朋友、运动,丢开了一切。我不在乎。我想带你走。开始的时候,只有一次,我以为我恢复了理智,能够结束这件事。我有几天没见你。但我太弱了。没有希望。没有你,没有……那个,我的身体会生病,会疼,骨头疼。"突然,她笑了起来,"那时候流行一首歌。一直在我脑子里。佩吉·李唱《火热》。还有那首十四行诗,最好的一首,'我的爱是热病,渴望……'①"

面对陌生的文化引用,罗兰隐约感到不安。听起来像莎士比亚。他粗鲁地打断她。"我们只谈当时的情况。"

---

① 莎士比亚十四行诗147。

"于是我又把你弄回来了,我们继续。神奇的是,我仍然用同一个谎言,或者说四分之一的真相,来自我安慰——我每周给你上了很多个小时的钢琴课。实际上,你进步飞快。已经把我甩在后面了。我们在诺维奇开了音乐会。时间过得飞快,在我看来,我们面前,我面前,是个难以忍受的情形。不上学,不复习等等,你可能考试不通过,他们就不会让你回去,那我就见不到你了。或者,如果你勉强通过,开始上六年级,那你要为考大学做准备,或者别的什么,然后你越长越大,就会离我远去。这一点越明显,越无法避免,我就变得越极端。所以才会出现1965年夏天那两个星期的事情。"

"1964年。"

"你确定吗?你考试没过。因为我。可是,那个爱管闲事的尼尔·克莱顿介入了,他们反正同意你回来。我害怕让你回到学校。我知道,那将是终结的开始。我不会允许这件事发生。所以又有个第一次,一个可怕的第一次。把你锁在家里。奥尔德堡有钢琴夏令营。我没法把心思放在工作上。一些和蔼的退休老人,一心要把半个世纪前放下的钢琴课补起来。坚定不移地去考级。我恨他们。我只想着你在农舍里等我。"

"后来最糟糕的发生了。我最糟糕的。你在想新学期第一天,打橄榄球,更努力地学习,再次见到朋友。我没打算让你走。你的指定图书都锁在行李箱里,还有你的校服。我处在一种很奇怪的心理状态。我的逻辑是,如果我能开心,那么你也就会开心。用任何标准来看,都是自私残酷的,除了我自己的标准。我难以自控。心里只有一个想法,一件事。让你永远在我身边。我有些幻想，倒不是完全不合理，我要鼓励你去上皇家学院。然后我跟你一起去伦敦。过三年之后，帮你发展事业，做你的经纪人。还是那一套自我欺骗的谎言。我想要的，只是你。我要你，所以做了去爱丁堡的计划。同样，我让计划表面看起来很理性。你永远找不到另外一个人，如此深刻地理解你，如此忠心地照顾你。我们俩以后都不会有比这更完美的性体验。显然下一步就该是婚姻。我们一直就是奔着婚姻去的，举行婚礼在苏格兰合法。我陷在自己的计划里，根本没想到你会抗拒。我不习惯，所以勃然大怒。可是，就是在那时候，在吵架的过程当中，我已经在想另一个计划。让你去开学，然后我去接你，像以前一样，把你收回来。你回来了，我们像往常一样继续。我好不容易等了四天。但开学第一天，你没有出现。后来学校办公室告诉我，你再也不回来了。我急疯了。我有你父母在德国的地址，但我没写信。那是我唯一成功的自我克制。"

又是沉默。她似乎在等待他的审判。他的决定。见他没说话，她又说："我还要补充一点，如果你能承受的话。我不知道你是不是上了别的学校，也不知道这么多年你做了什么。但我知道，你没有成为音乐专业人士，没有成为音乐会钢琴家。我之所以知道，是因为这么多年我一直留意、打听，希望我造成的损害因为你的成功而有所减弱。但从来没有。也许永远不会。因为我，你没能拥有该有的东西，爱好音乐的世界没能拥有你，还有我宣泄在你身上的疯狂，我为这一切感到非常非常抱歉。"

他点点头。一种强烈的疲乏感笼罩了他。还有压抑感。他们的相遇是不对等的，因为一部分历史未曾公开——他自己的历史。那个趾高气扬的小东西，担心世界即将毁灭，于是前去寻求人生第一次性经验。他的小圈子里全是男孩，唯一可能的人就是她。漂亮，单身，充满诱人的情趣。他带着明确的动机去，得到满足之后，既高兴又骄傲。现在，四十年后，他又来指责这位高贵的女士，以威胁的手段强迫她自我批评。像"文化大革命"中的年轻红卫兵，一群自以为是的暴民中的一员，折磨着一位年长的中国教授。他前来把一块牌子挂在康奈尔小姐的脖子上。可是，不，这都是不对的。这是受害人常见的自责和内疚。他是像成人一样思考的。记住，那时他是个孩子，她才是成人。他的生活被改变了。甚至可以说，被毁掉了。可真是这样吗？她给了他快乐。他是当下正统思想的傀儡。不，也不是那样！

相互对立的观念搅成一团，让他头晕目眩、感到恶心。他无法再听她讲下去，他无法忍受自己的想法。他从椅子上站起来，感到四肢沉重。他穿上夹克的时候，她也站起身来。结束了。他们就那样不知所措地站了一会儿，都在回避对方的目光。

然后，她引着他走到门口，开了门。她快速说道："最后一件事，贝恩斯先生。你在这儿的时候，我描述那些事情的时候，脑子里想清楚了。这是个突然的决定，但我知道我不会改变主意。你说过，如果你提出指控，就会在法庭上听到我的陈述。不会发生那样的情况。你在这儿的时候，我已经做了决定。如果立案，我就认罪。没有必要庭审。只有判决。反正你有证据，我也没法反驳。但不仅如此。我丈夫七年前去世了。我们相识太迟，已经无法生孩子。我也没有兄弟姐妹，只有一些老朋友、以前的学生以及皇家学院的同学。还有我的业余音乐小组。我想说的是，我没有需要照顾的人。事情来了，我就接受。现在我见过你了，我做好了准备。"

他说："这话我会记住的。"然后转身走了。

10

罗兰·贝恩斯从五十多岁到六十出头的历程是一条提前到来的下降线。大多时候，他不愿意出门。他要读书——不到酒店上班的晚上、整个周末，都在阅读，有时候下午躺在床上读，夜里断断续续地读，吃早饭的时候还把书靠在果酱瓶子上。他不锻炼，几年内体重增加了八公斤，大多都在腰上。他的双腿更虚弱了，哪儿都更虚弱，包括肺部。有时候楼梯上了一半，他需要停下来，却跟自己说，那不是因为呼吸短促、膝盖疼痛，而是因为突然有了某个念头，回想起了某行有趣的文字。但是，他的大脑却没有更加虚弱。经过了八年，他仍然在写日记，已经到了第十四册。他读到什么都记录下来。几乎每个星期，他都要过河到伯爵宫或南岸中心去，逛逛二手书店，或者到诗歌协会去听朗诵，和他二十多岁的时候一样，不过那时候去得少。

七十年代中期，他对英国作家的印象不佳。那是一种不屑一顾的防御性姿态。他在电视艺术节目以及舞台上看到他们，无法把那些家伙当回事。他们系着领带，穿着西装或粗花呢外套，在家里也整天穿着拷花皮鞋和羊毛衫。他们属于加利克俱乐部或雅典娜神殿俱乐部,住着坚固的北伦敦别墅或科茨沃尔德的庄园,说话高高在上,好像一辈子都在牛津的万灵学院传道一样。除了烟草或酒精之外,从不尝试其他药品,绝不肯从正门旁边偷瞥一眼换个视角,却又气恼地拒不承认烟草和酒精同样是精神致瘾物质。他们大多都毕业于相同的两所古老大学,互相之间都认识。他们抽着烟斗,梦想着获得爵士头衔。很多女人戴珍珠饰品,说话干净利落,像战时的电台主持人。那时候他认为,那些男男女女写作时从不会停下来,为存在之谜而感慨,为未来而担忧。他们在社会的表层忙忙碌碌,以嘲讽的口吻描写各阶层的差异。在他们轻浮的故事中,最大的悲剧不过情事不顺,或者离婚。除了少数几人之外,似乎无人关心贫困、核武器、大屠杀、人类未来,甚至也不关心现代农业入侵之后乡村之美的枯萎。

阅读的时候,死者更能让他平心静气。他不了解他们的人生经历。死者活在时间和空间之上,他不需要自寻烦恼,去了解他们穿什么、住在哪儿、怎么说话。那些年里,他喜欢的作家是凯鲁亚克、黑塞和加缪。活着的作家当中,他阅读洛威尔、莫尔科克、巴拉德和巴勒斯。巴拉德上过剑桥的国王学院,但罗兰原谅了这一点,就像他会原谅巴拉德的任何东西。他对作家有种浪漫的看法。就算不是光脚流浪汉,他们也不应该扎根于一个地方,而要脚步轻快,生性自由,在社会的边缘过飘泊无定的日子,目光凝视着深渊,告诉世界深渊中有什么。毫无疑问,没有爵士头衔,不戴珍珠首饰。

几十年之后,他更加宽容。也不像以前那么愚蠢。粗花呢外套绝不会妨碍人家写得好。他相信，写一部出色的小说是极其艰难的旅程，就算行至半途，也是难得的成就。文学编辑们聘请小说家，而不是评论家，去相互评价作品，他强烈反对这种做法。缺乏安全感的作家通过谴责同行的小说，来为自己获得一丁点的空间，他认为这是可怕的反常现象。看到劳伦斯现在喜爱的作品，二十七岁那个无知的自我肯定会嗤之以鼻。他正在依次阅读毗邻现代主义文学高峰的那些经典作品。亨利·格林、芭芭拉·皮姆、福特·马多克斯·福特、艾维·康普顿-伯内特、帕特里克·哈密尔顿。有些是简·法尔莫很久以前推荐的，是她在《地平线》杂志上班时接触的作品。他的前岳母已经郁郁而终，因为阿丽莎的一部回忆录，她与女儿的关系又破裂了。那本书赤裸裸地记录了她在穆瑙和利伯瑙度过的童年时光。看在简的分上，罗兰阅读了伊丽莎白·鲍恩和奥莉维亚·曼宁那些不太出名的小说，也算弥补了没有受邀参加葬礼的缺憾。劳伦斯也没能参加。那样对大家都好，阿丽莎告诉吕迪格，后者又把这话转告了罗兰。

此时已是2010年，离大选还有一周。他一个下午没有读书，而是去朗伯斯区发放传单。很久以前，他便离开了工党，但为了以前的日子，而且事先已经答应过，他还是去往信箱里塞宣传册。他并不乐观地挨家挨户走着，感到很疲乏。五月还没到，但天气已经很热，而且他年纪太大，不适合做这种低级工作了。当地的工党党部中，已经没有熟悉的面孔。"新工党"气数已尽，其伟大战略已完成使命。好事完成，被人遗忘了。伊拉克、死亡、美国人鲁莽行动、宗派屠杀，让当地不少杰出人士交还了党员证。过去两年内，大家的普遍关注是金融危机。问题出在缺乏管制的金融业和贪婪的银行家们，选民们说，尽管他们慢慢转向右翼。灾难发生在工党执政期间。因此选民们有理由假定，能掌管经济的另有其人。戈登·布朗已经失去他最初的情怀和意志。在罗森代尔路总部，人们说，竞选行动中已经看不到他的"魔力"。

傍晚，罗兰前往萨默塞特府，听一场关于罗伯特·洛威尔的报告。他有两个去的理由。一个是，1972年前后，早在他决定自行负责自己的教育之前，朋友内奥米带他去诗歌协会听过洛威尔朗诵作品。洛威尔本该在他鄙视清单的最前面。他是波士顿上层人，新英格兰名士。但使洛威尔获得免疫的是，他坚定地反对越南战争，而且那天晚上他显然心不在焉，或者说有疯狂的迹象。在诗歌朗诵的间隙，他似乎忘了自己在哪里，也许是根本不在乎，他信口漫谈，内容包括《李尔王》、云的科学分类、蒙田对生命的热爱。洛威尔是文化英雄，是用英语写作的诗人当中最后一个为国家直言的人，直到后来谢默斯·希尼确立他的地位。最后，尽管观众还没有说话，洛威尔好像是应大家共同要求一样，朗读了《为了联邦的死难者》，用忧伤、悦耳、带着鼻音的波士顿口音，将诗歌推向高潮部分那些早已广为人知的诗行："所有地方，/有巨鳍的汽车像鱼一样向前推进；/野蛮的奴性/涂满润滑油溜了过去。"

今晚做讲座的，是一位来自诺丁汉大学的教授，直接相关的话题是洛威尔1973年的诗集《海豚》。当时诗人为了卡罗琳·布莱克伍德，要离开妻子伊丽莎白·哈德维克。卡罗琳怀了他的孩子，他执意要与她结婚。《海豚》中抢夺、剽窃、篡改了他妻子痛苦的书信和电话内容。更宽泛的讲座话题是艺术家的无情。我们该不该为了他们的艺术，而原谅或无视他们的任性或残酷？他们的艺术成就越高，我们是不是就更加宽容？这是罗兰参加讲座的第二个原因。

教授颇为优美地朗诵了其中一首诗歌，即《海豚》中的一首十四行诗。这首诗非常出色，洛威尔如果对哈德维克的感受更加敏感，可能就写不出来这样的诗歌。承认这一点，会让人在这个问题上更加困惑。接着，演讲者读了一段文字，摘自该诗所依据的洛威尔妻子一封令人伤心的书信。其中一部分被一字不改地抄进了诗歌里。然后，他又读了朋友们给洛威尔写的信——伊丽莎白·毕肖普："令人震惊……残酷"；另一位："亲密的残忍"；还有一位：说那些诗歌"会将哈德维克撕碎"。其他朋友认为他应该继续出版，他们相信反正他最终也会出版的。为了部分地减轻洛威尔之罪，演讲者告诉大家，这个决定让洛威尔在极度痛苦中挣扎了很久，他多次改变计划，改写并重新组织了很多地方，还想过只出版限量版。最后，也许那些朋友是对的，他做了一直打算做的事情。伊丽莎白·哈德维克事先没有得到消息，第一次以书的形式看到了自己的文字。她和洛威尔的女儿哈丽特在书中也有所体现。一位评论家认为，她的形象是"史上最令人不快的儿童人物之一"。诗人艾德丽安·里奇谴责《海豚》，说那是"诗歌史上最具报复性、最卑鄙的行为之一"。那么，三十七年后的今天，我们该怎么看呢？

教授认为，《海豚》是诗人最优秀的一部作品。当初该不该出版呢？他认为不应该，而且这样说并不矛盾。我们对洛威尔行为的看法，该不该因为其结果的质量而更加温和一些呢？他认为这个问题不相干。残酷的行为催生出的诗歌伟大还是低劣，没有什么区别。残酷的行为本身不会改变。讲座以这样的判断结束。观众中响起窃窃私语——似乎是愉悦。在如此有文化的环境中感到矛盾，是令人愉快的。

一位女士站起来问了第一个问题。有个重要的问题，像房间里的大象一样，被人忽略了，她说。毫无疑问，大家讨论的是男性艺术家如何对待妻子、情人，以及他们共同带到这个世界上的孩子们。男人们有了正当理由，以他们的艺术、他们的更高追求为幌子，抛弃责任、发生私情，或者酗酒、使用暴力。历史上，女人为了艺术而牺牲别人的情况很少，而且她们很可能会受到严厉谴责。为了成为艺术家，女人们更可能让自己妥协，放弃生孩子的权利。人们对男人们的评判更加温和。在艺术领域，无论是诗歌、绘画还是别的，这不过是常见男性特权的一个特殊例子而已。男人们什么都要——孩子、成功、女人对男性创造力的无私奉献。观众爆发出热烈的掌声。教授似乎有些困惑。他没从这个角度考虑过，这本身让人感到意外，因为第二波女性主义几十年前就已经确立了在大学中的地位。

他和那位女士辩论时，罗兰思考着如何介入。这让他的心跳得更快了。第一句话他已经想好了——我是男哈德维克。大家可能会笑，但他并不是要提问。他是要进行陈述，这正是问答环节开始时主席要求观众不要做的事情。我曾与一位作家结婚，她的名字你们都熟悉。请不要发表声明。她抛弃了我和我们的孩子，我告诉你们,事实是你们错了。你必须经历过才知道——作品的质量绝对有关系。先生,请你直接提出你的问题。被人抛弃,结果却是平庸之作,那绝对是终极的侮辱。那就下一个问题吧。是的,我原谅了她,因为她很优秀,甚至杰出。要取得她这样的成就,她就必须离开我们。

然而,他的手举得不够快。其他人举手问了其他问题。那一刻过去了,罗兰一边听,一边又开始自我怀疑。他已经很多年没有认真考虑这件事了。也许他已不再相信自己的版本。该重新思考了。原谅中体现的美德,也许是他用来保护自尊的方式,把自己武装起来对抗耻辱。教授关于罗伯特·洛威尔的判断,应该也适用于阿丽莎·艾伯哈特。小说精彩绝伦,行为不可饶恕。那就这样吧。可他还是感到困惑。

乘坐微型出租车回家的时候,他承认自己和阿丽莎之间发生的事情无关紧要。时光荏苒,岁月久远。那是已经死去的往事。他或任何人如何看待,根本无足轻重。如果有伤害,那伤害则落在劳伦斯身上。他们的儿子代表了另一个问题,十几岁到二十出头的时候,他在隧道里穿行、撞车、飞出去,和他父亲差不多。各种工作,依次交往各种情人,移居另一个国家——德国。有段时间,他想有点作为,想办法通过几门"高级"水平测试,拿个学位。本来打算修读阿拉伯语。但是,他要生活,于是选了计算机科学。此后,他重新爱上了数学,爱上了一种虚无缥缈的数论,完全没有应用价值——这正是其魅力所在。可是,过去四年里,他的关注点渐渐变窄。气候问题让他忧心忡忡。他看得懂那些图表、那些概率函数,也明白其紧迫性。他游荡到了柏林,到了波茨坦气候影响研究所。德国人在这种事情上颇为严谨,然而神奇的是,他却用什么有趣的数学,说服了他们接受他,让他在获得相关学位之前,先在那儿免费送咖啡,并担任低级研究助理。晚上,他则在米特当餐馆服务生。

年轻人的成功该如何评判?他状态良好,为人善良、木讷、可靠,而且和他父亲一样,经常缺钱。不是每个人都需要一个从剑桥那种地方获得的数学学位。对劳伦斯来说,很多事情开始于十六岁时在火车上遇到一位法国女孩。

罗兰认为,儿子在交往女性朋友时缺乏判断力。劳伦斯当然会否认,但他喜欢危险,喜欢率性而为、变化无常和极端的情感体验。有些是历史复杂的单亲妈妈。她们和劳伦斯一样,也可以说和罗兰一样,都没有职业(罗兰不认为自己是音乐专业人士),没有可带来收益的技能,没有钱。劳伦斯的恋爱关系往往以爆炸性的方式终结,每次星爆都有其独特的光彩。他的前女友们不会再以朋友的身份留在他生活之中。至少在这一点上,他和罗兰不一样。人人都说,劳伦斯会是个优秀的父亲。但是,每场恋爱结束,双方都像是幸运地逃脱了性命。同样幸运的是,迄今为止,还没有丢下孩子。

沃克斯霍尔桥因为修路关闭了,切尔西滨河路发生了事故,交通堵塞。等罗兰的微型出租车在家门口停下,已经过了十一点半。他进入原来大门所在的地方——两年前门被人偷走了,从现在已挡住二楼直射阳光的洋槐树下走过,感到自己在今晚这个时候罕见地躁动。他想给谁打个电话,但这时候太迟了。而且达芙妮在罗马参加一个关于住房的会议,彼得和她在一起,在该城市的政治舞台上寻找憎恶欧洲者喜爱的材料。仅有怀疑论者对他是不够的。打电话给劳伦斯太迟了。他的时间也早一个小时。卡罗尔每天上班时间早，工作时间长。她负责英国广播公司的一整个频道，一般晚上十点前就睡了。米莱伊在卡尔卡索纳照顾不久于人世的父亲。乔·科平格在韩国开会。罗兰位于温哥华的老朋友约翰·韦弗此刻正沉浸在下午的教学中。

餐桌上有他剩下的午饭。他把几个凑合的菜拿到水槽边，觉得今天大概没那么容易睡着。关于洛威尔的讲座搅起了往事，让他想起了自己毫无头绪的存在。平常这个时候，罗兰泡一杯薄荷茶，拿到床边，然后读书到深夜。今晚，他给自己倒了杯苏格兰威士忌。花了几分钟才找到瓶子。五个月前的圣诞礼物，几乎还是满的。他拿着酒瓶、一罐水和一个杯子，来到客厅。

去世前一年，与女儿争吵之后，简联系了罗兰。她以为他们面对着一个共同的坏人。他对她说，他很推崇那些小说，她假装没听见。她自己的重新评估过程已经结束，结论无可更改：阿丽莎的小说枯燥无味、名不副实。简和罗兰偶尔打打电话，直到她病情加重。她会记得问问劳伦斯的情况，也愿意听罗兰讲讲他的生活，但她真正的兴趣是阿丽莎的背叛。简认为自己被深深地误解了，甚至遭到了迫害。各种阴暗的怀疑让她不安。家里丢了一些有情感价值的小物件。她认为，阿丽莎可能晚上进来过。

"从巴伐利亚一路跑过来？"

"作家手头有的是时间。她了解房子，也知道怎么伤害我。我换了锁，可她还是进来了。"

某种智力上的退化。妄想痴呆症。之前他在老人身上见过这种令人烦躁的妄想症。但是，从根本上讲，简是对的。阿丽莎扎了她一刀——在那本畅销的回忆录中，她点了母亲的名并指责她。书要在市面上流通很多年，简说。其中最为尖锐的段落，以博客、推特转发、评论和脸书等方式散布在互联网上，将会和文明本身一样久远。简的邮箱里出现了当地人匿名写的辱骂信件。每次她去面包房，那位女士都会露出蔑视的笑容。朋友们表示支持，但也为书中的内容感到惊骇，不知道该相信什么。她说，到处都是关于她的流言蜚语，这话很可能是对的。

《在穆瑙》描述了巴伐利亚乡村生活，小镇的纳粹分子级别太低，引不起纽伦堡法庭的兴趣。四十年代末五十年代初，他们悄悄溜回了地方政府、企业和农业管理网络。阿丽莎提到了所有人的名字，以及他们在战时及战后的角色。每个层级的每个人仍然否认过去发生的事情。书中有一段和当初她向罗兰描述的一样——那些人被押往难以启齿的目的地，如今一些街道上，一些空空如也的房子里，充斥着他们的鬼魂。没人谈论他们。人人都记得曾经住在那儿的邻居们的名字和面孔，所以他们也很熟悉那些鬼魂，以及鬼魂的孩子们。他们憎恨当地基地里的美国人，尽管马歇尔计划的钱受到欢迎。捐赠者和捐赠物以某种方式被区分开来。随着经济日渐复苏，大家开始争抢财物和消费品，将集体记忆埋藏得更深。谋杀者们以尸骨为地基，正在建造新房子。这个话题已被史学家和小说家详细描述过——阿丽莎充满敬意地提到了格特·霍夫曼的小说《费什菲尔德》。但她独树一帜的文字，其浓郁的怨恨情绪，却是新颖的。有人认为战后那几年，不通过集体遗忘，德国便无法重建。她对这种观点表示不屑。

接着，她继续深入。后面各章节聚焦到个人身上。阿丽莎内心矛盾，不知所从。一方面，"白玫瑰"的名声被夸大，让她愤怒。那不过是块遮羞布，掩盖了全国集体否认的丑陋。同时，她又指责父亲否认该运动，毕竟他曾勇敢地予以支持，哪怕只是从1943年开始。海因里希这位可靠的市民变得又胖又懒，害怕隐藏的纳粹分子不喜欢他，因为他们是他的客户，或是周边各市政厅或法律协会的负责人。根据她的描述，海因里希就是乔治·格罗兹[①]画中的人物，几乎都不用变成动画，完全不同于罗兰记忆中的样子：坐在炉火边，倒着杜松子酒，和蔼、宽容、脾气好，妻子和女儿让他感到疑惑不解，甚至有一点害怕。根据她的叙述，生了女儿而不是儿子，让他感到失望。他与阿丽莎的抚养没什么关系，从不鼓励她去做任何事，一听到她说话就流露出厌倦的表情。实际上，他似乎从没认真听她说过什么。他不闻不问，把她全部交给她母亲。

至此，真正的伤害开始了。《在穆瑙》将简·法尔莫刻画成一个充满怨恨的女人，被失败感掏空了。她的文学潜力和志向，不是被自己的决定摧毁的。毁了一切的，是她的孩子。小阿丽莎不得不在无爱的冷漠中吃尽苦头，频繁遭到母亲的惩罚——用巴掌使劲扇她的腿，连续几小时关在卧室里，因为她已经记不住的罪行，一时兴起便把她的好东西拿走。她努力赢得母亲的欢心，在她仇恨的漫长阴影中长大。她的童年没有外出旅行、度假、笑话、特别聚餐和床头故事。没有人疼爱地搂抱过她。她母亲生活

---

① 乔治·格罗兹（1893—1959），德国画家，以表现柏林二十世纪二十年代人物见长。

在无言的怨恨的笼子里。就算阿丽莎逃离家庭前往伦敦，母亲的死亡之手仍旧紧紧抓着她的人生目的。她花了那么久，才写出最初那两部小说，构思虚弱无力，充满着羞怯和歉疚。

那一天，作为年轻母亲的阿丽莎抛下伦敦的丈夫和孩子，前往利伯瑙去找简兴师问罪。这是全书中最为生动的一个场景，充满着戏剧性和紧张感，沸腾着压抑太久的情绪。这是让评论家们手不释卷的场景。他们同意，那么多情感和相互之间的误解层层交织，如同沧海横流，只有艾伯哈特才能如此娴熟地把控，如此巧妙地唤起痛苦和愤怒。让罗兰感兴趣的是，阿丽莎的叙述，非常接近多年前那个温暖的夜晚，简在花园里告诉他的情况。

阿丽莎的回忆录畅销德国以及其他国家，包括英国。对很多人来说，别人的糟糕童年不仅是慰藉，也是情感探索的渠道，表达了大家一直都知道、一直还要听的道理：我们的童年塑造了我们，必须直接面对。罗兰表示怀疑，而且不是出于对简的忠诚。五十年代，很多父亲都不太参与孩子的抚养，尤其是女儿。拥抱、爱的表达，被认为太外露、太尴尬。他自己的童年就很典型。打腿、打屁股，都很常见。无论私下里有多么爱孩子，孩子都是要管教的，而不是倾听。孩子在那儿，不是让他们来参与严肃讨论的。他们自身并不是独立的存在，因为他们只是过客，是过渡期的人类原型，永无止境、年复一年，处在生命形成的粗鄙行为之中。事情就是这样。这就是当时的文化。那时候，人们还觉得这样太过温和。一百年前，父母的职责就是打孩子，以此摧毁他们的意志。国内有人急于回到从前，十九世纪五十年代或者二十世纪五十年代，罗兰认为他们应该三思。

他相信,《在穆瑙》虽然吸引人,却是阿丽莎最不突出的书。一反常态地自我戏剧化。他知道简有些粗暴,但她并不残酷。指名道姓,公布村庄和房子,是个糟糕的错误。她的葬礼后一个月,他和吕迪格见了面,在格林公园附近斯塔福德酒店那个灰蒙蒙的美式酒吧里。回忆录的成功,让其作者心生愧疚。母亲的葬礼让这种感受更加强烈,因为阿丽莎亲眼看到,简的很多朋友都没有出场。在葬礼后的招待会上,吕迪格告诉她简曾收到过人身攻击的书信。

"但那是因为阿丽莎问了我。否则,我一个字也不会说。"

"她有什么反应?"

"她和很多优秀作家一样。有些天真的东西,你知道吗?她迫不及待地要写那本书。她不去考虑后果,虽然我们警告过她。"

吕迪格已经完全秃了,模样粗壮而气派。他现在是卢克莱修出版社的首席执行官,能够与他这位著名作者保持一点儿距离。他还有别的作者。"葬礼之后,她想召回这本书,没有卖出去的全部化成纸浆。我们说服她改变了主意,因为那样会让她难堪。像坦白了一个可怕的错误。我们告诉她。伤害已经造成。她必须向前看。也许可以写一本关于她母亲的不一样的书。"

*

这是罗兰凌晨一点的威士忌,一点儿,兑了很多水,本来是用来帮助睡眠的,不过一小杯。但是,瓶子就在手边,于是他又多倒了一些,水只加了一点儿。阿丽莎有一位意想不到的捍卫者,那就是劳伦斯。那本回忆录打动了他,他在电话里对父亲说。他认为罗兰的怀疑"不妥当"。他比平常更加直截了当。

"当时你不在场。很多年以后,你才遇到外公外婆,那时候他们已经变得温和了,人都是这样。当时就是这样的情况,当时人们就是这样对待孩子的,这些都无关紧要。那是她的经历。如果愿意,你可以说,她是为整整一代人说话。一个八岁的孩子被关进房间,不给吃晚饭,就算当时的文化是垃圾,她脑子里想的也不是这个。那是她的生活,她有权利描述她的生活感受。"

"她眼中的真相罢了。"

"爸爸,别跟我说这个。这就是真相。我有些朋友跟我说起他们糟糕的童年,父母可怕极了。然后我遇到了他们的父母,都好得很。那我可不能说,我的朋友们都是自欺欺人的骗子。不管怎么说,我认为你还有别的理由不喜欢这本书。"

"也许你说得对。"

谈话的时候,劳伦斯在美国中西部什么地方,参加一个关于农耕和气候变化的会议。罗兰已经有六个月没见他了,不想在电话里真的争吵起来。儿子比他更有理由不喜欢这本回忆录。他被回忆录感动,是值得钦佩的大度之举。但是,如果说简伤害了她女儿,那么女儿对她自己儿子的伤害呢?小说家真诚的感受,又到哪里去了?父亲也和母亲一样。罗兰躁动不安地生活在社会边缘,教育中断,女朋友谈一个分一个。这些现在都成了劳伦斯的生活。这算不上什么天赋吧?

一旦进入那种令人愉悦的中立状态,比如疲惫的一天结束喝杯威士忌之后,他常常会想,阿丽莎这个一辈子的谜至少总是有趣的。他的生活中,没有人哪怕和她有一丁点儿相似。除了米里亚姆，谁也没那么极端。对大多数人来说，包括他自己在内，生活就那么自然发生。阿丽莎却与之抗争。柏林墙在五十个地方洞穿的那个晚上，两人在柏林那条巷子里见了一面，此后再也没见过。将近二十一年了。他怀疑这辈子可能都不会再见她了。这本身就有一种童话的成分。她是大人物了，以四十五种语言，在几百万人的心中占据了一席之地。

每本新书的英文译本出版，她就重新出现在他的生活中。大概是三年一本，还有吕迪格的助手们偶尔寄来的新闻剪报。很久以前，罗兰就要求不要给他寄所有的媒体报道。在两本书出版之间的日子，他很少想起她。读到关于她的任何东西，都会打破他的平静，让他去搞点新的事情。去年就是个很好的例子。他们寄来了《法兰克福汇报》上的一篇东西，那是一篇关于诺贝尔文学奖的长文，结尾推测十月份谁会得奖。每年都有传闻，并非总是空穴来风。最后是那帮常见"嫌疑犯"的清单。罗斯、门罗、莫迪亚诺。然而，毫无疑问，文章下了结论，也该德语文学再次获得殊荣了。艾尔弗雷德·耶利内克之后，什么也没有。今年除了阿丽莎·艾伯哈特，还能有谁呢？当然啦！那天上午，罗兰走到克拉珀姆商业街一家博彩店，在柜台上问赔率。那位女士得离开一下，去打电话询问。这位作家不在他们的清单上。总部给了回答。五十比一。他大方地押了五百英镑。他毕生存款的八分之一。从他前妻的成功中挤出二万五千英镑，就像从水果里挤出芳香的果汁。那也算一种公平吧。十月到来，结果公布，德语文学的确再次获得了殊荣，却不是阿丽莎。而是赫塔·米勒。太糟糕了。这可不是他希望的那种公平。他不得不接受，失去的赌金是对他们婚姻失败的公平裁决。

换作三十年前,他会给自己倒上第三杯,然后是满满的第四杯,夜晚随即便会张开大口,就像阿丽莎离开后那几个月一样。但现在不同了,他站起身,因为突然用力而有些头晕,这时杯子里还留着四分之三的威士忌。留在杯子里,好过留在肚子里破坏他的睡眠。他从架子上拿下他的《海豚》上楼,一边走,一边打着哈欠,顺手关灯。他曾听洛威尔一位密友在电台上回忆,说一天上午她到医院里看他,发现他坐在床上,往头发上抹果酱。人彻底疯了,可诗歌却出类拔萃。很久以前听着这个,回想自己放在一边的诗歌,罗兰有时曾想,自己还有希望。

*

回首新世纪前几年,他常常想起在罗素广场为地铁和公共汽车爆炸受难者举行的两分钟默哀。如果他从记忆中召唤当时的场景,出现在眼前的总是附近被警戒线围起来的汽车残骸,人人都能看到,那是仍在勘察阶段的犯罪现场。媒体照片叠加在错误的记忆上。汽车爆炸发生在别的地方,在塔维斯托克广场,而且是被拖走进行勘察的。

2005年7月的那个上午,罗兰与几百个人一起站在花园里,各种念头纷至沓来、交汇冲撞。静默时,他努力将思想集中在死者身上,以及那些"背景干净"的谋杀犯们难以揣测的内心,但他母亲的疾病总是闯进脑海。他总想着疾病和死亡。简已经在恐怖事件发生前的那个月去世了。多年来,罗莎琳德的衰老进程都很缓慢,但现在加快了。很长一段时间,她说的话都是语法颠倒，内容错乱的一团乱麻。她的对话有时有抒情意味，像一首E. E. 卡明斯的晦涩诗歌。近来她几乎不怎么说话。现在，大家开始担心她的呼吸了。

他站在后面，靠近罗素广场花园的大门，以便快速离开。他需要到西伦敦去见哥哥和姐姐。苏珊告诉他，她有关于过去的重大消息。不可能在电话里谈。他们先去看罗莎琳德，然后去找一家咖啡馆。苏珊稍后还要到学校去接一个孙子，所以让他不要迟到。

亨利和苏珊在诺索尔特地铁站接他。他们坐上亨利的车前往养老院，那是由三幢排屋改造而成的，位于一条居民区的街道上。路上，大家随口闲聊了几句，然后是沉默。一位助手把他们领到母亲住的那个狭小房间，三人便挤了进去。她坐在一把直背靠椅上，背对着洗手盆。她的脑袋向前垂着，所以下巴碰到了胸口。来访者围着她找到各自的位置，苏珊和罗兰坐在床上，亨利坐在助手搬进来的一把椅子上。这时她的眼睛是睁着的，但似乎对来访者没有察觉。房间里有消毒水的气味。苏珊坐得离她最近。她把手放在母亲手上，试图以欢快的语气打个招呼。罗兰和亨利也加入进来。没有反应。她先发出嗡嗡的声音，然后说了一个他们听不清的单词，然后是半个单词，一个元音，啊，啊，啊。接着就只有她呼吸的声音，既急又浅，空气经过堵在气道中的痰，发出粗糙的摩擦声。她的头垂得更低了。他们坐在那儿，看着，好像在等她复活过来。没什么可说。大家自行聊天，感觉又不对。罗兰想，大概再也见不到她活着的样子了，但十分钟之后，那想法却没能阻止他渴望离开。恰恰相反。

在他看来，她已经死了，他已经在哀悼，却又不能当着她的面哀悼。他下定决心，不能当第一个起身的。他们留在那儿，不是因为这是重要的告别，而是出于礼貌。他在这个过热的房间里度过了很多个小时。多年来，她的生命成了一次漫长的退潮。潮水退去之处，留下搁浅的记忆，像一个个随机的水洼。最大的水洼，本来应当包含与罗伯特·贝恩斯五十年的婚姻，现在却不见了。早些时候就消失了，那时她还能认出自己的儿女，但已经认不出孙辈，还能回想起生命中某些孤立的片段。罗兰尝试着提到他的父亲，她谈的却只是杰克·泰特。苏珊把她父亲的照片挂在墙上。罗莎琳德关于第一任丈夫的故事清楚明白。远在生病之前，她就跟罗兰讲过。并非所有的记忆水洼，都是遥远的过去。她记得五年前和罗兰一起去过邱园。她自己的母亲死于1966年，但她关于母亲的记忆却很清晰，还经常让她焦虑。她很久没见过她了，她必须到村里去看望她，因为这时候她肯定很老、很虚弱。有时候罗莎琳德在手提袋里装好礼物和必备物品，随身带着。一个苹果、一些饼干、新内衣、一支铅笔、她的闹钟。袋子旁边塞着叠好的废纸，她说那是她的公共汽车票。

助手进来，帮他们解脱了困境。该第二批人吃午饭了，她说，他们必须离开。那么，这应该是他最后一次看到母亲，垂头坐在桌边，旁边是十几位大声聊天的老人。看起来她根本不可能吃东西。她脑袋仍然向前伸着，睁着眼睛，张着嘴巴。她瞪着一碗糊状的食物，并没有听到孩子们的道别。罗兰吻了吻她的头，柔弱而冰凉，他又注意到了那一大块秃的地方，就在头顶下面。来到外面树荫掩映、停满了汽车的街道，感觉很好。只要和哥哥姐姐在一起,他就感觉不到什么。他需要独自待着。他想他们也一样,因为朝咖啡馆走的路上,苏珊和亨利在谈论其他养老院,听说管理得没这家好,价格还更贵。

咖啡馆位于一家破产二手店的原址。苏珊的两位朋友想靠着低廉的房租"试试水"。那是个伤心的地方,却努力摆出高兴的样子:红色格子桌布,几盆天竺葵,墙上挂着镶框的玩笑标语,图案模糊,肯定是一家当地酒吧捐赠的。要在这里上班,你不一定要发疯,但发疯有帮助。罗兰盯着那个撇号①,竟然觉得有些感动。他们都在尽最大努力,在现有条件下坚持下去。

他没有听取重大消息的心情。他们从一张太小的桌子旁挤过去,点了茶。都不饿。看到母亲塑料碗里装的糊状午餐,让罗兰觉得恶心。大家知道茶上来之后,苏珊才会宣布她的消息。她和亨利都快七十了。他们在容貌、姿态、语言上的那些常见迹象,都预示着他自己十年或十二年之后的模样。但他们都还不错,他一厢情愿地安慰自己。他们都有不幸福的第一次婚姻,现在再也不提的灾难式分手,以及第二次的满足,而他仍旧光棍一个,精力衰退,意志消沉。至少他有一帮朋友,包括以前的情人们,能偶尔聚在一起吃晚饭。不过,这么多年来,有些已经在平静的第二次、第三次婚姻中慢慢安顿下来,他也不常看见他们了。

茶端上来了,厚重的白色大杯子太烫,没法碰。苏珊从挎包里拿出一个褐色信封。她收到了救世军的安德鲁·布鲁德内尔-布鲁士中校写来的一封信。他的工作是帮助人们寻找失去的家庭

---

① "有帮助"的英文(it help's)中有冗余的撇号。

成员。有段时间，他一直在处理一桩可能与她有关的案件。她第一任丈夫姓查奈，他通过这个罕见的姓找到了她。如果她母亲的闺名是罗莎琳德·莫莉，来自汉普郡的阿什村，那么她也许有兴趣了解一下，她还有个弟弟。他生于1942年11月，但出生不久后就被人领养了。他名叫罗伯特·威廉·科夫，愿意与有血缘关系的亲人取得联系。布鲁德内尔-布鲁士中校向她保证，如果她不愿意和这个人联系，那么案子就结束了，以后不会再打扰她。如果她愿意，他会很高兴帮助她和弟弟建立联系。

亨利和苏珊交换了一个眼神。1942年，那时候他们已经离开家，开启了他们的童年时代。离开母亲，离开对方。四十年代初，他们的父亲正在西部沙漠战役中作战。所以很明显。看大家的名字就知道。罗伯特——这就不用说了。威廉呢？是少校父亲的名字，他还有一个哥哥，也叫这个名字。苏珊和亨利看着罗兰，他点点头。这是他同父同母的哥哥。

面对大家的沉默，他无力地说道："那么……"

那么什么呢？首先是愚蠢。这事太明显了，以至于他现在觉得，这个消息以前已经听过，只是没留意。或者被家庭老故事保护得太好，不明白其中含义。或者不愿意知道。这消息不算震惊，目前还不算。更像是指责。葬礼之后罗莎琳德住到克拉珀姆时——三人默默地坐着，他在努力把事情想清楚——她并没有记错日期，她第一次遇到罗伯特·贝恩斯是1941年。当时他们的母亲就是忘记撒谎了。她记得不说小男婴的事儿，但差点儿把真相告诉了他。她的孩子们被全部送走，而"我在思考我的生活"。那话还能有什么别的意思吗？当时如果他认真一点，跟着追问一个合适的问题，整个历史就全部澄清了。她是想要说出来的。肯定还有其他场合，她也想将秘密一吐为快。少校不在了，事情过去了那么久，不会带来任何损失。可是，想到父母的时候，他总是有些走神。专心一点点——难道他缺的是爱？——他就能把故事从她那儿引出来，而这个独自扛着的长达六十二年的包袱，她也能卸下来。那时候，他以及他的姐姐和哥哥能够帮助她。他们也能了解家庭的真实历史。现在，她就在拐角处，瞪着自己的午餐，无法说出那个隐匿的儿子的故事，因为实际上她已经死了。

罗兰向后一靠，感觉到了不久的将来的重负。那些疑问，那些需要重写的故事，一个要当作哥哥的陌生人，终于得到解释的罗莎琳德的悲伤和关切。他看着未来在眼前展开，在远处消失、重现，像一条山间小道。而过去甚至比以往更不清晰，人物都模糊在迷雾之中。罗伯特·贝恩斯与现役军人家属生了个孩子。丈夫在国外为祖国而战，罗莎琳德却怀上了另一个男人的孩子。耻辱和躲藏，家人的愤怒，村里的流言。杰克于1944年在欧洲的解放中牺牲，让罗伯特和罗莎琳德得以结婚。是贝恩斯中士命令并安排送走罗莎琳德的孩子们，为他们的关系腾出空间吗？他坚持要把婴儿送出去，以保护他的军事生涯吗？他面对着上军事法庭的可能。如果罗兰把自己和寄宿学校算进去，那么罗莎琳德的四个孩子都被赶出去了，流放到了各自的新岗位。每次分别，罗莎琳德肯定都哭了。那次父母把他送上火车前往新学校，她走开的时候，他看到她的肩膀在颤抖。当时，她肯定想起了另外三个孩子，心里困惑怎么让这样的事情又发生了一次。

苏珊和亨利从不提战时的童年。过去了，埋葬了。现在又回来了。晚年,三个人都要继续摸索其中的意义——温顺的罗莎琳德,专横的罗伯特,以及两人造就的一切。流亡、孤独、悲伤、内疚。罗兰想,孩子们将一直努力去理解,永远不会停止。但他现在必须停下来,处理他确切知道的事情。他有个兄弟,另外一个兄弟,一个同胞哥哥。这一点要从欺骗和疑问中分离出来。该庆祝吗?他还没感觉到。只觉得自己愚蠢。

他找苏珊的朋友要了三杯水。

亨利清了清嗓子,说道:"我想当时我多少也知道,那时候我八岁。当然不知道婴儿。但知道他们的关系。后来我全部忘记了。都清除了。每次我得到许可前去看妈妈,他都在那儿。那个男人。罗兰,我心里就是这么称呼你爸爸的,那个男人。他给过我一个礼物,我想是个玩具拖拉机。涂成了黄色。但我记得,我没要。我应该有我的理由吧。忠于我爸爸,我想。"

苏珊:"我记得的不多。都忘记了。我的记忆一片空白。真是谢天谢地。"她把信封递给罗兰。"这是你的事了。我不能第一个去见他。受不了。"

"你见过他以后,"亨利说,"可以跟我们讲一讲。然后我们再见他。"

当天晚上,罗兰给安德鲁·布鲁德内尔-布鲁士中校写信介绍了自己。对方很快回了信,态度友善。他给科夫先生写了信,科夫先生说会直接联系罗兰。中校住在滑铁卢,很愿意来一下。两天后,他来了,坐在厨房那张椅子上,让罗兰立即想起了道格拉斯·布朗和查理·莫法特那两位警察。可能是因为布鲁德内尔-布鲁士和他们一样,也穿了制服。每次遇到宗教人物,罗兰都觉得有义务保护他们，他的怀疑如此彻底，连无神论都让他觉得厌烦，因此他不能让自己的怀疑影响他们。路上遇到当地的牧师，他总是友好到夸张的地步。但中校并不需要保护，罗兰认为他是个体面而坚定的人，块头很大，肩膀和胳膊肌肉发达，笑起来开怀爽朗。他说，年轻时他当过业余举重选手。他似乎很容易乐起来，连自己说的话都能让他发笑。安德鲁解释说，他要退休了，这是他最后的案子。所以他才特别关注。他大笑起来。

"你会喜欢你的新哥哥的。他是个好人。"

"我们这一家子比较奇怪。"

"三十年来，我还没遇到过不奇怪的家庭。"

罗兰也跟着中校大笑起来。

罗伯特·科夫寄来了一封信。来信友好且中肯。他六十二岁，妻子叫雪莉，有一个儿子、两个孙女。他住在雷丁，离他长大的庞伯恩不远。他一辈子主要做的是装配木工，还打算一直干下去，直到不得不退休为止。他知道罗兰住在伦敦，那么在中间什么地方见面怎么样？达切特村外有个地方，以前是酒吧，现在是会议中心，名字还叫"三个酒桶"。他建议下星期某一天的晚上七点。"见到你一定会非常高兴。"

见面前几天，罗兰有种难以解释的预感，同时又感到愉快的期待、好奇和急迫，心境在两者之间摇摆。随后又想到，即将面临的是对陌生人的一系列义务。他不想让生活更加精彩。他想读书，就和那一小撮老朋友见见面。

他迟到了。火车的时刻安排有些尴尬，网站上的信息并不准确，"三个酒桶"实际上离温莎更近、离车站更远。他沿着达切特村外一条灰蒙蒙的公路走着，然后转上一条两侧有塑料管包裹着的小树苗的车道，朝会议中心方向走去。他来到一处新建筑群，都设计成红砖的田园风格，像八十年代的超市。走过自动滑门，面前是一个屋顶很高的大酒吧，几乎空无一人。他在门口停下脚步，想先看到对方，而不是被对方看到。

一张桌子旁坐着一个人，面前放着半杯红酒，那就是他自己的另一个版本，倒不是说一模一样，而是说罗兰如果过不同的生活、做另外的选择，就是这个样子。这是真实版的平行宇宙理论，难得有此机会窥见另一个可能的自我，根据这一时髦理论，有无数个这样的自我同时存在于无法企及的平行空间。举例来说，眼前就是罗兰可能成为的样子：不戴眼镜，拥有他一直渴望的笔直腰杆，腹部没有赘肉。在罗兰看来，这个人似乎更加气定神闲。罗伯特·科夫似乎感觉到有人在看他，因为他已经转过脸，站起来等着。在迈步走过去的三四秒钟之内，罗兰感觉自己已经脱离寻常存在，进入了一种多维空间，在梦境中飘浮，浑然不知身为何物。在戏剧和小说之外，这样的相逢极为罕见。然而，他一来到哥哥面前，那虚拟的现实便轰然坍塌，变成了平庸的日常，甚至有些喜剧性，因为这样的见面没有传统可以遵循。一人伸出手来，一人却做势要拥抱。后来罗兰不记得哪种是自己的。两兄弟差点撞在一起，然后各自后退，最后还是握了手，又几乎同一时间说出了自己的名字。罗兰指指酒杯，罗伯特点点头。

从吧台回来之后，两人碰了碰杯，重新开始。开头几分钟里，两人都说救世军寻找家人的工作干得漂亮，中校真是个好人。接着是一阵尴尬。无论怎么样,他们总要开始的。于是罗兰提议,两人轮流简单描述一下各自的生活和情况。

"好主意。你先来,罗兰。让我看看怎么做的。"

他的口音里隐隐有个略作卷舌的"r",罗兰认为来自他母亲。汉普郡,在罗兰听来,已经很接近大西部的口音了。罗兰的故事就是一系列自动修订。他提前离开了寄宿学校,因为他急着早点挣钱。他和一位作家结了婚,但一年后就分手了。他平生第一次称自己是"休闲酒吧钢琴手"。他把劳伦斯说成了"气候变化科学家",但关于"我们的母亲和父亲,我们同母异父的哥哥和姐姐",以及不幸的过去,他描述得更加细致。根据他的述说,他这一生乏善可陈。最后他说:"你加入了一个非常松散的家庭,如果可以用加入这个词的话。我们都不是一起长大的,你就是个极端的例子。"

罗伯特去了吧台,拿回一整瓶酒和两个干净的杯子。他想说的第一件事是,养父母查理和安妮把他照顾得很好,也很爱他,他没有任何怨恨,也不需要同情。

"那很好啊。"

他并不知道自己是领养的,直到十四岁父亲才背着母亲告诉他。但之前他已经有些蛛丝马迹,只是没放在心上——学校里有人笑话他没有"真正的爸妈"。流言慢慢传开。十几岁的时候,他慢慢弄清楚了事情的原委。1942年12月,安妮在当地报纸上看到了一则分类广告。罗伯特打开一张报纸的复印件,递给罗兰看。条目非常简短。上面是"新组建的乐队迫切需要小提琴、萨克斯、单簧管、小号。现金立付",下面是"现金收购可出售的二手家具"。两者之间是"为一个月大的男婴找个家；完全放弃——来函请寄雷丁镇墨丘里区第173号邮箱"。完全放弃——显然出自少校之手。他不妨加上"无条件"①这个词。其他地方——罗兰忍不住把整张纸都扫了一遍——1942年，战争已经耗尽了劳动力市场。需要"十七岁的男孩"和"有经验的绅士"填补其他人留下的空白。

他把那张纸递回去。现在他知道，罗莎琳德、她的婴儿以及她的妹妹乔伊坐火车从奥尔德肖特来到雷丁。火车到迟了，这是战时的常见情况。根据事先安排，姐妹俩一直等到所有乘客都离开。安妮·科夫记得，他们拎着一个褐色的手提包，里面塞着婴儿的衣物。在检票口附近，罗伯特被交给科夫夫妇。姐姐将婴儿交出去的时候，乔伊看不下去，便转过身去，多年以后安妮还记得这难过的一幕。罗莎琳德显得面无表情，也没怎么说话。

第一次见面后一个月，罗兰和罗伯特将前往汤厄姆村，离阿什村不远，去看望他们的乔伊阿姨。毫无疑问，这是一次不同寻常的重逢，罗兰大多时候并不插嘴，只是听着。乔伊的丈夫前年去世了，她身体也很虚弱，但记忆力还很好。等所有的惊叹、拥抱都结束了，他们坐下来喝茶、吃桃仁蛋糕，听她讲故事。姐姐出去上班的时候，她花了不少时间照顾婴儿罗伯特，对他很有感情。

"那时候你是个漂亮的小东西。"她拍着罗伯特的膝盖，说道。

---

① 英文中"complete surrender"亦可为军事用语，意为"无条件投降"，故云。

在前往雷丁的火车上,她曾试图让姐姐改变主意。还不算迟。他们在车站躲开那对夫妻就行了,然后坐火车带着孩子回家。

"她不要。罗莎琳德一遍一遍地低声说:'我必须这么做。我必须这么做。'说话的时候,她眼睛都不看我,我一直记得。"

回奥尔德肖特的路上,姐妹俩都很难过,乔伊对罗莎琳德说,她们还可以回去,对科夫夫妇说她改变了主意,然后把小罗伯特要回来。罗莎琳德一边哭一边摇头,什么话也不说。在奥尔德肖特火车站的站台上,她逼着妹妹发誓,永远不说出她们刚刚做过的事情。乔伊一直保守着秘密。结婚四十八年,她都没告诉丈夫。这是她第一次讲述那个可怕的上午发生的事情,而罗伯特就坐在她身边的沙发上。她哭的时候,罗伯特搂住了她的肩膀。

在"三个酒桶"酒吧,罗伯特继续讲他的历史。他有个正常、喧闹的童年。钱一直不多,但父母很善良,他也很开心。他在学校里还当过年级代表,但十六岁生日前几个月,他离开了学校。他讨厌教室,他说,甚至比罗兰还讨厌。他到工厂里上班,是流水线上年龄最小的。根据某种传统或暴力性的仪式,女工们对他动手动脚,要把他衣服扒光,再穿上一个大号的婴儿连衫裤。他不要这样,于是拔腿就跑。她们把他追下一段钢铁楼梯,又跑过车间,到了外面的马路上。差一点点。他再也不回去了。最后,他度过了五年艰苦的学徒岁月,成了装配木工。他这辈子在周围很多建筑工地上干过活,现在开车路过的房子,很多地板或屋顶托梁都是他安装的。他有打造定制楼梯的专长。他是六十年代中期结婚的,和雪莉关系一直很好。他们的儿子、媳妇和孙女,是他们生活的中心。罗伯特另一个心爱之物是雷丁足球队。他每场比赛都去看,无论在本地还是外地。

罗伯特说话时,罗兰盯着他的脸,想起了六十年代末及七十年代自己在建筑工地的日子。那可是困难重重、冲突频仍的地方,工期紧张,人工和材料供给不稳定,不同工种相互交叉、引起混乱。没有工会,安全事故频发,没有必要的设施,偶尔还有打架斗殴。"打零工"的时代。他记得,年纪大的工人经过多年冲突的洗礼,形成了一种超然事外的顽强心态。他觉得在哥哥身上能看到这样的痕迹。应该不会轻易卷入纠纷,他猜,但如果真的发生,却难以化解。这时他发现,那张脸更宽,更加开朗、大气。拿酒杯的手诉说着两人不同的人生经历。与上流社会打交道的钢琴师,手指柔软而白皙,对罗伯特毫无用处。他手上有明显的老茧和伤疤。他的生活听起来更加完整、更加协调——婚姻持续了一辈子,周围的很多房子是他参与建造的,忠心耿耿地支持当地的球队,尤其是那对漂亮的孙女,罗兰此时正在查看着她们的照片。没有吃了迷幻药在大苏尔河边的旅行,将罗伯特与日常生活的努力割裂,没有一个人抚养孩子的经历、心血来潮的职业、一个接一个的情人,没有政治上的失望和悲观。但罗伯特的生活也不容易。母亲早早去世,对出身一无所知的虚空,人人欺负的学徒岁月,辛苦的工作。罗兰的问题大多是自找的,是可有可无的奢望。但是,他愿意和罗伯特换个位置吗?不。罗伯特愿意换吗?不。

"母亲去世后,二十一岁那年,我决定去找亲生父母。我取得了很大的进展,出生的细节都掌握了,但后来我放弃了。忙别的事情。我想，如果我的亲生父母没来看看我过得怎么样，那他们很可能不愿意听到我的消息。所以我就丢下了——一直丢了将近五十年。"

罗兰觉得，他听出了一种特殊的语气和声调，可能是少校——此事中另一个罗伯特——那种有条不紊的态度。他把带来的出生证明拿了出来。1942年11月14日出生。地点？法汉姆一个私人地址。不是奥尔德肖特那家军队的大医院。这就对了。真相就放在右边几英寸的地方，母亲名为罗莎琳德·泰特，原名莫莉，住址为阿什村史密斯舍；真相的旁边就是谎言，父亲名为杰克·泰特，住址相同。几天前，亨利给罗兰寄了一些文件——杰克·泰特的服役记录和军队工资簿。他曾在汉普郡皇家步兵团第一营服役。该营于1940年在西部沙漠作战，1941年2月调到马耳他。在漫长的马耳他保卫战期间，该营一直在那儿。1943年7月，该营参加了入侵西西里以及随后占领意大利的战争。普通的步兵没有回国的可能。没有机会在英国让妻子怀上孩子，并于1942年11月出生。杰克所在的营1943年11月才回国，并开始为诺曼底登陆做准备。6月6日，该营在黄金海滩登陆。10月，杰克在奈梅亨附近腹部中弹，11月6日死于英格兰。

罗兰盯着哥哥罗伯特的出生证明，盯着那个写着谎言的格子，仿佛那张纸会融化，显现出很久以前的激情和悔恨：罗莎琳德生了孩子，六周后，在冬日的火车站台上，她亲手将孩子交给两个她不认识以后也不会相见的陌生人，然后悲痛欲绝地坐火车回去，妹妹的手也许搂着她的肩膀，但她两手空空、内心孤独，那个上午定义了她整个人生。我必须这么做。从她的角度，透过战争的棱镜,来看待这件事。留下婴儿,她就必须面对从前线归来的丈夫的怒火以及全村人的鄙视,孩子身上会永远打上非法的烙印——一种强烈的社会憎恶,到罗兰和罗伯特这辈子才会慢慢消退。她本可以违背那个她又爱又怕的男人的意愿。如果不将孩子从他们生活中抹去,贝恩斯中士就毁了。

最后,罗兰说:"你应该去看看我们的母亲。她可能时间不多了。"

他和罗伯特能像其他兄弟们那样相爱又相恨吗?太迟了。但是,与这个陌生人的联系——他现在能感觉到——已经缔结,无法逃避了。他们一直不自觉地重复那个短语,使其变为真相。我们的母亲,我们的父亲。

罗兰从口袋里拿出他带来的唯一一张照片,给罗伯特看。他把照片放在两人之间的桌上,他们一起看着。那是在照相馆里拍的,他们的母亲在中间,苏珊在右边,亨利在左边。三人都穿着最好的衣服。苏珊看起来大概十五个月,亨利在四岁左右。那说明照片是1940年拍的。几乎可以肯定,照片是让杰克带着去参加战争的。亨利一条胳膊搂着母亲的肩膀。苏珊站在什么东西上面,照片上看不出来,所以她的脸和母亲的脸平齐。不过,兄弟俩看的是罗莎琳德。她穿着一件开领衫,露出一条吊坠项链。浓密的黑色头发垂到肩头,没必要化妆,目光稳健而自信,脸上略带笑意,透露着平静的气质。这是个美丽动人、仪态优雅的年轻女人。

罗伯特说:"可我却没能认识她。"

罗兰点点头。他心里想他也没能认识她,不过没说出来。他认识的母亲焦虑、温顺，弯着腰，面带歉意。现在，他理解了她身上散发的那种忧伤，以及她为什么而感到难过。照片上那位年轻的女人，1942年在雷丁的站台上消失了。

*

罗莎琳德的血管性痴呆症并不是一条径直奔向终点的直线。她的身体拒不放弃，拖着她的大脑回到这个世界又待了几个月。盯着一个装满糊状食物的塑料碗，不是她留给罗兰的最后印象。她并没有死亡。一周后，她坐在床边，虽然不认识他，虽然过去一年里，她称呼所有来访者为"阿姨"，但她却能说出完整的句子，在语境中毫无意义，却有点儿诗歌的味道。这一次，接受了罗兰的拥抱之后，她说："日光使你高兴。"

"的确如此。"说着，他拿出一个笔记本，把这几个字记了下来。这次到访中还有其他诗行。在一个小时断断续续的谈话中，这样的句子会毫无征兆地蹦出来。它们似乎是一个整体。不管有没有用，他还是跟她说了劳伦斯在德国的工作情况。这时她突然说道："爱就追随着你。"

他离开的时候，她说了几句听起来像是祝福的话。那些词让他惊叹。于是他回过头来，让她再说一遍。可她瞪大眼睛盯着窗外，早已忘了刚才说过的话。她也忘了他仍在房间里，重新跟他打起招呼。他知道她有宗教情怀，但以前从没听她提过上帝之名。也没提过爱。当天晚上，他把那些诗行输入电脑，除了最后一句的断行，没做其他修改。后来，在阿什村的圣彼得教堂举行葬礼时，他把她的诗加在仪式流程单的背面。日光使你高兴，/

爱就追随着你。/ 我们的心愉悦。/ 上帝以其荣光 / 照顾着你。

他和劳伦斯一起到场。载着罗莎琳德棺木的灵柩车停在墓地旁一条小路上,他们从旁边走过。进入教堂时,罗兰看到了各色亲属,有些已九十高龄,有些还不到一岁。他的兄弟姐妹及其配偶,包括罗伯特和雪莉,已经在前排落座。殡葬人将他们的母亲抬进来,把棺木在支架上放好。牧师开始致欢迎词。眼睛没法不去看她的棺木,罗莎琳德就躺在那黑暗之中。但她不在那儿,也不在任何地方,死亡最直接的特征再次摆在面前,总是让人惊诧——缺席。管风琴奏出了熟悉的序曲。自从在伯纳斯学校度过叛逆的四年级以来,他一直没法开口唱赞美诗。无论旋律多甜美,诗行多有韵律,诗中赤裸裸的、孩子气的谎言过于尴尬,是他永远无法跨越的门槛。然而,重要的不是相信,而是加入,成为大家中的一员。他们开始唱的是《一切明亮而美丽》,这是罗莎琳德最喜欢的。很适合小孩子,但成年人嘴里怎么能说出这种创世的废话呢?他不想冒犯其他人,所以还像往常一样站着,把赞美诗集翻到适当的页面。《朝圣》开始时,也是这样。妖怪!可怕的魔鬼!其间,他瞥了一眼他哥哥,他的新哥哥。罗伯特直挺挺地站着,手里没拿赞美诗集,嘴唇也没动。

等断断续续的低声演唱慢慢结束,罗兰走上台致悼词。年纪最大的亨利不想做,苏珊也不愿意。罗兰面前很多人只受过一丁点教育。他不知道他们了解多少历史。他没带稿子,一上来他先提醒大家罗莎琳德生于1915年。他说,很难想到还有哪个历史时期,能让九十年的生命历程像她一生那样包含那么多的变化。她出生之际,俄国革命即将在两年后爆发,第一次世界大战刚开始可怕的屠戮。即将改变二十世纪的那些发明——无线电、汽车、电话、飞机——还没有进入阿什村村民的生活。电视、电脑、因特网是多年后的事情，当时还无法想象。同样不可想象的还有第二次世界大战，其屠戮程度更加惊人。罗莎琳德的生活，以及她认识的每一个人的生活，都将因此而改变。1915年，阿什村还处在马车的世界，是个等级森严、组织紧密的农业社区。去看一趟医生，可能给普通家庭带来严重的经济问题。三岁的时候，罗莎琳德因为营养不良，腿上要戴矫形架。而在她生命即将结束之际，一架航天器已经进入火星的轨道，我们在思考全球变暖的未知后果，担心未来某一天人工智能会不会替代人类生命。

他正打算补充说，几千枚核武器仍在随时待命。但是，紧贴在他身后站着的牧师，这时意味深长地清了清嗓子。他的悲观不合时宜。于是他切换到正确的颂扬模式，开始谈她对家人的奉献，谈她的厨艺、园艺和编织，谈她如何温柔地照顾患有肺气肿的丈夫罗伯特。他没提及她送给别人的孩子和新增的家庭成员。亨利和苏珊还有些情绪。不是针对罗伯特，他们坚持说，但他们不希望母亲的秘密和耻辱，成为"送她上路"——苏珊的原话——的一部分。结尾的时候，罗兰说，他们的母亲曾"以婆婆的无上权威"告诉亨利的妻子梅丽莎，通往天堂的旅程需要三天。

"意思就是，她将于12月29日下午五点半左右到达。我想我们都希望她舒适启程、一路平安。"

他回到座位上，觉得自己说了假话。最后他能说出这样的话——尽管只是简略提及，却不能唱那些无害的赞美诗。

*

他三十多岁和四十多岁的时候，达芙妮曾在几个不同场合，说他在性生活方面"焦躁不安"，或者"苦恼"，或者"不幸福"。那些话是以外人的身份说的。九十年代中期，两家人生活在一起的时候，她以当事人的身份说得更直接。他们在一起的最后几个星期，她又多次说过，不久后彼得便从伯恩茅斯有气无力地回了家，她和罗兰复杂的生活安排告一段落。不过，无论在什么场合，她那么说都不是指责。那不是达芙妮的风格。而更像是一种观察，上面涂抹了遗憾的灰色——为他遗憾，而不是她自己。她是个忙碌的女人，能够与他以及他的问题保持一定距离。现在，五年之后，在 2010 年的秋天，在工党下台、全国人民被迫做好准备为金融行业的贪婪和愚蠢买单之时，达芙妮的丈夫再次离开了她。彼得对一位富裕的年长女性忠心耿耿，让所有人大为惊讶。他那只管一件事情的可笑的政治激情，和这位女性有些关系。他把电力公司的股票卖给了荷兰一家股权集团。《金融时报》透露其金额为三千五百万英镑。他将和赫迈尔妮一起，联手为英国脱离欧盟的梦想提供资助。

还有两年，罗兰就六十了。时间已经驱散了他的焦躁不安。达芙妮的几个孩子以及他的孩子都离开了家。她熟悉他，比任何人都了解他。经过一番思考，他觉得值得冒个险，经过这么多年后，去向她求婚。让他感到意外的是，她答应了——当时就一口答应了。那天晚上他们在她位于劳埃德广场的家里，光着脚坐在当年第一次生起的炉火旁。达芙妮立即同意，让比例均衡的各个房间顿时显得更大。墙壁、地板、门框都亮了起来。一切都亮了起来。两人深深一吻，然后她到厨房去拿了一瓶香槟。这就是成功地掌握生命，罗兰心想。做出选择，行动！上了一课。很可惜以前不知道这个诀窍。好的决定与其说来自理性的算计，不如说来自突然而至的好心情。但是，他做的最坏的决策，也是这样的。不过现在不去想那些。她倒满杯子，两人为他们的未来干杯。达芙妮六十一岁。在悠长的现代老年人业务中，他们还是新人。他们把炉火捅得更旺，像兴奋的孩子一样做着计划。为了干干净净地分手，彼得将把属于他的那一半房屋所有权送给她。一旦把彼得的物品从房子里清除掉，罗兰就搬进来，将克拉珀姆那幢房子的所有权转给劳伦斯。不过先要完成早该完成的房屋翻新。达芙妮认识合适的人。她要在住房协会再工作五年。然后他们去旅行。他想去不丹，她更倾向于巴塔哥尼亚。完美的对照。大多下午，罗兰会走路到天使地铁站，继续在梅菲尔区的酒店里弹琴。他将许可她在那儿见他，喝杯酒，甚至点首曲子。她说，想要他弹《爵士医生》。他很熟悉。当过小提琴手的经理玛丽·基利不会喜欢的。但他还是会弹。在达芙妮的客厅，他那台老直立钢琴可以靠着他们身后那堵墙放，在邓肯·格兰特为情人保罗·罗什作的画像下方。

他们就这么开心地谈着，直到两人陷入若有所思的沉默。罗兰从经常被猫抓挠的切斯特菲尔德沙发上站起来，他起身过快，于是站着不动，等那一阵眩晕感慢慢过去。然后他重新生了火，坐下来，与未来的妻子交换了一个眼神。她留了长发，仍然是金黄色，他想应该是染的。她仍然又高又壮，让他很容易想起她年轻时的那张脸，那时候她是三个年幼孩子的母亲，还帮他度过了阿丽莎离开后的那些年月。往事不可避免地挤入了他们的沉默之中。到这时候，往事累积得太多了。罗兰没有提前思考——又一个好决定，而是直接说道："我生命中有一部分还没跟你讲过。"说这话的时候，他心里想，也许阿丽莎很久以前就已经告诉过她。

但达芙妮却很感兴趣地抬起了头。他肯定，如果她已经知道，肯定会告诉他。于是他开始讲述整个故事：十一岁开始上钢琴课、米里亚姆·康奈尔的小屋、雨夜里的突然终结、劳伦斯很小的时候一位警察到访、八年前另一位警察到访、巴勒姆之行、他为什么弹《午夜时分》、门口的告别、她说会认罪等等。

等他终于讲完，她沉默着，慢慢消化这个故事。过了一会儿，她轻声说："那你做了什么？"

"我从没对另一个人有过如此大的掌控力，以后也不想要。一个月内，我什么也没做。我必须确保每次思考这件事，得出的结论都是一样的。是一样的。没什么变化。我的感受和离开她家的时候相同。见到她，一切都尘埃落定了。我不能送她去坐牢。也许她该坐牢，从法律上讲，或者从各个方面讲，从人道的角度或者任何角度。但见面之后，我心里复仇或追求公正的冲动就消失了。"

"你对她仍然有感觉？"

"没有。整个事情已经不重要了。彻底无关。而且，我无法不去想自己在其中的角色。我是同谋。"

"十四岁的同谋？"

"站在超然事外的立场上,对她提起诉讼……那太冷血了。她已经不是同一个女人。我也不再是那个男孩。"他停顿了一会儿,"我说的不太令人信服。自己听起来都不太可信。"

"她要为很多事情负责。"

"我想她是知道的。"

"如果这事发生在劳伦斯身上,你会是什么感受?"

罗兰思考着。"愤怒吧,我想。你是对的。"

"好吧……"达芙妮伸了伸懒腰,眼睛盯着天花板,"那么就算是宽恕吧。"

"是……好品格。但那不是我当时的感受,现在也没这种感觉。已经超越了宽恕。甚至也不是放下包袱,或者他们怎么说的来着?做个了断。我已经不在乎了——不在乎她,不在乎我可能会走上不一样的人生道路。都过去了,我根本就不在乎。那我怎么能送她去坐牢呢,哪怕只有一个星期?"

"所以你给她写了信。"

"警方不知道她的名字,我也不愿意留下痕迹。我打了电话,告诉她我的决定。她正要说什么。我想是要谢谢我吧,但我挂了电话。"

装木柴的篮子空了。木柴储藏在厨房外面一个能走进去的橱柜里,他们一起把篮子抬了过去。火重新燃起来,两人再次安顿好。达芙妮说:"这事儿你一直就放在肚子里?"

"我跟阿丽莎说过一次。"

"然后呢?"

"我记得很清楚。她父母家里。大雪。她说:'这个女人改造

435

了你的大脑。'"

"可不是嘛！还是永久改造。你怎么能说都过去了、不再重要了、你不在乎了呢？"

这个问题他没有回答，但他们以后肯定还会谈论这个话题。他们的婚姻已经开始。

第二天上班时的一件事情，似乎与这天深夜的谈话交相辉映。向一位老朋友求婚，仿佛搅动了飘浮在他过去中的零散碎片，使它们聚合起来、重新出现。他有晚餐前场和晚餐后场。大家都认为，伦敦没有什么旅游季节。一个真正时髦的世界都市，永远是旅游季节。每年，除了常规的波斯湾阿拉伯人和美国人，前来旅游的俄罗斯人、中国人和印度人也越来越多。甚至还有数以万计的法国人，认为伦敦有巴黎所不及的地方。酒店经常住满，不过顾客仍旧是年龄较大的人。这个地方受人欢迎，不是因为传统和旧英格兰风貌，而是因为无聊的静谧。人们可以放心，肯定不会发生什么事。很多是常客。服务台和主流的流行演出有良好的票务关系。可靠的餐厅只对酒店客人开放——没必要全城搜罗炙手可热的大厨。酒店很贵，但喧闹的流行歌手和电影明星、证券交易员以及伦敦上流社会的其他人，却不太看重。晚餐之后，休闲酒吧里人就满了。多年来，常客中慢慢形成了一批罗兰的拥趸——玛丽·基利的判断力又将其锁定——默默地支持着罗兰以及他弹奏的易于欣赏的音乐。有时候，他上台的时候，会有羞怯的掌声。玛丽要他用动作表示感谢，略微鞠个躬就可以了。他照办了。管理层现在把他当作资产，比服务人员要高出一个档次。他被允许从前门进来上班。他们还许可甚至鼓励他在弹琴之前或之后，在众人的目光中去酒吧点酒。如果能和客人们打成一片，那就更好了。但这种事他尽量避免。

傍晚到达酒店的时候，他还有些头天晚上的宿醉。他们两人是四点钟上床的，睡前还做了爱。早饭时两人没有见面。达芙妮一早要常规去医院，他则努力想多睡一会儿。半小时后，他放弃了，起来煮了咖啡，然后拿着咖啡在她整洁有序的房子里晃来晃去，想象着自己在这里生活。一个楼梯平台旁边有个很小的房间，她说他可以用作书房。他朝里面望了望。堆满了行李箱和孩子用的家具：两把高脚椅子、一张婴儿床和几张很小的写字桌，在期待着下一代的来临。达芙妮最大的孩子格丽塔怀孕了。平时，他常常思索着时间和生命的缓缓流逝，但这天上午，他自觉免疫了。他有了新的开始。他将获得重生。一个新人！他已经打电话对劳伦斯说了这个消息，虽然他忍不住觉得这是在征求儿子的同意。回答很简单——"好啊，千好万好！"

此时，上班期间，他走到钢琴前准备第一轮演奏。他朝三个方向点点头，感谢稀稀落落的掌声，这时他注意到左边很近的一张桌子上坐了四个人。一对夫妇，年龄与他相仿，以及两位年轻女士。他们在喝啤酒，显得有点格格不入。四人都有那种模样，那种专注的凝视，据说只有接受过长期正规教育的人才会拥有。他当然有充分的理由不相信那种说法。这么多年，他识别人脸的能力已经下降，但几秒钟内，他立即知道了他们是谁，心里一阵高兴，也涌起了久违的内疚感。他双手已经放在琴键上，必须开始工作。玛丽说，美国来的客人比平时多。也就是说，开头要弹《夜莺在伯克利广场歌唱》，对置身伦敦的某些美国人来说，这就是他们的第二国歌。

他一边依次弹着他常规的秀场音乐大杂烩,一边望着那四个人。他们在认真地看着他,与他的目光相遇时,他们露出了紧张的微笑。他举起一只手打了个招呼。这时他弹到了斯科特·乔普林一首庄重的拉格泰姆曲子,脑子里却想象着达芙妮成了自己的妻子,独自坐在一张桌子旁边,听他用激昂奔放的节奏弹杰利·罗尔·莫顿的《爵士医生》。那肯定会成为现实的,想到这里,他心里充满着愉快的期待。现在,他弹了点哀伤的。《永远》①。他又快速看了一眼那四个人。一名女服务员又给他们送来了四杯啤酒。他有了个想法,要给他们传递一个信号、一段记忆。过几分钟,他的休息时间就到了。这一轮最后的节目,将会是一首他从没弹过的曲子,在任何地方都没弹过。他很熟悉,和弦简单,开始弹奏后,他重现了歌曲轻柔摇摆的节奏,然后发现自己的右手自行其是,已经知道了序曲,也知道如何复制烘托副歌的柔和的吉他伴奏。留恋,你淡蓝色的眼……

等他弹完,抬起头,那个女人正在哭泣。男人已经站起身朝他走来,两位年轻女士微笑着。其中一位用胳膊搂着母亲的肩膀。人们嗡嗡的谈话声低了下去,客人们都颇感兴趣地看着。罗兰从台上下来,久久地拥抱弗洛里安,接着又拥抱露丝。汉娜和夏洛特也加入进来,大家欢欢喜喜地抱作一团。他们不是让他和客人打成一片嘛。

等大家都重新站直,露丝笑道:"Jetzt weinst du auch!"现

---

① 或指欧文·柏林(1888—1989)1925年为其妻子创作的流行歌曲。

在你也哭啦!

"我这是出于礼貌。"

他们走了几步,回到桌旁。汉娜挽着他一条胳膊,夏洛特挽着他另一条,两个在耳边悄悄说出惊人秘密的女孩,在那个黑色塑料沙发上教他德语的老师。一名女服务员又给他们送来了一杯啤酒。

第二轮演出开始前,他们还有二十分钟。各种故事喷涌而出,有时候四个德国人同时说话。

"你们怎么找到这儿来的?"

弗洛里安和露丝被捕后,公寓被搜查,他们的地址簿被没收了。后来,他们准备到伦敦,汉娜在一个法语"amis d'avant①"网站上找到了米莱伊,米莱伊就说了罗兰的这个钢琴酒吧。汉娜是伊拉斯谟计划交换生,在曼彻斯特读生物学,夏洛特在布里斯托尔一家书店里工作,要提高英语水平。露丝在高中教书,弗洛里安是医生,他们于1990年搬到了杜伊斯堡。两位当父母的都显得比实际年龄更大,眼睛周围有很多皱纹,罗兰注意到他们的样子都有些拘谨内敛。两人都胖了。他对这家人说,就在昨天晚上,他和最好的朋友决定结婚啦。一时兴起,他给达芙妮打了电话。她听起来有些心不在焉。她还有一点儿工作,她说,一小时后过来。好嘞,来了开香槟!

海泽一家从没见过劳伦斯,但知道他,所以问他的情况。他以业余成人学生的身份,在柏林自由大学修读数学学位。之前,

---

① 法语:"老朋友"。

他晚上做服务生，平时以非官方的身份在波茨坦一家气候变化研究所做事。当天上午他还告诉父亲，说他觉得"可能爱上了"一位名叫英格丽德的海洋学者。

热情洋溢的第二轮演出结尾，罗兰弹了库特·威尔的几首曲子，先是《尖刀麦克》，然后是《安逸生活之歌》。最后一首弹完，他站起身来，观众席里响起零落的掌声，比平时略微热烈一些。倒不是他的表演，而是戏剧性的重逢，感动了几个人。他准备结婚的消息在酒吧里传开。桌子上有一瓶酒，放在冰桶里，还有五个杯子，一张便条上写着夜班经理的祝福。

一轮祝酒之后，海泽一家的故事开始了。回答罗兰的问题，不，他送过去的唱片和书籍没有招来麻烦。不过，施伍特是个严酷的地方，那又是严酷的时代。露丝在医院里做清洁工，弗洛里安先在造纸厂上班，后来稍好一点，调到了一家制鞋厂。体制给他们施压，但更糟糕的是，邻居们都有敌意。但是，最糟糕的是孩子们不在一起。两个月后，孩子们突然就回来了。终究还是没把他们分开，尽管她俩的状态都不好。露丝说这话的时候，姐妹俩点着头。最后十八个月要轻松一些，因为越来越有希望。根据零零散散的消息，有些人，甚至全家一起，正从匈牙利过境到奥地利，苏联人并不阻拦。当然，后来就是柏林墙的事。1990年3月从施伍特向西的旅程非常复杂。最后，他们在柏林见到了露丝的母亲玛丽亚。当局一直不允许她去探望。后来露丝和弗洛里安把她弄到了西部的一家医院，在杜伊斯堡，她1992年在那儿去世了。

经过一段美妙的休整期，弗洛里安终于在四十一岁时获得资助，到医学院上学。不过，露丝在一家问题儿童学校当下等助手，工资难以养活全家。后来情况更糟，弗洛里安说，女孩子们变成了来自地狱的魔鬼。汉娜和夏洛特都尖叫起来，表示抗议。

"那好。十几岁差点怀孕、警察指控违法涂鸦、喝酒、毒品、头发染成绿色、糟糕的学校成绩单、街道上大声播放音乐、凌晨两点回家、在公共场所小便……"

清单列得越长，姐妹俩笑得越厉害。她们抱在一起。"那是一个小树林！"

"Wir wollten einfach nur Spass haben！"①

"就是想找乐子吗？那邻居们的请愿呢？"

露丝转脸对罗兰解释："邻居们请求把这两个送回东德。"

两个女孩彻底忍不住了。现在她们是体面且受过教育的西方人，很难想象她会胡乱涂鸦、把头发染成绿色。留下了岁月痕迹的是她们的父母。大部分香槟，也是他们喝的，孩子们几乎没碰。过了几分钟，汉娜和夏洛特互相看了一眼，点点头，然后站起来。一位意大利朋友的英国男友在荷兰公园有个公寓，正在那儿开派对，她们要赶过去。她们明天到酒店和父母一起吃早饭。老人们站起身，让她们拥抱，然后看着姐妹俩匆匆走过酒吧。罗兰心情矛盾。他不羡慕她们这么迟还开派对。但他怀念自己身上如今仍然清楚记得的那种急不可耐，那种要赶上重大事件的迫切。这个念头很快消散，因为他看见汉娜和夏洛特在大门口迈步侧身，让他未来的妻子走了进来。她还没走到桌边，弗洛里安和

---

① 德语："我们就是想找点乐子！"

露丝已经把孩子们的酒一口干掉,又另外点了一瓶酒,要了新的杯子。

相互介绍之后,大家又是新一轮的祝酒,然后给达芙妮简要介绍了一下以前的情况。她记得这家人,罗兰讲过。他想起她曾给他介绍一位唱片业内的熟人,帮忙找了一张鲍勃·迪伦的稀有盗版唱片,那是弗洛里安一直渴望得到的。

他说:"渴望东西的时候,我更加开心。"他站起身,喃喃地说当地禁烟法律愚蠢透顶,然后出去抽烟去了。

他走以后,露丝告诉他们,弗洛里安没她和女儿们那么开心,罗兰一边听,一边给达芙妮做现场翻译。他工作的诊所位于杜伊斯堡一个贫困地区,靠近奥博比尔克。他看到了最糟糕的情况——毒品、贫穷、暴力、肮脏、种族主义,移民社区和白人社区的女性都遭受虐待。露丝说那是最差的情况,每个国家都有最差的。但他说那就是现实,却没有人去面对。他永远无法为旧东德辩护,但在统一的德国,他并不开心。交通拥挤、无处不在的涂鸦、诊所周围的垃圾、愚蠢的政治、商业拜金主义,无一不让他憎恶。电视上一出现广告,他就离开房间。他觉得邻居们看不起他,但露丝说,实际上他们都是善良的人。女儿们读书期间,他总是抱怨教室里纪律松弛。这令人尴尬。她们获得了良好的教育。他说,路上大多司机都是要置人于死地的疯子。德国流行音乐让他发疯。

"他喜欢的音乐都有,他自己的音乐,但他从不听。你弹那首'地下丝绒'的歌曲时,他非常难过。我们俩都是,为了我们永远不想再见到的旧时光。不想在任何地方见到!"

听她趁弗洛里安不在场的时候谈论他，罗兰感到不安。她的语气中抱怨多于同情，他怀疑她是不是要把他卷入他们夫妻间的争吵。他希望这一切在他的翻译中没有体现出来。他瞥了一眼坐在身边的达芙妮。自从加入他们之后，达芙妮显得很安静。他拉住她的手，惊讶地发现她的手心又热又湿，实际上都出汗了。

"你没事吧？"他低声问。

"没事。"她用力握了一下他的手。

露丝突然靠过来。"他有别的女人。他自己不承认。所以我们没法谈。"

但这话罗兰没给达芙妮翻译。他能看到弗洛里安远远走了过来，身后跟着一位女服务员，手里又拿着一瓶酒。坐下来之后，他坚持要自己打开那瓶香槟。

达芙妮又用力握了一下他的手。罗兰认为，她的意思是尽快离开。他看着她，点了点头。她看起来很疲惫。这一天很累。但弗洛里安回来之后，心情大好，正一边倒酒，一边回忆八十年代末的日子，还有那些他此后从未碰过的禁书。接着，他又转到了北约的话题。东扩是疯狂的举动，是对有民族自卑感的俄罗斯人的荒谬挑衅。罗兰开始反驳。弗洛里安肯定不需要别人来提醒他，俄罗斯多年来占领旧华沙条约国，并以暴力维持其地位。那些国家有充分的理由和权利做出自己的选择。然而，展开辩论是个错误，花了半个小时才算结束，双方留下了电话号码和电子邮件。然后，他们站起来拥抱告别，对罗兰来说，此时的拥抱已经没有了纯粹的快乐。这一刻有了瑕疵。他真希望露丝没告诉他那些事情，他并不需要知道。他为他们两人感到难过，还因为自己的幸福而有一丝不合时宜的内疚。

离开的时候又耽搁了一会儿。一些员工要与他握手，还要他介绍达芙妮，并向他们表示祝贺。她友好地进行回应，但他能看出来她有些勉强。他猜测可能是彼得搞出了麻烦。也许他又要回来。绝对不行。最后，他们手挽着手，沿着梅菲尔区那些整洁的后街朝帕克路走去，那儿能叫到出租车。她问他露丝说了什么，他说了。她没回答，两人走路的时候，他感觉她紧紧抓着自己的胳膊，好像担心摔跤一样。等他们上了出租车朝东边开，他挪到她身边。

"怎么啦，达芙妮？告诉我。"

她突然身体僵直，浑身颤栗。说话前她深深吸了一口气，但她的声音还是很轻。"我有个坏消息。"她准备说出来，却开不了口。她转过脸去，开始哭起来。罗兰大吃一惊。如果是哪个孩子有事情，她肯定已经说了。他用胳膊搂住她，等着。她的肩膀和脖子都很热。出租车慢了下来，司机通过内部通话装置问要不要帮忙。罗兰让他继续开，然后关了麦克风。他从没见过达芙妮哭。她总是那么有本事、有毅力，总是关照着别人。他默默地感到惊诧，好像孩子看到了哭泣的父母。他在她包里找了些纸巾，塞进她手里。她慢慢恢复了平静。

"对不起。"她说。然后又说："对不起。"

他把她抱得更紧了。最后她说出了原委。"今天上午有些检测结果出来了。"这话一说，剩下的他都猜到了。

她说："本来该早点告诉你。但我以为不会有什么事情。是癌症，四级。"

他想讲话,但有几秒钟,他一个字都说不出来。

"什么部位?"

"到处都是。到处都是!我没有任何机会。他们说得复杂,但就是这个意思。两个医生都这么说。啊,罗兰,我好害怕!"

11

他从放羊毛衫的抽屉里把它拿起来,放到桌上。那是个沉重的陶瓷罐,盖子内部嵌有软木,可以拧下来。罐子外面裹着一整张两年前的报纸。在那之前,罐子在他卧室的窗台上放了五年,总让他想起拖延的原因,直到他不胜其烦,把它收了起来。现在,九月初的午夜之前,一切都整理好了,堆在厅里。他租来的车停在拐角处,那是他能找到的最便宜的机器。他轻轻地将罐子横过来,滚动着,报纸便脱落下来。两年在记忆中轻飘飘的,如同两个月。时间日渐压缩,在他的老朋友们当中是习以为常的事情。他们经常分享时光加速、待人不公的印象。当时他以闷闷不乐的讽刺心态选择了这张报纸,不过现在他已经忘了。他把罐子放到一边,把那张报纸铺开。2016年6月15日。一张占了半个页面的照片,上面是英国独立党党魁奈杰尔·法拉奇和工党议员凯特·霍伊,两人站在船头,向后靠在栏杆上,意气风发。他们身后便是议会大楼。旁边有一艘坐满了人的游船,上面插满了英国国旗。另外还有其他船只，画面上只能看到一部分。那是庆典，也是承诺：不久英国就要投票离开欧盟，重新控制其广阔的渔业水域。

不过，罗兰对法拉奇和霍伊不感兴趣。他选择这页报纸，是因为图片前景上有手肘、上臂和部分肩膀。一个有悖常理的选择。它们的主人是彼得·蒙特，脱欧大业的主要捐赠人之一。整整一年，他一直骚扰罗兰，要处理达芙妮的骨灰，并允许他参与仪式安排。近来，彼得的电话停了。罗兰已经解释过很多次，她的愿望非常具体，而他——罗兰——并没有违背她的愿望。延迟是正当的。有几次他还挂断了彼得的电话。那不仅是个人情感上的恩怨。他已经开始憎恶这个人所代表的一切。

他用绒布外套将罐子包起来，塞进一个空闲的背包里，和他其他的东西一起拿到楼下。登山靴以及靴子上放着的一顶宽边帽、另外一个背包、一个小行李箱、一个装食品杂货的纸盒子。他走进厨房，给劳伦斯和英格丽德写个便条。他们要带着六岁的斯蒂芬妮从波茨坦过来看房子，顺便在伦敦游玩。他的指令大多是关于他的猫的，已经两天没有看到了。回来之后，他们要一起吃晚饭，给他庆祝生日。回家后不必面对空空荡荡的房子，真是快乐啊。

在另一张纸上，他给斯蒂芬妮写了一封奇奇怪怪的欢迎信，有图画和笑话。过去两年里，他们之间慢慢形成了一种特殊的友谊。这是个意外，他快七十岁了，还有一桩情事，一桩感情之事。她会专门找到他，讲述她严肃的想法，提出她深思熟虑的问题，或者吃饭的时候坚持要他坐在她身边，这些都让他感动。她想知道他的过去。有明确的证据表明，一个六岁孩子有着丰富的内心世界，这让他感到敬畏。他被带回到三十多年前劳伦斯还小的时候。她瞪大着眼睛，聚精会神地听爷爷讲故事。她有她母亲那墨蓝色的眼睛，那是一位海洋学者的深海凝视。他认为，她把他当作她古老而极其宝贵的财产，她有义务保护其脆弱的存在。她把手伸进他的手掌，让他感到荣幸。

半小时后，他上了床，和他预料中一样，他无法入睡。有很多小东西要记住，比如一把锋利的刀、他的降压药、出伦敦城的最佳路线。他应该带一张不同的银行卡，换掉那张过时的。汽车上已经没有光碟播放器了，要播放她最喜欢的碟片，他就得去找一台。他吃了一片安眠药，在等待入睡之际，他的思绪又落到了彼得·蒙特身上。看来，公投遂了他的意之后，他的时间都用来与同居的女人争吵，并重新发现自己对达芙妮的爱。他和赫迈尔妮一起为脱欧拼搏，捐了钱并取得了胜利，现在他们却在法庭上为共同拥有的财产拼搏。蒙特对前同居伴侣的死后之爱，缩小成了对她骨灰的执念。他知道她希望把骨灰撒在什么地方。三十五年前，她在地图上为他标出了那个地方。最近他提出要自己去，亲手完成这件事。那是不可能的。她对罗兰说的话，还有她的信，都非常具体。信就在他的行李当中。彼得两次抛下她，都搞得乱七八糟，还有那些使用暴力的时候，他虽然承认，却毫无悔意。他说，在当时的情况下，显然是她逼他走到那一步的。在生命中的最后几个星期里，达芙妮选择对他不予原谅。

安眠药见效太慢，导致他睡过了。他应该吃半片。整个晚上,彼得·蒙特都在他乱麻一般的梦里。他母亲也在,需要什么东西,喊人帮忙,但说话含糊,他听不明白。八点半,他迷迷糊糊地醒来。他原计划六点之前上路,赶在上班高峰之前出城。现在,他要为劳伦斯和英格丽德把厨房收拾好,还要额外带杯咖啡到路上喝。他动作缓慢,又浪费了不少时间。等他把车挪到房子前面,已经快十点了。每天这个时候,交通管理员精神最好,检查最积极。他抓紧把东西装到车上,正准备回来锁门,却碰上了梦里的那个人。在他这种状态下,倒也不算奇怪。蒙特站在房子外面的栅栏旁,手里拿着一个帆布包。他穿着一件乡村风格的粗花呢外套,戴着棒球帽,脚上穿着厚重的拷花皮鞋。

"老天爷。我还以为你这时候已经走了呢。"

"你想要干什么,彼得?"

"孩子们跟我说了。我也去。"

罗兰摇摇头,从他身边走过。进入房子的时候,他回头看到彼得正努力挤进那辆车。然后他又试了试行李厢。他朝前门走来,喊道:"享受着我的房子,是吧?"

罗兰砰地关上门,坐在楼梯最下面把事情想清楚。这有一度的确是彼得的房子,用电力的钱买的。然后赠给了达芙妮,以偿还他的内疚债。那是个古老的争端,不久前罗兰还换了锁。彼得还在那儿,等着。

罗兰选择了平心静气讲道理的语气。"我不知道为什么,彼得,但你肯定知道。她不愿意你介入。"

"老伙计,你这是撒谎。我爱她的时间比你长得多。我有这个权利。"

罗兰回到房子里，毅然决然将整个上午余下的时间都用来支付账单和写电子邮件——这些事做掉也很好。他要去的地方没有因特网。十二点半，他从卧室窗户里向外望。彼得已经走了，挡风玻璃上还没有停车罚单。一小时后，他已经在M40高速公路上，向西朝伯明翰及更远的地方驶去。

长途驾车时，他经常陷入长时间的思索。像这车流一样，思绪也在有些阴郁地缓慢推进，但好在那些想法超然物外，与现实保持着距离。这辆小车比他预料的更加灵活、宽敞，像个思想的气泡一样朝北推进，周围的乡村他已经不再熟悉，也不太理解。接近伯明翰时，他慢慢进入了一种魔幻的思维模式。城市边缘的工业区里，那些冷却塔、体形巨大的输电塔、围着栅栏的毛坯墙仓库，隐含着脱欧的顽强决心，他忍不住都要为之喝彩。经过的卡车和拖车都更大、更吵，数量庞大、气势逼人——它们有投票权。

实际上，伯明翰的投票颇为均衡。这是个国际化的城市。1971年，他曾跟随彼得的乐队在这里举行过现场演出。一个目光犀利的小群体欣赏他们，认为"彼得·蒙特团"效仿美国南方摇滚，如奥尔曼兄弟和马歇尔·塔克。彼得坚持要乐队戴软呢帽、穿T恤衫和黑色牛仔裤。他们不唱别人的歌。乐队所有东西都是彼得和贝斯手写的。演出地点偏僻，位于新街车站附近一家吉他商店的地下室。乐队有史以来最好的一个夜晚，在婚姻、孩子以及朋克乐的兴起将乐队拆散之前。就是那天晚上，彼得带来了他的新女朋友达芙妮。她和罗兰谈了几个小时，彼得跑到什么地方喝酒去了。从那以后，就有了没有明言的妒忌和竞争。但是，蒙特是个很酷的首席吉他手，性格张扬，总有办法让人家听他的，偶尔还会打架，握紧拳头、你来我往的那种正式打斗。一名自我怀疑的兼职键盘手没法跟他竞争。现在，还是同一个彼得，一名信仰坚定的有钱人、英国独立党的叛徒、执政党的知名金主，根据《私眼》杂志的说法，离受封爵位不过咫尺之遥。看来，摇滚音乐的平等精神也未必靠得住。上午人行道上的对峙，与其说是为了几磅重的骨灰，不如说是一场古老争斗的延续。七年过去了，一切追根溯源，还在达芙妮那儿。他们俩谁能拥有她的记忆？

诊断和死亡之间的几个月，是罗兰最强烈的生命体验，有几个最为幸福的点，其余都是最痛苦的。他从未感受到那么多。第一时间的震撼和恐惧结束之后，她安排了一次病情复核。他陪她去并负责做笔记，由她提出他们事先一起准备好的问题。感觉太抽象了，她反复对他说。她没有什么异常的感觉，只是偶尔腰部有些痛，专家让她判断疼痛级别，从零到十，她选了三。他们在登记处结了婚，现场没有家人和朋友，只有几名见证人，从街上随机挑的。几天之内，他们都在谈论复核的情况，以及一批新测试的结果。随后，她做出了决定。她把包括劳伦斯在内的所有孩子都召到劳埃德广场，并公布了这个消息。在最糟糕的事件当中，这是数一数二的。疼痛指数是十。刚刚从医学院毕业的杰罗德一言不发，离开了房间。格丽塔哭了，南希开始生气——生母亲这个消息的气，也生母亲的气。劳伦斯双手抱住达芙妮，两人都哭了。

等大家平静下来，杰罗德回到房间，她告诉全家她的决定。

除了目前还没有必要的严重疼痛缓解措施，她将拒绝其他治疗。副作用非常严重，而到目前这个阶段，治疗成功的可能性几乎为零。孩子们回归各自的生活，达芙妮和罗兰开始制订计划。计划分为三个部分。首先，趁她精力尚好、还能旅行的时候，她想再去某些地方看看。其中就有她希望罗兰处理她的骨灰的地方。第二，她要待在家里安排她的事情，直到第三阶段，到那时候才放下一切，一心只管疾病。

罗兰订了酒店，做好了旅行安排。总体上，整个过程务实高效、有条不紊。不过一路上哭的时候更多，还有多次愤怒地发脾气。她没有屈尊就卑，去问"为什么是我啊"，而是像南希一样，面对命运的无耻勃然大怒。看到罗兰似乎无动于衷，她突然发起火来，斥责他那"该死的写字板"——其实不过是几张纸放在一本艺术书上——笔随时做好准备，"像监狱的书吏一样"。监狱？因为他是自由的，她已身陷牢笼。不过，他们立即就温柔地和好了。

第一站，全家人一起到法国南岸一个小岛上度假，住一家朴实无华的酒店。达芙妮要劳伦斯去。在他们的请求下，波茨坦那家研究所最后时刻批准了他的假期。格兰德、南希和杰罗德从小就熟悉这家酒店。店主记得达芙妮，还拥抱了她。不能告诉店主。那个星期，他们第一次尝到了情感多次大起大伏的滋味，有时沉闷抑郁地等待着悲剧日渐临近，有时沉浸在常规的假日快乐之中，把其他一切全都忘了。家里经常讲的笑话、记忆、逗乐，周围环境带来的愉悦——这些是压制不住的。两个小时的就餐过程中，他们可能在这两个极端之间多次反复。晚饭时，他们坐在户外，俯瞰着一个小小的海湾和日落。拍一张有达芙妮的照片，等于提前看到了她身后的遗照。关于她的身体状况，她并没有下禁言令。这比策略性的沉默更加困难。第一天晚上，晚安时的拥抱像是为最终的告别做预演，大家都意识到了，哭了。他们在花园里一棵桉树下抱成一圈。旁边就是厨师的荧光水族箱，里面的龙虾用盔甲撞着玻璃，发出听不见的嘎吱声。几个星期前，他们在梅菲尔区的酒店里，与海泽一家人集体拥抱。然而，时过境迁，现在的感受已完全不同。

达芙妮说："面对这破事儿，到这儿来、这样做，是我能想到的最好的、最高兴的事情。"听到这话，劳伦斯情绪失控，大家只好去安慰他。等他平复下来，大家又逗他，说他抢了达芙妮的风头，达芙妮也跟着起哄。六个晚上都是这样，情绪起起伏伏。她的秘诀是让大家相信，无论情绪好坏，快乐和悲伤都不必设限，也无需内疚。她给众人留下了开心的印象，尽管大家心存疑虑，也不相信她的话，但这种假象还是提升了大家的情绪。

岛上没有汽车。有一条铺过的林道，还有很多步行小路穿过一片片圣栎树林。他们一起散步、游泳，在悬崖上野餐。一天下午，达芙妮和罗兰独自走到了岛的另一头，来到一片竹林旁的沙滩上。他们忘了周围的美景，因为她说出的想法，在未来几周将会慢慢成形。她害怕痛苦，但更害怕最后时刻的无助和羞辱。腰部撕裂般的强烈疼痛，她已经开始略有体会。她想，那种痛苦会非常厉害，"像山一样"。她感到害怕。同样，她也害怕癌细胞扩散到大脑后，她会失去心智。至于难过的事情呢——看不到四个孩子成年后的下一步生活，看不到第三代，不能和他一起进入老年，不能进一步探索他们早该开始的婚姻。

"我的错。"罗兰说。

她没有反驳，只是用力握了握他的手。后来，回酒店的路上，还是同一个话题，她喃喃地说："你是个焦躁不安的傻瓜。"

旅行结束，回到法国本土，他们在码头边像平时一样相亲相爱地告别。到这时候，他们的极端情感已经消耗殆尽。年轻人共乘一辆出租车到马赛，然后坐飞机去伦敦，或者经巴黎转机到柏林。罗兰和达芙妮开一辆租来的敞篷车向东北而行，前往意大利奥斯塔外围一家乡村小旅馆。离开学校之后，她曾在那儿打扫过两个月的房间。四天时间，优哉游哉地开四百英里，由达芙妮开车。只要可能，他们就尽量走小路，罗兰则拿着事先买好的大比例地图查看路线。没有自动导航系统。他还订了三间中途休息的旅馆，都在偏僻的乡下。

除了岛上的旅行之外，这是达芙妮梦幻路线中最成功的一段。在狭窄的山道上集中精力开车，选择最理想的野外午餐地点，一天结束顺利到达目的地的快乐，偶尔因为罗兰导航失误而原路返回——这一切都把她的注意力放在当下。小旅馆名叫"洛宗之家"，和她记忆中差不多。主人让他们看了一眼她原来的房间。在这家旅馆，她的芳心被一位保加利亚服务生俘获，就在这个极小的房间里，在她十八岁生日前一天，她第一次与人做爱。

晚饭时，他们谈论着各自的少年经历、孩子们的少年经历，谈论着那个时代的变迁，以及那个时代的特殊性是从什么时候开始的。罗兰将其归结为一个象征性的时刻，即1956年猫王发布第一首单曲《伤心旅馆》。达芙妮的时间点要早五年，在五十年代初姗姗来迟的战后生育高峰和离校时间推迟①之际。或许谈论各自生命中的那段时光加深了他们共享过去的感觉,或许他们渴望十几岁时就已相识,或许是在岛上度过了精彩的一周而且刚刚结束一段成功的公路旅行使他们兴高采烈,或许是他在小旅馆那架古老的钢琴上为她弹奏胖子沃勒那首歌曲让她开心。总之,可以肯定的是,这一切都将一去不返。他们是很久的朋友,像老朋友一样爱着对方,但是那天晚上,后来在二楼的房间里,在厚重的木头屋顶下,他们又坠入了爱河——像十几岁的少年。

那种感觉一直在,不过旅行却没那么开心了。事情真的开始走下坡路了,因为他们受限于时间表,只能从山上下来,加入前往米兰马尔彭萨国际机场的滚滚车流,按时归还租来的车,然后赶飞机前往巴黎。图灵会更好。是罗兰的错。达芙妮郁郁寡欢地以当地人的模式开车,在拥挤的快车道上闪着大灯,在高速行驶的状态下紧紧跟着前面的车辆。罗兰紧张地坐着,一言不发。

他们习惯了美丽风景和静谧时光,发现自己不适合巴黎。公寓在塞纳路上。周围的街道上挤满了像他们这样的游客。当地餐馆早上提供的咖啡十分难喝,浑浊而寡淡。他们决定自己在公寓里煮。她想带他看一家米其林两星饭店,结果他在伦敦以十五英镑左右买过的酒,这里最低卖二百欧元。这些都是常见的游客不满。但是,在达芙妮已经三十年没来过的小皇宫博物馆,罗兰用她的话说是"发作了一次"。他提前看完了绘画区,在大厅里等着。她到了之后,两人准备离开,这时他突然爆发了。他说,如

---

① 自1880年实施义务教育以来,英国曾多次推迟学生离校时间,1947年从14岁推迟到15岁。

果再看到一张圣母圣子、耶稣受难、圣母升天、天使报喜等等，他会"呕吐"的。他宣称，从历史上来看，基督教一直是一只冰冷的死亡之手，扼住了欧洲的想象力。其专制已经被推翻，真是福音啊。外表上看是虔诚，其实不过是极权思想极权国家内部的强制统一。十六世纪要质疑它、藐视它，就等于把自己的命交出去了。就像在苏联斯大林时代抗议社会主义现实主义。在五十代人的漫长岁月，基督教阻碍的不仅仅是科学，而是几乎整个文化，几乎所有的自由表达和自由探索。它将思想开放的古典哲学整整埋藏了一个时代，它将数以千计的优秀人才逼进了死胡同，在无关痛痒、吹毛求疵的神学问题上虚度光阴。它以可怕的暴力传播其所谓"圣言"，并以拷打、迫害和死亡维持其存在。温和的耶稣，哈哈！在全球整个人类的共同经历中，重要的话题数不胜数，可欧洲的各大博物馆却充斥着这种千篇一律的可怕垃圾。比流行音乐更糟糕。这就是用颜料和镀金画框打造的"欧洲歌唱大赛"。甚至在说话的时候，他都为自己强烈的情感和释放的快乐感到惊讶。让他滔滔不绝的，让他爆发的，是别的事情。他开始冷静下来，又说道，令人宽慰的是，还有人画资产阶级室内生活，画一块面包放在板上，旁边放把餐刀，画一对夫妇手拉手在冰冻的运河上滑冰，努力寻找片刻的欢乐，"趁着该死的牧师没盯着。真该谢谢荷兰人！"

这时候还剩下八个星期的达芙妮，把手搭在他胳膊上。她宠溺而甜美的微笑将他融化了。她在给他上一堂关于如何死亡的课。她说："午饭时间到了。我想你需要喝点东西。"

在繁忙的城市里游玩以及游客的日常，开始让她疲惫。她想回家。他们提前三天结束了旅行,乘火车到了伦敦。后面还有一次旅行,出发前最好让他在劳埃德广场先休息好。五天后,她状态不错,他们便把食物和徒步装备拿到车上。她还是坚持要开车。最后的机会啦,她不停地说。根据她的指示,他在湖区租了一间农舍,在艾斯克河附近。九岁的时候,她曾和父亲到那儿去过,她父亲是乡村医生,也是出色的业余博物学家。她还记得,父亲就陪着她一个人,让她特别高兴。父女俩要一起爬斯科费尔峰,那不是世界第一,却是英格兰最高的山。农舍名为"伯德豪",位于山谷的上游,没有电,但那也是令人兴奋的事情,因为可以点亮蜡烛,然后在飘忽不定的可怕阴影中拿着蜡烛走进卧室。

达芙妮开车经过莱诺斯山口和哈德诺特山口,这时罗兰想起了劳伦斯十四岁时,有一天突然要去爬山。两天后,他们住在朗斯特拉斯山谷的一家客栈,一大早出发准备去爬同一座山。

"让我惊讶的是,他身体真好,逼得我只好快点往坡上爬。"

达芙妮笑了。"听起来你有点伤感。"

"我想他。"

天黑前两小时,他们到达了"伯德豪",天空云层低垂,下着毛毛雨。一条粗糙的小路通向农舍,车身很低,底盘刮擦着地面凸出的石块,发出很响的声音。罗兰把他们的东西从野草蔓生的花园那边拿过来,达芙妮则在农舍里收拾。尽管光线暗淡,他还是能看出来,周围风景如画。两边都是山峦。艾斯克河隐在一排树后,看不见,顺着一块由石头墙围起来的斜坡草地下去,便可到河边。农舍很简陋。没有浴室——只能用厨房水槽洗漱。下面有一间卵石砌成的地窖和一个化学厕所。

第二天早上,雨停了,浓云消散了一部分。天气预报说有间歇性的阳光。他们装好背包,沿着农场小路出发,顺河而上。他们过了托尔农庄的人行桥,来到河的东岸。达芙妮心里有个地方,想指给他看。脚下比较轻松,但他们走得慢,大约每隔二十分钟休息一下。一段石头墙上架着一个过墙梯,她坐在上面,吃了一片止痛药,很快她走路的步伐就更加有力了。他们花了三个小时,走了几公里。他们来到了那个地方,即林科夫桥。她很兴奋。这座简单的拱形石桥竟然和五十多年前一模一样,让她感到格外高兴,那时候她和父亲一起坐在桥边,听父亲讲战争的事情。他曾当过军医,负责照顾在德国北部平原向柏林推进的部队。她告诉罗兰,父亲不是一个善于表达的人,但他还是拉着她的手,跟她讲他的工作,尽最大努力跟一个九岁的孩子解释伤员鉴别分类系统。他们的队伍继续向东推进,离家越来越远,他曾给达芙妮的母亲写过信。

"我问他信里写什么。他说,他什么都描述,甚至包括他处理过的伤口。他说他非常爱她,等他回来,他们就结婚,生一个像我一样的小女孩。罗兰,我无法描述听他这样讲我有多高兴。他是个非常内向的人。从没听他用过'爱'这个词。那时候的人连对孩子都不这么说。听他说爱我妈妈,让我涌起了一阵对他强烈的爱。他说,他曾看着工程兵快速在易北河上搭一座浮桥。他们坐在卡车上过桥,两个车轮子滑出去了,差点翻到了深深的河水里。士兵们只好一个一个小心翼翼地爬出来。"

"他讲得真好,讲的时候,他把那个故事变成了惊悚小说。

我紧紧抓着他的手,河水急流而下,注入我们身后的瀑布。卡车歪到了一边,不过士兵们不会有事。我听着,心里觉得这是我一辈子最幸福的时刻。"

达芙妮和罗兰走上那座小桥,朝下游望去。沉默了一会儿,她说:"和你在这儿,我也很幸福,这两个幸福时刻,差不多跨越了我整个人生。我要你一个人带着我的骨灰到这儿来。让所有的孩子一起来是不可能的。不要和朋友来,不要带你那些可爱的前女友。尤其不要让彼得掺和进来。他已经常常让我痛苦了。反正他也讨厌走路和户外旅行。一个人来,在这里想想我们的幸福。然后把我倒进河里。"接着她又补充道:"如果有风,你可以下去,在河岸上倒。"

最后这句急转直下,两人都难以承受。他们都沉默不语,拥抱在一起。罗兰想,这样谈论幸福是荒谬的。一队登山者慢慢走近,蓝色的电热防水夹克撕开了眼前的风景,两人反应过来,松开了对方。没有足够的空间让所有人一起过桥,那支友好的队伍等待着,罗兰和达芙妮回到东岸,顺着林科夫小溪向上游走了几码,来到第一个瀑布前开始野餐。

等吃完午饭,达芙妮太累了,不能继续走,于是他们慢慢下山,回到"伯德豪"。当天剩下的时间,她都躺在床上打盹,罗兰带了一本华兹华斯的传记,但他无法给她读,也无法面对华兹华斯,只好翻翻其他客人留下的乡村风光杂志。傍晚,他迈步出屋,目光越过山谷,望着伯克岗。微风吹在他脸上,带来了流水的声音,更加清晰可闻。他似乎听到背后有脚步声从屋后传来。他走过去一看,没有人。那稳健的脚步声慢慢变成了他的心跳。

他的目光回到河流上，这时他看到一只仓鸮，在五十码开外低低朝他飞来，越过草地时，仓鸮那张灰色的脸正对着他的眼睛。有一刻，他似乎看到了一张人脸，苍老、漠然，正凝视着他。这更像是种幻觉。接着那幻象过去了，仓鸮双翅右斜，朝上游飞去，与河流保持平行，接着又向左一转，过了河，消失在一片树丛背后。回到屋里，他听见达芙妮在动，便给她倒了一杯茶。他没提仓鸮的事。他心里想，她没看到，会觉得难过的。

两天后，由他开车返回伦敦。路上，达芙妮在睡觉。等她醒来，他们已经与曼彻斯特平齐了。她从包里拿出一张唱片：《魔笛》精选。

"好吗？"

"当然。声音调大。"

一听到序曲里那丰富饱满的和弦，罗兰感觉好像被抛回了1959年：画着一片恐怖树林的背景板上，散发着新鲜的颜料气味，他被迫穿着一件厚重的棉布围裙；不知道自己该站在哪里，该做什么事情；母亲离得那么远，让他感到茫然，虽然他不承认。两千英里。他看到伯纳斯音乐学院油毡地板上的花纹沿着路面冲他疾驰而来。序曲那欢快而熟悉的旋律也没能让他释然。他一直打起精神应对眼前的情况，而现在的莫扎特和往日的记忆却让他松弛下来。达芙妮无望的勇气让他几近崩溃。他行驶在中间的车道上，时速七十五英里，从一长串卡车边驶过，他的视线开始模糊。她多么温暖，多么可怜，却又多么努力啊，可她却没有一丝成功的希望。

"要停一下，"他喃喃说道，"眼睛里有东西。"

她从椅子上转过身，盯着后视镜，他则加速沿着那无尽的车队行驶。

"现在插进去。"她说。

在她的帮助下，他挤进了两辆卡车之间的缝隙，车停在路肩上，闪着故障灯。她手里已经准备好了一张纸巾。他接过来，下了车。他站在风暴一般的灰尘里，擦着眼睛，M6 高速上无知无觉的工业喧嚣让他平静下来。他发动汽车的时候，她把一只手搭在他手腕上。她知道。

现在他好了，对歌剧习以为常了。他们大约走了十英里，她说："可怜的夜女王。她高音都唱出来了，但她知道最后她还是不行。"

他朝她瞥了一眼，心里踏实了。她就是这个意思，并不是说她自己。

第二天晚上，他从酒店里弹琴回来，发现她跪在客厅的地板上，周围放着很多本影集和几百张照片，有些还是黑白的。她在尽可能地做标注，这样孩子们就会知道她的朋友和比较远的亲戚。还要提醒孩子们小时候度假的具体地点和时间。她给每一位都写了长信，让他们在她死后六个月阅读。整理照片断断续续花了她两个多星期。她通过医生安排了一位健康探视员，在她能力不足的时候帮忙照顾她。她开始清理她的衣柜，还有装衣服的抽屉，有些要扔掉，有些由她来清洗、熨烫、叠好，然后由罗兰送到红十字会的店里。她把所有的大衣都送掉了。她不可能再有下一个冬天。这很残忍，罗兰心想，万一她不死呢？他还在抓着那么点儿希望。生病嘛，多么奇怪的事情都发生过。

达芙妮却毫不怀疑。"我不想让你或孩子们来干这件事。太难受了。"

她正式退出了她的住房协会，在一位律师朋友的帮助下，把协会变成了集体拥有的机构。她去了办公室，对遭受打击的员工们做了告别演讲，拿着鲜花和一盒盒的巧克力高高兴兴地回来了。罗兰心里怀疑，担心她随时都会垮掉。可第二天上午，她却在花园里，穿着登山靴，在填高的花圃上翻土。下午，那位律师过来了，帮她做房子方面的安排。彼得大方地帮助三个孩子买了住处。达芙妮想把房子转给罗兰。他反对，但她解释了她的条件。在他有生之年，房子不得卖掉。它将一直是全家的房子。劳伦斯也可以拥有一个卧室。如果孩子们不常住伦敦，这就能方便他们，过圣诞节也方便。

"把这地方维持下去，"她说，"你在，我就感觉踏实。"

打电话与孩子们商量之后，这事就确定下来了。罗兰位于克拉珀姆的房子要卖掉。重新整修的计划就放弃了。劳伦斯可以用这个钱，等价格低一点，在柏林为自己买个地方。

罗兰心想，矛盾的是，所有这一切准备——第二阶段——都是为了不去想即将到来的事情。她已经去看了医生，用她的话说，是要将她舒缓疼痛的药物"升级"。上午和下午晚些时候，她都要睡觉。她吃得更少了，大多晚上十点前就上床。她排斥一切酒精，因为她说那都是腐烂的味道，这倒也很好，不喝酒能保存她的体力。

第三阶段什么时候开始，程度如何，都不在达芙妮的掌控之中。她的组织才能一定程度上掩盖了第三阶段一点一滴的渗入。

第二次疼痛药物升级、晚上睡觉时间更早、吃得更少、偶尔头晕、偶尔脾气暴躁、肉眼可见的体重下降、极其苍白的脸色——这一切都在她忙碌时悄悄来临。那是雪崩来临之前陆续坠下的碎石。一天深夜，伴随着一声尖叫，雪崩终于来临。她腰部和腹部的疼痛瞬间升级，远远超出了最近药物的见效范围。罗兰在床的另一头迷迷糊糊穿着牛仔裤，她在乱七八糟的床单上翻滚。在一阵阵疼痛的间隙，她试图跟他说点什么。不要叫救护车。但这正是他要做的。已经不是由她说了算了。十分钟后，救护人员来了。根本没法给她穿好衣服。在救护车后面，一位医护人员给她注射了吗啡。救护车快速冲到皇家自由医院。在急诊室等待的五十分钟里，她躺在担架车上打盹。罗兰和一名护工一起，把她送进病房，那儿的人似乎知道她，了解她的情况。她的医生应该提前想到了。在他们"让她舒服一些"的时候，罗兰在护士站等着。等他回到病房，她已经穿着病号服，坐在床上输液。氧气嘶嘶地注入她的鼻孔，让她脸上恢复了一些血色。

"对不起。"这是她说的第一句话。

他拉住她的手，用力握着，坐了下来。他向她道歉。"我只能把你送过来。"

"我知道。"

过了一会儿，她说："今晚不会发生什么事。"

"是的，当然不会。"

"你应该回家，去睡一会儿。上午来看我。"

她给他开列需要带来的东西，他把清单输入到手机里，觉得以前那个达芙妮又回来掌控大局了。凌晨四点，他离开了医院，内心充满着毫无理由的希望。

*

六点刚过,在夏末的暖阳下,他驶入了通向农舍的那条山道。路面似乎不是那么凹凸不平了,或者这辆车的底盘更高。在卸下行李之前,他先进去看看。一切都和原来一样,甚至包括抛光木材的气息,还有角落里那张桌子上的几本《乡村生活》杂志,以及那回荡的寂静。不过,这个傍晚,通向河边的那片草地,以及整个山谷,都笼罩在蜜一般的阳光下。当然,他也不再是六十二岁了。他跑了四趟,才把行李搬进去。和他预料的一样,在深深的寂静之中,她的不在场令人压抑。他收拾行李,让自己忙起来。他只住两个晚上,却把洗换的衣服全部放进了抽屉。

最后,他倒了杯啤酒,拿到外面,在前门旁嵌入石墙的一条破旧板凳上坐下来。汽车很小、引擎过热,他的身体还在微微颤抖。现在,他一边眺望着山谷,一边等身体的颤抖慢慢平复,感觉宁静平和。七年了。他为什么要等这么久?她的信写得很清楚。他想花多久都行。这么长时间,他住在她的房子里,甚至拥有了她的房子,把她的书房变成了自己的书房,每天晚上使用她陈旧的锅碗瓢盆,睡在他们一起睡过的床上——但这都不够。在这幢房子里庆祝过几次圣诞节,劳伦斯、英格丽德、斯蒂芬妮、杰罗德、南希、格丽塔,以及他们的男朋友、女朋友,后来的丈夫、妻子、孩子——但这仍然不够。这一切当中都有强烈的达芙妮的记忆,但他仍然需要她的肉体存在残留下来的那一点点真实的东西，他不愿意放手，那是他的妻子和她的棺木炭化后留下的精华。他要把她留在身边。五年后，那个陶瓷罐总是让他想起自己已经耽搁很久，于是他拿张报纸把罐子包起来，塞进了一个抽屉的最里面。

稍后，准备晚餐的时候，他感到悲伤再度袭来。她有段时间没有如此占据他的大脑了。疼。这是他拖延的另一个原因，不愿意重启生命中的缺失。还不如将她埋葬在某个伦敦墓地，他可以不时到她边上坐坐。现在，他是心情沮丧的司仪，要最终处置掉她在人世间留下的唯一痕迹——这搅起了太多东西，让人难以忍受。他当时就该做，在她去世后两周之内，住到布特村的小酒馆里，往上游走，不需要靠近农舍。订"伯德豪"的时候，他根本没考虑。回到这里是病态的。他想，也许该收拾行李，离开。但是，他也知道，换个地点好不了多少。除非她的骨灰撒入艾斯克河，流向瑞温格拉斯和爱尔兰海，否则他不会解脱。他必须打起精神，把这件事情完成。受苦并无不当。他的原计划是从桥出发，向上游走到艾斯克山口，再沿着林科夫小溪那几道瀑布回来。但是，他仔细查看地图后发现，对他这个年纪和状态的人来说，那段路太长了。现在事情很明显，他要在桥上履行职责，直接回到农舍，然后收拾行李离开。他不能再在"伯德豪"过夜。

九点之前，他已经来到路上，沿着山谷往上游走，经过托尔农庄的人行桥来到东岸，像以前一样。只不过他正努力不去这么想。他不能让她占据他的大脑，不能总想着她在和他一起走路。他不是要走进过去，而是要走出去。很快他就到了伯斯亭溪，隔河能望见苍鹰崖，离桥不到十分钟。近期下了雨，左边的河中急流奔腾,撞击着河里的花岗岩石块,四周山坡上的蕨类植物还是绿的,周围空气里充满着水撞上岩石的甜美气息。但水和岩石都没有气味。他取下背包。用外套包裹着的陶瓷罐,加上他带的两升水,很重。他跪在河边,双手捧水泼在脸上。

他没有意识到这段路有多短,或者他走路有多快。那天,达芙妮一路上休息了好几次。他拿起背包,向右朝大溪头崖的方向往上爬,来到一个长满了蕨类植物的山丘之上,开始休息。这里比小路高一百英尺,他能看到下游很远的地方。星期三上午,学校暑假已经结束,周围没人,只有一名孤独的登山者,也许在一英里半开外,也许是两个人。他或她似乎站在那儿不动。他坐下来,拿出那封信。她的声音立即出现在他耳边。

> 我最亲爱的,你可以在你愿意的任何时间把我丢进去。就算要花上二十年,也没有关系。只要你能在没人帮忙的情况下,走到桥边,站到我们站过的地方,想想我们,以及我们曾多么幸福。十几岁的时候,我爱上了一个保加利亚人。他对我说,有一天他会成为著名诗人。不知道他有没有做到。生活太难以预测了。四十多年后,我回到同一个地方,又爱上了你,并且发现我很久以前就爱上了你。开车带着我们从山里穿过,多么美妙啊。谢谢你查看地图,谢谢你满足我的要求,在小旅馆那架走调的钢琴上弹一首多愁善感的曲子。谢谢你的一切。我知道,对你来说这将是痛苦的旅程。又多了一个谢谢你的理由。很抱歉,你只能沿着这条美丽的河流一个人去。我亲爱的人,我是多么

爱你啊。别忘记！达芙妮。

她的声音那么近、那么清楚，让他更清晰地想起了她的勇气，以及她写这封信时的痛苦：病房里暖气太热，绿色的帘子拉起来围住她那张窄窄的小床，注射吗啡的管子固定在拇指根部。她用工整优美的花体字写下的勇敢的话，让他更清晰地意识到这个山谷的存在：它明媚的光亮和开阔的空间，它隆隆作响、向西南奔涌的河流；意识到一只手下方那粗糙的野草，以及另一只手在他大口喝水时感受到的水瓶的冰冷。活着是他的幸运。

她的信是这仪式的一个关键部分。把信又读了一遍之后，他站起身——太坚决了，可能，只好等突然的眩晕感慢慢过去。然后他向下朝河边走去。以前，他有本事以半跑的速度冲下陡坡，像山羊一样跳过身下的岩石和山梁。现在，他要当心膝关节，只能侧身下坡，眼睛一直盯着路。走近林科夫桥时，他处在沉思的状态。他已经忘了这边有个石头墙围成的羊圈。他走过羊圈，在桥前面停下。人们喜欢在这里野餐，或者停下来拍照、喝水。今天上午，这里却只有他一个人。桥的宽度，仅够几头羊并肩而过。他走上桥，根据指示，站到当初他们站过的小石拱顶部。他取下背包，放在两脚之间，但他还没做好拿出罐子的准备。这是关键时刻，他希望不慌不忙。他凝视着下游。风很小，他可以从这儿把骨灰倒下去。他想，如果那一刻他能神奇地钻入别人的身体，那他希望选择达芙妮沉默寡言的军医父亲，感受小女孩的手牢牢握住自己的手，给她讲战争里的故事，讲给她家中的母亲写的情书。这个想法没什么坏处，但召唤医生却是个错误，不能给他带来共同幸福的回忆，却让他想起了达芙妮最后几个星期里后来发生的事情。他的思绪不受控制，他阻挡不住。偏偏要去想她的痛苦，以及前来探望的孩子们的痛苦。她躺在床上，人缩小了，整个脸部变得紧绷绷的，牙齿凸了出来，以至于他们都要努力去找这张陌生面具背后的熟悉面孔。她的皮肤火烧火燎。她讨厌睡那么多觉，讨厌使用吗啡后的犯困，讨厌做梦——很可怕，她说，因为像现实生活一样逼真，她要拼命逃开。她的舌头上全是白色的溃疡，她说，她的骨头着了火。腰部撕裂的疼痛和她担心的一样，甚至更加糟糕。要么选择疼痛，要么选择吗啡和伪装成现实的可怕噩梦，尽管专家坚持说，用了吗啡的病人睡觉时不会做梦。罗兰问达芙妮想不想回家，她露出了害怕的样子。她说，她在这里感觉更安全。由于同样的原因，她也不愿意去临终关怀医院。很快，药物对她的疼痛不起作用，她渴望死掉。这就是她一直害怕的羞辱，但痛苦让她对此毫无知觉。他听见她小声乞求医生给她解脱。护士们成了她的朋友，她也试过请她们偷偷加大剂量，谁也不会知道。但是，医护人员虽然像平时一样友好，却受到法律的约束，有义务让她尽可能在痛苦中活着，直到最终死亡。他们打算以疏忽的方式杀死她，不给她食物和水。她的煎熬中，又增加了持续不断的强烈的口渴感。罗兰用一块湿海绵擦拭她的嘴唇。那嘴唇都干裂了，好像她刚刚从沙漠里爬出来一样。她的眼睛是黄色的。她的气息闻起来像什么东西在腐烂。他拿起她床尾那块"禁止经口饮食"的牌子，走到护士站，坚持要求任何时候她要喝水就给她水喝。她们耸耸肩膀，表示同意，这对她们没问题。

不久前，法规又一次摆在议会面前，如果通过，达芙妮就能选择她的死亡时间了。可上议院的教会大佬们，那些大主教，却阻挠法律通过。他们将神学上的反对隐藏在可怕的故事背后，说贪婪的亲属会借机谋财。神学家们连鄙视都不值得。在医院里，只要不是当着达芙妮的面，他的嘲讽——他"发作"的时刻——总是针对医疗体制中的那些大佬，皇家学院和协会中那些表情庄重的校长，他们不肯放弃对生命和死亡的掌控。

罗兰在医院走廊里对劳伦斯说了这些话。他粗心大意的激昂演说之一，医生们很可能从旁边经过，听到了他的话。整整过了两个世纪，体制才觉得不妨朝显微镜里望一望，看看安东尼·范·列文虎克早在 1673 年就描述过的微生物。他们反对卫生保健，因为那是对他们职业的侮辱；反对麻醉，因为疼痛是上帝赐予的疾病的一部分；反对细菌引发疾病的理论，因为亚里士多德和伽林不这么认为；反对循证医学，因为事情不是这么做的。他们死守着水蛭放血和拔火罐，能坚持多久就坚持多久。到二十世纪中期，他们仍然无视证据，捍卫大规模儿童扁桃体切除。到最后，这个行业总会改变主意。有一天，他们也会改变主意，承认一个理性的人有权利选择死亡，而不去承受无法承受又无法缓解的痛苦。对达芙妮来说，太迟了。

劳伦斯听他说完，然后用一只手拍拍父亲的胳膊。"爸爸，他们肯定也摒弃了很多坏主意。等法律改变，他们会的。"

他们朝达芙妮的病房走去。"他们会的，但他们会坚持到最后。"

每天坐在她床边，照顾着她，看着她的身体以离奇的方式变得越来越差，他必须怪罪个什么人，或者什么东西。他大逆不道地希望她死掉。他渴望死亡降临，几乎和她一样强烈。

后来，他们允许他晚上和她待在一起。她是凌晨五点去世的，他坐在椅子上睡着了，他无法原谅自己。醒来的时候，他看见有人拿被单盖住她的脸，顿时激动起来。一位菲律宾护士语气坚定地对他说："亲爱的，她不会醒了。我们确认过。"

那就是他们在四个星期内所共同拥有的，他在桥上想，也是最后一刻未能共同拥有的。那位好心的护士不可能知道一切。他打了个盹，睡了一个多小时。期间达芙妮有没有醒过来，感觉自己快不行了，于是喊他的名字，或者抬起手来希望握住他的手？他永远不会知道了。他根本不忍去想，也没对孩子们说起过这件事。他相信劳伦斯肯定会用什么理性的话来安慰他。那只会让事情更糟。

桥上仍然只有他一个人。他转头看着上游，又抬头望着林科夫小溪，远处的瀑布就是他们一起吃午餐的地方。还要去想他们的幸福，这是仪式的要求，但眼下还不急。他还记得他们吃的是什么。他们从不喜欢麻烦的三明治，而是带一把锋利的刀，切一大块面包和一片干酪。加上西红柿、黑橄榄、小洋葱、苹果、坚果和巧克力。和他今天包里带的一模一样。

转过头看着下游的时候，他发现河流的一个小弯处出现了一名登山者。可能是之前他在山丘上看到的那个人，现在只有几百码远。他皱着眉头看看，然后一时冲动，弯腰从背包的侧袋里拿出了双筒望远镜。他举起望远镜，调整聚焦轮。果不其然，就是他，彼得·蒙特，正犹豫而嫌弃地在那崎岖的地面上移动。城市里的人行道才是适合他性情的路。或者绒面地毯。没错,这就是他,蒙特团长大人,前克拉珀姆老城居民,前来抢夺他的达芙妮,依据的是某种扭曲的逻辑:我比你先认识她。过几分钟他就到了。罗兰知道,如果现在把她的骨灰倒进河里,他就能结束一切争执。但是,他不愿意被人施压或恫吓。他有达芙妮的明确指令,而且他还没开始思考他们的幸福呢。他把望远镜拿开,双手抱在胸前。他过世妻子的前男友——不是丈夫,他继子女的父亲,正小心翼翼在小路上走着。看来拷花皮鞋不适合穿越那一条条从山岗上流下来汇入艾斯克河的小溪。对于一个只要给执政党献上足够现金就很有希望获得爵位的人来说,那顶棒球帽看起来也不太合适。他的目的可能是想显得年轻一些。但这个目的没有达到,因为那人的脸和罗兰一样苍老,不过是个又焦躁又沮丧的糟老头而已。

这时候罗兰有些急迫,期待着两人的对峙。陶瓷罐安全地放在背包里,背包在脚下,在那双厚重的三季登山靴之间。彼得在桥边停下脚步,仰头看着他,他脸上则露出了表示欢迎的灿烂微笑。

"哎呀,彼得,"罗兰朝下面高声喊,他的声音压过了流水的声音,"这倒没想到啊。"

"脚全他妈的泡了水,我想还扭了一下。"他疲惫地在一块石头上坐下来。他身上没带任何行李。

"可怜的人啊。"罗兰心里感到无比高兴。他把背包挎在一侧肩头,下了桥,走到河岸上。

彼得摘下帽子,用帽子擦擦额头。"这事儿你干完了吗?"

"没。"

"很好。是这座桥吗?"

"绝对没错。"

"那好吧。等我一下。"

彼得说话的方式真让人佩服,好像昨天上午的谈话没有发生一样。他一直就有这个本事,能让别人听他的。他就一直向前冲,不理会任何阻碍,直到得到他想要的东西。很有用,很久以前,当他们作为第二乐队出现在演出场地时,当声音系统或灯光出了问题而组织者却置之不理时——一开始有用。

罗兰轻松地说道:"那么,你这是要上哪儿去呢?"

"就这里。"

为了向彼得的说话方式致敬,罗兰模仿他的口吻说道:"你从这里过去,一直向左边爬,就到了艾斯克山口。站在顶上面朝东方,你能一路看到兰代尔,风景非常漂亮。"

他的对手站起身来。他微笑着冲罗兰背包点点头。"东西在那里面。"

"彼得,我想等一等,你先上路吧。知道吧,你还可以待在河的这边,沿着那边的林科夫小溪上去,能看到几个漂亮的瀑布。如果你喜欢那样的风景的话。然后你可以爬鲍欧山。"

"好啦,罗兰。我们把事情办了吧。我在阿斯科姆厅订了桌子吃午饭。"

"那开车要一会儿呢。去吧,别让我耽误你。"

"那么这样吧,"彼得很讲道理地说。"我来干,你看着。"他朝罗兰迈了一步,一只手伸出来,好像要接过背包似的。

他闪到一边。"她不想让你参与。恐怕这一点她说得很清楚。"

彼得叠起棒球帽,塞进粗花呢外套的内兜里。他眼睛看着旁边,好像若有所思,一只手的拇指和食指揉捏着耳垂。"我想那应该是在斯德哥尔摩。三十五年前。她怀了格丽塔。她跟我说了如果她先走,她希望怎么办。我也跟她说了如果是我先走,我希望怎么办。我们做了庄严的承诺。后来,我们回来之后,她在地图上画了个圈给我看。地图我一直保留着。"

他从外套口袋里拉出一部分地图,国家测绘局,古老的第六版,一英寸比一英里。

"很久以前了,"罗兰说,"在安吉拉之前吧,是不是啊?在赫迈尔妮之前?在你打她之前?"

让罗兰感到意外的是,彼得朝他跟前坚定地迈了一步。这次,他没有后退。同样,彼得又很聪明地继续说了下去,好像罗兰刚才什么也没说一样。"我总会遵守诺言。"

他们站得很近,脸对着脸,罗兰都能闻到彼得的香水味儿。

"我也是。"罗兰说。

"所以,合理的做法是,我们一起。"

"对不起,老朋友。原因我已经跟你说过了。"

彼得抓住了罗兰的开领衬衫,就在最上面那颗纽扣的下方。他松松地捏着,简直就像他喜欢那棉布料子一样。"你知道,罗兰,我一直喜欢你。"

"这我能看出来。"说话间,罗兰抬起右手,抓住了彼得的手腕。比罗兰想象中要粗一些,不过他使点儿劲还能握住,食指刚好碰到拇指。到这时候他才后知后觉地明白，他们这是要打起来了。不可思议。但已经没有办法了。他们身高相仿、年龄相同，差不了一两个月。他知道彼得从不锻炼，而他身后有几千小时的网球场运动。那是很久以前了，但他相信总还剩下一些敏捷和力量。他挥拍的手肯定很有力气，因为彼得一边放开罗兰的衬衫，一边大口喘气。与此同时，彼得那只空闲的手抬了起来，抓住了罗兰的脖子。看来这是动真格的了。罗兰把彼得的手打开，这时背包从他肩上滑到了地上。那倒也挺好，因为这时候两人已扭打在一起，都想用胳膊勒住对方的脖子，都想用腿把对方勾倒在地上。两人都化解了对方的招数，一时势均力敌。整整一分钟，他们就站在那儿，艾斯克河岸上两个老头，摇摇晃晃、哼哼唧唧。除了水流，没有其他声音。没有鸟儿的歌唱。没有登山者路过，发表对此情景的疑惑。整个湖区都是他们的，让他们放手解决争端。

扭打的时候，罗兰感到他有一个劣势。百忙之中，他仍有时间去想，他们这样做多么荒唐。这样的想法只会削弱他的力量。他是在打吗，还是假装在打？彼得却占了便宜，因为他认为自己绝对正确，只有一个目的，那就是赢。把骨灰赢过来。

罗兰抽出右手，手掌的掌根按到了彼得的鼻子下方。他使劲往后推，彼得的脑袋被迫后仰。他终于被迫松手，让到了一边。他的鼻子在流血。罗兰背对着河。他看了看背包。在羊圈的石墙根上，很安全。两人喘着粗气，面对面站着，相距大约十二英尺。令他惊讶的是，彼得哼了一声，突然弯下腰，或者说缩了起来，好像心脏或者什么别的器官出了问题。罗兰正打算上前帮忙，彼得已经重新站直了身体，手里拿着一块网球大小的石头。这时候罗兰才明白，在这场打架中，就像所有的打架一样，也有不言自明的规则，或者说以前有吧。现在看来要被抛弃了。

彼得抹去上嘴唇上的血。"来吧。"他低声说道，一边举起胳膊做势要扔。

"你要敢扔，"罗兰狠狠地说，"我就拧断你的脖子。"

他笨拙地一扔，罗兰笨拙地一躲，刚好凑上。石头斜斜地砸中了他的额头，在右眼上方，不过离眼睛比较远。他没有倒下，而是摇摇晃晃站在那儿，意识清醒，身体却不能动弹，只觉得有尖锐的声音一直在响。彼得抓住机会，冲了过来，双手在他胸口一推，他向后倒退，身后是通向河边的陡峭的乱石坡。在这种糟糕的情况下，他摔得不算坏，或者说不算灾难。就在即将倒地的那一刻，他的身体扭了过来，倒在地面和河边的浅水里，整个身体一侧着地。他的左臂起到了一定的缓冲作用，河水保护了他的脑袋。他在水里不过待了几秒钟，幸好离湍急的主流比较远。然而，摔跤的冲击力还是很大，像爆炸一样，他感觉呼吸困难，大口喘着气。挣扎着往上爬的时候，他猜也许摔裂了几根肋骨。等他上半身从水里出来，他侧过身，半躺在河岸上，等呼吸慢慢均匀，耳朵里的声音慢慢减小。这时候他才想起彼得。他扭头去看。他正在桥上，将达芙妮最后一点骨灰倒入河中央的激流中。他看到了罗兰，将罐子举过头顶，像举起足球奖杯一样，然后冲着他愉快地笑了。罗兰闭上眼睛。都不重要了。无论是谁倒的，她的骨灰已经在河里，朝着爱尔兰海奔去，正如她所愿。他也可以放手，跟着她一路漂过去。

他将双腿从河水里挪出来,撑着身体,变成坐姿。几秒钟后,他听见头顶传来彼得的声音,在坡顶上。

"得抓紧时间。午饭要迟到啦。很抱歉,我们不能一起做。看来你不会有事的。"

罗兰坐了半小时,慢慢恢复,检查手脚有没有摔断。挑了个暖和的天气到这儿来,他还算幸运,如果能用幸运这个词的话。最后,他站起身,朝下游走了几码,从那里爬上去更容易。空罐子靠在背包上,他到包里搜寻止痛药、扑热息痛和布洛芬。他每种吞了一颗,然后喝了一大口水。抬胳膊穿外套时,他感觉很疼。他打开一根可折叠的登山杖,一边大声呻吟着,一边艰难地将包背到肩上。二十分钟之后,他有所好转。走路轻松,沿着山谷往下走没什么感觉。靴子里发出难听的嘎吱声,止痛药发挥了作用。让他感觉沉重的,是他的失败。他努力打消这个念头。偷走达芙妮的是死亡,而不是彼得。各种复仇的白日梦对他走路有帮助,但他知道自己不会采取任何行动。农舍里没有浴室,不能洗热水澡。回来后,他换下衣服,生了个火堆,坐在前面吃东西——坚果、干酪、苹果——然后他睡着了。

第二天早晨,把东西装上车花了很久。经过一晚,身上的各处疼痛都放大了。出发前,他在背包的药箱里又找了些止痛药,还吃了莫达非尼,让他在路上保持警觉、集中精神。因为药物,旅途简直可以说愉快。他在带来的机器上播放达芙妮的《魔笛》选段,以向她致意,听的时候也没有沉浸在往事之中。他期望着和劳伦斯、英格丽德、斯蒂芬妮共进晚餐,一路上他就靠这期望撑着。

他停车休息了三次,终于在黄昏时分将车停在了位于劳埃德广场的家门口。一进屋就有意外。厅里全是气球,挤满了欢呼的孩子们。劳伦斯和英格丽德安排南希、格丽塔和杰罗德带着家人都来了。在厨房里,他喝着茶,抱着斯蒂芬妮坐在怀里,描述自己如何从路上滑下去,滚进了河里。一个老人独自出门,从事如此疯狂的冒险,让孩子们感到惊诧。罗兰洗澡之前,现已成为注册儿科医生的杰罗德检查了他的伤势。他刚刚与大卫结婚,大卫是大英博物馆希腊罗马部主任。罗兰左臂和大腿上有可怕的瘀痕和擦伤,额头上有个颇为英勇的伤口,但不需要缝合,所以年轻的医生并不担心。但是,他认为罗兰胸口的瘀伤应该关注。以前放学就要找罗兰过夜的那个满脸雀斑的小男孩,现在拥有了经验丰富的医务人员具备的那种冷漠的权威。他建议拍X光片。万一肋骨断裂,可能会刺穿胸膜。

加入派对之前,罗兰又咬了半片莫达非尼,以撑过这个晚上。餐桌上挤了十五个人,还有两个坐在高脚椅上的婴儿。斯蒂芬妮要求坐在他身边。她不时握住他的手,用力捏一捏,以示鼓励。她把他脑袋按到与她嘴巴平齐的位置,悄声说:"Opa, ich mache mir Sorgen um dich." 爷爷,我很担心你。

后来,罗兰看着这一帮人,看着这喧闹而善良的一大家子:气候变化数学家、海洋学家、医生、全职母亲、住房专家、社会工作者、社区律师、小学老师、博物馆主任。从时代的精神来看,也许他们都是新一代的无关紧要的人。因为现在,在世界的这个小小角落里,掌权的是彼得·蒙特那种人。在那片刻的迷茫之中,他把家庭成员看成了一张老照片中的人物,其中每一个

476

人，包括夏洛特和达芙妮这两个婴儿，都早已衰老、死亡。瞧瞧2018年的那些人，有专业知识，为人宽和，他们的观点早已湮没在时间的长河里，他们的声音已经消散，没留下任何痕迹。

劳伦斯站起来祝酒，不仅庆祝父亲七十岁生日，也祝福离世的继母以及桌上所有的孩子。罗兰站起身，浑身很多地方发出剧烈的疼痛。他向所有人表示感谢，并举杯向妻子和孩子们致意。他尝着南欧的浓郁果香，想起了他和达芙妮在地中海岛屿上的那次远足，一直到了有小竹林的海滨，墨绿色的海湾风息浪静，他们沾满尘土的靴子在归途中踩出野草药的气息。那时候她身体尚好，能轻松地迈着大步，在那个温暖的日子里走很远的路。他不自觉地把一只手放到了胸口，放到心脏下方那个收缩着的痛点，再次向所有人表示感谢。

12

三年内的第二次摔跤，发生在2020年6月，在第一次封控结束前不久。罗兰是下楼时摔跤的。当时他刚刚为美国一家网络杂志写完一篇文章的初稿，文章名为《撒切尔的遗产》。一千字一百二十五美元。为什么是她，为什么是现在？他没问。他在酒店里是兼职人员，不能享受停工补助，他那些热衷比波普和另类蓝调的时髦日本老板是这么说的。他有国家养老金，存款不足三千英镑。他唯一能想到的,就是重新写点新闻体的东西,无论价格高低。

遵照杰罗德的反复提醒,他下楼时很小心,一只手一直扶着栏杆。很多老人去世都是由摔跤引起的:淋浴过程中、走出浴缸的时候、人行道上、被地毯边缘绊倒、下公交车、下坡等等。罗兰的目的地是厨房,他想吃个晚一点的午饭:一罐橄榄油泡沙丁鱼罐头,烤一块黑麦面包,加上一杯浓茶。听起来不怎么样,其实味道很好。下楼的过程中,他在思考如何改进一下那篇文章。太沉重太迫切了,缺乏活力。网站上那些男男女女,年龄不过是他的三分之一,却能写出每行都有笑点和金句的文章,同时又能维持饱读诗书或熟谙政治的严肃面孔。离任后将近三十年,她的遗产,她在国民心态上留下的痕迹,仍然很深,他如此写道。她的指纹遍布当下,她不会被人遗忘:社会服务的崩溃导致住房危机;伦敦城放松管制、陷入疯狂,其贪婪的代价便是国家经济紧缩;国家昌盛的观念削弱了人们的能力;对德国人、法国人等普遍表示怀疑;面对她自由市场的生机活力,整个英格兰中北部、威尔士和苏格兰中部地带的中等规模城镇仍旧死气沉沉;国家资产变卖殆尽,股市疯狂,贫富差距惊人,对公共利益的忠诚度降低,工人没有保障,私有化的排水系统将废水排入河流。

他不过是个工党的老写手。用"指纹遍布当下"这样的说法,他这是太卖力了。就他所知,这是陈词滥调,或者盗自他人。他需要一些笑话。积极的一面呢?打垮了阿根廷的法西斯专政,拯救了臭氧层,还一度向全世界谈起过气候变化,尽管她后来丢下了这个话题。还有,开放星期天商店营业,改革工党,降低通货膨胀和税率,帮助里根对抗苏联,打击了一些腐败的工会,让很多人拥有房产,激励女性如何对付派头十足、专横跋扈的男人。同样无趣。

肯定是因为他在心里努力做到不偏不倚,所以脚下才失去了平衡。他离地面就差两个台阶,所以还是幸运的。效果立竿见影。他感到无情的铁索勒住了胸口,疼痛感如同燃烧的陨石,射向胸骨左侧。这是向他昭示不幸的流星。他双手乱抓,身体向前倒去。神奇的自然反应启动了,就在他砰的一声摔在地上之前,他的双手伸展开去护住了脑袋,整个人趴在门厅的地板上,没有受伤。他坐起来的时候,眼前金星乱冒,但疼痛已经消失了。也没有余痛。什么也没有。他缓缓站起身,背靠墙站着,身体向前倾,膝盖略弯,等着看接下来会怎么样。没事。什么事也没有。

他拍拍裤子上的灰,走进了厨房。和往常一样,他让收音机开着。一个怒气冲冲的男人对着一个哭哭啼啼的女人吼叫。《阿彻一家》。无法忍受。他关了收音机,动手准备吃的。勾住拉环,撕开锡盖——这可是正儿八经的活儿,身体弱的干不了——让光线照亮他那三条整齐排列着的沙丁鱼,鱼头鱼尾都去掉了,好像是给孩子们去同学家过夜时带的一样。他刚才差点摔断了脖子。但是,傻子这时候才会跑到医院的急诊科说自己心脏不好。说不定某个不戴口罩的混蛋在候诊室里闲逛,你吸入他呼出的瘟疫病毒,然后就起不来了。几天之后,呼吸机冰冷的喷嘴就会抵住你的舌头,你在药物作用下进入昏迷状态,接受百分之五十的醒不过来的可能性。何况,并不是他的心脏。他敢肯定问题出在腰肋上,什么地方有个小骨头扎进了肌肉组织,像铁扦子穿透了凤尾鱼。X光片上显示只有头发丝那么细的裂缝，应该能够自我修复。然而，他是病人，他知道自己的想法有依据。一枚极其细小的骨头碎片刺在一个神经末梢上。他以某种方式动一下，疼痛感和收缩感就会迅速蔓延整个胸部，不过没有刚才那么严重。杰罗德要让他去看心脏专家，劳伦斯也支持。但杰罗德是儿科医生。孩子的心脏是不一样的。

罗兰拿着茶来到那个小前厅，还是达芙妮在时的样子，没有变化，只是多了些灰尘，多了几千张照片铺在地毯上，还有三个纸箱，里面也装着一沓沓的照片。受达芙妮启发，他在封控期间的一个计划是，根据时间整理那一堆堆的照片并做标注。他进展缓慢。很多照片勾起往事，他常常对着已经去世或久不联系的朋友一脸茫然，或者要花很长时间去回忆人名和地名。很多时间浪费在羡慕自己的青春上。他迷失的十年期间，留下了很多照片：背着旅行包，显得强壮而欢乐，背后是奇妙的风景，或山峦或沙漠，或野花遍地，或湖泊连绵。那是什么地方？谁按下了相机的快门？哪一年？他是自己眼中的陌生人，一个他羡慕的陌生人。现在看来，那是宝贵的岁月，也许是他做过的最好的事情。童年和寄宿学校之后，教网球、弹佐餐音乐、卖贺卡之前，除了那段岁月，他还有什么时候那么自由，那么专注于生命本身的快乐？放轻松些，他想告诉那个抬眼望着他的年轻人。在火焰花盛开的无边草地上游荡，在两千米高的喀斯喀特山间溪流边漫步，把营地抛在五英里之外，和一帮好朋友在墨司卡林的作用下迷迷糊糊、没心没肺地高兴——这难道算不得成功！

从2004年起，有十年他的照片用的是数码相机。后来用的就是智能手机。对非专业人士来说，相机已经失去了作用，就像打字机和闹钟，不久就要消亡了，像电子管收音机和海滨更衣车。他挑选了很多JPEG格式的文件，发给了斯旺西一家公司，以不菲的价格打印出来，供他进行标注。后来他意识到，他应该反过来操作，挑选一部分2004年之前的照片进行数字化。那样的话，最终的完整结果可以交给家人，或者用电子邮件发送给他们，复制也容易。

他似是而非地生活在电子时代，像一个人狡猾地戴着假面，但实际上他仍旧是指针世界里的公民。一开始的那个错误削弱了他的成就感、延缓了他的进度。太迟了，回过头重来太贵，硬着头皮继续又太枯燥。他没有达芙妮的自律。不过，她当时有个最终的截止期。他要宽松一些。所以他连完成的希望都没有。他偶尔到前厅去，从地上捡起一张照片，凝视着，慢慢进入遐想。等回过神来以后，他就在背面草草写几行字。第一次封控开始后，他已经在五十八张照片背面写了字。一种荒谬的工作方法。

这些日子，他吃得少、喝得多，想得也多。他有一把椅子、一片风景和他喜欢的那扇窗户。他思考的主题中，还有些事情一开始就是错误，随着时间的推移慢慢放大，呈扇形排列开来。一旦仔细去想，那些错误又变成了疑问和假设，甚至变成了实实在在的收获。后者也可能是他的自欺。然而，回顾一生的时候，还是不要承认太多失败比较好。和阿丽莎结婚？没有劳伦斯，就不会有快乐，不会有他的新朋友斯蒂芬妮。如果阿丽莎没有离开呢？二月份到三月初，他和他认识的大部分人都提前把自己关在家里，比政府的行动早了三个星期。在此期间，他重读了《旅程》,仍然觉得她那部小说写得很好。提前离开学校?如果他留在学校,米里亚姆会把他从教室里拽出来,这是她自己承认的,那他就完了。那个念头到现在还让他有些不安,好像将来真的要发生一样。抛弃古典钢琴、放弃成为演奏家的机会?那他永远不会发现爵士乐,二十多岁就不会那么自由,也不可能学会尊重体力劳动,不可能练出干净利落的反手球。而且他余生每天都要花五个小时练琴。没让米里亚姆去坐牢?只要她在牢里,两人之间就会一直有凄冷却强烈的联系。这是原因之一。还有别的原因。

在达芙妮不久于人世的时候与她结婚,在他看来是命中注定,无法避免,也许是他做过的最好的事情。他是不是该留在工党内,继续为其开明的折中传统辩护呢?四次大选连续失败,会让他痛苦而疯狂。那么,难道他一生是一系列不曾中断的正确决定?显然不是。最后,他想到了那个真正的转折点,以那一刻为原点,后来的一切像扇子一样向外、向上铺开,像华丽的孔雀尾巴:古巴导弹危机期间,一个男孩骑着自行车,将自己送到米里亚姆跟前,从而开始了两年的情色和情感教育,终结了他的学校学习,扭曲了他和女人的关系,最后以穿睡衣那个星期里的荒唐终曲收场。这很难去说。他问自己,是不是希望那一切都不曾发生,他也没有现成的答案。这就是伤害的程度。快七十二岁了,还没有完全愈合。那段经历一直跟着他,他无法割舍。

他被疫情封在家里,因为害怕上气不接下气死在呼吸机上,所以不敢出门,整个冬天的黄昏,他都坐在摇椅上——那是他从克拉珀姆搬过来的,最适合老人和哺乳的妈妈——想着这一天什么时候开始喝酒,才算有点体面。这时候,他常常回忆与米里亚姆·康奈尔在她巴勒姆的家里对峙的场景，就在她那间什么也没有的音乐室里。就像以前在老城时一样，他坐在面对花园的落地窗前。五年前，他在达芙妮的草坪上种了棵苹果树，代替克拉珀姆那棵被他砍掉的树。苹果树没怎么长，但还活着。

米里亚姆·康奈尔家的落地窗更加气派，外面的花园经过专门设计，植物繁茂。他记得最后他感到疲惫不堪，迫切想要离开。有一片虚无、一个空洞，一个两人共同维护的谎言。他们默认不触碰两个话题。先说容易的那个。他们不能谈音乐给他们带来的共同快乐，在她的农舍里四手联弹莫扎特的快乐；不能谈在诺维奇会议厅那两架音乐会级大钢琴上弹舒伯特幻想曲的激动；不能谈学校音乐会结束后那个老鼠一般的男孩将鲜花和巧克力送上台时的雷鸣般的掌声。

接着是难的那个。在对峙过程中，他们不敢谈论将他们连接在一起的东西，那令人痴迷、将人吞没、重重叠叠、无穷无尽的快乐，尽管那既不合法律又不合道德，能叫人万劫不复。很久以前，他们赤裸相对，脸对脸躺在床上，在眺望斯陶尔河的那个阳光明媚的小房间里。她不愿意让他走，他也不想她让他走。多年以后，仿佛过了一辈子，她华丽的家中却来了一个身材发胖的男人，上门指责她。她也变了一个人。他们穿得严严实实，躲在此后的人生经历之中，一边谈论，一边拒不承认那真正的故事。他记得他们没有触碰，没有握手。他扮演冷静的质问者。她一开始冷漠而有尊严地应对，想要把他赶出去，后来就坦白了。是啊，没错，他是个孩子，那是犯罪，但同时也是别的东西，这才是问题所在。她没法说出来，就算说了，他也不会听。他们闭口不提，这就是他们的谎言。她爱他，并让他也爱她。人质爱上了劫犯——斯德哥尔摩综合征。那个雨夜，他逃跑了，屁股口袋里揣着他挖沟挣来的薪水，拖着装有他全部家当的行李箱走过她家草坪，但他没逃多远。两人之间相互吸引——这就是伤害，就是那难以启齿之事。爱的记忆一直与罪行无法分割。他不能去报警。

他站在那儿，凝视着那些照片，达芙妮那宽阔的绿色伊朗地毯，被它们覆盖了四分之三。按时间顺序整理，曾是一项非常重要的清理工作，正适合封控时期，现在却显得毫无意义。谁都知道，记忆不是这样的，记忆没有秩序。左脚边的这一张是用老宝丽来相机拍的，很可能是1976年。他把照片捡起来。一张弄脏了的普通照片，上面有个圆形的泥塘，与他和老朋友约翰·韦弗当年看到的样子大相径庭，令人发笑。那是个天然池塘，坐落在崖顶，再过去就是太平洋。池塘边缘像沼泽一样，站在三十码外望那几英寸的水面，整个池塘像烧开了一样，滋滋作响、蠕动不休。他们走到近前，发现了数以千计的细小的青蛙。好像是刚刚全部在同一时刻从蝌蚪变过来的一样。青蛙比水还多。它们在水中爬行，互相绕来绕去，如果有猎食青蛙的鸟来，那可真能大快朵颐。池塘背后，夕阳慢慢落下，漫天红云一望无垠，比悬崖还低，一直绵延到天际。他们离大苏尔河上的营地还有三英里远，于是他们迈开轻快的步伐，动身朝营地跑去。在二十八岁的年纪，蹦蹦跳跳慢跑几英里，根本不费力气。穿过加利福尼亚密林的路坚硬、平整，一路缓坡。袒胸面对和煦的落日，在温暖清新的空气里滑翔，那是多么灿烂的半小时啊！

到这儿，他的回忆出现了空白，直接跳到了天黑以后，他们在户外酒吧，人们围着几张桌子坐着，旁边有一个温水游泳池。精彩的一天过后，大家都喜气洋洋。五年前，约翰逃脱了英国低等工作的压迫，在温哥华获得了解放。那是一次重聚。既然话题是自由，而且两人都十分亢奋，他们便悄悄脱了衣服，拿着饮料下了游泳池，一边在水里浮上浮下，一边说个不停，直到酒吧主人站在游泳池边，双手搭在屁股上，命令他们起来，还发布了一道他们后来引用了很久的宣言："这不对头，我知道这不对头。"

他们遵从了他的命令，穿好衣服之后立即又大笑起来。不过，那毕竟是个公共场所，是一家人开的酒吧，而且当时才八点。他们不应该也没必要让别人看到他们光着身子。酒吧主人是对的。他那句话，当时那么清脆利落地抛出来，让罗兰记住了很多年。绝对律令[①]？谈不上，因为这件事有语境和社会传统。但是，当他想到这辈子犯下的各种错误时，时隔多年再看，他缺少的就是这个，就是现场将双手搭在屁股上自然而然、毫不怀疑地坚持正确的事情。除了罗兰，还有谁七十多岁还处在半贫穷状态，住着意外获得的昂贵房子，永远不能出售，付钱买房的是他鄙视的人，而人家最近成了贵族，还在约翰逊政府担任国务大臣？这不对头，他知道这不对头，但他一点办法也没有。太迟了。

他松手让那张照片落到地上。他不想在背面写字。要说的话太多了。他回到楼上的书房。封控快结束了，他其他未完成的计划都在这里。常规的事情——读完普鲁斯特的所有作品，学一门

---

① 此为康德的哲学术语。

新语言,学一种新乐器。在他而言,就是阿拉伯语和曼陀林。他已下定决心,要读穆齐尔《没有个性的人》的德文全本。迄今为止,三个月内读了七十九页。另一个大计划是提升对科学的理解,先从热力学的四大定律开始。他预计蒸汽时代就很清楚的那些基本原则应该容易弄懂。然而,简单的起点慢慢变得复杂而抽象,他很快就跟不上,并且失去了兴趣。不过,第二定律——其实是第三个,因为它们从零开始——让他想到了一条真理,拥有房子的人都明白。热会慢慢在冷中消散,而不是相反,同样秩序会慢慢在无序中消散,相反的情况绝不会发生。像人这样的复杂实体最终会死亡,成为无序的一堆互不相干的碎片,而碎片早已开始慢慢散去。死者永远不会一跃而变为有序的生命,不会成为生者,无论主教们会怎么说或者假装相信什么。熵是一个让人既头疼又痴迷的概念,位于人类大多劳苦和悲伤的核心。一切终将消散,尤其是生命。秩序是一块向山上滚动的岩石。厨房不会自我清洁。

房子有点乱,但还不是那么脏。他并不介意,但不久封控即将结束,孩子们会来拜访。劳伦斯一家先来,然后是格丽塔夫妇和孩子们,以及杰罗德和他的伴侣大卫,随后就是南希一家。不能让孩子们看到他把这幢热情待客的大房子弄得乱糟糟,那是对达芙妮的不敬。他没钱继续雇用清洁女工。孩子们主动提出支付她的工资,但他出于自尊没有接受。人可以把自己的地方收拾干净。现在必须承担自尊的代价了。他必须把自己从常规的做梦状态中拽出来,开始干活。今天,他摔跤的日子,他要记录下来作为起点。

他要从顶楼的卧室先开始，那是最容易的。真空吸尘器和清洁用具已经在上面，这要感谢上周那次无果而终的努力。他打开两间卧室的窗户，擦了所有台面，更换了床上用品，重新铺好，用吸尘器吸了地。九十分钟过去了，他开始收拾卫生间。他跪在地上擦淋浴房的边缘，这时他停了下来，突然有了个念头——奇怪的是，他此刻很满足，除了下一个任务，别的都不想，既不内省也不追忆，只专注于当前。他不能像有些人一样以此为生，但作为一种逃避的形式，这还是非常有效的。他早该一直这样做，每天都做。很好的锻炼。万一还有下一次封控……他正打算继续干活，电话铃响了。他不情愿地放下刷子，到隔壁去接电话。

是吕迪格。三月份以来，他们用 Zoom 交谈过几次。那时候，德国的抗疫组织得更高效。罗兰不想听。他很高兴德国干得不错，但他内心是个爱国者，愿意相信自己的国家能够面对这次挑战。二月底，他在视频片段上看到意大利北部的医务人员疲惫不堪，被大量的新冠病人压垮了，只能抢救尚有存活可能的病人。他们缺少呼吸机、氧气设备和医用口罩。殡仪馆无法处理积压的尸体。棺木供不应求。奥地利关闭了边境。每天有意大利来的几十趟航班，这里的疾病怎么可能不传播呢？英国政府犹豫了。两星期后，三月中旬，几千人聚在切尔滕纳姆参加赛马节。几万人在看足球赛。政府又坚持了一个星期。

"这存在于民族无意识中，"他曾试图向他的德国朋友解释，"我们觉得已经离开了你们。我们不会再染上你们欧洲的疾病。"

这次，不擅长闲聊的吕迪格一上来就说："我有三件事情要告诉你。"

"说吧。"

"一件好事,一件坏事,一件还不知道。"

"先说坏的。"

"昨天,阿丽莎的左脚截肢了。"

罗兰沉默了。他在努力回忆一个关于萨特的故事。无论是什么故事,很可能是假的。他说:"因为抽烟?"

"Genau. Distale Neuropathie.① 然后出现坏疽。他们说,手术顺利。"

"你去看她啦?"

"麻醉药还在起作用。她说截掉让她松了口气。我跟她说,她是为艺术而抽烟的,她笑了。就这样。好了,现在是好消息。我身边的椅子上是新小说的英文版装订校样。"

"太好了。你什么看法?"

"今天会给你寄一册。"

"还有另外一件事呢?"

"她要见你。大概过一个月吧,如果你行的话。显然你必须跑一趟。她会支付机票。"

"好的。"他不由自主地说道。这是征召他,命令他登上飞机,去吸入在人与人之间循环的新冠病毒。为了驱散这些想法,他说:"好,我会去的。"

"之前我就希望你能这么说。我马上告诉她。"

"我自己付机票钱。"

---

① 德语:"正是。远端神经病变。"

"好。"

"她想见劳伦斯吗?"

"就你。"

他把清洁用具拿到下一层楼,准备第二天用,洗了个澡,然后坐在花园里吃三明治。与那个三十年烟不离手的阿丽莎一样,少一只脚的阿丽莎在他眼里也没什么怪异。如果她要死了,吕迪格刚才应该会告诉他。但是,前去见她,并没有吸引他的地方。甚至连好奇都没有。他的存款会减少一点儿。感谢封控,他已经不愿意去任何地方了。阿丽莎·艾伯哈特已被认可为德国最伟大的作家。比当年的格拉斯还伟大,也不太可能跌下神坛。几乎和托马斯·曼并肩。他对她最强烈的个人情感,就是为她不接受儿子而感到愤怒,但他的怒火早已消退,几乎都想不起来。在他的脑海里,她就是那么个人,一座从远处观看的高峰,一个默默无闻时他曾认识的名人,一位优秀的作家,也许还是伟大作家。他们之间什么也没有,他没什么话想对她说,也不想听她说什么。他跑去说他多么欣赏她的作品,她也不稀罕。那为什么要去呢?因为她少了一只脚?没错,因为她主动选择吸食一种荒谬的致瘾物质。谈不上真正刺激。无望者的毒品,人们吸食只是为了抵挡对毒品的渴望。像一个丑陋的克莉奥佩特拉,越是给人满足,就越是使人饥渴[①]。趁两人都还没被熵简化归零、消散于无形,如果阿丽莎想见他,那么让她先习惯假肢,然后到伦敦来,到他花园里这张旧桌子旁边来。那好,现在给吕迪格打电话,通知他自

[①] 语出莎士比亚《安东尼·克莉奥佩特拉》第二幕第二场,原文为"别的女人使人日久生厌;她却越是给人满足,越是使人饥渴"。

己改变主意了。不行。这时候她应该已经知道他答应要去。所以他要去。他要响应她的征召,因为不响应更累人。

过了十天,她的书到了。这时候,达芙妮的房子虽然不像以前那么光鲜亮丽,各个房间却也秩序井然。这是七月份,封控结束了,全国都活了过来。但罗兰还是老样子。他拆开包裹,拿出《她的缓慢沉沦》,开始阅读。小说比以前的作品都长。终于来了,他终于来了,就在第一章,穿过她艺术的棱镜,成了一个恃强凌弱、专横跋扈、不时有暴力倾向的丈夫,某天早晨被主人公莫妮克抛弃,也丢下了她年仅七个月的女婴。丈夫盖伊是英国人。莫妮克丢下的房子位于伦敦南部的克拉珀姆,周围的社区肮脏嘈杂,"令人作呕"。她有法国和德国血统,怀有热烈的政治抱负,而当母亲只会消磨她的抱负。她回到了老家慕尼黑,从与女儿分离的痛苦中恢复过来,全心投入当地政治,为社会民主党工作。她成了低价福利房专家。此处,阿丽莎似乎借用了与达芙妮打过交道的那些形形色色的租客,有为人可靠、按时交租的勤奋工作者,也有吵吵闹闹、拖欠房租的醉汉。必须为所有人提供住房。

莫妮克把名字改成了莫妮卡,然后成了一名环保主义者,并更换了政党。她这样符合实情,但也是个聪明之举。她在绿党内迅速崛起。五年内,她在当地选举中获胜,在州议会中赢得了一席之地。她爱上了一名时尚厨师,名叫迪特,他正在引领一场德国美食革命,要将水淋淋的粗糙食物,提升为精致的地中海风味美食。小说的标题就包含了一个烹饪词汇[①]。十年后,她成了柏

[①] 小说标题"Her Slow Reduction"中的"Reduction"亦可解为熬制汤汁。

林的名人，精明干练，正朝高层迈进。但是，她却做出了一个令人惊讶的举动，将自己在绿党内的忠诚，从强势人物慢慢转到了弱势人物身上。

故事到这里已是2002年，小说至此变成了一部违反事实的德国政治史。同事和政治对手们连连失手，加上其本人的无情手段，莫妮卡成了总理。她在位的时间将超过十年，但她和安格拉·默克尔完全不同。从执掌最高权柄那一刻起，莫妮卡的政治理想便开始降解，开始"缓慢沉沦"。故事暗示，也许她的堕落很早以前就开始了。为了缓慢降低全国的碳排放，遏制煤炭业的巨大利益，她成了核能源的捍卫者。她的政党为此憎恨她，却没法撼动她的地位。为了鼓励强大的美国科技行业的投资，她与美国政府达成秘密协议，在入侵伊拉克期间提供军事情报和其他援助。为了阻止德国选择党的攻击，她禁止移民进入德国国境。为了保住重要的土耳其穆斯林选票，她在某些涉及言论自由的事件上态度暧昧。

在布鲁塞尔，她总能得偿所愿。法国人的身份变成了低等伙伴，总听她的。莫妮卡确保奥运会将在柏林举行。她主张德国必须成为联合国安理会正式成员国。为了达成这一目标，任职短短八年，她就将德国变成了核大国，拥有五艘核潜艇，都是用神奇的手段从法国那儿弄来的。无论看起来多么艰难，她好像不会输掉任何一场斗争。绿党和社会民主党内的各种政治精英都憎恶她，甚至中间偏右的基督教联盟中，也有数量可观的少数群体讨厌她。大量学生举行游行反对她。然而，在全国范围内，在选民当中，她却受到欢迎。她漂亮、机智、亲民，而且总能赢得选举。国家经济繁荣，全民就业，通货膨胀低，工资稳步增长。奥运会成功举办后，民族自豪感飙升。

然而，私下里，她却饱受煎熬。前夫的残忍仍旧阴魂不散地缠着她。还有对女儿的内疚，因为盖伊不许她去看望女儿。莫妮卡在性方面受到迪特的奴役，但迪特却不与她结婚，还到处拈花惹草，让她痛苦不堪。为了成功，她必须放弃她曾经信仰过的一切，让各个游说团体和利益群体之间相互制衡。这一点她知道，但永远不能承认。

读者明白，这是个伊卡洛斯的故事。迪特最后抛弃了她，从而加速了一场戏剧性的精神崩溃。她犯下了一系列难以置信的政治错误，最终引发了关于她从汽车行业收受回扣的丑闻，而她的应对又一塌糊涂。她被人看到保护了不该保护的人。她有重度抑郁，后来变得更加糟糕，因为一名原来的亲密助手写文章曝光了他无意间撞上的一场受虐性爱场景，其中使用了手铐和皮鞭，迪特开了新闻发布会，为那篇文章背书，还加了一些他自己的猛料，包括后来常常被人引用的那句话："她敏感脆弱、精神错乱"。柏林的对手们知道，他们的机会来了。伊卡洛斯正从高空坠下。下议院通过了一项动议，接着上议院援引1949年宪法中的一个条款，宣布总理精神不稳定，无法继续任职。的确如此。

莫妮卡的政治起伏叙述得非常出色。这显然是一部优秀的小说。但是，罗兰不得不把结局看作例外。一年过去了。已被赶下台、被媒体嘲讽、被盟友抛弃的前总理，以普通公民的身份来到伦敦。盖伊仍然住在克拉珀姆的老房子里，已经垂垂老矣，佝偻着腰，因为痛风走路一瘸一拐。看到莫妮卡站在门口，他吃了一惊。他请她进来。毕生的从政经验教会了她不在见面闲聊上浪费时间。他们在厨房进行了简短的谈话。她是来杀他的。她从盖伊的磁力刀架上拿过一把刀，捅在他脖子上。她把刀洗干净，检查了一下，确认衣服上没有血迹，然后离开了。当天晚上她就回到了柏林的公寓，而盖伊的谋杀案一直没有结果。小说结尾，莫妮卡过着默默无闻的生活，进一步沉沦。她住在萨克森小瑞士国家公园附近的农舍里，她的心魔、她的内疚、她失去的爱、她被抛弃的理想，仍旧折磨着她。

罗兰一直坐在沙发上阅读，这时他横躺下来。夏日黄昏的余晖从一棵梧桐树间透过，在他上方的墙上摇曳。她这么在意他，才必须把他杀掉，他应该感到荣幸。她很有耐心。还不如在第一部小说中就把他干掉。在已有四分之一个世纪之久的因特网所谓的"回声室效应"中，在几十篇作者传记中，大家都照例提到，阿丽莎·艾伯哈特曾住在伦敦的克拉珀姆，曾抛弃丈夫和婴儿，以开启她的文学创作生涯。几十位女记者都曾在文章中发问，这是否是一个女人完全投身艺术的唯一方法。与新小说配套的作者介绍——会有不同语言的几十个版本——会认为阿丽莎认定了他有暴力倾向，她离开他不仅仅是为了创作。把盖伊写成法国人，把伦敦变成里昂，把一个孩子变成三个，都不到七个月大，绝不会对她的故事带来任何损失。她的小说是一则指责的谎言，是攻击性行为——是虚构的东西，他知道她会在此藏身，会躲到虚构的传统后面。

那天晚上，他给吕迪格打了电话。经营卢克莱修出版社这么多年，这位退休的出版商已经学会了平心静气面对一切愤怒。

"我跟她说过，你可能会生气。"

"她怎么说的？"

"她对我说，那是他的权利。"

罗兰深吸了一口气。"这就是血口喷人。"

吕迪格对这句话保持了沉默，等着下文。

"我对她从没用过暴力。"

"我完全相信。"

"我是受害方。我从没在公共场合批评过她。劳伦斯小的时候，我鼓励她来看他。她什么都我行我素。"

"是的。"

他努力抑制着怒火。"你告诉我，吕迪格。这是怎么回事？"

"我不知道。"

"还在审校阶段。你可以说服她改掉。"

"我已经不是她的编辑了。当编辑的时候，她也不接受，说那是我的干预。"

"你可以跟她说，我非常生气。"

"好啊，如果你要我说的话。"

两人都沉默了几秒钟，罗兰想，两人都在迟疑该怎么结束谈话。最后他说："我为什么要花功夫跑去见她？"

"只有你能决定。"

放下电话，罗兰想起来，刚才忘了问阿丽莎的脚怎么样。晚上剩下的时间，他闷闷不乐地坐在钢琴前，用他那模仿基思·贾瑞特的方式信手乱弹。

劳伦斯一家第二天黄昏前来了。这种兴高采烈的相聚正在全国各地上演。圣诞节以后，他就没见过他们。保罗狐疑地打量着他，然后躲到了妈妈背后。斯蒂芬妮快八岁了，好像长高了两英寸。一开始她有些拘谨，到晚上就慢慢放松了。大家坐到桌边喝茶、喝果汁、吃蛋糕，她一只手托着下巴，好像陷入了白日梦，他觉得能看出一个少女的模样了。先是孩子们吃晚饭，然后是两个孩子各自漫长的睡觉时间，这就几乎占据了整个晚上。罗兰和斯蒂芬妮在沙发上单独坐了半小时。她是个害羞的姑娘，一对一的时候才会慢慢活跃起来。七岁半之前，她一直讨厌自己阅读。她更喜欢交谈、倾听、幻想。然后奇迹发生了，劳伦斯在封控期间打电话说过。睡觉的时候，他给她背诵了《猫头鹰和小猫咪》。他已经忘了小时候这首诗对他的影响。"就像想象力来了个撑竿跳一样。她要求再读一遍。接下来几天晚上还要听。然后她就自己阅读、背诵，早餐的时候背给我们听。现在她自己读书了。彻底变了。"

独自面对罗兰的时候，她立即同他用德语说话，并纠正他的德语。他以前让她这么做的。

和往常一样，她开口就说："Opa，给我说点什么呗。"

他描述了很久以前两个德国姑娘在柏林教他学习语言。

"给我讲讲以前的日子。"

他同意了，讲了利比亚的故事，和父亲一起到沙漠里找蝎子，很快就找到了一个，藏在石头底下。

这个故事她以前听过，但她还愿意听一遍。"它会咬死你吗？"

"我想可能会让我病一段时间。"

她则跟他讲了一些新朋友的名字,描述了他们的性格。她已经决定以后做个有机农场主。她仰泳的方法,是她自己想出来的。他跟她说,他在努力整理那些照片。睡前,他领着她来到前厅,给她看铺在地上的照片。他把几张劳伦斯到希腊度假的照片放在她手上。她爸爸以前竟然只有四岁,让她觉得很好笑,也很奇怪。

到这个时候,三个大人才坐下来,吃罗兰做的晚饭。他们先谈论孩子,接着不可避免又谈到了疫情,是否会有第二次封控、加速测试和生产疫苗等等。无理性社交媒体时代推动了虚假治疗方法的流传,而美国总统又推波助澜。到处都是愤怒而恐慌的各种阴谋论。

罗兰公布了阿丽莎截肢的消息,劳伦斯说:"听到这个我很遗憾。"

但是,这对他显然没什么意义。罗兰记起了关于萨特的那个著名故事,是西蒙·德·波伏娃说的。他一天抽六十根烟,还大谈烟草带来的种种快乐。他的习惯毁了他的健康。他双腿无力,重重摔了一跤,医院里一位医生直截了当地说,如果继续抽烟,他的脚趾要先被锯掉,然后是脚,最后是腿。如果戒掉这个习惯,他的健康是可以恢复的。看他怎么选择。萨特说,那他需要好好想一想。

英格丽德没听懂这个笑话,如果这是笑话的话。劳伦斯觉得有意思。接下来,谈他们的工作。两人都在协助撰写政府间气候变化专门委员会的 2021 年度报告,十个月后要公布。各项指标令人担忧。大气中的二氧化氮增加到了 415 ppm[①]，达到了二百万年来的最高水平。事实证明，七年前的预测过于保守。他们认为某些进程已经无法逆转。将全球变暖控制在一点五摄氏度，现在是不可能了。他们最近和一个小队一起，在俄罗斯的许可下，飞越了西伯利亚大面积的着火林区。当地科学家们给他们看了关于废弃油井甲烷释放的惊人数据，说将此信息通过官僚系统向上传达，可能会威胁到他们的科学研究基金。格陵兰、北极和南极的冰川融化数据也令人忧心。政府和企业虽然说得漂亮，但仍然持排斥态度。民族主义的领导人们活在幻想之中。森林大火、洪水、干旱、饥荒、超级风暴——今年比去年糟糕，但来年情况更差。大灾难已经来了。

劳伦斯给大家倒上他从德国带来的酒。他说："我觉得可能已经太晚了。我们没机会了。"

窗户都打开了，让夜间温暖的空气进来。三个人随意而亲密地聊着。事情往往就是这样，罗兰想，世界的中轴歪歪倒倒，随时可能倾覆，很多地方无耻而无知的人掌握着权柄，而言论自由的空间越来越小，数字公共空间中回荡着痴狂大众的叫嚣。真理没有共识。新的核武器倍增，由一触即发的人工智能控制着，而各种最为关键的自然系统，包括气流、洋流、给植物授粉的昆虫、水下珊瑚礁、丰富的天然土壤以及各种形式的多元动植物群的生物大熔炉，统统都在枯竭或消亡。一部分世界在燃烧，一部分世界淹没在水里。与此同时，亲情的古老之光，却因近期的隔

[①] ppm 是 "parts per million" 的首字母缩写，为浓度单位，即"百万分之一"。

离而更加明亮。他在其中感受到的幸福，就算把全世界即将到来的每一场灾难都演习一遍，也是无法驱除的。这毫无道理。

*

后来，2020年7月，有一场家庭成员的葬礼，接着8月份又有人去世。先是姐夫迈克尔，一个性情温和的巨人、颇有天赋的业余魔术师、前陆军医护兵、后来的工业化学家。掌握各种各样奇怪而有用的知识。仅仅两周之后，罗兰的哥哥亨利去世了。罗莎琳德四个孩子中，他童年的损失最大。和他们的"新"兄弟罗伯特一样，他在学校里很聪明，还当过年级代表。后来家里没钱让他继续读书，到文法学校去读六年级。罗伯特和罗莎琳德这时候本该介入。但是，亨利从未抱怨过他的人生之路。先是服兵役，然后在一家男装定制商店里干了很多年。经历了第一次不幸的婚姻之后，他重新培训成为会计，后来便是他最幸运的时刻：与梅丽莎结婚。

两场都是世俗葬礼，两场罗兰都读了詹姆斯·芬顿的诗歌《献给安德鲁·伍德》。诗中问死者希望从生者得到什么，回答是生与死之间的纽带。

> 死者或可停止悲伤
> 生者或可进行弥偿
> 已去的朋友和尚在的朋友之间
> 或可订立协约一张。

梅丽莎在迈克尔的葬礼上听到了这首诗,要求在亨利的葬礼上也读。第二场葬礼结束后,家人们来到火葬场附近一家昏暗的酒吧,在角落里坐好。苏珊说,这首诗让迈克尔和亨利仍然能够活在大家的生活中。梅丽莎正要开口表示同意,却突然悲不自胜、啜泣不已。

就是这样。难的是,读诗歌的时候不能情绪崩溃。罗兰发现有个地方特别困难:诗人说死者"不那么专注自我"之后,

时间会发现他们慷慨大度
和他们从前一样。

甚至想到这几行诗都会让他的喉咙发紧。是达芙妮,慷慨大度的达芙妮。九年了,伤痛依旧。让他难以自制的,不仅是诗歌的情绪,同样还有那平静、玩笑地安慰别人的口吻,尽管知道那些全是假的。死者不可能要什么东西,也不是所有的死者生前都慷慨大度。诗人只是好心地安慰我们。正是这样艺术性的善良,让罗兰感动。诀窍是,即将上台朗诵时,把左手深深地插进裤袋里,拧一下大腿。第二场葬礼上形成的瘀青,会覆盖到第一次的上面。

就着半品脱啤酒,罗兰、罗伯特和雪莉、苏珊和梅丽莎回忆着家庭往事。雷丁车站上的婴儿,一辈子的秘密,破碎的家庭。罗伯特做过心脏手术,刚出院不久,正考虑写一部回忆录。发掘家族中能为人所知的历史,他已经比其他家庭成员做得更多。他在考虑请一位代笔的写手。没有什么新鲜事儿了,但他们需要一

起谈一谈,像以前几次一样。在芬顿诗歌的影响下,大家的情绪是宽恕。两位家庭成员加入了罗莎琳德和罗伯特的队列,即将被人遗忘,这使他们的评判更加宽容。回忆往事时,苏珊谈起了她母亲和继父:"他们把自己搞得一团糟,在那个年代、那种情形下,我们也许会做同样的事情,然后永远掩盖起来。"

大家陷入了同情的沉默。最后,罗伯特说:"他们把我送给了两个好人。我没什么可憎恨的。"

有没有可能像芬顿说的那样,和他们已经去世的父母的记忆交个朋友呢?也许不行,因为就在他们分手之前,苏珊愤怒地说:"但他干过有些事情,我是永远不会原谅的。绝不可能。"

他们要她再说说。

"对不起,我就不该提。我以后再也不谈这件事了。"然后,她又重复道:"我永远不会原谅他。"

当天晚上,他打电话给她,又问了一遍,她换了个话题。

*

两位家人去世以及达芙妮孩子们的来访,占据了整个八月。他还没告诉吕迪格,到德国去的事情,他已经改变了主意。他从吕迪格那儿得知,阿丽莎坐上了轮椅。夏天一个星期一个星期过去,他不知道自己想怎么做。也许不去见她是因为怯懦。也许对她的好奇心比他想的更重。但他一直拖延。月中的时候,劳伦斯从波茨坦打来电话。几年里,他已经读完了他母亲的所有小说,刚刚读完罗兰那册《她的缓慢沉沦》。两人讨论的时候,劳伦斯突然问道:"你打过她吗?"

"当然没有。"

"你阻拦过她来看我吗?"

"从来没有。"

"她这等于点了你的名。"

"是让人生气。"

劳伦斯肯定事先考虑过,还和英格丽德商量过。后来打电话的时候,他说:"爸爸,这事不能就这么放着。给她写信。"

"我在考虑去见她。"

"那更好。"

就这样,决定做了。当时他觉得可能太迟了。最好的科学建议表明,九月可能要进行封控,以阻止第二波严重感染。病例数还在像往常一样增加。不过,他又开始在酒店里弹琴了,而且八月最后一天之前,都找不到管理层肯接受的替代人员。他的担心是多余的。一位熟人,名叫奈吉尔,是达芙妮一位老朋友,在《金融时报》工作,一天晚上他到了酒店,罗兰表演结束后,两人喝了一杯。保守党中很多是顽固的恐欧分子,但其中的开明右派私下里说卫生部部长和他的顾问们是"盖世太保",因为他们主张强制封控。从性情上讲,首相更倾向于开明派。根据奈吉尔的说法,大家传闻他会坚决反对九月封控。

"那么,感染人数肯定会继续上升,到那时候他还是要封控。他可没有接受三月的教训。"

前往慕尼黑的飞机上,罗兰戴着杰罗德送的医用口罩,全程紧张地坐着,拒绝食物和饮料。他意识到周围的人不过他一半年纪,就算感染了新冠,很可能也毫无症状,连自己都不知道。他的座位靠窗，能看到外面颤动的机翼。冒着生命危险，就为了给已经残疾了的很久以前的爱人，来一通自以为是的批评。疯了。

晚上他住在吕迪格家。多年来，他一直一个人住在勃根豪森区一幢大公寓里。罗兰从没听他提到过伴侣或情人，无论男女。以前觉得好像不应该问，现在问则太迟了。他的出版帝国为他带来了财富，他赞助歌剧、伦巴赫美术馆以及当地各种慈善项目，退休后还成了一位业余的鳞翅类昆虫专家。他还是一位飞钓手，并且自己制作飞蝇钩。真是精彩的人生。吕迪格的厨师送上晚餐。听到厨房里隐约传来洗碗的声音，罗兰难得地在这一刻为自己不是富人而感到遗憾。也许有钱人的日子适合他呢。那他可能需要一种不同的态度、一套不同的政治。但吕迪格一直是个左派，对大赦国际及其他慈善机构出手慷慨。慷慨。这个词让罗兰开始描述两场葬礼。死亡又让他们进入了下一个话题：疫情。德国的数据相对仍然比较低。默克尔总理在电视上的表现说明，她熟悉细菌学和风险评估。她目前高居民意调查的榜首，虽然这个位置并不牢固。总理又将他们引到了阿丽莎的小说。四周后即将上架。有一些先期评论。有些说《她的缓慢沉沦》是又一部经典之作。有些则颇有微词。

"她是我们最伟大的小说家。中学生都必须读她的作品。但她是白人、异性恋、老人，还说过让年轻读者排斥的话。还有，作家如果长时间一直在，人们会感到厌倦。哪怕她每次作品都不一样。他们说，她在玩不一样的东西——又这么搞！"

不过，迄今为止，媒体上还没有人说罗兰打老婆。

"也许你能逃掉。"吕迪格打趣道。

后来，他让罗兰待在图书室里，努力去啃穆齐尔的代表作，自己走开写电子邮件去了。一小时后他回来了，说："我刚才一直在想。我明天应该和你一起去。可能不太好处理。"

"我可不愿意。"

"至少让我开车送你去。"

"谢谢你的好心，吕迪格。但我宁愿一个人走这段路。"

"那让我的司机送你。你想回来的时候，给他打个电话。"

上午，他们到了村里，罗兰要求在主干道公共汽车站旁边下车。他猜，十六岁的劳伦斯就是从这里下车的。罗兰等车慢慢开走。他能看到阿丽莎家所在的路就在前面一百码，在主干道的另一边。他以前通过儿子的眼睛看到过。仿佛置身于一个已经遗忘大半的梦境。记忆和当下所见相互欺骗，共同形成了回归的幻觉。爬上一道陡坡，便看到了第一幢房子，这一排一共有十几幢，都出自某位建筑师强有力的设计理念，仅细节上略有变化。低矮的水泥墙体上装了玻璃和百叶窗，像蹲伏在那儿，显出自我防护的样子。好像一名巨人为了报复，拍扁了弗兰克·劳埃德·赖特设计的房子。也许当初建筑师要求种些树木花草，以凸显其明朗的水平线条。那是一段非常陡峭的坡道，几乎就是个悬崖，下方三十英尺的地方，汽车通过主干道进出村庄。他从吕迪格那儿得知，房子是她1988年用《旅程》的版税买的。也许是一时冲动，房子还没盖好，又没到现场看。无论她搬进来的时候怎么想，常规习惯会让她留下来。那么多书、报纸、研究资料。搬家会引起混乱。看起来不像是个邻里交往密切的地方，她也许喜欢这样默默无闻。

走过第二幢房子,他放慢了脚步,他想儿子当年也是这样。和他一样,罗兰现在也觉得还需要更多时间,尽管他已经思考了好几个星期。他记得她在书中对他的侮辱,但那一刻他无法在心中召唤怒火,反而召来了一团时间错乱的往事,那是一枚药丸,包裹着未曾消化的情感和回忆,他已多年没有触碰或品尝。深夜在苏尔文山附近一条小溪中的岩石上喝香槟;把她的小说稿输入电脑;她拿着一袋食物来到布里克斯顿找他;他们决定结婚时躺的那床烛芯绣花床单;在克拉珀姆房子的卧室里,阿丽莎穿着沾满颜料的牛仔裤,跪在地上用模板喷涂从旧货店里买来的五斗橱;他们关于东德的愤怒争吵;还有性爱——在多瑙河三角洲,在法国各个旅馆里,在玛格丽特夫人路上的一张硬板床上,在一家西班牙农场的果园里,还有利伯瑙那次偷偷摸摸的做爱,就那一次,以及随之而来那令人害怕又令人惊叹的新生命的降临。还有更多,它们来时好像被紧紧卷在一起,或者被时间的引擎锤打、压缩,变成了一个物品。那是什么呢——一块没有形状的石头,还是一枚金蛋?更像一缕烟,一段虚构的故事,与他无关。这物品不能与她共享,也只有这一损失,他现在能不为所动。

一段爱情成为往事,一切理所当然的东西都被抛弃,被爱情结束时的故事改写,接着又被令人羞愧的记忆错漏扭曲。然而,在这一切发生之前,爱情是什么模样,共同度过每一天、每一分、每一秒,是什么感觉、什么味道——这才是爱情的实质,只是人人都会忘记。无论天堂还是地狱,人们记住的都不多。很久以前结束的爱情和婚姻,像是从过去寄来的明信片。一张亮丽的照片，背面说几句天气，或者说个简短的故事，或有趣或悲伤。最先忘记的，是那个难以捉摸的自我，就是你自己的本来模样，你在别人眼中的样子。罗兰一边朝她的房子走着，一边这样想着。

她家外面停着一辆白色的小车，他在车旁停了下来。令人遗憾的是，最显而易见的事情，他都必须提醒自己——他不是大脑中那个胡思乱想的敏捷生物，他不过是个老头，前来拜访一位老太太。阿丽莎和罗兰光着身子躺在草丛里，在一片圣栎树林中，在多瑙河一分为二注入黑海的地方——这个场景不存在于地球上的任何地方，只存在于他的脑海中。可能也在她脑海中。那圣栎树可能是松树。他走上那低矮的前门。他按响了门铃，不理会那块牌子用哥特体文字告诉他走侧门。

一位身材矮小、穿着褐色家居便服的菲律宾女人开了门，随即站到一边让他进去。对这么大的房子来说，门厅算很狭小。他等着那个女人把有气动辅助装置的门重新关好。然后她转过身，耸耸肩膀，露出了朴实的微笑。这种门不是她熟悉的，他们也没有共同的语言可以谈论它。在那短短的几秒钟内，他想起自己到巴勒姆去看米里亚姆·康奈尔，想象着某个像他这样的人，一个自以为是的傻瓜，前往欧洲各地，找到过去的那些女人并一一指责。他原谅了自己。毕竟，十八年来，这不过是他第二次清算。

他被领到贯穿整个房子的客厅里，门在他身后关上。屋内和从外面看起来一样昏暗。空气中充满着浓浓的烟草味。可能是高卢牌吧。他不知道现在仍然有这种牌子的香烟。她在客厅的远端，坐在轮椅上，面前一张大桌子，上面有一台平板显示的电脑,四周是几堆叠得很高的书。轮椅从桌子后面转出来,他第一眼看到的是她白色头发的亮光。"我的天哪!看看你的大肚子。你头发呢?"她高声说道,简直像在喊叫。

他走过去,决心要露出微笑。"我两只脚都在。"

她开心地大笑起来。"Einer reicht!"一只就够了。

这是个疯狂的开头,他们走偏了。好像他走错了人家。开玩笑侮辱人,从来不是她的风格。一辈子发表公开声明,被人当成国宝,所以她放开了。

她熟练地将轮椅推到他跟前,说道:"看在老天的分上,三十年了,你该吻我一下!"

他不知道该如何拒绝她,心里只想着要显得镇定一些。他弯下腰,嘴唇吻在她脸颊上。那皮肤干燥、温暖,和他一样有深深的皱纹。

她握住他的手,紧紧地抓着。"我们这个样子啊!我们要为此喝一杯。玛丽亚去拿酒了。"

刚过十一点。罗兰一般要等到晚上七点。他怀疑阿丽莎是不是吃了止痛药,影响了抑制能力。有些类鸦片药物有这种效果。他说:"好啊。我们没什么好损失的。"

她挥挥手,让他坐到一把扶手椅上。他把一堆《巴黎评论》推开,她点了根烟。

"丢地上。没关系。"

那是乔治·普林普顿当编辑时的旧刊。有人跟罗兰说过,后来年轻一代接管了杂志。他们可能并不认同阿丽莎辛辣的理性主义和七十年代的女性主义。她曾在跨性别讨论中无谓树敌,在一档美国电视聊天秀中,她说一名外科医生可以将一个女人雕刻得"勉强算个男人",但永远没有足够好的材料从男人中雕刻出女人。这话是以多萝西·帕克那种挑衅的口吻说的,演播室里的观众立即爆发出哄堂大笑。但现在已经不是帕克的时代了。"勉强算个男人"果然带来了麻烦。一所常春藤大学收回了阿丽莎的荣誉学位,还有几所取消了她的演讲。更多机构紧随其后,她的巡回演讲泡汤了。同样在新管理层领导下的石墙组织说,她鼓励了针对跨性别人士的暴力。在因特网上,她说过的话在身后追着她。年轻一代认为她站在历史进程的对立面。吕迪格曾对罗兰说,她在美国和英国的销量受到了影响。

玛丽亚用托盘送来一瓶酒和两个杯子,然后离开了。阿丽莎把杯子斟得满满的。

两人举起杯子时,她说:"吕迪格说,你喜欢我的作品。你很大度,但别跟我谈这个。我听够了。不管怎么说吧,我们在这儿了。干杯。你过得怎么样?"

"有好有坏。我有继子女,和继子女的子女。还有孙子孙女,和你一样。还有达芙妮走了。"

"可怜的老达芙妮。"

这话说得轻巧,但他没说话。而是违背自己的意愿深深喝了一口酒,以掩盖心中的恼怒。她盯着他,冲他手里的杯子点点头。

"你的量怎么样?"

"一天不到三分之一瓶。最后喝杯威士忌。你呢?"

"我差不多这时候开始,一直喝到很晚。但不喝烈酒。"

"那个呢？"他指指她头顶那片烟雾。

"不到四十根。"然后她又补充道，"也许五十吧。我他妈的也不在乎。"

他点点头。他和年龄相仿或已经八十多岁的朋友们进行过类似的谈话。几乎每个人都喝酒。有些又重新吸起了大麻。还有些吸可卡因，二十分钟内能让你隐约记起年轻是什么样子。还有些用微小剂量的致幻剂。不过，就改变大脑的药物而言，以饮酒的方式摄入酒精，是其他药物难以匹敌的，尤其是味道。

每次他们四目相对，他对她面孔的正常印象就会增加一点儿。他记忆中那些特征都还在，不过锁在一个鼓胀的外壳里。他只能想象，他曾爱过的那个女人的美丽面容，被画在一只瘪气球上。只要他大着胆子使劲吹，那面容就有了：熟悉的眼睛、鼻子、嘴、下巴各自飞开，像一直膨胀着的宇宙中的星系。她也在那里面某个地方，瞪大眼睛看着，在这面露失望之色、像无毛猪头一样的残余存在中，努力找出那个他来。他刚才自称喝得比她少，杯子里的酒却已经干了，而她的几乎没动。让两人鼓胀起来的，不是食物，而是不在乎，或者说认命。他们放弃了。她至少还有一两本要写。他呢……但他这是走神了，她正在说话。

"我跟他们说过。我不想动。"她大声抗议，好像他也坚持要她动一样。

她左脚的残肢上套着一只像是男人的袜子，架在轮椅脚踏上的一个白色垫子上。她没必要动啊。他以前不时听到成功的作家们公开抱怨命运，被人打扰、压力太大等等。那总会让他觉得不舒服。

她继续说道:"我说过,一次采访。就一次!全合到一起,配上翻译,纸媒、电台、因特网,随便什么,一次全部搞定。"

原来她说的是《她的缓慢沉沦》,说这本书该怎么宣传。他想他该说了,于是努力保持镇定。"那是本好小说。你什么也不需要做。可是,阿丽莎啊。看起来你在点名说我打老婆。"

"什么?"

他又说了一遍。

她瞪大眼睛,一副难以置信的模样,也许是假装的。"这是本小说。不是回忆录。"

"你对全世界说过很多次。你1986年离开了克拉珀姆的丈夫和七个月大的婴儿。现在写进了你的小说。她逃离了家庭暴力。为什么不是斯特雷特姆或者海德堡呢?为什么不是两岁呢?对媒体来说,这暗示非常明显。你知道我从来没打过你。我要你亲口说出来。"

"你当然没有啊。天哪!"她脑袋向后一仰,眼睛瞪着天花板。两只手在用来推动轮椅的大轮子上动个不停。随后她说道:"没错,我用了我们的房子,而且我有这个权利。我清楚地记得那个狗屎地方。我恨它。"

"你可以虚构啊。"

"罗兰!这是真的吗!我们的房子里住过未来的德国总理吗?我过去十年里偷偷掌控着这个国家吗?你的脖子被人割了吗?我会因为用餐刀谋杀你而被捕吗?"

"这些比较没有道理。这么多年你在访谈中一直在打基础。被抛弃的丈夫和婴儿是——"

"哎呀，行啦！"

她这句话是喊出来的，然而她的愤怒却没有妨碍她往两人的杯子里倒酒。"我真的要给你上堂课，告诉你书该怎么读吗？我借用。我创造。我偷盗自己的生活。我到处拿东西，然后更改、扭曲，变成我需要的样子。你没有注意吗？被抛弃的丈夫有两米高，扎个马尾辫，要真的是你被杀了，那你身上可没有。还是金黄色的，来自我认识你之前的那个瑞典男孩，叫卡尔。没错，他打过我几次。但他身上没有疤，你也没有。那是利伯瑙附近一个农民的，我父亲的朋友，一个老纳粹。总理莫妮卡有一点儿来自三十年前的我。还有你姐姐，我爱的苏珊。发生在我身上的一切，没有发生的一切。我知道的一切，我遇到过的每一个人——全部打碎揉烂，和我捏造的东西混到一起。"

她可能没有生气，罗兰心想，只是用高得离谱的声音说话。他说："那么你听听我卑微的请求。再多捏造一点儿。把那个狗屎地方从克拉珀姆挪走。"

"我的回忆录中没有你，你难道没注意到吗？我来告诉你，三十五年来我在做什么。就是不写你。他妈的，罗兰，我保护了你！"

"谁会害我，要你保护？"

"真相啊……天哪！"她的手抖抖索索，想从软装香烟盒顶部的那个小洞里再抽出一根烟来。香烟点着，她深吸一口，平静了一些。她思考过这件事。她有所准备。

"我可以写但没有写的回忆录。你在我身上塞满了你的需求，眼睛、耳朵、嘴巴。不光是你所说的，什么上帝赋予我们享受云里雾里灵肉结合之极乐的权利。还有你可能拥有的那种人生，多么有品位啊。那种精致的失败感和自怜感，因为生活偷走了属于你的东西。演奏家、诗人、温布尔登的冠军。你触碰不到的那三个大英雄，在我们的小房子里占了很大的空间。我怎么能呼吸？然后你又大谈什么当爸爸、当父亲，成天挂在嘴上。与此同时，你周围呢，混乱、肮脏，到处都是一堆堆你不要的垃圾。我没法动。没法思考。为了获得自由，我付出了最大的代价，那就是劳伦斯。你可是个了不起的主题啊，罗兰。关于男人的主题，我本来可以告诉全世界的。但我没有！我从来没有忘记，你是我唯一爱过的男人。"

这话吓了他一跳。她罗列对他的指责时，他的眼睛一直盯着洒在桌子玻璃台面上的酒。他耐心的语气是假装出来的。"你的性需求也很迫切。不小心拒绝了你，你就大喊大叫——"

"罗兰，好啦、好啦、好啦！"每说一个词，她就拍一下轮椅的扶手。手里抽了一半的香烟飞了出去，落在几英尺外的地毯上。但是，她并未失控。他站起身，把香烟递给她，又坐下去。她则等待着。

"我们来不是干这个的。让我帮你说吧。在那幢房子里，我也不是什么好东西。我要你帮了很多忙，照顾婴儿，然后我又指责你把他从我身边偷走了。我要很多性生活，得到了又假装是为了满足你。小说被人拒绝让我发疯，有时候我找你出气，尽管你还帮我编辑、打字。儿子来找我，我把他赶走了。就这样。我的小说里全都是离家出走的愚蠢、蛮横而又矛盾的女人。女性主义评论家们狠狠地骂过我。但我也写愚蠢的男人。生活乱七八糟，人人都犯错误,因为我们都是他妈的蠢货,因为说这话,那些年轻的清教徒很多把我当作敌人。他们就和我们以前一样蠢。罗兰,关键是,对你和我来说,这都不重要了,所以我才希望你能来。我们今天见面了,也没相处好。尤其是我。我还以为我们可以吃吃东西,一起喝醉,回忆那些好的东西。他们很快就要开始印刷了。如果能让你高兴,我就把克拉珀姆、孩子的年龄等等全部改掉。那都没什么。都不重要。"

他惊讶地看着她,终于举起了酒杯,但并没有马上喝。在她这一通倾吐过程中,让他保持镇定的,就是那条他以前从不知道的消息:他是她唯一爱过的男人。无论真假,她竟然能说出来,就已经了不起了。同样的话,他可没法对她说,还差点儿。于是,他提议干杯。"谢谢你。为了这一天一起吃吃喝喝。"

他要站起来,身体探过桌子,才能碰到她的杯子。他这样做的时候,她喃喃地说:"太好了。"

这时,玛丽亚又拿来了一瓶酒。可能是阿丽莎按了什么蜂鸣器让她来的。

罗兰说:"好吧。这个怎么样?在你家门口那条路上走过来的时候,我在回想我们做过爱的各个地方。"

她双手一拍。"这就对啦,要的就是这种精神!"

他给她过了一遍那些地方,大致按照他能想起来的顺序。看来——终究还是分享了。

每想起一个地方,她的快乐就增加了。"你还记得一张床单!男人啊!"然后她说:"在三角洲那片树林里,你踩上了一根刺,却一定要说那是蝎子。"

"那是一开始。"

"你一蹦多高,都有十英尺。"

对于她提着购物袋来到布里克斯顿的那一天,她竟然只有朦胧的记忆,让他感到意外。

"你说食物是为'事后'准备的。那个词。我差点昏过去。"

同样,有些事情在她记忆中发光,可他却忘记了。

她说:"我们在你父母家过夜。半上午的时候我们上了楼,我想是要换床单。突然之间,我们俩就来了个快的,非常安静。我很紧张,因为我以为他们在楼下能听到。那张床吱吱叫。边上只要有人,床总会吱吱叫。"

"床要说真话。"

"你难道不记得吗?做完之后,你出不来了?"

"出不来房间?"

"出不来我的身体!我可能是抽筋了。这叫做阴道痉挛。之前或之后都没有过。我们两人都很疼,你母亲在楼梯口喊,说午饭好了。"

"这一页从我的记忆里撕掉了。我怎么出来的啊?"

"我们唱很傻的歌。几乎像讲悄悄话一样,让我分神。我还记得一首,叫做《我要把那个男人从头发里洗掉》。"

"一年以后,你真的把他洗掉了。"

她一下子严肃起来。第二瓶已经喝了一半。"过来,罗兰,到我边上来。现在,你听好了。我从来没把你从头发里洗掉。从来没有。如果真洗掉了,你今天就不会在这里。请你相信我。"

"好。知道了。"他侧过身去,两人拉住了手。

513

这一天就这么继续。他们在花园里吃了午餐。他们太老了,或者是经验太丰富了,所以没法喝得烂醉如泥。他们说过的大部分话,他后来都能回忆起来,并写进日记里。接着,他们谈到了各自的身体健康。

"你先来。"她说。

他一个不漏地说了。开角型青光眼,白内障,晒伤,高血压,肋骨骨裂导致的胸痛,考虑到他的腰围,可能有2型糖尿病,双膝都有关节炎,前列腺增生——良性或恶性,目前还不知道。他害怕,不敢去查。

这时候他们已经回到了屋内。西斜的太阳并没有让客厅更加明亮。她说,她有肺癌,已经广泛扩散了。医生们同意她拒绝治疗。另一只脚很可能也要截肢。她不愿意经受戒烟的煎熬。

"我完了,"她说,"我还有一个中篇小说要写,然后就坐在这儿等着。"

接下来,她坚持要求大家不再谈论疾病。他们和多年前一样,谈论起双方的父母。但那不过是细致的总结而已,除了父母的衰老和去世之外,也没有什么新东西可与对方分享。他们没谈阿丽莎的回忆录以及她与简的裂痕。他们用高保真音响播放了一些老歌,但并没有被打动。不可能再像午餐前那样兴高采烈了。酒精的效果渐渐消退,也影响了他们的兴致。她刚才肆无忌惮地宣称什么都不重要,现在这话显得虚弱无力。罗兰晚上要赶飞机。一切都很重要。他给吕迪格的司机打电话,安排了去机场的行程。

他再次坐到她身边,说道:"我差点就没来,但我很高兴还是来了。但是有一个阴影，只有你能想点办法。我们一直避而不谈。你必须见劳伦斯。你必须和他谈谈。这你是躲避不了的，阿丽莎。考虑到你说过的那些情况，对你们俩来说，这事都得办。"

他说话的时候，她闭上了眼睛，直到开口说了几个单词之后才睁开。"我感到害怕、羞耻……因为我做过的事情，因为我拖延了那么久。我是个疯子，罗兰。我没理会孩子那封漂亮的信。知道吗，我真把信丢进垃圾桶了！他来找我，我对他很残忍。他永远不会原谅我。这时候要开始……开始什么交往，已经太迟了。"

"可能会让你感到意外呢，就像今天让我感到意外一样。"

她摇着头。"我考虑过。我拖得太久了。"

"这会改变他怎么看待你，在你早已离去之后。对他来说，是一辈子的事。"她还是摇着头。

他把一只手放在她的手上。"那好吧。那你答应我，你会再考虑考虑。"

她没回答。他似乎看到她最后一次摇头，但动作极其轻微，或是点头亦未可知。她已经睡着了。

他一边等车，一边坐在那儿看着她。她嘴唇微张，脑袋歪向一边，呼吸粗重。她将不久于人世，这一点他毫不怀疑。那个眼睛大、皮肤白、身材苗条的年轻女人，已经成了一些人眼里的大嗓门怪物。但是，今天他与她相处的时间越长，那张脸就越清晰，1985年与他结婚的那个女人的脸。他是她唯一爱过的男人，这让他感动，或者说触动了他的虚荣心。就算不是真的，她能说出来也让他高兴。如果是真的，那么为了那十几本书，她付出了两份爱的代价,对儿子的爱和对丈夫的爱。现在,她什么人也没有了,没有家人。按照吕迪格的说法,也没有亲密朋友。她住在一幢像水泥地堡一样的阴暗房子里,等着在孤独中死去。时间也让他不如从前,然而按照一切传统标准,他是更加幸福的。不过没有书,没有歌曲或绘画,身后不会留下什么作品。他愿意拿家庭,去换她那一摞书吗?他凝视着她那张现在已很熟悉的面孔,摇了摇头,表示回答。他不会有她当初离开的勇气,尽管男人那么做,付出的代价会更小——因为男人理想的召唤而被抛弃的妻子和孩子,在作家传记里俯拾皆是。他急于生气,忘记了她小说里的那个男人身高两米,金色头发,身上有疤痕,还扎着马尾。她以最高的音量给他上了一堂如何读书的课。

他听到了门铃声,以及玛丽亚快速走到门前的脚步声。他缓缓站起身,小心翼翼避免又出现眩晕的情况。离开房间时,他转过脸,久久地看了她最后一眼。

*

新的一年里,即2021年,冬至后的月食期间,第三轮封控开始;美国总统在混乱中离任;1月31日午夜,英国脱离欧洲。① 罗兰再次一个人住在劳埃德广场的大房子里。他却了一直萦绕心头的两桩旧事,可以心无旁骛地去操心与流行病学相关的科学知识和政治斗争了。新一轮封控被延迟,和前两轮一样。英国每百万人口死亡率位居世界前列,而首相却受人欢迎,此后

---

① 以上事件中,年初月食和英国脱欧均发生在2020年。

更是如此,因为疫苗接种高效开展,而欧洲尤其是德国则表现得手忙脚乱。事情没那么简单。全国封控从漫长的冬天延续到寒冷的春天。其危害已难以估量。后果评估受到地区差异和政治立场的影响。但是,所有人都同意,居民的身体和心灵、儿童、教育、生计、经济都受到了严重危害。自杀率上升,还有婚姻破裂,以及家庭暴力——总体上这个词的意思就是男人打女人和孩子。不过,更加糟糕的是,在没有亲戚和朋友的情况下死于窒息,身旁只有戴着面罩、疲惫不堪的陌生人。大多数人都这样想,大多数人——包括罗兰在内——也都顽强地坚持着。

到二月中旬,他已经标注到了第一百张照片——他和达芙妮在艾斯克河岸边,记得拍照的是一位孤身一人、乐于帮忙的日本登山客。到此,这一计划宣告结束。筛选的照片跨越了他一生——六个月时被母亲抱在怀里,在利比亚的沙漠里穿着短裤、竖着一对招风耳;然后就是他人生大戏中的其他主要演员:父母,兄弟姐妹,两任妻子,儿子一家,继子女以及他们的家人或爱人,还有他的几位好友;接着是一些独立的场景:光着膀子度假的照片,背包旅行,青蛙池塘,他伦敦酒店的同事们,开伯尔山口,拉尔扎克喀斯高原,和乔·科平格挽着胳膊站在上恩加丁的冰川上,两个月的劳伦斯被母亲抱在怀里,吕迪格还戴着耳坠的时候,等等。他排除了唯一一张与米里亚姆·康奈尔的照片,有些模糊,他站在工具棚边上,拍照的时候他的行李箱应该就锁在里面。然后他又改变了主意,把它放了回去,并在照片背面写上:"我的钢琴老师,1959—1964"。除了这张之外,其他照片都标注了人物的名字和当时的场景。挑剩下的照片,要么一目了然，要么永远是个谜，连他自己也搞不清楚。他将它们全部放回到那三个大纸箱里，用胶带封好纸箱的盖子，然后扛上那架不太牢固的梯子，放进了阁楼。

二月和三月期间，他读完了所有的日记，一般一天读一册，一共四十册。他把所有的日记都堆在厨房的一条板凳上。那天晚上，他郁郁寡欢地看了一场网球锦标赛，选手是三十、四十甚至五十年前的明星。从远处看，这些男男女女都显得苗条而强壮。年纪最大的有八十一岁。他们打双打，大多人站在底线附近，只有几个人进入中场，但经过一辈子的训练，他们的击球仍然又快又低。他们热爱生活，因此仍旧在乎输赢。有人围在裁判椅子周围发脾气。罗兰知道，根据现代的标准，他算是未老先衰。但他也没什么办法。

这一轮，他感受到了封控下的社群交往。他做了每个人都做了的事情：发现日子过得太快，上网预订一次他认为永远无法实现的度假行程，制订不会遵守的计划，通过电话或网络视频与家人联系。他一个人住在房子里，却有着繁忙的社交生活。达芙妮那边的家人，与波茨坦的劳伦斯和英格丽德定期联系，然后又与斯蒂芬妮单独交谈。他和南希碰头，她从斯托克纽因顿开车过来，看到她经常不带那三个吵吵闹闹的孩子，他总会表示遗憾，但心里却松了口气。在嗓音、表情、神态上，南希都很像达芙妮死而复生、重获青春。病毒复活了他的过去。他终于和戴安娜取得了联系，她在格林纳达的圣乔治市管理一家母婴诊所，并拒绝了拿退休金离职。卡罗尔是英国广播公司一个大部门的主管，已经退休了。米莱伊追随父亲进入了法国外交部门，也退休了。他们大多时候谈论的是孩子、孩子的孩子以及疫情。

他每天散步，有一次途中，两个膝盖突然像刀扎一样灼痛。膝盖关节炎的一个副作用是，因为缺乏锻炼而体重增加。阿丽莎说的对——他的肚子大得荒唐。出现过一次不太严重的胸痛，但远没有摔下楼梯那次厉害。原来养的那只猫走丢了，他打算再养一只，到五月中旬封控解除的时候，仍然在考虑。一位欢乐的锡克教教徒每周一次送来网上订购的生活用品，罗兰会戴着口罩与他聊天。但是，他偶尔进入一种呆滞状态，一个情感上一片空白的黑白世界，会持续一小时，甚至两小时。这时候就算有人告诉他，永远不会再看到其他人，永远不会与其他人说话，他会既不感到难过，也不感到开心。几个星期以后，在这种状态下，他做到了他一直认为只有瑜伽修行者因缘际会才能做到的事情——在椅子上坐半小时，什么也不想。

那是最艰难的日子，他回到了先前那种收缩起来的状态。寂静、孤独、无所适从、永远的黄昏。每天是星期几，已经毫无意义。现代医药也毫无意义，尽管他已经打了第一针疫苗。我们现在都是历史的棋子了，听凭它任意拨弄。他的伦敦是1665年的瘟疫，是1349年那个疾病肆虐的木头城镇。他觉得老了，只能依赖家人。为了活命，他只能避开所有人。他们也只能避开他。为了维持他渺小的存在，他只得逼迫自己去做一些鸡毛蒜皮的小事情，比如站起身来，把一瓶牛奶放回到冰箱里，以免它在暖气中变质。

不知道什么时候，他不小心提到了胸口痛，很可能是跟劳伦斯说的。二月底，全家人都发起了攻势，劳伦斯坚持不懈，英格丽德不时也温和地提醒。有一次南希来访,两人站在花园里,她紧紧抓着他的手,像其他人一样,催他去看医生。就像达芙妮在跟他说话一样。还有一次,南希还违反规定,带来了格丽塔,姐妹俩一起催促他。他提醒她们,他在湖区摔过跤,此后身体就不一样了。问题出在肋骨。午饭时,杰罗德从大奥蒙德街儿童医院打来电话。他有十分钟的休息时间。他说话时,罗兰能听到塑料防护服发出的沙沙声。他的声音有气无力,充满着疲惫。"听我说,我时间不多。七十多岁胸口痛的人不去检查就是个傻子。"

"谢谢,杰罗德。你是好心。但我知道是怎么回事。在湖区走路的时候,我摔了一跤——"

"我不多说了。我们病房一个孩子刚被新冠夺走了生命。十二岁的男孩,来自博尔顿。过一分钟,我就要下楼去,跟他的父母说这个消息。如果你不能照顾自己的健康,好吧,那太糟糕了。"他挂了电话。

罗兰感到悔恨,站在厨房吃了一半的午餐旁边,手里拿着听筒,活生生一个老傻瓜。他来到楼上的书房,给杰罗德写了电子邮件,为自己在艰难时刻的不认真态度而道歉,并且表扬了这位年轻人的勇气和奉献。没问题,他承诺,一旦封控结束,他就立即去看心脏专家。

他留意着疫情新闻,每天都通过约翰·霍普金斯大学的公告和英国政府官网,查看第三波疫情的上升数据。过去二十八天内已做新冠检测的人当中,死亡人数高达每天一千四百人。还有些人死亡时未作检测。约翰逊应该批准去年九月份的封控,人人都这么说,甚至包括右翼的小报。罗兰相信这些数字。相信官方数据,这在全世界能有多常见?可是,事情不可能那么糟糕,心情好的时候他这样想。国家的各种制度、各种机构,比当权的政府要更加强大。

他和所有关心的人一样,早已学会了流行病的相关词汇:R值、污染物、病毒载量、弗林蛋白酶切割位点、异源基础-加强疫苗测试、免疫逃逸株、感染率与住院率脱钩,还有最响亮、最邪恶的那个词:抗原原罪。又一轮封控期间没什么新东西,也没什么可指望,只能等着数字下降,等春分那个星期时钟向前调一个小时后白天变长。第一次封控期间,他发现他不介意做点家务,这一发现维持着他的生活。身体活动对他有好处,房子收拾好也显得更大一些。与熵对抗,愉快地清空了他的大脑,尽管那里面常常也没什么东西。推而广之,他开始发现扔东西也令人高兴。他先从衣服开始:一抱一抱的羊毛衫,很多上面有虫洞;牛仔裤太紧,似乎在批评他身材走样;衬衫颜色过于花哨。他最多只需要十双袜子,西装或领带今后也用不上了。面对登山装备,他犹豫了一会儿,然后放那儿没动。还有他永远不会打开或不会重新阅读的书,以前的纳税文件,以前的发票,无处可用的充电线……一个空房间里已经放满了装满东西的垃圾袋和箱子。他觉得更轻松了,甚至更年轻了。他想,饮食紊乱的人减肥,大概就是想获得这种让人飘飘然的感觉吧,让他们的身体脱离地面,飘起来,不再被自己牵绊,不再为过去和未来的负担牵绊,减少或提升至纯洁的存在,像小孩一样开开心心、无牵无挂。

这一净化的过程,让他开始处理那四十册日记。最近的条目是去年九月,用一千字记录了他和阿丽莎在一起的那几个小时。

当时他决定就此结束日记。后来双方写过几封电子邮件，但两人的邮件都缺乏——究竟缺乏什么呢？——力量、新意、目的。缺乏未来。他们的交往已经画上句号。她没说身体怎么样，但吕迪格告诉他，她的健康越来越差。

从1986年的日记开始阅读，并没有让他对自己一生有新的理解。没有明显的主题，没有发现以前被忽略的什么暗流，没学到新东西。他发现的，不过是一大堆细节，以及他想不起来的事件和谈话，甚至还有人。好像他在阅读别人过去的生活片段。他不喜欢自己在纸上抱怨——抱怨生活拮据、没有合适的工作、没有持久而成功的婚姻。枯燥，缺乏洞见，被动。他读过很多书。他的概括很仓促，没有趣味。与简·法尔莫的日记相比，显得多么无力啊。她有东西可写：欧洲文明的废墟、年轻的理想主义英雄被砍头，而他不过是漫长的和平时代的孩子。他记得她文字中的欣喜和意外。和他一样，她的日记也是不经修改、写完睡觉的那种东西。但她安排或展开一个场景的方法比他高妙得多，句子和句子之间的逻辑和张力也一样精彩。她懂得一个好的细节能让所有文字亮起来，这一技巧中闪烁着超凡的智力之光。阿丽莎的文字也是这样。他不过是为经历的事情记一份流水账，而她们母女俩却能让经历的事情活起来。

这是个充分的行动理由。想到劳伦斯或某个遥远的后代会读他的日记，他知道自己该做什么了。南希一家圣诞节的时候给他送过一个火盆。三月末的一天，半下午的时候百无聊赖，他在火盆里放好引火物、细木柴和烧烤用的木炭。等火烧起来，他坐在旁边，穿着长外套，戴着羊毛帽子，一只手端着一杯茶，将他呈现得不好的下半生丢进熊熊火焰之中，一次丢一册。这时候，他想起当年将学校发的加缪、歌德等全部丢进了苏珊家后院的篝火中。五十七年前。书有始有终，像一段人生。当时，约翰·德莱顿的《一切为了爱情》，真的比其他书烧得更快、火焰更亮吗？这个他记不清了。他希望是。

等火盆里只剩下余烬，寒气将他赶回到屋内他常坐的椅子上。他脑海中的很多记忆和思考，在日记中是找不到的。那里有谁也无法想到的暗流、情节和事态变化，但在那些消失的纸张上，他甚至连问题都没提出来。从柏林墙倒塌时的乐观和激动，到进攻美国国会山，这一缓慢变化经历了一代人的时间，它究竟是如何发生的呢？是因为什么样的逻辑、动机或无助的屈从呢？他曾以为1989年是一扇大门，向着未来洞开，人人皆可鱼贯而过。原来那却是个顶峰。现在，从耶路撒冷到新墨西哥，新的墙又要建起来了。那么多的教训无人吸取。一月份对国会山的攻击，可能只是个低谷，是多年后人们谈论起来都觉得难以置信的耻辱时刻。也可能是一扇门，开启一个新的美国，当前这届政府不过是个过渡政权，像魏玛共和国。到"一六英雄大道"①上找我吧。三十年的时间，从顶峰跌入了粪堆。只有事后回头去看，只有深入可靠的历史，才能区分何为顶峰和低谷，何为开启新时代的大门。

按照罗兰的想法，死亡的一大不便之处，就是被人从故事里踢出去。既然都跟进了这么久，他就必须知道事情后来怎么样。

---

① 美国国会山遭到攻击，发生在2021年1月6日。

他需要一本大书，有一百章，一年一章——二十一世纪全史。就目前来看，他恐怕熬不到四分之一。那么看一眼目录页也够了。灾难性的全球变暖能扭转吗？一场中美之战已经写入历史的进程吗？遍布全球的充满种族歧视的民族主义，会让位于更宽容大度、更具有建设性的东西吗？我们能不能扭转当前物种大灭绝的趋势？一个开放的社会能不能找到更加公平的新方法实现繁荣？人工智能会让我们明智、疯狂还是无关痛痒？在这个世纪里，我们能不能避免使用核导弹相互攻击？在他看来，如果我们能完好无损地撑到二十一世纪最后一天，撑到这本大书的结尾，那就是成功了。

人出生时，事情正在进行之中，老了总想把死亡看作一切的终结，时间的终结。这样，他们的死亡才更有道理。他同意，悲观是思想和研究的好伙伴，乐观则是政治家的行当，但没人相信他们。他知道那些能让人高兴的理由，有时候还会援引各种指标，比如识字率等等。但那些都是与糟糕的过去相比较而言的。有一种全新的龌龊在蔓延，他忍不住这么想。有些国家掌控在衣冠楚楚的犯罪团伙手中，一心只想着自己发财，靠着安全保卫人员、改写历史和冲动的民族主义，维持自己的地位。俄罗斯不过是其中一个。美国陷入了疯狂的怒火、虚妄的阴谋和白人至上主义，可能会成为下一个。中国并不看好外贸在开拓心智、开放社会上的作用。现在手头有了科技，也许能让集权国家更加完善，提供一种社会组织的新模式，挑战或替代自由民主制度———个集中领导、紧密组织的，由海量消费品来维持稳定的社会。罗兰的噩梦是言论自由成为日渐稀有的特权，在一千年内消失。信奉基督教的中世纪欧洲没有言论自由,却撑了那么久。而伊斯兰教从来就没把言论自由当回事。

但这些问题全都是局部的,只是人类的时间表上的问题。在更大问题的外壳中,它们会收缩、变小,成为一颗苦涩的核。地球过热,动植物消亡,海洋、土地、空气和生命之间相互交织的复杂系统的破坏,那是个美丽而自足的复杂综合体,我们对其知之甚少,却逼着它做出改变。

从达芙妮的客厅——这房子将永远属于她——他看着薄暮缓缓降临伦敦。如果大脑和身体神奇地连通,他竟能用双手捧起那本幻想的大书,那他可能会放下心来,但也可能不会。至少,他的好奇心可以得到满足。如果读书的结果是他过度悲观,那该是多大的慰藉啊。有一剂令人舒适的神丹妙药,他很喜欢:事情永远不会像我们希望的那么好,也不会像我们担心的那么坏。但是,想象一下,让一位善良的爱德华时代的绅士,看看二十世纪前六十年的历史。欧洲、俄罗斯和中国所发生的大规模死亡,一定会让他悲不自胜、俯身痛哭。

够了!那些愤怒或失望的现代神祇——希特勒、纳塞尔、赫鲁晓夫、肯尼迪、戈尔巴乔夫——也许改变了罗兰的生活,但这并不表明他对国际大事能有什么洞见。劳埃德广场的无名小卒贝恩斯先生如何看待自由社会的未来或地球的命运,有谁在乎呢?他没有任何力量。身旁的餐桌上放着劳伦斯和英格丽德寄来的一张明信片。照片是一片金光熠熠的海滩,背景里有沙丘和大米草。一家人在波罗的海海滨度过"一个天冷、风大的假期"。笔迹是英格丽德的。在两人签名的上方,她说五月份有望解除封控,到时候就来看他。这是好消息。罗兰闭上眼睛。他和儿子之间,还有件事没解决。没什么不友好的,不过他们要谈谈。

事情开始于去年九月份。从阿丽莎那儿回来一个星期后,罗兰给波茨坦打了电话,劳伦斯接的。罗兰对他们见面的情况进行了完全友善的描述,然后说:"我想你该去看看她。我知道她想你去。"

沉默了一阵。劳伦斯说:"吕迪格把我的电子邮件给了她。她写了信邀请我。"

"你怎么说的?"

"还没说呢。我可能不回复。"

罗兰意识到自己很想儿子去。接下来的谈话,他要小心一点。"你知道她病了。"

"知道。"

罗兰能听到保罗和他母亲在唱歌,"Es war einmal ein Mann, der hatte einen Schwamm."。劳伦斯还是个婴儿的时候,阿丽莎给他唱过。从前有个人,拿着海绵块。

"可能对你很重要。否则,你也许一直会后悔。"

"她想一切都变好。从来没好过,现在也好不了。"

"你听起来有怨气。去一趟,怨气也许就没了。"

"说实话,爸爸,我没有怨气。我就没想到过她。我很遗憾她生病了,或者怎么样了。我不认识的很多人也都生病了。我为什么要在乎她?"

罗兰说了句显然很愚蠢的话。"因为她是你妈妈。"

劳伦斯正确地选择了沉默,等他父亲补了一句"她是欧洲最伟大的小说家",他仍然没回答。

他们转而谈别的事情。后来一次谈话中,罗兰说:"至少回复她。"

"也许吧。"

五月份,全面封控解除后三天,劳伦斯一家来看他。他的感觉是,劳伦斯还是没回复。之前,英格丽德曾用她轻快而犹豫的语气在电话中告诉他说,她认为他应该不去管这件事。他说他会的。但是,后来他想自己有义务最后再尝试一下。如果有人逼问,他恐怕也很难解释,为什么这件事对他很重要。他亲自去了一趟,一切都解决了。他儿子则认为,他本来就没什么需要解决。

一家人到了,先在房子里隔离,罗兰则住在地下室。十天满了之后,劳伦斯从杰罗德那儿借了辆车,把罗兰送到了圣奥尔本斯南部事先约好的一家心脏专科诊所。那儿有一位半退休的专家,以前是杰罗德的导师,这次算还他一个人情。罗兰不赞同私立医院,但杰罗德保证这中间没有金钱交易,好像这对罗兰有什么区别一样。

路上,罗兰认为这是他最后的机会,于是提起了阿丽莎的事情。

"我猜你一定会提,所以我给她写了回信。让她滚蛋。"

"不可能!"

"没有。我非常礼貌。我说,我看不出现在见面有什么意义,并祝愿她尽快康复。我还发了一张她孙子孙女的照片。"

"啊,那好。"

"我还让她不要再写信了。"

"好吧。"

"可是,爸爸,几天后,来了一个大包裹。里面是个木箱子,上面有张便条,说'我理解,但请收下这些东西'。里面是《蓝骑士年鉴》。1912年版。"

"太好了!"

"我们请人鉴定了。难以置信。真漂亮。康定斯基、穆特、马蒂斯、毕加索。我们要留给斯蒂芬妮和保罗。但是,箱子里还有外婆写的七本日记。1946年!你知道吗?"

"知道。"

"写得很漂亮。"

"我同意。"

"整整一个星期,我晚上有空就看。然后我把它们全部以电子形式发给了吕迪格。他之前根本不知道有这些东西,他很兴奋。卢克莱修出版社要出德文版,分成两卷。一家伦敦出版社也有兴趣。"

罗兰闭上眼睛。"很好。"他喃喃说道。

"吕迪格认为,这是《旅程》的一个来源,对学者们会很重要。"

"他说得对,"罗兰说,"但远不止于此。"

诊所是一幢安妮女王时代的乡村房屋,有一个废弃的曲棍球场和两个无人问津的网球场,看起来像一家寄宿学校。劳伦斯把车停在停车场,但自己没下车。他要去哈彭登见个朋友,一接到电话就会立即赶回来。父子二人笨拙地在狭小空间里拥抱了一下。一排树将车辆遮住，罗兰从中穿过，朝房子走去，这时他的心情低落下去。为阿丽莎感到难过。她死期将至，收到劳伦斯的电子邮件，承受她该承受的一切，然后把原本打算亲手给他的宝贝装好。简的东西终于能出版了。救赎吧，可是太迟了。推开诊所接待室的双开玻璃门时，他对自己的心脏没那么有信心了。整个诊所都是专门用来查找问题的。他怎么能抵抗所有人呢？连桌子前那位胡须花白的接待员都像专家一样一脸威严。

等候就诊时，他心里怀疑，儿子要送他来，是不是因为他事先和家里其他人说好了，要保证他如约就医。这就是上了年纪的迹象，可能是妄想症吧，总怀疑别人在背着他做安排。而最终的安排是，我们该把他送进养老院了。

在上午的煎熬开始之前，他和杰罗德的导师迈克尔·托德短暂交流了十五分钟。专家是个皮肤粉红的大块头，脑袋又秃又亮，甚至还映上了窗外灌木丛反射进来的一抹绿色。托德先生过了一遍今天的安排。等流程结束，他们会再见面。血液检测的结果已经到了。医生让罗兰描述胸口疼痛时，他没提自己的肋骨理论。医生用听诊器听了两分钟，然后他被带走了。虽然他受到了专业人士们的友好对待，检查过程中也没有疼痛，但是这两个小时仍然让他难受。X光片、震耳欲聋的核磁共振、跑步机运动负荷测试、心电图。在一个超声屏幕上，他看到自己的心脏在颤颤巍巍、扑哧扑哧地跳动着，过去七十多年来，这颗心脏为了他一直在黑暗中忙碌。这么多机器和技巧娴熟的照顾机器的人，不可能全白忙活。没错，他心里生了病。

他又被人带到托德先生跟前。桌子上有一堆打印出来的报告。他正在阅读，罗兰在桌子对面坐下来等着。很难不去想：即将做出的，不是医学判断，而是道德裁决。他是个好人吗，还是坏人？受审的心脏加快了步伐。这是学校里的场景。他的未来悬而未决。

最后，迈克尔·托德抬起头，摘下眼镜，用客观的语气说，"好啦，罗兰——我可以这样称呼你吗？我看呢，你的心脏没有问题。问题出在这个地方，是个骨刺，肋骨上有个细小的东西压迫了神经。所以你才会说痛。那儿以前可能有过骨裂。"

"大约两三年前，我有一次摔得很厉害。"

"跟我说说。"

"现在的卫生部国务大臣把我推到了河里。"

"不是彼得·蒙特啦。是蒙特勋爵。怎么样啊。我们一起上过学。他袭击了你？我倒也不觉得奇怪。一直是个横行霸道的家伙。好啦，我的同事会处理你的骨刺的。"

他把片子递过来。罗兰什么也没看到，但还是点点头，把片子递了回去。

"你到八十多岁身体都没问题。但首先你要控制一下体重，锻炼锻炼。不要每天喝酒。给自己装一副新的膝盖。其他就都没问题啦。"

他没有马上给劳伦斯打电话，而是围着曲棍球场的边缘慢慢转了一会儿。幻想无法遏制。这就是他的学校。校长刚才亲自宣布了他的成绩。他通过了，他就知道肯定能过。十一门成绩全是A！他还有机会阅读第三十五章。

当天晚上，他在家里给杰罗德打电话表示了感谢。

"我们心里一块石头落了地啊,罗兰。我认识一个非常优秀的外科医生,是伦敦大学学院医院的。当然一次换一个膝盖,到明年复活节,你就可以去网球场了。"

格丽塔和南希先后打来电话。英格丽德和劳伦斯走进客厅,拿着他们的酒杯来碰他的青柠汁。他觉得自己骗了人。除了没生病之外,他没有任何功劳。但他表现得和蔼礼貌,好像有功劳一样。

劳伦斯在陪保罗睡觉,英格丽德在做饭,他能和斯蒂芬妮单独待一会儿。她能自己阅读,所以他们能谈的东西就更多了。他们只说德语。外面夜色明亮,但落地窗是关的,因为气温只有四摄氏度,而且风很大。罗兰舒舒服服地坐在摇椅上,她站在一旁。她刚刚又掉了一颗牙齿,放在枕头下面。到早上就有一个两欧元的硬币。

"Ich weiß, dass Mama sie dort hingelegt hat!"我知道是妈妈把它放那儿的。

那天下午,她读了汤米·温格尔的《无论你怎样,妈妈都爱你》,讲的是一只狗,父母都是猫。罗兰也读过,但她不知道。是个有道德寓意的故事,但写得既聪明又好笑。

斯蒂芬妮靠在他肩膀上,给他讲这个故事。"Opa, er muss gebratene Maus essen und lernen, auf Bäume zu klettern!"爷爷,他要吃烤老鼠,还要学习爬树。弗里克斯是个丑陋的小家伙,在老鼠的世界里长大,父母都很喜欢他。他发现,他的曾祖母是只猫,但曾经偷偷与一条哈巴狗结婚。狗的基因现在又出现了。幸运的是,他的教父是一条狗,教了他狗的生活方式,包括狗语。

然而，卡在两种文化之间，生活并不容易。最后，他成了一名政治家，主张相互尊重、权利平等，呼吁终结猫狗隔离。

等她讲完，他说："你觉得这个故事，是要讲人的什么事情吗？"

她茫然地看着他。"别傻了，爷爷。讲的是猫和狗。"

他明白了她的意思。太遗憾了，把一个好故事变成一堂课，就把故事毁了。那留到以后吧。让她开始阅读的那首诗和猫之间的距离，不过一小步。他们一起用英语唱《猫头鹰和小猫咪》。他跟她说，她爸爸小的时候，天天晚上都要听，总要大声喊：漂亮，漂亮！鼻子，鼻子！月亮，月亮！

她说："Und was liest *du*, Opa？"那你在读什么呢，爷爷？

"哦，有一本假想的书，我想读。非常有趣，而且特别大，我觉得永远都读不完哪。"

"里面有谁呀？"

"肯定有每个人，包括你。而且有一百年那么长呢。"

"Und was passiert da drin？"发生什么事啦？

"我正想看看发生什么事了呢。"

她用一条胳膊抱住他的脖子，急切地想加入这个游戏。和往常一样，她想帮他把什么事都弄得好好的。"爷爷，我会读到最后的。"她想了想，然后又说，"Ich werde es lesen, wenn ich Erwachsen bin und es dir sagen。"等我长大了再读，然后告诉你。

"等你读到最后一章，你就跟我一样老啦。"

这个离奇的想法让她笑了出来，他又一次看到，她牙齿两边都有天真的缺口，恒牙很快会从那儿长出来。不应该提他想象中的二十一世纪史。这是本孩子的书。他爱她,在那个自由自在的时刻,他心里想,他这辈子什么也没学到,永远也不会学到。他转过脸,轻轻地在她脸上吻了一下。"宝贝,以后哪一天你什么都跟我讲。不过现在你妈妈在喊我们吃晚饭啦。请你坐在我旁边,好吗?"

他从椅子上站起身,但动作太快,那种头晕目眩的感觉又来了,似乎有某种又浓又黑的介质在轻轻荡漾,而他正从中飘过。他一只手撑在了椅子上。

"爷爷?"

是啊,他正将一个伤痕累累的世界交给她,不应该提到那样的书。

然后,他大脑清晰了,不过他仍然抓着椅子,坚决不能摔跤吓着孩子。

"我没事,mein Liebling[①]。"

她声音轻柔、节奏单调,好像在哄孩子,有时候她听见妈妈就是这样对她的小弟弟说话的。"Komm, Opa. Hier lang."来吧,爷爷。往这边走。她关心地皱起眉头,双手握住他另一只手,准备领着他朝房间那边走去。

---

① 德语:"我的宝贝"。

致　谢

我要向下列作者及其作品表示感谢：英格·舒尔《白玫瑰》、理查德·汉瑟尔《高贵的背叛》、大卫·夏普《完全放弃》、伊恩·哈密尔顿《罗伯特·洛厄尔》。衷心感谢里根·亚瑟、乔治斯·博尔夏特、苏珊·迪恩、路易·丹尼斯、玛莎·卡尼亚·福斯特纳、米克·戈尔德、丹尼尔·凯曼、伯恩哈德·罗本、麦克·沙维特、彼得·施特劳斯、卢安·瓦尔特。特别感谢蒂姆·加顿·艾什和克雷格·雷恩仔细的阅读和有益的标注；感谢詹姆斯·芬顿允许引用其诗歌"献给安德鲁·伍德"；感谢大卫·米尔恩优秀的编辑；感谢安娜列娜·迈克菲一如既往，以专业的眼光阅读了本书各个阶段的手稿。最后，我要感谢我的英语老师，已经过世的尼尔·克莱顿，他坚持我在本书中使用他的真名；时隔几十年，我要向曾在伍尔弗斯通中学度过奇特岁月和精彩人生的老师和同学热情致意。该校从未有过米里亚姆·康奈尔那样的钢琴老师。

伊恩·麦克尤恩
2022年伦敦

译后记

《钢琴课》是麦克尤恩最宏大、最具野心的小说。该书时间跨度六十年，从二战后开始，至新冠疫情结束，历经冷战、古巴导弹危机、撒切尔上台、福克兰群岛战争、柏林墙拆除、切尔诺贝利核泄漏、工党当选、英国脱欧等重大事件。

同时，《钢琴课》也是麦克尤恩最具自传色彩的作品。小说记述了罗兰的一生：童年时跟随父母在利比亚军营中生活、少年时代在寄宿学校读书、带着被性侵的创伤记忆辍学打工、怀揣诗人梦想艰难度日、妻子突然失踪、独自抚养孩子、中年后与妻子的和解、重新面对少年的创伤、老年时因为疫情而被封家中。其中很多事件都有麦克尤恩个人的影子，也是"战后一代"的集体记忆。麦克尤恩说，罗兰就是他的"另我"（alter ego），不过没他么么幸运。

数粒时代的尘埃，落在主人公罗兰身上，仿佛一座座大山。麦克尤恩以老练的笔法，将时代的史诗和小人物的一生结合起来，相信有一些社会阅历的读者，肯定会产生共鸣。时代的潮水涌来，我们惊慌失措、无处躲藏；潮水退去，我们跟跟跄跄重新站立起来，浑身湿透、狼狈不堪，人人举目四望，茫然不知所措。

当"岁月像沉重的盖子，缓缓封住了旧日的死亡"，如果我们像年老的罗兰一样，抬头回望人类的一个世纪，低头回顾自己平凡的一生，我们会想到什么呢？战争、和平、灾难、环境、经济、政治、人类末日、民族仇恨？还是五十年前的一首钢琴曲、青年时代令人热血沸腾的诗歌、多年旧友或情人的离世？抑或是某位饱经苦难的朋友、儿孙前来看望的某个日子、尚未出来的某份体检报告，或者某张自己已经记不清楚的旧照片？我们"在历史不起眼的缝隙中活着"。是我们造就了历史，还是历史洞穿了我们？

《钢琴课》是麦克尤恩在疫情期间写的，他说这是他第一次拥有大段时间可以心无旁骛地投入写作，每周七天，每天十二到十六个小时。我翻译这部小说，也在疫情期间，却远没有作者那么投入，二十四个小时被分割成碎片，每块碎片指向不同的情绪。这会不会影响译者的文字呢？很难说。但对"译后记"是肯定有影响的。

顾名思义，"译后记"最好译后就写，那时候作家虚构的世界和译者真实的世界都还鲜活生动，在记忆的浅表招之即来，虚实交构的景观如雨洗长空，清清朗朗，一览无余，自是最佳"记"机。但是，《钢琴课》译完之后，上海的疫情时好时坏，小区和单位的大门时开时关，我在单位和住所之间往返，每天都有些惶惶然，真实的生活平添了一些虚构世界的未知和魔幻，终于某天下午五点突然接到通知，单位要在当天六时关闭，不许进出。仓皇逃遁之际，我将译稿丢在桌上，回家后忙于囤粮抢菜，竟然过了两天才发现人稿分离，想努力回忆稿子内容写篇译后记，奈何各种消息地覆天翻，一个字也想不起来。听说译文出版社的宋玲编辑，曾脚踩废弃砖块，隔着窗缝，与人秘密交接诺贝尔奖得主古尔纳的校样。我没有这样顽强的精神，小区门卫森严，单位周围有人工河隔断，自然也没有秘密通道可取回译稿。于是作罢。这篇译后记，准确地说，应该是"译后两年记"了。

"这割裂的城市、割裂的世界，有一部分历史是他的。"罗兰在柏林墙拆除的现场如是说。我想，这世界有一部分历史，也是我们的。

周小进

2023 年 12 月

Ian McEwan
LESSONS
Copyright: © Ian McEwan 2024
This edition arranged with ROGERS, COLERIDGE & WHITE LTD.(RCW)
Through Big Apple Agency, Inc., Labuan, Malaysia.
Simplified Chinese edition copyright:
2024 SHANGHAI TRANSLATION PUBLISHING HOUSE(STPH)
All rights reserved.

图字:09-2022-0860号

图书在版编目(CIP)数据

钢琴课 /(英)伊恩·麦克尤恩(Ian McEwan)著;周小进译. —— 上海 : 上海译文出版社, 2024.8(2025.1重印).
ISBN 978-7-5327-9591-8
Ⅰ. I561.45
中国国家版本馆CIP数据核字第2024HL8192号

钢琴课
[英]伊恩·麦克尤恩 著 周小进 译
责任编辑/宋 玲 装帧设计/储平工作室
上海译文出版社有限公司出版、发行
网址:www.yiwen.com.cn
201101 上海市闵行区号景路159弄B座
苏州市越洋印刷有限公司印刷

开本 850×1168 1/32 印张 17 插页 5 字数 316,000
2024年8月第1版 2025年1月第2次印刷
印数:8,001—12,000册

ISBN 978-7-5327-9591-8
定价:89.00元

本书中文简体字专有出版权归本社独家所有,非经本社同意不得转载、摘编或复制
如有严重质量问题,请与承印厂质量科联系。T:0512-68180628